Tanja Mikschi

Auf den Pfaden des Luchses
Flucht von den Ojibwe zu den Cheyenne

Für Levinia

Auf den Pfaden des Luchses

Von den Ojibwe zu den Cheyenne

Historischer Roman
von
Tanja Mikschi

TraumFänger Verlag

Impressum

Auf den Pfaden des Luchses, Tanja Mikschi
TraumFänger Verlag Hohenthann, 2015

ISBN 978-3-941485-24-2
Lektorat: Ilona Rehfeldt
Satz und Layout: Janis Sonnberger, merkMal Verlag
Druck und Bindung: CPI - Clausen & Bosse, Leck
Titelbild: Astrid Gavini
1. Auflage Januar 2015

FÜR LEVINIA

„Ein Volk ist unbesiegt,
solange die Herzen seiner Frauen nicht bezwungen sind.
Sind sie überwunden, dann ist es am Ende,
wie tapfer seine Krieger
und wie gut deren Waffen auch sein mögen."

Sprichwort der Cheyenne

Prolog

Im Grunde genommen war jene viel gerühmte Zeit keine großartige Zeit und bot den weißen Siedlern nur wenig Erstrebenswertes. Ganz entgegen ihrer Hoffnungen und Träume, die immerhin groß genug gewesen waren, um sie über das weite Meer zu tragen. Doch das Leben, das in der „neuen Welt“ auf sie wartete, war meist beschwerlich und karg, geprägt von Entbehrungen und kräftezehrender Arbeit und nicht zuletzt von einem hohen Maß an Unwissenheit, welche wiederum einem bedenklichen Maß an Aberglauben, Angst und Vorurteilen Raum und Leben verlieh.
Die Siedlungen waren klein in diesen Tagen, kaum dass sie auch nur die Bezeichnung Dorf verdient hätten, mit ihren wenigen Holzhäusern, elenden Hütten und nicht selten auch nur provisorisch aufgebauten Zelten, die ganze Großfamilien mehr schlecht als recht zu beherbergen vermochten.
Die kleine Ortschaft, in welcher sich ein nicht unbeträchtlicher Teil dieser Geschichte zutrug, machte hierin keine Ausnahme. Und wie manch eine andere Siedlung, war sie letztlich aus einem aufgeriebenen, erschöpften Siedlertreck entstanden, der sehnsuchtsvoll nach so etwas wie Heimat, wie Ruhe und Ordnung, wie Zukunft gierend, irgendwann einfach irgendwo Halt gemacht hatte, an dem Ufer eines trüben, aber gewaltigen Flusses.
Und wenn St. Peter anfänglich auch ungemein schäbig war, erbärmlich so manche Hütte, weniger noch als notdürftig so manches Zelt, so hatte es doch Bestand gehabt. Hatte die gemeinsame Irrfahrt durch ein fremdes und auch beängstigend großes, unüberschaubares Land, die verbliebenen Mitglieder des Trecks ein Stück weit zusammengeschweißt und so ermöglicht, dass zumindest der eine oder andere seinen Traum von bescheidenem Wohlstand nach einigen harten Jahren auch tatsächlich verwirklichen konnte.
Einige Holzhäuser entstanden in dieser Zeit, später dann noch weitere und immer mehr. Die Zelte verschwanden nach und nach und die Siedlung verlor allmählich den Charakter des Behelfsmäßigen.

Die ersten Kinder St. Peters wurden geboren, sogar ein paar neue Siedler kamen hinzu und manch einem schien es damals so, als habe sie nun endlich begonnen, jene verheißene, lang ersehnte Zukunft, in diesem fremden, großen Land.

1

Es war eine trübe, verhältnismäßig kühle Nacht Anfang Juni. Der hier oben im Norden noch immer junge Mississippi toste durch die Dunkelheit, üppig genährt von den Massen des Schmelzwassers. Er rauschte vorbei an der unbedeutenden Siedlung, mit ihren kleinen Holzhäusern und Baracken, der winzigen, behelfsmäßigen Schule und dem größeren, weit weniger behelfsmäßigen Saloon. Floss vorbei an der kleinen Mühle und den nun bereits im Wind wogenden Getreidehalmen und natürlich auch an dem erst kürzlich in freundlichem Weiß und Hellblau gestrichenen Gotteshaus mit seinem bescheidenen Gottesacker.

George Sattler gehörte zu den gut zweihundert menschlichen Seelen, die St. Peter zu jener Zeit beherbergte und zugleich gehörte er zu den ganz wenigen, die in jener kühlen Spätfrühlingsnacht nicht schon lange schliefen.

Im Hause der Sattlers schlief niemand, nicht einmal der Hund tat ein Auge zu. Und wie, um Himmels Willen, hätte da auch einer schlafen sollen! Sorgenvoll blickte Sattler in die trübe, dunstige Nacht. Es war zu kalt für diese Jahreszeit. Ein frostiger Schauer kroch ihm durch das feucht verschwitzte Hemd, klamm über den Rücken und arbeitete sich zu seinem Nacken empor.

Der über den Wolkenfetzen strahlende Vollmond präsentierte sich nur mehr als milchiger, heller Fleck im fahlen Anthrazit des verhangenen Himmels. Leichte Nebelschleier zogen dicht über dem Boden dahin und ließen die sonst so vertraute Umgebung fremd und unwirklich erscheinen.

Sattler trat einen weiteren Schritt hinaus auf die Veranda seines geräumigen Hauses und rieb sich erschöpft die Augen, während er es für den Bruchteil einer Sekunde einfach nur genoss, nichts zu hören und nichts zu sehen. Nichts hören und nichts sehen zu müssen!

Dabei fühlte er sich so hilflos, wie noch nie in den vergangenen dreiundvierzig Jahren seines Lebens, dazu verdammt tatenlos

zusehen zu müssen, wie im Zeitlupentempo das Verheerende, das Entsetzliche geschah. Ganz langsam und unerbittlich.
„Herrgott! Wieso dauert das alles so lange! So tu doch endlich was, verflucht nochmal!"
Am liebsten hätte er diese Worte gebrüllt, in die Welt, in den Nebel hinausgeschrien, seinem Gott entgegengeschleudert. Doch das wagte er nicht, denn da drinnen lag Mary, seine Frau, seit geschlagenen siebzehn Stunden schon verzweifelt darum bemüht, der Schar von Kindern noch ein weiteres Geschwisterchen hinzuzufügen.
Sattler versuchte angestrengt, sich die vorangegangenen Geburten seiner Töchter und Söhne wieder ins Gedächtnis zu rufen. Aber er konnte sich nicht mehr genau entsinnen, wie die Geburten der übrigen neun Kinder verlaufen waren, von denen nur eines, im zarten Alter von annähernd drei Jahren, sein letztes Bettchen in der kühlen Erde des kleinen Friedhofes gefunden hatte. Wie lange jede Geburt für sich gedauert hatte, hätte Sattler keinesfalls mit auch nur annähernder Sicherheit raten können und dennoch wusste er, spürte er ganz genau, dass sich das, was da drinnen vor sich ging, nicht mehr im Rahmen des Normalen bewegte. Das hier war nackter, bitterer Ernst, der ihm in unregelmäßig wiederkehrenden Wellen den Angstschweiß aus allen Poren trieb.

Sattler war gewiss nicht überbesorgt und doch hatte er bereits vor zwölf Stunden nach der Hebamme des Ortes geschickt. Und nun war sie also hier und bearbeitete seit Stunden schon mit sorgenvollem Blick, geübten Händen und einem beachtlichen Hörrohr den Bauch seiner Frau, verscheuchte ihn und die Kinder wie das Federvieh aus dem Zimmer und tröstete und sprach gut zu und kostete sein Geld.
Und dennoch war es ein Segen, dass diese kleine, resolute Gestalt hier das Zepter in die Hand genommen hatte und allen deutlich sagte, wer hier was zu tun oder zu lassen hatte.
Ohne ihr klares und keinerlei Widerspruch duldendes Regiment hätte George Sattler die Kontrolle verloren, über sich, seine Familie und vor allem über die noch anstehenden Ereignisse dieser langen, kalten Frühlingsnacht, in der er auf der Veranda stehend

seit sehr vielen Jahren das erste Mal die Tränen brennend in seine Augen steigen spürte.
Ein leises Geräusch ließ ihn aus seinen Gedanken aufschrecken. Hastig wischte er die Tränen weg, welche noch nicht ihren Weg in seinen dichten, krausen Bart gefunden hatten.
„Papa, wann kommt das Geschwisterchen denn endlich?"
George Sattler blickte voller Verzweiflung und Ratlosigkeit in die ängstlich geweiteten Augen seiner elfjährigen Tochter Elisa, die vor Kälte zitternd an seiner Seite stand und fragend zu ihm aufschaute, voller Vertrauen, als sei es ihm vergönnt, Datum und genaue Uhrzeit zu benennen.
„Das weiß nur Gott allein!" Und was dieser wohl vorhatte, mit seiner Frau und seinem ungeborenen Kind? Sattler konnte es nicht verhindern, dass erneut Tränen in seine Augen traten, schmerzhaft und brennend und was weit schlimmer noch war, er konnte auch nicht verhindern, dass Elisa es bemerkte.
In seiner Hilflosigkeit tat Sattler etwas, was er bisher nur selten getan hatte. Er hob seine bebende Tochter hoch. Ganz fest drückte er sie an sich, wiegte sie hin und her und küsste ihr langes, seidiges Haar, während erneut Tränen verstohlen in seinen dunklen Bart rannen.
Federleicht erschien sie ihm, als er sie die steile Treppe hinauf in das kleine Zimmer trug, in dem das Bett stand, welches sie mit ihrer achtjährigen Schwester Clara teilte.
Behutsam legte er sie neben die kleine Schwester, die erwartungsvoll von Elisa zum Vater blickte, ohne jedoch die Frage zu wagen, die allen auf der Seele brannte, denn das fortwährende Wimmern und Schreien der Mutter war noch nicht verklungen.
„Betet zu Gott, meine beiden Engel, dass er eurer Mama jetzt hilft und dann versucht, ein wenig zu schlafen." Sorgsam deckte er die beiden Mädchen zu und blickte auch noch einmal in das Gitterbettchen in dem seine beiden Kleinsten, Sharon und Ruth, noch keine zwei Jahre alt, endlich in einen unruhigen Schlaf gefallen waren.

Es war Edwin, der schließlich die Frage stellte, die Clara nicht zu stellen gewagt hatte, als Sattler schwerfällig in die geräumige

Wohnküche trat. „Papa, sie wird doch nicht sterben, nicht wahr, es wird doch alles gut gehen!? Wie lange kann das denn um Himmels Willen noch dauern?“
Ja, wie lange sollte das noch so weitergehen? Oder schlimmer noch! Wie lange konnte das noch so weitergehen, ehe etwas viel Entsetzlicheres geschehen würde? Wie lange konnte seine Mary dies ertragen?
Beschwörend blickte Edwin, der älteste Spross der Familie und der einzige verbliebene Sohn, seinen Vater an. Mit seinen neunzehn Jahren war er bereits ein junger Mann. Er hatte die Geburten all seiner zahlreichen Geschwister miterlebt und wusste sehr wohl, dass da etwas ganz und gar nicht so war, wie es sein sollte.
Unglücklich sah Sattler zu seinem Sohn, als markerschütterndes Geschrei aus dem Schlafzimmer drang, gefolgt von dem kläglichsten Wimmern, das in diesem Haus jemals von einem Baby vernommen worden war.

Kurze Zeit später öffnete sich die Tür. Verschwitzt und blutbeschmiert, aber mit einem triumphierenden Lächeln im Gesicht, trat Molly Hedges, die Hebamme des Ortes, in den Raum.
„Ein Junge is‘ es, Mr. Sattler und ein ganz eigenwilliger dazu!“ Mit einem Auflachen, in dem ihre ganze Erleichterung mitschwang, fuhr sie zu sprechen fort. „Er hat der Welt zuerst mal seinen Hintern gezeigt!“
Energisch begann sich Molly nun Hände und Arme in der für sie bereitgestellten Waschschüssel zu säubern, während Sattler die Hebamme verständnislos ansah. Diese schaute ihm vergnügt ins Gesicht. Mit einem verschmitzten Lächeln sagte sie: „Na ja, er ist mit dem Hintern zuerst auf die Welt gekommen, verstehen Sie? Falsch rum! Deshalb hat es so lange gedauert.“
Ein Lachen gluckste in Sattlers Kehle. Irgendwo musste die Anspannung der vergangenen Stunden hin und die Erleichterung bahnte sich ihren Weg in kleinen Wellen durch seinen Bauch, welche, sobald sie seine Kehle erreicht hatten, in Gelächter übergingen, in das alle anderen in diesem Raum dankbar mit einfielen. Das Baby indes schlief bereits abgenabelt und völlig erschöpft an der Brust seiner nicht minder verausgabten Mutter.

Während Molly Hedges ihre Utensilien zusammenpackte, blickte sie Sattler noch einmal nachdenklich an, ehe sie leise zu sprechen begann: „Ich sag' Ihnen eins, wäre das nicht das zehnte, sondern das erste oder zweite Kind gewesen, na, ich weiß ja nicht ..."
Sie seufzte leise, klappte energisch ihre Tasche zu, zog ihren Umhang über und verabschiedete sich, nachdem sie sich nochmals vom Wohlergehen ihrer beiden Patienten überzeugt hatte und Sattler endlich einen Blick auf seinen jüngsten Spross werfen ließ. Molly Hedges kleine, kompakte Gestalt entfernte sich forschen Schritts dem Ortseingang zu, während der leuchtende Vollmond endlich seine Strahlen ungehindert durch die nun immer weiter aufreißende Wolkendecke gen Erde schicken konnte und alles in sein fahles, silbriges Licht tauchte. Sie war hundemüde, aber sehr zufrieden mit sich und der Welt und sie ahnte nicht, dass sich gerade in diesem Moment noch ein weiterer Sohn St. Peters daran machte, das Licht der Welt zu erblicken.

2

Zu gleicher Zeit fiel das Mondlicht auch in den kleinen, nur durch ein Feuer erhellten Raum des außerhalb von St. Peter, am Waldrand gelegenen Holzhauses des Trappers und Fellhändlers Elias Morgan. Er selbst war jedoch nicht zu Hause, sondern bereits seit etwa zehn Wochen unterwegs.

Elias Morgan war den Bewohnern des kleinen Ortes immer rätselhaft geblieben, ein Einzelgänger, wortkarg und schwer zu begreifen.
Allein schon die Tatsache, dass er bei seinen Reisen offenbar immer wieder mit den glücklicherweise doch um einiges entfernt angesiedelten Indianerstämmen in Kontakt trat und sogar mehrere Tage, wenn am Ende nicht gar Wochen, in deren Lagern verbrachte, ließ ihn mehr als nur suspekt erscheinen.
Da er sich indes aber weiter nichts zu Schulden kommen ließ und zudem die meiste Zeit sozusagen gar nicht vorhanden war, konnte sich der Umgang miteinander auf „leben und leben lassen"

beschränken. Daran änderten auch die Verrücktheiten nichts, die Elias Morgan im Vollsuff von sich zu geben pflegte.
Als Elias Morgan jedoch vor ungefähr zwei Jahren von seinen Streifzügen, neben einer ansehnlichen Menge an Pelzen und Leder, mit einer jungen Wilden, einem zartgliedrigen, schwarzäugigen Wesen vom Stamm der Ojibwe, zurückkam und diese obendrein zu seiner Frau erklärte, hatte er in den Augen vieler die Grenzen des Anstands endgültig überschritten.
Besonders verwundert hatte das allerdings weiter niemanden, denn bereits als Elias im Alter von neunzehn Jahren mit diesem halbverrückten Saisongehilfen einfach verschwunden war und somit seinen alten Vater mit der vielen harten Arbeit im Stich gelassen hatte, war ein Raunen durch den Ort gegangen. Man war sich allgemein einig gewesen, dass es mit diesem eigentümlichen Sohn des Holzfällers ein schlimmes Ende nehmen würde.
Für ihn selber stellte sich das alles freilich ganz anders dar und er hatte seinen Entschluss damals gewiss nicht leichtfertig getroffen. Elias verband eine liebevolle Beziehung zur Mutter, während der Vater weder Verständnis dafür zeigte, dass sein Sohn sich bei jeder Gelegenheit hinter einem Buch verschanzte, noch für die Fragen und Gedankengänge seines Sohnes. Für ihn waren das verrückte Flausen, die es auszutreiben galt, mit Härte, Disziplin und Arbeit und letztere gab es in seinem Holzfällerbetrieb mehr als genug.
Die kleine Ortschaft war im Begriff, sich ordentlich zu vergrößern. Allein sieben Häuser befanden sich derzeit im Rohbau, er kam mit den Holzlieferungen bald nicht mehr hinterher und musste zusätzliche Gehilfen einstellen.
Doch die Rechnung des Vaters ging nicht auf. Elias arbeitete zwar ungeheuer hart, dennoch blieb es bei seinen Träumen und Gedanken an eine bessere Zukunft. Und da er niemanden hatte, der ihn so recht verstand, war er mit zunehmendem Alter immer verschlossener und einsilbiger geworden, hatte aufgehört von dem zu erzählen, was er in den mittlerweile vom Vater verbotenen Büchern heimlich las und auch von dem, was ihn in seiner Phantasie beschäftigte. Und zugleich war er den anderen immer seltsamer und verschrobener erschienen.

So war es viele Jahre gegangen, bis zu dem Tag, da sein Vater diesen abgerissenen, eigenartigen Burschen als Saisongehilfen angestellt hatte.
Dieser merkwürdige Kerl, Sam mit Namen, war ebenso alt gewesen, wie Elias und dennoch frei wie ein Vogel, so schien es zumindest. Auf alle Fälle aber stand er nicht unter dem Joch eines strengen und unerbittlichen Vaters, der nichts als Arbeit und nochmals Arbeit zu kennen schien. Und an diesem Punkt begann für Elias die eigentliche Faszination, welche ihn aus seinem Schneckenhaus heraustrieb: Sam war für sein Alter schon weit herumgekommen. Er hatte viel gesehen und erlebt und geizte nicht mit Geschichten und Anekdoten, die wiederum Elias Gedanken Nahrung gaben und seiner Sehnsucht Flügel. Immer tiefer wurzelte der Wunsch in ihm, dieser engen, begrenzten Welt seiner Eltern zu entfliehen. Neues, Schöneres und Besseres kennenzulernen und für sich zu gewinnen.
Und so reifte in ihm der Entschluss, seinen eigenen Weg zu gehen, der ihn, das fühlte er genau, weit weg von St. Peter bringen würde und dies in jeglichem Sinne.
Elias genoss es in vollen Zügen, seine freie Zeit mit Sam zu verbringen und der Vater ließ ihn gewähren, da er es für viel natürlicher hielt, dass ein junger Bursche mit einem anderen Unsinn redete, als dass er seine Nase stundenlang in dicke Bücher steckte. Hätte er geahnt, was aus diesen Abenden, die sein Sohn mit dem Gehilfen verbrachte, erwachsen würde, so hätte er sie nicht nur verboten, sondern Sam mit gezücktem Gewehr vom Hof gejagt.

Sams Pläne für die weitere Zukunft elektrisierten Elias geradezu und beschäftigten ihn Tag und Nacht.
Sam wollte seinen Lohn in Proviant und Waren eintauschen und dann weiter in den Norden ziehen, mitten hinein in die großen Wälder. Das Ziel seiner Wanderschaft aber war das eigentlich Interessante. Er wollte nämlich nicht die Siedlungen der Indianer sorgsam umgehen, sondern ganz im Gegenteil, geradewegs zu ihnen hin! Er wollte Indianer kennenlernen und sich von ihnen im Jagen und Fallenstellen unterweisen lassen und hoffte, mit Hilfe der mitgeführten Waren, welche er als Gastgeschenke

und Tauschobjekte zu verwenden gedachte, in freundschaftlichen Kontakt zu den dort ansässigen Stämmen zu kommen. Und schon lange, bevor der Frühling und somit der Zeitpunkt von Sams Weiterreise gekommen war, hatte sich Elias ein Herz gefasst und Sam gefragt, ob er mit ihm gehen dürfe.
Sam war sichtlich begeistert gewesen und so waren sie, im späten März, wortwörtlich bei Nacht und Nebel, heimlich gemeinsam aufgebrochen.
Seinen Eltern hatte Elias einen Brief hinterlegt, dessen Inhalt sie mit Hilfe des Reverends herausfinden würden, da sie beide weder richtig lesen noch schreiben konnten.
Er hatte ihnen in diesem Brief geschrieben, dass er wohl wisse, dass er nicht auf ihr Verständnis hoffen dürfe, aber dennoch nicht anders habe handeln können. Auch versprach er ihnen zurückzukommen, sobald er genügend erwirtschaftet habe, um sie für ihren Verlust gebührend zu entschädigen. Und das nahm er sich auch fest vor, allein schon, um sein schlechtes Gewissen zu beruhigen.

Sie waren auf ihrer Reise vom Glück begünstigt gewesen, spätere Jahre hatten Elias dies deutlich gelehrt, und er hatte bereits nach zwei Jahren seinen Eltern stolz einen ordentlichen Batzen Geld überreichen können, den er vor allem dem zu jener Zeit schwunghaften Handel mit Biberfellen zu verdanken hatte. Sie hatten tatsächlich, trotz all seiner Ängste und Bedenken, die ihn in manch einer Nacht umgetrieben hatten, die Begegnungen mit Indianern nicht nur ohne einen Pfeil in der Brust überstanden, sondern zumeist sogar sehr freundliche Aufnahme gefunden.
Elias war zutiefst fasziniert und berührt gewesen von der Andersartigkeit des Lebens in den Sommer- und Winterlagern, von der Offenheit und Freundlichkeit der Menschen, die in ihnen lebten.
Viele Wochen und zum Teil auch Monate hatten sie sich den verstreuten Untergruppen verschiedener Indianerstämme angeschlossen, waren zu Gast gewesen bei den Assiniboin, den Algoncin, den Cree und vor allem aber bei einem Unterstamm der Ojibwe.

Dort hatten sie ebenfalls teilhaben dürfen am Leben im Lager, aber darüber hinaus sogar auch manches Mal an der Jagd. Hier erhielten sie bereitwillig den gewünschten Unterricht im Fallenstellen und Heranpirschen, wobei die Indianer einige Male verzweifelt die Augen rollten, ohne jedoch etwas zu sagen, was ihre weißen Freunde vielleicht beleidigt hätte.

Sie hatten auch beim Bau eines Rindenkanus helfen dürfen, was einer ebenso großen Ehre gleichkam, wie die Teilnahme an einer Jagd, und natürlich hatten sie allerorten regen Tauschhandel betrieben.

Elias hatte in diesen Menschen endlich Gegenüber gefunden, die seine Sprache zu sprechen vermochten, obwohl die eigentliche Verständigung natürlich denkbar schwierig war und nur unter Zuhilfenahme von Händen und Gesten mit bald schauspielerischen Qualitäten vonstatten gehen konnte. Doch Elias genoss diesen Gedankenaustausch über die Maßen und war emsig bemüht, jene für ihn so gänzlich fremdartige Sprache zu erlernen. Der Lerneifer und Entdeckergeist seiner Kindheit war wieder erwacht und hatte zudem Nahrung in Hülle und Fülle erhalten.

Doch der erste Winter im Lager jenes Ojibweclans hielt nur wenig Erbauliches für ihn bereit. Die überaus eisigen Temperaturen, die knappe Nahrung und die Beschwerlichkeit der Jagd im hohen Schnee hatten ihm deutlich sein Versprechen an Vater und Mutter in Erinnerung gerufen. Er beschloss damals, den nächsten Winter in dem gemütlich warmen Blockhaus seiner Eltern zu verbringen. Und bis dahin wollte er die Zeit dazu nutzen, um ordentlich Geld zu verdienen. Eines jedoch stand für ihn außer Frage. Er würde, sobald der Frühling wieder seinen Einzug hielt, erneut aufbrechen und in den Norden ziehen, an die Großen Seen.

Sam ließ sich leider nicht dazu überreden, mit Elias den Winter in St. Peter zu verbringen.

So vereinbarten sie, ein Wiedersehen im kommenden Frühling zu feiern, im Sommerlager jenes Ojibweclans, mit dem sie mittlerweile eine besonders herzliche Freundschaft verband.

Als Elias wieder im Hause seiner Eltern angekommen war, fand er den Vater bitterer und wortkarger denn je und zudem erschreckend grau geworden vor. Die Mutter aber war hin und her ge-

rissen zwischen der Freude und Erleichterung darüber, den verloren geglaubten Sohn wiederzusehen und dem Unverständnis und Vorwurf in ihrem Herzen, der zermürbenden Frage, wie er ihnen so etwas überhaupt hatte antun können. Seine Erzählungen und Berichte erfüllten sie mit großer Sorge, denn die Vorstellung, dass ihr Sohn unter den Wilden gehaust hatte und die Gesellschaft dieser Wilden auch noch über die der eigenen Leute zu stellen schien, war in ihren Augen schlicht sündhaft und geradezu ungeheuerlich.
Für den Vater allerdings lag die Sache ganz klar. Sein Sohn war geworden, was er immer befürchtet hatte. Ein Träumer, ein Taugenichts, ein Tunichtgut.
Sein Geld nahm er dennoch, denn angesichts des ihm entstandenen Verlustes, immerhin hatte er einen Arbeiter zusätzlich einstellen müssen, erschien es ihm nur recht und billig, vom Verursacher des Schadens auch entsprechend entschädigt zu werden.

Die Sehnsucht, mit der Elias den Frühling erwartete, war übergroß und sobald die Schneeschmelze es zuließ, machte er sich auf den Weg. Der Mutter aber versprach er, mit Einsetzen des Winters wieder zu Hause zu sein und erneut seinen Obolus zu entrichten. Und so hatte er es gehalten, Jahr für Jahr.
Als dann viel später der Vater starb, war es im Winter, wenn sich Elias bei der Mutter im Holzfällerhaus aufhielt, so bitter das auch klingen mag, richtig gemütlich geworden.
Die Mutter hatte sich daran gewöhnt, dass ihr Sohn seine eigenen Wege ging und seine alljährliche Heimkehr erwartete sie stets sehnsuchtsvoll und das nicht nur aus Mutterliebe.
So hatte Elias den Winter über immer allerhand zu tun, während sie ihn ordentlich bekochte und verwöhnte. Es war eine wunderschöne Zeit gewesen, einige Jahre lang, doch dann war die Mutter im Alter zunehmend krank und gebrechlich geworden.
Elias hatte eine Frau aus dem Ort, welche der Mutter hin und wieder zur Hand gegangen war, dafür entlohnt, dass sie in seiner Abwesenheit täglich nach der Mutter schauen würde und ihr behilflich wäre. Allein schon die Vorstellung, selber in St. Peter zu bleiben und womöglich unter diesen engstirnigen Sturköpfen für

sein und der Mutter nötiges Auskommen sorgen zu müssen, erfüllte ihn vom Scheitel bis zur Sohle mit Beklemmung und Widerwillen. Doch es gab noch etwas anderes, was Elias weg vom Haus der Mutter trieb.
Elias hatte sich verliebt, wirklich verliebt. Und schien die Auserwählte ihm auch zum damaligen Zeitpunkt mit ihren fünfzehn Lenzen, die sie gerade einmal zählte, noch zu jung, um eine Ehe mit ihm einzugehen, so schien sie es ihm doch wert, um ihre Gunst zu werben und sich ansonsten in Geduld zu üben.

Als im darauffolgenden Jahr auch die Mutter starb und Elias den einsamsten Winter seines Lebens in dem alten Holzfällerhaus verbrachte, welches er nun sein eigen nennen konnte, wuchs in ihm der Entschluss, Shawaeghiizig - Ansteigender Himmel -, seinen liebsten Handelspartner unter den Indianern, seinen indianischen Freund, um die Hand seiner ältesten Tochter zu bitten.

Es kann nicht behauptet werden, dass Winonah - Mit der Brust nähren - sehr beglückt bei dem Gedanken war, einen Mann heiraten zu sollen, der vom Alter her ihr Vater hätte sein können, doch andererseits mochte sie den weißen Freund ihres Vaters tatsächlich gern und mit seinen sechsunddreißig Jahren war er wiederum auch noch nicht so alt, dass sie das Grausen packte. Auch war Elias ein, wenn auch fremdartig, so doch durchaus nicht übel aussehender Kerl und er hatte sie zudem all die Jahre hindurch stets freundlich und mit Hochachtung behandelt, schließlich kannte sie ihn ja von Kindesbeinen an.
Außerdem war es ohnedies kein seltenes Schicksal, mit einem Ehemann, der wesentlich mehr Jahre auf dem Buckel hatte als Elias, beehrt zu werden. Ja, und vor allem war es Winonah sehr bewusst, welch eine vorteilhafte Absicherung diese Verbindung für ihre Familie, wie auch für den gesamten Clan, bedeuten würde. Sie würden in diesem weißen Mann einen festen, verlässlichen Handelspartner finden. Im Grunde genommen war Winonah gar keine andere Wahl geblieben, als in die Ehe mit Elias Morgan einzuwilligen, wollte sie nicht ihrem Vater die Schande bereiten, seinen weißen Freund zu schmähen und obendrein auch noch die

Sorge, ihn als Handelspartner zu verlieren. So tröstete sie sich mit dem Gedanken, dass sie im Notfall einfach all sein Hab und Gut aus dem gemeinsamen Wigwam werfen und somit die Verbindung für beendet erklären konnte.
Doch Elias, verliebt bis über beide Ohren, hatte dazu nun wirklich keinen Grund geliefert. Er war immer sehr freundlich und hilfsbereit gewesen und hatte, wenn auch denkbar unerfahren, nach bestem Wissen und Gewissen versucht, ein wirklich guter Gatte zu sein.
So hatten sie einen durchaus glücklichen und harmonischen Sommer im Lager der Ojibwe verbracht. Leider hatte dieser schöne Sommer ein jähes Ende gefunden, als Elias, zur Zeit der letzten sonnigen Tage, zum Aufbruch gemahnte und sie mitnahm, zu jenem Haus aus Holz, welches einst seinen Eltern gehörte.
Anfangs machte es ihr Angst, dieses dunkle Haus, so einsam gelegen, so weit weg von ihren geliebten Verwandten, dem vertrauten Wald und den erhabenen Großen Seen. Und hätte sie damals geahnt, dass Elias sie im nächsten Frühling nicht wieder mitnehmen würde, so wäre sie gewiss nicht mit ihm gegangen. Auch war Winonah, die noch niemals eine Siedlung der Weißen betreten hatte, nicht darauf gefasst gewesen, auf eine solch eiserne Wand der Ablehnung zu stoßen.

Sicherlich, es war auch in St. Peter bekannt, dass bereits einige hundert Meilen weiter in der Wildnis Eigenbrötler und Fallensteller in gar nicht so geringer Zahl anzutreffen waren, die Wilde heirateten und wer weiß was trieben.
Aber hier, in St. Peter, wo man gemeinhin vom Holzhandel, dem Fischfang und in bescheidenem Maße auch von der Landwirtschaft lebte, bemühte man sich redlich, nach dem zu trachten, was man als christlichen Anstand bezeichnete oder doch zumindest dafür hielt.
Menschen wie dieser Elias Morgan, von seiner „Braut" ganz zu schweigen, hatten hier in dieser kleinen Gemeinde keinen Platz.
Allseits mit Genugtuung aufgenommen wurde die Tatsache, dass diese Wilde meist unsichtbar in dem alten dunklen Holzfällerhaus verborgen blieb. Verborgen geblieben war jedoch natürlich

keineswegs, dass sich dieses fremdartige Wesen mittlerweile zu allem Überfluss in anderen Umständen befand.
Spekulationen sowie die Feststellung, dass „bei so etwas nichts Gutes herauskommen könnte", wobei man sich nicht selten über diese süffisante Doppeldeutigkeit vor Lachen ausschütten wollte, waren ein durchaus beliebter Zeitvertreib an den trüben und stürmischen Vorfrühlingsabenden gewesen und jede, der sich selten bietenden Gelegenheiten wurde genutzt, um einen verstohlenen Blick auf den beachtlich schwellenden Leib der jungen Frau zu werfen.
Der Umstand, dass Elias Morgan seine schwangere Frau offensichtlich bereits vor Wochen alleine in dem Holzhaus zurückgelassen hatte, war zwar Grund für beträchtliches Kopfschütteln und eifriges Getratsche gewesen, dennoch war die Neugierde nicht so groß gewesen, dass jemand einmal dorthin gegangen wäre, um „nach dem Rechten" zu sehen, von dem nötigen Mut ganz zu schweigen.

Winonah kam jedoch auch ganz gut allein zurecht. Elias hatte an Vorräten alles Notwendige gelagert, sie litt von daher keine Not. Doch Einsamkeit nagte an ihrem Herzen und mehr noch bitteres Heimweh.
Voller Sehnsucht dachte Winonah an die Geselligkeit in den Winterlagern und an die lebendige Betriebsamkeit im Sommerlager ihres Volkes, in der Nähe des Gitchi Gami, des großen Sees.
Sie dachte an die wogenden Halme des Manomini, des wilden Wassergrases und ein ums andere Mal fragte sie sich, was Nigigo-quae - Otterfrau -, ihre Mutter, und Shawaeghiizig, ihr Vater, wohl gerade machten. Liebevoll dachte sie an ihre zahlreichen Geschwister, Onkel, Tanten und andere Verwandte und Freundinnen in ihrer Heimat und schmerzlich vermisste sie das Zusammensein mit ihnen, ihre Nähe, ihre Hilfe, ihren Rat. Gerade jetzt mehr denn je, denn seit Tagen schon fühlte Winonah, dass die Geburt ihres Kindes nicht mehr lange auf sich warten lassen würde.
Das traditionell nach Art der Ojibwe gefertigte Wiegenbrett, eine Art Rückentrage mit einem hölzernen Gestell und einem wei-

chen, aus Leder gefertigten Tragesack für das Baby, liebevoll mit bunten Glasperlen in Form von Blumenornamenten bestickt, stand schon seit vielen Wochen bereit. Sie hatte es gemeinsam mit Elias an den langen Winterabenden gefertigt, bevor er dann erneut aufgebrochen war, um dorthin zu gehen, wo sie so unbeschreiblich gerne geblieben wäre.

Je näher der Tag der Geburt rückte, desto schmerzlicher begann Winonah die Sicherheit und Geborgenheit ihres Clans zu vermissen. Dort wäre sie schon seit geraumer Zeit und gerade jetzt, in dieser Situation unmittelbar vor der Geburt ihres Kindes, niemals ohne Beistand und liebevolle Begleitung gewesen. Mit Sicherheit wäre Nigig-o-quae bei ihr gewesen sowie noch ein oder zwei weitere, in der Geburtsbegleitung erfahrene, Frauen.

Hier aber, in diesem dunklen Haus, war Winonah mutterseelenallein und dennoch erwartete sie die Geburt ihres Kindes mit Sehnsucht und ohne Angst. Es war der Monat des Ode'imini-Giizis, des Erdbeermonds, ein guter Monat für den Beginn eines neuen Lebens. Ein Monat, der Verheißung bedeutete.

Winonah ging schon seit geraumer Zeit mit bedächtigen Schritten im Raum auf und ab oder aber um jenen rohen Holztisch herum, der das Zentrum des Raumes war und stützte sich auf ihn, wenn eine neuerliche Wehe sie unwillkürlich in die Knie gehen ließ.

Ihr leiser eigentümlicher Singsang schwoll dann merklich an und verebbte wieder.

Eine heftige Welle des Schmerzes rollte über Winonah hinweg, drückte sie zu Boden, während sich das Fruchtwasser in einem großen Schwall über den Fußboden ergoss.

Die Geburt ihres ersten Kindes stand unmittelbar bevor.

Mit diesem lang ersehnten Moment würde ihre tiefe Einsamkeit ein Ende haben. Dieses Kind sollte ein Stern sein, der die Dunkelheit ihrer Einsamkeit mit dem Licht seines Daseins zu erhellen vermochte.

In den Adern dieses Kindes würde auch das Blut der Ojibwe fließen und mit ihrer Milch würde es den Geist der Ojibwe in sich aufnehmen, davon durchdrungen werden und daran wachsen. Hier in der Fremde würde dieses Kind zugleich Blüte und Wurzel ihres Lebens bedeuten. Ihm würde sie die Geschichten ihres Vol-

kes erzählen, die Weisheiten ihres Stammes weitergeben können und all ihre Liebe, ihre ganze Zärtlichkeit.
Als Winonah in der Hocke ihren kleinen Sohn gebar, umfing sie ihn mit sicheren Händen.
Ein leiser Schrei, mehr einem Seufzer gleich, entrang sich der Kehle dieses kleinen Wesens und veranlasste die junge Mutter augenblicklich ihr Baby in die Arme zu nehmen und sich mit ihm auf das Lager in die Wärme des Feuers zu legen.
Obwohl sie völlig erschöpft war, hätte sie niemals schlafen können. Fasziniert betrachtete sie dieses kleine Wesen. Zählte lächelnd seine Finger, seine Zehen.
Schließlich durchtrennte sie mit einem entschlossenen Schnitt die Nabelschnur und band sie mit einem schmalen Lederstreifen nahe dem winzigen Bauch ihres Sohnes ab. Der begann indes zielstrebig nach einer nahrhaften Quelle zu forschen und alsbald mit einer Festigkeit zu saugen, die Winonah völlig überraschte und staunen ließ.
„Mamaandaa!", flüsterte sie, „Mamaandaa - Wunder -!"
Ein Mondstrahl fiel auf das feuchtglänzende, schwarze Haar und die olivbraune Haut des Babys. Winonah blickte durch das Fenster, dem am nun wolkenfreien Himmel prunkenden Gestirn entgegen, dem Mond direkt in das volle Gesicht.
„Mino dibik-giizis, mino nokomis! Guter Mond, gute Großmutter aller ...!", flüsterte sie und wendete den Blick erneut voll zärtlicher Faszination auf das kleine atmende und saugende Kind in ihren Armen. Sanft fuhr sie mit ihren Lippen über die Stirn dieses kleinen Geschöpfes, sog seinen Geruch tief in sich ein. „Mino-nokomis wird mein Name für dich sein."

Als Elias Morgan beinahe fünf Monate später zurückkehrte, erregte die Tatsache, dass sein und auch Sattlers Sohn in der gleichen Vollmondnacht das Licht der Welt erblickt hatten, nur mehr ein paar abergläubische Gemüter.
Dass dieses unglückselige Halbblut jedoch immer noch nicht getauft worden war, sorgte für einen ausgemachten Skandal, der nun, da Morgan wieder einmal aufgetaucht war, umgehend die Aktivität des Reverends der kleinen Gemeinde erforderte.

Und so kam es, dass am darauffolgenden Sonntag, es war der 27. Oktober 1816, Elias Morgan gemeinsam mit seiner Familie die kleine Kirche betrat und Mino-nokomis, unter den neugierig äugenden Blicken der äußerst zahlreich versammelten Gemeinde, nach Elias Vater, auf den Namen Silas Morgan getauft wurde. Was durchaus eher einen provokanten Charakter hatte, denn einen sentimentalen Ursprung.
Man war sich übrigens gemeinhin darüber einig, dass sich Silas Morgan senior im Grabe herumgedreht hätte, wenn er von dieser geradezu unerhörten Namensgebung erfahren hätte.
Ansonsten aber hatte nun alles wieder seine rechte Ordnung gefunden, soweit dies unter den gegebenen Umständen überhaupt möglich war, und man konnte sich beruhigt seinen alltäglichen Geschäften zuwenden.

3

In den folgenden Jahren bekam St. Peter wenig von Elias Morgan und seiner kuriosen Familie zu sehen. Elias selbst machte sich Jahr für Jahr im späten März auf den Weg, erschien jedoch seit der Geburt seines Sohnes bereits im frühen Herbst wieder in St. Peter und blieb die ganze kalte Jahreszeit über dort.
Den kleinen Silas Morgan junior aber bekamen die Menschen des Ortes nach seiner Taufe erst im Alter von acht Jahren etwas ausführlicher zu Gesicht.

Es war ein goldener Oktobermorgen, die Wälder leuchteten in den üppigsten Gelb- und Rottönen und ein klarer, strahlend blauer Himmel breitete sich über das Tal des rauschenden Mississippi aus.
Mino-nokomis hatte hinter dem Haus gespielt, doch plötzlich horchte er auf.
Von irgendwoher erklang der wehmütige, eigentümlich verloren klingende Ruf eines einzelnen Ojiijaak, eines Kranichs, und noch etwas anderes drang an das feine Gehör des kleinen Jungen.
Aus dem Haus waren gedämpft die Stimmen seiner Eltern zu

vernehmen. Zwar konnte Mino-nokomis nicht genau verstehen, was sie sprachen, doch dass sie stritten, vernahm er sehr wohl. Geradezu körperlich spürte er die heftig geführte Auseinandersetzung seiner Eltern. Eben wollte er leise das Haus durch die Hintertüre betreten, als sein Vater durch die Vordertür herauskam, um sich blickte und, nachdem er ihn schließlich entdeckt hatte, forschen Schritts auf ihn zumarschierte.
„Auf Silas, du kommst jetzt mit mir!"
„Wo gehen wir denn hin, Nimbaabaa?"
„Warts ab, das wirst du schon sehen."
Entschlossen ergriff Elias die Hand seines Sohnes und zog ihn mit sich fort, geradewegs auf die entfernt gelegene Ansammlung von Hütten und Häusern zu.

Mino-nokomis war diesen Weg bisher noch nie gegangen. Seine Mutter wollte das nicht und hatte es ihm ausdrücklich nicht erlaubt.
„Jenseits der Häuser beginnt deine Welt, Ningozis - mein Sohn!", hatte sie ihm gesagt.
Solange Mino-nokomis zurückdenken konnte, war Winonah mit ihm hinausgegangen, hinaus in den Wald.
Sie hatte ihn den Flug der Vögel genauso zu erkennen gelehrt, wie ihren Ruf, so dass Mino-nokomis, im Alter von vier Jahren bereits, Pitchi, das Rotkehlchen, schon im Anflug zu erkennen vermochte. Und so beständig wie ihn Winonah auf dieses oder jenes Gezwitscher aufmerksam machte, wies sie ihn auch auf die Pflanzen und Tiere des Waldes hin und lehrte ihn mit endloser Geduld die verschiedenen Fährten zu erkennen und zu unterscheiden.
Jedem Wesen gebührte gleichermaßen ihre Achtung und Anerkennung, alles war immer Inaendaugwut, war erlaubt, hatte seine Daseinsberechtigung.
Viele Male schon hatte Winonah Mino-nokomis so bei der Hand genommen, ihm mit jedem Tag einen weiteren kleinen Teil ihres Wissens geschenkt. Hatte ihn angewiesen im sorgsamen, vorsichtigen Ausgraben der Ojiibik, der Wurzel verschiedenster Heilpflanzen, ebenso wie im lautlosen Heranpirschen an die scheuen Wawashkaesh - Hirsche - oder an die nicht minder wachsamen

und sprungbereiten Addik - Waldkaribus -. Vor allem aber hatte Winonah ihm beigebracht, dass jedes Wesen, jede Pflanze, jedes Tier eine Ojichaag besaß, eine Seele, einen Geist und somit auch über eine ganz eigene große Macht verfügte.
Sie hatte ihn gelehrt in all diesen Lebewesen seine Brüder und Schwestern zu erkennen.
Niemals durfte etwas unnötig genommen oder gar zerstört werden und für alles, was man nahm, dankte man dem Spender von ganzem Herzen.
Mit offenen Augen und Ohren nahm Mino-nokomis die Lehren und Erzählungen seiner Mutter und gleichermaßen auch die Eindrücke des Waldes tief in sich auf, prägte sich alles fest ein in seine offene, freie Kinderseele. Ließ sich prägen durch ihre Worte und mehr noch, durch das lebendige Vorbild seiner Mutter, welche niemals leere Phrasen drosch, sondern stets auch das lebte, von dem sie sprach.
Winonah bedeutete für Mino-nokomis Geborgenheit und Weisheit in einem, Schutz und Zärtlichkeit zugleich.
Die Geschichten und Mythen der Ojibwe, an langen Winterabenden vor dem Feuer erzählt und allabendlich an seinem Bettchen, vom leisen Klang Winonahs kleiner Handtrommel untermalt, waren seine zweite Heimat geworden, die erste Heimat aber war dort, wo immer auch seine Mutter sich gerade befand, an ihrer Seite unterwegs im Wald, genauso wie hier in diesem alten Holzfällerhaus.

Nun aber ging Mino-nokomis an der Hand seines Vaters auf jene fremden Häuser zu und zugleich von der Mutter weg, das spürte er wohl. Sein Herz pochte ihm ängstlich bis zum Hals. Ein Gefühl der Verzweiflung und Ohnmacht bemächtigte sich seiner Seele, ebenso wie ein Gefühl unbändigen Widerstrebens, welches ihn letztlich dazu veranlasste, sich wie ein störrischer Esel von seinem Vater ziehen zu lassen.
Doch Elias Morgan war ein Mann der Tat, eine schallende Ohrfeige machte Mino-nokomis ohne Weiteres wieder Beine. Und so stolperte er, mit den Tränen kämpfend, hinter seinem Vater her. Im Grunde war diese Ohrfeige bereits der erste Kontakt mit jener

anderen Welt, von der sein Vater annahm, dass es an der Zeit sei, seinen Sohn mit ihr vertraut zu machen.
Winonah schlug ihren Sohn niemals. Sie hatte in den vergangenen Jahren einen Kokon aus Erinnerungen und Mutterliebe um Mino-nokomis gesponnen und es tatsächlich fertiggebracht, ihr Kind inmitten einer weißen Welt, wie einen Ojibwe zu erziehen. Handgreiflichkeiten hatten da in keiner Weise Berechtigung und Raum gehabt.
Entsprechend überrascht und bestürzt war Mino-nokomis, während er hinter dem Vater her auf das gelb gestrichene Haus der Sattlers mit ihrem Krämerladen zustolperte.
Als Elias Morgan die Tür des Krämerladens öffnete, erklang das helle Geläut der kleinen Glöckchen über der Tür. Mino-nokomis blickte erstaunt in die Höhe, entdeckte die tanzenden, schimmernden Glöckchen und streckte unwillkürlich seine Hand nach ihnen aus. Doch schon im nächsten Moment bestürmten ihn weitere bunte Eindrücke, dicht gedrängt im Inneren des Krämerladens und nicht zuletzt auch der Anblick der stämmigen, großen Frau hinter dem Tresen, mit ihrem üppigen, wogenden Busen und Haaren so hell wie der Weizen im Sommer.
Am Boden saß ein kleiner Junge, nicht viel größer als er selbst, mit geradezu unglaublich hellen Haaren und blauen Augen. Zum ersten Mal sah Mino-nokomis einen Menschen, der noch so klein, so jung war, wie er.
Beide Kinder starrten sich verdutzt an und ließen sich im Folgenden nicht mehr aus den Augen. Nach einer Weile, einigen aufmerksam forschenden Augenblicken, wagte Mino-nokomis ein zaghaftes Lächeln, das zögerlich erwidert wurde. Leise löste sich Mino-nokomis aus dem Schatten seines Vaters und trat zwei vorsichtige Schritte auf den anderen Knaben zu. Ohne Unterlass betrachteten sie sich gegenseitig mit unverhohlener Neugierde, sprachen dabei aber kein einziges Wort.

Als Elias Morgan mit seinem Sohn und einem Strang Tabak einige Minuten später den Laden wieder verlassen hatte, bestürmte David seine Mutter mit Fragen: „Was war das für ein seltsamer Junge? War das der Sohn der Wilden, von der immer geredet wird?

Wie heißt der Junge denn? Warum war er bisher noch nie hier?"
Fragen über Fragen! Mary Sattler seufzte aus tiefster Seele. Sie war von dieser unverhofften Begegnung keineswegs begeistert und wäre mit so etwas zu rechnen gewesen, sie hätte es, weiß Gott, zu verhindern gewusst!
Aber nun war es geschehen und das Glitzern in den Augen ihres Sohnes gefiel ihr ganz und gar nicht. Anstatt auf seine Fragen einzugehen, beeilte sie sich, ihn an seine Pflichten zu gemahnen und ihn aus dem Verkaufsraum zu scheuchen.
„Raus mit dir, im Lager wartet ein ganzer Berg Handschuhe auf dich und dass du sie mir ordentlich nach Größen sortierst!"
Gedankenversunken blickte sie ihrem Sohn hinterher: „Nichts als Flausen im Kopf, nichts als Ärger mit dem Jungen! Auf der anderen Seite darf ich mich wohl nicht beschweren. Wie oft schon hab' ich mir anhören müssen, dass David mir auf der Nase herumtanzt, dass er mich beständig um den kleinen Finger wickelt und das Schlimmste daran ist, dass es auch noch stimmt!" Mary seufzte tief. Ach, sie konnte ihm einfach nicht wirklich böse sein!
Vielleicht lag es ja tatsächlich daran, wie sie es selbst den anderen immer wieder entschuldigend entgegenhielt, dass er ihr jüngstes und wahrscheinlich auch ihr letztes Kind war, ihr Nesthäkchen und natürlich auch daran, dass sie beide bei der Geburt um ein Haar gestorben wären.
Vielleicht lag es aber auch einfach an David selbst. Er hatte eben eine so überwältigend unbekümmerte, lebensfrohe Art und zudem die äußerst nützliche und hilfreiche Gabe, im Bedarfsfall geradezu mitleiderregend zerknirscht und reumütig auszusehen, so dass er auch anderweitig manch eine verhärtete Seele dazu veranlasste, gegen alle Gewohnheit Gnade vor Recht ergehen zu lassen.
Der Gedanke an dieses Halbblut aber ließ Mary den ganzen Tag über nicht mehr los und ihren Sohn noch viel weniger. David hatte natürlich schon viele Male darüber tuscheln und tratschen gehört, dass es in dem am Waldrand gelegenen Haus des Fallenstellers eine Indianerin mit einem Kind gäbe. Aber bisher waren sie ihm noch nie zu Gesicht gekommen und er hatte sich seinerseits auch noch niemals bis dorthin getraut, um einmal nachzusehen

und er durfte es ja erklärtermaßen auch nicht. Zudem wusste er sehr wohl, dass ein Kind alleine weder im noch am Wald etwas verloren hatte, keine Frage.
Nun aber war seine Neugierde geweckt, war stärker als jedes Verbot.
David beschloss, sich bei der nächsten Gelegenheit bis zu dem Holzhaus des Fallenstellers hinauszuwagen.

Gleich am kommenden Tag witschte er unbemerkt davon und machte sich auf den Weg.
Das kleine Holzhaus lag auf einer leichten Anhöhe, beinahe zur Hälfte im Schatten des Waldes verborgen. Es war weiter vom Ort weg gelegen, als David vermutet hatte.
Endlich angekommen, wusste er dann nicht recht, was er nun eigentlich tun sollte. Einfach hinzugehen und anzuklopfen war kein Gedanke, das wagte er nicht. Nach einigem hin und her beschloss er endlich, leise und mit gebührender Vorsicht, das Holzhaus im großen Bogen zu umrunden und dabei gründlich in Augenschein zu nehmen. Wie wild pochte sein Herz, als er auf Zehenspitzen begann, um das Haus zu schleichen.
„Waenaesh k'doadem?"
Sehr leise, kaum wahrnehmbar vernahm David eine flüsternde Stimme und fuhr erschrocken herum. Nur einige Schritte hinter ihm stand dieser fremdartige Junge, blickte ihn sichtlich überrascht aus großen, dunklen Mandelaugen an und stellte ihm erneut in flüsterndem, beinahe atemlosen Ton jene für David vollkommen unverständliche Frage: „Waenaesh k'doadem?"
Mino-nokomis stellte diese Frage, ohne weiter darüber nachzudenken, in jener Sprache, die ihm die geläufigste war, und er stellte sie, weil genau diese Frage immer die erste sein sollte, wenn man einem Unbekannten begegnete, so hatte es ihn seine Mutter gelehrt. Als er jedoch das Unverständnis in den blauen Augen des anderen Knaben sah, besann er sich und wiederholte seine Frage ein drittes Mal, nun aber in der Sprache seines Vaters: „Was ist dein Totem?"
Doch auch jetzt wusste David nicht, was er erwidern sollte. Schweigend musterten sich die beiden Knaben, der eine un-

sicher, doch äußerst fasziniert von der Andersartigkeit seines Gegenübers, der andere überrascht und beglückt von dem Umstand einen Jungen in seinem Alter vor sich zu haben. Nur um etwas zu sagen, stellte David eine Frage, deren Antwort ihm bereits bestens bekannt war: „Du wohnst hier?“
Der andere nickte: „Ja, ich wohne hier, in dem Haus.“
„Aber warum bist du nie bei uns unten im Dorf?“ Mit gesteigertem Interesse begutachtete David sein Gegenüber und wartete gespannt auf dessen Antwort. Mino-nokomis zuckte mit den Schultern und sagte: „Nimaamaa sagt, das ist nicht gut, sie sagt ich bin fremd dort.“
„Und was machst du hier dann so, den ganzen Tag?“ David sah ein Leuchten durch die dunklen Augen gehen, und mit einer fließenden Handbewegung wies dieser seltsame Knabe in Richtung des Waldes und flüsterte: „Der Wald, er ist mein Freund.“
„Na, ich weiß ja nicht, im Wald ist es verdammt gefährlich! Meine Mutter hat mir streng verboten, alleine in den Wald zu gehen. Hüten soll ich mich davor, hat sie gesagt!“
Erstaunt betrachtete Mino-nokomis das gewichtig dreinblickende Gesicht des anderen.
Winonah war gewiss immer um Mino-nokomis besorgt, das wusste er ganz sicher und doch hatte sie niemals Sorge um ihn, wenn er seine kleinen, sich aber ganz allmählich immer mehr ausweitenden Streifzüge in den Wald hinein unternahm.
Auf ihren unzähligen gemeinsamen Wanderungen hatte er den Wald niemals als bedrohlich empfunden, sondern ganz im Gegenteil als Schutz, als Hort seiner selbst und so vieler verschiedener Lebensformen, als großzügigen Spender all dessen, was ein jeder zum Überleben brauchte. Es war ihm durchaus vorstellbar, sich im Schutz des Waldes verbergen zu wollen, sich aber vor dem Wald selbst zu fürchten, ihn aus Angst zu fliehen, lag jenseits von Mino-nokomis Vorstellungskraft.
Verständnislos sah er in das Gesicht des blonden Jungen.
„Kennst du dich aus, ich mein' im Wald?“, fragte dieser zweifelnd und doch von Neugierde erfüllt.
„Ein bisschen, ja! Und jeden Tag ein bisschen mehr.“
„Würdest du mich mal mitnehmen?“

Ein Leuchten huschte über Mino-nokomis Gesicht, als er mit glänzenden Augen und einem Nicken einwilligte.
„Gut! Fein! Aber heute leider nicht mehr, ich muss jetzt nämlich schleunigst nach Hause." Verschwörerisch senkte David seine Stimme: „Du darfst aber keinem verraten, dass ich hier draußen war und so, hörst du? Keiner Menschenseele, in Ordnung und großes Ehrenwort?! Ich komme wieder, sobald es geht."
David drehte sich auf dem Absatz um und lief eilig nach Hause. Die Gedanken wirbelten in ihm durcheinander und in dieser Nacht wanderten seine Träume durch dunkle, unergründliche Wälder und er ging immer an der Seite dieses eigenartigen Jungen mit diesem seltsamen Blick aus warmen, dunklen Augen und obwohl David im Traum darüber selber verwundert war, verspürte er an seiner Seite, auf den zwielichtigen, verwunschenen Pfaden des Waldes, keine Angst.

Es war Mary Sattler nicht entgangen, dass David sich in den letzten Wochen immer wieder aus dem Staub machte und auf Stunden nicht wieder aufzufinden war. Sie hatte so ihre Ahnungen, ihre düsteren Befürchtungen, wo er sich herumtrieb und vor allem aber mit wem! Nachdenklich blickte sie aus dem Fenster, es begann bereits dunkel zu werden und ihr Jüngster war wieder einmal nirgendwo in Sicht.
Als David dann gerade noch rechtzeitig zum Abendbrot erschien, hielt sie es einfach nicht mehr aus und fing ihn noch vor der Haustüre ab.
„David! Du treibst dich doch mit diesem Halbblut herum! Sei ehrlich!" Streng und forschend blickte Mary, unübersehbar erfüllt von Sorge und Tadel, ihrem Sohn in die Augen.
Dieser war sich gänzlich unschlüssig, ob nun ein reumütiger oder besser ein vollkommen unwissender Blick besser wäre und betrachtete seinerseits forschend das aufgebrachte Gesicht seiner Mutter.
Einer inneren Eingebung folgend, sagte er schließlich: „Er ist sehr nett, Mama, wirklich!"
„Himmel Herrgott, ich hab's ja geahnt! David, das muss aufhören, hörst du?! Und zwar heute noch!"

„Aber wieso denn, Mama?“ Unglücklich und zerknirscht richtete David einen fragenden und gekonnt von kindlicher Unschuld durchzogenen Blick auf die Mutter, die in ihrer Ratlosigkeit seufzend die Hände rang.
„Das ist einfach kein Umgang für dich, David, wo kämen wir denn da hin!“
„Aber warum?“
„Dann sieh ihn dir doch einmal an! Dieser Junge ist ein halber Wilder, ein Bastard. Er gehört nicht zu uns, glaub mir, von so einem kommt nichts Gutes!“ Beschwörend sah Mary Sattler ihren jüngsten Sohn an.
„Er ist wirklich sehr nett“, sagte dieser, beharrlich wie er war, einfach noch einmal.
Mary ahnte in diesem Moment, dass sie sich in ihrem Bestreben zu retten, was noch zu retten war, auf verlorenem Posten befand. Dennoch war sie nicht bereit, so schnell aufzugeben. Es blieb einzig die Frage, wie sie nun am besten vorgehen sollte.

4

Das kalte, regnerische Herbstwetter ging nahtlos über in einen verschneiten und klirrend kalten Winter. Der strenge Frost ließ selbst die Säfte in den Baumstämmen gefrieren, so dass es unaufhörlich im Wald knackte und krachte und manch ein Baum zerbarst.
Mino-nokomis lag in seine warmen Decken gekuschelt in seinem Bett, an der Seite der Eltern und lauschte den Geräuschen des Waldes. Die dichte Schneedecke veränderte jeden Laut auf eigentümliche Weise. Alles klang seltsam dumpf und klar zugleich.
Mino-nokomis' Gedanken wanderten durch den Wald des Schnees und weg dann von dessen tief verschneiten Pfaden, hinein in den bunten Wald des Herbstes und während er noch in Gedanken die Wege des Waldes der bunten Blätter betrat, schlief er ein.
Seite an Seite ging er mit David durch den bunten Herbstwald. Ein silbergrauer Luchs saß nur ein Stück entfernt von ihnen auf

dem Pfad und blickte beide Jungen abwartend und nachdenklich an.
Mino-nokomis bedeutete seinem Freund mit einer sanften Berührung innezuhalten und wies voller Ehrfurcht auf Bizhiu, den Luchs, das Totemtier seiner indianischen Familie.

Als Mino-nokomis am nächsten Morgen erwachte, brannte er darauf, Winonah von seinem Traum zu erzählen. Zärtlich schmiegte er sich an ihren Rücken, während sie vor dem Kamin kniete und Holzscheite im Halbrund vor dem wärmenden Feuer aufschichtete, um sie dort trocknen zu lassen.
„Nimaamaa, ich habe heute Nacht von Bizhiu geträumt."
Winonah blickte einen Moment lang aufmerksam in das Gesicht ihres Sohnes und als sie sich langsam wieder den Holzscheiten zuwandte, fragte sie: „War es ein guter Traum, hm, was meinst du?"
„Ja, ich glaube schon. Ich ging mit David durch den Wald der bunten Blätter. Bizhiu saß ein gutes Stück vor uns und blickte uns an."
„Er blickte euch an, euch beide?"
„Ja, und als er uns eine Weile nachdenklich angesehen hatte, stand er langsam auf und ging in aller Seelenruhe davon."
Zärtlich strich Winonah eine Strähne des seidig glänzenden, bald schulterlangen Haares aus dem Gesicht ihres Sohnes. „Dieser Traum ist ein Geschenk, mein Sohn, du musst ihn in Ehren halten."
Winonah lächelte nachdenklich und strich erneut über Mino-nokomis' tiefschwarzes Haar. Sie spürte tief in ihrem Innersten, dass der von ihr gewobene, watteweiche Kokon, der Schutzmantel ihrer kleinen gemeinsamen Welt, Risse bekam und sie fühlte ebenso, dass dies auch weiterhin unvermeidbar geschehen würde, ja, sogar geschehen musste. Und dieser Traum war ein Zeichen dafür.

Als dann im späten März die ersten Sonnenstrahlen den Schnee in viele kleine Schmelzbäche verwandelten, erschien Davids Blondschopf vor Elias Morgans Holzhaus. Doch diesmal schlich er nicht ängstlich um das Haus herum, nein, diesmal fasste er sich ein Herz und klopfte laut und vernehmlich an die Tür. Als Winonah vorsichtig einen Spalt weit öffnete, zögerte er nur einen kurzen Augenblick und sagte dann beherzt: „Wünsche einen schönen Tag, Mrs. Morgan. Ob ich Silas wohl besuchen dürfte?"

„Ja natürlich, komm nur herein!" Winonah bedeutete David mit einer freundlichen Geste einzutreten. Die behagliche Wärme des Feuers umfing ihn angenehm, und nachdem sich seine Augen an das Halbdunkel des Raumes gewöhnt hatten, machte er ein dunkles Paar Mandelaugen aus, das ihn glücklich anstrahlte.

Das Innere des Holzhauses war für David allerdings eine arge Enttäuschung. Er hätte nicht direkt zu sagen vermocht, was er eigentlich erwartet hatte, aber er wusste ganz genau, dass es gewiss nicht das gewesen war, was sich ihm nun im Holzhaus der Morgans darbot, nämlich nichts weiter, als eine einfache Behausung, wie es tausend andere gab.

Ein grober Holztisch nahm die Mitte des Raumes ein, umrahmt von lediglich drei Stühlen, woraus leicht zu schließen war, dass Gäste in diesem Haus nicht gerade eben erwartet wurden.

Auf einem dieser Stühle saß breitbeinig Elias und sagte schmunzelnd: „Na, wen haben wir denn da?"

Ein ordentliches Feuer prasselte im Kamin, vor dem einige Felle lagen und auf einem dieser Felle saß Silas und strahlte ihn an. Auf seinem Schoß lag ein aufgeschlagenes Buch.

David konnte es nicht fassen! Das war ja nun tatsächlich eine kleine Sensation. Also, dass jemand freiwillig las und ganz besonders, dass es Silas war, der da freiwillig sein Gesicht in einem Buch vergrub, verblüffte David enorm, nie und nimmer hätte er so etwas erwartet. Offen gestanden hätte er es nicht einen Moment lang für möglich gehalten, dass Silas überhaupt lesen konnte.

Mino-nokomis hatte in der Zwischenzeit längst sein Buch beiseite gelegt und David mit einer einladenden Geste aufgefordert, sich zu ihm an das wärmende Feuer zu setzen.

Erneut zog ein strahlendes Lächeln über sein freundliches Gesicht. Eine gute Weile saßen sie umhüllt von der Wärme des prasselnden Feuers und erzählten sich einander dies und das. Sie alberten herum und später bauten sie ein kleines Dorf aus dem

aufgestellten Kaminholz, was Winonah, zu Davids grenzenlosem Erstaunen, nicht weiter zu stören schien.
Als David sich wieder gründlich aufgewärmt hatte, bekam er Lust, mit Silas hinaus in den Schnee zu gehen. „Silas, lass uns rausgehen, ja?"
Fragend blickte Mino-nokomis zunächst seine Mutter, dann seinen Vater an. Während der Vater seinem Sohn aufmunternd zunickte, machte die Mutter eine auffordernde Handbewegung zur Tür hin, lachte und sagte etwas in einer Sprache, die David nicht verstand. Nun hatte Mino-nokomis nichts Eiligeres zu tun, als in seine dicken Stiefel zu schlüpfen, seine warme Jacke anzuziehen, seine Mütze nicht zu vergessen und mit dem Freund schleunigst nach draußen zu verschwinden.
Obwohl bereits Mitte März, schlug ihnen die Luft schneidend kalt entgegen. Es schmerzte fast zu atmen und zugleich tat es so wohl, die klare Luft tief in sich hineinzusaugen und die Sonnenstrahlen in den verbliebenen Schneefeldern glitzern zu sehen, so hell, so stark, dass sie die Augen blendeten.
Mit einem hellen Schrei durchschnitt Mino-nokomis die gedämpfte Stille ringsumher und ehe David es sich versah, hatte ihn Mino-nokomis lachend mit einer guten Handvoll Schnee beworfen. David war hier in seinem Metier und nahm begeistert die Herausforderung an. Sofort war eine spielerische Rauferei im Gange, das erste Kräftemessen zwischen zwei Freunden, mit kindlichem Eifer und Ernst betrieben.
David musste im Verlauf dieser übermütigen Rangelei voller Verwunderung feststellen, dass er Silas unterlegen war. Zwar war David ein ganzes Stück größer als er, vielleicht war er auch stärker als der Freund, aber dieser legte dafür eine derartige Geschicklichkeit und Wendigkeit an den Tag, dass David ihm beim besten Willen nicht gewachsen war. Mit geröteten Wangen und noch vollkommen außer Atem, betrachtete David seinen Freund mit einer guten Portion neu hinzugewonnenen Respekts.
Bester Laune klopfte David einen Rest Schnee von seiner schon mehrfach geflickten Hose, einem uralten Erbstück von seinem Bruder Edwin, klopfte dann Silas anerkennend auf die Schulter und lachte ihn dabei sehr zufrieden an.

Gemeinsam marschierten sie zurück zum Haus und hingen, erhitzt und zufrieden mit sich und der Welt, eine Weile schweigend ihren Gedanken nach.
David zog geräuschvoll die Nase hoch, ehe er Silas die Frage stellte, die ihm gerade durch den Kopf gegangen war: „Sag mal, was war denn das für ein Buch vorhin?"
Mino-nokomis blickte einen kurzen Moment lang in das Gesicht des Freundes, dann konzentrierte er sich wieder auf den von tückischen Eispfützen durchzogenen Weg.
„Es ist nicht direkt ein Buch. Es sind ganz viele einzelne Zeitschriften, von einem ganzen Jahr, irgendjemand hat sie gesammelt und wie ein Buch binden lassen."
Erstaunt blickte David Silas an: „Aber wer macht denn so was?!"
Das Unverständnis in seinem Gesicht war nicht zu übersehen. Mino-nokomis überlegte einen Augenblick und antwortete dann: „Ich weiß es nicht. Vielleicht war es ja jemand, der keinen Teil von der Geschichte verlieren wollte, aber nein, dann wären sicherlich auch die letzten Teile dabei, nicht wahr?" Er seufzte bedauernd.
„Was für eine Geschichte denn?" David begann allmählich neugierig zu werden.
„Es ist die Geschichte eines Jungen, nicht viel älter als wir, in einer anderen Welt, mit Häusern und Herzen aus Stein. Der Junge heißt Oliver, Oliver Twist."
Na, das klang ja nun nicht gerade aufregend ...
„Und wo hast du das Buch her?"
„Mein Vater hat es mir geschenkt. Er hat es irgendwo für mich gegen etwas anderes eingetauscht."
„Dein Vater schenkt dir Bücher?" Ungläubig sah David Silas an. Dieser lachte nur und antwortete: „Nein! Er hat mir nur dieses eine geschenkt, sonst keins. Er hat gesagt, dass es von den Menschen handelt, die hinter den großen Wassern leben. Er sagt, dass von dort seine Eltern gekommen sind." Leise und nachdenklich fuhr Mino-nokomis zu sprechen fort: „Meine Wurzeln umfassen die halbe Welt und deshalb bin ich auch überall zu Hause, sagt er, ich bin ein Ojibwe und ein Weißer zugleich."
Grübelnd runzelte er die Stirn und blickte mit zusammengekniffenen Augen in das strahlende, wolkenlose Blau des Himmels,

seufzte leise und sagte dann: „Ich weiß nicht recht, ob das so stimmt, was er da sagt.“

Fragend blickte Silas zu David, doch dieser, solch tiefschürfende Gespräche überhaupt nicht gewöhnt, schaute ratlos zu Boden, um dem Blick des Freundes zu entgehen und kickte bei jedem Schritt ein Häufchen Schnee vor sich her.

Mino-nokomis spürte die Befangenheit seines Freundes und fragte ihn deshalb kurz entschlossen: „Was hältst du davon? Wir gehen jetzt gleich zu mir nach Hause und ich lese dir am Feuer ein bisschen von der Geschichte aus meinem Buch vor und Nimaamaa macht uns etwas Warmes zu trinken.“

Erleichtert löste David seinen Blick vom Boden und willigte ein, äußerst dankbar für den unverfänglichen Themenwechsel: „Gerne! Mir wird auch langsam kalt.“

Behaglich von der Wärme des Kaminfeuers umfangen, den Bauch mit heißer Brühe gefüllt, lauschte David der Geschichte, die sein Freund ihm da erzählte.

Mino-nokomis war schnell davon abgekommen, die abenteuerliche Geschichte von Oliver Twist vorzulesen. Stattdessen hatte er begonnen, sie dem Freund mit seinen eigenen Worten zu erzählen, und er erzählte sie ihm nicht nur mit Worten, nein, alles an ihm schien zu sprechen, seine Augen, seine Hände, sein ganzer Körper.

Fasziniert lauschte David der spannenden Geschichte, verfolgte sie mit seinen eigenen Augen. Er sah Oliver, Miss Nancy, den alten Juden und Charley Bates und wie sie alle hießen, so deutlich vor seinem inneren Auge, dass er fast meinte, nach ihnen greifen zu können. David ließ sich von Mino-nokomis Erzählung entführen, durchlebte mit ihm und Oliver Twist Freud und Leid, bis dann, sehr zu Davids Bedauern, der Augenblick gekommen war und Mino-nokomis die Geschichte, in Entbehrung der letzten Kapitel, auf seine Weise zu einem Ende führte.

Es herrschte für einen Moment atemlose Stille im Raum, nachdem Mino-nokomis seine Erzählung beendet hatte.

David griff nach dem bereits reichlich abgegriffenen dicken Buch mit dem speckigen Ledereinband, wog es eine Weile in beiden

Händen und fragte schließlich nachdenklich: „Woher kannst du eigentlich lesen?"
„Mein Vater hat es mir beigebracht. Von ihm habe ich eure Sprache gelernt und von meiner Mutter die Sprache der Ojibwe."
David nickte langsam, als sein Blick durch das kleine, beschlagene Fenster auf den mittlerweile schon dunkel gewordenen Himmel fiel.
„Oh, verflucht! Ich muss sofort heim! Verdammter Mist, das gibt Ärger!" Entsetzen hatte sich im Nu in Davids Gesicht und Herzen breitgemacht und schon im nächsten Augenblick war er aufgesprungen, zog sich hastig Stiefel und Jacke an, grapschte sich schnell noch seinen Hut und verabschiedete sich, während er schon halb aus der Türe gestürmt war.
Keuchend rannte er nach Hause. Oh, verflucht! Er hatte die Zeit einfach vergessen. Wie spät mochte es wohl sein? Was sollte er zu Hause nur erzählen?
Seine Lungen schmerzten erbärmlich, als er endlich mit rotgefrorener Nase und völlig atemlos zu Hause ankam.
Wie er es sich bereits gedacht hatte, empfing ihn an diesem Abend der Vater persönlich, was unmissverständlich bedeutete, dass das Maß nun voll war und die in so einem Fall unvermeidliche Abreibung durch den Vater erfolgte stehenden Fußes.
Schmerzhaft und demütigend wie immer, wurde sie diesmal auch noch mit der unangenehmen Frage nach seinem Aufenthalt garniert.
„Wo warst du!", brüllte der Vater ein ums andere Mal.
David wiederum, vollauf damit beschäftigt, den Schlägen des Vaters zu entgehen, verlegte sich darauf zu winseln und zu betteln, während er die immer wieder gestellte Frage des Vaters einfach zu ignorieren versuchte. Was hätte er ihm auch antworten sollen?
Irgendwann war seine Mutter dazugekommen und hatte versucht, dem Vater Einhalt zu gebieten. In ihrem fruchtlosen Bemühen platzte sie schließlich mit der Wahrheit heraus: „Jetzt hör schon endlich auf, George! Ich kann Dir genau sagen, wo unser Herr Sohn sich rumtreibt!"
Mit einem Mal war Stille. Abrupt hielt Sattler inne und blickte seine Frau erstaunt an, während diese unbeirrt damit fortfuhr, Da-

vids schlimmste Befürchtungen in die Tat umzusetzen.
Klagend hob sie erneut zu sprechen an: „Beim Fallensteller treibt er sich rum! Mit dem seinem Sohn treibt er sich rum! Er lässt's einfach nicht, was ich auch sag'!" Hilflos hob sie ihre Hände und ließ sie wieder sinken.
Augenblicklich versuchte David erneut seinen Kopf mittels beider Arme in Deckung zu bringen, doch dann spürte er, dass sich etwas verändert hatte, die knisternde Spannung in der Luft war weg, war verschwunden.
Lange blickte Sattler seinen Sohn schweigend an und es gelang David einfach nicht, diesen Blick zu deuten. „Stimmt das?" Die Stimme des Vaters war verdächtig leise und ruhig. Vorsichtshalber senkte David schuldbewusst und ergeben den Blick zu Boden. Als vom Vater jedoch keine weitere Reaktion erfolgte, riskierte er einen erneuten forschenden Blick in dessen bärtiges Gesicht. Die Miene des Vaters war undurchdringlich, nach wie vor.
David wagte, vom Mut der Verzweiflung getrieben, einen Vorstoß und sagte, so zerknirscht und unterwürfig es ihm möglich war: „Ja, es stimmt, aber Pa ...", bittend, nein, flehentlich sah er zu seinem Vater auf und blickte dann verständnissuchend seine Mutter an, „Ma, ihr müsstet ihn erst einmal kennenlernen, er ist gar nicht so viel anders als wir, er ..." David überlegte fieberhaft, was er bloß, in den Augen der Eltern Lobenswertes, für seinen Freund ins Feld führen könnte. „Er liest sogar! Ganze Bücher, wirklich! Und ..."
„Es interessiert mich einen Dreck, was er macht und wer er ist! Es gibt genügend Jungen im Ort und ich will nicht, dass du dich da draußen herumtreibst!", fuhr ihm sein Vater energisch ins Wort. „Schluss und aus damit und kein Wort mehr will ich davon hören, ich warne dich!"
Damit war das Thema erledigt. Zumindest für diesen Tag und natürlich für George Sattler, der es, in seiner männlichen Naivität befangen, tatsächlich für möglich hielt, dass das leidige Thema endgültig vom Tisch war.

Mary kannte ihren Sohn da weit besser und überlegte bereits angestrengt, was nun wohl am besten zu tun sei. In ihrer Not und

Ratlosigkeit suchte sie den Pfarrer auf, denn Mary war eine überzeugte und bibelfeste Kirchgängerin, gut- und strenggläubig zugleich und was lag da näher, als den Rat eines Geistlichen einzuholen?
Der Reverend des Ortes war ein gemütlicher Mann in schon deutlich fortgeschrittenem Alter. Er war vom Drang des Missionierens beseelt in die neue Welt aufgebrochen, doch das war schon lange Zeit her. Nun aber hatte er sich hier in diesem kleinen Ort, mit dieser kleinen, eifrig betriebsamen Gemeinde ein bescheidenes, aber durchaus auch beschauliches Dasein gesichert und blickte dem Alter sorglos ins Gesicht.
Geduldig und milde lächelnd hatte er Marys Nöten gelauscht und hin und wieder freundlich und verstehend genickt.
Mary war jetzt schon etwas wohler zumute. Zwar war weiter eigentlich nichts geschehen, als dass sie diesem freundlichen, gelehrten Herren, mit seinem schütteren, immer noch fuchsroten Haar, ihren Kummer geklagt hatte und dennoch hatte sie das Gefühl, bereits einen Schritt weitergekommen zu sein. Nun aber, da sie tatsächlich nichts mehr vorzubringen hatte, wartete sie gespannt auf das, was Reverend Leary zu sagen hatte.
Dieser blickte eine Weile nachdenklich auf Mary und nickte bedächtig. Dann sagte er in ruhigem, mildem Ton: „Ja, ja, Mary, ich kann dich gut verstehen. Es ist nicht leicht in diesen Tagen zu bestehen und die ‚lieben Kleinen' bereiten einem noch zusätzliche Sorgen." Seufzend schüttelte er seinen Kopf, blickte dann aber sogleich erneut in Marys aufmerksames Gesicht, blickte fest in ihre Augen und sprach: „Doch Mary, glaube mir, es geschieht nichts umsonst auf Gottes weiter Flur! Unablässig sucht der Herr seine verirrten Schäflein heimzuführen und dafür benötigt er seine treuesten Seelen als Hirten! Hast du dir schon einmal überlegt, dass Gott sich vielleicht eines Tages auch deiner bedienen könnte? Und bist du bereit dazu? Wärest du, Mary, bereit, Gott zu dienen?" Sein Blick bekam etwas Eindringliches, Beschwörendes. „Hast du dir schon einmal überlegt, dass die verirrte Seele dieses Kindes niemanden hat, ihm den rechten Weg zu weisen? Du wirst mir recht geben, wenn ich sage, dass der Vater dieses unglückseligen Geschöpfes, dass dieser Elias Morgan denkbar ungeeignet

dafür ist und die Mutter dieser bedauernswerten Kreatur ist eine gottlose Heidin! Hast du das schon einmal bedacht, Mary?" Milde und freundlich abwartend blinzelte der alte Mann durch die dicken, runden Gläser seiner Brille und lächelte ein geduldiges Lächeln.

„Hast du schon einmal daran gedacht, dass es unser aller Christenpflicht ist, die Heiden auf den Pfad der Keuschheit und Tugend zu führen? Möglicherweise bist du dazu ausersehen, dieses arme, verirrte Menschenkind mit barmherziger, christlicher Nächstenliebe auf den rechten Weg zu leiten. Und bedenke auch, der Herr sagt: ‚Wolltet ihr nur jene lieben, die euch lieben, welches Verdienst habt ihr davon? Auch die Sünder lieben die, von denen sie geliebt werden. Wenn ihr nur denen Gutes tut, die euch Gutes erweisen, welches Verdienst habt ihr davon? Dasselbe tun ja auch die Sünder. Wenn ihr nur denen leiht, von denen ihr es wieder zu bekommen hofft, welches Verdienst habt ihr davon? Auch Sünder leihen ja einander, um den gleichen Betrag dafür zu erhalten. Liebt vielmehr eure Feinde, tut Gutes, leihet, ohne etwas zurückzuerwarten. Alsdann wird euer Lohn groß sein, ihr werdet Söhne des Allerhöchsten sein, der selber gütig ist gegen Undankbare und gegen Böse. So seid also barmherzig, wie euer Vater auch barmherzig ist.‘ "

„Lukas, Kapitel 6, Vers 32 bis 36 ...", murmelte Mary automatisch, ohne dass sie es selber recht bemerkt hätte, während sie den Reverend nachdenklich anblickte und nickte.

Von dieser Seite hatte sie das Ganze bisher noch gar nicht betrachtet, und einmal abgesehen davon, dass die Worte des Pastors für sie seit jeher unumstößliches Gebot waren, hatten sie für Mary auch etwas geradezu bestechend Logisches. Und der Gedanke, ob ihrer Tugendhaftigkeit ausersehen zu sein, die verirrten Schäfchen einzusammeln, oder so doch zumindest eines davon, schmeichelte ihr ungemein und erfüllte sie insgeheim auch mit Freude und Stolz, rührte zudem an ihr mütterliches, gluckendes Herz und setzte ganz allmählich einen Prozess des Umdenkens in Gang. Eben noch wild entschlossene Beschützerin ihres jüngsten Sohnes, wurde sie mehr und mehr zur barmherzigen Erretterin dieses halbwilden Knabens.

5

David fühlte instinktiv, dass ein anderer Wind zu wehen begann, leise zunächst, doch deutlich spürbar. Schon geraume Zeit hatte er keine der sonst so zahlreichen Ermahnungen mehr zu hören bekommen. Im Gegenteil hatte seine Mutter, vollkommen unauffällig und beiläufig wie sie zumindest zu glauben schien, damit begonnen, ihn über Silas auszuhorchen.
Zu Marys großem Bedauern änderte sich allerdings noch einmal das Wetter und der Winter kehrte zurück, mit Schnee und Eis. Ein schneidender Wind wehte erneut die Pfade und Wege zu, so dass Mary ein Durchkommen für einen kleinen Jungen ganz und gar unmöglich schien. Sie würde sich also noch eine ganze Weile gedulden müssen, ehe sie ihre selbstlosen, von christlicher Nächstenliebe erfüllten Vorsätze in die Tat umsetzen konnte.
Doch Mary kannte Mino-nokomis nicht. Sie rechnete nicht mit seinem Mut und seiner Entschlossenheit, ebensowenig, wie sie mit der Tiefe seiner Sehnsucht gerechnet hätte.

Eines Tages öffnete, am frühen Nachmittag, ein abgekämpfter, halb erfrorener Knabe die Tür des Krämerladens, all seinen Mut zusammennehmend.
Wieder ertönte das wundersame Klingeln und Mino-nokomis erblickte zum zweiten Mal das bunte, dichtgedrängte Allerlei in Sattlers Laden.
Vor einigen Tagen noch hätte Mary Sattler nun die günstige Gelegenheit genutzt und dieses Halbblut ein für alle Mal zum Teufel gejagt. Nun aber schien ihr das ganz unmöglich zu sein.
So schüchtern und verfroren wie dieser Junge da stand, rührte er ganz erheblich die ohnehin stark ausgeprägte Seite ihres mütterlichen Herzens. Mary trat kurzentschlossen hinter der Ladentheke hervor, zog den Knaben in die Wärme des Raumes hinein und schloss energisch die Tür.
„Du meine Güte, halb erfroren bist du! Jetzt komm erst einmal mit!“

Ohne zu zögern schob sie Silas vor sich her, durch eine weitere Tür hindurch, in einen kleinen, fensterlosen Raum hinter dem Laden und schloss sorgsam auch diese Tür. Der Kundschaft musste ja schließlich nicht unnötig Stoff zum Tratschen geboten werden! Mary nahm sich vor, diesen Silas Morgan einer eingehenden Prüfung zu unterziehen, während er sich im Hinterzimmer, selbstverständlich unter ihrer Aufsicht, ein wenig aufwärmte.
„Dürfte ich vielleicht David besuchen, bitte, ehm, Mrs. Sattler?"
Überrascht betrachtete Mary den Jungen, dessen schlicht unmöglich langes Haar in glänzendschwarzen, wirren, feuchten Strähnen bis auf seine Schultern fiel.
Es juckte Mary förmlich in den Händen, am liebsten hätte sie augenblicklich die Schere geholt und ein erstes barmherziges Werk christlicher Nächstenliebe vollbracht.
Es rührte sie irgendwie, dass dieser halbwilde Junge ein so klar verständliches Englisch sprach und nicht, wie eigentlich zu erwarten gewesen wäre, irgendein grässliches Kauderwelsch. Dennoch angenehm war ihr der Gedanke immer noch nicht, sich ihren David mit diesem fremdartigen Knaben, zu allem Überfluss auch noch hier, in ihrem Haus, beisammen vorzustellen. Das leise Klingeln der Ladenglocke schreckte Mary aus ihren Gedanken.
„Warte hier einen Moment!", sagte sie hastig und begab sich rasch in den Laden hinter die Theke.
Während Mino-nokomis den Geräuschen aus dem Verkaufsraum lauschte, vernahm er, von der anderen Seite her, leise, federleichte Schritte, hörte sie immer näher kommen, auf jene Tür zu, welche sich an der Stirnseite des nur spärlich beleuchteten, kleinen Raumes befand. Die Tür wurde geöffnet und ein lang bezopftes Mädchen, nur wenig älter als er selbst, trat in den Raum.
„Mama ..." Als sie Silas erblickte, verstummte sie jäh, blieb einen kurzen Moment mit offenem Mund stehen, den überraschten Blick starr auf ihn gerichtet und machte dann schleunigst auf dem Absatz kehrt und lief dorthin, wo sie hergekommen war.
Etwas weiter entfernt, im Inneren des Hauses, hörte Mino-nokomis wie Ruth ihre sämtlichen Geschwister zusammentrommelte und rief: „Stellt euch vor! Im Hinterzimmer sitzt der halbwilde Sohn vom Fallensteller!"

Noch ehe Mino-nokomis über diesen Satz nachdenken konnte, hörte er erneut Schritte sich dem Zimmer nähern, schnellere und festere Schritte diesmal und schon im nächsten Augenblick steckte David erwartungsvoll seinen Kopf durch die Tür. Ein Strahlen breitete sich auf seinem Gesicht aus.
„Mensch, Silas! Das ist ja eine Überraschung! Du musst unbedingt mit nach hinten kommen. Ditch, unsere Hündin, kriegt bald Junge! Mann, die hat sooo einen Bauch!"

David zog Silas durch einen geräumigen Flur, in den für damalige Verhältnisse geradezu lichtdurchfluteten Wohnraum der Familie. Unter dem beachtlich großen Tisch lag eine ebenso beachtlich große sandfarbene Hündin mit gutmütigen dunkelbraunen Augen, die immer ein bisschen besorgt und betroffen zu blicken schienen. Hierfür hatte sie allerdings nicht den geringsten Anlass. Im Gegenteil, gehörte sie gewiss zu den verwöhntesten Hunden des Ortes, denn sie wurde von vielen Händen gestreichelt, von vielen Herzen geliebt und von Mary mit Essensresten und obendrein manch einem Knochen großzügig bedacht.
Mino-nokomis wusste nicht, was ihn mehr faszinierte, der große, so ungeheuer weich und behäbig aussehende Hund oder die vielen Mädchen um den großen Tisch herum. Da er bisher noch gar keine Gelegenheit gehabt hatte, ein Mädchen aus der Nähe betrachten zu können, war er richtiggehend verwirrt. Wohin er auch schaute, schienen ihm erstaunte, neugierige weibliche Augen entgegenzublicken, floss langes Haar in allen Schattierungen, mal in offenen Wellen, mal zu strengen Zöpfen geflochten, den Rücken hinunter bis zu den Bändern der gestärkten, sauberen Schürzen.
„Du bist also, Silas Morgan jr." Aufmerksam betrachtete Clara den fremdartigen Jungen. Mit ihren siebzehn Jahren war sie eigentlich schon eine junge Frau und zudem auch die älteste noch im Haushalt befindliche Tochter der Familie. Sie hatte, als erste der fünf verbliebenen Schwestern, die Sprache wiedergefunden und wandte sich nun, nachdem ihr Blick forschend über Silas hinweggeglitten war, an ihren jüngeren Bruder: „Ja, was ist, kleiner Bruder?! Willst du uns deinem Freund nicht vorstellen?"

Sie hatte ihre Näharbeit sinken lassen und blickte David erwartungsvoll an.

Die Stunden in dem behaglichen Wohnraum der Sattlers hatten in Mino-nokomis ein warmes, glückliches Gefühl hinterlassen.
Als er mühsam, mit Hilfe der aus Holz und Leder von Winonah liebevoll für ihn gefertigten Schneeschuhe, einen zugewehten Pfad unter Aufbietung all seiner Kräfte entlangstapfte, sang er Lieder von langen Zöpfen, hellen, klaren Stimmen, die lachten und viele Fragen stellten, von warmer Milch mit Honig und einer großen, lieben Hündin, die bald ihre Kinder zur Welt bringen würde. Und natürlich sang er auch von seinem Freund, dessen Haar so blond und golden war, dass man im Winter schon einen Hauch des Sommers erahnen konnte.
Mino-nokomis war sehr glücklich und zufrieden und weil es ihm so gut ging, sang er gleich noch ein Lied, ein Lied für den kalten Wind und die Sonne, die trotzdem zu scheinen vermochte, strahlend in seinem Herzen, rotgolden am Himmel über ihm. Und als dann auch noch die Silhouette seines Vaters am Horizont auftauchte, empfand Mino-nokomis das Leben als einfach durch und durch schön und lebenswert.
David schlief an diesem Abend mit dem satten Gefühl des Triumphes ein.
Er hatte es geschafft! Und er hatte seine Schwestern für Silas begeistern können. Die Mutter, so wunderbar verwandelt, schien ihm nunmehr keine bedeutende Schwierigkeit darzustellen, bei seinem Vorhaben, dem Freund bei sich zu Hause Respekt zu verschaffen.
Er würde unter der Dorfjugend auf jeden Fall schon einmal gehörig angeben!
Indianerblut! Mann, das klang nach Aufregung und Abenteuer!

Im Frühling verbreitete es sich daher wie ein Lauffeuer im Ort, dass David freundschaftliche Beziehungen zu dem Sohn des Fallenstellers unterhielt.
Argwöhnisch und wenig angetan registrierten die meisten Menschen des Ortes, dass Silas Morgan jr. anscheinend nicht gewillt

war, es seinen Eltern gleich zu tun und angenehm im Verborgenen zu bleiben.

Mary Sattler versuchte, um dem Getratsche bereits im Voraus zu begegnen, im wahrsten Sinne des Wortes, aus ihrer Not eine Tugend zu machen und sparte nicht mit passenden Bibelzitaten, wenn möglich mit einem beschämenden und zugleich ermahnenden Unterton versehen.

„Man bedenke doch!" Ohne es zu bemerken, fiel Mary bei diesen Gelegenheiten immer wieder in den Tonfall von Reverend Leary. „Er ist ja noch ein Kind und dann, den ganzen Sommer allein mit einer Wilden! Und der Vater ist auch nicht gerade ein Gewinn! Da ist es doch unsere unausweichliche Christenpflicht, dem etwas entgegenzusetzen. Dieses Kind ist ja schließlich getauft!"

Wie das meistens so ist, dauerte es dann auch nicht allzu lang und das Spektakuläre an Silas Anblick begann sich allmählich abzunutzen und nicht mehr länger das öffentliche Interesse für sich allein zu beanspruchen. Die Aufmerksamkeit, zumindest der erwachsenen Bewohner St. Peters, wendete sich wieder anderen Dingen zu, Dingen die wichtiger waren, als ein wirklich gänzlich unbedeutendes Halbblut von knapp neun Jahren.

Der Frühling hatte endgültig Einzug gehalten, als David an einem warmen Nachmittag mit Silas gemeinsam die Dorfstraße entlangging. Die Sonne blinzelte ihnen verheißungsvoll entgegen, die ersten Schmetterlinge gaukelten sorglos in der klaren Luft und ein Raubvogel zog ruhig und scheinbar vollkommen mühelos seine Kreise im tiefen Blau des Firmaments. Das Zwitschern der Vögel hatte etwas ansteckend Fröhliches.

In diesem Moment kam Charly Benhaven, der schon fast dreizehnjährige Sohn des Dorfschmiedes, um die Ecke. Verächtlich grinsend baute er sich vor David und Silas auf, musterte die beiden mit provokant abschätzendem Blick von Kopf bis Fuß und spuckte dann demonstrativ vor Silas auf den Boden.

Mit einer knappen Kopfbewegung wandte er sich um und blickte grinsend sein Gefolge an, welches aus vier weiteren Jungen und dem kleinen Samuel bestand, der aber noch nicht wirklich für voll genommen werden konnte.

„Da schau sich doch mal einer diese dreckige Rothaut an!" Charly richtete seinen Blick erneut mit deutlich zur Schau gestelltem Missfallen auf Silas. „Wohl seit Wochen nicht gewaschen, oder warum siehst du so verflucht dreckig aus? He?!"
Ohne eine Reaktion von Silas abzuwarten, beehrte Charly nun David mit seiner ungeteilten Aufmerksamkeit, untermalt von einem derart abfälligen Grinsen, dass bei seinem bloßen Anblick bereits das Blut in Davids Ohren zu rauschen begann.
Ganz allmählich aber verflüchtigte sich dieses Grinsen, gefror sozusagen in Charlys Gesicht und mit gespieltem Erstaunen fragte er: „Sag' mal, David, du wagst es tatsächlich, am helllichten Tag mit diesem Bastard herumzuspazieren? So was wie der da gefällt dir?!" Mit theatralischer Geste wies er auf Silas. „Ja?! David Sattler?!"
„Ach Charly, …", David bemühte sich möglichst gelassen zu klingen, „… wenn du den Mund aufmachst, kommt doch nur Mist raus. Lass uns mit deinem blöden Geschwätz bloß in Ruhe!"
Charly lachte hell auf und schüttelte den Kopf. „Ich kann's kaum fassen!" Er versetzte David einen kleinen Schubser vor die Brust. „Du beleidigst mich'?!" Wieder ein Schubser. „Du verteidigst allen Ernstes diesen Hurensohn … und beleidigst ‚mich'?!" Ein dritter Schubser. „Pfui Teufel!" Charly spuckte mit angewidertem Gesicht vor Davids Füße.
David bebte innerlich vor Wut und seine Ohren begannen förmlich zu glühen, was Charly nicht entging.
„Hey! Schaut mal, ..." Ein Einvernehmen fordernder Blick in die hinteren Reihen. „Och nee, jetzt schämt er sich, er kriegt schon ganz rote Ohren! Ha, ha, ha!" Charly wollte sich beinahe ausschütten vor Lachen. Hämisch grinsend wartete er auf Davids Reaktion, wohl wissend, dass sie allein schon vom Alter und von der Größe her sehr unterschiedliche Gegner waren.
Atemlos verfolgten die Umstehenden, wie sich die Beiden gleich zwei Tanzbären zu umkreisen begannen, als sich David plötzlich mit einem wütenden Schrei auf den gut einen Kopf größeren Charly stürzte, ihn richtiggehend ansprang und zu Boden riss. Charly hatte nicht mit einer solchen Heftigkeit des Angriffs gerechnet und war ziemlich überrascht und überrumpelt. Eben

noch siegesgewiss, lag er bereits im nächsten Augenblick im Dreck und Davids Faust flog ihm just in diesem Moment mit beachtlicher Wucht ins Gesicht, traf schmerzhaft seine Nase, die sogleich zu bluten begann.
Gleichzeitig aber weckte dieser durchdringende Schmerz Charly wie ein Donnerschlag aus seiner Verwirrung, ließ ihn seine überlegenen Kräfte zur Gegenwehr mobilisieren. Er rappelte sich auf und zischte: „Du mieses Stück Dreck, dir werd' ich's zeigen!", packte David am Kragen und schleuderte ihn zu Boden, mit siegessicherem Gefühl, zumal er natürlich für die Not noch einen Trumpf im Ärmel hatte. Denn seinem Busenfreund Dan juckte es ganz offensichtlich bereits in den Fingern.
Womit Charly jedoch überhaupt nicht rechnete war, dass auch David so seine beflügelnden Hintergedanken hatte. Und noch weniger rechnete er damit, dass Davids Trumpf im Ärmel Silas hieß, denn der, bald einen halben Kopf kleiner noch als David, kam in Charlys Rechnung eigentlich gar nicht vor. Silas war absolut kein ernst zu nehmender Gegner für ihn und zudem beabsichtigte Charly auch keineswegs, sich die Finger an einem Bastard dreckig zu machen.
Der Rest der versammelten Jungen, und es versammelten sich stetig mehr und mehr, bildete das gaffende und johlende Publikum und dabei würde es mit Sicherheit auch bleiben, denn die Sympathien für jene sich im Staub wälzenden Kontrahenten waren durchaus gleichermaßen vorhanden.
Charly genoss beträchtliches Ansehen unter den Jungen, großen wie kleinen, gepaart mit beinahe schon ehrfürchtiger Bewunderung, denn er war, selbst für sein Alter, groß und stark und hatte zudem zwei noch größere und stärkere Brüder bei der Hand, wenn es einmal darauf ankam. Charly sagte, was er wollte und ließ sich von niemandem etwas gefallen.
David hingegen erfreute sich bei den meisten der Umstehenden größter Beliebtheit und da er obendrein alles andere als knickrig war - als Sohn des einzigen Krämerladenbesitzers in weitem Umkreis, ein nicht zu unterschätzendes Plus auf Davids Seite - war der größte Teil der hier anwesenden Knaben durchaus bereit, ihm etwaige Extravaganzen, wie jene seltsame Freundschaft zu

diesem Halbblut, nachzusehen. Manch einer unter ihnen bewunderte und beneidete ihn sogar insgeheim dafür. Entsprechend gespannt starrten die umstehenden Jungen, deren Anzahl mittlerweile schon auf knapp zwanzig gestiegen war, auf die sich im Staub wälzenden Kontrahenten. „Gib's ihm! Gib's ihm!" war der Schlachtruf, mit dem sie den Kampf anfeuerten, wobei sie es in geschickter Weise offen ließen, wem von den beiden ihre Zustimmung eigentlich galt.

Gerade kassierte Charly eine ordentliche Abreibung von David, der rittlings auf ihm saß, da näherte sich nun doch Dan von hinten. Bereits im nächsten Augenblick wurde David unsanft emporgerissen und Charly kam frei. Mit einem Satz war er auf den Beinen, bereit dem von Dan im Schwitzkasten gehaltenen David eine ordentliche Lektion zu erteilen.

„Jetzt bist du reif!" Langsam und bedrohlich kam er auf David zu. An Silas, welcher ja eigentlich als Anstoß des Ganzen hatte herhalten müssen, verschwendete Charly keinen einzigen Gedanken mehr und so bemerkte er auch nicht, dass dieser nur noch einen Schritt entfernt, seitlich hinter ihm stand, bereit seinem Freund zu helfen.

Charly begriff nicht recht, was nun im Folgenden mit ihm geschah. Kaum war er aufgesprungen und hatte sich in Positur gebracht, da versetzte ihm Silas hinterrücks einen so kräftigen Stoß, dass er ins Wanken geriet. Ein darauffolgender Tritt tat sein Übriges und Charly fiel abermals auf den staubigen Erdboden.

Dan, einen kurzen Moment lang irritiert, lockerte seinen Griff, nur für einen Augenblick, doch David gelang es, einen Tritt nach hinten, gegen das Schienbein seines Peinigers, zu setzen und seine Freiheit wieder zu erlangen. Nun konnte er das tun, was er sich die ganze Zeit über brennend gewünscht hatte und Dan ordentlich eine reinhauen.

Im Handumdrehen war die schönste Keilerei im Gange und ihr Ausgang war genauso wie es sich David nach seiner ersten Schneeballschlacht mit Silas erträumt hatte. Er ging ruhmreich und respektvoll bestaunt als Sieger hervor.

David war äußerst zufrieden, als er den Staub von seiner Hose klopfte und mit dem Handrücken das aus seiner Nase strömende

Blut wegzuwischen versuchte, was jedoch sein geschundenes Aussehen nur verschlimmerte.
„Den Idioten haben wir's gezeigt! Oh Mann!" David kicherte in sich hinein. „Charly hat vielleicht blöde geguckt, als du ihn auf den Boden befördert hast! Und dann nochmal auf die Nase, gleich zweimal hintereinander! Heieiei! Da wird er noch ein Weilchen seine Freude dran haben!"
Er blickte zufrieden die Dorfstraße entlang. In der Ferne konnte man sich Charly und Dan trollen sehen und in David machte sich das Hochgefühl des Triumphes breit.
Silas hatte bei dem Ganzen, außer ein paar Schrammen und einer schmerzenden Hand, kaum etwas abbekommen und David war viel zu sehr mit sich selbst beschäftigt, als dass er bemerkt hätte, dass sein Freund die Rauferei keineswegs so genossen hatte wie er. In Silas regten sich ganz andere Empfindungen als Triumph und Befriedigung. Bestürzung machte sich stattdessen in ihm breit und auch ein seltsam beklemmendes Gefühl, denn nicht nur die Worte, auch die Augen, die Blicke mit denen ihn dieser fremde Junge bedacht hatte, ließen keinen Zweifel daran, dass er sich hier in St. Peter zumindest einen erbitterten Feind zugelegt hatte.
Doch was er auch immer befürchtet hatte, dieser Charly Benhaven schien für sich beschlossen zu haben, es damit fürs Erste einfach bewenden zu lassen und ihn im Folgenden lediglich mit geringschätzigen Blicken und abfälligen Bemerkungen zu bedenken, sofern er seiner angesichtig wurde. Was allerdings nur äußerst selten geschah, denn Silas war sehr darum bemüht, ihm nicht unnötig über den Weg zu laufen.

Im späten Frühjahr war Mino-nokomis mit einem kleinen Hundewelpen nach Hause gekommen. Mit leuchtenden Augen hatte er Winonah das winzige, wollige Geschöpf in den Schoß gelegt, die sichere Gewissheit im Herzen, dass sie, die ihm schon so viel über ihre Liebe zu den zahlreichen Hunden im Lager der Ojibwe erzählt hatte, nicht „nein" sagen würde, einfach nicht „nein" sagen konnte!
„Nimaamaa? Ich darf sie doch behalten, nicht wahr? Mr. Sattler hat sie mir geschenkt, ist das nicht nett von ihm?"

Mino-nokomis blickte glücklich in das Gesicht seiner Mutter und dann wieder auf das kleine, knuddelige Wesen auf ihrem Schoß. Voller Zärtlichkeit strichen seine schmalen Finger über den Kopf des kleinen Hundes.
„Ist sie nicht süß? Schau doch nur! Die Pfoten! Sie ist jetzt schon zwölf Wochen alt. Mr. Sattler sagt, sie braucht ihre Mutter nicht mehr. Meinst du, dass er recht hat?"
Winonah lächelte und blickte nachdenklich und auch ein wenig ratlos auf den kleinen, tapsigen Hund auf ihrem Schoß.
„Ja", bedächtig nickte Winonah, „ich denke schon."
Wieder glitt ihr Blick von ihrem Sohn zu dem wirklich goldigen, sandfarbenen Welpen, der beharrlich und lustvoll an einem ihrer mit Lederbändern umwundenen Zöpfe zu saugen und kauen begann.

Dieser kleine, unschuldige Hund war für Winonah der lebendige Beweis dafür, dass Mino-nokomis, ihr einziges Kind, Teil einer fremden Welt zu werden begann, ja wahrscheinlich sogar schon geworden war. Er hatte Freundschaft geschlossen und Geschenke entgegengenommen und war somit auch Verpflichtungen eingegangen.
Seit dem Zeitpunkt, da Mino-nokomis begonnen hatte, den Kinderschuhen zu entwachsen, fragte sich Winonah häufig, welche Schuhe es wohl einmal sein würden, in die ihr Sohn, ihr Liebstes auf der Welt, im Begriff war hineinzuwachsen und insgeheim befürchtete sie, dass es vielleicht keine Mokassins sein würden.
Mit einem unterdrückten Seufzer fuhr Winonah durch das dichte, flaumweiche Fell des kleinen Hundes, worauf sich dieser wohlig auf ihrem Schoß zurechtrollte und unbeirrt weiter ihren Zopf bearbeitete. Winonah dachte an die vielen Hunde, mit denen sie in ihrer Kindheit und Jugend zusammengelebt hatte. Ein Lächeln umspielte ihre Lippen. Mit einem weiteren Seufzer blickte sie ihrem Sohn in das abwartende und zugleich auch erwartungsvolle Gesicht.
„Natürlich kannst du den Hund behalten."
Mit einem überglücklichen Strahlen drückte Mino-nokomis erst seine Mutter und dann den kleinen Hund an sein Herz.

„Aber du wirst für den Hund verantwortlich sein!"
„Ja, Nimaamaa!" Voller Eifer und Freude versprach Mino-nokomis: „Du wirst sehen, ich werde alles für sie machen und werde immer bei ihr sein, mein Ehrenwort!"

Als Winonah am Abend mit ihrer kleinen Trommel an Mino-nokomis Bett saß, fragte sie leise: „Habe ich dir schon einmal erzählt, wie in den alten Tagen die Geschichte zwischen den Hunden und den Menschen begann?"
Mino-nokomis kuschelte behaglich in seinem Bett. Das kleine Hundemädchen lag zufrieden in seinen Armen, den pelzigen Hunderücken fest und entschieden an seinen Bauch gedrückt und schlief.
„Nein, ich glaube davon hast du mir noch nicht erzählt."
Kurze Zeit betrachtete Winonah nachdenklich ihren Sohn und den Welpen in seinem Arm. Dann schloss sie für einen Moment die Augen und begann zu erzählen, während ihre Finger manch ein die Geschichte untermalendes Geräusch auf der kleinen Trommel erzeugten.
„Du wirst dich erinnern, Ningozis. Es war zu der Zeit, als die Himmelsfrau daranging, das Versprechen des Lebens zu erfüllen und sie gebar am Morgen eines wolkenlosen Tages zwei Kinder, einen Jungen und ein Mädchen. Diese Kinder waren anders als alle anderen Kinder der Himmelsfrau, denn sie bestanden nicht nur aus einer Substanz, nein! Sie bestanden aus zweierlei, aus einer körperlichen Substanz und einer Ojichaag, einer Geist-Seele-Substanz. Diese Ojichaag durchtränkte den Körper der Kinder, jede Faser ihres Körpers durch und durch und zeigte sich darüber hinaus als Chibowmun, als Aura. Hierin glichen sich diese beiden Kinder vollkommen und doch waren sie natürlich von unterschiedlicher Gestalt, eben ein Junge und ein Mädchen.
Im ersten Lebensjahr wurden diese Kinder, die Anishnabeg, und ihre Mutter von den Tieren ernährt und versorgt, denn sie konnten ohne ihre Hilfe nicht bestehen. In allen ihren Bedürfnissen waren sie auf die Großzügigkeit, die Güte und die Hilfsbereitschaft der Tiere angewiesen. Bären und Biber, Wölfe, Füchse und Hirsche sorgten für ihre Nahrung. Die Eichhörnchen, Katzen und

Wiesel und auch der Waschbär sorgten dafür, dass die Anishnabeg an den langen Winterabenden über Spiele für ihren Zeitvertreib in ausreichendem Maße verfügten. Die Vögel aber erfüllten mit ihrem Gesang die Luft und die Herzen mit Fröhlichkeit und die Schmetterlinge brachten mit ihrem bunten, gaukelnden Flug die Kinder zum Lächeln.
Einzig der Hund wusste nicht, wie er den Anishnabeg und ihrer Mutter dienen könnte. Er war weniger flink als der Fuchs und zugleich schwächer als der Wolf. Er konnte es an List mit keinem Wiesel aufnehmen und an Geschicklichkeit mit keinem Hirsch, ebenso gab es zahlreiche Tiere, die weit besser schwimmen konnten als er. Auch mit seinem Gesang vermochte er die Herzen der Anishnabeg nicht zu erfreuen, denn seine Stimme klang viel zu dumpf und rau. Nicht einmal irgendeine besondere Farbe konnte er aufweisen, nichts schillerte an ihm, nichts war farbenfroh.
Ach, es schien vollkommen hoffnungslos zu sein! So wie es aussah, gab es einfach nichts, für das der Hund besser begabt war, als eines der anderen Tiere! Dies erfüllte ihn mit großer Traurigkeit. Gar zu gerne hätte auch er den Menschen geholfen.
Lange Zeit grübelte er nach und tat vor lauter Kummer kein Auge zu. Schließlich aber beschloss er, da er gar nichts anderes zu geben hatte, den Menschen einfach seine Liebe zu schenken. Und seit dieser Zeit blieb der Hund stets treu an der Seite der Menschen, er wachte an den Wiegen ihrer Kinder, solange sie klein waren und wenn sie größer wurden, spielte er mit ihnen."

6

Nicht ohne Sorge beobachtete Winonah, dass es Mino-nokomis mit jedem Frühling und Sommer, der ins Land ging, häufiger zu den Häusern der Siedler zog. Fast täglich verbrachte er jede seiner freien Minuten gemeinsam mit seinem weißen Freund, natürlich stets in Begleitung seiner Hündin, die er mit Winonah „Eshkebug" genannt hatte - Neues Blatt. Zwar war es immer noch so, dass die beiden stundenlange Streifzüge im Wald unternahmen, doch mindestens genauso häufig trafen sie sich auch unten im

Ort. Was dort geschah, konnte Winonah nur den Erzählungen ihres Sohnes entnehmen, sie selber würde gewiss nicht hinunter zu den Siedlern gehen. Allzu lebendig noch waren ihr die Gesichter dieser weißen Menschen in Erinnerung. Voller Argwohn und Geringschätzung hatten sie sie unablässig angestarrt. Damals im Haus ihres Gottes, vor dessen Augen doch angeblich alle gleich waren, hatten sie Winonah mit ihren Blicken durchbohrt, schmerzlich verletzt, während ihr kleiner Sohn einen weiteren, einen weißen Namen erhielt. Und war dies nun auch bald schon dreizehn Jahre her, so würde sie es doch niemals vergessen können.

Zudem waren für Winonah Mino-nokomis Berichte Quelle des Wissens genug. Ihr Sohn wurde dort unten lediglich geduldet, er war jedoch keineswegs erwünscht, darin war sich Winonah ganz sicher, denn er war ihr Sohn.

Die Menschen von St. Peter verachteten ihr Blut, das in seinen Adern floss und das tat ungeheuer weh und machte, bei aller Trauer, manchesmal auch ganz schön wütend.

Einzig David und seine Familie, die Sattlers, schienen eine Ausnahme zu bilden und mit ihnen begann nun ihr Sohn immer festere Bande zu knüpfen. Auf der Grundlage seiner Freundschaft zu David öffnete sich Mino-nokomis mehr und mehr einer Welt, die Winonah fremd, feindselig und gefräßig erschien, und ihr wurde bange zumute, bei dem Gedanken, dass diese Welt ihren Sohn eines Tages verschlingen könnte.

Mary Sattler, die sich unter anderem damit zu trösten versucht hatte, dass der gute Einfluss ihres Sohnes diesem halbwilden Jungen sicher sehr gut tun würde und zudem der Erfüllung der christlichen Nächstenliebe dienlich sei, hatte schnell bemerkt, dass dieser „Halbwilde" Silas Morgan jr. einen mindestens ebenso guten Einfluss auf ihren eigenen Sohn hatte.

Silas war, im Gegensatz zu David, ein zurückhaltender, besonnener Mensch, hilfsbereit und gewissenhaft. All dies waren Eigenschaften, für welche Mary Sattler dem Herrn auf Knien gedankt hätte, hätte er sie auch nur in annähernder Ausprägung ihrem David zugedacht. So aber hoffte sie nun insgeheim, dass diese Gottesgaben zumindest indirekt ihrem Jüngsten zugute kommen könnten und vielleicht sogar etwas auf ihn abfärben würden. Anlass für diese verwegene Hoffnung war durchaus gegeben, denn Silas hatte es sich über die Jahre hin zur Gewohnheit werden lassen, in Gefolgschaft seiner Eshkebug, bereits dann bei den Sattlers aufzutauchen, wenn sich David noch, in Erfüllung seiner täglichen Pflichten, im Pferdestall abplagte.

So auch an diesem Tag. Wie immer war Silas erst einmal bei Mary im Laden erschienen, hatte sie freundlich begrüßt: „Schönen Tag, Mrs. Sattler! Wär's Ihnen recht, wenn ich David im Stall ein bisschen zur Hand gehe?"
„Aber ja, mein Junge, nur zu! David wird sich freuen, ..." Und bei sich dachte sie: „Vor allem, wenn du ihm wieder dieses schwarze Rabenaas versorgst! Black Desert, weiß Gott, dieser Name hätte George damals auf der Auktion eine Warnung sein sollen!"
Durchaus nachdenklich stand sie auf ihrem allabendlichen Kontrollgang vor Black Deserts Box. Wenn David Black Desert versorgte, dann tat er stets nur das Allernötigste und das führte er dann zudem auch noch in größter Hast und Eile aus, was natürlich am Endergebnis unschwer festzustellen war. Doch Mary sah darüber immer gnädig hinweg, denn nach ihrem Dafürhalten war Black Desert an seiner liederlichen Versorgung schlicht selber schuld, denn er war bissig, heimtückisch, störrisch und insgesamt bösartig! Jawohl! Mary wusste es aus eigener Erfahrung!
Doch seine Mähne war offensichtlich gebürstet worden und das Pferd sah ungewöhnlich sauber aus, richtiggehend gepflegt. Mary wusste genau, dass dies nicht Davids Verdienst war, sondern das Werk jenes halbblütigen Burschen. Eingehend betrachtete Mary das pechschwarze Pferd, dessen Fell im Licht der untergehenden Sonne sanft schimmerte.
Sie konnte sich nicht daran erinnern, dieses Tier jemals so sauber, so glänzend gesehen zu haben. Nun aber stand Black Desert in tadellosem Zustand vor ihr in seiner Box und fraß genüsslich Heu und Hafer aus seiner Raufe, sofern er Mary nicht gerade misstrauisch beäugte.
Es war eigenartig, aber dieser Silas Morgan jr. schien ein besonderes Gespür im Umgang mit dieser Kreatur zu haben.

Mary beschloss in diesem Moment, mit ihrem Mann darüber zu sprechen, dass Silas erfahren sollte, dass ehrliche Arbeit nicht nur gottgefällig ist, sondern obendrein auch anderweitig rentabel, schließlich und endlich hatte sie ja einen Auftrag an dem Kind zu verrichten!

Als sie abends dann mit ihrem Mann beisammen saß, fragte sie ganz beiläufig: „Ist dir auch schon aufgefallen, wie gut Black Desert in letzter Zeit immer aussieht?"
George Sattler blickte einen Moment lang auf und brummte zustimmend: „Mmh, ja, und er ist auch nicht mehr ganz so nervös."
Nachdenklich sah er seine Frau an, ehe er erneut zu sprechen begann. „Ich frage mich, ob da nicht diese merkwürdige, kleine Rothaut dahintersteckt. Ist dir mal aufgefallen, dass sogar die Katzen ständig um ihn herum scharwenzeln, auch die ganz scheuen, und unsere alte Ditch, die himmelt ihn geradezu an! Ich glaube sie hätte ihm jedes ihrer Jungen bedenkenlos überlassen ..."
Sattler schüttelte den Kopf, während Ditch, die ihren Namen gehört hatte, behäbig auf ihn zutrottete und sich mit einem tiefen Seufzer vor ihm niederplumpsen ließ. Bereitwillig tätschelte er das dichte, sandfarbene Fell, während sein Blick forschend das Mienenspiel seiner Frau betrachtete, ob er nicht zumindest eine Spur der Belustigung bezüglich seiner Rede darin zu erkennen vermochte.
Doch stattdessen nickte sie und sagte schließlich: „Ja, mir kommt es auch so vor. Auf alle Fälle, was das schwarze Rabenaas da draußen im Stall betrifft, habe ich mit David gesprochen. Er hat Silas Black Desert sozusagen zur Pflege überlassen und dem Pferd tut das augenscheinlich mehr als gut. Also, ich denke, wenn er uns dieses Höllenvieh versorgt und es dabei vielleicht sogar ein wenig zu besänftigen vermag, sollte er auch ordentlich dafür entlohnt werden."
„Mmh ..." George Sattlers Brummen signalisierte nun Nachdenklichkeit, schließlich sagte er nach einer Weile: „Das ist gar keine schlechte Idee ..."
„Ja, nicht wahr?"
„Ich meine auch, dass er was davon haben soll, wenn er dieses

Vieh tatsächlich besänftigt. Er könnte zum Beispiel auf ihm reiten lernen."

„Aber George! Das ist doch kein Lohn, das ist eine Strafe!"

„In deinen Augen vielleicht, außerdem muss er ja auch nicht unbedingt gleich auf Black Desert damit anfangen, wenn er sich nicht traut. Aber glaub mir, der wird sich trauen, verlass dich drauf!"

Von der Bande der kleinen Koppel aus beobachtete Sattler wenig später, wie Silas seine ersten Runden drehte. Dieser Knabe besaß vielleicht nicht eben sonderlich viel Übung, dafür aber Talent, sogar unverschämt viel Talent!

Sattler nickte brummend und im Weggehen rief er Silas zu: „Wenn du willst, kannst du es das nächste Mal mit Black Desert versuchen!"

Mino-nokomis war sprachlos, doch er strahlte über das ganze Gesicht. Mensch, das war immerhin mal eine richtige Aufgabe! Denn der Gedanke daran, dieses menschenscheue, im Grunde seines Herzens vollkommen verängstigte Pferd zu reiten, ihm eines Tages vielleicht vermitteln zu können, dass es vertrauen durfte, dass die Hand, die es leitete, sicher und wohlwollend war, ja, das war eine wirkliche Herausforderung für Mino-nokomis und auch für Black Desert.

Black Desert wurde nur im äußersten Notfall geritten und dann ganz sicher nicht ohne ordentliche Sporen und einem Spatengebiss, welches dem Pferd bei nur geringfügig stärkerem Zügeldruck, mittels eines kleinen scharfen Metallplättchens über der Zunge, arge Pein bereitete und so den nötigen Gehorsam erzwang. Dies hatte unweigerlich zur Folge, dass Black Desert bereits angesichts des Zaumzeuges im höchsten Maße nervös zu werden begann, tänzelte, mit den Ohren spielte und die Zähne bleckte. Das wiederum verstärkte natürlich das unbehagliche Gefühl des Reiters, so dass sich ein unheilvoller Kreislauf bereits in Gang setzte, noch ehe das Pferd überhaupt gesattelt und aufgezäumt war.

Was Mino-nokomis dann in den folgenden Tagen mit Black Desert unternahm, hatte mit Reiten an sich nicht viel zu tun.

Er begann zunächst lediglich damit, Black Desert an einem Halfter über die kleine Koppel zu führen. Er ließ ihn grasen, wenn er wollte, tätschelte ab und zu sachte seinen Hals und sang ihm leise einige seiner seltsamen Lieder vor. Mino-nokomis sang für sich, für Black Desert und für das Leben selbst. Die Lieder flossen einfach so aus ihm heraus und er war überzeugt davon, dass es stimmte, was Winonah immer zu sagen pflegte: „Lieder sind die Sprache der Seele. Über sie vermögen die Seelen miteinander zu sprechen. Alle Seelen, die Seelen der Pflanzen genauso, wie die der Tiere und Menschen, alle verstehen sie die Sprache der Musik."
Ruhig und gleichmäßig waren die Lieder, welche er in seinem Innersten für Black Desert fand und alles andere was er tat, war ebenso. Jede seiner Bewegungen war von angenehmer Ruhe und Vorhersehbarkeit. Folglich genoss Black Desert diese abendlichen Spaziergänge mit jedem weiteren Mal immer mehr und begann sich bereits nach einigen Tagen sichtlich zu freuen, als er Mino-nokomis zur gewohnten Stunde im Stall erscheinen sah.

Es dauerte noch weitere zwei Wochen ehe Mino-nokomis, einer Eingebung folgend, auf einem dieser Spaziergänge mit einem federleichten Satz auf Black Deserts Rücken sprang.
Black Desert war sich zunächst nicht ganz sicher, ob es ihm so recht gefiel, diesen Menschen plötzlich nicht mehr in seinem Blickfeld, sondern sozusagen im Nacken sitzen zu haben. Da er jedoch bereits ein gewisses Maß an Vertrauen zu Mino-nokomis gefasst hatte, der ihn ja schließlich und endlich seit Monaten schon versorgte und ihm nun auch noch diese vergnüglichen und äußerst geruhsamen Abendstunden bescherte, entschloss sich Black Desert dazu, ihn fürs Erste auf seinem Rücken zu dulden und abzuwarten, was nun als nächstes geschehen würde.
Und da partout nichts Beunruhigendes geschah, ließ er es sich auch weiterhin gefallen, dass dieser Mensch fortan auf seinem Rücken zu sitzen pflegte, zumal sein Gewicht ohnedies keine Last darstellte, erst recht nicht für ein so stattliches und kräftiges Pferd, wie Black Desert eines war. So gingen die Tage und Wochen dahin und ganz unmerklich hatte Mino-nokomis irgendwann damit be-

gonnen, nicht mehr nur auf Black Desert zu sitzen, sondern ihn auch tatsächlich zu reiten. Erst gemächlich im Schritt hierhin und dorthin zu dirigieren, dann auch im Trab und schließlich im Galopp, alles ohne Sattel und Zaumzeug, denn beides war Black Desert verhasst und machte ihm viel zu viel Angst. Silas spürte, dass es noch eine gute Weile dauern würde, ehe Sattel und Zaumzeug für dieses Pferd vom Zeichen der Knechtschaft zu den schlichten Hilfsmitteln eines Freundes werden konnten.
Den Anfang dazu machte er, indem er eines Tages Black Desert eine leichte Satteldecke auflegte, ehe er ihn mit nach draußen nahm.
Viel später erst nahm er auch den Sattel selbst hinzu. Da Black Desert keinerlei Anstalten machte, sich über den zusätzlichen Sattel weiter aufzuregen, versuchte er kühn, Black Desert auch gleich aufzuzäumen.
Er entschied sich für eine Hackamore, welche gemeinhin zum Zureiten verwendet wurde und nicht aus Metall gefertigt war, sondern aus fest geflochtenem Hanf und zudem ohne Gebissteil auskam.
Als Silas mit der Hackamore in der Hand auf Black Desert zutrat, verriet ihm dessen Ohrenspiel sowie das leichte Tänzeln seiner Hufe deutlich die Nervosität und aufkeimende Angst des Pferdes.
Black Desert war hin und her gerissen, einerseits war er beinahe schon gewillt gewesen, diesem Menschen hier sein Vertrauen, ja mehr noch, sogar sein treues Herz zu schenken, andererseits aber war seine schlechte Erfahrung mit diesem Zaumzeug, seine unbändige Furcht vor den zu erwartenden Schmerzen beinahe übermächtig und drohte ihn zu überwältigen.
Leise drang diese beruhigende Melodie an seine Ohren, sacht strichen sanfte Hände über seine Nüstern, seinen Hals. Warm und sicher waren diese Hände, ruhig und freundlich diese leisen Töne, Zauberhände, Zaubertöne, die Kraft und Sicherheit zu geben vermochten. Abwartend und auch ein wenig überrascht gewahrte Black Desert, dass bei diesem einen Menschen hier alles möglich zu sein schien, dass alles gut und richtig war, was dieser eine hier tat. Selbst mit dem Zaumzeug hatte er keine Schmerzen!

In diesen Augenblicken brach das letzte Eis, schmolz dahin und von diesem Moment an gab es ein großes Pferdeherz, das fortan voller Wärme und Zuneigung für einen bald dreizehnjährigen Jungen zu schlagen begann.
Mino-nokomis wurde zum strahlenden Lichtblick in dem trostlosen und angstdurchsetzten Leben jenes ungeliebten und gründlich missverstandenen Arbeitstieres und Black Desert dankte es ihm mit seinem von diesem Tage an schier unerschütterlichen Vertrauen, seiner zärtlichen Liebe und treuen Ergebenheit.

Mino-nokomis hatte es in monatelangem Bemühen wahrhaftig geschafft, dass dieses große, stattliche Pferd alle Qualitäten eines prachtvollen Reit - und Arbeitspferdes hervorbrachte!
Jedoch profitierte davon niemand weiter sonst, als nur sie beide. Denn die Haltung des Pferdes den restlichen Zweibeinern gegenüber blieb vollkommen unverändert und entschieden negativ. In Erwartung des Allerübelsten, von Angst und Argwohn bestimmt, ließ Black Desert auch weiterhin keinen anderen Menschen als Mino-nokomis gerne an sich heran.
Lediglich David bekam von Black Desert gewisse Chancen eingeräumt, was natürlich einzig und allein daher kam, dass er und Mino-nokomis wie die Kletten zusammenhingen und einander so nahe waren, dass es häufig keinerlei Worte zur Verständigung der beiden brauchte.
Auch lernte David mit der Zeit besonnener und auch einfühlsamer mit sich und den ihn umgebenden Kreaturen umzugehen.
Davon profitierten bei Weitem nicht nur die Pferde, sondern auch die zahlreichen Frauen der Familie Sattler.
Mino-nokomis, geprägt durch viele, viele Monate der ausschließlichen Zweisamkeit mit Winonah, war ausgesprochen gerne mit Mädchen oder Frauen zusammen, denn der Umgang mit ihnen war seinem Innersten wesentlich vertrauter, als alles andere sonst.
Auch wäre es ihm nicht im Traum eingefallen, das Werk einer Frau für geringer zu achten, als das eines Mannes, geschweige denn ihre Gedanken und Gefühle oder gar ihre Person an sich! Im Gegenteil brachte er allem Weiblichen ganz selbstverständlich

seine Hochachtung entgegen, wie er es von klein auf von seiner Mutter gelernt hatte. Denn schließlich vermochte ja einzig das weibliche Wesen, gleich der Himmelsfrau, zu gebären und Leben zu schenken, entsprang ja alles Leben letztlich der guten Mutter Erde, lebte auf ihr und wurzelte fest in ihrer allumsorgenden Unergründlichkeit.
Diese positive Grundeinstellung allem Weiblichen gegenüber, in Silas' ungekünstelter Art dargebracht, bezauberte die gesamte Weiblichkeit der Familie Sattler in geradezu beeindruckenden Ausmaßen, so dass sich Silas in der glücklichen Lage sah, in diesem Hause ein wirklich gerne gesehener Gast zu sein.

7

Es begann eine herrliche Zeit und für Mino-nokomis zogen die vielleicht unbeschwertesten Sommer seines Lebens ins Land.
Mit Hilfe der Pferde hatten die beiden Jungen ihren Radius beträchtlich erweitert, und es kam eine Zeit, in der ihnen ein Abend ohne einen gemeinsamen ausgedehnten Ausritt schier undenkbar vorkam.
Das unbeschwerte Gefühl der Freiheit, das sich umgehend in ihren Herzen einzustellen pflegte, sobald sie dem Fluss folgend dahingaloppierten oder aber bedächtigen Schrittes durch den Wald ritten, hatte etwas Erhebendes und auch Berauschendes an sich.

Gemeinsam wurden sie dreizehn und vierzehn Jahre alt, und ehe sie es sich versahen, nahte auch schon ihr fünfzehnter Geburtstag. Es war eine Zeit gemeinsamer Phantastereien und abenteuerlicher Pläne. Die Welt schien ihnen offen zu stehen, damals mit annähernd fünfzehn Jahren, alles schien denkbar, schien irgendwie möglich zu sein! David und Silas genossen ihre gemeinsamen Stunden sehr. Vor allem aber liebten sie die Zeit der Zweisamkeit, weit weg von allen anderen. Sie liebten es, miteinander allem Ungemach dieser Welt einfach davonzugaloppieren, sei es leibhaftig oder auch nur mit ihren Gedanken. Häufig suchten sie sich ein gemütliches, verschwiegenes Plätzchen am Mississippi und versuchten sich im Angeln. Es gab dann nichts Schöneres für sie, als dem Plätschern der Wellen zu lauschen und das knisternde, flackernde Spiel der Flammen zu beobachten, in dem auf Stöcke gespießt, verheißungsvoll die frisch gefangenen Fische zu duften begannen.

Dies waren Abende, die einfach nicht lange genug sein konnten, und deren Zeit, wie zum Hohn, auch noch doppelt so schnell zu vergehen schien.

So auch an diesem lauen Sommerabend. David lauschte gerade, vom züngelnden Licht des Feuers beschienen, ganz gebannt und fasziniert einer von Silas' Erzählungen, welche ihn in eine andere Welt zu entführen vermochten.

Ein ums andere Mal erstaunte es David, wie gänzlich anders und auch um wie viel positiver die Rolle eines jeden Wesens in Silas' Geschichten beschrieben wurde, vollkommen anders als es in den Erzählungen seiner eigenen Kindheit der Fall gewesen war. Der Wolf zum Beispiel, in den meisten Erzählungen, die er selber kannte, als arglistiger Bösewicht und Menschenfeind verschrien, wurde in Silas' Geschichten mit einem Mal zum Bruder und Helfer des Menschen, dessen Name Myeengun stets mit Zuneigung und Ehrfurcht genannt wurde und der eines der mächtigsten Totems der Verteidigung darstellte.

Ein jedes Lebewesen hatte in jenen Geschichten Herausragendes zu bieten. So war es auch diesmal gewesen, denn in der Geschichte, die Silas gerade zum Besten gegeben hatte und in der es um nichts Geringeres als den Fortbestand der gesamten Menschheit gegangen war, hatte am Ende eine Ratte, eine kleine Wasserratte, die ganze Angelegenheit noch einmal zum Guten wenden können. Denn nur die Ratte allein verfügte über ausreichend große Entschlossenheit, das Vergebliche zu wagen, sich mit dem wilden Mut der Verzweiflung in die nötige Tat zu stürzen, so dass ihr das scheinbar Unmögliche doch noch gelingen konnte.

Wie in allen Geschichten, die Silas an solchen lauschigen Sommerabenden am knisternden Feuer zu erzählen pflegte, steckte auch in dieser eine Botschaft, die David tief in seinem Innersten berührte und Anschluss fand an seine eigene Erlebniswelt. Als kleiner Junge hatte er einmal den verzweifelten und vollkommen

hoffnungslosen Kampf einer jungen Ratte mit einem der abgerichteten Dorfhunde beobachtet. Niemals würde er diese schrillen Schreie vergessen können und auch nicht den entschlossenen Kampf dieses Tieres, dessen beinahe schon aberwitzigen Angriffe auf den übermächtigen Feind, die David damals sehr erschreckt hatten. Das ganze Schauspiel hatte ihn mit entsetzlichem Grausen erfüllt und keineswegs seine Sympathie für Ratten erwecken können. Nun aber erschien ihm dieses Erlebnis plötzlich in einem anderen Licht und ein Hauch der Anerkennung, sogar der Bewunderung des verzweifelten Mutes dieses kleinen Wesens, begann ihn zu erfüllen.
„David, ... “, sprach Silas in dessen Gedanken hinein, „wir sollten wohl besser zurückreiten.“
„Ach, ‘s wird ohnehin Ärger geben“, sagte David leichthin und winkte mit einer wegwerfenden Handbewegung ab.
Es begann ihm allmählich zu Hause einfach zu eng zu werden und das tägliche Einerlei aus Arbeit und Pflichten, Nörgeleien, Vorhaltungen, Ver- und Geboten verstärkte seinen ohnedies sehr ausgeprägten Freiheitsdrang zusätzlich.
„Ja, David, vielleicht wird es Ärger geben, aber wir müssen es ja trotzdem nicht übertreiben, oder?“
David seufzte laut und vernehmlich, blickte verdrießlich in den funkelnden Sternenhimmel, rappelte sich dann aber doch hoch und sagte: „Na gut, du hast ja recht. Dann lass uns halt die Glut löschen und nach Hause reiten.“

Der Herbst ließ sich Zeit in diesem Jahr. Anfang Oktober hingen erst vereinzelt rote und gelbe Blätter an den Bäumen und der Wind wehte mild und lau über die bereits abgeernteten Felder.
Silas erschien spät an diesem Tag, viel später als gewöhnlich und war so schweigsam und geistesabwesend, wie ihn David bisher noch nie erlebt hatte. Zudem waren seine Augen verdächtig gerötete. Nachdenklich beobachtete David seinen Freund, der gerade damit beschäftigt war, Black Deserts Hufe zu säubern.
„Silas, sag‘ mal, ist irgendetwas?“
David ging einige Schritte auf Silas zu, aber dieser blickte nur einen kurzen Moment lang in das fragende Gesicht seines Freun-

des, um dann schweigend mit seiner Arbeit fortzufahren. Es schien David eine Ewigkeit zu dauern, ehe sein Freund sich wieder aufrichtete und ihn eine ganze Weile stumm und mit unglücklichen Augen betrachtete. Endlich begann Silas zu sprechen. Sehr leise fragte er: „Meinst du, dein Vater würde uns Black Desert verkaufen?"
Davids Augen weiteten sich und er fragte verwundert: „Was? Wie kommst du denn jetzt auf die Idee?"
„Mein Vater ist gestern Abend zurückgekommen, er ...", Silas zögerte, „er hat gesagt, wir bräuchten ein weiteres Pferd ..." Er seufzte tief, ehe er weitersprach: „Mein Vater hat gesagt, ... nein ...", Silas lachte leise und bitter in sich hinein, „er hat verkündet, dass ich ihn im nächsten Frühling auf seiner Reise begleiten werde, so einfach ist das! Kein ‚möchtest du' oder ‚würdest du gerne', nein, einfach: ‚Silas, nächstes Jahr kommst du mit! Du bist dann bald sechzehn und da ist es höchste Zeit, dass du auch mal was Vernünftiges machst!'"

Elias Morgan stattete nur wenige Tage später tatsächlich einen seiner seltenen Besuche im Ort ab.
Es war zur frühen Abendstunde, als Elias bei den Sattlers erschien, und er kam, wie das so seine wortkarge Art war, unumwunden und direkt zur Sache.
„Sattler, ich werde meinen Jungen im nächsten Jahr mitnehmen. Wir brauchen also ein zweites Pferd. Silas liegt mir damit in den Ohren, dass er kein anderes Pferd will, als deinen Schwarzen." Elias dunkle Augen blickten fragend unter seinem schwarzen Lederhut hervor. „Wie ist's? Verkaufst du ihn? Viel Glück hat er dir ja wohl nicht gebracht."
„Nee, wahrhaftig nicht! Zum Abdecker wollte ich ihn schon mehr als einmal bringen!"
„Also?"
„Mmh." Sattler brummte nachdenklich. Eigentlich hätte er Morgan ohne Weiteres den störrischen Gaul als Lohn für die über Jahre geleistete Arbeit seines Sohnes geben können, aber Sattler wusste durchaus, dass gerade Menschen wie Elias Morgan, die so viel weniger besaßen als er selbst und dennoch keine Hunger-

leider waren, nur sehr schwer etwas anzunehmen vermochten, ohne auch dafür zu bezahlen.
Deshalb brummte Sattler nach einer Weile: „Mmh, ihr könnt den elenden Gaul ruhig haben, gerne sogar. Frag' den Abdecker, was er derzeit für einen zähen Gaul zu bieten hat. Diesen Preis zahlst du mir dann und Black Desert gehört euch. Einverstanden?"
Mit einem Handschlag willigte Elias ein.

Als schließlich der Winter seinen Einzug hielt, mit Schneegestöber und grimmigem Frost, stand Black Desert bereits im kleinen Stall, der dem Haus des Fallenstellers angeschlossen war.
Seine Behausung war nun bei Weitem nicht mehr so hell und geräumig und dennoch war Black Desert mehr als zufrieden. Hatte er doch seinen jungen Beschützer zur Seite, verbrachte dieser doch jede seiner freien Minuten, gemeinsam mit Eshkebug, hier bei ihm im Stall.
Für Mino-nokomis war Black Desert der einzige Trost bei dem Gedanken an das kommende Frühjahr und all das, was es vielleicht noch mit sich bringen würde.
Seine Eltern aber erlebte er in diesen Tagen in einer trauten Einigkeit, wie selten zuvor.
Winonah war, seitdem ihr Mann verkündet hatte, dass er ihn mitzunehmen beabsichtige und sie somit den gesamten Frühling und Sommer über mit dem Hund alleine zurücklassen würde, wie verwandelt. Doch war sie keineswegs betrübt, wie man das vielleicht hätte erwarten können, sondern ganz im Gegenteil voller Schwung und guter Laune.
Die Aussicht darauf, dass ihr Sohn auf diese Weise sein Volk, ihre Familie endlich kennenlernen würde und zugleich weit, weit weg von den Behausungen der Weißen war, hatte sie mit neuer Kraft und Hoffnung erfüllt.
Nun endlich würde Mino-nokomis erleben, würde sehen, riechen, hören, fühlen und schmecken können, was sie ihm bisher nur hatte schildern und vermitteln können!
Zu ihrem Sohn aber sagte sie: „Die Häuser der Weißen hast du nun zur Genüge kennengelernt. Jetzt ist es an der Zeit, die Wigwam der Ojibwe, unseres Volkes, kennenzulernen. Mino ta kijah,

ningozis - so ist es gut, mein Sohn -, glaube mir, kä get mino ta kijah - alles ist sehr gut!"

Mino-nokomis selber fühlte sich innerlich völlig zerrissen. Sicherlich brannte er einerseits regelrecht darauf, endlich das sehen und erleben zu können, was durch Winonah tief mit seinem Innersten verflochten war.
Gleichzeitig aber erfüllte ihn diese Aussicht auch mit einer gewissen Scheu und Ängstlichkeit. Wie würde er dort aufgenommen werden? Würde er es mit den Menschen dort genauso schwer haben, wie mit denen hier in St. Peter? Würde er womöglich auch dort jemanden finden, den er seinen Freund würde nennen können?
Zu diesen widerstreitenden Fragen und Gefühlen gesellten sich obendrein noch zwei weitere, nicht minder aufwühlende Emotionen hinzu und das waren tiefe Zweifel und ein Gefühl beinahe unbändiger Trauer.
Größte Zweifel hegte er bezüglich des Vorhabens seines Vaters, ihn fortan im Beruf des Fallenstellers und Fellhändlers zu unterweisen, denn er hatte eine ziemlich realistische Vorstellung von dem, was da auf ihn zukommen würde und diese Vorstellung erfüllte ihn keineswegs mit Zuversicht oder gar Vorfreude.
Ja, und dann war da dieses tieftraurige Gefühl bei dem Gedanken daran, seine Mutter, Eshkebug und David bald auf viele Monate nicht mehr sehen zu können.

Es war an einem späten Vormittag Mitte März, als David die Stalltür öffnete und das Halbdunkel des bescheidenen Stalles betrat.
„Hallo Silas!" David versuchte möglichst heiter und unbeschwert zu klingen. Es war seltsam, aber je näher dieser verfluchte März gekommen war, desto heiterer war sein Gruß geworden, sein ganzes Gehabe, dabei wurde ihm beträchtlich schwer ums Herz und bange auch zumute, vor einem Frühling, der keinen Reiz zu haben schien und erbarmungslos von einem ebensolchen Sommer abgelöst werden würde.
David ging neben Silas in die Hocke und richtete seinen Blick auf die zwei Tiere, die friedlich miteinander im Stall standen.

„Mann, das ist echt ein Ding mit den beiden! Ich hätte wirklich nie geglaubt, dass Black Desert mit einem anderen Pferd so friedlich zusammen gehalten werden könnte."
„Ja, nicht wahr?"
Nachdenklich betrachtete David den Freund, der seinen Blick erneut den friedlich beieinander stehenden Pferden zugewandt hatte.
Ein Gesprächsfetzen, vor einigen Tagen im Laden der Eltern bei der Kundschaft aufgeschnappt, ging ihm durch den Kopf.
Zwei Kunden, Mrs. Lancy und Mr. Wright, hatten sich mal wieder laut und vernehmlich über Silas ausgelassen und Mr. Wright hatte von sich gegeben, dass seiner Meinung nach dieser „Knabe" am besten zur Gänze dort oben bei den anderen Rothäuten bleiben sollte und seine Mutter anständigerweise gleich mitnehmen könnte. Mrs. Lancy hatte ihm entschieden zugestimmt und bestätigend hinzugefügt, dass man diesem Jungen den Ort, wo er hingehöre, nämlich die Wildnis, unschwer schon auf den ersten Blick ansehen könne. Er habe einfach rein gar nichts von einem Weißen.

Nun blickte David forschend in das Gesicht des Freundes, zerlegte dessen Gesichtszüge zum ersten Mal bewusst in weiße und rote Anteile.
Silas' Gesicht war deutlich schmaler als das seiner Mutter, das hatte er vom Vater, eindeutig, doch die Wangenknochen standen genauso hoch und seine Haut war beinahe genauso dunkel, nur eine Nuance heller als die ihre. Auch seine Augen hatten denselben katzenhaften Schwung nach oben, dasselbe tiefe Dunkelbraun, beinahe schon Schwarz, genauso wie seine Haare ebenso glatt, schwarz und bläulich glänzend waren wie Winonahs Haar. Das Haar von Silas' Vater hingegen war wesentlich heller, haselnussbraun und gelockt.
‚Ja", dachte David, „vielleicht hat dieser alte Idiot im Laden insoweit tatsächlich recht, dass Silas seiner Mutter verdammt viel ähnlicher sieht, als seinem Vater. Und er ist ihr auch sonst viel ähnlicher als ihm, in allem, das stimmt schon, aber was ist eigentlich so verkehrt daran? Er gehört doch trotzdem hierher, oder?"

Ein beängstigender Gedanke überkam David. Hoffentlich würde sich Silas am Ende nicht umbesinnen und tatsächlich einfach dort oben im Norden bleiben! Dieser Gedanke war David so urplötzlich gekommen und hatte ihn in diesem Augenblick derart erschreckt, dass er ihn umgehend wieder loswerden musste.
„Du kommst doch aber bestimmt wieder zurück, Silas?! Ich mein, auch wenn es dir dort oben wirklich gefällt. Nicht wahr?"
Silas blickte David direkt und unumwunden in das helle Blau seiner Augen und legte mit einem freundlichen Lächeln seine Hand sanft und warm auf dessen Arm.
„Natürlich, komme ich zurück! Ach, David, ich wollte, es wäre schon so weit! Glaub mir, ich will nicht weg! Je näher der Zeitpunkt rückt, desto weniger kann ich mir das Ganze überhaupt vorstellen."

8

Es war noch sehr früh am Morgen, die Sonne schickte eben gerade die ersten Strahlen des Tages gen Erde und begann, die über dem Fluss schwebenden Nebelschleier in sanftes Rosa zu tauchen.
Schweigend ritt Silas hinter seinem Vater her. In Gedanken ging ihm der vergangene Tag durch den Kopf.

Noch einmal war er bei den Sattlers zu Besuch gewesen. Er hatte sich von David und der ganzen Familie verabschieden wollen. Es hatte so wohlgetan, noch einmal dort gewesen zu sein, in diesem lichten, hellen Holzhaus, in dem es immer nach Bohnerwachs und Backwerk zu duften schien.
Silas liebte dieses Sammelsurium an Gerüchen, genauso wie er das leise Klingeln der Ladenglöckchen liebte und beides war ihm noch nie so deutlich zu Bewusstsein gekommen wie nun in diesem Augenblick, da er im Begriff war, sich von all dem und noch viel mehr, das ihm ans Herz gewachsen war, zu entfernen.
Wieder glitten seine Gedanken zum vergangenen Tag zurück.
Mary Sattler hatte ihn tatsächlich fest und herzlich an ihren üppigen Busen gedrückt und ein ums andere Mal „Pass nur gut auf

dich auf, mein Junge!" geseufzt und ihn mit dieser Herzlichkeit überrascht und mehr noch erfreut. „Mein Junge", das hieß doch, dass er tatsächlich dazugehörte!
Ruth hatte ihn an diesem Tag beiseite gezogen und ihm einen wunderschönen, türkisblauen Stein gezeigt.
„Schau mal, Silas!" Mit einem erwartungsvollen Lächeln streckte sie ihm ihre rechte Hand entgegen. „Nimm ihn ruhig! Ist er nicht wunderschön? Mein Vater hat ihn in einer der Handelsstationen gekauft. Der Stein heißt genauso, wie er aussieht." Sie lächelte zufrieden. „Es ist ein Türkis und, also lach jetzt bitte nicht, aber er soll angeblich den beschützen, der ihn bei sich trägt."
„Warum sollte ich da lachen, Ruth? Der Stein ist wirklich wunderschön und ich hoffe, dass er dich sehr gut beschützen möge."
Silas machte Anstalten, den Stein zurück in Ruth' Hand zu legen, doch sie wehrte entschieden ab und sagte: „Nein, Silas, ich möchte, dass du ihn mitnimmst. Ich denke, du brauchst ihn ganz gewiss dringender, als ich hier in St. Peter!"

Ruth' Gesicht erschien vor Silas innerem Auge und verschwamm ganz allmählich mit den geliebten Zügen seines Freundes. Ruth sah David unglaublich ähnlich, sie sah ihm weitaus ähnlicher, als ihrer Zwillingsschwester Sharon, die das Kraushaar des Vaters geerbt hatte. Ruth hingegen hatte ebenso seidiges, blondes Haar wie David.
„Silas, ..."
Silas schreckte aus seinen Gedanken hoch, sein Vater blickte ihn an und wies mit seiner rechten Hand den Flusslauf entlang.
„Wir werden dem Fluss noch mindestens diesen und den nächsten Tag folgen. Am Abend werden wir jedes Mal in der nächstgelegenen Siedlung haltmachen und nach einem anständigen Bett Ausschau halten. Dann geht's weiter in nordöstliche Richtung, so direkt wie möglich auf die Großen Seen zu."
Morgan sah seinen Sohn aufmunternd an: „Na, nun mach doch nicht so ein Gesicht."
Silas hatte seinem Vater durchaus zugehört und doch auch wieder nicht. Seine Gedanken waren wie Vögel in einem Käfig hin und her geflattert. Nun aber versuchte er sich bewusst zu konzen-

trieren und blickte seinem jetzt neben ihm reitenden Vater in das abwartende Gesicht.
„Wie groß sind die Großen Seen, Nimbaabaa?"
„Oh, sie sind unbeschreiblich groß, man kann von dem einen Ufer das andere nicht mehr sehen. Und sie sind wunderschön, erhaben und wild, Silas, das lässt sich einfach nicht in Worte fassen, du wirst es selber sehen."
Eine Weile ritten sie erneut schweigend nebeneinander her, bis Elias zum zweiten Mal versuchte, die Stille zwischen ihnen zu brechen.
„Wir werden, sobald wir die Seen erreicht haben, mit dem Kanu weiterreisen."
„Mit dem Kanu?" Fassungslos sah Silas seinen Vater an, „Und die Pferde? Was ist mit den Pferden?! Und was für ein Kanu überhaupt?!"
Beschwichtigend hob Morgan seine Hand und sagte: „Am unteren Abschnitt des Gitchi Gami gibt es eine kleine Bucht, an der ein guter Freund von mir sein Blockhaus errichtet hat. Ich mache auf meiner Reise immer Station bei ihm, Sam heißt er übrigens. Ich besuche ihn in jedem Jahr für einige Tage und habe bei ihm auch mein Kanu untergestellt. Wenn wir bei Sam ankommen, werden wir uns ein Weilchen ausruhen und erholen können. Dann erst geht es mit dem Kanu weiter. Sam wird sich solange wir weg sind um die Pferde kümmern und er wird es ganz gewiss hervorragend tun."
Silas antwortete eine ganze Weile nichts, doch in ihm rasten die Gedanken und das Herz schlug ihm bis zum Hals hinauf. Verzweifelt krampften sich seine Hände um die Zügel.
„Ich werde Black Desert nicht alleine lassen!"
„Was hast du gesagt?" Die Stimme des Vaters hatte einen drohenden Unterton.
Silas wiederholte seinen Satz noch einmal, diesmal aber überdeutlich Wort für Wort betonend: „Ich werde Black Desert nicht alleine lassen!" Fest und entschlossen sah er seinen Vater an.
„Oh doch, das wirst du, mein Sohn, ganz gewiss sogar!"
„Oh nein, Nimbaabaa, das werde ich ganz gewiss nicht. Ich habe Black Desert versprochen, ihn niemals in fremde Hände zu geben

und ich werde es auch nicht!" Silas hatte diese Worte leise, doch mit Bestimmtheit gesprochen und mit einem aufbegehrenden Unterton, der dem Vater ganz und gar nicht gefiel.
„Nimbaabaa, ich habe wegen dem Ganzen hier mein Versprechen an Eshkebug nicht halten können, aber bei ihr weiß ich wenigstens, dass sie bei Winonah in besten Händen ist und zudem in ihrer vertrauten Umgebung. Aber Black Desert wird nicht in seiner vertrauten Umgebung sein und dieser Sam ist ein Fremder für mich und auch für ihn."
Nun platzte Elias, der sich bis dahin mühsam beherrscht hatte, endgültig der Kragen: „Sag' mal, bist du noch zu retten?! Du schwafelst hier von Treueschwüren an einen Hund und ein Pferd! Ich fass es nicht! Aber ich will dir mal was sagen und das ein für alle Mal! Wir zwei befinden uns hier nicht auf einem Vergnügungsritt, sondern auf dem direkten Weg in die Wildnis und du wirst genau das tun, hörst du, ganz genaus das, was ich dir sage!"
Morgan war einigermaßen ruhig geblieben, doch seine Stimme hatte jenen schneidend scharfen Klang, den Silas nur allzu gut kannte. Er wusste, dass es seinem Vater absolut ernst damit war und zudem jener Augenblick erreicht, der jeden Widerspruch, jeden Einwand zwecklos, ja sogar äußerst riskant werden ließ. Und dennoch versuchte es Silas ein weiteres Mal, wobei er mühsam das Beben seiner Stimme, ebenso wie die aufsteigenden Tränen, zu unterdrücken versuchte.
„Nimbaabaa, bitte! Du weißt doch genau, dass sich Black Desert von niemandem richtig versorgen lässt, nur von mir und reiten kann ihn sowieso kein anderer! Nimbaabaa! Black Desert wird vor die Hunde gehen, wenn ich ihn einfach irgendwo alleine lasse! Ich hätte ihn niemals mitgenommen, wenn ich gewusst ..."
„Jetzt ist aber Schluss!"
Elias hatte sein Pferd abrupt zum Stehen gebracht und sich Black Deserts Zügel gegriffen, so dass auch dieser zum Stillstand gezwungen war. Fest und entschlossen sah er in das Gesicht seines Sohnes und stellte mit äußerster Missbilligung fest, dass Silas nicht nur verstockt und verschlossen an ihm vorbeiblickte, sondern zur Krönung des ganzen Theaters auch noch Tränen in den Augen hatte.

„Sieh mich verdammt noch mal an, Silas!"
Silas zog geräuschvoll die Nase hoch und wendete dann mit sichtbarem Widerwillen sein Gesicht dem Vater zu.
„Silas, wir können und wir werden die Pferde nicht mitnehmen! Punkt, aus, fertig!"
Der Tonfall des Vaters bekam zusehends eine aggressive und auch verächtliche Färbung. „Ich hab' dich wahrhaftig viel zu lange mit deiner Mutter alleine gelassen! Mein Gott! Heult fast wegen einem Gaul, für den nicht mehr verlangt werden kann, als der Abdecker bezahlt! Wo gibt's denn so was! Aber Silas, eins sag ich dir!" Morgan fixierte seinen Sohn mit einem eisigen Blick, doch Silas hielt diesem tapfer und trotzig stand. „Wenn du auf die Idee kommen solltest, hier einfach umzudrehen, um zu Mamas Rockzipfel zurückzureiten, dann muss ich dich leider enttäuschen. Denn, Silas, wenn du das zu tun versuchst, dann brauchst du in meinem Haus niemals wieder aufzutauchen, niemals! Hörst du, Silas?! Denn dann bist du für mich gestorben, für alle Zeit!"
Ohne ein weiteres Wort ließ Elias Black Deserts Zügel los und ritt weiter, ohne sich auch nur einmal noch nach seinem Sohn umzusehen.
Silas, der ganz genau jenen besagten Gedanken gehegt hatte, schwieg. Was sollte er auch weiter sagen oder tun? Ohnmächtige Wut erfüllte ihn und eine beinahe überwältigende Enttäuschung über den Vater und mehr noch über sich selbst.
Es lag auf der Hand, er würde wieder einmal klein beigeben.
In diesen Augenblicken fühlte sich Silas so winzig klein und so erbärmlich wie selten zuvor.
Schweigsam ritten sie die sanften Windungen des Mississippi entlang und hatten beide doch kaum einen Blick für die wunderschöne, von sanften Hügeln durchzogene Landschaft, deren zahlreiche Bäume und Sträucher im ersten zarten Frühlingsgrün das Auge zu umschmeicheln suchten.

Die Ortschaft, welche sie am späten Abend dann erreichten, war im Vergleich zu St. Peter bedeutend kleiner, schäbiger und vor allem auch weitaus dreckiger. Zielsicher steuerte Elias Morgan einen Saloon an, an dessen Tür ein Schild versprach, dass noch

Zimmer, angeblich sauber und günstig, zu haben wären.
Silas bestand darauf, sein Pferd selbst zu versorgen und bat seinen Vater, danach zu Bett gehen zu dürfen.
„Nur, wenn du vorher was Ordentliches isst."
Morgan versuchte, seiner Stimme etwas Versöhnliches zu geben, doch Silas, der dies wohl bemerkte, ging nicht weiter darauf ein, nickte lediglich kurz, ohne den Vater dabei auch nur eines Blickes zu würdigen und begab sich eiligst zu Black Desert in den Stall.
Es dauerte einige Zeit bis er sich dann zu seinem bereits essenden Vater an den Tisch setzte. Silas bekam kaum einen Bissen hinunter und mit seinem Vater sprach er an diesem Abend kein Wort.

Als er sich endlich in ein Bett verkriechen konnte, hüllte sich Silas in seine wunderschöne, warm und dicht gewebte dreieckige Decke ein und dachte voller Sehnsucht und Wehmut an Winonah.
Er sah sie wieder vor sich, wie sie an diesem frühen Morgen vor dem Haus gestanden hatte, leicht zitternd in der morgendlichen Kälte. Der im Gras hängende Morgentau hatte auf ihren Mokassins nasse Flecken hinterlassen.
All das sah Silas wieder vor sich. Voller Zärtlichkeit und Zuversicht hatte ihn Winonah noch einmal fest in ihre Arme geschlossen und ihm dann feierlich diese dreieckige, reich verzierte Decke geschenkt, die einen jeden Knaben der Ojibwe symbolisch in den Stand eines jungen, wenn auch noch keineswegs vollwertigen, Mannes erhob.
Jene dreieckige, also gewissermaßen halbierte Decke symbolisierte die schon zur Hälfte vonstatten gegangene Abnabelung. Sie bedeutete einerseits, dass der stolze Besitzer jener Decke fortan nicht mehr als Kind zu betrachten war und unabhängig und frei über sein Leben entscheiden durfte, ja sogar seinen eigenen Hausstand zu gründen vermochte. Aber genauso symbolisierte diese Decke auch den immerwährenden Fortbestand der innigen Verbindung, der Liebe zwischen Mutter und Sohn, deren ihr Besitzer ebenso bedurfte, wie er noch den Schutz seiner Familie zum Überleben brauchte und jederzeit ein Recht darauf hatte, warm und liebevoll von den Seinen umfangen zu werden. Dankbar kuschelte sich Silas in jene Decke und schnupperte hoffnungsvoll an

ihr, von dem Wunsch beseelt, einen Hauch von Winonahs zartem Duft an ihr wahrnehmen zu können. Leider roch er jedoch nichts weiter als den warmen Geruch der Wolle und war darüber derart enttäuscht, dass es ihm nur mit Mühe gelang nicht laut aufzuschluchzen.

Fast unmerklich hatte sich die Landschaft um sie herum zu verändern begonnen.
Seit sie die fruchtbaren Ufer des Mississippi verlassen und sich immer weiter in nordöstliche Richtung vorwärts bewegt hatten, begann der Boden zunehmend feuchter zu werden, streckenweise sogar sumpfig und von zahlreichen kleinen Wasserläufen durchzogen. Niedrige Felsformationen erhoben sich aus dem Erdboden, hin und wieder mit einigen Bäumen bewachsen. Vornehmlich handelte es sich dabei um flach wurzelnde Nadelhölzer, wie Zypressen oder Balsamtannen. Die mächtigen Waldabschnitte, die sie auf ihrer Reise durchquerten, gewannen merklich an Dichte und Größe und waren reich an Wild und vielfältiger Vegetation, von zahlreichen Bächen und kleineren Seen durchsetzt.

Die vergangenen Tage waren an Silas gleich einem unwirklichen und bösen Traum vorübergezogen. Zwar hatten er und sein Vater wieder begonnen, vereinzelte und weitgehend belanglose und möglichst unverfängliche Sätze miteinander zu wechseln, doch täuschte dies keinen von beiden über das hinweg, was zwischen ihnen geschehen war.
Elias spürte, dass er seinen Sohn zwar dieses eine Mal noch in seiner Gewalt zu halten vermochte, dass es ihm dieses eine Mal noch gelungen war, seine väterliche Macht auszuspielen und den Sohn dazu zu zwingen, gegen seinen Willen und seine Überzeugung zu handeln. Doch Elias ahnte ebenso, dass ihm dies womöglich zum letzten Mal gelungen sein könnte und dass der Preis für dieses eine letzte Mal vielleicht in keinerlei Verhältnis zu dem zu erwartenden Gewinn stehen würde.
Deutlich spürbar hatten die ohnehin zwischen ihnen nur bruchstückhaften Bande Schaden genommen und Elias hoffte inständig, dass dieser Schaden doch noch zu beheben sei.

Genau genommen hatte er es niemals auch nur annähernd geschafft, mit seinem Sohn wirklich vertraut zu werden, von Anfang an war das schon so gewesen.
Als ganz kleines Kind bereits hatte sich Silas stets scheu von ihm abgewandt und sich schutzsuchend an die Beine seiner Mutter geklammert, wenn er sich nicht gleich ganz hinter ihnen versteckt hatte. Sogar als Baby hatte er stets zu weinen begonnen, wenn ihn Elias einmal hochnehmen wollte, was zugegebenermaßen selten genug vorgekommen war. Er hatte mit diesem schreienden, kleinen Menschenbündel einfach nichts Rechtes anfangen können.
Später dann hatte er feststellen müssen, dass ihm sein Sohn weiterhin fremd geblieben war und zudem war ihm schmerzlich bewusst geworden, dass dieser mit seiner Mutter eine umso engere Verbindung eingegangen war.
Silas hatte mit seiner Mutter über viele Jahre in derartig verwobener Einheit gelebt, dass es Elias schon manches Mal richtiggehend unheimlich geworden war. Und alles, was er seither unternommen hatte, um seinen Sohn doch noch nahe zu kommen, hatte stets nur das Gegenteil davon bewirkt. Genau wie dieses Mal.
Elias hatte so sehr darauf gehofft, dass diese gemeinsame Reise Silas und ihn verbinden würde. Doch das glatte Gegenteil schien nun der Fall zu sein und Elias hatte weder eine Ahnung, was er jetzt daran noch ändern könnte, noch verstand er so recht, was in seinem Sohn wohl vorging und was das ganze Theater mit dem alten Pferd überhaupt sollte. Trotzdem versuchte er es noch einmal und sagte betont geduldig und freundlich zu ihm: „Silas, glaub mir, Sam ist im Umgang mit Pferden wirklich erfahren. Du musst dir keine Sorgen machen."
Silas antwortete nicht und ritt an seinem Vater vorbei, ohne ihn auch nur anzusehen.

Als sie Stunden später im Windschatten einer niedrigen, von einigen Bäumen umsäumten Felsformation das Lager für die Nacht errichtet hatten, saßen sie immer noch schweigsam beisammen am Feuer.
Elias blickte mit gerunzelter Stirn auf seinen Sohn. Silas schien seine ganze Aufmerksamkeit auf das knisternde, züngelnde

Flammenspiel gerichtet zu haben. Der Schein des Feuers gab seiner Haut einen rotgoldenen Schimmer, die dunklen Augen blickten unergründlich und versunken in das flackernde Licht, während seine schlanke Gestalt scheinbar in vollkommener Gelassenheit in sich zu ruhen schien. Die schwarzen Haare waren schon mehr als schulterlang.

Ein paar Haarsträhnen fielen ihm in das feingeschnittene Gesicht und Silas wischte sie mit einer beiläufigen Handbewegung beiseite. Ohne seinen Vater anzusehen, fragte er leise und zu dessen vollkommener Überraschung in die Stille hinein: „Warum sind wir dann nicht gleich mit dem Boot los? Es gibt hier so viele Bäche und Seen, wir hätten die Pferde doch überhaupt nicht gebraucht!"

Elias widerstand gerade noch dem Impuls, Silas entnervt entgegenzuschleudern, dass er das Wort „Pferd" aus seinem Mund nicht mehr hören wolle und zwar für alle Zeit. Denn ihm war durchaus bewusst, dass die Frage seines Sohnes, bedeutete sie einerseits auch erneute Auseinandersetzungen, doch auch gleichbedeutend einer zum Frieden gereichten Hand zu verstehen war.

„Ja, sicher, wir hätten im Prinzip auch gleich mit dem Kanu aufbrechen können, doch hätte es immer wieder ganz ordentliche Strecken gegeben, die wir zu Fuß hätten zurücklegen müssen und glaub mir, ein Kanu nebst Proviant und Gepäck zu schleppen ist nicht gerade die wahre Freude! Ich hab mir da weiter keine Gedanken gemacht, ich hab's immer so gehalten und sehe auch keinen Grund, es diesmal anders zu machen."

Erneut herrschte drückende Stille, die erst einige Minuten später von Silas durchbrochen wurde: „Nimbaabaa, ..." Zum ersten Mal seit Tagen sah er seinem Vater offen in die Augen. „Ich weiß nicht, ob du mich verstehen wirst, aber ich ...", nachdenklich blickte Silas in den sternenübersäten Himmel, „ich habe bisher wirklich nicht viele Menschen für mich gewinnen können, aber ich habe dennoch ein paar wenige, dafür aber umso wertvollere Freunde gefunden. Freunde, Nimbaabaa, deren ganzes Wohlwollen auf meiner Seite steht, die mich so lieben und achten, wie ich bin. Diese Freunde bedeuten mir unendlich viel. Verstehst du das?" Silas unterbrach seinen plötzlichen Redefluss für einen kurzen Augenblick, verzog unglücklich das Gesicht und seufzte leise: „Ich habe

alle zurückgelassen, alle meine Freunde und alle die mir lieb und teuer sind, um mit dir zu gehen, alle außer Black Desert und nun soll ich ihn irgendwo ..."
„Nicht irgendwo, bei Sam, das ist nicht irgendwo!"
„... soll ich ihn irgendwo bei einem Sam, den ich gar nicht kenne, lassen", vollendete Silas unbeirrt seinen Satz.
„Aber es sind doch nur ein paar Wochen!", wandte Elias ein.
„Ein paar Wochen können eine Ewigkeit sein."
Silas hatte, noch während er diese Worte sprach, den Blick bereits wieder dem nun schon deutlich niedriger brennenden Feuer zugewandt.
Elias spürte, dass sein Sohn ihm erneut zu entgleiten drohte und beeilte sich etwas zu sagen: „Aber sie gehen vorüber."
„Warum können wir denn nicht mit den Pferden um die Seen herumreiten?"
„Das ist gefährlicher, beschwerlicher und langsamer, alles was du willst! Silas, ich selber ziehe das Pferd dem Kanu immer vor! Aber je weiter nördlich wir kommen werden, desto schwieriger wird der Weg zu Pferde sein, glaube mir!"
Elias stockte, deutlich fühlte er, dass seine Erklärungen Silas nicht wirklich erreichten. Verflucht noch mal! Er wollte ihn aber erreichen!
Dies hier war schließlich sein Sohn, sein einziges Kind und dies hier war vielleicht die letzte Gelegenheit! Bloß, wie sollte er sie um Himmels Willen nutzen?! So wie es jetzt war, konnte und durfte es nicht weitergehen, auf keinen Fall! Jeder weitere von Abgrenzung und kargem Wortwechsel erfüllte Tag würde die Mauer zwischen ihnen weiter verfestigen, bis man sich schließlich eines Tages am Ende sogar an sie gewöhnt hatte.
„Silas, ..." Elias hielt inne, denn was er nun ausdrücken wollte, ging ihm nur ungeheuer schwer über die Lippen. Er war es überhaupt nicht gewohnt, seine Gefühle in Worte zu kleiden und entsprechend ungeübt und unsicher war er darin. „Silas, ich habe mir gewünscht, sehr sogar, dass wir uns auf dieser Reise ein wenig besser kennenlernen würden und ich, weißt du, du bist doch schließlich mein Sohn und ..." Elias lachte ein leises, trauriges Lachen. „Ich denke oft, wir sind uns so fremd. Ich hatte gehofft, das

würde sich vielleicht ändern können und nun, tja, ..." Er schnaubte bedauernd und zuckte ratlos mit den Schultern.
Die Unsicherheit und Wärme in Elias' Worten hatten Silas veranlasst, erneut und überrascht das Gesicht seines Vaters zu betrachten.
„Gibt es denn keine Möglichkeit?", fragte er ihn schließlich.
Elias seufzte und sagte mit bemühter Geduld: „Es gibt natürlich immer irgendeine Möglichkeit, es ist nur die Frage, ob es eine gute Möglichkeit ist." Er überlegte einen Moment und sagte dann schließlich: „Hör mal, Silas, ich mache dir einen Vorschlag. Wir reiten gemeinsam zu Sam und bleiben eine ganze Woche dort. Du kannst dich in dieser Zeit ausgiebig davon überzeugen, dass es Black Desert bei ihm wirklich gut gehen wird."
„Und was ist, wenn ich mich davon nicht überzeugen kann? Was ist, wenn ich denke, dass es Black Desert dort nicht gut gehen wird?"
„Ich weiß es wirklich nicht. Entweder bleibst du dann bei ihm und Sam oder wir reiten eben mit den Pferden weiter, obwohl das tatsächlich eine Dummheit wäre!"
Silas antwortete nicht, er nickte nur, doch seine Augen strahlten bedeutend wärmer noch, als die Glut des nun bald heruntergebrannten Feuers.

9

Der Tag war noch jung, als Elias nachdenklich am Ufer eines kleinen Sees stand und auf die Morgennebel schaute, die sanft und leicht über dem Wasser zu tanzen schienen.
Obwohl der Frühling nun schon beträchtlich weit fortgeschritten war, war es hier oben immer noch empfindlich kalt, vor allen Dingen des Nachts und am frühen Morgen.
Fröstelnd verschränkte Elias seine Arme vor dem Körper, ein Kälteschauer durchfuhr ihn. Er entschloss sich, ein Feuer zu entfachen und darüber so etwas Ähnliches wie Kaffee zu kochen. Silas schlief noch. Der Junge konnte einfach überall schlafen, wie ein Stein. Ein glückliches, zufriedenes Lächeln umspielte Elias'

Lippen. Sie waren bereits ein beträchtliches Stück vorangekommen auf ihrem Weg und das durchaus im doppelten Sinne. Die letzten drei Wochen mit Silas kamen ihm vor wie ein Geschenk, eine überraschend dargebotene Kostbarkeit, so wertvoll und belebend, wie er es nicht zu hoffen gewagt hatte.
Gemeinsam waren sie in immer tiefere Wildnis geritten und hatten über viele Tage schon keinen anderen Menschen mehr gesehen. Den größten Teil ihres mitgeführten Proviants hatten sie bereits aufgebraucht und lebten deshalb schon seit einigen Tagen fast ausschließlich vom Fischfang und von der Jagd.
Der schier unendlich scheinende Wald in diesem Landstrich bestand sowohl aus Ahornbäumen und gewaltigen Kiefern, als auch aus den zum Teil beachtlich großen und mächtigen Hemlocktannen, aber auch Birken und Erlen, Fichten und Zypressen und vereinzelte Haselnusssträucher prägten das sich ihnen bietende Bild.
Die Gegend hier war durchaus artenreich, hier lebte Rotwild verschiedenster Art und auch das scheue Waldkaribu. Es gab Wölfe, Bären und Luchse und an den zahlreichen Bächen und Wasserläufen tummelten sich die Waschbären und Biber, wobei letztere regelmäßig durch ihre Staudämme auf sich aufmerksam machten.
Wenn auch das Wild einem nicht gerade vor der Flinte herumzutanzen pflegte, sondern sich bisweilen sogar ziemlich rar machte, so hatte Elias dennoch in schöner Regelmäßigkeit die Gelegenheit gehabt, seinem Sohn sein vielseitiges Wissen zu vermitteln. Elias hatte Silas beigebracht, wie er schnell und ohne allzu viel Aufwand ein trockenes Nachtlager, einen kleinen Wigwam errichten konnte, ebenso wie er ihn fortwährend im zielsicheren Gebrauch des Gewehres unterwies und auch im Fallenstellen und im Häuten und Zerlegen der Beute und in dem was sonst noch notwendig war, um das Fell der erbeuteten Tiere haltbar zu machen oder zum Gerben vorzubereiten. Was allerdings das Fährtenlesen betraf, so merkte Elias sehr schnell, dass ihm Silas darin von vornherein deutlich überlegen war und auch das Heranpirschen, diese atemlose, angespannte und äußerste Konzentration erfordernde Kunst, beherrschte Silas weit besser.

Die meisten der Fertigkeiten, die Elias Morgan seinem Sohn weiterzugeben vermochte, hatte er seinerseits von den Indianern, vornehmlich in den Lagern der Ojibwe, gelernt.
Elias registrierte, einerseits mit tiefer Zufriedenheit und andererseits aber auch mit einiger Verwunderung, dass all dies, was er sich einstmals mühselig angeeignet hatte, seinem Sohn einfach zuflog. Die Jagd schien Silas im Blut zu liegen, und das obschon sein Wesen für Elias teilweise geradezu befremdlich sanft und sensibel war und unverkennbar jedes Mal ein Teil seiner Seele zu bluten schien, wenn er ein Tier tötete. Es gab keinen Zweifel daran, dass Silas an der Jagd lediglich eines genoss und das war, der Fährte eines Tieres zu folgen, sich unbemerkt an dieses Tier heranzupirschen, um es hernach aus dem Verborgenen heraus beobachten und bewundern zu können. Der Rest war für ihn nur eine notwendige und grausame Pflicht. Doch wenn es nun einmal nötig war, tötete Silas ohne zu zögern, sicher und schnell. Den Vater in Elias erfüllten diese Fähigkeiten seines Sohnes mit beträchtlichem Stolz, den Trapper und Fallensteller in ihm aber mit dem beruhigenden Gefühl, in Silas eine wirklich entlastende, tatkräftige Unterstützung zur Seite zu haben.

Doch dies alles war noch immer nicht das Wesentliche für Elias, was ihm solche Freude bereitete. Das Wesentliche ging weit darüber hinaus und bestand darin, dass sie beide tatsächlich im Begriff waren, diese gemeinsame Zeit zu genießen und sie sich auf eine Art partnerschaftliches Miteinander zu einigen vermocht hatten.
Nach und nach hatte Elias gemerkt, dass er anscheinend damals am Lagerfeuer, mit der ungelenken Offenlegung seiner eigenen Hilflosigkeit vermocht hatte, was ihm vordem trotz all seiner Bemühungen nicht recht gelungen war.
Auf jeden Fall hatte sein Sohn von diesem Abend an tatsächlich damit begonnen, nun seinerseits die Luken zu öffnen und Elias infolge dessen mit reichlich vielen und zum Teil auch sehr unbequemen Fragen zu überhäufen. Eine Frage der besonders unangenehmen Sorte war jene gewesen, die ihm Silas kurz vor dem Schlafengehen am vergangenen Abend gestellt hatte: „Warum hast du Nimaamaa eigentlich von ihren Leuten und ihrem Zu-

hause weggeholt? Sie hätte doch auch bei den Ojibwe bleiben können. Ich glaube, das hätte sie viel glücklicher gemacht."
Beschämt hatte Elias feststellen müssen, dass es nichts weiter als der blanke Eigennutz gewesen war, der ihn dazu gebracht hatte, Winonah mit in sein Holzhaus zu nehmen, da er die Winter nicht in der Kälte der Indianerdörfer verbringen wollte. Auch liebte er die Landschaft am Mississippi und wollte sich nicht zur Gänze von dem Ort seiner Kindheit und Jugend verabschieden.
Doch das hatte er sich Silas gegenüber wohlweislich nicht so direkt zu sagen gewagt und so war seine Antwort denkbar kurz und oberflächlich ausgefallen. Dennoch hallte das Gespräch in seinen Gedanken noch lange Zeit nach. An Winonah, an das, was sie selbst vielleicht gewollt oder nicht gewollt hatte, hatte er damals eigentlich kaum einen Gedanken verschwendet und das wurde ihm nun zum ersten Mal bewusst.
Er begann so ganz allmählich zu erahnen, was er damit seiner Frau wohl angetan haben mochte, ja, sogar immer noch antat. Er begann nun auf dieser Reise, an der Seite seines Sohnes, gewahr zu werden, dass echtes, wahrhaftes Miteinander nur auf einer gleichberechtigten Ebene entstehen konnte und nur durch die Achtung des anderen und seiner Grenzen sich dieses Miteinander mit wirklicher Nähe und liebevoller Wärme füllen ließ.

Silas kam gerade aus dem kleinen Wigwam heraus und gähnte. Verschlafen rieb er sich die Augen und zog fröstelnd seine umgehängte Dreiecksdecke zusammen.
„Morgen, Nimbaabaa!" Verschlafen lächelte Silas seinen Vater an. Der schenkte ihm einen Becher dampfenden Kaffee ein und reichte ihn Silas mit den Worten: „Morgen, mein Junge! Wenn wir heute wieder so gut vorankommen, schaffen wir es vielleicht, am späten Nachmittag bei Sam zu sein."
„Woher kennst du ihn eigentlich?"
„Oh, ich kenne Sam schon verdammt lange. Wir zwei sind viele Jahre gemeinsam durch die Wälder gezogen. Ich denke, er ist für mich wahrscheinlich so in etwa dasselbe, was David für dich ist. Einer, der irgendwie zu einem gehört, der einen kennt und versteht, bei dem es egal ist, wie lange man sich nicht sieht oder wie

weit weg der andere gerade ist, weil man immer genau da wieder anfangen kann, wo man das letzte Mal aufgehört hat." Mit einem Lächeln im Gesicht schüttelte Elias seinen Lockenkopf. „Wir haben verdammt viel zusammen erlebt!"
Silas blickte seinen Vater über seinen Becher Kaffee hinweg freundlich an. „Nimbaabaa, du hast mir aber meine Frage gar nicht beantwortet."
„Was?"
„Ich hatte dich gefragt, woher du ihn kennst."
Elias nickte brummend und sagte dann schließlich: „Ich habe ihn ein Jahr bevor ich das erste Mal von zu Hause fortgegangen bin kennengelernt. Damals hieß das Haus noch nicht ‚das Haus des Fallenstellers', ...", Elias lachte leise, „damals hieß es noch ‚das Haus des Holzfällers' und lag nicht wie heute am Waldrand verborgen, sondern war ein gutes Stück weit im Wald gelegen. Das ist mittlerweile alles gerodet. Sam hatte als Gehilfe bei meinem Vater angeheuert. Er war neunzehn Jahre damals, genauso alt wie ich. Aber Sam war schon eine ganze Weile alleine unterwegs gewesen und hatte sich mit allem Möglichen über Wasser zu halten versucht. Wir sind damals gemeinsam losgezogen, gegen den Willen meiner Eltern, genau genommen auch ohne ihr Wissen. Doch während ich damals nur auf Abenteuer und Abwechslung aus war, war Sam tatsächlich heimatlos."
Nach einer kurzen Pause fügte Elias nachdenklich hinzu: „Sam hat seine Heimat gefunden, hier in den Wäldern des Nordens an den Ufern des Gitchi Gami. Einen großen Teil meiner Felle setze ich bei ihm um, er nimmt sie mit zum alljährlichen Rendezvous. Und glaube mir, er erzielt jedes Mal einen stattlichen Preis dafür. Nur den kleinsten Teil an Leder und Fellen bringe ich dann Jahr für Jahr mit nach St. Peter."
„Zu welchem Rendezvous?"
„Einmal im Jahr im Sommer treffen sich unglaublich viele Trapper, Voyageure, Abenteurer und Fallensteller und feiern gemeinsam ein riesiges Fest. Dort wird gezecht, gespielt und gerauft, und natürlich gehandelt und getauscht. Ich war selber einige Male dort, aber ... ich weiß nicht, ich bin wohl kein allzu geselliger Mensch."

Silas betrachtete seinen Vater mit einem warmen, aber auch nachdenklichen Ausdruck in den Augen und nickte. Niemals hätte er gedacht, dass sein Vater ihm eines Tages mehr bedeuten würde, als es die Achtung vor dem eigenen Vater eben verlangte. Aber nun gab sein Vater seiner Ojichaag Tag für Tag Nahrung, gab ihm die Möglichkeit, ihn als Menschen kennen und auch lieben zu lernen.

An einem anderen Ort gestaltete sich das Leben nicht so erfreulich. Die Sonne begann zusehends an Kraft zu gewinnen und doch vermochten ihre warmen Strahlen und selbst das ausgelassene Zwitschern der Vögel nicht, David von seinen missmutigen und trübseligen Gedanken zu befreien. Er begann damit den Stall auszumisten. Alles was er tat, geschah seltsam mechanisch und gänzlich ohne Freude und er hatte es dennoch nicht eilig, die verhasste Stallarbeit hinter sich zu bringen, wozu auch, was wartete schon auf ihn?! Andererseits erschien David insbesondere die Arbeit im Stall ohne Silas beinahe unerträglich und vollkommen leer zu sein. David stützte sich seufzend für einen Moment auf die Mistgabel, blickte auf das kleine, trübe Fenster und beobachtete die in den Sonnenstrahlen tanzenden Staubpartikel, als Ruth die Stalltür öffnete und auf ihn zutrat.
„Fehlt er dir auch so sehr?"
„Ja, ziemlich!"
David fuhr fort, das verschmutzte Stroh in eine Karre zu wuchten. Schweigend blickte sich Ruth im Stall um und ergriff dann kurzerhand den Besen und begann damit, den hinteren, bereits ausgemisteten Teil des Stalles zu kehren.
„Dave, hättest du nicht Lust, einmal mit mir zusammen auszureiten?"
David hielt abrupt in seiner Bewegung inne und blickte seine Schwester erstaunt an. Auf diese Idee wäre er wahrhaftig nicht gekommen! Im Allgemeinen pflegte er nicht mehr als unbedingt nötig mit seinen Schwestern zu unternehmen, denn sie waren ihm auf der einen Seite meistens zu albern und auf der anderen wieder zu vernünftig, sorgsam und um Sicherheit bedacht. Das eine fand er nervtötend und anstrengend, das andere langweilig

und fad, die Kombination von beidem war jedoch gar nicht auszuhalten. Doch Ruth war ihm letztendlich noch die Liebste von allen seinen Schwestern und zumeist nicht ganz so unerträglich, wie der Rest von ihnen. Von daher, warum eigentlich nicht?
Mit neuem Elan begann David seine Stallarbeit zu verrichten. Er antwortete lässig über seine Schulter hinweg, als sei es das Selbstverständlichste auf der Welt: „Na gut, in Ordnung, können wir machen."
„Au fein!" Beglückt strahlte Ruth ihren Bruder an, was dieser jedoch nicht bemerkte, da er seiner Schwester immer noch den Rücken zugewandt hatte, „Ich helfe dir, bis Pa und Edwin mit den Pferden zurückkommen, umso schneller können wir dann wieder los!"
„Die Pferde brauchen aber eine Pause."
„Das weiß ich doch!"
Ruth lachte ihn voller Vorfreude an und verwundert registrierte David ein weiches, warmes Gefühl in seiner Brust. Er spürte es ganz deutlich, fühlte mit einem Mal, wie dankbar er seiner Schwester für die gebotene Aussicht war, die sie ihm mit ihrer Frage eröffnet hatte und er spürte auch, wie schön es doch war, eine Schwester zu haben, zumindest so eine wie Ruth.
Als David sich zwei Stunden später gemeinsam mit Ruth daran machte, die Pferde zu satteln, erreichte Silas zur gleichen Zeit mit seinem Vater die weitläufigen, häufig felszerklüfteten Ufer des Gitchi Gami.
Silas hatte mit einem sehr, sehr großen See gerechnet, aber eben mit einem See, oder besser gesagt mit dem, was er unter einem See verstand.
Doch das, was der Gitchi Gami seinen Augen darbot, war weitaus gigantischer, als es sich Silas jemals hätte vorstellen können. Das, was er da sah, entsprach in etwa dem, was er sich unter den Ozeanen vorgestellt hatte, mit ihrem schaumgekrönten Wellengang und den vom Mond regierten Gezeiten.
Die Vorstellung, dieses Wasser mit einem Kanu zu durchqueren, erschien ihm abwegiger denn je, doch andererseits baute er darauf, dass sein Vater genau wusste, was er tat. Elias schien mit den Gegenden, die sie durchquerten, bestens vertraut. Je weiter

sie sich in die Wälder, in die Wildnis hinein bewegt hatten, desto freier und gelöster war er geworden. Auf den einsamen Pfaden, die Silas gemeinsam mit seinem Vater entlanggeritten war, hatte er in einer ungeahnten Deutlichkeit erlebt, dass Mutter Erde ihm zwar alles zu geben vermochte, was er zum Leben brauchte, doch zugleich auch, dass sie einem nichts davon in den Schoß legte und zuweilen unerbittlich sein konnte. Nicht an jedem Tag war er wirklich satt geworden und an vielen Tagen und in noch weitaus mehr Nächten hatte er jämmerlich gefroren.
Und dennoch hatte ihm dieses anstrengende, karge Leben, dieses absolute Angewiesensein auf die eigenen Fähigkeiten und nicht zuletzt auch das erhebende Gefühl des tatsächlichen Bestehenkönnens, Glücksgefühle von einer Intensität beschert, wie er sie bis dahin noch nicht erlebt hatte.
Vor einiger Zeit, sie waren in etwa drei Wochen unterwegs gewesen, ritten sie, seit Tagen bereits, durch ein felsiges Waldgebiet, welches weder einen oberirdischen Wasserlauf, noch einen See aufwies, zumindest fanden sie keinen und somit auch keine Gelegenheit zum Angeln. Auch hatten sie schon den fünften Tag kein Jagdglück gehabt und die letzten Vorräte waren trotz aller Sparsamkeit zur Neige gegangenen. Da es zu dieser Jahreszeit weder Nüsse noch Beeren zu finden gab, stellte sich unweigerlich der Hunger ein. Alle Geräusche des Waldes drangen in seltsamer Deutlichkeit an Silas' Ohr.
Er fühlte sich vollkommen erschöpft und zugleich ruhelos und aufgekratzt. Doch in dem Augenblick, da er sie sah, die Fährte jenes Weißwedelhirsches, war seine Erschöpfung plötzlich verschwunden, waren die Gedanken mit einem Schlag voller Anspannung nur mehr auf eines konzentriert gewesen. Die Fährte war frisch! Eindeutig!
Silas wurde von einem bisher nie geahnten Jagdfieber erfasst, welches ihm unendliche Energien zu verleihen schien. Er bedeutete seinem Vater sich still zu verhalten, während er selbst lautlos zu Fuß auf der Fährte des Hirsches zu schleichen begann. Der Hirsch konnte noch nicht allzu weit weg sein! Silas fühlte in sich ein fieberndes Brodeln, eine Anspannung, die ihn schier zu zerreißen drohte und gleichzeitig spürte er die kühle Macht seines

Verstandes. Er spürte mit jeder Faser seines Körpers das Raubtier in sich, spürte seine absolute Entschlossenheit zu töten, um das eigene Leben zu erhalten.
Als er nach gar nicht allzu langer Zeit den Hirsch sah, so stolz und schön, mit seinem wie mit Samt überzogenen Geweih, zögerte er nicht einen Augenblick und ehe das Tier die drohende Gefahr überhaupt zu erkennen vermochte, sank es bereits von Silas' Kugel tödlich getroffen zu Boden und das Licht seiner noch überrascht blickenden braunen Augen erlosch. Doch diesmal überfielen Silas nicht die üblichen gemischten Gefühle, nein, nicht eine einzige Sekunde lang! Jubel erfüllte ihn! Jubel und ein Gefühl unendlichen Triumphes, wie er es in dieser Form niemals gekannt hatte.
Diese Jagd war seine erste große, wirkliche Jagd gewesen, ein weiterer unverzichtbarer Meilenstein auf seinem Weg ins Erwachsensein.
Seinem Bruder Hirsch gegenüber aber verspürte er tiefste Dankbarkeit und höchste Achtung dafür, dass dieser sein Leben gegeben hatte, und sorgsam war er darauf bedacht gewesen, alles so zu machen, wie Winonah es ihn gelehrt hatte und nichts zu unterlassen, was nötig war, um die Ojichaag des Hirsches zu ehren und zu versöhnen.

10

„Nimbaabaa! Ist das wirklich ein See?!" Silas blickte immer noch fassungslos auf die sich schier endlos erstreckenden Wassermassen des Gitchi Gami.
„Wenn du es nicht glaubst, dann probier doch mal das Wasser! Es ist nicht salzig!" Elias lachte vergnügt. „Na, hab ich dir zu viel versprochen? Es ist unbeschreiblich, nicht wahr?!"
Silas ließ seine Augen über die scheinbar unendliche Weite des Sees gleiten, dessen Wasser sich in rauschenden Wellen seinen Weg zum Ufer suchte, um sich gleich darauf wieder zurückzuziehen und es alsbald abermals zu versuchen. Die Schönheit des Sees und der Naturkulisse, erhaben und grandios, rau und doch

auch voller Anmut, hatte ihn vollends in ihren Bann gezogen.
Ein Geräusch ließ Silas seinen Blick zu einem etwas weiter entfernt gelegenen Uferabschnitt wenden.
„Nimbaabaa! Da hinten!"
Etwa zwanzig Meter entfernt hatte Silas einen Vogel ausgemacht, der mit Sicherheit den beachtlichsten Schnabel besaß, den er jemals gesehen hatte.
„Das ist ein Nashornpelikan, du wirst noch öfter welche sehen."
„Wie lange werden wir noch brauchen, Nimbaabaa?"
„Oh, es sind vielleicht noch sechs oder sieben Meilen, mehr nicht."
„Weiß er eigentlich, dass ich mitkomme?"
„Nein!" Elias lachte und schüttelte den Kopf. „Aber ich weiß, dass er verdammt neugierig auf dich ist und schon eine Ewigkeit darauf brennt, dich endlich einmal zu Gesicht zu bekommen!"
Als sie dann, gut zwei Stunden später, das geräumige Blockhaus erreichten, fanden sie es leer und verschlossen vor.
Von ferne hatte das aus rohen Holzstämmen errichtete Haus auf Silas wie ein geducktes riesiges Tier gewirkt, das inmitten einer kleinen Bucht auf den See zu blicken schien.
„Was machen wir nun?"
Silas blickte seinen Vater angesichts der verschlossenen Türe fragend an, doch Elias lachte nur und kramte in seiner Satteltasche herum. „Hast du gedacht, Sam würde hier sitzen und auf uns warten?"
Er zog er mit einem zufriedenen Lächeln einen Schlüssel aus der Tasche. Als Silas aber auf die Türe zutrat, schüttelte Elias grinsend den Kopf: „Hinten geht's lang. Das ist der Schlüssel zum Stall."
Nun erst wurde Silas gewahr, dass der rechte Teil des Hauses eine angegliederte Stallung darstellte, nicht besonders groß, jedoch gerade ausreichend für zwei Pferde.
„Sam hat selber kein Pferd", erläuterte Elias seinem Sohn, als er dessen Verwunderung bemerkte.
„Aber warum hat er dann einen Stall?"
„Er hat gar keinen Stall, ich habe einen! Wir haben dieses Haus hier vor Jahren gemeinsam gebaut und dieser Stall geht auf meine Rechnung."

Nachdem sie die Pferde versorgt hatten und das Gepäck in einer Ecke des Stalles verstaut, schlug Elias seinem Sohn vor gemeinsam angeln zu gehen.
Doch Silas, der sich danach sehnte, wieder einmal ganz für sich allein sein zu können, bat den Vater, die Gegend ein wenig in Augenschein nehmen zu dürfen. Da Elias keinerlei Einwände hatte, wendete sich Silas dem hinter dem Haus beginnenden Wald zu.
Allmählich begann er ruhiger zu werden, ruhiger und ruhiger auf seinem Weg, Schritt für Schritt. Hier waren nur er und der Wald.
Er begann wieder dieses Gefühl in sich aufsteigen zu fühlen, dieses unbeschreiblich beglückende und erwärmende Gefühl ein Teil des Ganzen zu sein.
Silas blickte den Stamm einer besonders hohen Kiefer empor, berührte mit seinen Handflächen zart die schuppige Borke, versuchte die Kraft des Baumes zu fühlen, als ein leichtes Knacken ihn jäh aus seinen versunkenen Gedanken riss und augenblicklich herumfahren ließ.
Ein hünenhafter, verwegen aussehender, struppig bärtiger Mann befand sich nur wenige Meter von ihm entfernt. Sein Gewehr hatte er bereits im Anschlag auf Silas gerichtet.
In äußerst barschem Ton, rief er ihm eine Frage zu, und, noch ehe Silas, zu Tode erschrocken, die erste Frage beantworten konnte, gleich eine zweite.
„Waenaesh k‘ doadem?! Waenaesh kiin?!“
„Das, ... das Totem meiner Familie ist Bizhiu,“ stammelte Silas, die Hände erhoben, in der Hoffnung, dann vielleicht nicht einfach über den Haufen geschossen zu werden, „der Luchs, und ich heiße Silas Morgan, Sir!“
„Morgan? Silas Morgan? Ha, ha, ha! Du bist Elias‘ Sohn? Ha, ha, ha! Ich hab dich für einen waschechten Ojibwe gehalten! Junge, lass dich mal genauer betrachten!“
Silas ließ seine Hände erleichtert wieder sinken. Das war also Sam!
Sam hängte sein Gewehr wieder um und trat auf Silas zu, legte seine breiten Hände auf dessen Schultern und musterte ihn lange und eingehend. Ein Schmunzeln durchzog sein Gesicht, während er Silas‘ Gesichtszüge studierte.

Silas seinerseits sah in das wettergegerbte Gesicht eines Mannes, dessen Alter nur schwer zu schätzen war. Wilde Locken umrahmten sein von vielen Fältchen durchzogenes Gesicht. Dieser Mann hatte unzählig viele Lachfältchen, das gefiel Silas auf Anhieb, und auch dass seine grünbraunen Augen Tiefe und Klarheit ausstrahlten.
„Jetzt bist du also wahrhaftig da, Silas Morgan, sei herzlich willkommen! Wurde ja auch langsam mal Zeit, dass du dich hier blicken lässt!“
Ohne ein weiteres Wort machte jener in Leder gekleidete Hüne kehrt und ließ Silas einfach dort stehen, wo er ihn aufgestöbert hatte.

Im Kamin des Blockhauses prasselte bereits ein behagliches Feuer und die vom Vater gefangenen Fische würden ein ganz ansehnliches Abendessen für sie abgeben.
„Na, Silas! Du hast Sam ja bereits kennengelernt, wie ich gehört habe!“ Elias konnte sich eines Grinsens nicht erwehren.
„He, Elias! Was macht der Fisch! Ich hab Hunger!“, ließ sich da Sams tiefe und geräuschvolle Stimme vernehmen.
Nach dem Essen überfiel Silas eine bleierne Müdigkeit und er schlief in seine Decke gekuschelt augenblicklich tief und fest ein.
Elias und Sam aber saßen noch lange beieinander, gossen sich ordentlich einen hinter die Binde und erzählten und lachten die halbe Nacht.
„Bei Gott“, dröhnte Sam, „mit dem Jungen steht dir noch was bevor! Das sag ich dir, der wird den Weibern gleich scharenweise den Kopf verdrehen!“
„So'n Unsinn“, brummte Elias und schnaufte dabei verächtlich durch die Nase. „Wie kommst du denn auf so einen ausgemachten Mist?“
Sam grinste süffisant und betrachtete seinen Freund eine Weile schweigend, ehe er antwortete: „Weil der Knabe verdammt gut aussieht.“ Er wartete kurz, bis sich das ungläubige Gelächter seines Freundes gelegt hatte. „Es ist dir noch gar nicht aufgefallen, nicht wahr? Das sieht dir ähnlich, mein Freund. Wart's ab, Elias, du wirst noch an mich denken!“

Als Silas am nächsten Morgen erwachte, war Sam bereits auf den Beinen. Die vergangene Nacht schien ihm keineswegs nachzuhängen und während Elias noch schnarchte, hatte Sam bereits die Spuren der vergangenen Nacht beseitigt, Kaffee und einen Brei aus Getreide und getrockneten Heidelbeeren zum Frühstück gekocht. Silas, welcher in Anbetracht der vergangenen Wochen wahrhaftig nicht verwöhnt war, hatte mit so etwas wie einer Fischsuppe gerechnet. Der Anblick des Getreidebreis, der zarte Duft, der aus der blubbernden Masse aufstieg, erfüllte ihn mit einer solchen Dankbarkeit, dass es ihm beinahe die Tränen in die Augen trieb.

„Komm Silas, setz dich, wir fangen schon einmal an. Dein Vater wird heute wohl noch ein Weilchen brauchen."
Silas probierte von dem Brei, in dem immer wieder kleine, schwarze Kügelchen auftauchten. Es schien ihm eine Ewigkeit her zu sein, da er etwas so Köstliches gegessen hatte. Schweigend füllte Sam Silas Schüssel erneut bis zum Rand und sagte für seine Verhältnisse sehr leise: „Es ist ganz schön hart da draußen, vor allem beim ersten Mal und erst recht für so einen Jungen, so ein Greenhorn wie dich. Aber trotzdem, sag' selbst, ist das Leben in den Wäldern nicht das Schönste, das Großartigste, was es gibt auf der Welt!? Also, ich möchte nirgendwo anders sein!"
Sam erhob sich schwerfällig und sagte: „Wenn du mit dem Essen fertig bist, gehen wir beide mal zusammen in den Stall zu deinem Black Desert. Elias sagt, er wäre ein bisschen heikel und ich dachte, dass Gescheiteste wäre sicherlich, wenn du uns beide miteinander bekannt machst."
Bevor sie gemeinsam den Stall betraten, hielt Sam jedoch einen Moment inne, sah Silas eindringlich an und sagte: „Silas, das alles hat nur einen Sinn, wenn du auch selber dahinterstehst. Dein Pferd wird ganz genau spüren, wenn du auch nur den leisesten Zweifel hegst. Du selber musst es wollen, von dir hängt es ab! Du bist es, der ihm da drinnen zeigen muss, dass alles gut und richtig so ist, dass du mir vertraust. Ansonsten werde ich dich hier wohl eine Weile beherbergen müssen und du wirst die Lager der Ojibwe niemals zu Gesicht bekommen! Also, was ist, bist du bereit?"

Silas atmete tief durch und willigte mit einem entschlossenen Kopfnicken ein.

11

Silas stand vor dem Haus und blickte auf den See. Er fühlte sich in Sams gemütlichem Blockhaus und besonders in dessen Gegenwart äußerst wohl und ganz ähnlich schien es auch Black Desert zu ergehen. Silas spürte den Wind, der an seinen Kleidern zerrte und seine Haare zauste. Dieser Wind war zwar nicht unbedingt kalt, dennoch aber gewaltig. Fasziniert lauschte er auf sein brausendes Lied und den rauschenden Gesang der brechenden Wellen. Ein grell zuckender Blitz, dem kurz darauf ein drohend grollender Donner folgte, veranlasste Silas, zurück zu seinem Vater und Sam in den Schutz des Blockhauses zu gehen. Er fand die beiden damit beschäftigt, ihre Gewehre zu reinigen und zu ölen.
„Komm Silas", sprach ihn der Vater an, „hol dein Gewehr und setzt dich zu uns. Eine Waffe muss immer gepflegt werden, sonst kann das einmal übel enden!"
Sam zog die Augenbrauen hoch und grinste Silas wortlos an.
„Da draußen braut sich was Ordentliches zusammen!", sagte Silas mit einer Kopfbewegung zum Fenster hin.
„Wird schon so schlimm nicht werden", antwortete Sam gleichmütig.
Doch er sollte nicht recht behalten. Das Gewitter, ungewöhnlich heftig und lang, zwang sie alle, den ganzen Tag im Schutz des Hauses zu verbringen.
Silas war nicht traurig drum. Ein Tag in behaglicher Ruhe und Wärme, während draußen der Sturm tobte und der Regen prasselte, war genau das, was er dringend benötigte.
Die Anstrengungen der Reise hatten, seit sie an Sams Blockhaus angekommen waren, keineswegs ein vorübergehendes Ende gefunden.
Neben den Stunden, die er und Sam täglich damit verbrachten, gemeinsam die Pferde zu versorgen und so nebenbei Black Desert an Sam zu gewöhnen, waren weitere Stunden nötig gewesen, um

Elias Kanu wieder flott zu machen. Zudem stand, um Silas auf die Weiterreise vorzubereiten, fast jeden Tag ausgiebiges Kanufahren auf dem Programm, was auf der teilweise ganz schön rauen und schaumgekrönten Oberfläche des Sees ein ziemlich anstrengendes und gerade am Anfang auch reichlich feuchtes Unterfangen war. Dies hier war wirklich kein Vergleich zu einer gemütlichen Bootsfahrt auf einem gemächlich dahinfließenden Mississippi!
Gejagt und geangelt werden musste selbstredend auch und die erlegten Tiere mussten gehäutet und ausgenommen werden. Das Fleisch, das nicht alsbald verzehrt werden würde, musste an der Luft getrocknet oder aber geräuchert und die Felle zudem zur weiteren Verarbeitung haltbar gemacht werden.
Es gab also ständig alle Hände voll zu tun und so beschloss Silas, die zwangsweise auferlegte Ruhepause aus tiefster Seele willkommen zu heißen und nur für eines zu nutzen und das war schlafen.

Als Silas am nächsten Tag erwachte, fühlte er sich eigenartig matt und schwindelig. Sein Kopf schmerzte, außerdem fror er ganz erbärmlich. Das Gewitter musste die Temperatur um einiges nach unten gedrückt haben. Der Schmerz in seinem Kopf wurde den Tag über nicht besser, hinzu gesellte sich stattdessen ein heißes, kratziges Gefühl im Hals. Das Kanufahren, dass ihm bisher trotz der Anstrengung wirklich Spaß gemacht hatte, wurde an diesem Tag zu einer Qual für ihn und die kritischen Nörgeleien und Ermahnungen des Vaters, die schier kein Ende nehmen wollten, drangen kaum noch an sein Ohr.
„Was ist denn mit dir los! Man könnte ja meinen, du wärst in deinem Leben noch nie Kanu gefahren!“, herrschte ihn Elias ärgerlich an.
Das war zwar um einiges übertrieben, aber Silas hatte sich tatsächlich den einen oder anderen Schnitzer erlaubt, der das Kanu leicht zum Kentern hätte bringen können. Er fühlte sich hundeelend und die Vorwürfe seines Vaters trafen ihn zudem ungeahnt schmerzlich. Als Sam ihnen später strahlend eine zwar kleine, dafür aber bereits gehäutete, ausgeweidete und zerlegte Hirschkuh präsentierte, fühlte sich Silas unendlich erleichtert. Für das

Abendessen war augenscheinlich bereits gesorgt und auch die nächsten Tage würden gesichert sein.

Silas aß abends mit Mühe ein wenig von dem aus den Innereien des Tieres bereiteten Eintopf und bat schon bald, sich schlafen legen zu dürfen.
Die Träume schienen in wirrer Weise zu kommen und zu gehen, herumzuflattern, nicht greifbar und unendlich zermürbend und anstrengend.
David kam lachend auf Silas zu, Eshkebug an seiner Seite, doch je näher er kam, desto seltsamer lachte er, desto fremder wurde sein Gesicht und als er schließlich in Silas' Nähe war, war er ein gänzlich anderer geworden und nur mit Mühe gelang es Silas, in dem seltsam entstellten Gesicht, den Freund wiederzuerkennen.
Dann wieder sah er seinen Hund an Winonahs Seite im Wald umherspringen. Düster und dicht war der Wald, durchzogen von kleinen Wasserläufen. Nebelschwaden strichen zwischen den dicht gedrängten Baumstämmen entlang.
Silas fühlte sich ängstlich und allein, von einer beinahe überwältigend schmerzhaften Sehnsucht erfüllt. Er wünschte nichts mehr, als zu den beiden zu gelangen, doch so sehr er sich auch anstrengte, so schnell er auch lief, vergrößerte sich doch der Abstand zwischen ihnen mehr und mehr, bis er beide kaum noch zu erkennen vermochte und sie schließlich vollkommen im Nebel zu verschwinden drohten. Weinend sank er auf die Knie und rief voller Verzweiflung und mit all seiner verbliebenen Kraft nach seiner Mutter.
Mit diesem Schrei erwachte Silas schweißgebadet. Er zitterte erbärmlich, alles tat ihm weh und seine Haut, fieberheiß, empfand jede Berührung als dumpfen Schmerz. Silas fiel wieder in einen unruhigen Schlaf und als er abermals erwachte, war kaum eine Stunde vergangen. Er hatte entsetzlichen Durst, seine Kehle fühlte sich rau und trocken an und ein schmerzhafter Husten quälte ihn. Er musste tatsächlich wieder eingeschlafen sein, denn als er erneut die Augen aufschlug, war es bereits taghell. Von seinem Vater oder Sam war keine Spur zu sehen, kein Laut zu hören. Wer weiß, wie spät es bereits war!

Silas versuchte eilig aufzustehen und aus dem kleinen Schlafraum in den angrenzenden Wohnraum zu gehen. Der Boden unter seinen Füßen schwankte ein bisschen und seine Beine drohten ihren Dienst zu versagen, als Sam den kleinen Raum betrat und ihm zu Hilfe kam.

„Na Junge! Dich hat's ja ganz schön erwischt!"

„Oh, es geht schon." Silas versuchte ein Lächeln, das aber so unsicher und gequält in seinem Gesicht erschien, dass es seine Worte Lügen strafte. „Wo ist Nimbaabaa?"

„Elias ist gerade draußen, um Holz zu holen. Und du versuchst jetzt etwas zu essen."

Sam verfrachtete Silas an den Tisch in die geräumige Wohnküche.

„Sam, ich hab' keinen Hunger. Aber könnte ich etwas zu trinken bekommen?" Ein trockener Husten schüttelte ihn.

Sam schob Silas einen Becher heiße Brühe zu. Glasig blinzelten ihn die darauf schwimmenden Fettaugen an.

Silas glaubte im ersten Moment, sich allein schon beim Geruch der undefinierbaren Flüssigkeit übergeben zu müssen. Er riss sich jedoch zusammen und begann mühsam, das heiße Gebräu in langsamen Schlucken zu trinken. Es schmeckte durchaus nicht besser, als es roch und Silas hatte auch nichts anderes erwartet.

Der Geruch ausgekochter Knochen hatte in Silas seit jeher Übelkeit hervorgerufen und so war es letztendlich auch kein Wunder, dass er nach einigen, mühselig hineingewürgten Schlucken alles in einem großen Schwall wieder erbrach. „Oh, verdammt! Tut mir leid! Ich mach das sofort weg, ich ..."

„Nee, nee, Silas! Das einzige was du jetzt machst, ist dich auszuziehen und draußen waschen zu gehen. Oder halt, wart mal! Lass das mal besser. Ich hol dir einen Eimer Wasser rein und du bleibst schön hier drinnen."

Zitternd und bibbernd wartete Silas auf Sam, der einen Kübel mit eiskaltem Wasser hereinbrachte und ihm dazu ein großes Tuch reichte, damit er sich abtrocknen konnte.

„Ich hol dir was zum Anziehen. Wo hast du deine Sachen?"

„Auf dem Boden liegt ein Hemd, aber das dürfte von gestern noch nass und dreckig sein", sagte Silas unglücklich.

„Dann kriegst du eben eins von mir."

Sam kam mit einem Hemd wieder, dicht und weich und viel zu groß. Es war ungemein tröstlich, etwas so Sauberes und Gemütliches zu bekommen, einfach so, ohne dafür auch nur einen Finger rühren zu müssen und obendrein tatenlos zusehen zu können, wie dieser flüssige, stinkige Graus da auf dem Fußboden erst nach und nach im Eimer verschwand und schließlich mitsamt dem Eimer und Sam nach draußen. Silas saß an dem groben Holztisch und blickte Sam hinterher.

Das Gefühl, dass da jemand für einen sorgte, hinterließ einen kleinen Hoffnungsschimmer in der Erbärmlichkeit seines Zustandes. Silas sehnte sich plötzlich mit einer solchen Intensität nach Winonah und zu Hause, dass er zu weinen anfing wie ein kleines Kind. So fand ihn Sam, als er mit sauberen Händen und ohne den Eimer wieder zurückkam.

In diesem Augenblick fing die ganze Geschichte an, ihn wirklich bedenklich zu stimmen. Daran änderte es auch nichts, dass Silas versuchte, sich die Tränen aus dem Gesicht zu wischen und mit einem hilflosen, entschuldigenden Schulterzucken murmelte: „Ich weiß auch nicht ..."

Sam beschloss, sich Elias nochmals zur Brust zu nehmen. Der Junge war ernsthaft krank. Selbst wenn er in ein paar Tagen wieder einigermaßen auf den Beinen sein sollte, was Sam deutlich bezweifelte, so wäre es der reine Wahnsinn, mit ihm die Weiterreise anzutreten. Sam dachte angestrengt nach. Der Junge gehörte ins Bett, soviel war klar. Ins Bett ..., das hieß, dass es wohl angebracht wäre, das eigene Bett, solide gebaut und mit Stroh gut gepolstert, zu räumen. Sam seufzte bedauernd und machte sich dann großmütig ans Werk.

Nachdem er Silas beinahe mit Gewalt dazu hatte bringen müssen, das Angebot anzunehmen und sich in das verhältnismäßig große und bequeme Bett zu legen, sagte Sam aufmunternd zu ihm: „Du musst etwas trinken, Silas, ein ordentlicher Schnaps würde dir jetzt bestimmt guttun!"

Als er jedoch den gequälten Ausdruck in Silas' Augen sah, beeilte er sich zu fragen: „Oder was könntest du dir denn vorstellen?"

„Ein Becher Wasser wäre schön."

„Gut, dann hol ich dir welches."
Sam stand auf und beschloss, einen guten Schluck Whiskey in das Wasser zu kippen, das würde gewiss nicht weiter auffallen und dem Jungen guttun!
Er blickte sich, ehe er den Raum verließ, noch einmal um und lächelte Silas aufmunternd zu und dieser lächelte matt und sehr dankbar zurück.
Als Sam kurz darauf mit einem Becher zurückkam, schlief Silas bereits. Vorsichtig stellte Sam den Becher auf das Tischchen neben seinem Bett und betrachtete Silas einen Augenblick.
Sanft zog er die Decke zurecht und konnte es sich nicht verkneifen, seine grobe, von Schwielen bedeckte Hand auszustrecken, um mit ungeahnter Zartheit über das schwarze Haar zu streichen. Die Gefühle, die dabei in ihm hochstiegen waren für ihn von gänzlich ungewohnter Natur und rührten seltsam an der empfindsamen Seite in ihm. Sam glaubte in diesem Moment zu erahnen, von welcher Gestalt wohl die Gefühle einer Mutter waren, die besorgt auf ihr krankes Kind blickte. Er stellte erstaunt fest, dass er, welcher die Gesellschaft der meisten Menschen nicht unbedingt genießen konnte, diesen Jungen, in geradezu atemberaubend kurzer Zeit, in sein Herz geschlossen hatte.

Als er Elias den vorderen Raum betreten hörte, ging er ihm gleich entgegen.
„Wie geht es ihm?"
„Elias, ich glaub, es geht ihm verdammt dreckig. Er hat nichts bei sich behalten, sondern alles auf den Boden gespuckt. Und dann hat er noch geheult und jetzt schläft er wieder."
Sam blickte Elias an, dessen Gesichtsausdruck sich verhärtet hatte und fügte eilig hinzu: „Nee, nee Elias! Du verstehst das falsch! Der Junge stellt sich nicht an und jammert hier rum, ganz im Gegenteil! Wenn du mich fragst, der reißt sich verdammt am Riemen, aber der kann einfach nicht mehr! Der ist krank, richtig krank! Und ich sag' dir noch was, wo ich schon mal dabei bin. Wenn du ihn wieder mit nach Hause bringen willst und nicht riskieren möchtest, Winonah mitteilen zu müssen, dass ihr Kind leider unterwegs das Zeitliche gesegnet hat, dann solltest du jetzt

mal eins begreifen. Ich glaube du vergisst, dass Silas kein erwachsener Mann ist, auch wenn er auf dem besten Wege dahin ist, verstehst du? Du verlangst verdammt viel von dem Jungen und ich wette, das war unterwegs kein Deut besser! Du hattest nicht für ausreichend Proviant gesorgt, allein das! Mein Gott, Elias, mit Härte kannst du ein Stück rohes Fleisch weichklopfen, aber nicht einen halbwüchsigen Burschen. Und wozu auch?! Na ja, das Ergebnis kriegst du jetzt ja präsentiert!"
„Ach! Ich bin also schuld daran, dass Silas krank geworden ist?"
„Ja! Herrgott noch mal!" Sam war einem Moment lang ziemlich laut geworden, dämpfte nun aber seine Stimme und fügte beträchtlich leiser hinzu: „Nein, natürlich nicht! Aber du hättest nicht genauso planen dürfen, wie für den Alleingang, sondern irgendwie großzügiger!"
Ein trockener, bellender Husten aus dem Nebenraum veranlasste Elias, Sam einfach stehen zu lassen und hinüberzugehen.
Silas saß im Bett und hustete sich die Seele aus dem Leib. Es hörte sich einfach grauenvoll an. Erschrocken setzte sich Elias an Silas' Bettrand und strich ihm beruhigend über den Rücken.
„Möchtest du einen Schluck Wasser?"
Silas nickte und trank das Glas zur Hälfte leer, dann sank er erschöpft zurück. Der Whiskey brannte in seinem Hals. „Nimbaabaa, ich ..., es tut mir so leid, ich bin bestimmt bald wieder auf den Beinen und dann könnt ihr wieder auf mich zählen, ich versprech's!"
„Ist schon gut, Silas. Hör mal, Junge, du musst jetzt nur eines, und das ist wieder ganz gesund werden. Wir können Gott danken, dass uns das nicht unterwegs passiert ist, sondern hier mit einem Dach über dem Kopf und einem Feuer im Kamin. Mach dir keine Sorgen, das wird schon wieder werden."
Sam hatte im Grunde recht! Warum eigentlich das Ganze? Was war denn so wichtig, dass es nicht noch etwas Zeit hatte? Das war es doch immer gewesen, was für ihn sein Leben, so lebenswert gemacht hatte. Die Freiheit, zu tun und zu lassen, was immer er wollte! Oder war er am Ende gar nicht so frei gewesen? Hatte er die Fesseln seiner Familie etwa nur durch eigene ersetzt? Bei diesem Gedanken versank Elias ins Grübeln.

„Was ist Nimbaabaa?"
„Ach nichts, ich hab nur über was nachgedacht."
Nachdem Elias eine Weile schweigend die Falten auf Silas' Decke studiert hatte, sprach er sehr leise und wie zu sich selbst: „Vielleicht hab' ich ein paar Fehler gemacht, das täte mir dann sehr leid."
Er stand auf und ging zur Tür. Bevor er aber das Zimmer verließ, schaute er noch einmal zurück und fragte: „Möchtest du nicht doch etwas essen?"
Silas schüttelte müde den Kopf und schloss die Augen.

„Fichtennadeln und Salbei!" Mit diesem Ausruf und leuchtenden Augen empfing Sam seinen sorgenvoll blickenden Freund. „Fichtennadeln, Salbei und Bärenfett! Also, was Besseres fällt mir nicht ein."
Sam hatte die ganze Zeit darüber nachgedacht, wie man Silas wieder auf die Beine bekommen könnte. Bärenfett war äußerst gehaltvoll und vitaminreich und zudem sehr gut verträglich, das wusste er.
Die Indianer pflegten es für vielerlei Zwecke zu verwenden, als leicht verdaulichen Kalorienspender ebenso, wie zum Einreiben des Körpers. Fichtennadeln wiederum halfen bei so mancherlei Ungemach. Man könnte sie gemeinsam mit dem Salbei in Ahornsirup auskochen oder gleich im Bärenfett sieden lassen. Das gefilterte Fett würde man Silas zu trinken geben und einreiben konnte man ihn damit auch. Er hatte jedoch nicht mehr besonders viel davon, nur einen kleinen Rest dessen, was er vor einem guten halben Jahr bei den Indianern eingetauscht hatte. Den Winter über war es gefroren gewesen und da dieses Fett besonders haltbar war, konnte man davon ausgehen, dass es sich noch gut verwenden ließ.
„Bleib du hier bei ihm, Elias, ich werde draußen junge Fichtentriebe und Salbeiblätter sammeln. Du kannst ja schon mal damit anfangen, dass Bärenfett zu erwärmen."
„Und wo finde ich das?"
„In der Grube hinter dem Haus."
Sam hatte hinter dem Haus einen vielleicht zweieinhalb Meter

tiefen Schacht ausgehoben und sehr sorgfältig abgedeckt. Öffnete man eine Art Falltür, so erschien eine kleine selbst gezimmerte Leiter, welche hinunter in die Tiefe führte. Beim Hinuntersteigen spürte man deutlich, dass es stetig kälter wurde.
Unten angekommen, war unschwer zu erkennen, dass ein Teil des Erdreiches nur locker aufgeschüttet war. Darunter befand sich eine Truhe mit Sams leicht verderblichen Vorräten. So auch ein aus Wigass - aus Birkenrinde - gefertigtes Behältnis mit dem besagten Bärenfett.
Elias nahm das Gefäß, schloss den Truhendeckel und schüttete das Loch sorgsam wieder mit Erde zu.
Als Sam mit einem Tuch voller noch zartgrüner Fichtenspitzen und einem großzügigen Bündel Salbei wiederkam, begann Elias das Feuer hochzuschüren, um das wertvolle, den Indianern heilige Fett vorsichtig zum Sieden zu bringen.
Sam hatte weit mehr gesammelt, als das Fett aufzunehmen vermochte. Deshalb entschlossen sie sich, die restlichen Blätter und Spitzen in Ahornsirup zu kochen und über einige Zeit in der Wärme des Feuers ziehen zu lassen. Sam opferte hierfür einen Großteil seines Vorrates und somit das einzige Süßungsmittel, das ihm zur Verfügung stand.

Nachdem Silas endlich wieder aufgewacht war, blieb ihm nichts anderes übrig, als die eifrigen Bemühungen der zwei Männer über sich ergehen zu lassen. Silas wurde von Kopf bis Fuß sorgfältig mit einer warmen und unerwartet angenehm nach Fichten duftenden Flüssigkeit eingerieben und danach erneut ins Bett gepackt.

Kaum war dies geschehen, so wurde er auch schon dazu genötigt, einige Schlucke von dieser öligen Flüssigkeit zu trinken, was ihm verblüffender Weise gelang ohne sich zu übergeben. Und damit nicht genug, denn als Silas das alles hinter sich gebracht hatte, musste er noch einen Becher heißen Tee trinken, welcher großzügig mit Ahorn-Fichten-Salbeisirup versehen worden war und infolgedessen vor Süße ein pelzig, klebriges Gefühl auf seiner Zunge hinterließ. Silas ertrug alles tapfer und ohne zu murren.

Er fühlte sich viel zu schwach, um sich zu wehren und eigentlich war ihm auch alles vollkommen egal.
Gegen Abend dann begann er im Fieber zu phantasieren und Elias wurde angst und bange zumute. Als sich Silas' Zustand auch nach Stunden einfach nicht bessern wollte, wurde er zum ersten Mal in seinem Leben von Panik erfasst. Plötzlich begriff er, dass es tatsächlich grausame Realität werden könnte, dass sein Sohn, sein einziges Kind, hier in diesem Blockhaus sein Leben aushauchen würde.

12

Als David gerade gemeinsam mit Ruth an seinem und Silas' Lieblingsplatz saß und zwei Fische über dem Feuer briet, ahnte er nicht, wie es um seinen Freund stand, über den sie gerade gesprochen hatten.
David hatte gar nicht gewusst, wie gerne seine Schwester Silas mochte, genauso wenig wie er geahnt hatte, wie viel Spaß es machen konnte, mit ihr gemeinsam davonzureiten, wie viel Witz und Erfindungsgeist sie doch besaß.
Seit jenem Tag vor vielen Wochen, als sie zum ersten Mal gemeinsam die Pferde versorgt hatten, um dann zusammen auszureiten, war Davids Lebenslust zumindest ein Stück weit zurückgekehrt. Zwar vermisste er Silas nach wie vor, doch hatte er in Ruth jemanden gefunden, mit dem er sogar sein Leid und seine Sehnsucht zu teilen vermochte und zu alledem hatten sie eine Menge Spaß miteinander.
„Dave ..." Ruth blickte über die Flammen hinweg fragend in das Gesicht ihres Bruders. „Könntest du dir vorstellen, dass uns Charly einmal begleiten würde?"
„Charly?"
„Ja, Charly Benhaven."
„Du bist wohl vollkommen übergeschnappt!" David betrachtete seine Schwester fassungslos.
„Nein, Dave, doch nicht Charles! Charlotte, seine Schwester!"
„Was hast du denn mit der zu schaffen?!" Der Vorwurf in Davids

Stimme war nicht zu überhören, genauso wenig wie seine Überraschung.
Ruth blickte unschlüssig auf ihre ineinander verschränkten Hände. Schließlich gab sie sich einen Ruck und blickte ihren Bruder unverwandt an. „Es ist ein Geheimnis", flüsterte sie verschwörerisch, „aber dir vertrau ich's an!"
Im Folgenden setzte Ruth David lang und breit auseinander, dass Charlotte Benhaven, ihre langjährige Busenfreundin sei, aber ganz und gar im Geheimen, da es Charlotte strengstens verboten war, mit den Sattlers etwas zu tun zu haben, das über das Tätigen nicht vermeidbarer Einkäufe hinausging. Grund hierfür war Davids Freundschaft mit Silas sowie dessen beständig drohende Anwesenheit.
Ruth lachte ihr glockenklares Lachen und erzählte, in ihrem Redefluss kaum zu bremsen, mit immer leuchtenderen Augen weiter: „Weißt du noch, damals, als du dich mit Charles so furchtbar geprügelt hast, da hat er ihr verboten, sich jemals mit irgendeinem von unserer Familie abzugeben. Bis dahin hatten Charlotte und ich eigentlich gar nicht so viel miteinander zu tun gehabt. Ich fand sie nett, so wie andere auch. Aber dann bekam ich in der Kirche dieses Briefchen von ihr zugeschoben, in dem stand, dass sie von ihrem Bruder verboten bekommen habe, sich mit einem von uns Sattlers abzugeben. Und dass sie gerade dadurch erst so richtig gemerkt habe, dass sie ganz genau dazu große Lust hat und ob wir beide uns nicht einmal heimlich treffen wollen."
Ruth schwieg einen kurzen Moment, doch dann sprach sie, mit einem Schmunzeln im Gesicht, weiter: „Weißt du, was sie damals, als wir uns dann zum ersten Mal getroffen haben, zu mir gesagt hat?" Sie wartete Davids Antwort gar nicht erst ab, sondern fuhr fort: „Sie hat gesagt, dass sie sich von ihrem Bruder sowieso nichts verbieten lasse, zumal sein einziger Beweggrund nämlich der sei, dass er sich in Grund und Boden schäme, weil er von dir und dem 'kleinen roten Zwerg' verdroschen wurde und dass das nach ihrer Meinung schon lange einmal fällig gewesen wäre. Ja und seitdem treffen wir uns ab und zu. Das geht natürlich nicht allzu oft, aber Charlotte findet irgendwie immer eine Gelegenheit oder Ausrede, um es doch möglich zu machen. Ach Dave! Sie ist

so nett und lustig! Mit ihr zusammen zu sein macht wirklich Spaß und sie würde so gerne einmal mitkommen! Bitte, es wird auch niemand erfahren! Ganz sicher nicht! Komm, Dave, sag ja!"
David seufzte und sah alles andere als begeistert aus. Wenn das so weiterginge, würde er am Ende umschart von einer Horde gackernder Hühner sein und zum Gespött der gesamten Ortschaft werden. Was alles passieren könnte, wenn Charles etwas davon erführe, oder einer seiner älteren Brüder oder am Ende gar der alte Benhaven selbst, wollte sich David gar nicht erst ausmalen.
„David, nur einmal und keiner erfährt was!" Bittend sah Ruth in das Gesicht ihres Bruders.
„Nein, Ruth, also alles, was recht ist, aber dazu hab' ich wirklich überhaupt keine Lust!"
„Ach David, warum denn nicht?"
Doch statt einer Antwort sagte David nur in gleichgültigem Tonfall: „Reite doch alleine mit ihr aus."
Die Augen seiner Schwester begannen wütend zu funkeln und ihr bittender, umschmeichelnder Tonfall wurde scharf und anklagend zugleich: „Du bist richtig gemein! Du weißt ganz genau, dass Mutter und Vater mich niemals alleine mit Charly davonreiten lassen würden!"
Und damit hatte sie allerdings recht. David seufzte mit unüberhörbarem Unbehagen auf, legte sorgenvoll die Stirn in Falten und blickte seine Schwester mit dem leidenden Ausdruck eines getretenen Hundes in die Augen.
„Ach Ruth, ich hab' wirklich keine Lust kleine Mädchen spazieren zu führen."
Was in Ruth' Augen nur drohend gefunkelt hatte, brach nun aus ihr heraus und sie fauchte ihn wie eine wildgewordene Katze an: „Sag mal David! Ich glaube, du bist von allen guten Geistern verlassen! Ich bin schließlich älter als du! Du, eingebildeter Kerl!"
Voller Vorwurf und heller Empörung blitzten ihre Augen in dem vor Wut verzerrten Gesicht. David spürte sehr deutlich, dass er mit seiner unachtsamen Bemerkung ein Stück zu weit gegangen war und in Anbetracht der Tatsache, dass Ruth für ihn, zumindest momentan, den Platz eines Freundes einnahm, wollte er es sich mit ihr auf gar keinen Fall verscherzen.

In ihm kämpfte der Wille einzulenken mit dem Unwillen, sich mit Charles Benhaven anzulegen.
Mit deutlichem Widerwillen, einem unbehaglichen Gefühl im Herzen und einem tiefen, ergebenen Seufzer auf den Lippen sagte er schließlich: „Also gut, aber das darf wirklich niemand erfahren Ruth, niemand!"
„Natürlich nicht! Was denkst du denn?"
Ruth konnte das Gefühl heiteren Triumphes nicht ganz verbergen und lächelte David verstohlen an. Das wütende Blitzen in ihren Augen war so schnell verschwunden wie eine Schneeflocke unter dem Brennglas. David registrierte es verblüfft und erleichtert zugleich und lächelte freimütig zurück.

Auf dem Ritt nach Hause war David schweigsamer als gewöhnlich. Er versuchte beständig, sich Charles Benhavens Schwester in Erinnerung zu rufen. Sicherlich war er ihr schon mehr als einmal begegnet, aber er hatte sie natürlich nie eines Blickes gewürdigt. Infolgedessen war sein Bild von ihr nur schemenhaft. Das einzige, was er mit Gewissheit sagen konnte war, dass sie ebenso dunkle, beinahe schwarze Haare wie ihr Bruder hatte. Ein Gesicht bekam David vor seinem inneren Auge jedoch beim besten Willen nicht zustande. Nun ja, sei's drum! Er würde Charles' Schwester ohnehin zur Genüge in Augenschein nehmen können und insgeheim begann ihm der Gedanke daran, Charles auf diese Weise hinters Licht zu führen, sogar ein bisschen Spaß zu bereiten.

Bereits am übernächsten Tag verkündete Ruth strahlend, dass sie „ihre Charly" am Flussufer treffen würden.
David zuckte bei der Erwähnung des Namens „Charly" zusammen. Eigentlich konnte dieser seltsame Umstand, dass beide Geschwister auf denselben Spitznamen hörten, nur bedeuten, dass sie sich sehr ähnlich waren. Er hatte plötzlich ein ganz eigentümliches Gefühl, ganz seltsam tief in der Bauchgegend erhob es dumpf und leise seine warnende Stimme. Hätte er in diesem Moment seinem inneren Gefühl Folge geleistet, so hätte er, Versprechen hin oder her, in letzter Minute seine Zusage zurückgenommen. Da er aber auf sich hielt, ein Mann zu sein, der zu sei-

nem Wort stand, sagte er nichts und versuchte stattdessen, dieses beunruhigende Etwas in seinem Inneren zu ignorieren.

David wunderte sich immer wieder darüber, wie elend langsam Tage vergehen konnten, wenn man sich auf ein bestimmtes Ereignis freute und es sich sehnsüchtig herbeiwünschte. Stand aber etwas bevor, auf dass man gut und gerne verzichten konnte, so verging die Zeit wie im Fluge.
Und genauso war es auch diesmal wieder. Ehe er es sich versah, war es soweit und er ritt an der Seite seiner Schwester, deren Wangen vor freudiger Erwartung zartrosa gefärbt waren, zum gemeinsamen Treffpunkt am Mississippi.
David klammerte sich insgeheim an die Hoffnung, dass es Charlotte vielleicht nicht gelingen könnte von zu Hause wegzukommen und sie infolgedessen gar nicht erst am vereinbarten Ort erscheinen würde. Doch natürlich war das nicht der Fall.

In der Schmiede herrschte um diese Uhrzeit noch Hochbetrieb und der alte Benhaven war mit seinen drei Söhnen vollauf beschäftigt. Die Mutter Benhaven lebte nicht mehr und Charlotte musste infolge dessen nur dafür sorgen, dass sie zu Hause war, wenn es allmählich dunkel zu werden begann und das Essen auf dem Tisch stand, wenn die Brüder und der Vater nach Hause kämen.
Sie hatte das Essen bereits am Vortag vorbereitet und würde es lediglich ausreichend früh auf den Herd schieben müssen. Sie betete insgeheim, dass das Feuer nicht vollkommen erlöschen möge, denn bis der schwere gusseiserne Ofen wieder aufgeheizt wäre, würde es sicherlich ein Weilchen dauern.
Charlotte war an diesem heiß ersehnten Tag bereits weit vor Morgengrauen aufgestanden und hatte heimlich, still und leise damit begonnen ihr Tagewerk zu verrichten. Als nun leider einzige Frau im Haus, mit den vier Männern, hatte sie wahrhaft alle Hände voll zu tun. Dabei stand ihr der Sinn doch nach ganz anderen Dingen, als nach Hausarbeit, nach kochen, waschen, Boden schrubben, Hühner rupfen, Socken stopfen, Hosen flicken. Über viele Stunden am Tag war sie vollkommen allein mit der ganzen Arbeit

und solange die Hose geflickt und das Essen auf dem Tisch war, scherte sich keiner auch nur einen Deut darum, wie es ihr eigentlich ging.
Charlotte hatte sich in ihrer Phantasie ihre eigene Welt kreiert, eine Welt in der sie nicht alleine war, in der ihre Meinung etwas zählte. An manchen Tagen wurde diese Welt, wurden ihre Tagträume so reell, dass sie sogar mit den imaginären Personen zu sprechen begann. Aber auch in der wirklichen Welt hatte sie eine geheime Verbündete und Charlotte hatte bewusst genau diejenige dazu auserwählt, welche ihren Brüdern bestimmt am allerwenigsten gefallen hätte. Dies war ihre Art, gegen all das aufzubegehren. Sie wollte fort von hier!
Manchmal hasste sie das alles hier, inbrünstig, aus tiefster Seele heraus. Sie glaubte nicht atmen zu können, in diesem Haus, in dem es beständig scharf nach schmutzigem Männerschweiß und Alkohol roch, egal wie sie auch putzte und wienerte. Es reichte schon, dass einer von ihnen im Haus war und alle ihre Mühen waren dahin.
Und genau aus diesem Grund war schon allein die Vorstellung, gemeinsam mit Ruth und diesem Erzfeind ihrer Brüder heimlich hinauszureiten, sich ein Stück vorzuwagen in die Wildnis, in neue, unbekannte Gefilde, eine äußerst befriedigende Genugtuung für Charlotte. Ein Hochgenuss, der ihr die Arbeit leicht von der Hand gehen ließ.
Charles konnte machen was er wollte, er war nur scheinbar der Sieger!
Nach dem Mittagessen, als die Brüder gemeinsam mit dem Vater endlich wieder in der Schmiede verschwunden waren, hatte sie ihre restlichen Aufgaben erledigt.
Sie hatte Wasser geholt, den Abwasch besorgt, den Boden geschrubbt, den kleinen Kräuter- und Gemüsegarten und die Hühner versorgt und das Abendessen vorbereitet. Zu guter Letzt griff sie sich einen Beutel mit dreckiger Wäsche, eine Bütte und das Waschbrett und lief hinunter zum Fluss.
Auf diese Weise konnte sie jederzeit begründen, sollte ihr Fehlen tatsächlich einmal bemerkt werden, warum sie nicht zu Hause gewesen war, wenn sie sich heimlich mit Ruth traf.

Die alte Schmiede und alles was dazugehörte, von der Dreckwäsche einmal abgesehen, lag nun endlich weit hinter ihr, denn Charlotte befand sich in der wärmenden, gleißenden Sonne am Flussufer, dem ersehnten Treffpunkt und war eifrig dabei, verschwitzte und rußgeschwärzte Hemden und Hosen zu waschen. Sie würde die nassen Sachen einfach in der Bütte verstauen und im angrenzenden Wald verstecken.
Sonst half Ruth ihr oft mit der Wäsche und sie hängten sie dann gemeinsam in einer Waldlichtung an den Bäumen zum Trocknen auf, während sie sich unterhielten.
Heute aber würde alles anders sein, ganz anders! Und noch viel aufregender als sonst würde es werden! Sie würde tatsächlich einmal von hier wegkommen, zumindest ein Stück weit und das würde herrlich sein!
Es war Charlotte gelungen, beim Wäschewaschen selbst nicht allzu nass zu werden und so wartete sie nun ungeduldig darauf, dass Ruth und ihr Bruder kommen würden, während die Sonnenstrahlen allmählich damit begannen, die Feuchtigkeit aus ihren Kleidern zu saugen.

Charlotte blickte auf die gemächlich dahinfließenden Wassermassen des Mississippi und beobachtete die glitzernden, glänzenden, hin und her irrenden Lichtreflexionen auf seiner von Wellen und Strömungen durchzogenen Oberfläche.
Huftritte ließen sie aufblicken und hinter sich schauen.
Ruth strahlte über das ganze Gesicht. Sie stieg von ihrem Pferd und sagte mit einem glücklichen Lachen: „Charlotte, wie schön! Fein, dass du da bist!"
David sah weit weniger begeistert aus. Er blieb auf seinem Pferd sitzen und ließ ihrem freundlichen Gruß lediglich ein kurzes Nicken folgen.
Charlotte hatte den Eindruck, als suche er irgendetwas, denn Davids Blick begann forschend in die Runde zu schweifen. Ruth, welche den Blicken ihres Bruders gefolgt war, fragte: „Sag mal, hast du was verloren?"
„Nein! Aber, wo ist ihr Pferd?", antwortete David sichtlich irritiert mit einem leichten Kopfnicken in Charlottes Richtung. Sein

dezent ungehaltener Unterton war nicht zu überhören.
„Charlottes Pferd?" Ruth lachte und sagte leichthin: „Aber Charlotte hat doch gar kein Pferd! Hab ich das nicht gesagt?"
„Nein! Verdammt, das hast du nicht!"
Obwohl sich Davids Miene deutlich verdüsterte, fügte Ruth unbekümmert hinzu: „Na so was, dann hab ich das wohl vergessen...! Ach Dave, das ist doch nun wirklich kein Problem! Charlotte steigt bei mir mit auf."
An Charlotte gewandt, welche den Wortwechsel mit angehaltenem Atem verfolgt hatte, sagte sie: „Komm Charly, wir verstauen erst einmal die Bütte mit der Wäsche und dann geht's los!"
Charlotte lächelte sie dankbar an und schenkte auch David ein zaghaftes Lächeln, das dieser jedoch nicht erwiderte, ergriff dann den einen Henkel und schleppte mit Ruth gemeinsam die schwere, voll Wasser gesaugte Holzbütte mitsamt der nassen Wäsche Richtung Wald.
David sah den beiden mit einem verständnislosen und auch ärgerlichen Kopfschütteln hinterher. Das fing ja wahrlich prächtig an! Wirklich, ganz famos!

13

Silas verlor zusehends an Gewicht, es war nicht zu übersehen. Die meiste Zeit befand er sich in einem eigenartigen, halb wachen, von Fieberphantasien durchzogenen Dämmerzustand. Elias saß vollkommen in sich zusammengesunkenen an Silas' Bett und betrachtete angstvoll dessen beinahe schon durchscheinendes, schweißnasses Gesicht, welches sich in Fieberträumen unruhig hin und her bewegte. Er war so erschreckend schmal geworden, dass die Haut dünn und papieren die Knochen seines Schädels nur mehr zu umspannen schien. Seine Augen, diese schönen tiefbraunen Augen, die so warm und freundlich strahlen konnten, wurden nun von dunklen Schatten und tiefen, scharf abgegrenzten Ringen umrahmt. Sie schienen ein Stück zurück in ihre Höhlen gesunken zu sein, was seinen Zügen etwas Fremdes und beinahe schon Gespenstisches verlieh.

Als Silas plötzlich und unvermittelt seine Augen aufschlug, erschrak Elias geradezu.
Scheinbar ohne etwas um sich herum wahrzunehmen, ohne wirklich das Bewusstsein wieder erlangt zu haben, blickte Silas durch seinen Vater hindurch. Der einstmalige Glanz seiner Augen war dahin, ihr Feuer erloschen. So sehr sich Elias auch dagegen zu wehren versuchte, kam ihm doch immer wieder der Gedanke, dass sein Sohn bereits begonnen hatte, den Weg von den Lebenden hin zu den Toten zu gehen. Dass sein Körper am Dahinschwinden war, seit Tagen schon.
Er, der doch nichts weiter hatte erreichen wollen, als sein einziges Kind für sich zu gewinnen, würde es nun für immer verlieren, kaum dass er sich ihm überhaupt genähert hatte. Diese Erkenntnis und der unbändige Schmerz, der ihn in ihrer Gefolgschaft überfiel, waren so aufbegehrend und ohnmächtig zugleich, dass Elias, welcher Tränen schlicht verabscheute, die Hände vor das Gesicht schlug und hilflos von rauen Schluchzern geschüttelt wurde.
Warm und ruhig fühlte er da die Hand seines Freundes auf der Schulter und leise vernahm er dessen beinahe beschwörend geflüsterte Worte: „Es ist noch nicht alles verloren, Elias, solange er atmet, besteht auch noch Hoffnung!"
Tief seufzend holte Elias Luft und versuchte mühselig seine Fassung wiederzufinden, als er gewahr wurde, dass sein bärbeißiger Freund seinerseits bemüht war, die hartnäckig wiederkehrende Flüssigkeit in seinen Augen wegzuzwinkern und schließlich verstohlen über seine Augen wischte.
„Er wird sterben, nicht wahr?" Elias' Stimme bebte, klang für ihn selber eigenartig fremd, rau und tonlos.
„Ich weiß es nicht, Elias, ich weiß es wirklich nicht."
Mit Verzweiflung im Herzen betrachtete Sam den Sohn seines Freundes und er hatte mit einem Mal das sichere Gefühl, dass Elias recht hatte.
Der Tod saß hier bereits irgendwo friedlich in einer Ecke des Raumes und wartete, geduldig und ruhig. Und gleichermaßen fühlte Sam, dass er noch nicht an Silas' Bett saß. Vielleicht gab es also doch noch eine, wenn auch noch so winzig kleine Chance. Nur

woraus konnte sie bestehen? Wie nur diesen ungebetenen Gast zum Weiterziehen bewegen?!

Gedankenverloren blickte Sam durch das kleine Fenster nach draußen. Die Sonne tauchte alles in ein warmes, verheißungsvolles Licht, verlieh der Umgebung etwas Anmutiges, beinahe Heiteres, was die Schwere in seinem Herzen nur umso bedrückender erscheinen ließ. Sie mussten Hilfe holen! Nur wo? Die nächste Siedlung eines Ojibweclans mochte an die zwei Tagesreisen entfernt sein. Dies bedeutete vier Tage des Weges und das nur, insofern alles glatt ginge. Doch würde überhaupt ein Midewiwinini - Medizinmann -, eine Midewiquae - Medizinfrau - mit ihm hierherkommen? Silas selber irgendwohin zu transportieren, war aus vielerlei Gründen nicht zu verantworten. Grundsätzlich einmal war es mehr als fraglich, ob er die Strapazen einer Reise, egal wie umsichtig sie auch geplant und gestaltet wäre, überhaupt überleben würde. Auch war es undenkbar, das Risiko und die Verantwortung auf sich zu nehmen, Silas und somit auch seine Krankheit in ein Indianerdorf zu tragen, denn Sam wusste, dass die Indianer mit den vielen Erkrankungen, welche die Weißen mit sich brachten, nur denkbar schlecht zu Rande kamen. Nein, weder das eine, noch das andere schien ihm wirklich praktikabel zu sein.

„Sam ..."
Sam fuhr, durch die heisere Stimme seines Freundes aufgeschreckt, herum und blickte in dessen verweintes Gesicht.
„Sam, ich will nicht, dass der Junge geht, ohne noch einmal die Sonne gespürt und frische Luft geatmet zu haben."
Voller Zweifel wandte Sam ein: „Elias, ich glaube Silas merkt gar nicht, ob irgendwo die Sonne scheint. Du würdest ihm damit wahrscheinlich keinen Gefallen tun."
„Doch Sam, ich glaube ganz sicher, dass Silas es gerne so haben würde. Er würde bestimmt nicht hier in der Dunkelheit dieser Kammer krepieren wollen."
Erstaunlich entschieden und fest klang Elias' Stimme, während sein Blick in weite Ferne schweifte. Nach einer Weile fügte er leise

und wie zu sich selber hinzu: „Er muss einfach den freien Himmel über sich spüren können, er war immer draußen, weißt du? Wenn es ging, wenn es irgendwie ging, dann war mein Silas immer draußen." Wieder begannen Elias' Tränen zu fließen, doch diesmal versuchte er gar nicht erst sich dagegen zu wehren.
Sam schwieg. Nachdem er einmal tief durchgeatmet hatte, sagte er entschlossen: „Gut, wenn du meinst. Aber dann müssten wir ihm eine Art Bett für draußen zimmern, auf einen Stuhl wirst du ihn ja wohl nicht setzen wollen."
„Ich dachte an mein Kanu, man könnte es mit Stroh auspolstern."
Sam schwieg einen Moment und dachte nach, dann nickte er und murmelte: „Mmh, ja, das könnte geh'n ... Elias, dann kümmer' du dich jetzt um das Kanu und lass mich solange bei Silas wachen. Es wird dir bestimmt guttun, da draußen an der frischen Luft etwas zu schaffen zu haben."
Elias nickte nach kurzem Zögern und erhob sich langsam von seinem Stuhl, ohne jedoch den Blick von Silas abwenden zu können. Es fiel ihm ungeheuer schwer, von der Seite seines Sohnes zu weichen, doch er wusste, dass Sam vollkommen recht hatte. Er musste für ein Weilchen raus hier und die Gelegenheit dafür war wie geschaffen, denn er würde nun ja da draußen etwas für seinen Sohn unternehmen können.

Als Elias bereits im Begriff war das Haus zu verlassen, trat Sam noch einmal auf ihn zu, legte beinahe beschützend den Arm um die Schultern des Freundes und sagte sanft, doch sehr eindringlich: „Elias, gib deinen Jungen nicht auf, nicht so schnell. Es sieht jetzt zwar wirklich verdammt übel für ihn aus, aber trotzdem ... oder vielleicht sogar gerade deshalb."
Elias betrachtete aufmerksam das Gesicht seines Freundes, nickte dann kaum merklich und wendete sich schweigend zum Gehen.
Als er vor die Tür trat, empfing ihn heiterer Sonnenschein, das Grün der Bäume kam ihm beinahe unnatürlich intensiv und leuchtend vor und die im Wind schaukelnden Wipfel schienen ihn in seiner Trauer und Verzweiflung neckend locken und aufmuntern zu wollen. Seufzend wandte er seinen Blick ab vom üppigen Grün und nahm stattdessen das Kanu in Augenschein. Es

erschien ihm plötzlich viel zu schmal, wie in einem Sarg würde Silas darin liegen. Ein Schauer ließ ihn zittern, kroch mit klammer, kalter Hand seinen Rücken empor, um sein Genick zu erfassen. Unwillkürlich spannte Elias sämtliche Muskeln seines Körpers krampfhaft an und biss die Zähne so fest zusammen, dass es schmerzte, doch er bemerkte es kaum.

Gerade war er dabei, sein Kanu sorgfältig mit Stroh auszupolstern, als Sam aus dem Haus kam und eiligen Schrittes auf ihn zulief.
„Elias!"
Alarmiert schreckte Elias hoch. Der aufgeregte Tonfall in der Stimme seines Freundes fuhr ihm mit bitterem Schmerz durch alle seine Glieder und entsetzt, ließ er alles fallen, was er gerade in Händen hielt und rannte in wilder Panik seinem Freund entgegen. Doch Sam packte ihn an den Schultern, hielt ihn fest, schüttelte ihn ein wenig und verkündete strahlend: „Ich habe mich an was erinnert! Als Kind hat meine Mutter mir nasse Tücher umgewickelt, wenn ich hohes Fieber hatte, ich werde das jetzt sofort ausprobieren, wenn du damit einverstanden bist."
Elias' schreckgeweitete Augen blickten verdutzt in das Gesicht seines Freundes, es dauerte einen Moment bis er zu begreifen begann, dann aber redete er unnötig laut auf ihn ein: „Sam, du hast ja recht! Ich erinnere mich! Diese furchtbar kalten, nassen Wickel, ich erinnere mich genau! Es war entsetzlich, aber es hat geholfen, es hat das Fieber gesenkt! Mein Gott, ja, mach das! Worauf wartest du noch?"
Abrupt und ohne ein Wort zu erwidern, drehte sich Sam um und rannte zurück in das Haus, während sich Elias mit neuem Elan daran machte, das Kanu in eine möglichst bequeme Liegestätte zu verwandeln. Als er dann endlich mit dem Endergebnis seiner Bemühungen zufrieden war, beeilte er sich zu Silas und Sam zu kommen, um zu sehen, wie es seinem Sohn ging und ob die Wickel die erhoffte Wirkung taten.

Tatsächlich gewann Elias den Eindruck, dass Silas etwas ruhiger war und seine Stirn sich nicht mehr gar so heiß anfühlte.

Sorgsam deckte Sam Silas zu und sprach in gedämpftem Ton zu Elias: „Wir lassen ihn jetzt besser schlafen. Wenn er wach wird, fütterst du ihn mit dem Brei, der auf dem Ofen steht. Ich werde jetzt versuchen etwas zu jagen und vielleicht ein paar erste Beeren zu finden. Wenn ich zurück bin, tragen wir ihn gemeinsam raus."

Später dann, als Elias seinen Sohn stützte, ihn sicher in seinen starken Armen hielt und mit Brei fütterte, wurde er mit einem Mal gewahr, dass er gerade dabei war, etwas zu tun, was bisher mit seinen Vorstellungen vom Vatersein nicht im Geringsten zu tun hatte. Dennoch hatte er das befriedigende Gefühl, etwas ungeheuer Wichtiges nachzuholen. Er fühlte sich in diesen Minuten als Vater durch und durch, mit jeder Faser seines Körpers. Als Silas nichts mehr essen wollte, säuberte Elias sorgsam dessen Gesicht, half ihm aus den nassen Wickeln, trocknete den dünn und knochig gewordenen Körper, zog ihm ein frisches Hemd über und hob ihn dann schließlich kurz entschlossen hoch, um ihn nach draußen zu tragen. Elias erschrak furchtbar darüber, mit welcher Leichtigkeit es ihm gelang, seinen bald ausgewachsenen Sohn zu tragen. Behutsam legte er ihn in das umfunktionierte Kanu, welches im Schatten eines gewaltigen Ahornbaumes stand und deckte ihn zu.
Silas blinzelte in das Sonnenlicht. Gleißend hell und blendend erschien es ihm, selbst im Schatten des Baumes schmerzte die ungewohnte Helligkeit in seinen Augen. Wie von selber schlossen sich seine Augenlider und erwachten scheinbar zu gleicher Zeit seine Ohren zu neuem Leben. Überdeutlich stürmte das Zwitschern der Vögel, das Kreischen der Möwen, das Rauschen der Wellen und das Wispern, der im Wind hin und her schaukelnden, aneinander reibenden Blätter auf ihn ein, vermengten sich zu einer einzigen Geräuschkulisse, die mehr und mehr eine beruhigende, wellenartige Gleichförmigkeit aufzuweisen begann.
Als Silas kurz darauf wieder eingeschlafen war, trat Sam leise von hinten an sie heran. „Wie geht es ihm?"
Elias antwortete ohne seinen Blick von Silas zu wenden: „Ich weiß nicht, aber ich glaube, es geht ihm ein bisschen besser. Er schläft so ruhig wie seit Tagen nicht."

An diesem Tag endlich begann das Fieber zu sinken und obwohl Silas wirklich erschreckend schwach und dünn war, gewann er doch wieder sein Interesse am Leben zurück. Die Dankbarkeit, die Elias' Herz erfüllte, war schier grenzenlos. Elias war so glücklich und froh, dass er den ganzen Tag irgendeine Melodie auf den Lippen hatte. Er hatte seinen Sohn zurück! Wahrhaftig! Die Welt war wieder sein, das Leben stand ihm wieder offen und alles, wirklich alles, erschien Elias gut, so wie es war.
Silas selbst aber, der nach und nach wieder Herr seiner Sinne geworden war, bemerkte mit wachsendem Erstaunen die Veränderung, die in seinem Vater vorgegangen war. Spürte seine Nähe und Fürsorglichkeit, wurde gewahr, mit welcher Umsicht er von seinem Vater behandelt wurde. Silas war überrascht und dankbar zugleich, denn er fühlte sich schrecklich schwach und hilflos, wie ein kleines Kind und hatte dennoch nicht das Gefühl, sich zusammenreißen und für seine Bedürftigkeit schämen zu müssen.

Es war bereits Ende Mai, als Silas soweit wiederhergestellt war, dass er in bescheidenen Maße seinen Teil zur Bewältigung all der Anforderungen, die das Leben in der Wildnis mit sich brachte, beitragen konnte.
Elias fragte sich, ob nicht langsam die Zeit gekommen sei, da man die Weiterreise ins Auge fassen müsse. Der ursprünglich geplante Zeitpunkt war nun schon mehr als sechs Wochen überschritten und schließlich mussten sie sich ja bereits im frühen September wieder auf die Rückreise begeben, wollten sie nicht unterwegs von den grimmigen Nachtfrösten und am Ende sogar von einem frühzeitig einsetzenden Schneegestöber heimgesucht werden.
Es würden also jetzt schon ohnehin nicht mehr als lumpige drei Monate der sonst immerhin fünf Monate dauernden Saison verbleiben und das auch nur, wenn sich der Aufbruch nicht noch mehr verzögerte. Elias machte sich ganz beträchtliche Sorgen, ob die diesjährige Ausbeute auch ausreichen würde, um seine Familie einigermaßen sorgenfrei und bequem über den Winter bringen zu können. Es blieb ihm also nichts anderes übrig, er würde mit seinem Sohn über die Weiterreise sprechen müssen, am besten heute noch.

Die Sonne schien gerade in einem wahren Feuerwerk aus leuchtenden Rot- und Orangetönen in den Wellen des Gitchi Gami untergehen zu wollen, als Elias leise hinter Silas trat, der versunken in das prächtige Farbenspiel der Natur am Ufer stand.
Einer spontanen Regung folgend legte Elias einen Arm um Silas' Schultern und zog ihn für einen Moment dicht an seine Seite. Elias spürte Silas' elastischen, jungen Körper, seine Wärme und er genoss es ungemein all das zu spüren. Immer wieder überkamen ihn, seitdem Silas dem Tod noch einmal von der Schippe gesprungen war, derart befremdlich zärtliche Gefühle für seinen Sohn. Er wusste selber nicht recht, was da in ihm vorging, was da mit ihm in den vergangenen Wochen geschehen war. Seine Gefühle verunsicherten ihn beträchtlich und machten ihn zugleich doch auch ungeheuer glücklich.
Silas staunte seinerseits auch an diesem Abend wieder über die Anwandlungen seines Vaters, dessen Zuwendungen früher über ein väterliches Schulterklopfen niemals hinausgegangen waren. Nachdenklich und fragend blickte er in Elias' Gesicht, dessen Züge im Widerschein der untergehenden Sonne in sanftem Orange schimmerten.
Der Blick des Vaters aber wanderte über die Weite des Sees und blieb auch dann noch von Silas abgewandt, als er zu ihm sprach: „Was meinst du Silas, bist du soweit, dass wir die Weiterreise in Angriff nehmen können?"
Unsicher blickte Elias zu Boden und schubste ein Steinchen mit der Schuhspitze ins Wasser. Dabei bemerkte er nicht, dass Silas' Lippen von einem liebevollen Lächeln umspielt wurden und sein Blick warm und verstehend auf dem Vater ruhte.
„Ja, Nimbaabaa", antwortete er schließlich, „ich denke es ist so weit, dass wir uns wieder auf den Weg machen können."
Elias atmete erleichtert auf und sagte: „Gut, dann lass uns morgen unsere Sachen und Vorräte zusammenpacken und heute Abend schon alles Notwendige mit Sam besprechen." Elias stockte einem Moment und blickte Silas fragend an. „Oder geht das alles jetzt doch zu schnell für dich?"
Silas' Gesicht wirkte immer noch reichlich spitz, die Krankheit hatte unübersehbar ihre Spuren hinterlassen, doch seine Augen

hatten ihren alten Glanz zurück gewonnen und strahlten wieder, wie von einem inneren Feuer erwärmt.
„Nein, Nimbaabaa, das ist schon in Ordnung so. Übermorgen, das ist ein guter Tag!"
Und während Silas seinen Blick erneut der untergehenden Sonne zuwendete, begann er ganz leise eines seiner Lieder zu singen. Er sang von den Sonnenstrahlen, die golden auf dem Wasser tanzten und ihm den Weg wiesen zu seinem Volk, das er kannte und doch nicht kannte, das ihm Heimat war und Fremde zugleich.
Und Elias, dem die ewige Singerei seiner Frau und erst recht die seines Sohnes, so manches Mal ganz ordentlich auf die Nerven gegangen war, lauschte nun zufrieden und beglückt, ja beinahe andächtig, dem ersten Lied seines Sohnes nach so unendlich langer Zeit und erstaunt stellte er fest, wie tief und wunderschön Silas' Stimme klang.

14

David vernahm zu diesem Zeitpunkt ganz andere Klänge als Elias.
Im Moment war er gerade im Begriff sich den ersten Vollrausch seines Lebens anzutrinken, wobei er darum bemüht war, das flaue Gefühl in seiner Magengrube zu ignorieren und mit dem Rest der Runde mitzuhalten.
Edwin hatte David nach getaner Arbeit mit der Einladung überrascht, gemeinsam mit ihm den ein wenig schäbigen Saloon des Ortes zu besuchen. Und David hatte rote Ohren vor Freude darüber bekommen, dass nun offensichtlich der Moment gekommen war, da endlich anerkannt wurde, dass er mit seinen sechzehn Jahren kein kleiner Junge mehr war, sondern auf dem besten Wege ein Mann zu werden. Mit Freuden hatte er die Einladung seines Bruders angenommen.

Die Tatsache, dass auch Charly Benhaven mit seinen Brüdern anwesend war, störte David dabei nicht im Geringsten. Vom Whiskey berauscht, hatte er das Gefühl, es im Notfall gleich mit allen

Dreien auf einmal aufnehmen zu können und abgesehen davon fühlte er sich auch viel zu selig und beschwingt, viel zu zufrieden mit sich und der Welt, um an einen Streit oder am Ende sogar an eine Schlägerei zu denken. Im Gegenteil, die ganze Zeit über gluckste ein Lachen in seiner Kehle, dummerweise vor allen Dingen dann, wenn er Charly ansah und an all das dachte, was dieser noch nicht einmal erahnen konnte. Fast schon zwanghaft wanderte sein Blick immer wieder an den Tisch, an dem sein Erzfeind gemeinsam mit seinen Brüdern und noch einigen anderen saß und nicht eben selten erwischte er Charly dabei, wie er seinerseits zu ihm hinüberstarrte. David musste sich enorm zusammenreißen, um nicht laut loszuprusten, was ihm jedoch bedauerlicherweise mit zunehmender Alkoholmenge seines Blutes immer weniger gelingen wollte. Beim vierten Whiskey angelangt, war David bereits so weit, dass er Charly mit einem süffisanten Grinsen zuprostete. Glücklicherweise behielt Edwin seinen kleinen Bruder die ganze Zeit über im Auge. Zwar hatte er keinen blassen Schimmer davon, was da eigentlich zwischen seinem Bruder und dem jüngsten der Benhaven-Brüder in der Luft lag, doch dass es etwas Knisterndes und möglicherweise Hochexplosives sein könnte, war ihm ziemlich schnell klar geworden. Trinkfest und saloonerfahren, wie er mit seinen gestandenen fünfunddreißig Jahren war, beeilte er sich David nach Hause zu manövrieren, um zu verhindern, dass gerade der erste gemeinsame, feuchtfröhliche Ausflug mit dem kleinen Bruder in einer Massenschlägerei endete. Allerdings war dies kein einfaches Unterfangen, denn David schwankte beträchtlich und stütze sich schwer auf ihn.

Es war seltsam, eben noch hatte sich David pudelwohl und ausgelassen gefühlt, doch kaum hatte ihn sein Bruder in die Senkrechte gehievt, da begann auch schon der Boden unter ihm zu schwanken. Als er dann aus dem rauchigen Saloon in die kühle Nacht hinaustrat, traf ihn die frische, klare Luft wie ein Keulenschlag. Es gelang David gerade noch, an einem der Holzpfosten vor dem Saloon Halt zu finden, ehe er in einem großen Schwall so ziemlich alles wieder von sich gab, was sein Magen an vornehmlich Hochprozentigem beinhaltete. David hatte das Gefühl, sich wahrhaftig die Seele aus dem Leib zu kotzen und es dauerte eine ganze Weile, ehe er, von Edwin gestützt, den Heimweg anzutreten vermochte.

Am nächsten Morgen erwachte David mit fürchterlichen Kopfschmerzen, die dumpf und brummend seinen Schädel erfüllten, scheinbar fest dazu entschlossen, ihn irgendwann auseinanderbersten zu lassen. Die spärlichen Sonnenstrahlen in der halbdunklen Kammer blendeten ihn und taten in seinen Augen weh. Verkatert und griesgrämig blickte David um sich. Edwin war scheinbar bereits aufgestanden.
Mit einem tiefen Seufzer ließ David sein gemartertes Haupt auf sein Kissen sinken. Am liebsten wäre er einfach liegen geblieben, doch das war unmöglich. Was sagte sein Vater immer?
„Wer Kraft hat zu feiern, der hat auch Kraft zu arbeiten!"
Was für ein Unsinn! Aber dennoch, es half alles nichts. Also quälte er sich mühselig aus dem Bett und zog seine Hose über.
Als erstes begegnete ihm seine Schwester Sharon, die gerade dabei war Speck für das Frühstück anzubraten. Der fettige Dunst brachte Davids Eingeweide erneut in Wallungen und er befürchtete, sich am Ende schon wieder übergeben zu müssen.
Mit spöttischem Blick musterte Sharon ihren jüngeren Bruder, blickte abschätzend in seine rotgeränderten Augen und sagte mit einem unverkennbar verächtlichen Unterton: „Na, kleiner Bruder! Du hast ja wahrhaftig ein wunderbares Bild abgegeben, als du mit Edwin nach Hause getorkelt bist. Mann oh Mann, wie ein kleines Kind haben wir dich ins Bett bringen müssen und vollgekotzt warst du auch, wie ekelhaft!"
Missbilligend schüttelte sie ihren duftigen, mit einer dunkelblauen Samtschleife versehenen Lockenkopf und rümpfte ihr kleines Näschen.

Als sich nur wenige Minuten später dann die gesamte Familie zum Frühstück um den großen Tisch versammelt hatte, fühlte David so manch einen abschätzenden, forschenden und manches Mal auch spöttischen Blick auf sich ruhen, doch wurde zu seiner Erleichterung das klägliche Ende seines ersten Saloonbesuches gnädigerweise von niemandem erwähnt. Auf anderweitige Schonung konnte er allerdings nicht hoffen, im Gegenteil, er ahnte bereits, dass „zufälligerweise" gerade heute besonders viel Arbeit auf ihn warten würde. Und genau so war es dann auch. Zu der üblichen Stallarbeit bekam er noch einen ordentlichen Posten im Warenlager zugeteilt und obendrein die Aufgabe, zwei Klafter Holz zu hacken.

Später dann kam zu allem Überfluss auch noch sein Vater hinzu und konnte anscheinend nicht umhin, ihm grinsend auf die Schulter zu klopfen und seine Weisheiten zum Besten zu geben.

„Mach dir nichts draus, David, weißt du, das ist wie mit der Reiterei. Ein guter Reiter ist auch im Absturz geübt, ..."

„Oh Dad! Bitte! Würdest du mich einfach in Ruhe lassen?" Gequält blickte David seinen Vater an, um sich dann erneut seiner Arbeit zuzuwenden.

Es dauerte nicht allzu lange und da kam auch Ruth in den Stall. Doch wenigstens sprach sie ihn sehr leise und vorsichtig an: „Dave? Heute wird es wohl nichts werden mit dem Ausreiten, oder?"

„Ruth, nein, ich denke, also heute wird es ganz sicher nichts damit, wirklich nicht!"

„Schade, na ja, ich hab's mir fast gedacht ..." Ruth wandte sich bereits zum Gehen, zögerte aber einen Augenblick und sagte dann: „Es ist wirklich schade, weißt du, Charlotte hätte heute vielleicht mitgekonnt ..."

Versunken blickte David, krumm und schwer auf seine Mistgabel gestützt, seiner Lieblingsschwester hinterher und spürte verwundert, dass eine Spur des Bedauerns durch die Nebel in seinem Kopf zu sickern begann. Ob er heute am späten Nachmittag nicht wieder munter genug sein würde, um ein bisschen in der Gegend herumzureiten? Schließlich war da ja nun wirklich nichts weiter dabei!

Er ließ seine Mistgabel stehen, um sich direkten Weges zu Ruth in die Wohnküche zu begeben. Erst als er den äußerst tadelnden Blick seiner Schwester bemerkte, welcher vom Fußboden hin über seine Schuhe glitt, wurde ihm bewusst, dass diese, dreckverschmiert wie sie waren, ihre Spuren hinterließen, wo immer er gerade auch ging und stand.

Eine kleine Weile blieb ihr Blick an seinen schmutzstarrenden Stiefeln hängen, doch dann arbeitete er sich allmählich nach oben zu seinem Gesicht empor, um am Ende mit bitterem Tadel seine strahlend blauen Augen zu fixieren, sichtlich darum bemüht, an diesem heiklen Punkt der Angelegenheit, nichts von ihrer Wut verrauchen zu lassen, ... doch es gelang ihr nicht.
David kannte dieses Phänomen nur zu gut, seit frühester Kindheit schon war es ihm wohl vertraut und er hatte gelernt, damit umzugehen und auch zu spielen. Nicht auszudenken wie viel Prügel er sich auf diese Weise schon erspart hatte! Nachdem er allmählich der Macht seiner Blicke gewahr geworden war, hatte er irgendwann damit begonnen, diese Macht auch bewusst einzusetzen, ganz gezielt zu erproben, wie weit er damit gehen konnte und hatte beglückt feststellen dürfen, dass es ziemlich weit war. Die strengen Regeln, die für alle seine Geschwister galten, vermochte er mit einem Augenaufschlag aus den Angeln zu heben und das Beste daran war, keiner nahm es ihm übel, auch die Geschwister nicht und niemand sonst.
Er spielte ein Spiel mit den anderen, ein erhebendes Spiel, dessen Regeln niemand kannte außer ihm, ja von dessen Existenz keiner auch nur ahnte! Das funktionierte tatsächlich überall, nicht nur in seiner Familie, auch bei seinen Kumpels auf der Straße funktionierte es und sogar der Reverend war nicht davor gefeit.
Es war Silas gewesen, der ihn schließlich davon abgebracht hatte allenthalben seine Spielchen zu spielen, genauso wie er es war, der paradoxerweise ganz allmählich Davids guten Ruf, vielleicht nicht gerade ruinierte, so aber doch beträchtlich schmälerte und das durch seine bloße Anwesenheit.

Was seine Spielchen aber betraf, so hatte ihn Silas wohl über lange Zeit schweigend beobachtet und er hatte David ganz offensichtlich bereits im ersten Jahr ihrer Freundschaft durchschaut. Gesagt hatte er damals noch nichts, lange noch nicht, aber es war irgendwie von Anfang an klar gewesen, dass diese Spiele nichts, aber auch rein gar nichts, in ihrer Freundschaft zu suchen hatten. Es hatte bei diesem stillschweigenden Übereinkommen keiner Worte bedurft.

Lachend fuhr Ruth ihm in einer Aufwallung schwesterlicher Zärtlichkeit durch das wirre Haar und sagte: „David, du schläfst ja im Stehen!“ Sogleich schob sie ihm liebevoll einen Stuhl unter den Hintern und sagte in mitfühlendem Ton: „Jetzt setz dich erstmal hin und ich braue dir schnell einen starken Kaffee, wart's ab, danach geht's dir wieder besser. Aber zieh um Gottes Willen endlich diese verdreckten Stiefel aus, bevor ich den ganzen Boden schrubben muss.“
Folgsam setzte sich David, zog seine Stiefel aus und stellte sie neben sich, wobei sie wiederum einige Klümpchen und Bröckchen verstreuten.
Doch Ruth war bereits mit Eimer und Lappen, Schaufel und Besen angerückt und eifrig dabei, die Dreckspuren zu beseitigen, die er hinterlassen hatte. Als sie sich dann auch noch seine Stiefel griff, um sie vor die Tür zu stellen, teilte David ihr mit, dass es möglicherweise mit dem Ausritt doch noch etwas werden könnte.
Erstaunt wendete sich Ruth ihrem Bruder zu, blickte ungläubig in seine trüben Augen und sagte: „Den Eindruck hatte ich gerade aber wirklich nicht!“
„Ach, wart's nur ab, ein starker Kaffee ist alles, was ich brauche, du wirst schon sehen!“
David versuchte zur Bekräftigung seiner Worte ein einigermaßen munteres Lächeln zustande zu bringen und so viel Zuversicht wie möglich in seinen Blick zu legen, so dass der Zweifel aus den Augen seiner Schwester verschwand und einem glücklichen Strahlen die Bühne überließ. Ruth' Herz tat einen freudigen Hüpfer bei dem Gedanken an den wider Erwarten geretteten Feierabend.
„Oh David, du bist ein Schatz! Wart nur, ich koche dir den besten Kaffee der Welt!“

Auch Davids Herz klopfte schneller bei dem Gedanken an den gemeinsamen Ausritt und mehr noch bei dem Gedanken an Charlotte.
Zum vierten Mal würde sie nun mit von der Partie sein. Und es hatte nicht einmal aller drei gemeinsam verbrachten Nachmittage bedurft, um David zu der Überzeugung kommen zu lassen,

dass Charlotte Benhaven, entgegen all seiner Befürchtungen, das liebenswerteste Geschöpf unter Gottes Himmel war. Wahrhaftig, sie war etwas ganz Besonderes und ..., ach, sie war einfach wunderschön! Wie unbegreiflich, ja eigentlich beinahe unverzeihlich, dass ihm das jetzt erst aufgefallen war! David glaubte in manchen Augenblicken, in denen er sie betrachtete, einfach dahinfließen zu müssen. Beinahe schmerzhaft schon war in diesen Momenten sein Wunsch, sie zu berühren, über ihre Wange, ihr dunkles, beinahe schwarzes Haar zu streichen, das im Licht der Sonne kastanienrot schimmerte. Und dann diese Augen! Groß, rätselhaft, zärtlich verspielt und doch so voller Ernst und Konzentration. Von einem ganz eigenen dunklen Blaugrün waren diese Augen, wie das Wasser eines Sees, so tief und unergründlich, dass er sich manchesmal darin zu verlieren glaubte.
Bei dem Gedanken daran, dass sie heute wieder hinter ihm aufs Pferd steigen, ihre schlanken Arme um seine Taille legen und ihren zierlichen, warmen Körper an den seinen schmiegen würde, durchrieselte ihn das gleiche beunruhigend warm pulsierende Gefühl, wie bei ihrem letzten Treffen vor sechs Tagen.

Damals hatte er für sich beschlossen, Charlotte „großmütig" auf seinem Pferd mitzunehmen, natürlich „nur" weil seine Rosy größer und kräftiger war als das Pferd seiner Schwester.
Doch als sie dann hinter ihm Platz genommen und haltsuchend ihre Arme um ihn geschlungen hatte, da hatte ihn ihre körperliche Nähe mit ungeahnter Heftigkeit getroffen.
Nach getaner Arbeit wusch und rasierte sich David mit äußerster Sorgfalt und ritt mit Ruth zum vereinbarten Treffpunkt.
Seine Enttäuschung war riesengroß, als Charlotte auch nach einigem Warten nicht auftauchte.
„Meinst du, sie kommt noch?" Fragend blickte er seine Schwester an. Die zuckte nur mit den Schultern und sagte: „Keine Ahnung! Eigentlich ist sie immer schon da, wenn ich komme, aber manchmal wird sie auch aufgehalten und kommt später oder gar nicht. Ein bisschen sollten wir schon noch warten."
Als David nach einigen Minuten angestrengten Ausschauhaltens immer noch keine Spur von Charlotte erspähen konnte, fragte er,

mit mühsam unterdrückter Ungeduld und Anspannung erneut: „Meinst du sie kommt noch?"
Ruth, seine spürbare Ungeduld missdeutend, antwortete unwirsch: „Also wirklich, ein bisschen können wir doch wohl noch hier sitzen bleiben! Sie macht das ja schließlich nicht mit Absicht!"
David senkte den Blick, nickte mit gerunzelter Stirn und begann schließlich in seiner Not damit, flache Steinchen über die Wasser des Mississippi flippen zu lassen, was bei dessen bewegter Oberfläche ein kleines Kunststück war.
„David, wie machst du das nur? Bei mir sinken die Steine immer sofort wie ein …"
„Wie ein Stein?" David musste schmunzeln.
Ruth lachte: „Ja genau, wie ein Stein!"
„Du wirfst falsch, mein Schwesterlein, schau, so ..." David trat hinter Ruth und griff nach ihrer rechten Hand. „So musst du werfen, flach und aus dem Gelenk heraus ..." Sanft und doch bestimmt führte seine Hand die ihre und gemeinsam warfen sie einen imaginären Stein, der vor Ruth' innerem Auge wenigstens dreimal in die Höhe sprang.
David liebte es, ab und an in die Rolle des großen Bruders zu tauchen, wo er doch eigentlich immer der kleine Bruder war. Er liebte es, seinen Schwestern, am liebsten aber Ruth, irgendetwas zu zeigen oder beizubringen, sei es nun nützlich oder unnütz und er genoss es, bei ihren gemeinsamen Unternehmungen, im Auftrag der Eltern, die Rolle des Beschützers für Ruth zu übernehmen und natürlich auch die des Aufpassers, was ihm die wunderbare Möglichkeit gab, sich für seine Schwester als stets loyaler Komplize zu erweisen.

Als Charlotte dann abgehetzt und außer Atem angelaufen kam, bemerkten sie sie zunächst gar nicht, so vertieft waren sie darin, Steine abwechselnd springen und versinken zu lassen, wobei es immer noch meist Davids Steine waren, die da sprangen, aber keineswegs ausnahmslos!
„Ihr habt gewartet, das ist aber schön!" Charlotte ließ sich völlig außer Puste und sichtlich erleichtert zu den beiden auf den Boden sinken. Ihre Wangen waren vom Laufen erhitzt und zart gerötet

und das Leuchten in ihren Augen schien David wie ein Blitz zu durchfahren, bis tief in seine Magengrube hinein, so dass er unwillkürlich den Blick zu Boden senkte und zugleich diese vermaledeite Röte in seine Ohren steigen spürte. In diesem Augenblick beschloss er für sich feierlich, felsenfest und unumstößlich, dass er seine Haare wachsen lassen würde, mindestens bis sie seine Ohren vollkommen bedecken würden, wenn nicht sogar noch länger, mochten seine Eltern auch noch so wenig davon begeistert sein!

Wieder einigermaßen gefasst blickte er erst Ruth und dann Charlotte an und brachte sogar ein lässiges Lächeln zustande, als er sie fragte: „Na, keine Wäsche heute?"

Charlotte lächelte ihn freundlich an: „Nein, keine Wäsche heute!"

„Na, worauf warten wir dann noch?" Ruth war bereits aufgestanden. „Wenn wir noch ein bisschen wegkommen wollen, sollten wir nicht mehr so lange hier herumtrödeln!"

David nickte zustimmend und sagte dann ganz beiläufig: „Wenn du's so eilig hast hier wegzukommen, sollte Charlotte vielleicht besser wieder bei mir aufsteigen, dann sind wir auf alle Fälle schneller."

Als Charlotte hinter ihm Platz genommen hatte, bemerkte sie dankbar, dass David sich anscheinend auch dieses Mal frisch gewaschen hatte. Ein sauberer Mann war eine absolute Rarität, ein seltener Hochgenuss, der keinesfalls verschmäht werden durfte! Deshalb wagte sie es, sich vollends an seinen Körper zu schmiegen und schnuppernd zu genießen, was es zu genießen gab und das war immerhin die durchaus angenehme Nähe eines wohlriechenden und hübschen jungen Mannes, der noch dazu sowohl die Nummer Eins auf der Liste der begehrenswerten Junggesellen unter ihren Altersgenossinnen war, als auch auf der heimischen Verbotsliste. Und das war doch immerhin allerhand! Drei Fliegen mit einer Klappe sozusagen!

Auf die Idee aber, dass Davids Reinlichkeit etwas mit ihr selbst zu tun haben könnte, kam sie gar nicht.

15

Eben begann die Sonne erste flammend rote Streifen am Horizont zu bilden und ganz gemächlich und erhaben die Schatten der tiefschwarzen Neumondnacht zu vertreiben.
Dichte Frühnebel tanzten über dem Wasser, hingen wie undurchdringliche Schleier über dem See und an seinen Ufern, verfingen sich in den Ästen der Bäume und dämpften jeden Laut.
Silas war gerade dabei, im Schein einer Fackel gemeinsam mit Elias und Sam das Kanu zu bepacken, wobei sie höllisch aufpassen mussten, das Gewicht ihres Gepäcks möglichst optimal zu verteilen. Anfangs war sich Silas absolut sicher gewesen, dass es niemals gelingen würde, ihre gesamte Ausrüstung, den Proviant und die mitgeführten Waren in dem zierlichen Gefährt zu verstauen, doch nach einigem Hin und Her war es ihnen tatsächlich geglückt.
Und so war er unweigerlich herangerückt, der Augenblick, da es wieder einmal Abschied nehmen hieß, von Sam und vor allem aber von Black Desert. Doch so schwer ihm dieser Abschied auch fiel, so hatte er doch keine Bedenken, sein Pferd Sam anzuvertrauen, denn er war sich gewiss, dass Black Desert bei ihm in besten Händen sein würde.
Und als dann schließlich die Sonne mit Macht den Tag zu erhellen begann und sich die Nebel in Nichts auflösten, kniete Silas bereits hinter seinem Vater im Kanu und glitt mit ihm über die Wellen des Sees dahin.
Ein Gefühl unergründlicher Sehnsucht erfüllte ihn und trieb ihn fort von den bekannten Ufern, fort von Black Desert und Sam, der ihm lieb und teuer geworden war, und der nun winkend am Ufer stand und alsbald nur noch als immer kleiner werdender Fleck auszumachen war.
Aber Silas blickte nicht lange zurück, sondern richtete all seine Sinne auf das, was ihn gerade umgab und das, was ihn noch erwarten würde. Jetzt würde für ihn das eigentliche, das entscheidende Abenteuer beginnen.

Voller Ungeduld sehnte er den Augenblick herbei, da er endlich die Familie seiner Mutter und somit seine eigene Familie, seine Wurzeln, kennenlernen würde. Unzählige Male schon hatte er sich diesen Moment ausgemalt, hatte sich vorgestellt, wie es wohl sein würde, seinen zahlreichen Verwandten gegenüberzutreten, wie es überhaupt sein würde, auf einmal eine große Familie zu haben, Onkel und Tanten, einen Großvater und eine Großmutter, gesetzt den Fall, sie akzeptierten ihn überhaupt als Familienmitglied. In weniger hoffnungsfrohen Momenten fragte er sich dann, ob er nicht am Ende auch im Lager der Ojibwe ein Außenseiter sein würde, einer der nirgends so recht dazugehörte, einer der kein Weißer war und auch kein Indianer, einer der schon Besonderes leisten musste, um anerkannt zu werden.
Auch Elias hatte mehr als einmal schon in Gedanken den Augenblick durchgespielt, da er gemeinsam mit Silas Shawaeghiizig und Nigig-o-quae gegenübertreten würde und Vorfreude und Stolz hatten bei diesen Gedankenspielen warm sein Herz durchflutet.

Für Elias stand es außer Frage, dass sein Sohn nicht nur mit offenen Armen aufgenommen werden würde, sondern auch mit äußerstem Wohlgefallen, das sich mit Sicherheit noch mehren würde, wenn erst einmal offenbar geworden war, dass Silas, dank Winonahs hervorragender Erziehung und Unterweisung, ein würdiger Enkel eines hochangesehenen Kriegers und einer mächtigen und verehrten Midewiquae war. Seine zahlreichen Kenntnisse würden ihr Übriges tun. Vor allem aber hatte sich sein Sohn bereits als äußerst geschickter und erfolgreicher Jäger erwiesen und würde sein Können bei seiner nächsten Jagd unter Beweis stellen. Nein, für Elias gab es keinen Zweifel daran, dass Silas ihm und auch Winonah alle Ehre machen würde.
Gegen Mittag steuerten sie das nächstgelegene Ufer an und machten Rast, aßen Fisch und dösten dann ein Weilchen in der Sonne. Silas spürte, dass er trotz des ausgiebigen Trainings einen ordentlichen Muskelkater in den Armen bekommen würde. Er ärgerte sich darüber, wie viel an Ausdauer und Energie sein Körper durch diese Erkrankung eingebüßt hatte. Silas drehte sich

auf die Seite und betrachtete seinen Vater, der, den Hut tief in das Gesicht geschoben, an einen Baum gelehnt ein Nickerchen zu machen versuchte.

„Nimbaabaa?"

Ein Brummen war die Antwort.

„Was glaubst du, warum wird man wohl krank? Warum geschieht so etwas? Warum bin ich krank geworden, warum habe ich soviel von meiner Kraft weggeben müssen?"

Langsam schob Elias seinen Hut zurück und blickte Silas nachdenklich an. „Ich weiß es nicht, Silas! Ich weiß vieles nicht und das gehört leider dazu."

Silas blickte über die Wipfel der Bäume hinweg, während er leise und wie zu sich selbst sagte: „Winonah sagt, dass Krankheit oftmals den trifft, der sein Leben nicht im Einklang lebt mit sich und allem anderen, dessen Herz schwer ist von geheim gehaltener Schuld."

Unvermittelt sah Silas in das Gesicht seines Vaters, fragend und forschend war sein Blick, aber auch bedrückt und besorgt. Elias war wirklich betroffen bei dem Gedanken, dass sich sein Sohn womöglich mit Schuldgefühlen plagte und darüber grübelte, welches Verbrechen er wohl begangen haben könnte, dass er so furchtbar krank geworden war.

Er selber wäre niemals auf derartige Ideen gekommen, wahrhaftig nicht! Krankheiten kamen und gingen wieder und nicht selten nahmen sie gerade die Besten mit sich fort. Warum das so war, wusste nur Gott allein. Aber sicher, ja, er erinnerte sich, dass für die Ojibwe, wie für viele andere Indianerstämme auch, Krankheit vielleicht nicht unbedingt eine zwangsläufige, so doch aber eine durchaus zu erwartende Folge geheim gehaltener Verfehlungen war. Um eine solche Heimsuchung abzuwenden, bedurfte es natürlich nicht nur einer umfassenden Beichte, bei einem auserwählten Freund oder Medizinmann. Alle, restlos alle, sollten es hören, sollten davon erfahren, die Erwachsenen aus dem Mund des reumütigen Übeltäters, die Kinder aus dem Mund der eifrig darüber diskutierenden Erwachsenen. Allerdings war es nicht so, dass man unbedingt davon ausging, dass eine Krankheit ausschließlich den Missetäter selbst betreffen müsse. Es konnte auch passieren, dass sie einen Menschen traf, der mit dem Missetäter in enger Beziehung stand, vornehmlich verwandtschaftlicher Natur. Es wäre dementsprechend nach Ansicht der Ojibwe also durchaus ratsam, auch bei der Erkrankung eines nahestehenden Menschen einige Gedanken auf die Frage zu verwenden, ob nicht vielleicht eigenes Fehlverhalten zu dieser Erkrankung geführt haben könnte. Gelangte man dann tatsächlich zu einer solchen Annahme und wollte Schlimmeres verhindern, so blieb einem nichts weiter übrig, als seine beschämenden Erkenntnisse allen anderen mitzuteilen und es hernach besser zu machen.

„Ich glaub das nicht, Silas. Nein, wirklich nicht. Schlag dir das ganz schnell wieder aus dem Kopf, das ist alles ausgemachter Unsinn!"

„Nimaamaa glaubt nicht, dass es Unsinn ist!"

„Nein sicher, sie glaubt nicht, dass es Unsinn ist, aber ich glaube das! Und außerdem ist es angeblich auch nicht so, dass es unbedingt immer den Schuldbeladenen ...", Elias gab dem Wort eine spöttische Note, „erwischen muss, es könnte beispielsweise auch eines der Kinder oder Enkelkinder treffen."

Silas sagte nichts darauf, doch sein Blick war sehr nachdenklich.

16

Es dauerte noch weitere drei Tage, ehe sie die von einem dichten Wald aus Wassergras umgürteten Ufer erreichten, in deren Nähe Winonahs Familie ihr Sommerlager für gewöhnlich errichtete. Dicht wuchsen die grünen, schilfartigen Halme aus dem Wasser empor, nicht selten gut zwei Meter hoch.

„Manomini! Nimbaabaa! Das ist Manomini, nicht wahr?"

„Mmh ..." Elias brummte nur zustimmend und nickte. Er wusste, dass es für seinen Sohn keiner weiteren Erläuterungen bedurfte. Winonah hatte ihm mit Sicherheit in aller Ausführlichkeit erzählt, was es mit dieser Pflanze auf sich hatte, denn Manomini stellte das zentrale Nahrungsmittel der Ojibwe dar.

Die etwa sechs Wochen dauernde Erntezeit der reiskornartigen Samen des Manomini war der von vielen Ritualen und Festlich-

keiten bestimmte Höhepunkt eines jeden Jahres. Die auserwählten Kanus wurden festlich geschmückt, ehe sie unter feierlichem Gesang zu Wasser gelassen wurden. Mit Hilfe von Stöcken wurden dann die meterhohen Halme über die Ränder der Kanus gebogen und mit einem Zedernholzstab ausgedroschen. Viele Körner fielen auf diese Weise auf den Boden des Kanus und beim Zurückschnellen der Halme fielen viele Körner daneben und landeten im Wasser des Sees. Doch niemand scherte sich um das kostbare, scheinbar verlorene Korn, denn es war nur gut und richtig, dem See auf diese Weise einen Teil der Ernte zurückzugeben, denn er lohnte es einem schon im darauffolgenden Jahr mit jungen, üppig sprießenden Halmen. Schwer lagen die Kanus bei ihrer Rückkehr im Wasser und reich war die Ernte Jahr für Jahr. Die wertvolle Fracht der Kanus galt als Besitz der gesamten Gemeinschaft. Sorgfältig wurden die Körner auf Unterlagen aus Wigass getrocknet und hernach in eisernen Kesseln geröstet. Anschließend wurden die gerösteten Körner in lehmbestrichene Erdgruben befördert und durch Treten gedroschen. Eine extrem anstrengende Tätigkeit, weshalb sie gemeinhin von den Männern ausgeführt wurde, während bei der Ernte und der sonstigen Verarbeitung des Manomini beide Geschlechter beteiligt waren.
Dann endlich kam der große Tag der ersten Mahlzeit aus dem frisch zubereiteten Manomini. Ein Mitglied der Midewiwin, des Bundes der Medizinmänner und Medizinfrauen, leitete das große Fest des Dankes und segnete die mit Manomini gefüllten Behältnisse der einzelnen Familien.
Den von den Weißen immer wieder herangetragenen Gedanken, dieses segensreiche Wassergras zu kultivieren und auch anderweitig Ackerbau zu betreiben, lehnten die Ojibwe als absolut unvertretbaren, schmerzhaften Eingriff in das Gefüge der Natur rundheraus ab.

Vorsichtig manövrierten sie ihr Kanu weiter durch den dichten Gürtel aus Wassergrashalmen, bis sie endlich dem steinigen Ufer nahe genug gekommen waren, um an Land gehen zu können.
„Sind wir jetzt da? Ich meine, sind wir jetzt wirklich da, wo ..."
„Ja Silas, genau dort sind wir."

Silas schluckte, plötzlich wurde ihm eigenartig flau und bange zugleich. Sein Herz pochte so aufgeregt, dass er meinte, ein jeder müsse es hören können. Seine Knie fühlten sich seltsam weich und zittrig an und er war sich ziemlich sicher, dass dies nicht einzig an der langen Kanufahrt lag.
Nur zu gerne hätte er sich für einen Moment irgendwo hingesetzt, um sich wieder einigermaßen zu fassen und innerlich zu sammeln, bevor er seinen Verwandten zum ersten Mal begegnen würde.
Doch kaum dass sie das Kanu sicher aus dem Wasser gezogen hatten, standen da plötzlich drei Männer vor einer kleinen, schroffen Felserhebung, keine zwanzig Meter von der Stelle entfernt, an der sie an Land gegangen waren. Still standen sie dort, regungslos, die Blicke auf Silas und Elias gerichtet, dann begannen sie leise miteinander zu sprechen. Silas konnte zwar keines ihrer Worte hören, doch ihre Gesten und Blicke ließen in ihm das Gefühl aufkommen, dass er selbst Anlass und Gegenstand jener Unterhaltung war.
Es waren drei Männer unterschiedlichen Alters, der Jüngste mochte kaum älter als zwanzig Jahre sein, der andere vielleicht dreißig, der Älteste aber hatte die Sechzig schon weit überschritten. Der alte Mann trug einen hohen schwarzen Filzhut, ganz offensichtlich das Werk weißer Hände, an dem ein ansehnliches Bündel Federn befestigt war, . Das ergraute lange Haar trug er zu Zöpfen geflochten, und seine aus weichem Karibuleder gefertigte Kleidung war reich verziert mit Fransen und kunstvoll gefertigten Blumenornamenten, aus winzigen, überwiegend pastellfarbenen Glasperlen.
Ehe Silas die anderen zwei Männer ein wenig in Augenschein nehmen konnte, hatte sein Vater bereits alles stehen und liegen gelassen und war den dreien freudestrahlend entgegengegangen. Augenblicklich hatte sich daraufhin auch der alte Mann in Bewegung gesetzt, gefolgt von den beiden jüngeren.
Mit klopfendem Herzen folgte Silas seinem Vater in einigem Abstand. Der aber marschierte unbefangen auf die Männer zu und umarmte erst den alten, lange und sehr herzlich und dann die beiden jüngeren.

Gebannt beobachtete Silas die ganze Szene, versuchte sich nicht die kleinste Kleinigkeit davon entgehen zu lassen.
Der etwa dreißigjährige Mann war der größte von den dreien. Seine langen Haare trug er zu Zöpfen geflochten, die mit schmalen Fellstreifen umwunden waren. Auch seine Kleidung war weitgehend traditionell, allerdings trug er anstelle eines Wildlederhemdes ein weißes Stoffhemd, darüber jedoch eine wirklich prächtige, mit Perlen verzierte Lederweste. Der jüngste Mann aber war von einer ganz eigenen Schönheit und faszinierte Silas auf Anhieb. Seine natürliche Anmut, die beinahe schon weibliche Feinheit seiner Züge, die noch unterstrichen wurde durch sein geradezu unglaublich langes und dichtes schwarzes Haar, paarte sich mit einer gewissen Härte und Verschlossenheit seines Blickes. Auch lag äußerste Wachsamkeit in diesem Blick und der Mut eines stets zum Äußersten entschlossenen Menschen hinterließ einen beinahe herben Zug um seine weichen, wohlgeformten Lippen.
Schließlich ergriff der Alte das Wort: „Niikaanis, - Mein Freund -, du kommst spät in diesem Jahr und ich sehe, du kommst nicht alleine."
Mit einem freundlichen Lächeln wies der Alte auf Silas und augenblicklich richteten sich vier Augenpaare auf ihn, der vollkommen verunsichert seinen Blick zu Boden senkte, dann aber tapfer wieder erhob, um sich den aufmerksamen und prüfenden Blicken zu stellen, welche zu seiner Erleichterung durchaus wohlwollend waren.
„Ist das Mino-nokomis?"
Mit vor Stolz geschwellter Brust bejahte Elias.
„Nimishoomis -Mein Großvater", flüsterte Silas beinahe unhörbar, als der alte Mann ihm bereits entgegentrat. Mit forschendem Blick betrachtete er Silas eingehend, legte eine Hand unter dessen Kinn und wendete seinen Kopf bald nach links, bald nach rechts und flüsterte, wie zu sich selber: „Waenaesh kiin?" -„Wer bist du?"-
Dann aber nickte er bedächtig und lächelte schließlich ein so warmes, freundliches Lächeln, dass seine dunklen Augen plötzlich von innen heraus zu strahlen schienen, und sagte in bestimmtem, beinahe andächtigem Ton: „Ototeman! - Ein Verwandter! -"

Sachte tätschelte er Silas' Wange und sagte, immer noch nickend: „Häa -ja-, häa, ototeman! Mino ta kijah, Mino-nokomis!"
An seine Söhne gewandt aber sagte er: „Gebegwan, Kiniu! Ondaas! - Lange Feder, Kriegsadler! Kommt her! - Begrüßt Mino-nokomis, den Sohn eurer Schwester!"
Silas wusste nicht, was er denken und fühlen sollte, während er sich in den starken Armen Gebegwans, seines ältesten Onkels wiederfand, dessen Hände herzlich auf seine Schultern klopften und dessen Augen gewinnend lächelten.
Als letzter näherte sich ihm Kiniu, der Jüngste unter Shawaeghiizigs Kindern. Und eindrucksvoll hatte sich sein Blick verändert, hatte einer warmen, willkommen heißenden Herzlichkeit Raum geschaffen, die Silas so in dieser Ausprägung nie und nimmer erwartet hätte und die ihn in ganz beträchtliche Verwirrung stürzte, auf sehr angenehme Weise.
So wie ihn im Moment eigentlich alles verwirrte, ihn all die vielen Eindrücke mit sich fortzureißen drohten. Ein bisschen erging es ihm wie damals, als kleiner Junge, in dem Moment, da er zum ersten Mal die kleinen Glöckchen an Sattlers Ladentür vernommen hatte und angesichts der ihn überflutenden Eindrücke des bunten Sammelsuriums im vollgestopften Krämerladen nicht gewusst hatte, wohin er blicken, was er sagen, ja, was er überhaupt denken sollte. Doch er war schließlich kein kleiner Junge mehr und blickte deshalb mutig und entschlossen in das ernste und edle Gesicht Kinius, über das ein einnehmendes Lächeln glitt, freundlich und hintergründig zugleich.
Er zog Silas an sich heran, schloss ihn in seine Arme und drückte ihn für einen kurzen Moment beinahe zärtlich an seine Brust.
Silas war auf diese fast schon innige Umarmung nicht gefasst, ließ es überrascht und verwirrt, aber auch beruhigt und erfreut geschehen. Er atmete Kinius so fremden, warmen und würzigen Geruch, spürte die Nähe und Kraft seines Körpers, ließ sich umfangen von der Wärme und Freundlichkeit, von der intensiven Ausstrahlung dieses herausragenden, jungen Kriegers. Denn ein solcher war er, was unzweifelhaft durch seine stets mitgeführten, liebevoll gepflegten Waffen und vor allem aber durch die nur den Herausragenden gewährte Zier der Adlerfedern in seinem

Haar bezeugt wurde. Und auch sein Name, Kiniu - Kriegsadler -, sprach von Entschlossenheit und Mut.
Gemeinsam schulterten sie das Gepäck und begaben sich ein kurzes Stück weit in den Wald hinein, geradewegs zum Sommerlager der Gamini - des Volkes am See - wie sich die Gemeinschaft jener Ojibwe nannte, zu welcher auch Shawaeghiizigs Familie gehörte.
In Silas Kopf rasten die Gedanken. Er freute sich auf das Neue, das vor ihm lag.
Nicht allzu weit vom Ufer entfernt, vielleicht eine Viertelstunde des Weges, eröffnete sich der Wald zu einer weitläufigen, von einigen Birken, Kiefern und unterschiedlichen Sträuchern bestandenen Lichtung. Zahlreiche Wigwams, es mochten an die vierzig Stück gewesen sein, scharten sich großzügig verteilt um einen freien Platz, in dessen Mittelpunkt eine luftige, geräumige Hütte stand, das Gemeinschaftshaus der Gamini.
Es waren sowohl klassische Sommerwigwams in konischer Form darunter, wie auch kuppelförmige Winterwigwams. Alle aber waren sie aus Holzstangen und mehrschichtigem Wigass, behutsam vom Baum geschälter Birkenrinde gefertigt. Sie besaßen eine runde Öffnung gen Himmel, um Licht und Leben, Sonne und Mond herein- und zugleich den Rauch des Feuers hinauszulassen, und eine weitere, gen Osten gerichtete Öffnung, um Menschen und Hunden Eintritt zu gewähren und allmorgendlich auch mit den ersten hereinscheinenden Strahlen der aufgehenden Sonne einen jeden neuen Tag zu ehren und willkommen zu heißen.
Einige Wigwams waren mit reichverzierten, hoch aufragenden Medizinpfählen versehen, die eine Opfergabe waren an die geheimnisvolle, unergründliche Macht des Lebens, des allumfassenden Universums, Gitchi Manitus.
Zwischendrin aber gab es reichlich Platz zum Gehen und Arbeiten, zum Spielen und Herumtollen.
An einigen niedrigen Ästen waren Webrahmen errichtet. Decken wurden da gewebt und Matten aus Binsen, denen schmale Streifen aus Zedernrinde geometrische Muster verliehen. Der Geruch von Feuer und Rauch und der Duft von frisch bereitetem Pemmikan und anderen Speisen erfüllte die Luft und vermisch-

te sich mit dem feuchten Geruch des Waldes. Alles roch so ungewohnt und zugleich doch so vertraut, roch nach Winonah, roch nach zu Hause, Heimat, Geborgenheit.
Unwillkürlich blieb Mino-nokomis stehen. Er musste einfach innehalten, einen Augenblick nur sich Zeit geben, dieses Gefühl, diese Gerüche, den Anblick dieser vielen geschäftigen Menschen, dieses Stimmengewirr auf sich wirken zu lassen, die Gesamtheit jenes ersten Eindrucks in sich aufzunehmen und zugleich selbst darin aufzugehen.

Elias und Kiniu waren ein gutes Stück von Mino-nokomis entfernt stehengeblieben, scheinbar warteten sie auf ihn, während Gebegwan und Shawaeghiizig bereits irgendwo seinen Blicken entschwunden waren. Mino-nokomis holte noch einmal tief Atem, ehe er sich einen Ruck gab und entschlossen seinen Weg fortsetzte. Als er seinen Vater und Kiniu schließlich erreicht hatte, fand er die beiden in ein leise geführtes Gespräch vertieft. Zum ersten Mal vernahm er Kinius Stimme, die einen erstaunlich tiefen, einschmeichelnd sanften Klang hatte. Ihm wurde bewusst, wie erstaunlich wenig bisher eigentlich gesprochen worden war. Keiner hatte viele Worte gemacht und doch war alles Wichtige mitgeteilt worden.
Kaum hatten sie die ersten Wigwams erreicht, als ihnen Shawaeghiizig und Gebegwan bereits wieder entgegenkamen, diesmal aber waren sie nicht allein.
An Shawaeghiizigs Seite stand eine kleine, untersetzte Frau, deren graues Haar noch von einigen schwarzen Strähnen durchzogen wurde. Ihre dunklen Augen hatten etwas Wachsames, ein wenig Verschmitztes, was durch die zahlreichen Lachfältchen noch unterstützt wurde.
Neben ihr ging eine junge Frau, die Winonah so frappierend ähnlich sah, dass es Mino-nokomis kaum gelang, sie nicht immerfort anzustarren. An Gebegwans Hosenbein hing ein kleiner Junge, einen anderen etwas größeren, hatte er an der Hand.
Gebegwan sagte leise zu seinen Söhnen: „Kommt, wir wollen unserem Bruder helfen und ihm seine schwere Last ein wenig erleichtern!"

Der kleinere der beiden Jungen lugte scheu hinter den Beinen seines Vaters hervor und verschwand sofort wieder, sobald er sich beobachtet wusste.

Nur zu gerne übergab Mino-nokomis die ihm wahrlich bleischwer gewordene, geschulterte Last an Gebegwan und den erwartungsvoll ausgestreckten Händen des vielleicht siebenjährigen Knaben das Bündel mit seinen wenigen Kleidungsstücken, das er noch zusätzlich umgehängt hatte. Als er dann aber die bekümmerten Augen des noch nicht ganz Dreijährigen sah, beeilte er sich, auch sein kleines, ihm heiliges Bündel, das seine wenigen Habseligkeiten, sein Buch, Ruth' Stein und seine dreieckige Decke enthielt, dem kleinen Jungen zu geben, der sofort damit kehrt machte, um mit strahlenden Augen und stolzgeschwellter Brust eifrig hinter seinem Vater und seinem großen Bruder herzuwieseln.

Ohne die drückende Last auf seinen Schultern fühlte sich Mino-nokomis im wahrsten Sinne des Wortes unsäglich erleichtert und befreit. Vollkommen ungetrübt und unbeschwert genoss er nun die sich ihm bietenden Eindrücke, gab sich den Bildern, Gerüchen und Geräuschen hin und genoss all dies beinahe selbstvergessen in vollen Zügen, ohne recht glauben zu können, was er da sah und erlebte. War dies alles Wirklichkeit?

Nigig-o-quae trat leise an Mino-nokomis heran. Sie war eine ehrwürdige Frau Ende fünfzig und genoss als Midewiquae großes Ansehen. Ihr Blick glitt schweigend und aufmerksam über Mino-nokomis dahin. Sie lächelte, während Tränen in ihren Augen standen. Immer noch schweigend zog sie ihn an ihre üppige, mütterliche Brust und strich durch sein langes Haar.

Ach, so unendlich lange schon hatte sie sich diesen Augenblick herbeigesehnt und manchesmal schon befürchtet, ihn vielleicht niemals zu erleben!

Mino-nokomis schmiegte sich ergeben an ihren warmen, weichen in samtenes Leder gehüllten Busen und lauschte auf den Schlag ihres Herzens.

Dann aber blickte er in ihr Gesicht, über dessen faltige Wangen einige Tränen rollten und sagte: „Nookomis, meine Großmutter, ich bin so glücklich, hier zu sein."

Nacheinander wurde er von allen Mitgliedern seiner Familie willkommen geheißen, wobei Shawaeghiizig die Aufgabe übernahm, jeden einzelnen mit seinem Namen vorzustellen. Niemals wäre einer auf den Gedanken verfallen, selbst den eigenen Namen zu nennen.
Es galt als geradezu anmaßende Selbstbeweihräucherung, den eigenen Namen einem anderen auf die Nase zu binden, zumindest insofern er ehrenvoll war. War er dies aber nicht, so verbot sich die Benennung des eigenen Namens taktischerweise natürlich von selbst.

Als sie vor dem geräumigen Wigwam der Großeltern angekommen waren, bemerkte Mino-nokomis, dass allem Anschein nach gerade eifrige Vorbereitungen für ein kleines Willkommensfest getroffen wurden. Überall duftete es verlockend. Schalen und Behältnisse aus Wigass waren randvoll mit dünnen, aus gemahlenem Manomini bereiteten Fladenbroten oder kleinen Kugeln aus Pemmikan, einer aus getrocknetem, zerstoßenem Fleisch, Talg und Beeren bereiteten Speise. Hier blubberte eine dicke, sämige Suppe aus Manomini und Fleisch vor sich hin, dort kochten wilde Rüben und andere Wurzeln in einem eisernen Kessel und zu alledem brieten auch noch ein gutes Dutzend Fische über dem Feuer, die erst mit einer großzügigen Portion Ahornsirup so richtig gut schmecken würden.
Einen flüchtigen Moment lang kam ihm David in den Sinn. Er sah ihn vor sich, wie er damals voller Entsetzten bei ihnen am Tisch gesessen hatte, mit einem Gesicht, als gäbe es einfach nichts Entsetzlicheres, als diesen üppigen Bissen süßen Fisches in seinem Mund. Mino-nokomis und Winonah hatten Tränen gelacht. Wie lange war das eigentlich schon her?
Mino-nokomis verspürte mit einem Mal das dringende Bedürfnis auszuruhen, Atem zu schöpfen, ein wenig für sich alleine sein zu können. Inmitten all dessen ein stilles Eckchen für sich zu finden, geschützt und geborgen.
Er betrachtete das Innere des stattlichen Wigwams seiner Großeltern, bestaunte die kunstvoll bestickten Wandbehänge, begutachtete das sowohl als Schlaf- wie auch als Sitzgelegenheit genutz-

te, aus Holz gefertigte, pritschenartige Rund, das in etwa zu drei Vierteln die Wände des Wigwams säumte. Gemütlich sah das alles aus, mit all den Fellen, Kissen und Decken und der im Mittelpunkt befindlichen, kleinen Feuerstelle, die jetzt an diesem warmen Sommertag natürlich erloschen war. Nein, hier würde es so schnell wohl kein ruhiges Plätzchen für ihn geben. Eben gerade wollte er den Wigwam wieder verlassen, als Nigig-o-quae hereinkam und ihm mit freundlicher Geste bedeutete näher zu treten. Mit einem Blick, in dem sich eine scharfe Beobachtungsgabe mit Zärtlichkeit vermischte, betrachtete sie ihn: „Du bist müde und erschöpft, mein armer Junge, und du weißt nicht, wohin mit dir. Im Wigwam deiner Tante wird ein Platz für dich sein, an dem du dich ausruhen kannst. Nimm dein Bündel und komm mit mir." Liebevoll tätschelte sie seine Wange und lächelte ihn aufmunternd an.

Das Innere des direkt nebenan befindlichen Wigwams von Waubun-anang - Morgenstern - und Mooz - Elch -, ihrem Wiidjiiwaagan -Lebensgefährten-, unterschied sich nur unwesentlich von dem bereits inspizierten Wigwam der Großeltern, lediglich die gemalten Verzierungen, die bestickten Wandbehänge, Decken, Felle und Kissen waren andere, der grundsätzliche Aufbau aber war ganz genau derselbe.

Mino-nokomis öffnete sein Bündel, nachdem ihm Nigig-o-quae eine bereits für ihn hergerichtete, gemütliche und saubere Schlafstatt gezeigt hatte. Zuerst holte er natürlich sein bestes Stück, seine dreieckige Decke, hervor und legte sie auf sein Bett. Langsam trat Nigig-o-quae hinzu und griff mit kaum merklich zitternder Hand nach der Decke, befühlte sie vorsichtig und flüsterte dann leise wie in Gedanken: „Warum nur, warum kommt mein Kind niemals wieder zu uns zurück? Oh, so gerne möchte ich sie noch einmal wiedersehen, meine Große, meine Schöne, nur einmal noch in meine Arme schließen. Aber sie kommt nicht. Warum nur, ach, warum nur?"

Langsam setzte sie sich und betrachtete nachdenklich der Tochter Hände Werk. Sie seufzte und blickte wie suchend in Mino-nokomis Gesicht.

„Manches mal dachte ich bei mir, vielleicht ist sie so glücklich dort bei den Weißen, dass sie selber ganz wie eine Weiße geworden ist und kein Heimweh verspürt nach den Wäldern an den Großen Seen, nach ihrer Familie, nach mir. Aber weißt du, Mino-nokomis, ich wusste immer schon, dass es nicht so ist. Dein Name allein schon war mir ein Zeichen und auch diese Decke hier erzählt mir davon. Und in meinen Träumen und auch in meinem Herzen habe ich immer schon gewusst, dass meine Tochter keine Weiße geworden ist, dass sie uns alle hier nicht vergessen hat. Auch du, Mino-nokomis sprichst mir von ihrer Verbundenheit mit den Ojibwe und von ihrer Sehnsucht."
„Wie spreche ich davon, was für eine Bedeutung hat mein Name für dich, außer der des guten Mondes, der in der Nacht meiner Geburt voll am Himmel stand?"
Nigig-o-quae lächelte still und versunken, ehe sie mit entschiedenem und ernstem Blick in Mino-nokomis Augen sah. „In deinem Namen steckt noch weit mehr mein Enkelsohn, weit mehr. Der gute Mond ist die Behüterin der Menschen, die bei Dunkelheit über düstere, schwer erkennbare Pfade des Lebens wandern. Nokomis erhellt ihren Weg, hilft ihnen, sich trotz der sie umgebenden Dunkelheit zu orientieren. Es besagt schon etwas, wenn eine Mutter ihrem Sohn diesen Namen, den Wunsch nach einem beschützenden, wegweisenden Licht mit auf den Weg gibt, und es besagt noch weit mehr, wenn meine unerschrockene Winonah es tut. Aber in deinem Namen steckt noch mehr. Du weißt, wie es kam, dass im Gesicht des Mondes auch das Gesicht von Nokomis, der Großmutter aller Menschen, zu erkennen ist?"
„Ja, ich kenne die Geschichte. Nimaamaa hat sie mir viele Male erzählt."
„Dann weißt du auch, dass die erste aller Mütter, die Himmelsfrau, ihre Kinder alleine auf der Erde zurückließ, ihnen aber versicherte, niemals ganz von ihnen fortzugehen, sondern immer des Nachts durch den Mond über sie zu wachen und ihre Kinder wiederum versprachen ihr, niemals zu vergessen, sich immer ihrer Mutter, ihres Ursprungs zu erinnern, wenn sie den Mond vor Augen hätten. Keine Frau, die ihr Herz für ihr Volk verloren hat, würde einen solchen Namen wählen, keine solche Frau würde in

den Dörfern der Weißen einen Jungen so erziehen, wie du erzogen wurdest. Nein, Mino-nokomis, das alles sagt mir, dass meine Tochter keine Weiße geworden ist. Sie ist eine Ojibwe geblieben, wie sie immer eine war und das bedeutet, dass ihr Herz voller Sehnsucht ist nach ihrer Familie und nach den Wäldern, nach Gitchi Gami, nach allem hier ... " Nigig-o-quae schüttelte kaum merklich den Kopf und blickte voller Wehmut und Sorge auf die dicht gewebte Decke in dunklen Braun- und Rottönen, von einem Muster aus wenigen, schmalen Streifen durchzogen, die mit ihrem hellen, kräftigen Grün ein Symbol des Lebens, des Werdens, der Erneuerung darstellten. Nachdenklich nickend richtete Nigig-o-quae ihren Blick auf Mino-nokomis. Sie wusste genau, wer das der Übermacht an dunklen Tönen trotzende, dennoch dominierende, Leben spendende Grün im Dasein ihrer Tochter war und sie war in diesem Moment glücklicher denn je, dass es Mino-nokomis, diesen Lichtblick in tiefschwarzer Nacht, im Leben ihrer Tochter gab.
Dann verließ sie schweigend den Wigwam und ließ Mino-nokomis allein. Einen Moment noch blickte er seiner Großmutter hinterher, doch alsbald schon ließ er sich mit einem erleichterten Aufstöhnen auf sein Lager sinken, kuschelte sich in seine Decke, verbarg sich eigentlich mehr unter ihr, als dass er an diesem warmen Tag ihrer Wärme bedurft hätte.
Im Traum sah er Winonah um ein riesengroßes loderndes Feuer tanzen und die gute alte Eshkebug sprang an ihrer Seite einher. In ihrer Hand hielt Winonah ihre kleine Trommel, doch spielte sie nicht auf ihr, kraftlos hing das Instrument in ihrer Hand. Es fiel Mino-nokomis unendlich schwer, den Blick von seiner Mutter zu lösen, die da langsam, beinahe wie in Trance um das Feuer tanzte. Doch schließlich gelang es ihm und er blickte in das züngelnde, verzehrende Spiel der Flammen. Erst auf den zweiten Blick erkannte er, dass es sein Elternhaus war, das da lichterloh brannte.

Sanft rüttelte eine Hand an seiner Schulter und Kinius seidiges, langes Haar kitzelte ihn im Gesicht, als dieser sich über ihn neigte. Mino-nokomis brauchte einen kleinen Moment ehe er sich besinnen konnte, wo er sich überhaupt befand. Verschlafen blinzelte er in das Gesicht seines Onkels, der allem Anschein nach bester Laune war.

Während Mino-nokomis schlief, hatte Elias die jeweils versprochenen Waren ausgepackt und verteilt und Kiniu endlich das von ihm lang ersehnte Gewehr überreicht.
Ihr Zuspätkommen in diesem Jahr hatte ihn wahrlich auf eine harte Geduldsprobe gestellt! Nun aber war er vollauf zufrieden. Elias hatte ihm ein wunderbares Gewehr mitgebracht. Schwarzbraun der Lauf aus kaltem Metall, aus dunklem, poliertem Holz der Kolben, alles solide gefertigt. Gut und auch nicht allzu schwer lag das Gewehr in der Hand, ein Steinschlossvorderlader war es, ein edles Teil und seine Reichweite war beträchtlich.
Kiniu hatte eine Schale mit Wasser mitgebracht und ein wunderschönes, mit Fransen und Glasperlen verziertes Hemd, damit Mino-nokomis sich ein wenig frisch machen konnte, ehe sie gemeinsam zum Fest gehen würden.
Anerkennend war sein Blick, als ihm Mino-nokomis umgezogen, frisch gewaschen und rasiert gegenübertrat. Das Lederhemd stand ihm wirklich gut und er fühlte sich auch auf Anhieb pudelwohl darin. Das Hemd war eines von Kinius zwei Festtagshemden, das andere trug er gerade selbst. Doch Mino-nokomis wusste das natürlich nicht, ebenso wenig wie er den materiellen Wert dieses Geschenkes ermessen konnte. Den ideellen Wert indessen erkannte er sehr wohl und seine Freude darüber war riesengroß.
Als sie dann gemeinsam vor das Wigwam traten, führte ihn Kiniu nicht zum Wigwam seiner Großeltern, sondern steuerte geradewegs auf die Mitte des Lagers zu.
Es dauerte eine Weile ehe Mino-nokomis begriff, dass diese riesige, bald zweihundert Menschen umfassende Feier vor allen Dingen eines verfolgte und das war nichts Geringeres als ihn, Mino-nokomis, in ihren Reihen aufzunehmen.
Ein großes Feuer loderte ein gutes Stück vor dem Gemeinschaftshaus. In dessen Innerem aber waren Berge von köstlichen Speisen aufgebaut und standen noch unberührt zum Verzehr bereit. Viele Menschen hatten sich bereits auf dem weitläufigen freien Platz im Zentrum des Lagers versammelt. Sie standen in Grüppchen

beieinander oder saßen am Feuer, unterhielten sich oder blickten schweigend in das züngelnde Spiel der Flammen. Viele Kinder sprangen umher, spielten miteinander, andere drückten sich scheu an die Beine ihrer Eltern.
Kiniu führte Mino-nokomis unbeirrt durch diesen ganzen Trubel hindurch zu Shawaeghiizig, der ihn wiederum zu einem altehrwürdigen Krieger führte, dessen üppiger Federschmuck auf allerhöchste Ehren verwies.
„Siehe, Tabobandung, mein Freund, hier bringe ich dir Mino-nokomis, meinen ältesten Enkelsohn und mein Herz ist voller Freude und Stolz!"
Tabobandung, was soviel heißt wie: 'Er, der weit sieht', lächelte freundlich und bedeutete Mino-nokomis näher zu treten. „Es ist gut, es ist sogar sehr gut, dich hier bei uns zu haben!"

Es sollte ein langer Abend werden und auch eine lange Nacht. Nachdem ein Midewiwinini die Zeremonie der heiligen Pfeife eröffnet hatte und das Kalumet dann, gemächlich im Kreise wandernd, seinen aromatisch duftenden Rauch verbreitete, wurde Mino-nokomis feierlich willkommen geheißen und in die Reihen der Gamini aufgenommen. Erst dann begann das Festessen. Ihm folgten Lieder und Tänze, Spiele wurden gespielt und Geschichten erzählt und immerfort näherte sich Mino-nokomis ein weiteres Gesicht, um sich mit ihm vertraut zu machen, ihn auf einen Besuch einzuladen, ihm Begebenheiten zu erzählen, aus der Zeit, als Winonah noch hier bei ihnen gelebt hatte.
Viel gelacht wurde an diesem Abend, in dieser Nacht. Neuigkeiten wurden ausgetauscht, Fragen gemeinsam erörtert, Geschichten und Anekdoten wurden zum Besten gegeben.
Mino-nokomis fühlte sich wie in einem Taumel, einem Traum, zu schön, um wirklich wahr zu sein. Immer noch konnte er es kaum begreifen, dass wirklich er selbst die Ursache für all das Aufhebens, all diese Freude sein sollte. Und doch sprachen die stolzen und glücklichen Gesichter von Shawaeghiizig und Nigig-o-quae und auch das von Elias, eine deutliche Sprache und ließen Mino-nokomis so ganz allmählich doch an das glauben, was er da sah.
Zum ersten Mal in seinem Leben fühlte er sich rundheraus an-

genommen, von der Allgemeinheit akzeptiert, einfach so! Sogar mehr noch als das, er fühlte sich in seiner Person anerkannt und irgendwie geliebt.
Als er dann ungeheuer spät hinter Kiniu in das Wigwam der Großeltern krabbelte, kuschelte er sich in sein Bett. Doch obwohl er hundemüde war, konnte er einfach noch nicht einschlafen. Ein Kindheitstraum war Wirklichkeit geworden und doch war in diesem Becher des Glücks ein bitterer Wermutstropfen. Allenthalben konnte ihn Mino-nokomis schmecken, fühlte er, dass die Freude getrübt war und erst dann vollkommen sein würde, wenn er an der Seite Winonahs seinen Fuß erneut in dieses Lager setzen würde.
Mit dem festen Vorsatz seinem Vater bei passender Gelegenheit von Nigig-o-quaes Worten, von ihrer Trauer zu erzählen und auch von Winonahs Sehnsucht, ihrem Heimweh, ihrer Einsamkeit, deren wahres Ausmaß er selbst erst angesichts der Erlebnisse des vergangenen Tages zu erahnen begann, schlief Mino-nokomis endlich ein und er schlief so tief und fest wie schon lange nicht mehr.
Am Horizont kündigte die Sonne ihren baldigen Aufgang mit einem tiefroten Streifen an, der sich auf dem noch nachtschwarzen Wasser des Sees widerspiegelte.
Mino-nokomis erwachte, irgendein Geräusch hatte ihn aus dem Schlaf geschreckt. Suchend blickte er um sich, in dem noch vom Dunkel und der Ruhe der Nacht erfüllten Wigwam.
Kiniu war eben im Begriff gewesen, den Wigwam zu verlassen, als er gewahr wurde, dass Mino-nokomis gerade aufgewacht war. Augenblicklich machte er kehrt und schlich auf leisen Sohlen an dessen Lager. Er lächelte freundlich und fragte: „Möchtest du mit mir kommen und den neuen Tag im Wasser Gitchi Gamis begrüßen?"
Mino-nokomis dachte an das eisigkalte Wasser und war sich, wohlig warm in seine Decke gehüllt, ganz und gar nicht sicher, ob ein Bad im See erstrebenswert sein könnte.
Doch er wusste sehr wohl zu schätzen, mit welcher Freundlichkeit sich Kiniu um ihn bemühte und er wollte vor ihm auf keinen Fall wie ein Weichling erscheinen, der lieber behäbig in den Kis-

sen lümmelte, als mit ihm zu gehen. Also willigte er ein und beeilte sich, seine Sachen zusammen zu suchen.
Durch dichten Frühnebel wanderten sie schweigend, Seite an Seite, durch den Wald. Tautropfen hingen in den Zweigen und glänzten auf Binsen und Gras. Ein spätes Käuzchen schwebte mit lautlosem Flügelschlag über sie hinweg, seinem Unterschlupf in einem hohlen, alten Baum entgegen.
Als sie schließlich den Saum des Waldes erreichten, breitete sich der See in all seiner Pracht und Erhabenheit vor ihnen aus, von einer warm leuchtenden Flut rotgoldenen Lichts überzogen und scheinbar unendlichen, tiefschwarzen Wäldern gesäumt.

Nach einer kurzen Zeit hatten sie eine freie Stelle erreicht, an der man bequem ins Wasser steigen konnte. Kiniu legte seine Kleider ab und begab sich geradewegs auf das Wasser zu. Doch ehe er sich anschickte in das eiskalte Nass zu tauchen, drehte er sich noch einmal lächelnd um und bedeutete Mino-nokomis es ihm gleichzutun. Voller Bewunderung beobachtete dieser mit welcher Ruhe und Gelassenheit sein Onkel in das Wasser schritt und schließlich zu schwimmen begann.
Tapfer ging Mino-nokomis voran, langsam aber stetig, so wie er es bei seinem Onkel beobachtet hatte. Schmerzhaft verkrampften sich seine Muskeln und als er dann vollends in die erbarmungslose Kälte des Wassers eintauchte, entfuhr ihm ein unterdrückter Schrei. Hastig beeilte er sich zu Kiniu zu gelangen, der bereits ein gutes Stück vorausgeschwommen war und mit der verspielten Leichtigkeit eines Otters durch das eisige Nass glitt. Kinius Augen strahlten vergnügt, als Mino-nokomis bei ihm anlangte und er sagte: „Komm, lass uns gemeinsam zum Ufer zurückkehren."
Die Luft, welche Mino-nokomis eben noch fröstelnd kühl erschienen war, deuchte ihm nun mild und lau zu sein und doch konnte er nichts dagegen tun, dass seine Zähne unaufhörlich aufeinander schlugen und sein Körper von Schauern durchzogen wurde.
„Du warst sehr tapfer, glaube mir, manch einer schafft es beim ersten Mal nicht soweit hinein, wie du es geschafft hast. Morgen wird es ein bisschen leichter sein und übermorgen noch ein bisschen. Du wirst sehen!"

Mino-nokomis nickte und versuchte, ein zuversichtliches Lächeln zustande zu bringen, während er sich beeilte, seine Kleider über die noch feuchte Haut zu streifen.
Als sie dann das Lager erreicht hatten, fühlte sich Mino-nokomis durchwärmt und erfrischt zugleich und so derartig wohl in seiner Haut, wie schon lange nicht mehr.
Aufmerksam betrachtete Shawaeghiizig seinen jüngsten Sohn und als dieser lächelte und kaum merklich nickte, lächelte auch er.
Dankbar bemerkte es Mino-nokomis und er begriff in diesem Augenblick, dass jedes freundliche Angebot zugleich auch eine Bewährungsprobe sein konnte und überdies auch eine Gelegenheit zu zeigen, ja, vielleicht sogar erst einmal zu entdecken, was da so alles in einem steckte. Immer aber würde es ganz bei ihm liegen, ob er eine solche Einladung annahm oder nicht. Es war ihm tatsächlich vollkommen freigestellt. Doch würde nichts von dem, was er tat und nichts von dem, was er nicht tat, unbemerkt bleiben, alles würde ein Teil jenes Bildes werden, das er, ohne sich dessen bewusst gewesen zu sein, bereits von sich zu zeichnen begonnen hatte.

17

Auch David wollte wirklich und mit ganzem Herzen zeigen, was in ihm steckte. Allerdings richtete sich dieser innige Wunsch einzig und allein an Charlotte. David war schlicht und ergreifend verliebt bis über beide Ohren und es hatte ihn so gründlich erwischt, dass seine Tage durchzogen wurden von dem immerwährenden Gedanken an sie.
Und das Schlimmste an allem, nein, vielleicht nicht gerade das Schlimmste, aber schlimm genug und allemal ein Umstand, der alles zusätzlich unerträglich werden ließ, war die Tatsache, dass er niemanden hatte, dem er sich anvertrauen konnte, dem er sein Herz ausschütten konnte, der ihm vielleicht mit Trost und am Ende sogar auch mit Rat zur Seite stehen würde. Der einzige, dem sich David bedenkenlos anvertraut hätte, war weit, weit weg, unerreichbar und es würde noch Monate dauern, ehe er

endlich zurückkäme! Ach Gott, wäre Silas nur hier! Es würde so verdammt guttun, sich alles einmal von der Seele zu reden! Ein Gedanke fuhr durch Davids Kopf, erst vage nur, doch immer mehr an Gestalt gewinnend. Silas war unerreichbar für ihn, daran bestand kein Zweifel, aber es gab da noch jemanden, der ähnlich gut zuhören konnte und vielerlei Rat wusste. Jemanden, der Silas zu dem hatte werden lassen, der er war, der die Gedankenwelt seines Freundes geprägt hatte, wie niemand sonst und dieser jemand war Winonah.
Was wäre, wenn er ihr alles erzählen würde? Sie würde es gewiss niemandem weitererzählen, wem auch?
Kurz entschlossen sattelte er sein Pferd und ritt in gestrecktem Galopp geradewegs auf das alte Holzhaus am Rande des Waldes zu. Und es tat allein schon gut, sich auf diesem altvertrauten und lieb gewonnenen Weg zu befinden.
Als David dann nach einer guten Viertelstunde das halb im Dickicht verborgene Haus der Morgans erreichte, verriet ihm ein warmer Schein im Inneren des Hauses, dass Winonah zu Hause war.

Zaghaft klopfte er an die Tür und ebenso zaghaft wurde die Tür einen Spalt weit geöffnet. Als Winonah jedoch David erblickte, glitt ein Strahlen über ihr Gesicht. Sofort öffnete sie die Tür und legte die vorsorglich zur Hand genommene Flinte beiseite. Dann schloss sie David in ihre Arme, drückte ihn einen kurzen Moment fest an sich und sagte voll freudiger Überraschung: „David! Wie schön, dass du mich einmal besuchen kommst!“
Voll des schlechten Gewissens dachte David daran, dass er sich, seitdem Silas mit seinem Vater losgezogen war, nicht ein einziges Mal bei Winonah hatte blicken lassen, dass sie all die Tage ganz alleine hier draußen gewesen war. Und auch jetzt hatte sein Besuch einen ganz und gar eigennützigen Grund.
Winonah indessen lächelte David immer noch freudestrahlend an und bat ihn mit einladender Geste, doch ins Haus zu kommen. Sie bot ihm einen Platz an dem alten, klobigen Holztisch und kaum dass er zum Sitzen gekommen war, hatte er auch schon einen Becher mit einem heiß dampfenden Gebräu vor sich stehen.

Mit einem Mal erschien es ihm ungeheuer schwer, beinahe unmöglich zu sein, das was er Winonah eigentlich erzählen wollte, seinen ganzen Jammer, in Worte zu fassen und die Sätze, die er sich auf dem Weg hierher zurechtgelegt hatte, kamen ihm leer und phrasenhaft vor.

Winonah bemerkte durchaus das Hadern und Ringen, das Zaudern, das diesen über die Jahre so lieb gewonnenen Menschen erfüllte und peinigte, genauso wie seine Verlegenheit.

Es konnte sich eigentlich nur um eines drehen, wenn dieser sonst wahrhaftig um Worte nicht verlegene Bursche, auf einmal so derart verlegen um Worte rang, seufzte und so unglücklich aus der Wäsche sah, dass es einem in der Seele weh tat. Winonah betrachtete David mit forschendem Blick. Die sanfte Röte seiner Ohren war es schließlich, welche sie Gewissheit erlangen ließ und sie fragte: „Es ist die Liebe, die dir Kummer bereitet, nicht wahr?"

David war wie vom Donner gerührt. Wie konnte sie das wissen?! Schließlich hatte er Charlotte, als er das letzte Mal hier gewesen war, noch überhaupt nicht gekannt und auch jetzt mit keiner Silbe erwähnt! Den Kopf schwer auf seine Hände gestützt, nickte er kaum merklich und stumm, während er einfach unfähig war, den rechten Anfang zu finden. Und dann geschah das, was David ganz und gar nicht beabsichtigt hatte. Mit einem weiteren Seufzer begannen Tränen in seine Augen zu steigen. Er versuchte sie zwinkernd am Herunterrollen zu hindern, doch sie scherten sich nicht darum. Verstohlen wischte er die ersten Tränen weg, doch immer weitere, immer zahlreichere quollen nach. Erst allmählich begann er sich zu beruhigen und immer noch schniefend fing er an, ihr seinen ganzen Kummer zu erzählen. Winonah hörte aufmerksam zu und schwieg auch noch eine Weile nachdem David geendet hatte.

Als sie schließlich zu sprechen anhob, umspielte ein anteilnehmendes Lächeln ihre Lippen: „Ich kann natürlich nur von dem berichten, was ich weiß und erlebt habe in der Zeit, da ich so jung war, wie du es heute bist und das war nicht hier, in einem Ort der Weißen, sondern zuhause, an den großen Seen im Lager der Gamini. Ich weiß also nicht, ob für die Weißen gilt, was für uns Ojibwe richtig ist. In vielerlei scheinen die Weißen andere Ansich-

ten zu haben als mein Volk, ich bitte dich das zu berücksichtigen, wenn du meine Worte hörst."
Winonah schwieg einen Augenblick und blickte David noch einmal mit einem liebevollen Lächeln an, ehe sie weitersprach: „Meine Mutter nahm mich einmal beiseite und sagte zu mir: ‚Winonah, meine Tochter, du kommst jetzt in das Alter, da die jungen Männer versuchen werden, deine Aufmerksamkeit zu erlangen. Wenn einer um dich wirbt, schicke ihn fort, selbst wenn er dir gefällt. Kommt er wieder, schicke ihn wieder weg. Lässt er sich davon nicht abhalten und gefällt er dir, dann sprich einige Sätze mit ihm, schicke ihn dann aber wieder davon und halte es auch weiterhin so. Lässt er sich davon entmutigen und zieht sich zurück, dann weißt du, dass seine Liebe nicht groß genug war, liebt er dich aber wirklich, so werden die wenigen Sätze, die du mit ihm sprichst, seinen Tag erhellen und er wird gewiss nicht aufgeben.' Vielleicht ist es bei diesem Mädchen genauso? Aber eines möchte ich dir noch raten und das wird sicher bei den Weißen genauso sein wie bei den Ojibwe. Du musst auf die Augen achten, David, ihre Augen werden dir mehr erzählen, als tausend Worte. Und wenn sie dich wirklich liebt, dann werdet ihr vielleicht auch einen Weg finden können, die Familien zu versöhnen, wer weiß?"
David hatte Winonahs Worten schweigend gelauscht und sie waren Balsam für seine gemarterte Seele. Es war so tröstlich, dass sie es gar nicht für so vollkommen aussichtslos hielt, wie er geglaubt hatte, dass sie nicht schimpfte und nicht lachte, ach, und es tat zudem so unglaublich gut, erleichterte ihn so sehr, alles einmal von der Seele geredet zu haben und nun mit seinem ganzen Kummer nicht mehr mutterseelenallein dazustehen. Als sich David dann eine gute Stunde später von Winonah verabschiedete, nahm er sich fest vor, spätestens in ein paar Tagen wieder bei ihr vorbeizuschauen. Er hatte beinahe vergessen gehabt, wie gut es tat, mit ihr zu reden.

Zu Hause ignorierte er tunlichst die bohrenden, fragenden Blicke und kümmerte sich auch keinen Deut um die tiefen Sorgenfalten auf der Stirn seiner Mutter, der die ungewohnte Wortkargheit ihres Sohnes, sein oft so trübsinniges und teilnahmsloses Verhalten

schon richtiggehend unheimlich zu werden begann. Gedankenvoll blickte sie David hinterher, der sich gerade anschickte, hinauf in seine Kammer zu gehen. „Meinst du, dass er vielleicht irgendwelche Sorgen hat?“ Fragend sah Mary zu ihrem Mann. Doch dieser blickte nur einen kurzen Moment von seiner Geschäftsabrechnung auf und schnaubte verächtlich. Den Blick bereits wieder auf seine Zahlen gerichtet, brummte er: „Möchte wissen, was der für Sorgen haben soll, kenn' keinen der's besser hat als er.“
Kopfschüttelnd betrachtete Mary ihren Mann, dessen rauschbärtiges Gesicht, und bemerkte da zum ersten Mal, dass sein dunkles Haar allmählich grau zu werden begann.

18

Nachdem Mino-nokomis gemeinsam mit seiner Familie gefrühstückt hatte, wurde er gewahr, dass so nach und nach ein jeder damit begann, sein Tagewerk in Angriff zu nehmen. Auch sein Vater und Kiniu waren nicht mehr zugegen. Sie waren sogar schon als erste aufgebrochen, um gemeinsam die im Wald und an den Wasserläufen aufgestellten Fallen zu kontrollieren. Keiner hatte ihn gefragt, ob er nicht vielleicht mitkommen oder helfen wolle und so fühlte er sich nun seltsam verloren, inmitten all der Geschäftigkeit um ihn herum.
Einen Augenblick beobachtete er die beiden Frauen dabei, wie sie das Geschirr beiseite räumten und daran gingen, die Schlaflager auf dem hölzernen Rund in bequeme Sitzgelegenheiten zu verwandeln. Er war sich unsicher, wie es wohl aufgenommen werden würde, wenn er ihnen einfach seine Hilfe anbot, denn die häuslichen Tätigkeiten gehörten erklärtermaßen zum Ressort der Frauen, da hatte er im Grunde nichts verloren und David hätte ihm diesbezüglich auch sofort mit entschiedener Vehemenz recht gegeben.
Mino-nokomis musste schmunzeln. Er sah seinen Freund wieder vor sich, wie er abfällig seine hübsche Nase rümpfte und Hausarbeit für „Weiberkram“ erklärte. David hatte wirklich nie begreifen können, warum es seinem Freund nichts ausmachte, seiner Mutter beim Nähen und Kochen, beim Wäsche waschen

und dergleichen zu helfen, aber es war wirklich so. Es machte ihm überhaupt nichts aus, an manchen Tagen machte es ihm im Gegenteil sogar Spaß. Zudem vertrat Winonah die Ansicht, dass es bestimmt noch niemals einem Menschen geschadet habe, mehr zu können, als nur das Übliche und das hatte ihm als kleines Kind schon eingeleuchtet. Er wusste von seiner Mutter auch, dass es ohne Frage ungewöhnlich war, wenn ein Mann nähen konnte, kochen oder waschen, genauso ungewöhnlich wie eine Frau, die auf die Jagd ging oder in den Krieg zog. Ungewöhnlich, ja, aber nicht unmöglich.

Kurz entschlossen trat Mino-nokomis an seine Großmutter heran und fragte: „Gibt es etwas, wobei ich Nookomis helfen dürfte?"

Nigig-o-quae drehte sich zu ihm um, lachte verschmitzt und tätschelte seine Wange: „Nein, mein Sohn!" Sie lachte immer noch leise vor sich hin, als sie sich bereits schon wieder ihrer Arbeit zugewandt hatte.

Mino-nokomis senkte den Blick verunsichert und beschämt zu Boden, als Waubagone mit einem freundlichen Lächeln auf ihn zukam. „Ich werde bald aufbrechen, um im Wald nach verschiedenen Kräutern und Beeren zu suchen. Möchtest du mich vielleicht in den Wald begleiten? Es wäre mir eine große Freude!"

Lächelnd und abwartend blickte sie ihn an und wieder faszinierte Mino-nokomis die Ähnlichkeit Waubagones mit seiner Mutter. Wahrlich, den Namen Waubagone - Blume -, der für Schönheit und Wahrheit stand, trug sie zu Recht, denn sie vereinte beides in sich. Ihre Schönheit war unbestreitbar und ihre Suche nach Wahrheit und Wissen offenbarte sich in Form eines grünen, mit einer Farbe aus gestoßenen Blättern und Moosen, Asche und Fett gemalten, dicken Streifens, der sich waagerecht über ihr Gesicht, ihre hohen Wangenknochen und den zierlichen Nasenrücken zog. Dies war das Zeichen, dass sich Waubagone bereits auf dem Weg befand, eine Midewiquae zu werden wie ihre Mutter eine war. Und eine große Midewiquae wollte sie werden, weise, gütig und erfahren, das war Waubagones größter Wunsch und auch ihr erklärtes Ziel.

Immer noch wartete sie geduldig auf eine Reaktion auf ihre Frage. Sie zog lediglich fragend die linke Augenbraue hoch und berührte sachte Mino-nokomis Arm. Dieser schreckte augenblicklich aus seinen Gedanken hoch und beeilte sich, seiner Tante für das Angebot zu danken und willigte mit Begeisterung ein. Immer schon hatte er diese stundenlangen Streifzüge im Wald, an der Seite seiner Mutter, geliebt, bei denen es darauf ankam, die Augen offenzuhalten und die Ohren auch. Ganz genau hinzusehen, zu fühlen und wahrzunehmen. Es konnte nur herrlich werden, an Waubagones Seite durch den Wald zu streifen und Mino-nokomis war zudem begierig darauf, sein Wissen über die Tiere und Pflanzen des Waldes zu erweitern und versprach sich diesbezüglich allerhand.

Sie waren noch nicht allzuweit gegangen und dennoch begann Waubagone bereits zusehends Mino-nokomis ehrliche Bewunderung für sich zu gewinnen, denn ihr Wissen war mannigfaltig und überstieg seine vergleichsweise bescheidenen Kenntnisse um einiges. Beinahe ehrfürchtig fragte er: „Wann hast du dich dazu entschieden den Weg einer Midewiquae zu gehen?"

Waubagone lachte leise und sagte: „An dem Tag, an dem mir die große Ehre zuteil wurde und ich von einem Abgesandten der Midewiwin dazu eingeladen wurde, mich als Kandidatin einer eingehenden Prüfung zu unterziehen, um herauszufinden, ob ich wirklich befähigt bin eine Midewiquae zu werden."

„Wie lange ist das schon her?"

„Es war der Monat der blühenden Kirschbäume im vergangenen Jahr, als ich die Einladung erhielt. Und nachdem das Jahr einmal den Kreis der Jahreszeiten durchlaufen hatte und erneut die Kirschbäume zu blühen begannen, wurde ich als Midewiquae des ersten Ranges im Bund der Midewiwin willkommen geheißen."

„Es gibt vier Ränge, nicht wahr?"

„Ja, es gibt vier. Ein langer Weg liegt noch vor mir ..." Gedankenverloren blickte Waubagone in die grünen Wipfel der Bäume, dann lachte sie mit einem Mal hell auf und blickte Mino-nokomis strahlend an. „Ist das nicht wunderschön?!"

„Was?"

„Na, dass ein langer Weg vor mir liegt und dass ich bereits dabei bin ihn zu gehen. Das Ziel zu erlangen ist nicht das eigentlich

Wichtige, seinen Weg zu finden und zu gehen, dass ist es, worauf es ankommt."
„Und was hat es mit diesen Rängen auf sich? Was bedeutet es im ersten Rang zu sein? Wie kann man in einen höheren Rang gelangen? Kannst du mir das erklären?"
Waubagone wiegte ein wenig den Kopf und sagte: „Das sind sehr viele Fragen, mein Neffe. Aber ich will versuchen sie zu beantworten, so gut ich es vermag. Doch du wirst geduldig sein müssen, denn deine Fragen lassen sich nicht in wenigen Sätzen beantworten und so viele Worte ich auch sprechen werde, so wirst du doch nur ein kleines bisschen von dem erfahren, wonach du gefragt hast. Ebenso viel wie der Schatten eines Menschen über sein Aussehen verrät, gewiss nicht mehr!"
Sie schaute Mino-nokomis fragend an und als dieser nickte, fuhr sie fort: „Ich als Schwester des ersten Ranges im Bunde der Midewiwin bin bei Weitem noch keine vollwertig anerkannte Midewiquae. Doch um den ersten Rang der Midewiwin zu erreichen, ist es schon nötig vieles zu lernen, Wissen zu sammeln über die verschiedenen Heilkräuter zum Beispiel und die Art und Weise, wie sie angewendet werden sollen, wann sie geerntet werden dürfen, welche Lieder und Gebete es für welche Pflanze gibt und noch vieles mehr. Das ist alles sehr, sehr wichtig! Doch viel wichtiger noch ist es, Wissen über sich selbst zu erlangen, denn nur wer bereit ist, sich selber wirklich zu erkennen, ist auch fähig an sich zu arbeiten, sich zu verändern, über sich selbst hinauszuwachsen, verstehst du? Ich habe viele Tage und Wochen lang, die Einsamkeit und die Versenkung in mich selbst gesucht und auch die Verbindung des Geistes mit unseren Brüdern, den Tieren und Pflanzen. Doch ist es weder möglich, noch gestattet den Weg eines Midewiwinini oder einer Midewiquae alleine zu beschreiten, denn um dich zu betrachten, benötigst du etwas, worin du dich spiegeln kannst. Um Wissen zu sammeln, benötigst du jemanden, der dir sein Wissen schenken möchte und um eine Midewiquae zu werden, brauche ich ein erfahrenes Mitglied der Midewiwin, das bereit ist meinen Weg zu begleiten. Und für jeden neuen Rang muss ich einen weiteren meiner Brüder oder Schwestern im Bunde dafür gewinnen, mich zu lehren und zu begleiten."

„Und wann hört dann die Lehrzeit auf? Nachdem alle vier Stufen erreicht sind?"
Waubagone schüttelte den Kopf: „Wann hört ein Mensch auf zu lernen, neue Erfahrungen zu sammeln, Neues zu erleben? Ein Mensch, der nicht mehr bereit ist zu all dem, steht still, ist tot, auch wenn er noch atmet und lebendig scheint, er ist es nicht, nicht wirklich! Doch es wird dennoch der Tag kommen, da ich keinen mehr zur Seite haben werde, der mir hilft, der mich spiegelt, der mich lehrt, mich fordert und mich begleitet wie ein guter Geist. Dieser Tag wird dann gekommen sein, wenn das Mitglied der Midewiwin, welches meine letzte Lehrzeit begleiten wird, hinaufgeht, über den Pfad der Sterne hinweg, in das Land der Seelen. Und es wird auch der Tag kommen, da ich ein vollwertiges Mitglied der Midewiwin bin und dieser Tag wird sein, wenn ich alle vier Stufen erreicht habe. Doch das Ende meiner Lehrzeit hier wird erst kommen, wenn ich meinen Brüdern und Schwestern folge, auf dem Sternenpfad der Seelen." Waubagone schwieg einen Moment und ein zuversichtliches, glückliches Lächeln huschte über ihr Gesicht, ehe sie zu sprechen fortfuhr. „Nun weißt du aber noch immer nichts darüber, was es mit den einzelnen Stufen auf sich hat. Ich will versuchen, es dir zu erklären, doch ist es nicht einfach in Worte zu fassen. Als in diesem Jahr erneut der Monat der blühenden Kirschbäume kam, hatte ich genügend Wissen und Erfahrung gesammelt, um mit der Aufnahmezeremonie des ersten Ranges im Kreise meiner Brüder und Schwestern der Midewiwin willkommen geheißen zu werden. Nun ist es an mir, mich weiter zu vervollkommnen, denn um Heilen und Raten zu können, um wahrhaft Gutes tun zu können, bedarf es eines guten Herzens. Um weisen Rat zu sprechen, bedarf es der Reinheit des Geistes und der Weisheit. Um den Geistern nahezukommen, bedarf es der Offenheit und Stärke. Doch hoffe ich im nächsten Jahr schon in den zweiten Rang aufgenommen zu werden und somit Gitchi Manitu darum bitten zu dürfen, mir Augen und Ohren zu öffnen, damit ich sehen und erkennen kann, was ist. Und wenn ich mich darin vervollkommnet habe, zu hören was ist, zu sehen, was ist, die Wahrheit zu erkennen, die hinter dem steht, was ich sehe und höre und zugleich auch meinen Weg des reinen Herzens

und des Sammelns von Erfahrungen und Wissen vorangegangen bin, so wird der Frühling kommen, da die große Zeremonie beginnt und ich Gitchi Manitu als Schwester des dritten Ranges darum bitten darf, weiter sehen zu können, als es das Auge des Adlers vermag, über die Schwelle der Zeiten hinweg und wenn es mir eines Tages gelingen sollte, das Alte mit dem Neuen zu verbinden und vom alten Leben zu neuem Leben zu gelangen, so werde ich eines Tages auch den vierten Rang erreichen, um nicht nur die Zeiten dieser Welt, sondern auch das Leben mit dem Tod zu verbinden, die Einheit zwischen Tod und Leben zu erkennen und zu fühlen. Wenn ich diesen langen Weg gegangen sein werde, werde ich selber auch Kandidaten für die Midewiwin vorschlagen können und begleiten auf ihrem Weg und ich werde alle Aufgaben einer Midewiquae ausführen dürfen, doch ich werde nicht vollkommen sein und der Weg des Wachsens und Lernens wird nicht zu Ende sein, an diesem fernen Tag."

Bäche und eine Vielzahl an Tümpeln und kleineren Seen durchzogen das Gebiet, welches sie durchwanderten und nicht wenige von diesen waren einzig entstanden durch die emsige Arbeit der Biber.
Der Wald war reich an Unterholz und allenthalben trugen die Nusssträucher ihre Kätzchen, wippten die gelben Blüten des Wah-on-nay-Mokassins, des wilden Frauenschuhs und auch erste Beeren waren schon zu sehen, sogar mehrere Nester der Ode'imin, der Erdbeere. Doch pflückten sie niemals alle Beeren, die sie fanden. Und niemals brach Waubagone viele Zweige, jede Blume, jedes Kraut, sondern immer nur ein paar wenige von jeder Stelle, jedem Strauch, von beständigen Gebeten und Liedern begleitet, voller Achtsamkeit, Ehrfurcht und Dank.
Sie sprachen nicht mehr viel auf ihrem Weg, doch war es nicht das bedrückende Schweigen der Wortlosigkeit und Ferne, sondern das friedliche Schweigen der Einigkeit und des Verständnisses. Mino-nokomis fühlte sich so ungeheuer wohl, hier in diesem mächtigen, ewigen Wald, an der Seite seiner Tante, die so zart und schön, so lieblich wie eine Blume war und ihm zugleich so ungemein stark und Ehrfurcht gebietend erschien, als habe sie bereits

die Weisheit eines ganzen Lebens verinnerlicht und das, obwohl sie gerade einmal sechsundzwanzig Jahre zählte.

Dieser Tag im Sommerlager der Gamini machte tiefen Eindruck auf Mino-nokomis, beschäftigte seine Gedanken und Gefühle und seine Träume auch. Und zugleich hinterließ auch jeder weitere Tag tiefe Spuren in ihm, gruben sich die Erlebnisse und Erfahrungen tief in seine Ojichaag, würden auf ewig unvergessen sein. So wie es ihm unendlich schwer gefallen und auch nur begrenzt geglückt war, in der Welt der Weißen Fuß zu fassen, so leicht fiel es ihm hier, bei seiner Familie, in der anderen Welt, der Welt der Ojibwe. Alles, was er von klein auf von seiner Mutter gelernt hatte, all sein Wissen, seine Fertigkeiten, ebenso wie die Ansichten und Lebensregeln, welche ihm Winonah mit auf den Lebensweg gegeben hatte, all das hatte mit einem Mal Wert und Gültigkeit erhalten und keiner wunderte sich und schüttelte befremdet den Kopf, keiner blickte verächtlich, nirgends eckte er an. Es war ein geradezu traumhafter Zustand! Umso mehr, da seine Sicht der Dinge nicht nur auf keinerlei Widerspruch stieß, sondern auf Achtung, Ergänzung, Zuneigung und Anteilnahme. Er fühlte sich in seiner Person so durch und durch angenommen und geschätzt wie nirgendwo bisher, außer natürlich bei seiner Mutter, und er begann allmählich Abschied zu nehmen von seinem jederzeit auf böse Überraschungen gefassten, sorgsam beobachtenden Blick.
Es war offensichtlich, dass er gefiel, angenommen und anerkannt war, einfach dazugehörte. Und spätestens nach der ersten Jagd, an der er teilgenommen hatte, genoss er zudem die Achtung, die einem geschickten und ausdauernden jungen Jäger zustand. Mino-nokomis genoss es ungemein, allenthalben ein gern gesehener Gast zu sein und auch hin und wieder einmal das scheue, kaum merkliche Lächeln einer gerade in ihrer Jugend erblühenden Schönen zu empfangen und zu erwidern, ebenso scheu und beinahe unsichtbar.

So verliefen die Tage durchaus nicht gleichförmig, doch immer aber arbeitsreich, denn es gab wahrhaftig ungeheuer viel zu tun,

um ein angenehmes und einigermaßen sicheres Leben aller hier im Lager zu gewährleisten.
Der Morgen aber gehörte Mino-nokomis, Kiniu und Gitchi Gami, wenn sie in seinen eiskalten Wogen im Licht der aufgehenden Sonne ihr Bad nahmen. Der Abend dann gehörte ihnen allen, wenn sie nach dem Abendessen im Schein des gemütlich und ruhig vor sich hinbrennenden Feuers saßen, die ganze Familie versammelt im stattlichen Rund von Shawaeghiizigs und Nigig-o-quaes Wigwam und nicht selten auch noch die einen oder anderen Gäste dazu.
Es war einer jener gemütlichen Abende, zumindest hätte es ein solcher Abend sein können, wäre da nicht etwas geschehen, dass die Gemüter erhitzte und die sonst so geruhsam heitere Stimmung gründlich vertrieben hatte.
Schweigend verfolgte Mino-nokomis die schier endlose Debatte, der zu entnehmen war, dass Mooz, Kiniu und Elias bei der täglichen Kontrolle der aufgestellten Fallen, neben ihren eigenen Fallen auch fremde gefunden hatten. Doch schien Mino-nokomis das Ausmaß der hellen Empörung um ihn herum unverhältnismäßig groß zu sein.
Es waren nagelneue Biberfallen aus Eisen gewesen, welche die Männer gefunden hatten und diese sechs blanken Eisenfallen lagen nun hier auf dem Boden und schimmerten unschuldig im Licht der Flammen, doch ihre Rachen hatten sie weit aufgesperrt wie ein bösartig vernichtendes Maul.
Mino-nokomis schauderte und eine Gänsehaut überzog seinen Rücken. Er hasste die Jagd mit der Falle. Sie widersprach allem, was nach seinem Gefühl gut und richtig war. Die Jagd mit der Falle hatte etwas Feiges, Unehrliches, Hinterhältiges für ihn. Sie war etwas gänzlich anderes, als die Jagd Auge in Auge mit dem Bruder Tier, die Geschicklichkeit erforderte und Mut und deren Gelingen niemals sicher war. Doch dies war seine ganz persönliche Sichtweise und er wusste wohl, dass sie nur von wenigen geteilt wurde. Respektiert aber wurde sie alle Mal und niemals hätte jemand ihn dazu genötigt, mit den anderen die Fallen zu kontrollieren. Mino-nokomis betrachtete erneut die auf dem Boden liegenden Fallen, sie waren unzweifelhaft von Weißen gefer-

tigt, was allein natürlich noch gar nichts besagte. Jeder konnte in den Besitz solcher Fallen gelangen. Aufgeregt wurde darüber gemutmaßt, ob diese Fallen einem unerfahrenen oder einem unverschämten Weißen gehörten oder bestürzender noch, einem Indianer, der sich weder an die allgemeingültigen Gesetze hielt, noch auch nur einen Funken Ehrgefühl und Anstand besaß.
Doch Mino-nokomis fragte sich, was eigentlich überhaupt dabei war, wenn auch ein anderer, wer immer es auch sein mochte, in dieser Gegend seine Fallen aufstellte. Er nahm sich vor, gleich morgen früh Kiniu danach fragen.

Kiniu hatte sich wieder angezogen, saß auf einem großen, zerklüfteten Findling und wartete darauf, dass auch Mino-nokomis bereit zum Gehen wäre. Die Sonne hatte bereits den Himmel in flammendes Orangerot und Rosé getaucht und ließ die vielen Wolken erstrahlen, die aussahen, als hätte einer mit einem großen Besen über den Himmel gefegt.
Mino-nokomis trat auf Kiniu zu, zögerte einen kurzen Moment noch, und sagte: „Darf ich etwas fragen?"
Kiniu blickte ihn freundlich an, nickte und wartete.
„Ich habe lange über die Gespräche gestern Abend nachgedacht. Ich verstehe ehrlich gesagt die ganze Aufregung nicht. Was macht es, wenn irgendjemand seine Fallen hier in der Gegend aufgestellt hat?"
„Es ist gegen das Gesetz. Niemand darf im Gebiet einer anderen Familie seine Fallen aufstellen. Kein Ojibwe, kein Weißer und auch niemand sonst. Wenn jemand der Ansicht ist, dass das seiner Familie zugewiesene Gebiet nicht ausreicht, so kann er sein Anliegen vortragen und der Rat wird darüber entscheiden, ob die Aufteilung der Gebiete zu verändern ist. Aber einfach im Gebiet einer anderen Familie seine Fallen aufzustellen ist schändlich, deshalb die Aufregung!"
„Aber", Mino-nokomis blickte Kiniu nachdenklich und stirnrunzelnd an, „als wir auf die Jagd gegangen sind, hatte ich niemals das Gefühl, dass wir uns um irgendwelche angrenzenden Reviere Gedanken gemacht haben und auch nicht beim Beeren- oder Kräutersammeln."

„Natürlich nicht, denn all dies ist nicht von der Reviereinteilung betroffen. Dein Kaninchen kannst du dir schießen, wenn du hungrig bist, wo immer es dir beliebt, aber sein Fell, das darfst du nicht behalten. Denn das gehört der Familie, in deren Revier du gejagt hast."

„Aber Kiniu, wie kann das sein? Wie kann ich sagen, dass das Fell eines Tieres, wenn es hier herumläuft dem einen ‚gehört' und wenn das Tier dann woanders hingelaufen ist, gehört sein Pelz einem anderen. Gehört nicht der Pelz vielmehr dem Tier ganz allein und später dann dem, dem es sein Leben geopfert hat?"

Als Mino-nokomis geendet hatte, blickte er in Kinius Gesicht und gewahrte bestürzt einen funkelnden Glanz in dessen Augen und einen ganz ungewohnt ungeduldigen Zug um seine Lippen, der sein Gesicht für einen kurzen Moment beinahe abweisend erscheinen ließ, als er in leisem, aber sehr bestimmtem Ton zu sprechen begann: „Ich denke nicht, dass es an meinem Bruder ist, mir zu erklären, nach welchen Regeln das Volk der Ojibwe zu leben hat."

Beschämt blickte Mino-nokomis zu Boden. Sicherlich, er war gewiss der Letzte, dem es hier anstand kluge Reden zu schwingen, doch das wollte er ja auch gar nicht! Er wollte lediglich verstehen, was ihm unbegreiflich war, was so gänzlich dem zu widersprechen schien, was er von seiner Mutter gelernt hatte! Und das war die unumstößliche Tatsache, dass die Erde die Mutter aller war und die Tiere und Pflanzen die Brüder der Menschen. Wie konnte man da einen derartigen Besitzanspruch hegen, wie es in dieser verqueren Verrücktheit, eigentlich nur ein Weißer fertigbringen würde!

Er war sehr still und in sich gekehrt an diesem Tag und auch am Abend noch und neben seinen unbeantworteten Fragen quälte ihn auch die Erinnerung an das wütende Funkeln in den Augen Kinius, deren Ausdruck ihn tief getroffen hatte, denn er liebte und bewunderte diesen jungen Krieger und wünschte nichts sehnlicher, als auch von ihm geliebt und geachtet zu werden.

Die Veränderung, die in Mino-nokomis vorgegangen war, entging Shawaeghiizig keineswegs und er nahm ihn schließlich am frühen Abend beiseite und sprach: „Das Herz meines Enkelsohnes scheint mir betrübt und seine Stirn von Fragen und Kummer umwölkt. Magst du mir von deinen Sorgen erzählen?"

Abwartend und freundlich blickte der Alte und Mino-nokomis fasste sich schließlich ein Herz und brachte abermals seine Fragen und Gedanken vor.

Shawaeghiizig nickte bedächtig, ehe er schließlich langsam zu sprechen begann: „Vor vielen, vielen Jahren gab es noch keine aufgeteilten Reviere und alles was gejagt wurde, gehörte allen. Damals jagten die Familien gemeinsam und halfen sich untereinander mehr noch als heute. Was der einen Familie fehlte, erhielt sie von einer anderen, die mehr davon hatte und wenn einer der Jäger krank war, so jagten die anderen für ihn und seine Familie mit. Und so halten wir es, wie du weißt, im Grunde auch heute noch."

Gedankenverloren schweifte Shawaeghiizigs Blick in weite Ferne und leise und nachdenklich klang seine Stimme, als er weitersprach: „Alles andere wäre auch vollkommen unsinnig gewesen! Denn niemand kann mehr als satt werden, niemand braucht Berge an Fellen, Kleidern und Decken, sie würden einem nur den Weg vom Sommer- ins Winterlager unnötig beschwerlich werden lassen und außerdem kann die Not jeden Menschen einmal treffen und wohl dem, der dann auf Hilfe hoffen kann. Und doch ist es nicht mehr so wie es war, bevor der weiße Mann hierher kam, in die großen Wälder und auch zu den Ojibwe. Dein Vater war einer davon, mein Enkelsohn, und er war bei Weitem nicht der erste. Viele andere schon waren vor ihm dagewesen. Manche waren gut, viele waren schlecht, wenn du mich fragst, aber alle wollten sie eines. Sie wollten handeln mit den Kriegern der Ojibwe, sie wollten vor allen Dingen Pelze eintauschen, viele Pelze, Berge von Pelzen, wenn es möglich war. Und sie boten dafür Töpfe und Messer aus Eisen, Glasperlen zum Verzieren der Kleider und noch vieles mehr. Immer mehr Ojibwe begannen mit dem weißen Mann zu tauschen und der Rest blickte neidvoll auf die scharfen Klingen der Messer aus glänzendem Metall, auf die Töpfe aus Eisen und die wunderschönen Stickereien, auf den Kleidern der anderen. Und allmählich versuchten auch sie mehr zu erjagen, als

sie selber benötigten, um auch das eine oder andere eintauschen zu können und wer nicht genügend Tiere, vor allen Dingen Biber fing, der hatte das Nachsehen. Für die Ojibwe hieß das damals, dass neue Regeln gefunden werden mussten, um Neid und Streit vorzubeugen und so kam es, dass jede Familie ein bestimmtes Gebiet zugewiesen bekam. Gerecht sollte diese Aufteilung sein und wenn sich einer ungerecht behandelt fühlen sollte oder aber aus anderen Gründen ein größeres Gebiet zu benötigen glaubt, so soll er vor den großen Rat treten und sein Anliegen vortragen. Ansonsten aber hat sich ein jeder an die Regeln und die Verteilung der Gebiete zu halten! Und nun hat möglicherweise jemand diese Regeln missachtet, das ist alles, aber es ist andererseits auch schlimm genug." Lächelnd klopfte Shawaeghiizig auf Mino-nokomis Schulter, erhob sich dann und ließ ihn mit seinen Gedanken allein.
Mino-nokomis war nun durchaus verständlich geworden, wie es dazu gekommen war, dass die einzelnen Familien Anspruch auf ihre zugeteilten Gebiete geltend machten und doch fühlte er überdeutlich, dass seine eigentliche Frage immer noch nicht beantwortet war und möglicherweise sogar niemals beantwortet werden würde. Es wollte ihm einfach nicht in den Kopf, dass Töpfe und Messer aus Eisen, bunte Perlen aus Glas eine derartige Macht besitzen sollten! Wie konnte es nur möglich gewesen sein, dass sein Volk die eigenen Überzeugungen in diesem Bereich über Bord geworfen hatte. Denn eines wusste Mino-nokomis nur allzu gut: Verändere von einem Ganzen nur eine winzige Kleinigkeit und du wirst langfristig alles verändert haben! Alles wird eines Tages unweigerlich nicht mehr dasselbe sein, was es einmal gewesen war, denn eines bedingte das andere, und so würde sich jede Veränderung immer weiter fortpflanzen und am Ende die Gesamtheit nicht unberührt lassen! Aus diesem Grunde lehnte es sein Volk unter anderem strikt ab, Ackerbau und Viehzucht zu betreiben, doch wie war das mit der ausgedehnten Jagd auf Amik, den Biber, zu vereinbaren?
Und wieder war es Shawaeghiizig, der Mino-nokomis beiseite nahm und sagte: „Mein Enkel, ich fühle, dass du unruhig bist und deine Ojichaag nach Antworten sucht und ihren eigenen Weg fin-

den möchte. Ich habe deshalb mit deinem Vater gesprochen und weiß nun, dass du bisher noch nicht ausgezogen bist, um deine Vision zu finden. Ich denke, dass nun der richtige Zeitpunkt dafür gekommen ist. Bist du bereit, in die Einsamkeit zu gehen, um dich selbst und deine Vision zu finden, Mino-nokomis?"

Mino-nokomis blickte in das ernste Gesicht seines Großvaters und erwiderte entschlossen, mit einem beglückten Strahlen im Gesicht: „Ja, Nimishoomis, ich bin bereit!"

Shawaeghiizig lächelte zufrieden, denn nichts anderes hatte er erwartet.

Elias tat kaum ein Auge zu in dieser Nacht und das Mühlrad der Gedanken gönnte ihm trotz seiner rechtschaffenen Müdigkeit keine Ruhe. Ein ums andere Mal fragte er sich, was für eine Lawine er da wohl losgetreten hatte, als er damals Winonah eröffnete, dass er Silas mitnehmen würde, um ihn im Beruf des Fallenstellers zu unterweisen. Ha! Von nichts war sein Sohn weiter entfernt, als von dem Dasein eines Trappers und Fallenstellers, gleichgültig ob an der Seite seines Vaters oder anderswo! Er hatte seinen Sohn für sich haben wollen, ganz allein. Und er hatte ihn sich unterwerfen, ihn verändern und härter machen wollen.

Tja, und dabei war er offensichtlich genau demselben Irrtum aufgesessen, wie einst sein eigener Vater. Mit Härte und Zwang hatte er versucht, seinen Sohn nach eigenem Gutdünken zu verbiegen. Hatte er tatsächlich geglaubt, dass ein solches Vorhaben gelingen könnte? Spätestens seit diesen unsäglichen, zermürbend angstvollen Wochen am Krankenbett seines Sohnes hatte er begriffen, dass dieser wesentlich mehr Stärke besaß, als er es jemals für möglich gehalten hätte. Sein Sohn veränderte sich nicht in dem Sinne, dass er in irgendeiner Weise seine angestrebte Richtung änderte, wie Elias es zu Beginn der Reise ja insgeheim gehofft hatte, nein, sein Sohn wuchs einfach geradewegs über sich hinaus.

Als Elias dann endlich doch noch in einen kurzen, unruhigen Schlaf fiel, träumte er davon, dass ihm Mino-nokomis freudestrahlend verkündete, heiraten und fortan bei den Indianern leben zu wollen und Elias fühlte sich angstvoll und ohnmächtig in diesem Traum.

19

Dasselbe Gefühl beherrschte ihn auch noch, als er sich anderntags gemeinsam mit Shawaeghiizig und Mino-nokomis auf dem Weg zu Mikinaks Wigwam befand. Eigentlich war es ja üblich, dass Vater und Sohn gemeinsam diesen Weg beschritten, da er selber aber noch niemals ausgezogen war, um seine Vision zu finden, hatte Nigig-o-quae als weise und erfahrene Midewiquae dazu geraten, dass Shawaeghiizig sie beide begleiten solle. Am liebsten hätte Elias sich ja vollkommen rausgehalten bei dem Ganzen, doch als er das am Vorabend sachte angedeutet hatte, hatte Nigig-o-quae tadelnd den Kopf geschüttelt. Mit entschiedener Stimme hatte sie gesprochen und zwar so laut, dass es ein jeder hören konnte: „Ein Großvater kann nicht den Vater ersetzen, so einer noch einen Vater hat. Er kann ihn nur ergänzen, ihm behilflich sein, wo es vonnöten ist."
Damit war das letzte Wort in dieser Sache gesprochen und das allgemein zustimmende Nicken in der Runde der Anwesenden hatte Elias deutlich vor Augen geführt, dass er sich offensichtlich auf dem Holzweg befand, wenn er geglaubt hatte, sich so einfach aus der Affäre ziehen zu können. Der aufmerksame, intensive Blick seines Sohnes aber berührte ihn tief und ließ ihn erst in diesem Moment ganz klar erkennen, worum sein Sohn ihn stumm mit seinen so beredten Blicken bat. Er bat ihn um seine Zustimmung und seinen wohlwollenden Segen dafür, das sein und werden zu dürfen, was seiner ganz eigenen Bestimmung entsprach und sei diese auch noch so weit von dem entfernt, was sein Vater sich für ihn wünschte.

Wie jede Zeremonie, jedes Fest, jeder besondere Anlass, so wurde auch diese Zeremonie mit dem Rauchen der heiligen Pfeife begonnen. Das war ungeheuer wichtig und bedeutsam und ohne dieses Zeremoniell des Rauchens wäre jedes weitere Vorhaben nur Stückwerk gewesen und aller Wahrscheinlichkeit nach auch nicht von Erfolg gekrönt.

Und so befand sich Mino-nokomis nun gemeinsam mit seinem Vater und seinem Großvater bei Mikinak, dem mächtigsten Medizinmann der Gamini dieser Tage, einem altehrwürdigen Greis mit beinahe erblindeten Augen, von denen es hieß, dass sie noch weiter sehen und mehr erblicken konnten, als es die schärfsten Augen irgendeines anderen Lebewesens vermocht hätten.
Nicht umsonst trug er den Namen der Schirmherrin aller Medizinmänner und -frauen, deren Name für die Verbindung stand, zwischen den Wesen dieser Zeit und den Wesen anderer Dimensionen. Es gab wohl kaum einen ehrenvolleren Namen, den sich ein Midewiwinini oder eine Midewiquae erwerben konnte, als „Mikinak", den Namen der Schildkröte.
Freundlich bedeutete Mikinak Mino-nokomis an ihn heranzutreten und während der Blick seiner trüben Augen unruhig bald hierhin und bald dorthin zu wandern schien, betasteten seine warmen Hände Mino-nokomis Gesicht. Wie ein bebender Hauch glitten sie über sein Antlitz und das Gesicht des alten Mannes nahm einen zunächst besorgten, dann aber verstehenden und durchaus zufriedenen Ausdruck an, er lächelte und nickte bedächtig, ehe er mit leiser, gebrochener Stimme zu reden begann: „Ein langer Weg liegt vor dir, Mino-nokomis, ein langer Weg. Lass ihn zu einem Weg des Herzens werden und es könnte ein sehr lohnender Weg sein. Ja, es ist an der Zeit, dass du dich auf die Suche begibst, oh ja, mein Sohn, es ist höchste Zeit."
Noch einmal nickte Mikinak und deutete somit an, nun bereit zu sein, die grundlegende und wichtigste aller Zeremonien, das Rauchen der heiligen Pfeife, zu eröffnen. Da er selber das Amt des Oshkawbaewis, des Bewahrers der Pfeife, innehatte, öffnete er nun feierlich das Futteral, in dem sie sich befand.
Im Grunde gab es nichts an dieser Zeremonie, was nicht bedeutungsvoll gewesen wäre.
Die heilige, aus Stein gefertigte Pfeife symbolisierte die Mutter Erde, aus deren Gestein sie geformt war und zugleich auch die Gestirne, Sonne und Mond, während die verschiedenen an der Pfeife angebrachten Federn und Fellstücke für die Tiere, die Brüder der Menschen standen. In der Pfeife aber würden, stellvertretend für die Pflanzenwelt, Kräuter, Tabakblätter und zerstoßene

Rinde verbrannt werden und der Mensch würde es sein, der aus der Pfeife rauchte und somit wurde die gesamte Schöpfung in dieser Zeremonie vereint. Doch damit nicht genug! Das Verbrennen von Tabak und Kräutern symbolisierte Leben und Tod, war Ausdruck von Werden und Vergehen, der aufsteigende Rauch aber symbolisierte die Verbindung der Schöpfung zu Gitchi Manitu, ihrem Schöpfer, was nochmals dadurch bekräftigt wurde, dass der Leiter der Zeremonie den ersten Zug aus der Pfeife zur Sonne hin ausblies.

Den zweiten Zug aber blies Mikinak nach unten hin aus, denn er galt Mutter Erde, der Mutter allen Lebens und auch der Weiblichkeit an sich, denn nur sie allein war befähigt, Leben zu schenken. Der nächste Zug gehörte dann Waubun, dem Osten, denn im Osten begann mit dem Aufgang der Sonne die neue Zeit. Danach kam Ningobianong, der Westen, denn wie auch die Sonne im Westen den Rand der Welt verließ, so verließen auch die Seelen der Toten im Westen diese Welt und schwangen sich hinauf über die Sternenstraße, den großen Pfad der Seelen hinweg. Der nächste Zug dann galt Bebon, dem Norden und somit auch dem Winter, den Zeiten harter Entbehrungen und bitterer Kälte, den Zeiten, da das Leben einer schweren Probe unterzogen wurde. Der letzte Zug aber, bevor die Pfeife im Kreise wandern würde, war für Zhawano bestimmt, den Süden, den Sommer, die Zeit überschäumenden Lebens, der Erfüllung, des Wachstums und der tiefen Dankbarkeit. Erst dann begab sich das Kalumet auf die Wanderschaft und einte mit seinem heiligen Rauch die Ojichaag aller mit allem.

Nachdem die Zeremonie der heiligen Pfeife abgeschlossen war, wurde Mino-nokomis zu der etwas abseits gelegenen Schwitzhütte geführt und gebeten seine Kleider abzulegen.

Nackt und bloß begab er sich in die höllische Hitze und schon bald begann ihm der Schweiß aus allen Poren zu rinnen, während draußen ein kleines Feuer entzündet wurde, in dem später Weengushk – Süßgras - und andere heilige Kräuter verbrannt werden würden.

So verbrachte Mino-nokomis diesen Tag und auch die kommende Nacht ausschließlich damit, nach uralten, von Mikinak angeführten Ritualen seinen Körper und seine Ojichaag zu reinigen und frei zu machen von allem Ballast. Immer wieder wurde er aus der Hitze der Schwitzhütte geholt und unter Mikinaks Gesängen und Gebeten zu dem Feuer geführt und dazu angehalten, sich unter einer Decke darüberzubeugen, auf dass der aromatische Rauch der verbrennenden heiligen Kräuter seinen ganzen Körper umhüllen und ihn mit seinem Atem und durch seine geöffneten Poren durchdringen möge. In den Ruhepausen aber meditierte er und klares Wasser war das einzige, was er zu sich nahm.

Am nächsten Morgen übergab ihm Shawaeghiizig feierlich ein neues, ganz aus Karibuleder gefertigtes Hemd, mit dazu passend bestickten Leggings und Mokassins. Die Blumenstickereien waren ganz in gelb und grün gehalten, den Farben des Sommers, und Mino-nokomis erkannte in ihnen voller Rührung und Dankbarkeit die allabendliche Beschäftigung Nigig-o-quaes wieder.
Nachdem er sich angekleidet hatte, ging er gemeinsam mit seinem Großvater in den Wald, denn Mikinak hatte sich dafür ausgesprochen, dass nur ein Kundiger allein diesen letzten Weg zum rechten Ort mit Mino-nokomis gehen sollte.
Tief führte ihn Shawaeghiizig in den Wald hinein, tief und immer tiefer, doch mutig und tapfer schritt Mino-nokomis hinter seinem Großvater her.
Schließlich erreichten sie nach stundenlangem Marsch eine kleine Lichtung im Wald, in deren Zentrum ein niedriger, schroffer Felsen beinahe trotzig aufragte. Shawaeghiizig war nun offensichtlich am Ziel ihrer Wanderung angelangt und setzte sich mit einem erleichterten Aufstöhnen nieder. Nachdem sie einen Moment verschnauft hatten, machten sie sich daran, aus Zweigen, Rinde und Blättern einen kleinen Wigwam zu errichten. Als dies vollbracht war, blickte Shawaeghiizig Mino-nokomis einen Moment aufmerksam an, ehe er aus seinem Lederbeutel dessen dreieckige Decke und auch sein Messer hervorholte, das nun aber in einem zu seinen Kleidern passenden Futteral steckte. Schweigend übergab er ihm beides und streichelte sachte und zärtlich über seine Wange. „Es gibt keinen Weg, das Leben und sich selbst besser verstehen zu lernen, als die Suche nach der eigenen Vision. Versuche

deine Ojichaag frei werden zu lassen, versuche sie zu ergründen bis in ihre verborgensten Winkel hinein! Versuche eins zu werden mit allem, was dich hier umgibt, mit den Tieren und Pflanzen, mit den Steinen, mit dem Mond in der Nacht und der Sonne am Tag, mit dem Wind und dem Gesang des Waldes. Lass deinen Körper hungern und dursten in dieser Zeit, denn deine Ojichaag ist es, die nun der Nahrung bedarf. Auch brauchst du keinen Schlaf, denn der Traum ist nur die kleinste aller Visionen, jetzt aber geht es um eine weit größere Vision. Entdecke dich und das Leben, Mino-nokomis, und habe keine Angst davor."

Nach einer kurzen Pause fügte er noch hinzu: „Ich werde wiederkehren, wenn der vierte Tag vorübergezogen ist."

Mit diesen Worten verließ ihn Shawaeghiizig, ließ ihn hier mitten im Wald allein und ging mit gemächlichen Schritten, ohne sich noch einmal umzudrehen, davon.

Mino-nokomis blieb noch eine ganze Weile an der Stelle stehen, an der ihn sein Großvater verlassen hatte und blickte ihm mit einem eigenartigen Gefühl in der Magengegend hinterher. Dann aber begann er aufmerksam und neugierig die nähere Umgebung genauer in Augenschein zu nehmen.

Er begann damit, die kleine Felserhebung zu erklimmen, um sich ein Bild von der Gegend machen zu können. Es stellte sich jedoch sehr schnell heraus, dass dieser Felsen viel zu klein war, um einen Blick über die mächtigen Wipfel, der zum Teil immens hohen Bäume, werfen zu können. So setzte er sich einen Moment auf eines der weichen Moospolster und dachte erst einmal nach. Er war ungemein durstig, hungrig natürlich auch, doch das sollte ihn nun weiter nicht bekümmern. Mino-nokomis begann schläfrig zu werden. Eine bleierne Müdigkeit breitete sich in ihm aus und nur mit äußerster Willensanstrengung gelang es ihm, wieder aufzustehen. Er richtete sich mühsam auf und begann, seine Umgebung noch einmal genau zu betrachten. Er richtete sein Augenmerk auf den Felsen unter seinen Füßen. Er kauerte sich nieder und betrachtete eingehend das harte, graue Gestein, verfolgte dessen helle Adern mit seinen Fingern, sog den staubig warmen Geruch in sich ein und legte schließlich seine Wange an die von

der Sonne erwärmte raue Oberfläche. Er hätte augenblicklich so einschlafen können, an den warmen sicheren Stein geschmiegt. Er musste irgendetwas tun, etwas dass ihn wach halten würde!
Während Mino-nokomis immer noch auf demselben Fleck stand und nachdenklich seine Lage betrachtete, entdeckte er hinter einem kleinen Felsvorsprung das satte Grün der Spitze eines Farnwedels, ein deutlicher Hinweis auf vorhandenes Nass und zugleich war er gewahr geworden, dass die Sonne beinahe schon entschwunden war und sich merklich die Dunkelheit der Nacht auszubreiten begann. Er beeilte sich, in die Nähe des erspähten Farnwedels zu gelangen, solange es noch hell genug war, um einigermaßen gefahrlos auf dem zerklüfteten Gestein herumklettern zu können. Als er auf der Höhe des Farnwedels angelangt war, sah er, dass sich hinter einer scharfen Felsnase eine kleine farnüberwucherte Senke befand. Ein lauschiges Murmeln drang aus der Tiefe ihres satten Grüns an Mino-nokomis Ohr und ließ ihn für einen Augenblick alle Vorsicht vergessen. Es dauerte nicht lange und er hatte sie gefunden: inmitten von Farnen, Gräsern und Kräutern, die kleine, sprudelnde Quelle, deren Wasser seit Jahrtausenden schon die Gegend speiste. Deren murmelnder Lauf mit der Zeit ein flaches, ovales Becken in den felsigen Grund gegraben hatte, in welches sie sich leise plätschernd ergoss.
Mino-nokomis tauchte sein Gesicht in das klare Wasser, genoss das schmeichelnde, kühle Gefühl des vorbei streichenden Wassers auf seiner Haut. Als Mino-nokomis einen Moment innehielt, bemerkte er überrascht, dass die Nacht bereits hereingebrochen war. Vorsichtig und behutsam setzte er einen Fuß vor den anderen, doch keineswegs bemüht lautlos von dannen zu kommen! Sie sollten ihn hören, Medawaewae, die Klapperschlange, und wer da möglicherweise noch so kreuchte und fleuchte, damit sie sich rechtzeitig verkriechen konnten und ihnen somit eine Auseinandersetzung auf Gedeih und Verderb hoffentlich erspart bleiben würde. Während Mino-nokomis angestrengt und konzentriert erst seinen Weg die feuchten Wände der Senke hinauf und dann den Felsen hinunter suchte, spürte er mit jeder Faser seines angespannten Körpers, wie alleine, vollkommen schutzlos und auf sich gestellt er war. Keiner würde es mitbekommen, wenn

ihm hier und jetzt etwas geschähe! Und wenn in vier Tagen endlich einer käme, könnte es schon zu spät sein!
Als er dann seinen behelfsmäßigen Wigwam erspähte, breitete sich Erleichterung in ihm aus. Am liebsten hätte sich Mino-nokomis augenblicklich in diesen kleinen Unterschlupf verkrochen, hätte sich zusammengerollt wie eine Katze und die Dunkelheit des Waldes eben dunkel sein lassen. Sich einfach, in der Hoffnung den nächsten Morgen zu erleben, dem süßen, verheißungsvollen Zustand überlassen, der sich nach dem Glauben seines Volkes irgendwo auf dem Weg zwischen Leben und Tod befand.
Doch das war leider ganz unmöglich, es wäre gegen die Abmachung gewesen und wäre zudem ein Hindernis auf seinem Weg, auf der Suche nach seiner Vision.
Vision, wie würde es wohl sein, eine Vision zu erhalten, geschenkt zu bekommen? Und wie würde es erst sein, keine Vision zu finden?!
Ein Knistern schreckte Mino-nokomis jäh aus seinen Gedanken auf. Angestrengt blickte er in die Finsternis, doch nichts konnte sein Auge erkennen, als die tiefe, undurchdringliche Schwärze des Waldes.
Er griff nach dem Messer an seiner Seite, als er abermals das Knistern vernahm, laut und vernehmlich, vier Füße, ganz nah. Nun war es wieder leise und Mino-nokomis versuchte erneut angestrengt etwas in der Dunkelheit auszumachen. Da! In einem fahlen Strahl silbernen Mondlichts sah er ihn endlich, sah er das Glitzern seiner Augen, leuchtete weiß sein Backenbart.
Als Mino-nokomis Esiban, den Waschbär, erkannte, ein ausgewachsenes stattliches Exemplar, seufzte er erleichtert auf. Er musste sich einen Augenblick setzten, ein wenig zur Ruhe kommen. Nach und nach verlangsamte sich sein Puls wieder und allmählich begann er sich gehörig über sich selbst zu amüsieren. Soweit her war es also mit seinem Mut und seiner Ausdauer!
Mino-nokomis ging an den Fuß des Felsens, setzte sich, an das raue Gestein gelehnt, auf den Boden und sah hinauf in den Sternenhimmel. Er spürte, dass er erneut in einen Traum abzugleiten drohte. Er fror jämmerlich und holte sich seine dreieckige Decke. Er war so erbärmlich müde und zerschlagen, dass er sich kaum

mehr auf den Beinen zu halten vermochte. Er beschloss deshalb, sich abermals zu setzen, an den Stamm einer großen Kiefer gelehnt und zu versuchen, mit dem Gesang des Waldes zu verschmelzen. Und es war eine weise Tat gewesen, sich an den Stamm eines Baumes zu lehnen, denn als er im Morgengrauen vor Kälte zitternd erwachte, konnte er von sich nicht nur behaupten, die erste Nacht allein im Wald vollkommen unbeschadet überstanden, sondern zudem auch einigermaßen gut geschlafen zu haben. An einen Traum aber erinnerte er sich nicht und das war ihm wenigstens ein kleiner Trost. Ansonsten aber war Mino-nokomis alles andere als begeistert darüber, dass er tatsächlich eingeschlafen war, aber böse war er mit sich nicht. Er nahm sich ganz einfach vor, sich auf die kommende Nacht besser einzustimmen und vorzubereiten.
Als die Sonne dann die Nebel allmählich vertrieb und gleißend und hell vom Himmel strahlte, wurde es ungemein drückend und heiß. Mino-nokomis suchte wieder die kleine Quelle auf, wusch und erfrischte sich, und blickte sich dann ein wenig ratlos um. Er streifte bedächtigen Schrittes ziellos umher, betrachtete diesen Strauch und jenen Baum, summte, sang, verstummte wieder. Schließlich ließ er sich inmitten einiger verstreut wachsender Heidelbeerpflänzchen nieder, deren noch kleine, grüne Beeren, vereinzelt schon einen ersten, zarten Hauch bläulich violetter Verfärbung erahnen ließen. Ein dicker Käfer krabbelte die Pflanze empor, ließ sie erzittern, emsig seine kleinen Beinchen vorwärts bewegend, eifrig bestrebt einen günstigen Startplatz zu erreichen, um sich dann gewichtig und nicht eben gerade elegant, laut brummend zu erheben und dem Blau des Himmels entgegenzueilen. Lange noch blickte er dem Käfer hinterher, flog in Gedanken mit ihm, betrachtete die Größe der Welt aus kleinen Käferaugen, ließ sich tragen von der warmen Sommerluft, hinauf, über die Wipfel der höchsten Bäume hinweg, in die unendliche, blaue Weite. Der Ruf eines Kaikaik, eines Falken, hoch oben am Firmament, ließ Mino-nokomis' Sehnsucht nach Weite und Leichtigkeit überfließen und er lief und lief zwischen den Bäumen hindurch, in der Hoffnung eine Lücke im dichten Grün des Blätterdaches zu finden, um Kaikaik vielleicht zu erspähen und seinen erhabenen

Flug mit den Augen verfolgen zu können. Und als er gerade mutlos werden wollte, gelangte er an eine kleine Lichtung, erhaschte einen Blick auf den graziösen Vogel und stellte mit Entzücken fest, dass dieser nicht alleine war. Ein weiterer Falke kreiste mit ihm, flog übermütig bald über, bald unter ihm, ließ sich mühelos tragen, von der gewaltigen Kraft der aufstrebenden Winde. Ach, wie gerne wäre er mit ihnen geflogen, so frei und leicht und unbeschwert!

Als dann erneut der Abend nahte und die Schatten allmählich länger werden ließ, kehrte Mino-nokomis an den Platz zurück, zu dem ihn sein Großvater geführt hatte. Er beschloss auch in dieser Nacht kein Feuer zu entfachen, um sich zu beruhigen, zu schützen, zu wärmen. Er wollte sich nicht abgrenzen von dem, was ihn hier umgab, sondern verschmelzen damit, aufgehen darin, sich frei machen von seinen Ängsten und sorgenvollen Gedanken an die Eventualitäten, welche die nächsten Stunden und Tage möglicherweise noch mit sich bringen könnten. Und als er dann tatsächlich aufgehört hatte, mit angstvoller Aufmerksamkeit angespannt auf die einzelnen Geräusche zu lauschen, die hier und da aus der Schwärze des Waldes an sein Ohr drangen, vermochte er mit einem Mal die Sinfonie des Nachtwaldes im Ganzen zu vernehmen, das Rauschen der Blätter, das Wispern der Mäuse, das leise Rascheln Waubizhaezhs, des Marders, auf seinem nächtlichen Pirschgang vereint mit dem sanften Flügelschlag der Eule und ihrem klagenden Ruf, zu einem uralten, ewigen Lied. Klar und rein drang dieses Lied an Mino-nokomis Ohr und vermischte sich mit dem pochenden Rhythmus seines Herzens, welches ruhig und beständig das Blut durch seine Adern trieb. Er fühlte, wie es strömte, wie es pulste in ihm, im Wald, in der Welt, wie ein tiefer gleichmäßiger Pulsschlag alles durchzog, alles einte, selbst Sonne und Mond.

Ein Mäuschen, das ihn schon seit geraumer Zeit neugierig und ein wenig ratlos beäugte, traute sich schließlich aus der schutzgebenden Deckung eines Steines hervor, wagte sich an ihn heran und bestaunte ihn mit bebendem Barthaar und aufmerksamen Äuglein, blank wie kleine, schwarze Perlen. Sie entlockte Mino-

nokomis ein Lächeln, diese kleine Maus, ein Lächeln der Liebe und Anerkennung, mit ihrem ungeheuren Mut, sich aller Vernunft zum Trotz, wissbegierig dem Riesen zu nähern, zog seine ganze Aufmerksamkeit auf sich, bündelte, fokussierte sie, wurde für den Bruchteil einer Sekunde zum Mittelpunkt all seines Seins, der ganzen Welt. Doch nur für einen kleinen Augenblick, dann glitten seine Gedanken wieder davon, glitten leicht und mühelos ohne sein Zutun dahin, unaufhaltsam und klar. Sie öffneten sich, verschwammen mit der Welt um ihn herum, flogen zu den Sternen hinauf und zogen mit den immer zahlreicher und dichter werdenden Wolken dahin, die allmählich das Nachtfirmament zu verdecken begannen.
Mino-nokomis ließ sich treiben und wirbeln mit ihnen, bauschte sich und wogte gemeinsam mit den Wolken im Wind und erst als gegen Morgengrauen der Regen mit dicken schweren Tropfen zu prasseln begann, fand er mit ihnen auch wieder zur Erde zurück. Doch begab er sich nicht in den Schutz des kleinen Wigwams, sondern barg lediglich seine Kleider im trockenen Rund des kleinen Unterschlupfes. Sich selbst aber übergab er vollkommen nackt und bloß dem trommelnden, tratschenden Regen, dem Wind, der in den Zweigen rüttelte und in den Blättern rauschte, der Urgewalt der Natur, dem Leben eben.
Mit geschlossenen Augen spürte er das kalte Trommeln der Tropfen, ganz dicht über seinem Gehirn, fühlte die kühlen Rinnsale kitzelnd in seinem Nacken fließen, den Rücken hinunter.
Mino-nokomis erlebte seinen Körper in jeder seiner einzelnen Besonderheiten mit ungeahnter Intensität. Fühlte sich selbst in diesem Körper, fühlte sich selbst mit Hilfe dieses Körpers und brachte ihm ein beinahe kindlich staunendes Interesse entgegen, als gelte es etwas vollkommen Neues und Ungeahntes zu entdecken. Er seufzte laut auf, fuhr sich mit beiden Händen durchs Gesicht, durch das nasse, lange Haar, ließ den Regen auf sich niederprasseln, ließ es zu, dass sich das Wasser in Sturzbächen über sein Gesicht ergoss und ihm beinahe den Atem raubte. Mino-nokomis streckte seine Hände dem Regen, entgegen, begutachtete ihre unverwechselbaren Feinheiten. Schlanke Hände, dunkle Hände. „Frauenhände!", höhnte David mit freundlichem Spott und sei-

ne Stimme hallte im Prasseln des Regens wieder, während Mary Sattlers vorwurfsvoller Blick auf seinen schwarzgeränderten, abgebrochenen Fingernägeln klebte. Mino-nokomis kicherte, gluckste, lachte laut auf, lachte und lachte und weinte mit einem Mal, weinte aus einem unsagbaren Schmerz heraus. Kauerte sich auf dem morastig aufgeweichten Waldboden zusammen, grub seine Hände tief in die nasse Erde hinein, während seine Tränen unsichtbar flossen, vom Regen hinweggespült.

Langsam zog er seine Hände aus dem Matsch, betrachtete sie abermals, legte sie dann beide flach auf sein Gesicht, fühlte ihren erdig kühlen Abdruck darauf, strich sanft mit ihnen über seinen Hals, seine Brust hinweg und betrachtete versonnen die dunklen Spuren, die sie auf seinem Körper hinterließen.

Dies also seine Hände! Frauenhände ...? Ha! Von wegen! Indianerhände waren das! Nicht grob und ungeschlacht, kantig, käsig und behaart, sondern dunkel, schön und stark! Wieder betrachtete er sie, ganz versunken in diese Erkenntnis, dass es die Hände eines Indianers waren, welche er da als die seinen erkannte. Hände, die zu so ungeheuer vielem befähigt waren, Hände, die zu schützen und zu halten vermochten und zu töten.

Wie aus einem Traum erwachend blickte er um sich, wurde gewahr, dass es aufgehört hatte zu regnen und die Sonne bereits hoch am Himmel stand. Er hatte sich anscheinend ein ganz beträchtliches Stück von der kleinen Lichtung entfernt und somit auch von seinen Kleidern. Doch so unmerklich dies auch vonstatten gegangen sein mochte, so beschwerlich erwies sich der Weg zurück, barfuß und ohne Leggings waren Kratzer und Schrammen nahezu unvermeidlich und er wunderte sich, dass er auf dem Hinweg nichts dergleichen davongetragen hatte.

Ungeheuer dankbar war er und froh, als er den kleinen Wigwam wieder vor sich sah, seine Kleider darin trocken und wohl geborgen fand, und es kostete ihn beinahe unmenschliche Kraft, sich nicht einfach auf seine Decke zu kuscheln und zu schlafen.

So aber streifte er seine Kleider über und genoss das unerwartete Gefühl von Sicherheit und Geborgenheit, das sie ihm vermittelten. Aufmerksam betrachtete er das weiche Leder, befühlte die Kühle der Perlenstickerei. Dann wurde seine Aufmerksam-

keit schon wieder abgelenkt. Eine beinahe schon aufdringliche Klarheit seiner Wahrnehmungen, die fast schmerzhafte Verschärfung all seiner Sinne, ließ Mino-nokomis dieses auf ihn eindringende Übermaß an Sinnesreizen wie einen Rausch erleben. Einen Rausch, in dem er vollkommen die Kontrolle verlor, der ihn mit sich riss und in dem er dennoch eine ganz eigentümliche Form des Überblicks behielt, alles schneidend klar und deutlich wahrnahm, viel mehr und intensiver noch empfand, als er es zu verkraften können glaubte. Mit vollkommen blank liegenden Nerven, war er der Intensität der Eindrücke hilflos ausgeliefert, ungeschützt und überwältigt von ihnen, wie ein neugeborenes Kind.
Farben und Formen, das Spiel des Sonnenlichts, warm auf seiner Haut, Gerüche, Geräusche, all das bedrängte ihn, vermischte sich untereinander, war kaum mehr zu trennen. Verursachte ein Dröhnen in seinem Kopf, seinem ganzen Körper, das, den Vibrationen einer gigantischen, klingenden Glocke gleich, ihn und die ganze Welt erbeben ließ.

Mino-nokomis wusste nicht, wie viel Zeit vergangen war. Manchmal kam er irgendwo zu sich, ohne sich zu erinnern dorthin gegangen zu sein, dann wieder verharrte er regungslos an einer Stelle, ohne sich sicher sein zu können, ob Stunden oder Tage oder vielleicht auch nur Sekunden vergangen waren. Zeit und Raum hatten zunehmend an Bedeutung verloren, waren weder greifbar noch wichtig für ihn.
Abermals ging er zu der Quelle und tauchte seinen Kopf in das köstliche Nass, versuchte so seinen schier unstillbaren Durst zu besänftigen, der seine Zunge trocken am Gaumen kleben ließ. Der Himmel schien nicht aufklaren zu wollen an diesem Tag, sondern blieb diesig und grau verhangen.
Mino-nokomis versuchte mit aller Macht, seine Gedanken zu sammeln, doch es wollte ihm einfach nicht gelingen. Sie flatterten bald hier, bald dorthin, waren ebenso wenig greifbar wie ein Schmetterling, der von Blüte zu Blüte gaukelt und sich dann unvermittelt wieder in das Blau des Himmels schwingt. Angestrengt versuchte er, den ewigen Fluss seiner Gedanken zu stoppen, ihm

Einhalt und Stillschweigen zu gebieten. Entschlossen tauchte er abermals seinen Kopf in das kühle Wasser der Quelle, solange er es nur irgendwie vermochte, bis er dann prustend und nach Atem ringend nicht mehr anders konnte, als mit einem schmerzvollen Aufschrei seine Lungen erneut mit Luft zu füllen. Er schüttelte sich, gleich einem nassen Hund und wie ein feiner Regen sprühte das Wasser aus seinem tropfnassen Haar.

Mino-nokomis kehrte erneut zu dem Wigwam zurück und versuchte, die Gedanken zum Schweigen zu bringen, um endlich still und leer zu werden, um Ruhe zu finden. Doch es war nicht leicht, gar nicht leicht, den Gedanken Einhalt zu gebieten. Er atmete tief durch, schloss seine Augen und versuchte, nichts weiter zu tun, als zu atmen, sich zu sammeln, offen zu sein für alles und zugleich kämpfte er gegen Durst, Hunger, Schmerz und Müdigkeit wie an keinem anderen Tag zuvor. Seufzend stand er wieder auf, lehnte sein schweißüberströmtes Gesicht an die raue, rissige Borke eines Baumes, suchte Schutz und Halt bei ihm und sank doch haltlos an seinem Stamm nieder, kauerte zu seinen Wurzeln, wer weiß wie lang. Blickte dann für einen Moment hinauf, in seine mächtige Krone und gewahrte überrascht, dass der zunehmende Mond hoch am Himmel stand. Konnte das sein? Hatte er geschlafen? Nein, ganz sicher nicht, oder etwa doch? War es nicht Tag gewesen, eben noch, vor einigen Augenblicken? Wann aber war es Nacht geworden? Wo war die Zeit geblieben zwischendrin?
Die dichte Wolkendecke hatte sich vollkommen aufgelöst und die Sterne funkelten strahlend. Es war empfindlich kalt geworden und feucht war die Luft, klamm und kühl streckte sie ihre tastenden Finger nach Mino-nokomis aus, kroch in sein Hemd, seinen Rücken hinauf und ließ ihn erschauern.
Er entschloss sich, seine Decke zu holen und erhob sich mühselig und langsam. Wie eingefroren kam er sich vor und alle seine Knochen schmerzten. Mino-nokomis rieb seine müden Augen, seufzte leise und streckte sich. Doch eben noch im Begriff zurückzugehen, blieb er stattdessen wie erstarrt, wie angewurzelt stehen. Neben seinem Wigwam, vom silberhellen Licht des Mondes um-

spielt, saß Bizhiu, ein Luchs und beobachtete ihn mit äußerstem Interesse. Mino-nokomis verharrte still und reglos und behielt ihn seinerseits wachsam im Blick. Es war ein großes Tier, anmutig und elegant. Silbergrau, beinahe schon bläulich schimmerte sein samten weiches Fell im Schein des Mondes und seine geweiteten Pupillen reflektierten das Licht beinahe gespenstisch, leuchteten scheinbar aus sich selbst heraus. Atemlos betrachtete Mino-nokomis Bizhiu und in seinem Kopf ratterten die Gedanken, während er sich völlig unschlüssig darüber war, wie er sich jetzt verhalten sollte. Ruhig stehen bleiben? Langsam und gemächlich das Weite suchen? Wegzurennen machte auf jeden Fall keinen Sinn. Blieb noch sein Messer, für die äußerste Not. Doch es wäre entsetzlich, es gebrauchen zu müssen, für ihn jedenfalls. Manch anderer hätte sich hingegen die günstige Gelegenheit, seinen Mut unter Beweis zu stellen, nicht nehmen lassen und es geradezu auf eine Auseinandersetzung mit Bizhiu angelegt. Mino-nokomis aber verharrte in einer Mischung aus Ehrfurcht und Staunen, Furcht und angespannter, äußerster Konzentration. Ganz allmählich regten sich die geschmeidigen Muskeln unter dem flauschig weichen, dichten Fell. Fast erwartete er schon, dass Bizhiu zum Sprung ansetzen würde, doch stattdessen erhob sich das stattliche Tier langsam und schnupperte ganz beiläufig an einem auf dem Boden liegenden Ast, während es Mino-nokomis keine Sekunde aus den Augen ließ. Dann setzte es sich wieder und blickte ihn scheinbar erwartungsvoll an. Mino-nokomis begann seine Furcht zu verlieren, ruhiger schlug sein Herz und irgendetwas in seinem Inneren sagte ihm, dass dieser Luchs und mochte er auch noch so groß sein, ihm nichts tun würde. Bizhiu musterte ihn indes mit eben jener langmütigen Geduld und Ausdauer, wie sie nur bei Katzen zu finden ist. Zögernd trat Mino-nokomis einen Schritt auf den Luchs zu. Unendlich langsam, wie von unsichtbaren Fäden gezogen, bewegte er sich vorwärts, während Bizhiu bewegungslos dasaß und gespannt das Geschehen verfolgte. Immer weiter ging er, einen Schritt und noch einen. Doch als er vielleicht die Hälfte der Strecke zurückgelegt hatte, erhob sich Bizhiu, langsam und gemächlich, und begann mit eben derselben Ruhe ein Stückchen wegzugehen, dann setzte er sich abermals nieder und wartete.

So ging das Spiel einige Male, Mino-nokomis hätte weder sagen können, wie oft es sich bereits wiederholt hatte, noch wie lange oder wie weit er schon gelaufen war. Aber unmerklich hatte sich das Tempo gesteigert, schlich er nicht mehr, sondern lief. Lief leichten Fußes durch den Wald, immer auf den Fährten des Luchses ohne recht zu wissen, warum er das überhaupt tat. Und doch war es keine Frage gewesen, es war einfach ganz selbstverständlich Bizhiu zu folgen, er lud ihn ja geradezu dazu ein! Für einen kurzen Moment war Bizhiu seinen Blicken entschwunden.
Panik stieg in ihm auf. Mino-nokomis lief und lief, kaum noch achtete er auf seinen Weg und strauchelte ein ums andere Mal. Was, wenn er den Luchs nicht wiederentdecken würde? Wo war er bloß? Und wo befand er sich selber? Es dauerte eine Ewigkeit, doch schließlich erspähte er ihn wieder. Von einem Strahl des Mondes beschienen, saß er da und wartete ganz offensichtlich auf ihn. Denn kaum war er seiner ansichtig geworden, erhob er sich auch schon wieder und eilte weiter.
Mino-nokomis war vollkommen außer Atem und kaum mehr fähig, dem raschen Tempo des Luchses zu folgen. Er versuchte es dennoch, holte das Letzte aus sich heraus, als Bizhiu erneut seinen Blicken entschwand. Nein! Da war er wieder! Saß ein gutes Stück voran, strahlend von Nokomis beschienen. Noch einmal bot er all seine Kraft auf und folgte Bizhiu mit eilenden, fliegenden Schritten. Den Blick einzig auf die strahlende Gestalt des Luchses gerichtet, hätte er deshalb um Haaresbreite den gähnenden Abgrund zu seinen Füßen übersehen. Den gewaltigen Riss, der vor ihm klaffte und den Boden unter seinen Füßen in zwei Teile teilte. Auf der anderen Seite saß Bizhiu und blickte ihn erwartungsvoll an. Sollte er es wirklich wagen und hinüberspringen? Mino-nokomis blickte vom Abgrund zu Bizhiu und dann wieder in diese sie trennende, gähnende Leere. Hier auf seiner Seite war der Boden ein gutes Stück höher, es könnte vielleicht gelingen hinüberzuspringen, aber wie käme er dann wieder zurück? Ein Lachen erklang hinter ihm, glockenrein und klar und dieselbe Stimme sagte heiter und bedauernd zugleich: „Nie mehr zurück! Nie mehr zurück!", ein ums andere Mal, während Bizhiu wartete und sich derweil seine Pfoten leckte.

Mino-nokomis blickte sich um, doch hinter ihm war nichts als Dunkelheit. Er konnte nichts und niemanden erkennen, also wendete er sich erneut dem Abgrund zu, maß ihn ein letztes Mal mit den Augen und sprang.
Er landete sicher auf der anderen Seite, der Boden war weich und federte mühelos die gewaltige Wucht seines Aufpralles ab. Bizhiu aber saß da und wartete, keine zwei Meter von ihm entfernt. Langsam, unendlich langsam näherte er sich dem erhabenen Tier, wagte es schließlich sogar, seine bebende Hand nach ihm auszustrecken und Bizhiu ließ ihn gewähren. Ließ es zu, dass seine zitternden Finger ihn berührten, seine Weichheit und Wärme fühlten, seine ungeheure Kraft und Macht. Für einen Moment vergaß Mino-nokomis alles um sich herum, vergaß seinen Namen, vergaß sich selbst. Ging vollkommen auf in der Berührung dieses samtweichen Fells, fühlte prickelnd die gewaltige Energie des Tieres durch seine Finger, durch seine Adern pulsieren. Dann aber erhob sich Bizhiu, blickte ihn an, mit durchdringenden, bedeutungsvollen Augen und Mino-nokomis ahnte, dass er ihm nicht mehr allzu weit würde folgen können.
Doch machte das sein Herz nun nicht mehr schwer, er hatte ihn erreicht, er hatte ihn gefunden, das allein zählte. Vollkommen ruhig schlug sein Herz und gleichmäßig erfüllte sein pochender Schlag alles um ihn herum.
Voller Verwunderung stellte er fest, dass die Sonne das Dunkel der Nacht vertrieben hatte. Bizhiu ging langsam voran und Mino-nokomis folgte ihm. Doch dauerte es gar nicht allzu lange Zeit, da sich wiederum ein Abgrund vor ihnen auftat, gähnender noch, als der erste. Mino-nokomis wusste, dass Bizhiu nun erneut springen würde und dass er ihm nicht mehr folgen konnte. Zu müde war er, zu kraftlos und erschöpft. Wie zum Abschied wendete Bizhiu ihm noch einmal seinen Blick zu und sprang dann leicht und behände auf die andere Seite.
Mino-nokomis verfolgte den Weg des Luchses mit seinen Blicken, sah, wie das edle Tier in weiter Ferne noch manch einen gewaltigen Satz tat, in dieser zerklüfteten, von gefährlichen Abgründen durchbrochenen Welt und schließlich in den schroffen Felsen eines dunklen, fernen Gebirges seinen Blicken entschwand, hinter

welchem gerade blutrot die Sonne versank. Und als ihre letzten Strahlen hinter dem felsigen Massiv verschwunden waren, saß Mino-nokomis einsam und allein in tiefschwarzer Nacht und gähnend leer und gestaltlos war die Welt um ihn herum. Wie sollte er nun bloß wieder zurückfinden, zurück zu seinem Wigwam, zu seinem Großvater? Was hatte diese helle Stimme gesagt, die so lieblich geklungen hatte, so fröhlich und betrübt zugleich? Es gibt kein Zurück, ja, „nie mehr zurück“, das hatte sie gesagt, immer und immer wieder. Bodenlose Angst und Verzweiflung drohten ihn zu verschlingen und er verlor zusehends die Orientierung. Er verlor alle Hoffnung, glaubte zu fallen, in unendliche Tiefen zu stürzen, ohne sich doch zuvor irgendwohin bewegt zu haben. Verzweiflung erfüllte sein Herz, erfüllte es bis zum Bersten mit seiner bleischweren Fracht und gerade als er die Beherrschung vollends zu verlieren drohte, schreien wollte und haltlose Panik sein Herz ergriff, gewahrte er einen kleinen Schimmer, ein winziges Licht in unendlich weiter Ferne.

Shawaeghiizig sah Mino-nokomis von Weitem schon. Reglos kauerte er, unweit des kleinen Wigwams, unter den gewaltig ausladenden Ästen eines uralten Ahornbaumes und im ersten Moment glaubte Shawaeghiizig, dass er schliefe. Doch schon im Näherkommen spürte er, dass dem nicht so war. Mino-nokomis schlief nicht, er war aber auch nicht wach, er war überhaupt nicht da! Seine Ojichaag war weggeflogen, war weit weg, irgendwo zwischen den Sternen vielleicht. Sein Körper hier wirkte völlig leblos und leer. Shawaeghiizig ging möglichst lautlos davon und ließ sich in gebührendem Abstand, neben dem Wigwam nieder und wartete. Er wartete sehr lange und als es dunkel wurde, entzündete er ein kleines Feuer. Die Zeit verging, der Mond zog seine Bahn über den sternenklaren Himmel und der Wald sang sein eigentümlich anrührendes Lied der Nacht. Shawaeghiizig wartete und wartete, er hatte viel Zeit und noch mehr Geduld.
Irgendwann aber beschlich ein Gefühl der Sorge sein Herz und er entschloss sich dann doch, sich Mino-nokomis ganz leise, ganz behutsam zu nähern, um sich zumindest zu vergewissern, dass er auch tatsächlich noch atmete. Shawaeghiizig musste schließ-

lich eine seiner Federn vor Mino-nokomis Mund halten, um sich wirklich sicher sein zu können, denn sein Körper erschien ihm ganz und gar reglos und unbeweglich zu sein. Aber ja, doch, er atmete, er war am Leben, soviel stand fest, aber dennoch ..., Shawaeghiizig konnte nicht einmal genau benennen, woran es lag, aber da war etwas, das ihn beunruhigte. Er musste nachdenken, einen Moment lang Angst und Sorge beiseite stellen und überlegen, was zu tun sei. Shawaeghiizig setzte sich zu Mino-nokomis, betrachtete ihn aufmerksam, fuhr unendlich sachte und behutsam über dessen Stirn. Kalt, wie die eines Toten fühlte sie sich an und zugleich feucht, von Schweiß überzogen.
Er musste etwas tun, ohne Zweifel. Entschlossen ergriff Shawaeghiizig seinen Lederbeutel. Waubagone und Nigig-o-quae hatten ihm für diesen großen Tag eine besondere Mischung für seine Pfeife mitgegeben und er vertraute auf ihre Weisheit und Voraussicht. So wie es heilige Kräuter gab, die eine gute Jagd bescheren konnten und andere, die zu heilen vermochten, so gab es ganz gewiss auch heilige Kräuter, die einem Menschen halfen, wieder zur Erde zurückzufinden. Ehrfürchtig füllte er seine Pfeife mit Kinnikinnik - dem, was gemischt ist - und rauchte dann nach altem, feierlichem Ritual. Er sang dabei, mit seiner alten, gebrochenen Stimme, ein Lied, das aus seiner Seele floss, voller Gefühl, voller Kraft. Ein Lied, das nur Mino-nokomis gehörte, seinem Enkelsohn, dem Kind seiner Tochter. Ein Lied, das ihn locken sollte mit Liebe, das ihm helfen sollte mit Weisheit und Wärme, während der aromatische Rauch die Luft erfüllte, hinaufstieg zu den Sternen, um Mino-nokomis heimzurufen, hierher zurück, an diesen Ort, an seine Seite.

Vorsichtig befühlte er den Boden, kroch tastend wie ein Blinder voran, langsam, ängstlich, zögerlich. Von dem Schrecken erfüllt, jederzeit in gähnende Leere greifen zu können, in beständiger Erwartung und Furcht, den Halt, den Boden unter sich zu verlieren. Mino-nokomis tastete sich durch völlige Finsternis, einzig dieses unbestimmte Glimmen, irgendwo in weiter Ferne. Und was auch immer es sein mochte, er konnte nicht anders, er musste dorthin, schnell, so schnell es nur ging! Hart war der Boden, staubig und

kalt. Er fror unsäglich. Anfänglich kroch er noch, sorgsam tastend auf allen Vieren voran, später dann lief er und lief, hatte irgendwann das Gefühl, so schnell zu laufen, dass seine Füße den Boden nicht mehr berührten. Es zog ihn an, dieses Licht, mit unbändiger Kraft, er fühlte sich beinahe gewaltsam hinfort gerissen, während das Leuchten immer heller und heller zu werden begann. Lange schon lief er nicht mehr, sondern flog, flog von einem gewaltigen Sog eilends dahingetrieben, mitten hinein in das Licht, und mit einem heftigen Aufprall, gewaltig, schmerzvoll, beinahe erdrückt von dem Gewicht seines eigenen Körpers, gewahrte er Geräusche um sich herum, unwirklich und untrennbar miteinander verwoben brandeten sie in gewaltigen Wellen an seine Ohren, ebbten ab, zogen sich zurück, um ihn wieder zu überrollen, zu durchfluten. Irgendwann begann sich, unmerklich erst, aber dennoch stetig anschwellend, ein Geräusch von den anderen zu unterscheiden, begann sich abzuheben und schließlich erkannte er, dass es eine Stimme war, eine Stimme so tröstlich, so bekannt und liebevoll. Sie floss in ihn hinein diese Stimme und schwang in ihm auf und ab, wie ein Kind im Leib der Mutter, wie die Wogen auf dem Meer und in leisen Wellen zunächst, doch immer gewaltiger werdend, stiegen Tränen und Angst, Erschöpfung und Ohnmacht in ihm auf, bahnten sich ihren Weg, begannen seinen Körper zu erfassen, zu erschüttern. Mino-nokomis weinte, weinte hemmungslos und Shawaeghiizig umfing ihn warm und schützend mit seinen Armen und es war kaum zu beschreiben, wie erleichtert er war.
Ein erstes zartes Morgenrot kündigte bereits den neuen Tag an, als Mino-nokomis endlich erschöpft eingeschlafen war. Nachdenklich betrachtete Shawaeghiizig seinen Enkelsohn.
Was mochte er erlebt haben, was gesehen? Was war ihm wohl widerfahren?
Er würde es vielleicht niemals erfahren, denn die Vision eines Menschen ging niemanden etwas an, keiner hatte ein Recht darauf, einen anderen auch nur danach zu fragen.

Gerade als sich Shawaeghiizig dazu entschlossen hatte, an einen Baum gelehnt ein kleines Nickerchen zu machen, bemerkte er, dass Mino-nokomis unruhig zu werden begann. Sogleich beeilte sich der alte Mann, ein kleines Feuer zu entfachen und die Lebensmittel hervorzuholen, die er eigens für das erste Mahl, gemeinsam mit seinem Enkelsohn hier im Wald, mitgebracht hatte.

Langsam kam Mino-nokomis zu sich, stieg auf aus endloser Tiefe. Der köstliche Duft von Nahrung belebte seine Sinne und ließ ihn allmählich zu neuem Leben erwachen. Er schlug die Augen auf, das Licht der aufgehenden Sonne blendete ihn und der Schein des Feuers schmerzte in seinen Augen. Lange dauerte es, bis er die verschiedenen Eindrücke für sich sortieren, begreifen konnte und als er dann endlich gewahr wurde, er selbst zu sein, auf einer Lichtung im Wald, an der Seite seines Großvaters, da stiegen erneut Tränen in seine Augen. Er wusste selber nicht, was es war, doch trug er tief in seinem Inneren noch immer das grausam schmerzende Gefühl, am Ende alles verloren zu haben, seine Welt, seinen Weg, sein Selbst, verloren in undurchdringlicher Dunkelheit, in immerwährender Nacht.
Warm umfing ihn Shawaeghiizig, raunte ihm die liebsten Worte zu, die so tröstlich waren, so von Liebe und Anerkennung sprachen, dass ihre Wärme und Kraft ganz allmählich die Schrecken der Nacht vertrieben und anderen Bildern in seinem Inneren Raum gewährten. Bizhiu! Bizhiu mit seinem silberglänzenden Fell, seiner Entschlossenheit und Stärke!
„Ich bin Bizhiu gefolgt ...", unsagbar leise und rau verließen diese Worte seine Kehle. „Er saß hier neben dem Wigwam und ich bin ihm gefolgt und gefolgt, unendlich weit ..." Mino-nokomis Stimme erstarb und sein Blick glitt in weite Ferne. Schweigend beobachtete ihn Shawaeghiizig und dachte über seine Worte nach. Bizhiu, das Totemtier ihrer Familie! Shawaeghiizig nickte. Bizhiu hatte ihn hier abgeholt und mit sich genommen. Welche Auszeichnung, welche Ehre! Bizhiu, der Entschlossene, der, dessen innere Stärke unermesslich war, hatte Mino-nokomis auf seinem Weg geführt oder hatte er ihn sogar auf seine eigenen Wege geleitet, ihm den Weg des Luchses gezeigt, den Weg des starken, entschlossenen Herzens? Wohin mochte er ihn geführt haben? Was mochte er wohl erlebt haben, das ihn so tief erschütterte, ja beinahe untröstlich werden ließ?

„Ich bin ihm gefolgt, Nimishoomis, und hatte das Gefühl alles erreicht zu haben, ich ..." Mino-nokomis' Stimme war ein Flüstern nur, kam wie aus weiter Ferne zu Shawaeghiizig, ohne dass sich ihm auch der Blick seines Enkelsohnes zugewandt hätte. „Ich habe alles getan, was ich tun konnte und ich habe alles erreicht, was ich wollte, ich habe Bizhiu berührt, ich habe ihn wirklich berührt ..." Abermals begannen seine Tränen zu fließen, während er weitersprach. „Aber doch wartete am Ende tiefschwarze Nacht, nichts als Finsternis und Ohnmacht und ich wusste nicht mehr wo oben und unten war, es gab nichts mehr, weißt du, Nimishoomis, nichts! Es war plötzlich alles vorbei, aber ich war noch da! Und es gab nichts! Nichts außer Dunkelheit und diesen kleinen Schimmer in weiter Ferne, so klein und so weit weg, aber so klein er auch war, er hat mir, glaube ich, das Leben gerettet."
Shawaeghiizig nickte bedächtig, er würde lange über diese Worte nachdenken, tage -, wochen -, jahrelang vielleicht. Doch jetzt nickte er nur und strich Mino-nokomis zärtlich über das Haar und sagte: „Du solltest jetzt mit mir gemeinsam etwas essen. Eine Kleinigkeit nur, denn dein Körper hat lange Zeit gehungert und wird sich an feste Nahrung erst ganz allmählich wieder gewöhnen müssen."
Schweigend aßen sie Pemmikan und eine dünne Suppe, die Shawaeghiizig aus getrocknetem Fleisch, Manomini und dem Wasser der heiligen Quelle bereitet hatte. Es bedurfte Mino-nokomis' ganzer Konzentration, um einigermaßen vernünftig essen zu können. Das Essen zum Mund führen, abbeißen, kauen, schlucken, es kam ihm so vor, als täte er all dies zum ersten Mal. Shawaeghiizig indes dachte nach, während er schweigend aß, und sich Mino-nokomis' Worte wieder und wieder durch den Kopf gehen ließ. Ja, manches Mal war es so, dass gähnende Leere auf einen wartete, wenn man all seine Träume verwirklicht, seine Ziele erreicht hatte und manchmal war es so, dass einen ein Punkt im Leben erreichte, da man bei Null wieder beginnen musste, oder aber wo es einem nur so vorkam, als wäre es so, dabei hatte man lediglich eine alte, gewohnte Stufe des Daseins verlassen und befand sich mit einem Mal auf einer anderen, einer höheren Stufe und fühlte in sich, neben der Angst vor dem Neuen, dem noch

Unbekannten, auch einen brennenden Schmerz des Abschieds vom Alten, das gewesen und nun Vergangenheit geworden war. All dies konnte als Botschaft in Mino-nokomis' Schilderungen wohnen, genauso wie auch die direkte Übersetzung möglich war, die bedeuten könnte, dass er möglicherweise eines Tages alles, bis auf einen kleinen Hoffnungsschimmer, verlieren könnte, was den Wert seines Lebens ausgemacht hatte. Genauso konnte dem natürlich auch die Botschaft innewohnen, dass es selbst in schwärzester Dunkelheit noch Hoffnung gab, dass niemals alles verloren war, solange man nicht aufzugeben bereit war. Doch meist waren Visionen sehr vielschichtig zu deuten und selten waren sie so direkt zu verstehen. Außerdem, entschlüsseln konnte eine Vision sowieso niemand anderer, als ihr Besitzer. Wieder schweiften Shawaeghiizigs Gedanken über die Bilder hinweg, die in ihm aufgrund von Mino-nokomis' Worten entstanden waren. Ja, es war wahrhaftig oft so, dass dem Erlangen der Abschied folgte. Shawaeghiizig nickte gedankenverloren und sagte leise: „Ja, es gibt kein Zurück, niemals gibt es ein Zurück."

Erst als er aufblickte, bemerkte er Mino-nokomis' erstaunten, ja beinahe erschrockenen Gesichtsausdruck. Liebevoll tätschelte er seine Wange und sagte mit einem beruhigenden, aufmunternden Lächeln: „Das muss dich nicht so erschrecken, mein Sohn, aber es ist die Wahrheit. Es gibt niemals ein Zurück. Was geschehen ist, ist geschehen und jeder Tag birgt einen Abschied, einen kleinen Tod in sich und kein Tag kehrt jemals zurück. Das mag sehr schade sein, tragisch und entsetzlich auch, aber oftmals habe ich es auch schon erlebt, dass der Wandel dem Guten, der Verbesserung dient."
Shawaeghiizig schwieg einen Moment und betrachtete Mino-nokomis mit einem warmen, liebevollen Lächeln in den Augen, dann lächelten auch seine Lippen und er sagte: „Schau, mein Sohn, ich habe vor einigen Tagen einen jungen Menschen, nennen wir ihn vielleicht „Nicht-Kind-mehr-und-noch-nicht-Mann" auf der Suche nach Erkenntnis hierher an diesen geheimen Ort gebracht. Ich hatte mir fest vorgenommen „Nicht-Kind-mehr-und-noch-nicht-Mann" auch wieder hier abzuholen, so wie ich es ihm

versprochen hatte und es fällt mir nicht schwer, dir zu sagen, dass ich diesen „Nicht-Kind-mehr-und-noch-nicht-Mann" voller Liebe in mein Herz geschlossen habe. Doch als ich zurückkam zum vereinbarten Ort, konnte ich ihn nirgends wiederfinden und ich musste irgendwann begreifen, dass er für immer gegangen war, dass ich „Nicht-Kind-mehr-und-noch-nicht-Mann" niemals wiedersehen werde. Doch, und das ist das Entscheidende, an seiner Stelle war nicht Nichts, an seiner Stelle begegnete mir ein junger Mann und ich bin überzeugt davon, dass dieser junge Mann eine Bereicherung sein wird, für das Leben seines alten Großvaters und sogar für das Leben der gesamten Ojibwe, denn ich halte große Stücke auf diesen jungen Mann." Shawaeghiizig nickte und schmunzelte und seine Augen ruhten warm auf dem nachdenklichen Gesicht seines Enkelsohnes, das allmählich wieder ein wenig frischer und lebendiger auszusehen begann.

„Glaubst du, ich werde eines Tages alles verstehen, was hier mit mir geschehen ist, was ich gesehen habe auf meinem Weg?"

„Ich weiß es nicht, mein Sohn, eines Tages, vielleicht auch morgen schon. Doch genauso kann es sein, dass du irgendwann feststellen wirst, dass es einer weiteren Vision bedarf, um den Inhalt der ersten zu begreifen, dass sie möglicherweise noch gar nicht vollständig war, oder zu verschlüsselt, als dass es dir möglich wäre, sie wirklich zu verstehen. Es kann aber auch sein, dass erst das Leben dir die Offenbarung ihrer Bedeutung bringt, genauso wie es gut sein kann, dass du einen Teil ihrer Bedeutung schon bald verstehen wirst, den anderen aber erst, während die Jahre ins Land ziehen und dich die Erfahrung lehrt, die Vision auch mit anderen Augen zu betrachten und mehr in ihr zu erkennen, als es dir heute schon möglich ist."

Mino-nokomis nickte langsam. Ja, so würde es sicherlich sein. Die Zeit würde ihm dabei helfen zu begreifen, zu verstehen, was er heute noch nicht zu verstehen vermochte. In ihm selbst lag der Schlüssel, er musste nur offenen Auges durch sein Leben gehen und all das, was er hier oder wer weiß wo erlebt hatte, niemals aus dem Blick verlieren, dann würde er eines Tages vollends zu erkennen vermögen, was ihm die Erlebnisse der vergangenen Tage zu sagen hatten.

Als dann die Sonne hoch am Himmel stand, brachen sie auf, um zum Lager der Gamini zurückzugehen. Und als er sich, bereits zum Gehen gewandt, noch einmal umblickte und die kleine Lichtung betrachtete, da spürte er mit jeder Faser seines Seins, dass es wirklich nicht derselbe Mensch sein würde, der da zu seiner Familie zurückkehrte.

20

Voller Sorge hatte Elias auf die längst überfällige Ankunft der beiden gewartet, doch als er dann endlich seinen Sohn sah, verwandelte sich seine momentane Erleichterung bei dessen Anblick in Bestürzung. Frappierend erinnerte ihn sein Zustand an die Tage seiner Krankheit, als er mehr tot denn lebendig gewesen war. Doch als er an die Seite seines Sohnes stürzte, lächelte dieser nur matt und flüsterte leise und beinahe flehentlich: „Ich möchte schlafen, nur schlafen, ... bitte ..."

Genau das tat er dann auch, keine fünf Minuten später. Von Vater und Großvater zu dessen Wigwam geleitet, hatte er sich ohne ein weiteres Wort auf sein Bett fallen lassen, dreckig und staubig wie er war, und war bereits im nächsten Augenblick schon eingeschlafen. Nicht einmal zugedeckt hatte er sich, das erledigte Elias jetzt für ihn, sorgsam und sorgenvoll. Der Anblick seines Sohnes hatte allerdings auch wenig Aufmunterndes zu bieten. Blass und fahl die Haut, tief die Ränder unter den geschlossenen Augen, erdig und verschrammt die Hände, die Haare strähnig und verfilzt. Als er mit seinen Sorgen und Fragen an Shawaeghiizig herantrat, lächelte dieser nur beschwichtigend und sagte: „Dein Sohn hat einen langen Weg zurückgelegt. Er ist müde von seiner weiten Reise."

Auch anderweitig begegnete man seinen Ängsten mit einem milden, freundlichen Lächeln, beschwichtigenden Worten und so ruhigen, verstehenden Augen, dass er zunehmend das hilflose Gefühl bekam, anscheinend der Einzige zu sein, der nichts be-

griff, oder umgekehrt, der Einzige zu sein, der im Stande war, den Ernst der Lage zu erkennen.
Nach dem Abendessen nahm Shawaeghiizig seinen Schwiegersohn dann schließlich beiseite. Beinahe aufatmend folgte ihm Elias, hoffte er doch nun endlich Auskunft und Klarheit zu erhalten. Doch stattdessen verwirrte ihn die Rede des alten Mannes nur noch mehr, denn dieser sagte mit einem heiteren Lächeln: „Mein Bruder, ich denke, wir haben berechtigten Anlass, in den nächsten Tagen ein kleines Familienfest auszurichten! Nigig-o-quae, Mikinak und ich sind übereinstimmend zu der Ansicht gelangt, dass es nicht Mino-nokomis ist, der da an meiner Seite aus dem Wald zurückgekehrt ist!"
„Was? Aber natürlich ist das Mino-nokomis! Wer denn sonst?!"
Offensichtlich vergnügt betrachtete ihn Shawaeghiizig und mit einem Glitzern in den Augen sagte er dann: „Und ich sage dir, dass du dich irrst!"
„So? Und wer liegt dann bitte schön im Wigwam und schläft?"
Einen Moment lang blickte Shawaeghiizig Elias schweigend und nachdenklich an, dann sagte er leise und ruhig, doch mit unumstößlicher Gewissheit in der Stimme: „Ein junger Mann ohne Namen. Ein halbes Kind zog in den Wald, ein junger Mann kehrte zurück. Es ist an der Zeit, diesem Mann einen Namen zu geben und genau darüber möchte ich mit dir sprechen, denn du bist sein Vater und jedem Menschen steht es zu, seinen Namen im Beisein seiner Eltern zu erhalten und von ihnen mit diesem neuen Namen angenommen zu werden. Dies ist ein sehr wichtiger Schritt im Leben deines Sohnes und du hast das große Glück, ihn dabei begleiten zu dürfen! Doch solltest du zuvor noch einiges wissen, was dir die Erfüllung deiner Aufgabe erleichtern wird."

Bereits am übernächsten Tag eröffnete Mikinak abermals das feierliche Zeremoniell der heiligen Pfeife. Die ganze Familie hatte sich in Shawaeghiizigs Wigwam versammelt, um der Zeremonie der Namensgebung beizuwohnen.
Als die Pfeife ihre feierliche Runde beendet und mit ihrem Rauch die Ojichaag aller Anwesenden geeint hatte, bedeutete Elias seinem Sohn vor Shawaeghiizig zu treten, der daraufhin klangvoll

seine Stimme erhob und sprach: „Sohn von Elias und Winonah, meiner ältesten Tochter! Als junger Mensch kamst du in das Lager der Gamini, kein Kind mehr und noch nicht Mann. Kaum drei Monde sind seitdem vorübergezogen und doch steht heute ein Mann vor mir, der mehr bewiesen hat als Tapferkeit und Ausdauer, der nicht nur ein geschickter Jäger ist, sondern auch ein Mensch, der mit Mut und Entschlossenheit seine Vision gesucht und auch gefunden hat. Aus einem Kind ist nun ein Mann geworden und ‚Bizhiu' soll sein Name sein." Eingehend blickte Shawaeghiizig in die Augen seines Enkelsohns, während er ihm seine linke Hand auf die Schulter legte und sagte: „Bizhiu, dies wird fortan dein Name sein. Dieser Name ist unser Geschenk an dich und du weißt selbst am besten von uns allen, was sich alles für dich in diesem Namen verbirgt. Trage ihn mit Stolz und Ehre, mein Enkel, und wisse, dass nur wenigen vergönnt ist, den Namen ihres Totems zu tragen und auch auf seinen Spuren zu wandeln."
Elias fühlte sich gerührt und aufgeregt zugleich und entsprechend feucht waren seine Hände, als er seinen Sohn umarmte, seine bärtige Wange an die sorgfältig glatt rasierte Wange seines Sohnes schmiegte, und eigentümlich rau klang seine Stimme, als er dann laut und vernehmlich aussprach, was Vater und Mutter in so einem Moment zu sagen hatten: „Dies hier ist Bizhiu, mein Sohn, und ich liebe ihn. Und ich bitte Gitchi Manitu, den großen Geist, diesem Mann hier ein langes, glückliches Leben zu schenken und ihm dabei zu helfen, seinen Weg zu gehen. Ich bitte Gitchi Manitu mit aller Kraft meines Herzens darum, denn dieser Mann ist Bizhiu, mein Sohn, und ich liebe ihn."

Es war tatsächlich eine Träne, die da verstohlen in Elias Bart rollte, doch Bizhiu sah sie wohl und sie war ihm ein Juwel kostbarster Art. Einen kurzen Moment lächelte er seinen Vater ein wenig unsicher an, doch dann schloss er ihn einfach in seine Arme, hielt ihn lange und fest und genoss es, mit welcher Kraft und Herzlichkeit der Vater seine Umarmung erwiderte.

21

Die Aufregung im Ort war schier unbeschreiblich und der Aufruhr schien sich wellenartig fortzupflanzen in den Gassen St. Peters. Und David, der unglückseligerweise zu den wenigen gehörte, denen von Anfang an nicht die kleinste Kleinigkeit der Geschehnisse vorenthalten geblieben war, fühlte sich immer noch wie betäubt, verfolgt von dem grässlichen Anblick.
Wie in Trance führte er das Pferd am Zügel und kam nicht einmal auf den Gedanken, aufzusitzen und loszureiten. Beständig hatte er das Bedürfnis sich zu schütteln wie ein Hund, um irgendwie das Gesehene wieder loszuwerden, doch es war aussichtslos. David glaubte ihn noch zu riechen, diesen stechenden Geruch von Aggression und Angstschweiß und ihm wurde mit einem Mal so übel, dass er sich gerade noch hinter das nächste Gebüsch flüchten konnte, ehe er sich im hohen Bogen übergab.
Mein Gott! Dabei hatte dieser Tag so nett angefangen, als ihm sein Vater unverhofft den Auftrag erteilte, mit dem Braunen in die Schmiede zu reiten, um die Hufeisen erneuern zu lassen. Natürlich hatte er insgeheim gehofft, möglicherweise Charlotte zu treffen, doch statt ihrer hatte er dann etwas ganz anderes zu sehen bekommen.
Bereits vor der Schmiede war er auf eine Traube von Menschen getroffen. Neugierig wie er nun einmal war, hatte er sich unter die Menschen gemischt. Im Mittelpunkt des Gemenges stand ein junger Mann, er mochte höchstens zwanzig sein, klein, dünn, drahtig, mit rotblondem Haar und Sommersprossen. David kannte ihn nicht mit Namen, nur vom Sehen aus dem Saloon, einer der Saisongehilfen, noch nicht allzu lange im Ort.
Bei näherem Hinhören begriff David allmählich, worum es bei dem erregten, lautstarken Wortwechsel zwischen ihm und mehreren David gänzlich unbekannten Männern ging und gleichzeitig auch, dass es sich bei dem Schweiß auf der Stirn des jungen Mannes nur um Angstschweiß handeln konnte. Durchaus berechtigten Angstschweiß, denn das, was ihm hier vorgeworfen

wurde, war keine Kleinigkeit und konnte ihn gut und gerne um Kopf und Kragen bringen. Das Pferd, mit dem er hierher nach St. Peter gekommen war, sei nicht sein eigen, sei von ihm gestohlen, dreist und ehrlos! Und so sehr dieser seine Unschuld auch beteuerte, seine Ehrbarkeit beschwor, ein verdecktes Brandzeichen an ungewöhnlicher Stelle überführte ihn scheinbar der Lüge und noch weit schlimmer, auch des schäbigen Diebstahls der übelsten Sorte. Und das in einem Moment, da die Emotionen der Umstehenden bereits hochgeschwappt waren, und alle, die den Beteuerungen des Saisongehilfen Glauben geschenkt hatten, sich nun von ihm persönlich hintergangen und betrogen fühlten.
Was dann geschah, passierte rasend schnell. Ein Wort hatte das andere gegeben, beinahe schon zwangsläufig entstand ein Handgemenge, denn der Saisongehilfe beabsichtigte ganz offensichtlich das Weite zu suchen. Dies wollten die mittlerweile immer zahlreicher werdenden und vor allem auch lauter agierenden Umstehenden keinesfalls dulden. Aus dem Handgemenge wurde eine Rauferei, Blut floss, der Saisongehilfe wurde zu Boden gerissen. Doch irgendwie gelang es ihm zwischen den Beinen der anderen hindurch zu krabbeln, zu fliehen, vielleicht zehn Meter weit, dann wurde er abermals gefasst, strauchelte, ob der vielen haltenden und zerrenden Hände, wehrte sich, schlug und trat um sich wie wild, kam sogar noch ein weiteres Mal frei, rannte wie der Teufel. Doch all das nützte ihm wenig, ganz im Gegenteil, es brachte die Meute erst so richtig auf Trab. Ruckzuck hatten sie ihn wieder erwischt. Der sollte mal sehen, dass man mit ihnen nicht alles machen kann! Der sollte sein blaues Wunder erleben! Hart schlugen die Fäuste zu, schwer waren die Tritte, die ihn in den Boden zu stampfen schienen und mit einemmal hielt da einer diesen Strick. David konnte sich nicht einmal entsinnen, wer das Ding überhaupt ins Spiel gebracht hatte, plötzlich war es da gewesen, inmitten eines Hexenkessels, in dem alles tobte, stampfte und schrie. Auch der Saisongehilfe schrie, deutlich erinnerte sich David des angstvollen Gesichtes, das immer wieder in der tosenden Menge auftauchte und verschwand, unterging, wie das verzweifelte Gesicht eines Ertrinkenden, nass von Blut und Schweiß. Aber er schrie ohnedies nicht mehr lange, da hatten sie

ihn schon halb besinnungslos geschlagen, gefesselt und irgendwie auf ein Pferd und unter den nächsten Baum gezerrt und weit schneller noch hatten sie ihn dann auch wieder hinunterbugsiert, von dem Pferd, während die Menschenmenge johlte. Und wahrhaftig erst in dem Augenblick, da er da hing, dieser Saisongehilfe, begriff David die unumstößliche Realität, die Endgültigkeit all dessen, was da gerade eben passiert war. Unfähig etwas anderes zu tun, blickte er voller Grauen in dieses beinahe schon grotesk verzerrte Gesicht, wurde das entsetzliche Gefühl nicht los, dass sie ihn anstarrten, diese geweiteten, immer weiter hervorquellenden Augäpfel, in diesem sich zusehends von Rot ins Violett und schließlich ins Blaue verfärbenden Gesicht, mit einer Zunge so ungeheuer lang, wie es David niemals für möglich gehalten hätte. Gurgelnde Geräusche quälten sich an dieser dunklen, dick schwellenden Zunge vorbei und Speichel und Blut und die Beine zuckten unaufhörlich, verrenkten sich, wie in einem ungelenken, wirren Tanz, während die Hände verzweifelt ins Leere griffen. Auf einmal gewahrte David, wie still es geworden war, bis auf dieses grausame Gurgeln und Röcheln, das sich noch ein, zwei Minuten vernehmen ließ, ehe es endlich erstarb. Die Menge verflüchtigte sich zusehends, niemand wollte unbedingt in der Nähe gesehen werden, das Schauspiel war ohnehin vorbei, der Rest würde Sache der Krähen sein.

David versuchte sich damit zu beruhigen, dass er ihm nicht hätte helfen können, weil ein Pferdedieb praktisch unausweichlich am Galgen endete, so war es nun mal, war es immer schon gewesen! Doch es beruhigte ihn nicht, es verdrängte nicht die Tatsache, dass da ein junger Mann gewesen war, der weder die Möglichkeit gehabt hatte, sich wirklich zu verteidigen, noch die Chance auf eine ordentliche Hinrichtung, mit letzten Worten und Henkersmahl und Pfarrer und was da sonst noch so dazu gehörte. Andererseits, wer hatte schon das Recht auf einen „ordentlichen" Tod? David seufzte tief auf, sein Magen hatte sich wieder etwas beruhigt, obgleich ihm noch immer hundeelend war. Er wollte nur noch nach Hause, in sein Bett, die Decke über den Kopf ziehen, nichts mehr hören und nichts mehr sehen!

Einen kurzen Moment noch verschnaufte er, mit geschlossenen Augen, an den warmen Hals des Pferdes gelehnt, doch dann saß er auf und preschte davon, nach Hause in fliegender Hast. Ohne ein Wort stürzte er blindlings an einer seiner Schwestern vorbei, hinauf in seine Kammer und verkroch sich in sein Bett, zog sich die Decke über den Kopf und erst in dem stickig warmen Dunkel weinte er.

Stillschweigend wurde der Saisongehilfe am nächsten Tag bereits abgenommen und ohne viel Prozedere namenlos verscharrt. Danach wurde über die ganze Sache nicht mehr weiter gesprochen. David aber konnte nicht so einfach vergessen, in ihm hatte dieses Erlebnis bleibende Spuren hinterlassen und ein Stück seiner Sorglosigkeit, seiner Unbekümmertheit, war dabei verloren gegangen.

22

Als Bizhiu mit den ersten zartrosa Strahlen der aufgehenden Sonne erwachte und seine Augen aufschlug, blickte er direkt in die schwarzbraunen Augen Kinius, der vor ihm saß und ihn schon seit geraumer Zeit betrachtet hatte, darauf hoffend, er möge zur gewohnten Zeit erwachen, um mit ihm zum See zu gehen. Jetzt lächelte er ihn glücklich an und flüsterte: „Ich hatte darauf gehofft, dass du mich nicht vergessen würdest. Es war nur halb so schön, als du nicht hier warst."
Bizhiu freute sich sehr, vermisst worden zu sein und das, obwohl er ja nur einige wenige Tage fort gewesen war. Als sie gemeinsam in das dämmrige Halbdunkel dieses jungen Morgens traten, da durchzog ihn eine Woge glücklicher Zufriedenheit, warmer Liebe und Zuneigung zu all dem hier. Schweigend blickte er um sich und sah dann zu seinem Onkel, der ihn seinerseits beobachtet hatte. Doch jetzt lächelte Kiniu freundlich und warm und sagte leise: „Es gibt keinen schöneren Ort auf der Welt, nicht wahr?"
Bizhiu blickte noch einmal um sich, dann schüttelte er mit einem Lachen den Kopf und sagte: „Nein, bestimmt nicht."

„Vermisst du das Dorf der Weißen?"
Bizhiu schüttelte energisch den Kopf, dann blickte er zu Kiniu und sagte mit einem Lächeln: „Nein, nichts vermisse ich weniger, als dieses Dorf, aber dennoch gibt es dort manches, das mir wirklich fehlt, vor allem Winonah."
Kiniu nickte nachdenklich und sagte dann: „Ich kann mich an meine älteste Schwester kaum noch erinnern, ich war zu klein damals, als sie ging und es tut mir sehr leid, dass es so ist." Ein leises, vergnügtes Lächeln huschte über sein Gesicht, ehe er weitersprach: „Waubagone sagt immer, ich wäre Winonahs Liebling gewesen und sie sagt es nicht ganz ohne Neid ..." Er seufzte leise. „Sie kann sich erinnern, ich nicht." Sanft legte Kiniu seine Hand auf Bizhius Schulter, streichelte zart darüber. Forschend und auch ein bisschen wehmütig blickte er in Bizhius Augen.

Bereits wieder auf dem Weg ins Lager, war Bizhiu drauf und dran Kiniu seinerseits eine Frage zu stellen, die ihn lange schon beschäftigte. Warum hatte ein Mann wie Kiniu keine eigene Familie, keine Frau, keine Kinder? Sein Onkel war jung, aber keineswegs zu jung und er war sehr angesehen, sein Wort zählte etwas und er erfreute sich allgemein größter Beliebtheit. Obendrein war er ein gutaussehender Mann. Welchen Grund also mochte es geben, dass er trotz all dem keine Wiidjiiwaagan, keine Lebensgefährtin hatte?
Unschlüssig betrachtete er die aufrechte Gestalt seines Onkels, dessen Gang, das lange, schwarze Haar. Jeder seiner Bewegungen, auch der Mimik seines Gesichtes, lag eine gewisse Anmut und Bedachtsamkeit inne. Kiniu seinerseits fühlte den Blick Bizhius, spürte, dass dieser ihn beobachtete und als er ihn dann anblickte, sah er deutlich, dass die Augen seines Neffen voller unausgesprochener Fragen waren.
Kiniu sah, dass er über etwas nachdachte, über ihn nachdachte und er fragte sich, ob Bizhiu vielleicht zu ahnen begann, wie viele seiner eigenen Gedanken sich einzig und allein mit ihm beschäftigten.

23

Zu gleicher Zeit nahm gerade George Sattler seinen Jüngsten zur Seite und sagte beiläufig: „Schau dir mal den Braunen an, Dave, ich glaube, mit dem müsste man ganz dringend in die Schmiede."
So musste David denn wohl oder übel tun, was er die ganze Zeit vor sich her geschoben hatte. Mit düsteren Gedanken holte er also abermals den Braunen aus dem Stall und machte sich erneut auf den Weg zur Schmiede. Als er dort ankam, war Charlotte gerade dabei, Wasser am Brunnen zu holen. Da stand sie also, in ihrer ganzen Pracht, zog gerade einen offensichtlich sehr schweren Eimer Wasser hinauf und bemerkte ihn erst, als sie wieder aufschaute, endlich aufschaute. Denn David hätte unmöglich noch länger hier müßig herumstehen können und die Tochter des Hauses bei der Arbeit beobachten. Doch jetzt blickte sie ja gottlob in seine Richtung, im ersten Moment zwar ein wenig überrascht, doch im nächsten Augenblick schon zeigte sie ein verstohlenes, kleines Lächeln und zwinkerte ihm vergnügt und verschwörerisch zu. Sehr zu seinem Bedauern, wollte ihm kein vernünftiger Satz einfallen. Er tippte sich lediglich lässig grüßend mit dem Zeigefinger an seinen Hut und beschränkte sich ansonsten auf ein ausnehmend freundliches und gewinnendes Lächeln, welches sie kurz erwiderte, dann aber hastig ihren Eimer ergriff und eilig in Richtung des Wohnhauses verschwand, leider ohne sich auch nur einmal noch umzudrehen. Ein wenig enttäuscht blickte David Charlotte hinterher, selbst noch als sie bereits im Haus verschwunden war.
Hinter David räusperte sich jemand vernehmlich und fragte dann mit öliger Scheinheiligkeit: „Womit kann ich dienen? Kann ich vielleicht irgendwie behilflich sein?"
David blickte sich um und fand sich John, dem ältesten der Benhaven-Brüder gegenüber, der wie gewöhnlich an einem Strohhalm kaute und ihn aus seinen stechenden Augen lauernd betrachtete. Er hatte etwas Herausforderndes, Unternehmungslustiges im Blick und ganz und gar nichts Freundliches, wie er ihn

so anstierte, als wolle er ihm drohend sagen: „Lass bloß die Finger von ihr oder ich sorge eigenhändig dafür, dass es dir nicht besser ergeht, als dem armen Tropf vor ein paar Tagen!" Deshalb beeilte sich David, auf die lockeren Hufeisen des Braunen hinzuweisen und John in die glühend heißen Temperaturen der Schmiede zu folgen.

Verbissen schweigend bearbeitete John die Hufe des Braunen. Doch so schweigsam John auch in der Schmiede war, so ließ er es sich doch nicht nehmen, seinen Kunden nach getaner Arbeit, in scheinbar zuvorkommendem Diensteifer, noch mit hinaus zu begleiten, und er entpuppte sich hernach sogar als geradezu redselig. „Mann oh Mann, das war ja ein dickes Ding, so praktisch vor der eigenen Haustür! Es ist doch wahrhaftig nicht auszudenken, was einem alles so mir nichts dir nichts passieren kann! Dabei bin ich mir noch nicht mal so ganz sicher, ob das Pferd wirklich gestohlen war. Aber es reicht tatsächlich bereits vollkommen, wenn etwas nur so aussieht als ob und schon kann es mit einem vorbei sein! Nicht wahr, das hat doch etwas sehr Erschreckendes, das sollte einen doch geradezu nachdenklich stimmen!"
David verstand sehr wohl, was John ihm da, sozusagen durch die Blume, mitzuteilen versuchte und fragte sich insgeheim besorgt, wie viel dieser Mensch eigentlich wusste.
Der „Plausch" mit Charlottes Bruder stimmte ihn ungemein trübsinnig. Er würde niemals in der Öffentlichkeit mit Charlotte auch nur reden dürfen, geschweige denn mit ihr einmal ausgehen oder weiß der Teufel was. Nie, wirklich niemals würden ihn die Benhavens akzeptieren, gerade ihn, David Sattler, bis in alle Ewigkeit nicht!

24

Der Sommer war ungewöhnlich sonnig und warm gewesen in diesem Jahr und so trug alles nach üppiger Blüte auch zahlreiche Frucht. Die verheißungsvolle Zeit der Ernte stand unmittelbar bevor und mit ihr rückte unbarmherzig auch Bizhius Abschied nä-

her, vom Lager hier am Wasserzaun, von seiner Familie und besonders auch von Kiniu. Einzig der Gedanke daran, dass es kein Abschied für immer sein würde, dass er wiederkommen würde, gemeinsam mit seiner Mutter, einzig dieser Gedanke ermöglichte es ihm, jeden seiner verbleibenden Tage im Lager der Gamini dennoch in vollen Zügen genießen zu können.
Nach wie vor verbrachte er jeden Sonnenaufgang gemeinsam mit Kiniu. Badete mit ihm im eisigen Wasser des Sees, aber mit dem bedrohlich schnellen Voranschreiten der letzten gemeinsamen Tage, begannen sie damit, ihre Zeit der Zweisamkeit immer weiter auszudehnen. Bald schon gehörte es zum festen Ritual, sich nach dem gemeinsamen Bad noch für eine Weile hinzusetzen, über alles Mögliche zu sprechen oder auch gemeinsam zu schweigen. Kiniu stellte Bizhiu viele Fragen über das Leben der Weißen. Er wollte wissen, woraus sie ihre Häuser fertigten und wie sie in ihnen lebten, was sie gerne aßen, was sie freute oder wütend machte, woran ihr Herz hing, woran sie glaubten, welche Geschichten sie ihren Kindern erzählten und noch vieles mehr.
Meist hörte er Bizhius Ausführungen und Berichten kommentarlos zu, manchmal nickte er auch, oft genug aber sah Bizhiu in den Augen seines Onkels die blanke Verwunderung stehen und nicht selten lachte Kiniu leise und schüttelte ratlos den Kopf.
Es war einer ihrer letzten Sonnenaufgänge, hier gemeinsam am See, als Kiniu nach einer kleinen Weile des Schweigens sagte: „Du sagst, ihr Gott gebietet ihnen, dass sie nicht töten sollen, nicht wahr, das sagt er doch, ihr Gott?"
Bizhiu nickte: „Ja sicher, das sagt er, ganz eindeutig."
Kiniu nickte, überlegte einen kurzen Augenblick, dann fuhr er leise und nachdenklich fort: „Du hast gesagt, ihr Gott sagt auch, dass sie nicht das begehren sollen, was schon ein anderer hat? So hast du es erzählt, ich habe mich doch da nicht verhört?"
Bizhiu schüttelte mit einem leisen Lachen den Kopf.
„Gut! Ich sage dir, es ist ein weiser Gott, der Gott der Weißen. Und du sagst mir, er wäre den weißen Menschen auch ungeheuer wichtig, so wichtig sogar, dass sie seine Gebote auswendig lernen und sich immer wieder treffen, um sie gemeinsam zu üben, zu sprechen und zu singen, ... nicht wahr?"

„Ja, so ungefähr."
„Weißt du, was ich dann nicht verstehe? Wieso leben sie nicht, was sie glauben und auswendig lernen und gemeinsam singen? Warum hören sie nicht auf ihren weisen Gott? Sie töten genauso, wie sie beständig das haben wollen, was anderen schon gehört. Aber es gibt noch etwas, was ich nicht begreifen kann. Wenn sie selber schon nicht auf ihren Gott hören, warum wollen sie dann unbedingt, dass alle anderen, dass die Ojibwe auf ihn hören? Ich finde das merkwürdig, sogar ein bisschen verrückt! Ich finde vieles verrückt von dem, was du mir von den Weißen erzählt hast und vieles finde ich auch sehr unbedacht und gefährlich. Es macht mir Sorge, wenn ich daran denke, dass es nicht weniger werden, sondern immer mehr. Sie kommen von weit oben, an der Küste. Mit immer neuen riesigen Booten kommen sie über das große Wasser gefahren und unser Leben wird nicht leichter, dort wo sie ihre Häuser bauen. Manches Mal denke ich, es ist falsch sie alle kommen zu lassen. Manches Mal denke ich, jetzt vielleicht ist noch genügend Zeit, sie wieder davonzujagen, ehe es noch mehr werden. Wenn wir uns alle zusammentun, die Ojibwe, die Algonkin, die Huronen, die Nipissing, die Ottawa, die Cree und alle anderen, dann würden wir es schaffen. Was du mir erzählt hast, lässt mich nicht darauf hoffen, dass unserem Volk ein gutes Miteinander mit den Weißen möglich ist, nicht einmal ein friedliches Nebeneinander. Die Weißen halten sich nicht an ihre eigenen Worte und auch nicht an die Worte ihres Gottes. Ich hoffe, ich kränke dich nicht mit meiner Rede. Aber es ist wirklich so, am liebsten würde ich mit den anderen in den Krieg gegen die Weißen ziehen! Ich würde sofort aufbrechen dafür, auf der Stelle! Doch es sind leider nur einige wenige, meist junge Krieger, die so denken wie ich. Die meisten glauben, dass nur durch Frieden und Freundschaft mit den Weißen auf Dauer die Sicherheit unseres Volkes gewährleistet sein kann. Aber ich habe meine Zweifel, mein Bruder, ich habe wirklich meine Zweifel. Was zählen Verhandlungen und Abmachungen mit einem, dem sein eigenes Wort nichts wert ist?"

Immer spürbarer nahte der Abschied des Sommers, schon begannen die Nächte merklich kälter zu werden und genauso unverkennbar brachen damit für Bizhiu und Elias auch die letzten Tage im Lager der Gamini an. Das Kanu war bereits wieder ausgebessert und einsatzbereit, der Tag der Abreise stand fest. Noch drei Nächte würden sie hier im Lager verbringen und dann würde einmal mehr die Zeit des Abschiednehmens gekommen sein.

Der Tag brach gerade an und Bizhiu saß gemeinsam mit Kiniu am Ufer des Sees. Es sollte das letzte Mal sein, dass sie hier gemeinsam saßen, doch wusste dies noch keiner von beiden, sie ahnten es nicht einmal. Die Sonne schien bereits angenehm warm auf sie nieder und Bizhiu lag, den Kopf an einen kleinen Findling gelehnt, in der Sonne und schloss die Augen. Er fühlte sich einfach ungemein wohl und entspannt und hatte nicht die geringste Lust, schon bald aufzubrechen, um ins Lager zurückzukehren. Die Wellen rauschten und ein leiser Lufthauch zog über seinen nackten Oberkörper hinweg. Bizhiu hätte ewig so liegen mögen und möglicherweise wäre er dann sogar eingeschlafen. Kiniu aber betrachtete ihn eine ganze Weile, nachdenklich, aufmerksam, mit einem Blick, der jetzt, da er sich vollkommen unbeobachtet wusste, so ungeheuer weich und traurig war, dass es Bizhiu erschreckt hätte, wäre er seiner gewahr geworden.
Zärtliche Hände strichen über sein Haar, seine Wange, sanfte Lippen hauchten einen zarten, scheuen Kuss darauf. Bizhiu, nicht sicher, ob ein Traum oder die Realität ihm gerade diese Empfindungen bescherte, öffnete die Augen, blickte in die beinahe schwarzen Augen Kinius, dessen Blick so sehnsuchtsvoll und verwundbar war, in diesem Moment, da er direkt in Bizhius Augen sah. Und vollkommen unwirklich, wie in einem bizarren, eigenartigen Traum gefangen, fühlte Bizhiu erneut diese Hände durch sein Haar, über seinen nackten Oberkörper streichen, während sich, ebenso sanft wie bestimmt, Kinius Lippen über den seinen schlossen. Bizhiu erlebte all das voller Verwunderung und auch Befremden. Er hätte keineswegs sagen können, dass es ihm unbedingt unangenehm gewesen wäre, aber noch viel weniger, dass er es etwa gewollt oder gewünscht hätte. Doch ehe er sich selbst von seiner Verblüffung erholt hatte, hatte sich Kiniu bereits mit einem tiefen Seufzer wieder von ihm gelöst und saß nun, voll-

kommen in sich zusammengesunken da, das Gesicht in seinen Händen verborgen. Bizhiu betrachtete ihn, fassungslos, unendlich verwirrt.
Es war Kiniu, der nach einer Zeit, die Bizhiu wie eine Ewigkeit erschien, als erster die Sprache wiederfand. Leise, unendlich leise flüsterte er: „Ich wage kaum, dich um Verzeihung zu bitten und doch verzeih mir, ich bitte dich, verzeih mir ..."
Als Kiniu endlich wieder aufsah und seinen Blick Bizhiu zuwandte, flehentlich, fragend, voller Verzweiflung, standen seine Augen voll von Tränen und er machte sich auch nicht die Mühe, sie am herunterlaufen zu hindern. Unendlich traurig sah er aus, gebrochen, wie einer der alles verloren hat, was ihm jemals teuer war. Lange blickte er Bizhiu so an, fragend, unglücklich. Doch Bizhiu war viel zu bestürzt, um irgendetwas sagen zu können. Ein kleines, trauriges Lächeln zog über Kinius Gesicht und voller Wehmut sagte er: „Ich habe alles verloren, nicht wahr? Alles, deine Freundschaft, dein Vertrauen und meine Ehre. Ich habe früher niemals in Erwägung gezogen, den Pfad des Krieges mit dem Pfad der Liebe zu vertauschen, bis ich dich ..." Kiniu schüttelte den Kopf. „Ich habe in den vergangenen Wochen durch dich gelernt oder überhaupt erst begriffen, wie sehr sich mein Herz nach Liebe und mein Körper nach Nähe sehnt. Ich möchte dir dafür danken, Bizhiu, dass du mir die Augen geöffnet hast. Und ich wünschte, du könntest verzeihen, was unverzeihlich ist. Ich wollte nichts weniger, als dich beleidigen oder verletzten, gerade dich ..."
Bizhiu nickte langsam und wunderte sich selbst, wie klar und entschieden seine Stimme klang: „Kiniu, du wirst immer mein Freund sein, egal was auch geschehen ist, und ich werde keinem etwas sagen, du kannst dich auf mich verlassen."
Ein zaghaftes Leuchten huschte über Kinius Gesicht und er nickte, schniefte ein bisschen und sagte dann: „Ich stehe für alle Zeiten tief in deiner Schuld, mein Bruder. Du kannst erzählen, was dir widerfahren ist, wem immer du es erzählen möchtest. Wenn du aber wirklich so großmütig bist und es mir überlassen willst, meine Schuld einzugestehen, so werde ich dir das niemals vergessen."

Kiniu schwieg einen Moment und sagte dann mit fester, entschiedener Stimme, die warm war von Liebe und Zuneigung und dunkel von Trauer: „Bizhiu, mein Freund, für uns ist die Zeit des Abschieds gekommen. Ich werde nicht mit dir in das Lager der Gamini zurückkehren, sondern in den Wald gehen, um zu fasten und in mich zu blickenn, damit ich vielleicht erkenne, welchen Weg ich zu gehen habe. Und um stark genug zu sein, die Schande zu ertragen, die ich selber auf mich geladen habe, du bist ototeman, ein Träger des gleichen Totems, ein Verwandter, ich hätte mich dir niemals nähern dürfen, bitte verzeih."
Langsam erhob er sich und ging aufrecht, erhobenen Hauptes dem Wald zu. Doch sein Gang war schwer, als trüge er eine unendliche Last auf seinen Schultern. Nach einigen Schritten hielt er inne, blickte sich noch einmal um und sagte: „Leb wohl, mein Bruder, nochmals Dank für alles, gi-zaagi`in - ich liebe dich -."

Bizhiu fühlte sich wie benommen. Langsam, wie im Traum erhob er sich und ging gedankenschwer zurück in das Lager der Gamini, kaum dass er wahrnahm, was seinen Weg säumte. Im Lager dann erklärte er den anderen, dass Kiniu in den Wald gegangen sei, um zu fasten und zu meditieren, was zu seiner grenzenlosen Erleichterung ohne weitere Fragen hingenommen wurde.

Bizhiu versuchte, sich den Rest des Tages mit Arbeit abzulenken, stürzte sich in jede sich ihm bietende Tätigkeit, doch wenn er auch für zwei schuftete, so arbeiteten seine Gedanken dennoch unbeirrt in seinem Kopf weiter, purzelten seine aufgewühlten Gefühle durcheinander und spürte er zugleich die beständige Leere an seiner Seite. Kinius Platz war leer und er vermisste ihn und wünschte sich, dass es diesen Morgen einfach nicht gegeben hätte. Nachts dann in seinem Bett, vermisste er das allabendlich geführte leise Gespräch mit ihm und der Anblick seiner unberührten Schlafstatt erfüllte ihn mit einem traurigen, trostlosen Gefühl des Verlassenseins. Nun war es Bizhiu, der weinte, leise, lautlos, in seine dreieckige Decke hinein und das Herz war ihm ungeheuer schwer. So gerne hätte er Kiniu nur noch einmal gesagt, dass er ihn immer noch genauso mochte, dass er ihn um nichts weniger achtete und ihre Freundschaft ihm noch genauso wert und teuer war und dass er ihm einfach schrecklich fehlte.

Am nächsten Morgen ging Bizhiu alleine zum Ufer des Sees, in der Hoffnung, Kiniu dort vielleicht zu treffen, doch er war nicht da. Und auch am nächsten Morgen nicht, so sehr es Bizhiu auch gehofft hatte. Denn anderntags schon würde er abreisen und Kiniu wusste das ebenso wie er selbst.
Den Rest des Tages stürzte sich Bizhiu in die Vorbereitungen ihrer Abreise, doch mit seinen Gedanken war er ganz woanders, bei Kiniu im Wald und er hätte heulen können, bei dem Gedanken, ihn vor ihrer Abfahrt nicht mehr wiederzusehen.

Abends dann versammelte sich noch einmal die gesamte Familie nebst vielen Freunden in Shawaeghiizigs Wigwam. Die Frauen hatten ein wunderbares Essen bereitet, es wurde gemeinsam gegessen, gespielt, geraucht und erzählt und allenthalben gesellte sich einer der Anwesenden zu Bizhiu, um ihm irgendein kleines oder größeres Geschenk zuzustecken, lächelnd und nickend, mit den besten Wünschen und der ein ums andere Mal klar formulierten Hoffnung auf ein baldiges Wiedersehen. Die liebevolle Beachtung und Zuneigung, die Bizhiu zuteil wurde, tröstete ihn ein wenig darüber hinweg, dass Kiniu auch an diesem, seinem letzten Abend hier im Lager, nicht zurückgekehrt war.
Waubagone, die ihn schon geraume Zeit beobachtet hatte, stand auf und kam zu ihm herüber. Sie setzte sich neben ihn und sagte leise und teilnahmsvoll: „Du bist traurig, dass Kiniu nicht zu deinem Abschiedsfest gekommen ist, nicht wahr?"
Bizhiu nickte zögerlich und fragte: „Woher weißt du das?"
„Weil dein Blick immer wieder hinaus wandert, in die Dunkelheit vor dem Wigwam, ganz so, als würdest du auf jemanden warten, der aber nicht kommt. Und weil nur Kiniu nicht hier ist, ist es nicht schwer zu erraten, was dein Herz betrübt. Du musst nicht traurig darüber sein. Wenn Kiniu heute nicht kommt, wird er einen sehr wichtigen Grund dafür haben. Ich weiß, dass er dich mehr mag, als manchen, den er schon sein Leben lang kennt und das ist die Wahrheit, glaube mir, ich kenne meinen kleinen Bru-

der, ich kenne ihn gut, und ich habe es in seinen Augen gelesen, von Anfang an!"
Waubagone nickte und lächelte und Bizhiu fragte sich, wie er ihre Worte eigentlich zu verstehen hatte. Waubagone lachte leise, als sie in Bizhius fragende Augen sah und flüsterte ihm ins Ohr: „Glaube mir, Bizhiu, große Schwestern wissen mehr über ihre kleinen Brüder, als denen vielleicht lieb ist, aber wenn sie gute große Schwestern sind, schweigen sie und lassen ihre kleinen Brüder selbst herausfinden, was es herauszufinden gibt."
Ein Leuchten ging durch ihre Augen und sie sagte: „Aber schau einmal ..." Emsig kramte sie in ihrem Lederbeutel und zog dann ein winziges, über und über mit kleinen blauen, weißen und türkisfarbenen Blümchen und Ranken besticktes Lederbeutelchen hervor. „Ich habe es für den Stein gemacht, den du bei dir trägst. Es ist ein heiliger Stein, das fühlt man, doch das weißt du sicherlich. Einen solchen Stein sollte man nicht einfach so mit sich herumtragen."
Mit einem Strahlen hängte sie Bizhiu das Beutelchen um den Hals und nickte zufrieden: „Jetzt fehlt nur noch der Stein!"
Bizhiu lächelte sie dankbar an und erhob sich, um sogleich den Türkis in sein neues und wesentlich würdigeres Behältnis zu tun, als Shawaeghiizig vor ihn trat und mit einem Mal verstummten die Gespräche und alle Blicke richteten sich auf ihn.
Wohlwollend ruhte Shawaeghiizigs Blick auf Bizhiu und Stolz schwang unüberhörbar in seiner Stimme, als er sagte: „Trage sie mit Ehre und Stolz, mein Sohn!"
Eine Feder, eine wunderschöne lange Feder, glänzend weiß und an der geschwungenen Spitze von blau schimmerndem Schwarz, lag in seiner Hand. An ihrem Kiel waren mehrere weiche Flaumfedern befestigt, mit gelben und grünen feinen Lederbändern kunstvoll in geometrischen Mustern umwoben, mündeten sie in ein fein geflochtenes Lederband. Sprachlos ließ sich Bizhiu dieses Zeichen der Ehre und des Mutes von Shawaeghiizig um den Hals hängen, ungläubig betrachtete er die Feder, befühlten seine Hände ihre zarte, seidige Geschmeidigkeit.
„Mit welcher Heldentat habe ich diese Ehre verdient, Nimishoomis?"

Shawaeghiizig lächelte und sagte: „Oftmals geschehen die wahren, die ganz großen Heldentaten leise, im Verborgenen. Ein Mensch, dessen Herz mit Entschlossenheit nach dem Guten und Weisen strebt, mag sie ganz selbstverständlich tun, ohne es selbst so recht zu bemerken, denn er hat sich weder dazu durchringen, noch überhaupt bewusst dafür entschließen müssen. Nimm diese Auszeichnung, mein Sohn, nimm sie in der Gewissheit, sie dir als einer, der mit Mut und Tapferkeit zwischen den Welten wandert, verdient zu haben. Es ist nicht leicht, so zu wandern, wie du wanderst! Du schützt dich nicht, du schonst dich nicht, du gehst deinen Weg mit einem weiten, offenen Herzen. Möge dein Herz auch eines Tages zur Ruhe kommen und seine Heimat finden, noch ehe der Winter deines Lebens heranbricht. Wer weiß, mein Sohn, welche Wege Bizhiu dich führen mag? Doch vergiss eines nicht. Gleichgültig was auch kommt, Heimat muss nicht immer ein bestimmtes Fleckchen Erde bedeuten, Mutter Erde ist überall! Heimat kannst du auch und sogar vor allem in deinem eigenen Herzen finden, und wenn du großes Glück hast, auch noch in dem Herzen eines anderen Menschen."

Weit vor Sonnenaufgang bereits saßen Bizhiu und Elias, Nigig-o-quae, Shawaeghiizig und Waubagone beisammen und stärkten sich für den kommenden Tag, genossen noch einmal das Zusammensein. Mit einem freundlichen Nicken und einer einladenden Geste bedeutete Nigig-o-quae Bizhiu sich vor ihr hinzusetzen. Sogleich begann sie sein langes, schwarzes Haar mit einer aus Stachelschweinborsten gefertigten Haarbürste zu bürsten und mit geschickten Fingern flocht sie seitlich drei schmale Zöpfe in sein Deckhaar. In den einen flocht sie ein grünes, in den anderen ein gelbes Lederband und umwickelte ihre Enden sorgfältig damit. In den mittleren Zopf aber flocht sie das grün-gelbe Lederband mit der Feder. Und als sie damit fertig war, lachte sie, küsste ihn strahlend auf beide Wangen und sagte voller Stolz und Wohlgefallen: „Nein, seht doch nur, was habe ich für einen schönen, stattlichen Enkelsohn!"
Allzu schnell verrannen die letzten Minuten im Lager der Gamini und ehe es Bizhiu recht begriffen hatte, war er zum Abschied

noch einmal von vielen Armen gedrückt und geherzt worden, ehe er mit seinem Vater wieder das Kanu bestiegen hatte und sich nun stetig von jenem Ufer entfernte, an dem seine Familie stand und winkte.

Das Licht brach sich in eigentümlichen Strahlen und Bizhiu vermochte erst wieder deutlich zu sehen, als er seine Tränen mit entschlossener Hand aus den Augen wischte. Es gab keinen Grund zum Weinen, dies sollte schließlich kein Abschied für immer sein! Schon im nächsten Jahr würde er wiederkommen, mit Winonah an seiner Seite und dann würde die Freude unbeschreiblich sein. Er fuhr ja gar nicht wirklich weg von hier! Er fuhr ja nur zurück, um seine Mutter aus diesem gottverdammten Nest zu befreien! Freuen sollte er sich, anstatt traurig zu sein!

Sie waren noch nicht allzu lange unterwegs, als Bizhiu von Ferne sah, wie ein Mensch mit einem weiten, eleganten Kopfsprung vom Felsen ins Wasser sprang, mit starken Armen das Wasser durchpflügte und direkten Kurs auf ihr Kanu hielt. Bizhius Herz klopfte bis zum Hals, während er seinen Vater auf die nahende Gestalt aufmerksam machte und ihn dazu veranlasste, auch seinerseits das Paddel ruhen zu lassen. Und er hoffte inständig, dass es der sein möge, den er von Weitem schon zu erkennen glaubte. Aber es konnte eigentlich niemand anders als Kiniu sein und er war es tatsächlich. Als er sie endlich erreichte, strahlte er und zog etwas über seinen Kopf, um es Bizhiu zu reichen. Es war sein Skalpmesser, sein gehüteter Schatz.

Als sich Bizhiu von seiner ersten Überraschung erholte und mit einem freundlichen Lächeln das Messer entgegennahm, lächelte auch Kiniu und sagte: „Ich denke, mein Freund, ich werde keine Skalpe mehr nehmen, aber du wirst sicher eines Tages ein großer Krieger sein und es wäre mir eine Ehre, wenn du es auf dem Kriegspfad mit dir führen würdest."

„Das werde ich, Kiniu. Wenn ich einmal in meinem Leben wirklich ein solches Messer benötige, dann wird es deines sein und du wirst mir dann vielleicht mit deinem Geschenk das Leben gerettet haben."

Kiniu lächelte Bizhiu noch einmal voller Dankbarkeit an, machte dann aber im nächsten Augenblick schon kehrt und schwamm eilig zurück. Bizhiu blickte ihm nachdenklich nach, das blanke, in nasses Leder gehüllte Skalpmesser in seiner Hand. Und Elias blickte weit nachdenklicher noch als er.

Mehrere Stunden waren bereits vergangen, sie hatten die Bucht und das Lager der Gamini schon weit hinter sich gelassen, da sagte Bizhiu ganz unvermittelt in die Stille hinein: „Es gibt Männer, die Männer lieben, nicht wahr, Nimbaabaa?"
Ziemlich erstaunt blickte sich Elias um, dann aber brummte er, nach kurzem Zögern: „Mmh, die gibt es wohl, aber, wie um alles in der Welt kommst du ..."
„Was bedeutet das für einen Mann der Ojibwe, Nimbaabaa, kannst du mir das sagen?"
Elias kratzte sich verlegen am Ohr, blickte erst unter sich und dann mit einem gedehnten Seufzer in das grelle Licht der Sonne, zog Stirn und Nase kraus, doch dann antwortete er schließlich zögerlich: „Na ja, erst mal weiter nichts, würde ich sagen, außer ... also wenn er sich dann wirklich ... dafür entscheidet, einen anderen Mann, na ja, zu heiraten, also, dann ist natürlich seine Laufbahn als Krieger vorbei."
„Was! Die ist vorbei? Ja, aber warum denn?"
Jetzt musste Elias doch schmunzeln, so sehr ihn dieses Thema auch befremdete, ihm eigentlich sogar ziemlich peinlich war: „Ach, Bizhiu, du bist wirklich ...! So ziemlich jeder andere wäre entsetzt darüber, dass die Ojibwe eine solche gottverdammte Schweinerei klaglos in ihren Reihen dulden! Und du? Also, lass dir eins gesagt sein, mein Sohn, in St. Peter würde so einer ins Gefängnis geworfen, wenn nicht noch weit Schlimmeres! Der käme nie wieder auf die Beine, verlass dich drauf!"
„Und denkst du auch, dass es eine ‚gottverdammte Schweinerei' ist?"
Jetzt wurde Elias mit einem Mal hellhörig und besorgt sagte er: „Bizhiu, um Gottes Willen! Wieso stellst du mir denn all diese Fragen?! Du willst doch nicht etwa andeuten, dass ..."
Bizhiu lachte und schüttelte den Kopf: „Ich? Nimbaabaa, meinst du das? Nein, sei unbesorgt, wenn es nach mir ginge, würdest du vielfacher Großvater werden, da mach dir mal keine Gedanken."

25

Die Überfahrt gestaltete sich nicht minder anstrengend als auf dem Hinweg. Doch nach einigen kräftezehrenden Tagen hatten sie schließlich das erste Etappenziel ihres Weges erreicht und Sams Holzhaus mit seiner gemütlichen Veranda tauchte vor ihren Augen auf.

Bizhiu konnte es kaum mehr abwarten, sich endlich vom Wohlbefinden seines treuen Pferdes zu überzeugen und natürlich freute er sich auch, Sam selbst wiederzusehen.

Der Abend dämmerte bereits, als sie das Ufer erreichten. Mit einem erleichterten Seufzer sprang Bizhiu aus dem Kanu, watete durch das knietiefe, eiskalte Wasser und half seinem Vater dabei, das schwerbeladene Gefährt an Land zu ziehen und seine Fracht auszuladen.

Es war eigenartig, aber erst hier, in dieser durch das Blockhaus deutlich geprägten Umgebung, kam Elias beim Anblick seines Sohnes wirklich zu Bewusstsein, dass dieser ein Ojibwe geworden war, durch und durch. Jeder Fremde würde nicht im Traume darauf kommen, dass dieser junge Krieger hier sein Sohn war, und dieser Gedanke hatte einen Stachel, der sich schmerzlich in sein Herz bohrte. Vielleicht stimmte es ja wirklich, dass ein Kind mit der Muttermilch auch den Geist der Mutter in sich aufnahm, der dann zeitlebens sein Dasein prägen würde. Fest stand jedenfalls, dass all die Jahre in St. Peter seinen Sohn nicht einmal annähernd so sehr beeinflusst hatten, wie es ein Tag im Lager der Gamini spielend vermocht hatte.

Mit einem tiefen Seufzer schulterte Elias sein Bündel und folgte seinem Sohn zur Veranda.

In diesem Augenblick trat Sam, das Gewehr schussbereit im Anschlag, vor die Tür.

„Bei Gott!" Sam schüttelte seine wirre Lockenmähne. „Als wir uns das erste Mal gesehen haben, da dachte ich, er sieht wie ein Indianer aus, aber jetzt, verflucht, Silas, du wirst es verdammt schwer haben, in diesem elenden Kaff!"

In diesem Augenblick hatte auch Elias die Veranda erreicht und wurde sogleich in Sams Begrüßung miteingeschlossen, wurde von diesem großen Mann geherzt und gedrückt. Sam strahlte Elias an und sagte mit einem Seitenblick auf Bizhiu: „Na, mein Freund, da hast du ja wahrhaftig Wunder gewirkt, 'n richtigen Trapper hast du aus ihm gemacht, 'n Fallensteller, wie er im Buche steht ..." Sam klopfte laut lachend auf Elias' Schultern, lachte immer noch, als sie zu dritt schon wieder am Kanu waren, um die restliche Ladung zu holen.
Leise trat Bizhiu neben seinen Vater und blickte ihn von der Seite an, doch dieser schaute angestrengt auf den Boden, schweigsam, ganz so als bemerke er die Nähe seines Sohnes gar nicht und auch nicht dessen forschenden, fragenden Blick.
„War es das, was du dir von mir gewünscht hast?"
Elias antwortete nicht.
„Dann muss ich eine herbe Enttäuschung für dich sein, das tut mir leid."
Elias blickte auf, blickte seinen Sohn mit offenen, klaren Augen an und sagte leise: „Ja, das habe ich auch einmal gedacht, doch es ist nicht so. Ich finde es natürlich immer noch sehr schade, dass wir wohl niemals gemeinsam unterwegs sein werden, zumindest nicht so, wie ich mir das vielleicht gewünscht habe, aber du selbst bist für mich keine Enttäuschung. Du bist eben, wie du bist und das ist gut so, viel besser wahrscheinlich, als ich es mir je hätte erträumen können."
Bizhiu lächelte ihn dankbar an und Elias lächelte zurück, doch ein gewisser Schmerz, den der Abschied von lang gehegten Träumen unweigerlich mit sich zu bringen pflegt, schwang unverkennbar in diesem Lächeln mit.

Als dann alles zur allgemeinen Zufriedenheit verstaut war und Sam und Elias sich daran machten, Stapel an Fellen und Häuten eingehend in Augenschein zu nehmen, verabschiedete sich Bizhiu, um endlich seinen alten Freund im Stall zu begrüßen.
Er öffnete die Stalltür und sogleich stieg ihm der süßliche Geruch von Pferdemist in die Nase, umfingen ihn altbekannte Erinnerungen. Black Desert schnaubte mit bebenden Nüstern, tänzelte

aufgeregt von einem Bein auf das andere, als er so unverhofft die langersehnte Witterung seines Menschen aufnahm. Und noch einmal schnaubte er, als er dessen leicht zitternde Finger behutsam über seinen Hals gleiten fühlte. Dankbar grub er sein Gesicht in dieses Fell, schmiegte sich an diesen starken Hals und atmete tief jenen wohl vertrauten, so sehr geliebten Geruch.

Bizhiu ging an diesem Abend früh schlafen, schon gleich, nachdem sie gegessen hatten. Mit einem erleichterten Seufzer kuschelte er sich auf seinen Strohsack und lauschte noch einen Moment auf die gedämpft hereindringenden Geräusche. Dann griff er nach seinem Bündel und zog sein Buch heraus. Doch er kam nicht weit damit, denn nach den ersten Seiten schlief er bereits ein.
Ein Luchs, silbergrau im Mondlicht, strich leise und unbemerkt um das Haus, witterte sorgsam, ob vielleicht Gefahr in der Luft läge oder aber der verlockende Duft einer leichten Beute. Doch er witterte nur den Rauch des warm prasselnden Kaminfeuers, vor dem Sam und Elias gemeinsam saßen und tranken. Elias drehte eben versonnen seinen halb geleerten Becher in der Hand und blickte nachdenklich in das flackernde Spiel der Flammen.
„Ja", sagte er schließlich, ohne seinen Blick von den züngelnden Flammen zu wenden, „ich habe mich schon mehr als einmal gefragt, ob ich ihn wohl auch mitgenommen hätte, wenn ich gewusst hätte, was dabei herauskommt." Elias seufzte und trank einen guten Schluck, der angenehm heiß in seiner Kehle brannte. „Ich hab mich auch gefragt: Was hat er eigentlich von mir? Aber, weißt du, was das Seltsame ist'?", fragend zog Elias eine Augenbraue hoch und blickte seinen Freund erwartungsvoll an. „Das Merkwürdige ist nämlich, heute, wo er noch viel weniger so ist, wie ich ihn eigentlich haben wollte, heute sag' ich: Er is'n famoser Kerl, wirklich, er ist 'n guter Junge, mein Junge, da gibt's nichts, auch wenn er gar nicht so aussieht, als ob er wirklich mein Junge wär."

Es hatte von vornherein festgestanden, dass sie sich in Anbetracht der zunehmenden Kälte nur eine sehr kurze Zeit bei Sam, in seiner behaglichen Behausung, würden gönnen können. Denn

schon gemahnten die einsetzenden, kalten Stürme daran, dass sie ihrem Zeitplan um einiges hinterher hinkten.
Am Abend vor ihrer Weiterreise setzte sich Bizhiu in der Dämmerung alleine an das Ufer des Gitchi Gami, um Abschied zu nehmen von dessen unermesslichen, wogenden Wassern, seiner Erhabenheit und Wildheit. Noch einmal wollte er dem Gesang der Wellen lauschen, der sich vermischte mit dem Rauschen der Blätter, dem Säuseln und Pfeifen des Windes.
Doch er saß noch nicht lange am Ufer der kleinen Bucht, als Sam hinter ihn trat und sich schließlich ungebeten, mit einem Ächzen, neben ihm auf den kalten Steinen niederließ.
„Na, wie ist das? Jetzt geht's wieder heim!"
Bizhiu blickte Sam nur einen kurzen Moment lang schweigend an, dann schweifte sein Blick schon wieder über die Weite des Sees hinweg. Sam verstand wohl, dass er im Augenblick nicht gerade gelegen kam, doch er ließ sich nicht beirren, denn er hatte sich fest vorgenommen, noch einmal mit dem Sohn seines Freundes zu sprechen, ihm noch das eine oder andere mit auf den Weg zu geben und eine bessere Gelegenheit als diese würde sich womöglich nicht mehr finden. Und da er ein sehr direkter, unverblümter Mensch war, kam er auch jetzt gleich unumwunden zur Sache: „Silas, ich meine natürlich Bizhiu, also, offengestanden frage ich mich, ob du den Sturköpfen in St. Peter nicht ein bisschen viel zumutest, wenn du da so auftauchst, ich mein mit dem Ganzen hier, den Zöpfen, dem Hemd, dem Skalpmesser! Bizhiu! Also wirklich, ich prophezeie dir, wenn du in diesem Aufzug nach St. Peter marschierst, wirst du eine Katastrophe heraufbeschwören!"
Erstaunt blickte Bizhiu auf, betrachtete Sam aufmerksam und lachte leise über die beinahe schon komische Verzweiflung, die so überdeutlich in dessen Gesicht geschrieben stand.
„Sam, ich glaube, du überschätzt bei Weitem meine Wichtigkeit in diesem Dorf."
„Wenn du dort so gekleidet in Erscheinung trittst, könnte sich das sehr schnell ändern, glaub's mir! Und eh du dich's versiehst, wirst du die wichtigste Person im ganzen Ort sein."
Bizhiu blickte zweifelnd, aber auch nachdenklich in Sams Gesicht, dessen Miene sich zusehends verdüsterte. „Und ich sag dir

noch was, Bizhiu. Der wichtigste Mensch in einem Ort ist niemals der, den alle mögen. Nein! Niemals! Der Wichtigste ist immer der, den ungeschoren jeder verachten darf, hassen, ausgrenzen und demütigen. Sie brauchen einen, der offensichtlich nicht dazugehört, der in ihren Augen weniger wert ist, als alle anderen. Das hilft ihnen dabei, sich als Gemeinschaft zu fühlen, verstehst du? Für die bist du ein gefundenes Fressen, mein Junge, da kannst du Gift drauf nehmen! Auf so einen wie dich haben die nur gewartet! Na ja, ich wollt's dir einfach gesagt haben, bevor du weiterziehst. Aber du musst letztendlich selber wissen, was du tust. Du bist schließlich alt genug."
Mit einem freundlichen Schulterklopfen erhob sich Sam ächzend und ging zurück ins Haus, um Bizhiu mit sich, seinen Gedanken und dem See wieder alleine zu lassen.

Es fiel Bizhiu wahrhaftig nicht leicht, doch als er am nächsten Morgen erwachte, verstaute er sorgsam sein Hemd, seine Leggings und Mokassins in seinem Gepäck und zog dafür seine alte schwarze Lederhose, seine Stiefel und sein ehemaliges Lieblingshemd hervor. Als Bizhiu dann in die Wohnküche trat, war die Erleichterung im Gesicht seines Vaters so offenbar, dass es ihn beinahe ärgerte, um des lieben Friedens Willen, die alten Kleider wieder angezogen zu haben. Mit einer provozierend langsamen Geste drehte er seinen Kopf ganz beiläufig so, dass die große, schöne Feder mitsamt ihren eingeflochtenen Bändern in Gelb und Grün für seinen Vater unübersehbar über seine Schulter glitt. Es bedurfte keiner Worte, ein Blick in Elias' Augen und Bizhiu wusste, dass dieser seine stumme Botschaft wohl verstanden hatte. Nachdenklich betrachtete dieser seinen Sohn. Es stimmte schon, allein die Art, mit der es Bizhiu vermochte, mit kleinen, beinahe zufällig wirkenden Gesten einem anderen Botschaften zu senden, welche der betreffende Adressat ganz unzweifelhaft auch empfangen würde, sprach für sich. Sein Sohn war keiner von diesen derben Burschen im Dorf, war es niemals gewesen und würde es auch gewiss niemals sein. Doch schließlich, wie sollte es auch anders sein? Er selber hatte ja schon nicht so recht dazugehört, hatte auch gar nicht dazugehören wollen! Vielleicht war Bizhiu überhaupt nicht so viel anders als er selbst? Vielleicht waren ihre Gemeinsamkeiten ja nur einfach nicht so offensichtlich. Ein gewisser Stolz breitete sich in Elias aus, was Bizhius wachem Blick nicht verborgen blieb. Und da er diese Regung im Gesicht seines Vaters als Reaktion auf seine stumme Botschaft verstand, verschwand sein leiser Groll, so schnell wie er gekommen war.

Der weitere Rückweg gab Bizhiu und auch Elias einen Vorgeschmack auf das, was eine einzige Feder alles zu bewirken vermochte.

War Silas auf dem Hinweg mit seinem dunklen Teint, dem schwarzen, über die Schultern reichenden Haar auch unschwer als Halbblut auszumachen gewesen, so war Bizhiu jetzt für alle unverkennbar ein Indianer, ein fremdes, bedrohliches Wesen, aus einer ungezähmten, unverständlichen und durch und durch ungeliebten Welt.

Ein Indianer in Hemd und Hose war hier oben im Norden alles andere als ein seltener Anblick. Die Feder aber entlarvte ihn, ebenso wie die mittlerweile ganz beachtliche Länge seines Haares. Neugierige Blicke waren noch die angenehmsten, die ihnen begegneten, nicht selten aber waren die Mienen der Menschen finster und abweisend, wenn nicht gar unverhohlen feindselig. Manch eine Nacht verbrachten sie trotz Regen und Kälte sicherheitshalber fernab der nächsten Siedlung. Doch so erschreckend diese Erlebnisse für Bizhiu auch waren, so hoch rechnete er es seinem Vater an, dass dieser sich weder bei ihm über die ungewohnten Unannehmlichkeiten beklagte, noch ihn dazu aufforderte, die Zeugnisse seiner indianischen Herkunft und Zugehörigkeit abzulegen.

26

Mit einem Schrecken fuhr David schweißgebadet aus einem unruhigen Traum, der verworren und dumpf in seinem brummenden Schädel nachhallte.

Ein Blick aus dem Fenster verriet, dass dieser heraufziehende Morgen genau zu seiner trüben Stimmung passte. Grau und

schwer hing der Nebel in der Luft, verwehrte dem Auge die vertrauten Konturen und Anhaltspunkte und hinterließ auf allem einen feuchtkalten Flor, der sich zu Tropfen sammelte und glanzlos zu Boden fiel.
Am liebsten wäre David einfach liegen geblieben und hätte sich die Decke über den Kopf gezogen. Mit einem ergebenen Seufzer ließ David erst seine Beine aus dem Bett plumpsen und hievte dann, mit einem Stöhnen und einem unwillkürlichen Griff an seinen schmerzenden Schädel, seine ganze Gestalt in die Höhe und begann damit sich umständlich anzukleiden. Ihm war furchtbar schwindelig und sein Kopf tat unerträglich weh.
Allmählich dämmerte ihm auch die Erinnerung. Er war abends noch mit seinem Bruder im Saloon gewesen. Sie hatten Karten gespielt, es hatte eine Rauferei gegeben, nichts Wildes, nur so das Übliche eben, und sie hatten getrunken. Stirnrunzelnd blickte David auf das Bett seines Bruders. Es war zerwühlt aber leer. Eigenartig, er konnte ihn schnarchen hören. Leise schlich er um Edwins Bett herum und fand den Bruder schnarchend, in einer Lache von Erbrochenem liegen. Seine rötlichen, immer spärlicher werdenden Haare befanden sich zum gut Teil mittendrin, verklebt mit übel riechender Galle, über die bereits die eine oder andere Fliege zu krabbeln begann.

Später dann, als sie alle am Frühstückstisch versammelt waren, musste David resigniert feststellen, dass er wohl zeitlebens nicht mehr darum herum kommen würde, von seiner Mutter bereits am frühen Morgen, lautstarke Vorhaltungen gemacht zu bekommen. „David, es wird noch ein schlimmes Ende nehmen mit dir! Ja, mach nur so weiter! Was habt ihr gestern Abend nur wieder getrieben? Ihr habt euch dem schändlichen Laster der Trunkenheit ergeben, habt gezecht, gespielt und wer weiß, was noch! David, David, ...“ Mit sorgenvollem Blick schüttelte sie ihr blondes Haupt. „Ich weiß wirklich nicht, was es ist, aber seit dem du abends mit von der Partie bist, geht es mit dir und deinem Bruder bergab. Du reißt ihn noch mit ins Verderben!“ Wieder schüttelte sie gedankenverloren ihren Kopf, während sie anklagend ihren Jüngsten ins Visier nahm.

David seinerseits blickte mit betont lässiger und demonstrativ gelangweilter Miene in die Runde. Sharon verfolgte gespannt dieses allmorgendliche Unterhaltungsprogramm und rührte dabei versonnen in ihrem Kaffee, Ruth löffelte ihre Grütze und tat als höre und sehe sie nichts, während der Vater stumm, aber mit einem unangenehm eindringlichen Blick, seinen Sohn fixierte.

David verdrehte die Augen und schmiss dabei geräuschvoll seinen Löffel auf den Tisch: „Ich hab das alles schon tausend Mal gehört und ich will es, verdammt noch mal, nicht jeden Morgen aufs Neue von dir vorgekaut bekommen!"

„Schluss jetzt!" Laut scheppernd fuhr George Sattlers Faust auf den Tisch hernieder, ließ Schüsseln und Becher hüpfen, während die Geschwister atemlos das Geschehen verfolgten.

„Hier wird nicht geflucht! Merk dir das, wenn du noch länger unter meinem Dach wohnen willst!"

Drohend erscholl der tiefe Bariton des Vaters, doch David schien nicht einmal zusammenzuzucken. Unendlich müde und beinahe schon gelangweilt, blickte er in das aufgebrachte Gesicht seines Vaters, erhob sich langsam und verließ mit einem lauten Türkrachen das Haus.

Er marschierte in den Stall und sattelte seine Rosy in Windeseile, um den Hof bereits verlassen zu haben, noch ehe einer auf die Idee kommen würde, nach ihm zu schauen. Sie konnten ihn alle mal gern haben!

27

Bizhiu atmete tief die immer kälter werdende, feuchte Abendluft. Sie roch bereits herbstlich, ganz unverkennbar.

Heute Abend würde er nicht mehr haltmachen, nicht mehr rasten, auf gar keinen Fall! Längst schon kamen ihm die Wege und Pfade vertraut vor, erkannte er den einen oder anderen Baum wieder. Es mochten vielleicht noch vier Stunden des Weges sein, bis sie an jener einsam gelegenen Behausung ankommen würden, in der seine Mutter auf ihn wartete.

Forschend blickte Bizhiu um sich, fühlte in sich die Freude des Wiedersehens und zugleich, dass es wahrhaftig nicht einfach

werden würde, von diesem Wald hier und auch von den Ufern des Mississippi endgültig Abschied zu nehmen. Jetzt wo er wieder hier war, spürte er deutlich die Verbindung, die zwischen ihm und diesem Fleckchen Erde bestand, allen Widrigkeiten zum Trotz. Und David! Der Gedanke an den Freund, die Vorstellung wieder gemeinsam mit ihm den Wald zu durchstreifen, ließen sein Herz schneller schlagen, Elias beobachtete seinen Sohn, spürte dessen Ungeduld und glaubte in ihm dasselbe beglückende Gefühl des Wiedererkennens zu sehen, das ihn selber stets ergriff, Jahr um Jahr, wenn er in diese wunderschöne Gegend zurückkehrte. Er zügelte sein Pferd und blickte sich einen Moment lang um.
„Es ist schön, nicht?!", sagte Elias und nickte unbestimmt in die sie umgebende Natur.
Bizhiu blickte stumm zu seinem Vater. Er verstand durchaus, was sein Vater ihm sagen wollte. Ja, es war tatsächlich schön, wieder in die vertrauten Gefilde zurückzukehren.
„Ja, Nimbaabaa, du hast recht. Es ist wirklich schön" Versonnen und zugleich auch seltsam eindringlich blickte er in die Augen seines Vaters. Elias kannte diesen Blick zur Genüge. Ihm schwante, dass diesem Blick noch etwas folgen würde, und da kam es auch schon.
„Das hättest du Nimaamaa auch einmal gönnen sollen!"
„Was?"
„Das Gefühl, wie schön es ist, wieder nach Hause zu kommen!"
Bizhiu gab Black Desert ein kleines Zeichen und schon preschte dieser mit ihm im gestreckten Galopp davon. Und er dachte gar nicht daran, noch einmal kehrt zu machen oder irgendwo auf seinen Vater zu warten.

Als Elias schließlich begriff, dass Bizhiu nicht wieder zurückkommen würde, packte ihn eine gewaltige Wut. Er fühlte sich plötzlich ganz undankbar von ihm im Stich gelassen und fand zudem weder die Aussicht auf ein einsames Nachtlager, noch auf einen Ritt im Dunkeln sehr verlockend. Er hatte sich wieder einmal alles ganz anders vorgestellt, ihren letzten Abend in freier Natur, ihre gemeinsame stolze Rückkehr nach St. Peter und wie immer

hatte sein Sohn seine Pläne zunichte gemacht, vereitelt, durchkreuzt! Elias hätte wahrhaftig platzen können vor Zorn und Enttäuschung!
Die Dunkelheit wurde zusehends undurchdringlicher und Elias entschloss sich kurzerhand, noch einmal ein Nachtlager zu errichten. Er hatte es nicht so eilig wie sein Sohn und fühlte sich hundemüde und zerschlagen. Und dennoch wollte der Schlaf lange Zeit nicht kommen. Zu viele Gedanken gingen ihm durch den Kopf. Seine Wut auf Bizhiu indes war vollkommen verraucht, verflogen, denn im Grunde konnte er dessen Ungeduld durchaus verstehen. Genauso wie den Vorwurf, mit dem sich sein Sohn, nach diesen vielen Wochen und Monaten, von ihm verabschiedet hatte.
Wehmütige Gedanken machten sich in Elias breit. Er wusste, dass er in diesem Jahr vielleicht zum letzten Mal in seinem Leben hierher zurückkehren würde. Ja, auch für ihn, Elias Morgan, hatte sich in diesem Sommer die Welt grundlegend verändert.
Im nächsten Frühjahr würden sie alle gemeinsam aufbrechen, Winonah, Bizhiu und er, und sie würden aller Wahrscheinlichkeit nach niemals wieder hierher zurückkehren. Was aber wäre, wenn Winonah ihn überhaupt nicht mehr dabei haben wollte? Als Frau der Ojibwe hatte sie im Lager der Gamini auch jedes erdenkliche Recht dazu. Und er würde dann das gemeinsame Wigwam verlassen müssen und anderweitig seine Zelte aufschlagen oder aber alleine zurückkehren nach St. Peter. Oder er würde einfach bei Sam mit einziehen. Dieser Gedanke hatte etwas sehr Tröstliches und mit ihm gelang es Elias endlich, doch noch einigermaßen beruhigt in den Schlaf zu sinken.

Es war mitten in der Nacht, Stunden noch vor Sonnenaufgang und der Nebel zog in dichten Schwaden um das Haus. Winonah und auch Elias schliefen bereits tief und fest, als Bizhiu endlich das alte ehemalige Holzfällerhaus erreichte.
Doch zuvor hatte er unweit des Hauses, an der kleinen Lichtung, auf der er als Kind immer gespielt hatte, Halt gemacht, mit Bedacht und Muße seine Kleider abgelegt und sein Lederhemd, die Leggings und seine Mokassins angezogen.

Die letzten Meter hatte er Black Desert geführt, bemüht, kein noch so kleines Geräusch zu verursachen. Als er dann aber schließlich vor dem Haus seiner Kindheit angekommen war, hatte er gezögert, war sich plötzlich unschlüssig, ob er Winonah tatsächlich um diese nachtschlafende Zeit wecken sollte. Vielleicht würde sie zu Tode erschrecken, wenn es auf einmal mitten in der Nacht an ihre Tür klopfte. Doch bereits eine Sekunde später hatte sich das Problem von alleine gelöst, denn im Haus begann Eshkebug einen Radau zu veranstalten, der selbst Tote hätte erwecken können. Sie bellte und jaulte, als wäre sie toll geworden, ein ums andere Mal hob sie zu heulen an, winselte in den höchsten Tönen und schon im nächsten Augenblick sah Bizhiu ein Licht durch die dunklen Räume huschen, hörte wie sich die Hintertür öffnete und sah sich sogleich von seiner alten Hündin bestürmt, die nicht ein noch aus wusste vor Freude, bellte und fiepte, schwanzwedelnd und übermütig an ihm hochsprang, um dann eine wilde Runde um ihn herum zu drehen, im Kreis zu springen, als wäre sie noch keine zwei Jahre alt.

Und still und regungslos stand hinter ihr Winonah, hielt ihre Laterne in der bebenden Hand und betrachtete, durch einen Schleier von Tränen hindurch, diesen jungen Krieger der Ojibwe, der da vor ihr stand und sich bemühte, der übermütigen Begrüßung seines Hundes standzuhalten. Doch dann sah er auf, trat langsam auf sie zu, blickte glücklich und strahlend in ihr Gesicht. Doch erst als sie ihn ganz fest in ihre Arme schloss, als sie endlich wieder seine Wärme spürte und seinen so wohl vertrauten Duft einsog, konnte sie wirklich glauben, dass er wahrhaftig wieder bei ihr war. Winonah weinte und schluchzte und lachte dabei. Oh, so glücklich war sie, so unendlich glücklich und stolz! Ihre kühnsten Träume hatten sich erfüllt, denn er war als ein Ojibwe zurückgekehrt, ganz so, wie sie es sich immer gewünscht hatte, nein, sogar noch viel mehr. Denn er hatte ihr alle Ehre gemacht, die ein junger Mann seiner Mutter nur machen konnte.
Mit einem glücklichen Lächeln strich Winonah durch Bizhius langes Haar, betrachtete anerkennend und stolz die Feder, dieses Zeichen von Ehre und Mut.

Erst viel später, als Black Desert bereits versorgt und Eshkebug schon wieder eingeschlafen war, fragte Winonah, während sie gerade ihrem Sohn eine weitere Tasse Tee einschenkte: „Wo ist eigentlich Elias?“
Bizhiu lächelte unbestimmt und sagte dann: „Ich weiß es nicht genau, aber er ist auf dem Weg hierher, ganz sicher.“
Einen Moment lang schwiegen sie beide, glücklich sich wiederzuhaben, vollauf zufrieden mit sich und dem Leben.
„Nimaamaa, wir werden im Frühjahr gemeinsam nach Hause gehen. Ich finde den Weg, glaube mir. Wir beide werden hier weggehen, mit ihm oder ohne ihn!“
Beschwörend blickte Bizhiu seine Mutter an. Diese aber lächelte nur ein stilles leises Lächeln und sagte: „Glaubst du denn, ich würde ihn nicht finden, den Weg nach Hause?“
„Aber wenn du ihn findest, wieso bist du ihn dann nicht längst schon gegangen?“
Winonah blickte gedankenverloren in weite Ferne und sagte leise: „Ja, das frage ich mich auch! Aber weißt du, es gab einfach immer einen anderen Grund“ Sie strich voller Liebe und Zärtlichkeit über seine Wange. „Lange Zeit gab es zum Beispiel den Grund: Mein Kind ist noch zu klein! Doch du hast recht, mein Sohn. Nun ist es bald an der Zeit, für immer von hier fortzugehen, denn nun bist du groß und vor allem, du hast für dich selber deine Entscheidung getroffen. Nun können wir tatsächlich gehen und gemeinsam werden wir überall hinfinden und ganz gewiss nach Hause zurück.“
Winonah strahlte und Bizhiu erinnerte sich nicht, sie jemals so glücklich gesehen zu haben.
Als David nach einem kurzen Ritt das in dichte Nebel gehüllte Holzhaus der Morgans erreichte, spürte er sofort, dass etwas anders war. Kamen da nicht Geräusche aus dem Stall? Ein Blick hinein genügte und David wusste, dass Silas wieder zu Hause sein musste. Sein Herz machte einen übermütigen Hüpfer.
David führte Rosy zu Black Desert in den Stall, strich zärtlich mit der Hand über sein samtig weiches Maul und sagte leise: „Na, alter Junge. Ich hätte niemals geglaubt, dass mich dein Anblick derart freuen könnte.“

Leise klopfte er an die Hintertür des Hauses. Als Winonah öffnete, fragte er, ohne ein Wort der Begrüßung: „Ist Silas wieder zurück? Ist er da?!"
Winonah nickte lächelnd und öffnete die Tür so weit, dass David eintreten konnte.
Bizhiu, der gerade beim Frühstück gesessen hatte, war schon bei dem ersten Anklang von Davids Stimme aufgesprungen und ihm entgegengeeilt.
„David!" Voller Freude schloss er den Freund in die Arme. David lachte, strahlte über das ganze Gesicht und zum ersten Mal seit langer Zeit strahlten auch seine Augen mit.
„Komm, David! Setz dich zu uns und iss mit uns!"
Das ließ sich David nicht zwei Mal sagen. Hocherfreut ließ er sich mit einem Seufzer nieder. Ach, Silas war wieder da! Er war wirklich und wahrhaftig wieder hier! Von jetzt an würde es wieder aufwärts gehen! David hätte jauchzen können vor Glück.

Nachdem er seinen Hunger gestillt hatte, begann David damit, seinen Freund in aller Ruhe genauer in Augenschein zu nehmen. Kauend fragte er ganz beiläufig: „Sag mal, Silas, also nimm's mir nicht übel, ... die Sachen sind wirklich ganz famos, aber willst du jetzt immer so herumlaufen? Auch unten im Ort?"
Bizhiu legte seinen Kopf schief und blickte David aufmerksam an. „Würde es dich stören?"
David lachte: „Mich bestimmt nicht! Ich kenne da aber so gewisse Leute, die würden wahrscheinlich nicht besonders begeistert sein."
Eine Weile sagte Bizhiu nichts, doch dann schüttelte er mit einem traurigen Lächeln den Kopf: „Ja, damit hast du wohl leider recht. Aber, um deine Frage zu beantworten: Nein, ich werde gewiss nicht so runter ins Dorf kommen, da kannst du ganz beruhigt sein. Ich habe mir da auch schon meine Gedanken drüber gemacht."
David nickte erleichtert.
„Aber es spräche doch sicherlich nichts dagegen, nach dem Essen gemeinsam ein bisschen in den Wald zu reiten, auch wenn ich mich nicht vorher noch umziehe, oder?"

David lachte und schüttelte energisch den Kopf. „Nein, da spricht ganz bestimmt nichts dagegen!", verkündete er mit größter Unbefangenheit. Dabei sprach sogar allerhand dagegen, und das wusste er nur allzu gut! Schließlich wartete man zu Hause auf ihn, oder besser gesagt, wartete dort ein ganzer Berg von Arbeit. Ach, sollte er warten, er hatte jetzt nämlich weit Wichtigeres zu tun!

Eigenartig, beinahe unwirklich war dieser erste gemeinsame Ritt durch den Wald. So vieles brannte ihnen auf der Seele, so vieles wartete darauf erzählt zu werden. Doch fühlten beide, dass es Zeit brauchen würde, all das mitzuteilen, miteinander zu teilen, was ihre Seelen bewegte.

Und so saßen sie später beisammen, auf ihrer geliebten, lauschigen Lichtung im Wald und blickten versonnen in die wogenden, allmählich immer lichter werdenden, gewaltigen Kronen der Bäume, deren leuchtendes Gelb und Rot, im immer noch dichten Grau des Nebels, eigentümlich fahl und trüb erschien. „Was hältst du davon, David, wenn ich am späten Nachmittag bei euch zu Hause einen Besuch abstatte, alle begrüße und dann reiten wir zusammen an unsere Stelle am Flussufer und machen ein kleines Feuer, so wie früher. Was meinst du?"

„Ja, klar! Das machen wir!"

David freute sich schon beim bloßen Gedanken daran, doch, nein, halt! Hatte er nicht Ruth versprochen, die letzten warmen Tage zu nutzen und mit ihr und Charlotte gemeinsam auszureiten? Egal! Als er diese Zusage gemacht hatte, hatte er schließlich nicht ahnen können, dass Silas endlich wieder zurück sein würde. Er würde sie einfach auf ein anderes Mal vertrösten und wenn ihr das nicht passen sollte, dann hatte sie eben Pech!

„Was ist, David?" Bizhiu war das veränderte Mienenspiel des Freundes nicht entgangen.

„Nichts ist, geht alles in Ordnung."

Bizhiu lachte leise und schüttelte den Kopf: „Ach, mein Freund, wie seltsam, dass ich dir nicht glauben kann ..."

„Nein, nein Silas, wirklich, es ist nichts Wichtiges. Ich dachte nur daran, dass ich eigentlich Ruth versprochen hatte, mit ihr auszureiten, aber ..."

„Aber, das möchte ich nicht, ich ..."
„Kein Problem, ich werd' ihr einfach sagen, ..."
„Nein David, du verstehst nicht. Ich möchte nicht, dass du wegen mir dein Versprechen brichst. Aber ich könnte mir vorstellen, dass Ruth sich vielleicht sogar freut, wenn ich mich euch anschließe. Oder meinst du, sie würde etwas dagegen haben?"
„Ach, ich weiß nicht, ..." David runzelte zweifelnd die Stirn. „Sie wollte noch eine Freundin mitbringen."
Amüsiert betrachtete Bizhiu seinen Freund: „Seit wann spielst du für Ruth und ihre Freundinnen den Aufpasser? So viel Bruderliebe hätte ich dir ja gar nicht zugetraut! Aber ehrlich, David, mich stört es nicht, wenn die beiden dabei sind, sofern ich Ruth und ihre Freundin nicht störe. Ich werde Ruth einfach danach fragen, oder hast du etwas dagegen?"
David seufzte. Da war wohl nichts zu machen. Er wusste es nur zu genau, Ruth würde begeistert sein, er sah ihre freudestrahlenden Augen schon förmlich vor sich.
Nun gut, dann würden die beiden eben dieses eine Mal mit dabei sein, aber eigentlich hatte er dazu nicht die geringste Lust. Er wollte Silas für sich haben, für sich alleine und er wollte auf gar keinen Fall, dass Ruth am Ende noch auf die Idee käme, es könnte nun immer so weitergehen.
Es war noch relativ früh am Tag, als Elias endlich wieder sein Haus erreichte.
Nachdem er Samantha in den Stall geführt und verwundert bemerkt hatte, dass Black Desert nicht da war, klopfte er schwungvoll an die Hintertür. Es war Winonah, die ihm öffnete. Sie begrüßte ihn freundlich, so wie sie jedermann, der offensichtlich ohne böse Absichten kam, freundlich begrüßt hätte. Doch ihre Augen strahlten glücklich und ihre Wangen waren sanft gerötet. Elias zweifelte keinen Moment daran, dass sie bereits vor seiner Ankunft so glücklich ausgesehen hatte. Winonah zog ihm einen Stuhl zurecht und setzte ihm einen Becher heißen Kaffee vor. Dann setzte sie sich zu ihm, schenkte sich selber ein wenig Kaffee ein und betrachtete ihn einen Moment eingehend. Er suchte ihren Blick, lächelte sie freundlich an, doch sie erwiderte sein Lächeln nicht.

Unvermittelt sagte sie in die beinahe schon spürbar gewordene Stille hinein: „Er trägt einen neuen Namen, nicht wahr?"
Elias nickte: „Hat er dir das nicht selbst erzählt?"
Winonah schüttelte den Kopf und ein leiser Triumph blitzte in ihren Augen auf: „Nein, das hat er nicht. Ein Ojibwe verkündet nicht seinen Namen, wenn auch ein anderer es für ihn tun könnte, wusstest du das nicht?"
Natürlich wusste er es! Und natürlich wusste sie, dass er es wusste! Es war etwas ganz anderes, was sie ihm damit hatte sagen wollen und er verstand es sehr genau. Sein Sohn war ein Ojibwe geworden und Winonah eine Ojibwe geblieben, und er würde sich ein Bein ausreißen können und trotzdem und nach all den Jahren immer noch kein Ojibwe sein. Sie würden ihn nicht benötigen auf ihrem Weg.
„Nun sag doch schon, Elias! Wie ist der Name meines Sohnes?", fragte Winonah mit einiger Ungeduld in seine trüben Gedanken hinein und das erwartungsvolle Leuchten in ihrem Gesicht war wie ein Faustschlag in seine Magengrube.
„Bizhiu ..." Krächzend und rau kam dieses Wort aus seinem Mund und Elias fühlte, wie ihm alle Felle davonzuschwimmen begannen. „Bizhiu ..." Wie eine auserlesene Köstlichkeit ließ Winonah diesen Namen auf ihrer Zunge zergehen, wiederholte ihn einige Male und lachte dann schließlich hell auf. „Mein Sohn trägt den Namen unseres Totems! Mein Sohn, oh, mein Bizhiu!" Dann wieder lächelte sie still und versonnen, nickte und sprach wie zu sich selber, ohne Elias dabei anzusehen: „Er hat als Kind schon von ihm geträumt, Bizhiu war immer schon bei ihm und er wird es sein Leben lang sein."
‚Ja, ja! Du wirst bei ihm sein und der seltsame Luchs noch dazu! Auf den Vater kann man da getrost verzichten, wer will und braucht den schon?'
In Elias Innerem brüllte es und schrie. Er musste hier raus, sofort, sonst würde noch irgendetwas Entsetzliches passieren! So abrupt stand er auf, dass der Stuhl polternd umfiel und Winonah ihn mit den Augen eines erschrockenen Rehs anblickte. Doch er war nicht fähig, auch nur ein einziges Wort zu sagen, sondern stiefelte steifbeinig zur Tür und ging hinaus, ohne sich noch einmal umzudre-

hen. Unnötig laut fiel die Tür hinter ihm krachend ins Schloss.
Langsam erhob sich Winonah mit einem leisen Seufzer, blickte Elias noch einmal nachdenklich hinterher, hob dann den Stuhl auf, wischte den Tisch ab und begann, leise vor sich hin singend, das Mittagessen vorzubereiten.

28

„Oh, mein Gott, wie wunderschön!" Mit einem beglückten Juchzer drückte Ruth das filigran bestickte Lederbeutelchen an ihre Brust, „Ich werde es immer tragen, Tag und Nacht!" Lachend drückte sie ihm einen Kuss auf die Wange, umarmte ihn einen Augenblick lang überschwänglich und betrachtete dann wieder das zierliche Gebilde aus feinem Hirschleder und winzigen Glasperlen.
„Ich habe ihn auch immer bei mir gehabt, den Stein und seinen Schutz, und dadurch auch immer ein bisschen was von dir. Hab vielen Dank dafür, Ruth."
Ruth' Augen blickten weich und warm in die seinen und einen kurzen Moment lang war sie versucht, ihn zu küssen, doch nicht auf die Wange diesmal, sondern auf den Mund. Doch natürlich hätte sie das, als wohlanständig erzogenes Mädchen, niemals getan.
So strahlte sie ihn nur glücklich an und sagte: „Ach Silas, es ist so schön, dass du wieder da bist!"
Bizhiu lächelte und nickte: „Ja, ich finde es auch sehr schön, euch wiederzusehen."
„Und ich find es einfach grandios, dass du mit uns zusammen ausreiten willst! Mensch, Charly wird vielleicht Augen machen!"
„Charly?"
„Ja, Charlotte Benhaven, sie wollte heute mitkommen. Hat dir David denn nichts davon erzählt?"
„Nein, nicht direkt ..." Bizhiu pfiff leise durch die Zähne. „Aber ich glaube, jetzt wird mir einiges klar."
„Was denn?"
„Ach, ich hatte nur so ein Gefühl. Irgendwie kam es mir so vor,

als ob David der Gedanke, dass ich heute mitkommen könnte, einiges Unbehagen verursacht hat. Wenn heute tatsächlich ‚die' Charlotte Benhaven mitkommen will, die ich meine, dann sollte ich es mir wohl wirklich besser noch einmal gut überlegen, ob ich später nicht doch lieber wieder nach Hause reite."

Erschrocken blickte Ruth auf und sagte: „Nur weil Charlotte eine Benhaven ist, muss sie noch lange nicht wie ihre Brüder sein!"

Zweifelnd runzelte Bizhiu die Stirn: „Na, ich weiß ja nicht, ..."

„Ach, Silas, du kommst doch aber mit, bitte!"

„Ruth, ich weiß wirklich nicht, ob das so klug wäre. Es gibt wohl kaum eine Familie, die mich mehr verachtet als die Benhavens. Selbst wenn Charlotte anders sein sollte, die würden sie doch grün und blau schlagen, wenn sie nur ein Wort mit mir redet!"

„Aber es wird doch keiner erfahren! Meinst du denn, wir spazieren in aller Öffentlichkeit mit ihr herum? Wir treffen uns heimlich am Flussufer und dann nichts wie weg!"

Bizhiu zog kaum merklich seine Augenbrauen in die Höhe und sah Ruth eindringlich an: „Und du meinst wirklich, ich sollte mitkommen?"

„Ja, Silas, komm bitte mit! Wir sind noch nie dabei erwischt worden und es wäre nur halb so schön, wenn du nicht dabei wärst."

Bizhiu lächelte. Es war ein wohltuendes Gefühl, dass er ganz offensichtlich auch hier in manch einem Herzen einen Platz eingeräumt bekommen hatte.

Mit einem ergebenen Seufzer willigte er schließlich ein: „Also gut, ich komme mit!"

Ruth strahlte ihn an: „Du wirst es nicht bereuen, Silas, ich versprech's dir!"

Freundlich erwiderte er ihr Lachen, doch der Zweifel in seinen Augen war nicht zu übersehen.

Charlotte, die schon am Flussufer gewartet hatte, wie üblich mit einer Bütte frisch gewaschener Wäsche, begegnete Bizhiu keinesfalls so unvoreingenommen, wie Ruth dies angenommen hatte. Zu tief war bereits die Kluft gegraben, von Kindesbeinen an, dass sie Bizhiu gar nicht anders betrachten konnte, als mit einer Mischung aus Grauen und Verachtung und zugleich beinahe unbezähmbarer Neugierde. Ein wahres Monstrum leibhaftig vor Augen zu haben, den Ausbund aller Niedertracht schlechthin einmal leben und atmen zu sehen, das hatte eine geradezu abscheuliche Faszination.

Bizhiu beobachtete mit einiger Verwunderung, wie Ruth und Charlotte die schwere Bütte eiligst in den Wald schleppten, als täten sie das alle Tage.

„Was machen die beiden da, David?“

David musste lachen, als er in das verdutzte Gesicht seines Freundes sah. Er selbst hatte sich bereits so sehr an dieses Zeremoniell mit der Wäsche gewöhnt, dass ihm nicht einmal in den Sinn gekommen war, seinen Freund entsprechend darauf vorzubereiten. Doch jetzt, da ihn Bizhiu mit fragenden, verwunderten Augen anblickte, konnte er unschwer erkennen, wie seltsam ihm das Ganze vorkommen musste.

Immer noch lachend sagte David: „Sie braucht eine Erklärung, irgendeine Ausrede, verstehst du?“

„Und da geht sie Wäsche waschen?“ Bizhiu schüttelte den Kopf, „Und das fällt keinem auf?“, fragte er zweifelnd.

David grinste: „Nein, bisher zumindest nicht.“

Bizhiu zog mit noch größerem Zweifel seine Augenbrauen in die Höhe, schüttelte abermals seinen Kopf und sagte leise, aber doch so, dass es David sehr wohl vernahm: „Bisher ...“ Doch dann blickte er suchend um sich und fragte schließlich gedehnt: „Und ihr Pferd, wo ist das?“

David musste schon wieder lachen und fühlte sich an seinen ersten Ausritt mit Charlotte erinnert. „Sie hat gar keins!“, sagte er kichernd.

„Aber ich denke, wir wollten gemeinsam ausreiten?!“

„Ach, sie steigt einfach bei mir mit auf. Das ist kein Problem, glaub‘s mir.“

Als Charlotte und Ruth endlich wieder zurückgekehrt waren, stieg Charlotte unverzüglich hinter David aufs Pferd und vermied es dabei tunlichst, Bizhiu auch nur anzusehen. Sie hatte ihn weder gegrüßt, noch hatte sie daraus einen Hehl gemacht, dass sie auf seine Gesellschaft nicht den allermindesten Wert legte. Als sie später am Lagerfeuer saßen, beobachtete Charlotte mit Argusaugen, wie David und Bizhiu miteinander lachten und erzählten. David war so fröhlich wie schon lange nicht mehr. Sollte er dieses Halbblut tatsächlich so gerne haben, dass er allein durch seine pure Anwesenheit wie ausgewechselt war? Charlotte mochte es kaum für möglich halten, aber ganz offensichtlich verhielt es sich so. Eigentlich nicht zu fassen, bei einem so netten Kerl, wie David einer war! Charlotte beobachtete die beiden und hing ihren Fragen und Gedanken nach, als sich Bizhiu plötzlich umdrehte und unverwandt in ihre Augen sah. Charlotte erschrak und blickte sofort in eine andere Richtung, doch sie glaubte deutlich zu fühlen, dass er sie weiterhin ansah.

Bizhiu hatte sich eigentlich nur einen kleinen Scherz erlauben wollen, denn diese Charlotte begann ihm mit ihrer zur Schau getragenen Ablehnung ziemlich auf die Nerven zu gehen. Er hatte sich einfach zu ihr herumgedreht, hatte mit dem freundlichsten, dem gewinnendsten Lächeln, das er unter den gegebenen Umständen zustande bringen konnte, direkt in ihre funkelnden Augen gesehen. Der Erfolg war enorm und übertraf seine Erwartungen um einiges. Er hatte es tatsächlich geschafft, sie für einen kurzen Moment vollkommen zu verblüffen.

Und dieses Lächeln war es auch, das Charlotte noch Stunden später beschäftigte. Denn dieses Lächeln war so warm gewesen, so freundlich und nett! Es passte so überhaupt nicht zu dem Bild, das ihre Brüder von den Wilden im Allgemeinen und aber auch von Silas Morgan im Besonderen gezeichnet hatten. Gerade Charles hasste und verabscheute ihn wie die Pest! Nun, wie dem auch sei, es war unbestreitbar, dass einem Indianer nicht zu trauen war!

Aber genau genommen war dieser Silas ja kein Indianer! Ein Halbblut war er und somit ja schließlich ebenso auch ein Weißer, oder etwa nicht? Und der Weiße in ihm, der war es gewesen, der da an diesem Abend so freundlich gelächelt hatte! Jetzt, da Charlotte glaubte, des Rätsels Lösung gefunden zu haben, konnte sie wieder aufatmen und insgeheim, war sie schon richtiggehend gespannt darauf, wie ihr nächster gemeinsamer Ausritt verlaufen würde.

Das Frühstück anderntags ließ Charlottes Gedanken erneut bei dem Sohn des Fallenstellers verweilen, denn die Nachricht seiner Rückkehr hatte sich wie ein Lauffeuer im Ort verbreitet.

Carl Swanteson, der alte Gehilfe der Benhavens, hatte ihn als erster gesehen. Stein und Bein hatte er geschworen, dass er ihn mit eigenen Augen gesehen hatte, wie er mit größter Selbstverständlichkeit auf Sattlers Hof getrabt kam und sein Pferd in den Stall geführt hatte. Wild habe er ausgesehen, beinahe gefährlich! In seinen rabenschwarzen Haaren hätten überall Federn gesteckt und bunte Bänder auch und sein Blick habe etwas Unheimliches, Verschlagenes gehabt, wie er sich so eingehend auf dem Hof umgesehen habe, ganz so als suche er was! Ob er auch angemalt gewesen wäre? Schon möglich, leider konnte sich Swanteson nicht mehr so genau erinnern. Ja, da seien womöglich schon bunte Striche in seinem Gesicht gewesen, aber beschwören könne er es nicht.

Bei den Benhavens jedenfalls wurde alles, was dieser alte, angetrunkene Mann zum Besten gegeben hatte, ausführlich wiederholt und kommentiert und nicht einen Moment in Zweifel gezogen.
„Ja! Wenn ich's dir sag! Und für jeden getöteten Feind gibt es dann eine Feder und Swanteson schwört, dass er massenhaft Federn in seinen Haaren stecken hatte! Massenhaft!"
Mit triumphierender, gewichtiger Miene blickte Charles um sich und sagte dann betont lässig: „Das heißt, er hat gleich ein paar umgelegt. Es müssen natürlich nicht unbedingt Weiße gewesen sein, die Rothäute massakrieren sich glatt gegenseitig. Aber möglich wär's natürlich schon!"
„Klar wär's möglich, was denkst du denn?!" Eindringlich blickte John seinen jüngsten Bruder an.
„Der ist gefährlich, sag ich euch! Wer weiß, warum der zurückgekommen ist, wenn er sich doch den verfluchten Rothäuten verschrieben hat, der verdammte Scheißkerl!"
„Der soll sich hier bloß blicken lassen!", ließ sich auch Aaron vernehmen. „Dem sein' Gaul beschlag ich bestimmt nicht!"
„Ne!", prustete John los, „Dem beschlag ich was ganz anderes!"

Während die Männerrunde in brüllendes Gelächter fiel, war Charlotte beträchtlich nachdenklich geworden. Mit einem Mal war ihr zu Bewusstsein gekommen, auf wie dünnem Eis sie sich eigentlich bewegte. Würde es herauskommen, dass sie sich nicht nur mit David Sattler, sondern auch mit Silas Morgan getroffen hatte, so wäre hier zu Hause wahrhaftig die Hölle los. Charlotte wagte gar nicht, es sich genauer auszumalen. Und andererseits begab sie sich freiwillig mit einem Halbblut in die Wildnis, dem immerhin der Mord an mehreren Menschen nachgesagt wurde.
Bizhiu ahnte nicht, welchen Wirbel sein gestriger Besuch in diesem eintönigen Ort, der nach Aufregungen förmlich gierte, hervorgerufen hatte. Zwar hatte er lederbesetzte Hosen aus derbem braunen Leinen getragen und ein leidlich sauberes Hemd dazu, war also gekleidet gewesen, wie jedermann, doch hatte er ganz bewusst darauf verzichtet, seinen Haarschmuck abzulegen. Und wenn diese Entscheidung auch eine sehr offene und ehrliche war, eine taktisch kluge Entscheidung war es in keinem Fall.
Guter Dinge machte sich Bizhiu anderntags auf den Weg zu David. Doch seine gute Laune erhielt schon bald, als er durch die Gassen St. Peters auf Sattlers Laden zuritt, einen ganz gehörigen Dämpfer, denn eisiges Schweigen empfing ihn allenthalben. Eisige Blicke trafen ihn, feindselig, misstrauisch. Bizhiu mochte es anfangs gar nicht recht glauben, schließlich kannten ihn diese Leute hier von Kindesbeinen an. Doch das Bild war überall das Gleiche und so war er schließlich richtiggehend erleichtert, als er endlich den Hof der Sattlers erreicht hatte und im Laden verschwinden konnte. Doch leider nur bis zu dem Augenblick, da er die Ladentür geöffnet hatte.
Der Laden war voll wie selten und auch hier verstummte das Gesumme und Schnattern der vielen Stimmen. Kaum dass er in Erscheinung getreten war, hefteten sich neugierige und abschätzende Blicke auf ihn. Für einen Moment war Bizhiu einfach sprachlos, doch dann fasste er sich wieder, holte tief Atem, grüßte freundlich, ganz so, als sei nichts gewesen und durchschritt erhobenen Hauptes den Raum. Aufatmend verschwand er durch die Hintertür und schließlich in den kleinen Lagerraum, in dem David gerade damit beschäftigt war, eine Ladung gefütterter Wildle-

derhandschuhe der Größe nach zu sortieren.
„Mensch, David, bei euch ist ja die Hölle los!"
„Das kannst du laut sagen! So geht das schon den ganzen Tag! Ich sag dir, soviel Kundschaft wie heute hatten wir die ganze Woche über nicht!"
„Du willst doch nicht etwa sagen, dass das alles wegen mir ist?"
„Du machst mir vielleicht Spaß! Natürlich ist das wegen dir! Alle wollen sie einen Blick auf dich werfen. Silas, weißt du, was ich glaube? Du solltest wirklich diese albernen Federn und Bändchen zu Hause lassen und am besten noch Winonah darum bitten, dir die Haare ein Stück kürzer zu schneiden. Glaub mir, es wär echt gescheiter!"
Nachdenklich sah Bizhiu in die Augen seines Freundes und fragte nach einer Weile leise: „Du hältst diese Feder also für 'albern'?"
David seufzte tief. Er wollte den Freund wahrhaftig nicht verletzen. Aber gerade die Tatsache, dass er wirklich sein Freund war, verpflichtete ihn ja dazu, nicht zu kneifen, sondern ein offenes und ehrliches Wort mit ihm zu sprechen.
„Ach Silas, was soll ich da sagen? Ja und nein trifft's vielleicht am besten. Nein, weil ich natürlich weiß, dass sie für dich eine wichtige Bedeutung haben muss, sonst würdest du ja nicht tagtäglich damit herumlaufen, aber albern finde ich es, das ausgerechnet hier zu tun, hier, wo die Leute sich das Maul zerreißen und aus der Feder beinahe schon den sicheren Beweis für einen Mord machen!"
„Aber David, ...", mit einigem Erstaunen blickte Bizhiu in die blauen Augen seines Freundes. „Ohne diese Feder gering schätzen zu wollen, sie ist mir vielleicht wertvoller, als du ahnst, aber, mit Verlaub, es ist doch eben nur eine Feder!"
„Mensch Silas, jetzt stell dich doch nicht dumm! Ich kann doch auch nicht einfach dahergehen und mir ... meinetwegen meine Socken an die Ohren hängen und sagen: 'Hey! Was wollt ihr! Es sind doch nur ganz gewöhnliche Socken!' "
„Du vergleichst diese Feder also mit an die Ohren gehängten Socken?"
Das ungläubige Lächeln in Bizhius Gesicht wirkte so verletzt, dass David seine unbedachten Worte augenblicklich Leid taten.

Er seufzte abermals und knuffte seinem Freund freundlich in die Seite: „Aber nein! So hab ich das doch nicht gemeint! Ich mache mir einfach Sorgen, Silas, ganz im Ernst! Ich sage dir, die da draußen sind absolut zu allem fähig! Also, da war letzten Sommer so ein Saisongehilfe im Ort, so'n mickriger, kleiner Bursche, mit roten Haaren und Sommersprossen und ..."

Der Abend aber wurde wunderschön. Gemeinsam ritten sie in der untergehenden Sonne am Ufer des Mississippi entlang und verkrochen sich schließlich in den entlegensten Winkel, den sie nur finden konnten. Dort entzündeten sie ein kleines Feuer, denn es war mittlerweile bereits empfindlich kalt geworden.

Bizhiu war dem Freund nach ihrem Gespräch sehr dankbar gewesen und er wusste dessen Offenheit ebenso zu schätzen, wie dessen Besorgnis um ihr beider Wohl.

„Ich werde sie nicht mehr tragen, wenn ich nach St. Peter reite."

Zutiefst erleichtert blickte David auf. „Silas, mir fällt ein Stein vom Herzen!"

„Aber von meinen Haaren kommt kein Stück ab! Habe ich dir eigentlich schon von Kiniu erzählt? Kiniu ist der jüngste Bruder meiner Mutter. Du müsstest einmal seine Haare sehen! Sie reichen ihm fast bis zu den Hüften und sie sind wunderschön, solche Haare hätte ich auch gerne!"

Zweifelnd runzelte David die Stirn. „Wirklich? So lang, wie bei einer Frau? Nee, also im Ernst, dann wird dich hier jeder für bescheuert halten!"

Bizhiu lachte leise: „Du glaubst gar nicht, wie egal mir das ist!"

David hatte diesen Abend in trauter Zweisamkeit über die Maßen genossen, er hatte sogar seinen Kummer mit Charlotte über Stunden vergessen können. Er entschloss sich, seinen Plan in die Tat umzusetzen und morgen schon Ruth zu verkünden, dass er in Zukunft lieber wieder alleine mit Silas ausreiten wolle. Auf diese Weise, so hoffte er wenigstens, würde er Charlotte vergessen können und sein Wohlbefinden zurückerobern.

„Aha! So ist das also, David Sattler! Solange der Herr keinen besseren findet, ist auch die Schwester gut genug! Wie kann man nur so gemein sein!“ Ruth‘ Hagel an Vorwürfen und Wut prasselte auf David hernieder. „Und außerdem, glaubst du etwa, du hättest Silas für dich allein gepachtet?! Er hat da schließlich auch ein Wörtchen mitzureden und ich wette, dass er überhaupt nichts dagegen hat, wenn wir mitkommen!“

David spürte, dass mit Ruth im Moment weder zu reden, noch zu spaßen war. Und er war klug genug, nicht zu vergessen, dass sie seine einzige Verbündete in den Reihen seiner Familie war, deren Zuneigung keinesfalls verscherzt werden durfte!

Also bemühte er sich, sie möglichst treuherzig und zerknirscht anzublicken, während es in seinem Gehirn fieberhaft arbeitete, um einen wenigstens einigermaßen annehmbaren Kompromiss zu finden.

„Ach, Ruthy, jetzt sei doch nicht gleich so böse! Ich hab doch gar nicht sagen wollen, dass ich euch überhaupt nicht mehr dabei haben will. Ich möchte mit Silas nur auch mal alleine sein können. Ist das denn wirklich zu viel verlangt?“

„Ha! Du weißt ebenso gut wie ich, dass es nicht mehr lange dauern kann, dann schneit‘s und es ist aus mit dem Ausreiten!“

„In Ordnung.“ David stöhnte Gott ergeben, „Einmal die Woche!“

Ruth lachte hämisch: „Du spinnst wohl!“

„Na gut, dann zweimal.“

„Dreimal!“

„Nein!“

„Doch! Viermal für dich und dreimal für mich, das ist mehr als nur gerecht!“

David hätte heulen können, doch sie hatte unbestreitbar recht!

„Und morgen fangen wir gleich damit an! Charlotte war nämlich heute im Laden und hat mir gesagt, dass es morgen bei ihr gut klappen könnte.“

Davids Seufzer kam aus tiefster Seele, doch es blieb ihm nichts anderes übrig und so willigte er schließlich zähneknirschend ein. Insgeheim hoffte er inständig, dass es regnen möge, doch dieser Gefallen wurde ihm nicht getan.

29

Ohnedies war dieses Jahr ein sehr trockenes Jahr und es gab bis weit in den Oktober hinein noch sonnige Tage, so dass sie noch so manches Mal gemeinsam ausritten, zu zweit wie zu viert und mit der Zeit gewöhnten sie sich sogar richtiggehend daran, nun eben in neuer Besetzung unterwegs zu sein.
Für Charlotte war es anfänglich allerdings ein harter Brocken, als ihr klar wurde, dass sie um die unerwünschte Gesellschaft dieses Silas Morgan nicht mehr herumkommen würde.
Doch diese allwöchentlichen Gelegenheiten ihrem tristen Alltag zu entfliehen, wollte sie sich dennoch um keinen Preis nehmen lassen, und so entschloss sie sich schließlich, einfach das Beste daraus zu machen, zumal sich dieses Halbblut als hartnäckig harmlos und vor allem auch als angemessen zurückhaltend erwies, zumindest was ihre eigene Person betraf.
Auch den übrigen Bewohnern des Ortes gegenüber blieb Bizhiu konsequent auf Distanz. Er ging im Grunde so gut wie jedem Menschen aus dem Weg, doch wenn sich ein Aufeinandertreffen einfach nicht umgehen ließ, so bemühte er sich stets, höflich und freundlich zu sein.
Mit dem Laufe der Zeit geschah es dann, dass sein Gruß hier und da auch einmal erwidert wurde, reflexartig manchmal, manchmal aber auch bewusst. Und so begann sich ganz allmählich wieder annähernd der ursprüngliche Zustand der notgedrungenen Duldung einzuschleichen.
Elias bewunderte seinen Sohn insgeheim für seine Beharrlichkeit, seinen Mut und auch für seine Selbstbeherrschung. Er ahnte, dass sein Sohn einen guten Teil seiner Kraft aus der Tatsache zog, dass er schon bald auf immer von hier verschwinden würde. Aber genau aus diesem Grund hätte er selber sich gar nicht erst die Mühe gemacht, diese kleinkarierten Dörfler davon überzeugen zu wollen, dass er keine kleinen Kinder fraß.
Er ahnte allerdings auch nichts davon, dass sein Sohn sozusagen einen geheimen Trumpf in der Tasche hatte. Denn die Tatsache,

dass er heimlich mit der jüngsten Tochter der Benhavens ausritt, bedeutete für ihn Herausforderung und Triumph in einem.
In keinem Haus war er so verschrien, so verhasst, wie bei den Benhavens und Charlotte stand für ihn stellvertretend für die gesamte ablehnende Mehrheit der weißen Bevölkerung dieses Landes. Wenn er sie davon überzeugen könnte, dass er genauso viel wert war wie jeder andere auch, so würde man letztendlich jeden davon überzeugen können und dann gäbe es vielleicht doch die Möglichkeit eines friedlichen Miteinanders von Indianern und Weißen.

„Silas! Ich fass' es nicht! Du hast ja wieder diese vermaledeite Feder um den Hals! Ich denke, du wolltest sie nicht mehr tragen!"
„Ja, schon, ich weiß, aber ich dachte, vielleicht gewöhnen sie sich ja noch daran. Schließlich ist es ja wieder einigermaßen ruhig geworden im wunderschönen St. Peter. Und zur Not lass' ich sie einfach unter meinem Hemd verschwinden."
David blickte Bizhiu seufzend an. „Na ja, wenn du meinst ...", sagte er schließlich gedehnt und erhob sich langsam von seinem Stuhl. „Möchtest du auch noch einen Becher Kaffee, bevor wir uns aufmachen?"
„Ja, gern!" Mit einem Lächeln nahm Bizhiu den Becher entgegen. „Wo ist Ruth? Wollte sie heute nicht auch mitkommen?"
David rollte mit gespielter Verzweiflung die Augen. „Ja, und Charlotte auch! Mach dir bloß keine Sorgen! Ruth hat es mit Sicherheit weder vergessen, noch wird sie es versäumen! Da kannst du Gift drauf nehmen!"
In dem Moment kam Ruth in die Wohnküche, blickte unternehmungslustig von einem zum anderen und sagte: „Na auf! Worauf wartet ihr eigentlich?!"

Nachdenklich beobachtete David die knisternden Flammen. Unvermittelt stöhnte er auf und sagte: „Ach, es ist wirklich ein Jammer, dass wir immer schon so verflucht früh wieder aufbrechen müssen. Es rentiert sich ja kaum, ein Feuer anzuzünden!"
Charlotte, die sich sehr wohl darüber im Klaren war, dass sie allein der Grund war, warum dieser Ausflug wesentlich kürzer

ausfiel, als David dies wünschte, sah betreten zu Boden. Doch dann blickte sie tapfer in Davids Gesicht und sagte: „Ich würde auch gerne länger bleiben, das kannst du mir glauben!"
„Was würde eigentlich passieren, wenn es herauskäme?"
Es war das erste Mal, dass Bizhiu eine an sie gerichtete, zu allem Überfluss auch noch sehr persönliche, Frage stellte.
Wütend blickte sie ihn an: „Ich denke nicht, dass dich das irgendetwas angeht, Silas Morgan!"
Er lächelte ein beinahe schon geduldiges Lächeln und sagte leise: „Oh, doch, Charlotte Benhaven! Denn den meisten Ärger würdest du mit Sicherheit wegen meiner Wenigkeit bekommen. Vielleicht möchte ich nicht die Verantwortung für das Risiko tragen, das du eingehst?"
Verwirrt blickte ihn Charlotte an und für einen Augenblick hatte sie vollkommen vergessen, dass sie eigentlich wütend auf ihn war, dass sie mit diesem Halbblut gar nichts zu schaffen haben wollte.
Nachdenklich blickte sie über das Wasser des Flusses hinweg, doch dann sah sie erneut zu Bizhiu und fragte ungläubig: „Du machst dir ernsthaft Gedanken wegen mir?"
Bizhiu lachte leise: „Wer weiß, vielleicht geht es mir ja auch einzig um mich und mein reines und ruhiges Gewissen?"
Ein kurzer Blick in seine Augen verriet ihr, dass es ihm nie und nimmer nur um sich selber ging. Forschend blickte sie zu ihm hinüber. Ihr Blick blieb an der Feder hängen, die er an einem geflochtenen Lederband um den Hals trug. „Hast du die Feder wirklich dafür bekommen, dass du einen umgebracht hast?"
„Was?" Einigermaßen fassungslos blickte Bizhiu in ihr Gesicht.
Charlotte hob abwehrend die Hände. „Das erzählt man sich unten im Ort!"
Jetzt war Bizhiu allerdings ehrlich entsetzt. „Wirklich?! Das erzählen sie von mir? Ich hätte einen Menschen getötet?!"
„Einen? Es ist gleich von einem ganzen Bataillon die Rede! Silas, ich hab's dir doch gesagt! Der ganze Ort war aus dem Häuschen!"
Bizhiu nickte langsam, doch dann sah er Charlotte fragend an: „Und du? Du hast das wirklich von mir geglaubt?"
Charlotte wurde ein bisschen rot, was sie ungemein ärgerte. „Na

ja, nicht direkt, deshalb habe ich ja gefragt."
„Aber du hättest es dir vorstellen können?"
Bizhiu wartete einen Augenblick, doch sie antwortete nicht. Nun ja, keine Antwort war auch eine Antwort! Mit einem leisen Seufzer sagte er: „Mann oh Mann, dir müssen diese paar Stunden in der Woche ja unendlich viel wert sein, wenn du selbst mit einem vermeintlichen Mörder in die Wildnis reitest. Und ich mach mir Gedanken, wegen deiner Familie!" Er lachte leise und schüttelte den Kopf.
„Aber warum trägst du sie dann?"
Nachdenklich blickte Bizhiu in Charlottes neugieriges und erwartungsvolles Gesicht.
Sie hatte ihn bisher noch niemals so offen und frei angesehen und er bemerkte zum ersten Mal, wie hübsch sie eigentlich war.
„Sie ist ein Zeichen für Ehre und Mut. Doch sie bedeutet für mich vor allem, dass es irgendwo auf dieser Welt Menschen gibt, die mir Achtung entgegenbringen, die mich so anerkennen und lieben, wie ich bin. Diese Feder bedeutet mir unendlich viel und gerade hier in St. Peter tut es ungemein gut, sie zu haben."
Charlotte hätte nicht sagen können, mit was für einer Antwort sie eigentlich gerechnet hatte. Doch sicher nicht mit einer so ehrlichen, so gefühlvollen. Überrascht blickte sie in sein Gesicht, fing den Blick seiner dunklen Augen auf und im Bruchteil einer Sekunde geschah etwas, dessen Folgen sie beide weder erkennen, geschweige denn abschätzen konnten. Einen Augenblick lang hatten sie einander angesehen, hatten unvermittelt in den Augen des anderen einen Blick auf dessen sonst wohlbehütetes Inneres erhascht.
Charlotte blickte abrupt zu Boden, stand dann schließlich auf und sagte: „Also, ich glaube, ich muss jetzt langsam mal nach Hause. Na ja, ihr wisst ja, die Wäsche und so ..."

Charlotte musste sich zu ihrer eigenen Bestürzung eingestehen, dass sie sich in diesen Tagen zum ersten Mal bewusst darauf freute, Silas wiederzusehen.
Als sie dann aber einmal mehr so am Flussufer saß, mit klammen Fingern und wartete, da spürte sie ganz deutlich, dass sie wirk-

lich enttäuscht wäre, wenn er dieses Mal nicht wieder mitkommen würde. Und als sie ihn schließlich sah, fühlte sie, wie ihr Herz ein wenig schneller zu schlagen begann. Und war an diesem Tag auch scheinbar alles wie sonst, so war doch alles ganz anders, war wie verzaubert. Denn Charlotte und Bizhiu hatten beide diesen einen Augenblick nicht vergessen können und fragten sich, ob dieser unverhofft aufgefangene Blick des anderen Einbildung oder tatsächlich Realität gewesen war.
Immer wieder trafen sich ihre Blicke an diesem Tag und immer wieder sahen sie eilig weg, nur um erneut einen Blick zu wagen.
Zaghaft und leise war ihr Lächeln gewesen, und doch hatte es sich tief in Bizhius Ojichaag gegraben, so dass es seine Träume durchzog in dieser Nacht.

Und als sie sich das nächste Mal am Flussufer trafen, begrüßte sie ihn mit einem so freundlichen Lächeln, dass Bizhiu spontan einen folgenschweren Entschluss fasste.
Er stieg von seinem Pferd, nahm dessen schweren, schwarzen Ledersattel ab und sagte leichthin, in die verwunderten Gesichter der anderen drei: „Ich hoffe euer Versteck für die Wäsche ist ein gutes Versteck. Ich hätte diesen Sattel nämlich wirklich gerne wieder."
„Was hast du denn vor?", fragte Ruth verwundert, doch Bizhiu lächelte nur geheimnisvoll und sagte: „Wart's ab. Jetzt sollten wir erstmal zusehen, dass wir das alles verstauen und dann eiligst von hier verschwinden, bevor uns am Ende noch irgendjemand sieht."

David hatte schon ein ganz eigenartiges Gefühl gehabt, als er Bizhiu den Sattel von Black Desert abnehmen sah, doch als dieser dann auch noch Charlotte einlud, mit ihm auf seinem Pferd zu reiten, schwante ihm Übles.
Charlotte jedenfalls nahm seine Einladung mit kaum verhohlenem Entzücken an und ließ sich von ihm aufs Pferd helfen. Ein grässlich nagender Schmerz machte sich in David breit und mühsam beruhigte er sich damit, dass das allein ja noch gar nichts hieß. Schließlich wäre es ja auch kolossal unhöflich gewesen, die-

se Einladung auszuschlagen, nachdem der Sattel bereits im Wald versteckt war.

Verdutzt wurde Charlotte gewahr, dass sich Bizhiu nicht vor ihr, sondern hinter ihr aufs Pferd geschwungen hatte. Erstaunt drehte sie sich um und blickte ihn ein wenig ratlos und fragend an. Doch er lächelte nur zaghaft, griff nach den Zügeln und reichte sie ihr. „Oder möchtest du sie nicht?"
Erst in diesem Augenblick begriff Charlotte, dass er ihr tatsächlich die Zügel seines Pferdes in die Hand zu geben bereit war und mit einem überraschten Strahlen in den Augen beeilte sie sich, sie zu ergreifen.
Sie hätte ewig so reiten können. Es machte einen solchen Spaß sich so frei zu fühlen, so unbeschwert wie ein Vogel im Wind. Sie hatte wahrhaftig die Zügel in der Hand! Und sie genoss dieses Gefühl unbändiger Freiheit in vollen Zügen, ebenso wie dieses eigenartig prickelnde Gefühl in ihrem Bauch, welches sich beharrlich in den Vordergrund drängte, jetzt, da er ihr so nah war, wie noch niemals zuvor, da sie die Wärme seines Körpers zu spüren vermochte, seine Hände federleicht an ihrer Taille fühlte. Er sah so anders aus als die Menschen, die sie sonst kannte. Und ganz tief in ihrem Inneren regte sich allmählich die Ahnung, dass gerade seine Andersartigkeit sie anzog. Hatte sie nicht immer davon geträumt, eines Tages einmal einem Mann zu begegnen, der ‚ganz anders' sein würde als alle anderen?

An diesem Tag geschah es das erste Mal, dass sie selbst das Gespräch mit Bizhiu suchte, dass sie beide, in ihre Unterhaltung vertieft, die Anwesenheit der anderen beinahe vergaßen.
Und wenn Bizhiu nach außen hin auch sehr ruhig und gelassen wirkte, in seinem Inneren sah es ganz anders aus. Eigentlich hätte er sich ja nun entspannt zurücklehnen können, denn schließlich hatte er ja sein geheimes Ziel erreicht, hatte es fertiggebracht, dass selbst eine Benhaven-Tochter ihn zumindest soweit akzeptierte, dass sie mit ihm sprach, ihn freundlich begrüßte und sogar auf einem Pferd mit ihm ritt! Doch in seinem Inneren tobten Empfindungen ganz ungeahnter Natur und er spürte deutlich, dass

er schon längst ein anderes Ziel verfolgte, ganz andere Wünsche hegte. So beschäftigt war Bizhiu mit sich, mit Charlotte, mit diesem ungeahnten Gefühlschaos in seinem Inneren, dass er gar nicht bemerkte, wie ungewohnt einsilbig und still sein Freund geworden war.

Lange lag Bizhiu an diesem Abend wach und lauschte verwirrt auf die Stimme seines Herzens, welche voller Sehnsucht zu ihm sprach. Noch niemals zuvor hatte er sich so sehr nach der Nähe eines Menschen gesehnt. Mit einem Seufzer zog Bizhiu die Decke fester um sich und wälzte sich auf die andere Seite, was Eshkebug schon zum wiederholten Mal störte. Und auch Winonah entging die Unruhe ihres Sohnes nicht.

Als sie ihn dann anderntags fragend betrachtete, blickte er sie mit einem plötzlichen Entschluss in den Augen an und fragte leise, während eine sanfte Röte sein Gesicht durchzog und seine Augen einen ganz eigenartigen Glanz annahmen: „Nimaamaa, wie ist das, wenn man sich verliebt?"

Winonah lächelte ein wenig bestürzt und antwortete schließlich zögerlich: „Man kann nicht mehr schlafen, weil man ständig an den anderen denken muss, und schläft man dann doch, so träumt man von ihm. Man ist den einen Moment voller Hoffnung und bereits im nächsten voller Angst."

„Und man muss ständig an den anderen denken und es kommt einem so vor, als wäre es nicht auszuhalten, dass es noch Tage dauern soll, bis man ihn wiedersieht, nicht wahr?"

Winonah nickte nachdenklich und fragte schließlich: „Und wer ist es, den du dann erst wiedersehen wirst?"

„Darf das vorerst mein Geheimnis bleiben?"

„Es darf auch für alle Zeiten dein Geheimnis bleiben, wenn du das willst, aber ich mache mir große Sorgen."

„Warum?"

„Ich befürchte, dass du sehr großen Kummer erleben wirst, denn ich nehme an, dass es sich um ein weißes Mädchen handelt, wie sollte es hier auch anders sein."

Bizhiu musterte seine Mutter mit nachdenklichem, kritischem Blick: „Was meinst du damit?"

„Eine Weiße würde dich niemals zum Mann nehmen dürfen, Biz-

hiu, sie würde sich nicht einmal mit dir zeigen können, ohne ihren guten Ruf zu gefährden."
„Nimbaabaa hat ja wohl auch eine Indianerin geheiratet. Er hat sich damit vielleicht nicht gerade beliebt gemacht, aber er hat auf keinen Fall dadurch gleich seine Ehre verloren!"
„Ja, das stimmt. Aber er ist ein Mann."
„Und wo ist da bitte schön die Logik?"
„Ein weißer Mann kann sich vieles erlauben, was einer weißen Frau nicht zugestanden wird. Keine weiße Frau würde hier aufrecht neben dir bestehen dürfen, mein Sohn, und es würde wohl auch keine mit dir gehen, um mit dir bei den Ojibwe zu leben. Wenn du sie lieb hast, Bizhiu, dann erweise ihr einen großen und selbstlosen Dienst und nähere dich ihr nicht, offenbare dich ihr nicht und am besten, sorge dafür, dass du sie nicht mehr wiedersiehst. Glaub mir, dieser Schmerz wird weit kleiner sein, als der, welcher ansonsten auf dich und auch auf sie warten würde, sofern sie dich genauso gerne hat."

Bizhiu ging zu Black Desert in den Stall. Winonahs Worte brannten in seinem Kopf und sein Herz fühlte sich wie gelähmt an. Er wusste genau, dass sie recht hatte und er wusste darüber hinaus, dass diese traurige Wahrheit auf keine Weiße so sehr zutraf wie auf Charlotte Benhaven. Bizhiu wusste, dass es nur eine einzige ehrenvolle Möglichkeit für ihn geben konnte, und die würde jene sein, Charlotte nach Möglichkeit nicht mehr zu begegnen. Er würde auf keinen Fall wieder mit den anderen ausreiten, auch auf die Gefahr hin, dass man es ihm übel nehmen sollte.

Doch David nahm es ihm nicht übel. Er glaubte sogar sehr gut zu verstehen, was den Freund dazu bewegte, zufällig an den Tagen, an denen Charlotte mitkam, keine Zeit zu haben.
Charlotte aber war, als Bizhiu auch zum zweiten Mal nicht am Flussufer erschien, derartig enttäuscht, dass sie es nur mit Mühe verbergen konnte.
Warum kam er bloß nicht mehr? Charlotte war wirklich ratlos und auch seltsam verletzt. Als er dann auch beim dritten Mal nicht erschien, wusste Charlotte, dass er nicht mehr kommen

würde. Und sie war selber darüber erstaunt, wie wenig es ihr gelingen wollte, sich damit abzufinden. Kein anderer Gedanke beschäftigte sie mehr in diesen Tagen, als der, eine Möglichkeit zu finden, ihn wiederzusehen.

Es war ein trüber Herbsttag an dem sie es schließlich nicht mehr ertragen konnte untätig abzuwarten, ob vielleicht doch noch irgendein Wunder geschehen möge.
Kurz entschlossen ergriff sie einen Korb, zog ihren dicken Umhang über und verließ das Haus. Sollte sie aller Vorsicht zum Trotz jemand beobachtet haben, so würde sie sagen können, dass sie in den Wald gegangen sei, um Pilze zu sammeln. Und den Beweis dafür würde sie unschwer in ihrem Korb vorweisen können, denn die Pilze sprossen allenthalben aus dem feuchten Waldboden und sie würde mühelos genügend für eine Mahlzeit sammeln können.
Vorsorglich schlug Charlotte einen gänzlich anderen Weg ein, als den, der hinauf zum Haus des Fallenstellers führte. Doch kaum war sie im Dickicht des Waldes verschwunden, machte sie kehrt und begann zu laufen. Ihr Herz pochte wie wild, und voller Angst, jemand könnte ihr folgen, blickte sie ein ums andere Mal hinter sich.
Erst als sie dann endlich in die Nähe des Hauses gelangt war, begann sie langsamer zu gehen, und schließlich blieb sie stehen. Auf einmal kam ihr das ganze Unterfangen aberwitzig vor. Was machte sie hier eigentlich? Wahrscheinlich dachte er überhaupt nicht mehr an sie, vielleicht hatte er es sogar niemals getan.
Aber sie, sie hatte es getan! Sie hatte an ihn gedacht, sogar von ihm geträumt und sie wollte ihn wiedersehen und sei es auch nur, um sich zu vergewissern, dass sie sich getäuscht hatte.
Langsam begann Charlotte auf ihrem Weg weiterzugehen, näherte sich vorsichtig dem Haus, dessen Dach ganz grün war von Moosen und Flechten.
Noch vor Blicken geschützt, im Saum des Waldes verborgen, stand Charlotte regungslos und beobachtete ihn, wie er Holzklotz um Holzklotz in kleine handliche Stücke zerhackte. Als er sich schließlich aber anschickte, die Axt beiseite zu legen, um wieder

im Haus zu verschwinden, trat sie mit plötzlicher Entschlossenheit hervor, verließ den Schutz des Waldes, ohne recht zu wissen, was sie ihm eigentlich sagen wollte.
Bizhiu, der hinter sich ein Geräusch wahrgenommen hatte, drehte sich um und glaubte einfach nicht, dass es wahr sein konnte, was er da sah.
Mit einem schüchternen, unsicheren Lächeln stand sie da und sagte leise: „Grüß dich, Silas."
„Charlotte! Was machst du denn hier?" Er war völlig überrascht, beinahe fassungslos.
„Warum bist du nicht mehr gekommen?", platzte Charlotte heraus. Mit einem flauen Gefühl im Magen betrachtete sie sein erstauntes Gesicht. Sie fühlte sich plötzlich so verwundbar, am liebsten hätte sie sich einfach umgedreht und wäre weggerannt.
„Ich konnte nicht."
„Aber warum?"
Bizhiu fuhr sich mit einer Hand durch das Haar. Nachdenklich blickte er sie an und sein Blick verweilte so lange in ihren Augen, so liebevoll und so traurig, dass Charlotte am liebsten ihre Hand nach ihm ausgestreckt hätte, um ihn zu berühren.
„Es würde bedeuten alles zu riskieren, mit der Hoffnung auf nichts Wirkliches, Charlotte, verstehst du, was ich meine?"
Stumm schüttelte Charlotte den Kopf, sie wollte es einfach nicht verstehen.
Bizhiu seufzte leise: „Ich möchte wirklich nicht die Ursache eines großen Unglücks sein und ich möchte noch viel weniger, dass es gerade dich betreffen könnte. Die Gefahr ist einfach zu groß, für dich und auch für mich."
Hätten seine Augen bei diesen Worten weniger bedauernd geblickt, so hätte sie vielleicht alle Hoffnung aufgegeben. Doch zu sehen, dass er offensichtlich genauso litt, wie sie selbst, ließ sie mutiger werden, und tapfer um das kämpfen, was sie sich so sehnsuchtsvoll wünschte.
„Und wenn ich dir sagen würde, dass ich für meinen Teil des Unglücks selber Sorge trage und du einzig den Teil bedenken solltest, der dich selbst betrifft. Wäre dir die Gefahr auch dann noch zu groß?"

Bizhiu blickte sie mit einem traurigen Lächeln an und schüttelte kaum merklich den Kopf. „Nein, ich befürchte nicht. Aber ich kann und ich will deine Seite nicht außer Acht lassen. Ich trage nicht nur Verantwortung für das, was mich betrifft, sondern genauso auch für das, was aus dem wird, was ich tue."
„Ich denke, wenn jeder seinen Teil der Verantwortung trägt und man sich einig ist, dann ist doch alles gut!"
Herausfordernd und ängstlich zugleich blickte sie ihn an und er konnte nicht anders, als ihren Mut zu bewundern, ihre Entschlossenheit, mit der sie für ihre Träume zu kämpfen bereit war.
Unversehens hatte Bizhiu seine Hand gehoben und sachte über ihre Wange gestrichen und noch ehe er diese unbedachte Handlung überdenken konnte, spürte er, wie Charlottes zierliche Hände seine Zärtlichkeit erwiderten. Bizhiu schloss einen Moment die Augen, schmiegte sein Gesicht in diese zärtliche, warme Hand. Und als er dann ihre Lippen fühlte, die einen zarten Kuss auf seine Lippen hauchten, war es so einfach, seinen Träumen nachzugeben und mit forschender Zunge ihren Mund zu erobern, sich von ihr erobern zu lassen. Und es war so himmlisch, sie endlich in die Arme schließen zu können, das Gesicht in ihren Haaren zu vergraben. Bizhiu vergaß eine Weile alles um sich herum, doch als er abermals in ihre Augen sah, bemühte sich ein letztes Mal sein Verstand darum, sich Gehör zu verschaffen.
„Bist du dir wirklich sicher, dass du das alles willst, Charlotte?"
Sie lächelte: „Ich glaube, sonst wäre ich nicht hier. Und du?"
„Ich wünsche es mir, sogar sehr, aber ich habe Angst. Wir kommen in größte Schwierigkeiten, wenn auch nur eine Menschenseele etwas davon erfährt."
Charlotte lächelte, strich mit sanfter, zärtlicher Hand über seine Wange und sagte: „Aber es wird niemand erfahren, Silas, es gehört nur uns, uns ganz allein!" Noch einmal küsste sie ihn, dann löste sie sich von ihm, ergriff ihren Korb und schon im Weggehen rief sie ihm noch zu: „Aber du kommst doch nächste Woche wieder mit, nicht wahr?!"
Doch ohne seine Antwort abzuwarten, war sie bereits im Wald verschwunden und ließ ihn aufgewühlt und verwirrt zurück.
Ihm kam alles so unwirklich vor, so unglaublich! Er hatte sie in

seinen Armen gehalten, er hatte sie geküsst! Mit einem Seufzer lehnte sich Bizhiu an die Hauswand und ließ sich dann langsam und kraftlos zu Boden gleiten.

30

David kam der Freund die ganze Woche über reichlich zerstreut und gedankenverloren vor, doch eingedenk seines eigenen Kummers, als ihm allmählich gedämmert hatte, dass er Charlotte niemals würde haben können, verwunderte es ihn nicht, und rücksichtsvoll fragte er ihn auch nicht danach.
Als Bizhiu dann aber doch bei dem Ausritt mit Ruth und Charlotte mitkommen wollte, wunderte sich David schon ein bisschen. Und als er schließlich begriff, dass Charlotte tatsächlich wieder auf Black Desert mitreiten würde und zu allem Überfluss auch noch die beiden alleine, ohne Ruth, mit Bütte und Sattel im Wald verschwinden sah, begannen sich in seinem Kopf die Gedanken zu überschlagen.
Bizhiu brannte darauf, wenigstens einige Minuten mit Charlotte allein sein zu können, doch als sie endlich dieses kleine, verschwiegene Versteck im Wald erreicht und sich ihrer Lasten entledigt hatten, war es Charlotte, die erwartungsvoll in seine Augen blickte, ihre Arme um seinen Nacken legte und ihn küsste.
An den ungehaltenen Mienen von David und Ruth war unschwer zu erkennen, dass die Zeit in Windeseile verflogen sein musste.
„Na, ...", sagte David vorwurfsvoll mit einem süffisanten Unterton, der Bizhiu augenblicklich aufhorchen ließ, „habt ihr euch etwa verirrt?"
Es fiel David nicht leicht, ruhig Blut zu bewahren und er beobachtete die beiden mit Argusaugen, die ganze Zeit über. Es war nicht schwer, genügend Anzeichen festzustellen, die seine übelsten Befürchtungen bestätigten. Als sie an diesem Tag zurückkehrten, war David speiübel vor Wut und in seinem Inneren fühlte er sich wund und zerschlagen und auch wieder schrecklich allein.

Elias hatte in den vergangenen Wochen beständig auf ein Zeichen, ein Wort seiner Frau, seines Sohnes gehofft. Doch keiner

hatte auch nur eine Silbe verloren, die einen gemeinsamen Aufbruch aus St. Peter, oder die gemeinsame Rückkehr zum Lager der Gamini betroffen hätte.
Elias' Herz war schwer geworden und all seine Hoffnungen auf eine Zukunft als Familienvater begannen zu schwinden. Ja und er fühlte deutlich, wie viel ihm seine Frau eigentlich bedeutete, wie teuer und unendlich wertvoll sie ihm doch war.
Elias versuchte möglichst freundlich, interessiert und teilnahmsvoll zu sein. Er versorgte die Familie auf das Umsichtigste mit allem Nötigen, ging öfter auf die Jagd, als in irgendeinem anderen Herbst und wenn irgend möglich nahm er Bizhiu mit.
Es war an einem dieser Tage gewesen, da er mit seinem Sohn auf die Jagd geritten war, als Elias es einfach nicht mehr aushielt und mit hängenden Schultern, den Blick in weite Ferne gerichtet, mit rauer Stimme zu sprechen begann: „Sie wird mich nicht dabei haben wollen, nicht wahr?“
„Hast du Nimaamaa denn einmal gefragt?“
Elias schüttelte den Kopf.
„Aber warum denn nicht? Nimbaabaa, was erwartest du? Dass Nimaamaa kommt und dich darum bittet, sie zu begleiten?“
Elias zuckte mit den Achseln. „Ich weiß auch nicht, vielleicht hatte ich gehofft, einer von euch würde einmal etwas sagen, irgendetwas, was unsere gemeinsame Rückkehr betrifft.“
Bizhiu seufzte leise: „Nimbaabaa, du hast auch einen Mund zum Reden, vielleicht ist es einfach an dir, mal einige Dinge zu sagen.“

Elias hatte gerade den Stall ausgemistet und Samantha versorgt. Bizhiu war mit Black Desert schon seit einigen Stunden unten im Ort, vermutlich bei David oder mit ihm unterwegs.
Ja, ein wahrer Freund war ein unbezahlbares Gut. Elias musste an Sam denken, seine geheime Rückversicherung, nicht in völlige Einsamkeit zu stürzen, wenn alles so käme, wie er das insgeheim befürchtete. Mit langsamen, schweren Schritten ging er zurück ins Haus und als er sie dann da stehen sah, da nahm er all seinen Mut zusammen, trat hinter sie, umfasste mit zitternden Händen ihre Taille und sagte leise: „Winonah, ich möchte dich nicht verlieren, ich ...“

Ernst und ruhig klangen Winonahs Worte, mit denen sie seine Rede unterbrach. Es lag kein Vorwurf in ihnen, keine Wut. Mehr wie eine Feststellung klang es, als sie leise und freundlich sagte: „Aber Elias, du hast mich lange schon verloren. Jahre schon! Wusstest du das nicht?"
Elias musste schlucken. Er nickte kurz, um dann unwillkürlich einen Schritt zurückzutreten, bereit die Flucht zu ergreifen.
„Aber ... vielleicht kannst du mich ja noch einmal für dich gewinnen. Wenn du es wirklich willst, wenn es dir um mehr geht, als nur um deine eigene Bequemlichkeit, wer weiß?"
Elias griff impulsiv nach Winonahs Händen. „Winonah, gib mir noch eine Chance! Lass uns gemeinsam in den Norden ziehen, zu deiner Familie und noch einmal ganz von vorne beginnen. Winonah, ich bitte dich, ich, ich liebe dich."
Mit einem leisen Lächeln strich Winonah über seine bärtige Wange. „Ich kann dir das jetzt nicht versprechen, aber wenn es dir wirklich ernst ist, dann werden wir beide es merken und dann können wir noch einmal überlegen, wie es weitergehen könnte."
Elias legte seine Arme um sie. Hauchte schüchtern und zaghaft einen Kuss auf ihre Wange, voller Angst, sie würde ihn wegschieben. Doch sie tat es nicht. Sie blickte ihn nur mit einem unergründlichen, nachdenklichen Blick an und schwieg.

Am späten Nachmittag fand sich Bizhiu wie gewöhnlich bei David ein, der gerade dabei war den Stall auszumisten. Unbekümmert machte er sich daran, ihm bei der Arbeit zu helfen, als David plötzlich innehielt, sich auf seine Mistgabel stützte und unvermittelt sagte: „Stimmt's!? Du bist hinter ihr her!"
„Was meinst du damit?"
„Stell dich doch nicht blöd! Du weißt ganz genau, was ich mein'! Du bist hinter Charlotte her!"
Einen Moment lang schwieg Bizhiu. „Ich bin nicht ‚hinter ihr her'." Ganz ruhig klang seine Stimme, doch in seinem Inneren sah es ganz anders aus.
„Natürlich bist du hinter ihr her! Du verschlingst sie ja förmlich mit deinen Blicken!"
Bizhiu wusste nicht, was er seinem Freund darauf sagen sollte.

„Ich, ich mag sie ziemlich gern."
„Ziemlich gern!" David spuckte ihm die Worte förmlich ins Gesicht. „Dass ich nicht lache! Verschossen bist du in sie!"
„Was wäre so schlimm daran, wenn sie mir gefiele?"
„Das kann ich dir ganz genau sagen, wenn du es unbedingt wissen willst!" Davids Augen verschmälerten sich und fixierten Bizhiu mit einem abschätzenden Blick. „Ein Mädchen wie Charlotte hat mit einem Halbblut wie dir bestimmt nichts am Hut! Und es ist geradezu peinlich, mitansehen zu müssen, wie du sie anschmachtest!"
„Wäre es weniger peinlich, wenn meine Mutter eine Weiße wäre?"
Bizhius Frage kam freundlich, ruhig, doch mit einem wohl dosiert provokanten Unterton.
„Nein! Aber es wäre vielleicht etwas aussichtsreicher! Welches Mädchen dürfte schon mit dir ausgehen? Ich glaub nicht einmal, dass Ruth es dürfte und bei jeder anderen stehen deine Chancen doch noch weitaus schlechter! Das Gerede über die Frau, die sich mit dir einlässt, möchte ich nicht hören! Mensch, die wäre doch geliefert! Für alle Zeiten!"
Bizhiu trat auf David zu, blickte ihn forschend und eindringlich an, ehe er ihm leise ins Ohr raunte: „Alles lässt sich ertragen, wenn man einen wirklichen Freund zur Seite hat, nicht wahr, David?"
Ohne ein weiteres Wort ging er und leise fiel hinter ihm die Stalltüre ins Schloss.
David bedauerte seine Worte, kaum dass er wieder alleine war und stöhnend wandte er sich wieder seiner Arbeit zu.

Bizhius Laune erhielt bereits am nächsten Tag schon einen weiteren Dämpfer. Es regnete in Strömen. Heute würde Charlotte mit Sicherheit nicht kommen können, wer würde ihr schon glauben, dass sie im strömenden Regen Pilze sammelte oder Wäsche wusch? Aber wann würden sie sich dann wiedersehen? Das Wetter konnte nun fließend übergehen in einen wahren Schneesturm und dann konnte es lange dauern, bis sich wieder eine Möglichkeit des Wiedersehens ergab. Und wenn sie doch kam? Immer

wieder ging Bizhiu an das rückwärtige kleine Fenster und spähte in den Regen hinaus.
Winonah spürte seine Unruhe und beobachtete ihren Sohn ein Weilchen stumm, verfolgte seinen suchenden Blick und fragte schließlich ganz beiläufig: „Auf wen wartest du?"
Als Bizhiu sie anblickte, erkannte sie sofort diesen ertappten Ausdruck in seinen Augen. „Es ist dieses Mädchen, nicht wahr?"
Bizhiu nickte stumm.
„Sie müsste dich schon sehr lieben, wenn sie bei diesem Wetter hier zu dir heraus käme."
Bizhiu hatte sich gerade wieder mit einem leisen Seufzer zu seiner Mutter an den Tisch gesetzt, als Elias aus dem Stall in die Wohnküche trat. Besorgt sah er aus und sehr erschöpft.
„Winonah, könntest du später bitte einmal nach Samantha sehen? Ich war schon mehrmals bei ihr im Stall, irgendetwas stimmt nicht. Ihr rechter Hinterhuf fühlt sich ganz heiß an und sie lahmt, seit gestern schon. Aber ich kann einfach nichts Ungewöhnliches entdecken."
Winonah nickte: „Ja, ich schau gleich einmal nach ihr." Sie verschwand eilig in Richtung des Stalles.
Sorgsam befühlte Winonah den Huf. Er war heiß, allerdings. Sie hob ihn sachte an, betrachtete ihn eingehend und zog schließlich mit Hilfe einer Zange einen kleinen Nagel heraus, der tief im empfindlichen Teil des Hufes steckte.
„Elias, da war ein Nagel! Ich denke, du hast dir den Huf angesehen?"
„Ja, hab ich auch! Einige Male sogar, gestern, heute Nacht und vorhin noch mal. Ich hab den Nagel nicht gesehen!"
Nachdenklich betrachteten ihn diese unergründlichen Mandelaugen, doch sie sagte nichts. Elias selbst war einigermaßen erschrocken darüber, dass er diesen Nagel übersehen hatte. Er musste sich allmählich eingestehen, dass seine Augen nachzulassen begannen. Lesen beispielsweise bereitete ihm zusehends Mühe, oftmals sogar Kopfschmerzen. Jagen konnte er aber nach wie vor problemlos und das war schließlich die Hauptsache. Alles was sich in einiger Entfernung von ihm aufhielt, sah er scharf und klar wie eh und je.

„Ich werde einen Kräuteraufguss bereiten, in dem wir dann die Wunde baden und auswaschen. Kühle du in der Zwischenzeit weiter den Huf", sagte Winonah in seine Gedanken hinein.

Bizhiu hatte derweil das Frühstücksgeschirr abgespült, lag nun auf einem Fell vor dem Feuer und las zum so und so vielten Male in der Geschichte von Oliver Twist.
Winonah machte sich gleich daran, einige Kräuter aus den unterschiedlichsten Behältnissen herauszuholen, als es leise klopfte.
Sofort sprang Bizhiu auf und lief zur Tür. Draußen stand Charlotte. Sie zitterte und bibberte und war vollkommen durchnässt. Schüchtern und ein bisschen verzweifelt war ihr Lächeln, als sie ihm zuflüsterte: „Ich wusste nicht, was ich machen soll und ... da hab' ich einfach geklopft ..."
Kurz entschlossen ergriff Bizhiu ihre Hand und zog sie in die warme Wohnküche.
Charlotte sah sich schüchtern um und senkte ihren Blick zu Boden, als sie unvermittelt in Winonahs überraschte Augen sah. Doch dann bemühte sie sich tapfer, ein möglichst freundliches Lächeln zustande zu bringen, und grüßte artig: „Schönen guten Tag, ... Mrs. Morgan."
Winonah nickte nur und betrachtete stumm dieses Mädchen, das tatsächlich die Unverfrorenheit besaß, hier anzuklopfen, oder den Mut, ganz wie man es nahm.
Prüfend glitt Winonahs Blick über Charlotte hinweg. Irgendetwas in ihrem Gesicht kam ihr bekannt vor. Doch so sehr sich Winonah auch bemühte, sie konnte den Schlüssel ihrer Erinnerung nicht finden, und das war auch ganz gut so, denn sonst hätten sich ihre Sorgen in Schrecken verwandelt und die Angst um ihren Sohn wäre übergroß geworden.
So aber brachte sie Charlotte trockene Kleider und bedeutete ihr, sich im Hinterzimmer umzuziehen.
Überrascht und dankbar lächelte Charlotte schüchtern in dieses so fremdartige Frauengesicht, das ihr zugleich so eigentümlich vertraut und bekannt vorkam. Warm strahlten ihre Augen und wachsam! Wachsam, nachdenklich und alarmiert.
Charlotte machte sich da keine Illusionen.

Als sie sich dann umgezogen hatte und ziemlich unsicher wieder zurück in die bescheidene Wohnküche trat, stand bereits ein Becher heißen Kaffees für sie bereit und Bizhiu strahlte sie derart glücklich an, dass sie unwillkürlich zurückstrahlte, so ungeheuerlich, beinahe schamlos das auch sein mochte. Doch nicht nur das, ihr ganzes Verhalten an sich war im Grunde genommen unfassbar und Charlotte war dies auch schmerzlich bewusst. Unschlüssig blickte sie von dem verlockend dampfenden Becher zu Bizhiu und dann zu seiner Mutter.
„Setzt dich zu uns", sagte Winonah und deutete auf den leeren Hocker vor dem dampfenden Kaffee. Dann blickte sie ihren Sohn abwartend an und sagte schließlich: „Möchtest du uns einander nicht vorstellen, Bizhiu?"
„Oh, ja, natürlich. Entschuldigt bitte. Also, das ist Charlotte und das ist Winonah, meine Mutter."
Charlotte lächelte Winonah unsicher an. Doch diese blickte ihr fest ins Gesicht, freundlich, aber auch ungemein ernst und bestimmt, nickte schließlich und sprach: „Charlotte, ich denke, wenn man einen anderen gern hat, dann sollte man zuallererst alles daran setzen, den anderen nicht in Gefahr zu bringen und am Ende sogar ins Unglück zu stürzen, selbst wenn es ein großes Opfer ist, das man dafür bringen muss."
Charlotte war puterrot geworden, doch sie blickte tapfer in diese dunklen Augen.
Winonah konnte nicht umhin, ihr gefiel dieses Mädchen, ihr gefiel die Entschlossenheit, der Mut in ihren grünen Augen. Nichts Verschlagenes war in diesem Blick, aber etwas sehr Eigenwilliges, etwas Kühnes, Verzweifeltes. Und sie hatte sich hier in St. Peter, allen Widrigkeiten zum Trotz, ganz offensichtlich in ihren Sohn verliebt, hatte ihn allen anderen vorgezogen und das, obwohl sie damit unvernünftigerweise zumindest ihre Ehre aufs Spiel setzte. Sie war kein gewöhnlicher Mensch, sie war etwas ganz Besonderes, ohne Zweifel, und Winonah konnte die Verliebtheit ihres Sohnes durchaus verstehen.
Mit einem leisen Seufzer erhob sie sich. „Ich werde jetzt mit dem Kräutersud in den Stall gehen und ich denke, ihr solltet vielleicht gemeinsam darüber nachdenken, ob ihr das, was ihr da tut, auch

wirklich vor euch selbst verantworten könnt. Ach, und deine nassen Kleider, Charlotte, die solltest du ans Feuer zum Trocknen hängen."

Bizhiu war seiner Mutter unendlich dankbar für diese geschenkten Minuten der Zweisamkeit. Ungläubig blickte Charlotte hinter Winonah her und umklammerte dabei ihren warmen Becher mit beiden Händen. Bizhius Herz pochte aufgeregt, als sie ihn dann endlich anblickte, in seine Augen sah und lächelte.
„Bist du mir böse? Ich mein, weil ich hierher gekommen bin ..."
Bizhiu schüttelte den Kopf. „Aber nein, ich kann es einfach nur noch gar nicht richtig fassen, dass du wirklich da bist."
Er lächelte und streckte langsam seine Hand nach ihr aus, bot der ihren die Möglichkeit, die seine zu ergreifen. Ihre blaugrünen Augen waren den seinen so nah, blickten so versonnen, so verliebt, dass er Charlotte einfach küssen musste, Eltern hin oder her, es ging gar nicht anders!
Nachdenklich sah er in ihr Gesicht. „Was wirst du sagen, wenn dich einer fragt, wo du gewesen bist?"
Charlotte seufzte leise und blickte durch das Fenster in den unablässig herabströmenden, kalten Herbstregen.
„Offengestanden, ich weiß es nicht."
„Du bist gegangen, ohne zu wissen, was du im Notfall sagen könntest? Ach, Charlotte ..."
„Mir ist nichts eingefallen! Und ich musste dich einfach wiedersehen!"
„Das ist so lieb von dir und so unvorsichtig." Zärtlich strich ihr Bizhiu eine Haarsträhne aus dem Gesicht und sah sie mit einem Blick an, der so warm war, so weich und besorgt, dass Charlotte dahinschmolz wie Butter in der Sonne. Seit dem Tag, an dem ihre arme Mutter gestorben war, hatte sie niemand mehr mit solch einem liebevollen Blick bedacht.
„Bevor du gehst, musst du wissen, was du zur Not sagen könntest."
„Aber was könnte ich denn bei diesem Wetter draußen zu schaffen haben? Pilze sammeln vielleicht?"
Bizhiu schüttelte den Kopf. „Nein Charlotte, das mein ich nicht.

Weißt du, wenn du verhindern willst, dass ein hungriger Hund dein Essen stiehlt, bleibt dir nichts anderes übrig, als auf einen Baum zu klettern oder ihm einen Knochen zuzuwerfen. Du musst dir etwas überlegen, …"
„Überlegen? Was denn?"
„Charlotte, es gibt doch wohl kaum Schlimmeres, was herauskommen könnte, als das mit uns, oder liege ich da etwa falsch?"
Charlotte senkte den Blick und schüttelte stumm den Kopf.
„Also musst du dir etwas überlegen, das plausibel klingt. Etwas, das du erklärtermaßen nicht darfst und das schlimm genug ist, dass sich deine Brüder gebührend darüber aufregen können."
„Vielleicht könnte ich ihnen zur Not meine Freundschaft mit Ruth gestehen, das müsste doch reichen, oder was meinst du?"
Fragend blickte sie auf, blickte in sein Gesicht, ehe sie sich wieder an seine Brust schmiegte und einfach nur genoss, sich anlehnen zu dürfen und sich in seinen Armen so geborgen zu fühlen.

Es war zu vorgerückter Abendstunde, Winonah hatte sich bereits schlafen gelegt, als sich Elias mit nachdenklicher Miene neben Bizhiu setzte.
„Ich hab' die Kleine gesehen, draußen hinter dem Haus. Im strömenden Regen hat sie gestanden, ein ganzes Weilchen und nicht gewusst, was sie machen soll. Erst wollte ich aus dem Stall gehen und sie fragen, was sie will, aber dann dachte ich, dass sie sicher zu dir will, und da hab ich's lieber bleiben lassen. Ich hab' mir gedacht, sie soll selber überlegen, was sie jetzt machen will, da will ich gar nichts mit zu tun haben ... Bizhiu, das ist die Kleine vom Schmied, die kleine Benhaven! Ich kann nur vermuten, dass du nicht einmal ansatzweise ermessen kannst, was das bedeutet. Du bist für diesen alten Schmied der Inbegriff all dessen, was er verachtet und hasst. Damals, als ich Winonah mit hierher gebracht habe, hat der alte Benhaven aufgehört mit mir zu reden ..."
„Warum hasst er die Indianer so?"
Elias stöhnte: „Oh, das ist eine lange Geschichte."
„Würdest du sie mir trotzdem erzählen?"
Aufmerksam betrachtete Bizhiu seinen Vater, der seinerseits einen Schluck aus seinem Becher nahm und ergeben seufzte: „Na

gut, wenn's sein muss. Also vor vielen Jahren kam Benhaven aus Irland hierher. Er kam mit seiner Mutter und mit seinem Zwillingsbruder. Sie sollen sehr aneinander gehangen haben. Auf ihrem Weg hierher hatten sie wohl eine Auseinandersetzung mit einigen Indianern. Natürlich wird erzählt, sie seien aus dem Hinterhalt von ganzen Indianerhorden überfallen worden, der ganze Treck, aber ich weiß nicht, ob es stimmt. Aber Tatsache ist wohl, dass der Zwillingsbruder einen Pfeil abbekam. Es soll beinahe zwei Wochen gedauert haben, bis der arme Teufel endlich die elende Quälerei hinter sich gebracht hatte und im Wundfieber gestorben ist. Benhaven soll damals beinahe den Verstand verloren haben und seine Mutter hat sich nie mehr von dem ganzen Drama erholt. Sie ist kaum ein Jahr später gestorben."
„Woher weißt du das alles?"
„Benhaven hat's mir nicht erzählt, wenn du das meinst. Er redet überhaupt nicht drüber, aber einige Familien hier in St. Peter sind mit dem gleichen Treck gereist wie er, und die erzählen's so ziemlich jedem, der's hören will."
Bizhiu nickte und sagte leise: „Dann hat er sich selber sterben sehen, das muss entsetzlich für ihn gewesen sein."
Langsam erhob sich Elias und klopfte im Aufstehen sachte auf Bizhius Schulter. „Ja, dann werde ich wohl besser noch einmal nach Samantha schauen."
Mit schweren Schritten verließ er den Raum und ließ seinen Sohn mit sich und seinen Gedanken allein.

Bizhiu schaute hinaus in den Regen. Alle waren sich einig, David, Winonah und nun auch Elias.
Er würde niemals die Chance auf eine gemeinsame Zukunft mit Charlotte haben, egal was er auch tun würde. Wie ein Blitz traf Bizhiu die Erkenntnis, dass sie sich im ungünstigsten Fall, angenommen ein Blizzard würde nun den anderen jagen, überhaupt nicht mehr würden sehen können, denn im Frühjahr bereits würde er aufbrechen, um zurückzugehen, an die großen Seen. Ob sie ihn vielleicht begleiten würde? Nein, wahrscheinlich nicht. Und selbst wenn sie tatsächlich bereit dazu wäre, so würden ihr Vater und ihre Brüder es zu verhindern wissen. Nein, es gab wohl

nur einen Weg für sie beide. Und das war ein Weg der gestohlenen Stunden, die einem keiner mehr würde nehmen können. Und Bizhiu hoffte inständig, dass es noch einige Stunden zu stehlen gab, ehe es daran gehen würde, für immer Abschied voneinander zu nehmen. Ihm wurde hundeelend bei diesem Gedanken. Aber wie er es auch drehte und wendete, es blieb dabei.

31

Zwei Tage später schien unverhofft eine gnädige Herbstsonne vom Himmel. Charlotte hatte eigentlich nicht vorgehabt, schon so bald wieder den Weg zu Silas zu wagen, doch angesichts des Sonnenscheins konnte sie einfach nicht widerstehen, ergriff ihren Korb und machte sich auf den Weg zum Haus der Morgans.

Die Stalltüre stand offen und sie konnte ihn drinnen, trotz des Halbdunkels, stehen sehen, aufrecht, gerade. Ruhe strahlte er aus, Kraft und ungeheure Präsenz.

Ruhig und fest legte Bizhiu seine Hand auf den Mähnenkamm der Fuchsstute und sprach mit ihr in fließenden, sanften Worten. Sorgsam bandagierte er den kranken Huf erneut mit einer kühlenden, in Winonahs Kräutersud getauchten, frischen Bahn groben Tuchs, als er ein leises Knacken vernahm. Blitzschnell drehte er sich um. Schüchtern lächelnd stand sie da, die goldene Herbstsonne zauberte einen rötlichen Schimmer auf ihr dunkles Haar.

Langsam richtete sich Bizhiu auf und zögerlich trat ihm Charlotte entgegen.

„Kommst du mit mir in den Wald?"

Warm lag seine Hand in der ihren und es konnte gar nichts Schöneres auf der Welt geben, als so durch den duftenden, bunten Herbstwald zu gehen.

„Wie hat deine Mutter dich nochmal genannt, als ich bei euch zu Besuch war?"

„Was meinst du?"

„Sie hat mehrmals ein bestimmtes Wort zu dir gesagt, Bi ..., Bisch ..."

„Bizhiu?"

„Ja, genau Bischiu, das war's!“
„Nicht ‚Bischiu‘, Bizhiu, du musst das ‚sch‘ weicher sprechen.“
„Was bedeutet Bizhiu? Bizhiu ... ist es so richtig?“
Er lachte leise: „Ja, so stimmt's. Was Bizhiu bedeutet? Oh, es bedeutet sehr viel und für mich noch viel mehr, aber zuerst einmal bedeutet es ‚Luchs‘.“
„Luchs? Und warum nennt sie dich so?“
„Das ist mein Name.“
„Aber du heißt doch Silas.“
Nachdenklich blickte er in ihre Augen. „Nein und ja. Ich heiße Bizhiu, doch ihr hier in St. Peter nennt mich Silas. Ich bekam diesen Namen in eurer Kirche und ich denke, er hatte wohl immer schon mehr mit euch zu tun, als mit mir.“
„Mit ‚euch‘?“
„Mit euch aus St. Peter.“
„Bin ich denn auch nur einfach irgendjemand aus St. Peter?“
Ein Lächeln umspielte seine Lippen. „Nein, ganz sicher nicht.“
„Und dennoch stört es dich nicht, wenn ich dich Silas nenne?“
„Wenn das dein Name für mich ist, dann soll's mir recht sein.“
„Aber du sagst mir, dass eigentlich Bi ..., Bizhiu dein Name ist.“
Er nickte, legte seinen Kopf schief und betrachtete sie, abwartend, liebevoll.
„Dann möchte ich dich auch Bizhiu nennen.“ Einen Moment lang blickte sie ihn nachdenklich an, dann lachte sie und fuhr sachte mit den Fingern durch sein langes Haar. „Bizhiu, mein kleiner Luchs!“
„Wieso klein?“
„Na, du bist immerhin beinahe zwei Jahre jünger als ich!“
Der Triumph in ihren Augen ließ ihn schmunzeln. „Was! So eine alte Frau! Wenn ich das nur früher geahnt hätte, ...“ Mit einem verzweifelten Augenrollen betrachtete er sie seufzend.
„Du Schuft!“ Lachend boxte ihn Charlotte in die Seite, begann ihn zu kitzeln,während er sich lachend wand und wehrte.
Und als sie dann gemeinsam im nassen Herbstlaub lagen, war es ganz egal, wie feucht und kalt dieses Vergnügen auch war. Es war viel zu schön, um irgendwann wieder aufzustehen.

Als Bizhiu auch an diesem, vielleicht letzten, schönen Sonnentag nicht zu David nach St. Peter geritten kam, wusste er, dass sein Freund womöglich vor den großen Schneestürmen gar nicht mehr zu ihm kommen würde. Er hatte ihn ganz offensichtlich ernstlich verletzt oder verärgert oder wer weiß was, auf jeden Fall hatte er mit ein paar Sätzen das fertiggebracht, was ganz St. Peter mit all seiner Schmähung und Pöbelei nicht geschafft hatte. Er kam nicht mehr. Seit Tagen schon hatte ihn keiner mehr in St. Peter gesehen.

Den ganzen Tag über hatte David darauf gehofft, sein Freund möge, angesichts des herrlichen Wetters, wieder wie früher bei ihm auftauchen. Würde am besten einfach so tun, als wäre niemals etwas gewesen und sie würden die ganze Angelegenheit vergessen.
Was sollte es auch?! Silas' Chancen bei Charlotte würden letztendlich noch denkbar schlechter sein als seine eigenen.
In David reifte über den Nachmittag hinweg der Entschluss, noch an diesem Abend hinauszureiten und den Freund um Verzeihung zu bitten.
Vielleicht würde er ihm sogar gestehen, dass er selbst einmal in Charlotte verliebt gewesen war, ja, so könnte es gehen. Er würde ihm erzählen, dass Charlotte ihm vor langer Zeit auch einmal mehr bedeutet hatte, oder vielleicht würde er es auch nur andeuten. Auf alle Fälle aber würde er sich entschuldigen und alles daran setzen, seinen Freund wieder auszusöhnen. Es konnte doch nicht angehen, dass eine langjährige Freundschaft wegen einer Frau ernstlich Schaden nahm, die zu allem Überfluss weder der eine noch der andere jemals würde haben können!
Ach, wenn es doch so wäre, dass sie ihm ‚vor langer Zeit' einmal etwas bedeutet hatte, aber es war nicht so. Ihm wurde immer noch heiß und kalt bei dem Gedanken daran, wie verliebt Silas sie damals angesehen hatte und dann die Geschichte mit der Reiterei auf Black Desert. All das hatte ihm ziemlich deutlich vor Augen geführt, dass ihm Charlotte so wenig egal war, wie sie es nur sein konnte. Umso wichtiger, wenigstens den Freund wieder auf seiner Seite zu wissen.

Bizhiu war gerade dabei, Black Desert zu satteln, um noch ein Weilchen die Strahlen der bereits rotgoldenen Abendsonne zu genießen, als David in den Stall trat.
Freundlich, ein wenig unsicher lächelte ihn dieser an und sagte so leichthin und lässig, wie es ihm nur möglich war: „Grüß dich, Silas! Was dagegen, wenn ich mich dir anschließe?"
Einen Moment lang blickte ihn Bizhiu nur stumm an, doch dann sagte er eine Spur zu heiter, eine Spur zu nett: „Aber nein! Hätte ich denn etwa einen Grund?"
Im ersten Augenblick war David irritiert, doch als er in Bizhius Augen sah, erkannte er die Ironie, die Wut und Enttäuschung, und das schmale Lächeln, das seine Mundwinkel umspielte, verursachte David eine kleine Gänsehaut.
„Hör mal, Silas, es tut mir leid, wirklich, ich ..."
„Ja? Es tut dir leid? Was tut dir leid? Dass ich einer bin, der hinter Charlotte her ist, der nur darauf aus ist, sie in seine dreckigen Finger zu kriegen und das selbst dann, wenn sie hinterher keiner mehr haben will? Oder tut es dir leid, dass du es mir so direkt und unverblümt gesagt hast? Oder sogar beides?"
Zerknirscht blickte David zu seinem Freund. „Ach Silas, so hab' ich das doch nicht gemeint!"
Bizhiu erwiderte nichts.
„Ich denke doch nicht so! Die anderen im Ort denken so, ..."
Abrupt hielt Bizhiu inne und blickte David an. „Wie seltsam, dass ich aber eindeutig das Gefühl habe, dass du ganz genau das denkst, so wie alle anderen auch!"
Zerknirscht legte David die Stirn in Falten, sah den Freund aus hilflosen, blauen Augen an und seufzte leise.
„Ach, Silas, mir tut das wirklich leid, was ich zu dir gesagt hab', entschuldige bitte. Warum sollten wir uns streiten, wenn sie am Ende doch keiner von uns haben kann. Du kriegst sie nicht und ich krieg sie nicht, warum also der ganze ..."
„Du kriegst sie nicht?" Mit vor Überraschung geweiteten Augen blickte Bizhiu auf, betrachtete David einen kurzen, stummen Moment, ehe er noch einmal leise fragte: „Du bist in Charlotte verliebt?! Oh David! Das wusste ich nicht, das tut mir sehr leid ..."
Seine Stimme klang bedauernd, mitfühlend. Sollte das etwa be-

deuten, dass es sich bei ihm am Ende anders verhielt?! Nein, das konnte einfach nicht sein! Und doch ... Davids Ohren begannen zu glühen, als er die entscheidende Frage stellte. „Silas, bitte sag mir die Wahrheit! Du hast doch nichts mir ihr, oder?"
Bizhiu schenkte ihm nur einen stummen, nachdenklichen Augenblick, dann führte er Black Desert ins Freie und sagte über seine Schulter hinweg: „Komm, lass uns reiten."

In Davids Herzen regte sich die alte Eifersucht. Aufgebracht mehrte sie sich von Sekunde zu Sekunde, da er neben Bizhiu ritt und vergeblich auf eine Antwort wartete. Das beharrliche Schweigen des Freundes konnte eigentlich nur eines bedeuten und je länger es währte, desto sicherer wurde er sich in seiner Interpretation des Ganzen, so ungeheuerlich, so unvorstellbar sie auch sein mochte.
Irgendwann hielt er es einfach nicht mehr aus und wie aus der Pistole geschossen platzte es aus ihm heraus: „Du hast etwas mit ihr! Stimmt's? Mir kannst du nichts vormachen! Küsst du sie? Lässt sie sich von dir küssen? Ja?!"
Endlich sagte Bizhiu etwas, leise und ohne ihn dabei anzusehen: „Und was würde das für dich bedeuten, wenn es so wäre?"
„Oh, Silas! Ich habe dir eine klare Frage gestellt und möchte eine Antwort! Ja oder nein, mehr will ich gar nicht wissen!"
Bizhius erneutes nachdenkliches Schweigen, sein ernster, abwägender Blick machten David rasend und hilflos zugleich. Dann aber zügelte Bizhiu unvermittelt Black Deserts gemächliche Schritte, wartete, bis auch Rosy zum Stehen gekommen war und blickte David unverwandt an.
„David, du bist mein Freund, mein Bruder und deshalb werde ich dir deine Fragen beantworten und ich werde es im Vertrauen auf deine Freundschaft tun, denn ein wahrer Freund wünscht seinem Bruder Glück, selbst wenn es ihn schmerzen mag. Ich vertraue auf unsere Freundschaft und ich vertraue dir, David, ich habe dir immer vertraut. Und meine Antwort ist: Ja, ja und ja!"
„Was bedeutet ja, ja und ja?"
„Du hast mir drei Fragen gestellt, ich habe alle mit ja beantwortet."

Davids Gesicht begann zu glühen. Im ersten Moment war er einfach sprachlos, doch schon im nächsten Augenblick zischte es von ganz alleine aus ihm heraus: „Du elender Scheißkerl!"
Still blickte Bizhiu in das erhitzte Gesicht seines Freundes und ritt einfach davon, ließ ihn stehen, mitten im Wald, mit all seiner Wut und all seinem Kummer.
Und David fühlte sich so allein. Verzweifelt raufte er sich die Haare, als ihm zu allem Überfluss dämmerte, dass bei alledem auch noch sein tröstender Notanker, dass Charlotte ihn nur aus wohl erwogenen Vernunftgründen nicht gewollt hatte, den Bach runtergegangen war! Geradezu ins Lächerliche gezogen war nun sein kleiner Trost!
Alles verloren! Er war verraten, verschmäht und ganz allein! David versank ganz und gar in seiner Ohnmacht, seinem Schmerz und merkte erst, dass sein Freund zurückgekommen war, als er dessen Arm spürte, der sich warm und sicher um seine Schultern legte, der sanft und tröstend über seinen Rücken strich.
Ganz dicht standen die schnaubenden Pferde beieinander und David musste sich kaum beugen, um die gebotene Schulter des Freundes anzunehmen, ihm seine Tränen anzuvertrauen. Und tröstend durchdrangen Bizhius geflüsterte Worte sein immer leiser werdendes Schluchzen: „Es tut mir so leid, David. Dein Herz muss so unendlich schwer sein von Kummer. Vielleicht tröstet es dich, dass ich nur allzu genau weiß, wie aussichtslos meine Liebe zu Charlotte ist. Ich weiß, dass wir niemals eine wirkliche Chance haben werden, gemeinsam etwas aufzubauen, was Bestand haben könnte und glaub mir, sie weiß es auch. " Bizhiu seufzte leise. „Ich werde zurückgehen, David, für immer. Im Frühling schon und dann wird mein Herz so schwer sein, wie deines heute ist, denn dann werde ich es sein, der sich von einem schönen Traum verabschieden muss, aber zugleich wird vielleicht eure Chance kommen, mein Freund, wer weiß? Ganz ehrlich, ich werde dir alle meine Wünsche und Hoffnungen schicken, wenn ich gehe und ich wäre dir ungeheuer dankbar, wenn du irgendwie versuchen könntest, für Charlotte da zu sein, wenn sie jemanden braucht. Ich würde dir das nie vergessen."
„Du willst wirklich für immer von hier fort?!" Davids Stimme

klang tonlos und rau. Er schluckte mühsam und wischte einige Tränen aus seinen Augen.
„Ja, mein Freund. Und allein deshalb schon bitte ich dich, meine Entschuldigung anzunehmen. Lass uns nicht miteinander streiten." Fragend blickte Bizhiu David an.
„Aber warum hast du mir denn niemals was davon erzählt?"
Bizhiu zuckte mit den Schultern und lächelte David an. „Ich habe dir vieles nicht erzählt, so wie du auch mir vieles nicht erzählt hast. Es war vielleicht einfach noch nicht an der Zeit. Jetzt aber habe ich es dir erzählt. Und ich bitte dich, trotz allem mein Freund zu bleiben, mein Bruder, für alle Zeit. Ich würde mir wünschen, dass ich einen Platz in deinem Herzen behalte, egal wo ich bin."
„Oh, Silas! Bitte tu mir das nicht an!"
„Doch, David. Es geht nicht anders. Das eine nicht und das andere auch nicht. Kannst du mir das verzeihen?"
David nickte stumm und warme, salzige Rinnsale suchten sich unbeirrt ihren Weg über sein Gesicht.

32

Charlotte hatte unvernünftigerweise nahezu täglich versucht in ihrem arbeitsreichen und dennoch so entsetzlich eintönigen Alltag eine Nische zu finden, die es ihr ermöglichte Bizhiu wiederzusehen. Die Familie Benhaven wurde mit Pilzen und Beeren in allen nur denkbaren Formen eingedeckt. Pilzragout gab es bald jeden zweiten Tag, Pilze fanden sich beim Frühstück in Eiern mit Speck und abends in der Suppe. Doch angesichts der allgemein sehr spartanischen, wenig abwechslungsreichen Essgewohnheiten, wurde dieser Umstand einigermaßen klaglos akzeptiert. Charlotte empfing angesichts der Ersparnis, die dieses gottgeschenkte Essen mit sich brachte, sogar eine der seltenen, gebrummelten Belobigungen des Vaters, ob ihrer umsichtigen Haushaltsführung.
Noch immer hatte der Schnee auf sich warten lassen, er kam spät in diesem Jahr und Charlotte war dankbar für jeden Tag, jede sich bietende Gelegenheit, für ein paar Stunden oder selbst für einige

kostbare Minuten, der Tristesse ihres sonstigen Lebens zu entfliehen.
Bizhiu hatte einige Decken und Felle auf dem kleinen Heuboden im Stall deponiert, hatte ihnen daraus ein warmes Nest im Stroh gebaut, in dem sie dann saßen, viele Male, wenn draußen ein eisiger Wind pfiff oder der Regen prasselte. So wie auch an diesem Tag.
Charlotte hatte bereits auf ihrem Weg zu Bizhiu bemerkt, dass sich der Himmel zuzuziehen begann und schwere dunkle Wolken von immer stärker werdenden Windböen herangetrieben wurden. Nun saßen sie gemütlich aneinander gekuschelt, in warme Decken gehüllt im duftenden Stroh und lauschten auf das Trommeln der Regentropfen.
„Und es wird wirklich jeder Junge ganz alleine auf Tage in den Wald geschickt, ohne irgendwas zu essen und zu trinken?!“
„Ja. Aber erst dann, wenn er selbst auch bereit ist, seine Vision zu suchen, wenn es für ihn an der Zeit ist.“
„Und was ist mit den Mädchen?“
„Mein Volk glaubt, dass eine Frau es nicht unbedingt nötig hat, eine Vision zu finden, weil sie die Vision der Zukunft und des Lebens bereits in sich trägt, eine Frau vermag Leben zu schenken. Es gibt wohl kaum eine größere in die Zukunft weisende Vision des Lebens. Aber es gibt natürlich auch Frauen, denen diese Vision alleine nicht genügt, die darüber hinaus eine weitere Vision suchen wollen.“
„Und?“
„Was und?“
„Na ja, was macht so eine Frau dann?“
„Na, sie macht sich auf den Weg, um ihre Vision zu suchen, was sonst?“
„Und das ist kein Problem? Also ich mein, sie kann das einfach so tun, nur weil sie es will?“
Bizhiu lachte leise: „Ja, natürlich!“
Charlotte betrachtete ihn nachdenklich. „Ja, und ihre Eltern? Würden die es nicht verbieten wollen? Hätten sie nicht vielleicht Angst, wenn ihre Tochter auf Tage und Nächte alleine im Wald ist?“

Bizhiu schüttelte lachend den Kopf. „Aber nein! Warum sollten sie Angst haben? Jedes Mädchen zieht sich ohnedies, wenn es zur Frau wird, für einige Tage in die Einsamkeit des Waldes zurück. Die Zeremonie ist natürlich eine ganz andere, auch das Ziel, aber die Einsamkeit des Waldes ist auch hier sehr wichtig. Und warum sollten die Eltern es verbieten wollen, dass ihre Tochter sich auf den Weg macht, um ihre Vision zu finden, wenn sie glaubt, dass sie genau das tun sollte? Nein, wirklich nicht. Jeder Mensch hat ein Recht darauf, seine Vision zu suchen und auf diese Weise vielleicht zu erkennen, welchen Weg er in seinem Leben einschlagen sollte."

„Aber wenn den Eltern des Mädchens dann der Weg nicht gefällt? Was ist, wenn die Vision etwas anderes sagt, als die Eltern sich vorstellen?"

„Niemand hat ein Recht, sich in die Visionen eines anderen Menschen einzumischen, nicht einmal darauf, etwas über die Vision eines anderen zu erfahren."

Charlotte seufzte leise: „Es ist alles so anders! Mein Gott, hier würde niemand es zulassen, dass eine junge Frau alleine auch nur eine Nacht im Wald verbringt. Aber hier würde wahrscheinlich auch keiner wollen, dass sich eine Frau aufmacht, um ihre eigene Vision vom Leben zu suchen."

„Nein, wahrscheinlich wohl nicht."

„Aber ich verstehe immer noch nicht, dass keiner in Sorge ist, wenn sich sein Kind mutterseelenalleine ohne Nahrung mitten im Wald befindet."

„Wir leben im Wald, Charly, wir leben mit ihm, in seinem Schutz. Wir fürchten ihn nicht, wir lieben und achten ihn. Ich glaube manchmal, er wird nur für den zur Gefahr, der ihn fürchtet, der sich nicht auf ihn einlässt und ihn deshalb niemals wirklich kennen- und verstehen lernt."

Charlotte seufzte noch einmal gedankenschwer und kuschelte sich in ihrer Decke zurecht, schmiegte ihr Gesicht an Bizhius Schulter. Sie rückte noch ein bisschen näher an ihn heran und fühlte zufrieden, wie seine Arme sie fest und sicher umfingen.

„Ich liebe dich" Leise, schüchtern flüsterte er diese Worte in ihr Ohr.

Davon hatte sie immer geträumt. Diese Worte zu hören, so zärtlich und liebevoll, aus seinem Mund. Noch enger schmiegte sie sich an seinen Körper. Charlottes Hände wanderten zärtlich zwischen den Knöpfen seines Hemdes hindurch, um ein wenig warme Haut zu spüren. Und während ihre Lippen noch leidenschaftlich miteinander beschäftigt waren, begann sie damit, die Knöpfe seines Hemdes zu öffnen. Atemlos ließ es Bizhiu geschehen, fühlte voller Staunen ihre Hand in sanfter, bebender Berührung über seine nackte Haut streichen. Von seiner Brust zu seinem Bauch gleiten und wieder hinauf, bis zu seiner Schulter, seinem Hals.
Bizhius Herz klopfte und er hätte versinken mögen, in dieser prickelnden Leidenschaft, dieser Sehnsucht nach Hingabe und Eroberung, nach Nähe und Zärtlichkeit. Sanft, aber bestimmt umfasste sie seine Hand, führte sie von der Taille hinauf an ihre Brust. Zaghaft strich Bizhiu über diese weichen Rundungen ihres Körpers hinweg. Mit sachten, fliegenden Fingern, in einer einzigen fließenden Bewegung öffnete er die vielen winzigen Knöpfe ihres Kleides und schob dann leise erschauernd seine Hand unter den verwaschen blauen Stoff ihres Kleides, das vergilbte Weiß ihres Leibchens. Er fühlte, umfasste staunend, mit wachsender Erregung die weiche Zartheit ihres Busens, strich das Kleid und Hemd über ihre Schulter hinweg, küsste ihren Hals, ließ seine Lippen wandern. Und als er dann aufsah, blickte er in ihre Augen und sagte leise: „Bei uns kommt das einem Eheversprechen gleich."
„Was?"
„Wenn ein Mann die Brust einer Frau berührt und auch, wenn eine Frau es zulässt, dass er es tut. Eigentlich dürfte ich das wirklich nicht tun."
Charlottes Augen strahlten übermütig und sie lächelte: „Oh doch, Bizhiu! Bitte, versprich mir die Ehe, ja?!"
Zart fuhren seine Fingerspitzen über ihr Gesicht und seine Augen wurden nachdenklich, traurig. „Ach Charly, könnte ich das denn, so gerne ich es auch wollte?"
Die Realität hielt wieder ihren Einzug. Ließ die schillernden, glänzenden Seifenblasen ihrer Phantasie platzen. Gemahnte an die vorangeschrittene Zeit, an drohende Konsequenzen.

Hastig knöpfte Charlotte ihr Kleid zu. „Oh mein Gott, ich muss heim! Es ist bestimmt schon viel zu spät!"
„Ich bring dich auf Black Desert noch ein Stück durch den Wald."
Charlotte nickte nur und blickte dankbar in sein Gesicht.
Bizhiu zupfte einen Strohhalm aus ihrem Haar und lachte leise: „Sehr verräterisch!"
Noch einmal zog er sie fest an sich heran, küsste sie noch einmal voller Leidenschaft und bedauerte zutiefst, dass sie schon gehen musste.
Über Nacht hatte es aufgeklart, war dafür aber noch beträchtlich kälter geworden. Und als dann anderntags, in den frühen Morgenstunden schon, schwere graugelbe Wolken übers Land zogen, roch es bereits nach Schnee.
Bizhius Herz, noch erwärmt von einem zärtlichen, leidenschaftlichen Traum, wurde schwer.
Gegen Mittag dann begann es zu schneien. Und immer weiter schneite es, den Tag und die Nacht hindurch und auch noch am darauffolgenden Tag. Schneeverwehungen schmiegten sich an das alte Haus, verhinderten mit eisiger Hand, dass man die Vordertüre öffnete. Doch glücklicherweise konnte man das Haus ja auf zwei Wegen verlassen.
Was Charlotte jetzt wohl gerade machte? Würden sie sich noch einmal wiedersehen? Der Winter müsste schon ein Einsehen haben, müsste um ihrer Liebe willen bereit sein, sich doch noch einmal zurückzuziehen.
Bizhiu seufzte. Ach, und wenn dann endlich der Frühling käme, würde er fortgehen und er hatte sie nicht einmal darauf vorbereitet! Bizhiu bedauerte zutiefst, dass er es Charlotte nicht gesagt hatte und nach und nach erkannte er beschämt, dass es auch aus Gründen geschehen war, die für ihn im Grunde unverzeihlich waren. Denn er hatte auf diese Weise auch verhindert, dass sie wählen konnte. Und wer weiß, vielleicht hätte sie sich ja anders entschieden, angesichts der Tatsache, dass er schon im nächsten Frühjahr wieder gehen würde und zwar für alle Zeit.

Es vergingen ganze drei Wochen, in denen es nicht aufhören wollte zu schneien. Die Landschaft war lange schon versunken im glitzernden Weiß und die Äste trugen schwer an der kalten Pracht. Es war David, der sich eines Tages unerschrocken durch das Schneegestöber kämpfte. Und er tat es nicht ohne den Mut der Verzweiflung. Er wäre sonst schier wahnsinnig geworden. Als er an diesem Morgen aus dem Fenster gesehen hatte und somit wusste, dass ihm ein weiterer Tag bevorstand, an dem er sich auf die Arbeit im Stall direkt freuen würde, weil er so wenigstens für eine kurze Weile seiner übellaunigen Familie, vor allem seinem ewig angetrunkenen Bruder, der jammernden Mutter und seiner keifenden Schwester Sharon aus dem Weg gehen konnte. Es war einfach entsetzlich! Nirgends war Ruhe und gleichzeitig gab es nicht viel zu tun.

Er hatte das Gefühl zu ersticken, keinen Raum zum Atmen zu haben und auch keine Luft. Denn die war denkbar stickig und schlecht. Bei der Kälte war niemand darauf erpicht, auch nur für kurze Zeit ein Fenster zu öffnen und vor allem Edwin roch nicht gerade angenehm.

Als David an diesem Morgen aus dem Fenster hinaus in das unverminderte Schneetreiben sah, fühlte er, wie erst Resignation und dann wachsende Verzweiflung und Wut sich seiner bemächtigten. Einen kurzen Augenblick war David versucht, das kleine Fenster zu öffnen und laut seinen Unmut hinauszubrüllen, hinaus in dieses gottverdammte Mistwetter! Schon hatte er den Fenstergriff in seiner Hand, als sich Edwin schnaufend und grunzend vernehmen ließ, der drohende Unterton seiner Stimme war nicht zu überhören: „Das lässt du mal schön bleiben! Willst du etwa, dass ich hier erfriere?!"

Die Verlockung Edwin zu packen, aus seinen speckigen Kissen zu zerren, war grenzenlos und es kostete David enorme Kraft, es lediglich dabei bewenden zu lassen, ruckartig das zugefrorene Fenster aufzureißen, wobei augenblicklich wahre Wolken von feinen, weißen Eiskristallen in die Kammer stieben, flugs zarte, weißgepuderte Flecken auf Davids dunkler Weste hinterließen, sich in seinen Haaren verfingen und auf dem Fußboden zu kleinen Pfützen schmolzen.

Fluchend rappelte sich Edwin hoch und David sah zu, dass er sich zur rechten Zeit noch vor ihm in Sicherheit brachte. Doch

noch während er fliegenden Schrittes der tumben Gewalt seines Bruders enteilte, lachte er bitterböse auf und rief: „Dann wasch dich halt, du klebrige, stinkende Drecksau!“
Und als er hernach die Treppe runter lief, wusste er, dass er heute hier weg musste, raus aus diesem Haus, sonst würde er den Verstand verlieren.
Die nur kurze Zeit später folgende Szenerie beim Frühstück erhärtete seine schlimmsten Befürchtungen. Seine Mutter brachte es tatsächlich fertig, ihn mit Vorwürfen zu überschütten und das alles nur, weil er das Fenster aufgerissen hatte. Edwin hatte es nämlich nicht wieder zubekommen. Die geschmolzenen und sofort wieder zu Eis gefrorenen Schneeflocken hatten es festfrieren lassen.
„Verdammt noch mal, dann schlaft ihr doch mal mit einem im Zimmer, der schlimmer stinkt, als ein alter Ziegenbock!“
Wütend schmiss David seinen Löffel auf den Tisch und sprang auf und rannte polternd die Treppe hinauf, zwei Stufen auf einmal nehmend. Er stürmte in seine Kammer hinein und fiel beinahe über Ruth und Sarah, die mit anklagenden Mienen immer noch damit beschäftigt waren, die nassen Dielen zu wischen. Ohne ein Wort kramte David seine Schneeschuhe unter seinem Bett hervor.
Sie waren ein Geschenk von Winonah und er hätte ihr in diesem Moment die Füße küssen mögen für diese Gelegenheit zur Flucht! Und wenn er sich da draußen in dem Schneetreiben verirren sollte und womöglich jämmerlich erfrieren würde, so wäre es ihm egal, Hauptsache weg hier, so schnell es nur ging!
Doch kaum hatte er die kleine Ansammlung von Häusern hinter sich gelassen, war es auf einmal, als wäre er vollkommen alleine auf der Welt. Der Schnee verschluckte nahezu jedes Geräusch und nichts weiter als das Pfeifen und Seufzen des Windes, das mühselige Stapfen seiner eigenen Füße und das Keuchen seines Atems drangen an sein Ohr und selbst das klang gedämpft, wie in Watte gepackt. Kaum ein Orientierungspunkt bot sich seinen Augen und die vom Wind getriebenen Eiskristalle stachen und bissen in sein Gesicht, ließen die ganze Haut brennen und schmerzen, die Augen tränen, die Nase laufen.

Mit einem Mal kam David der Weg, bei dem er sich bis dahin vollkommen auf seinen Orientierungssinn verlassen hatte, viel zu lang vor und merkwürdig fremd. In diesem kurzen Augenblick hätte er nicht einmal mit Sicherheit behaupten können, er wisse wo oben und unten ist, geschweige denn, in welche Richtung er zu gehen hatte. Er musste sich enorm zusammenreißen, um der in ihm aufsteigenden Panik Herr zu werden und unbeirrt weiter in die Richtung zu gehen, die er eingeschlagen hatte. Und seine Erleichterung war wirklich riesengroß, als er durch das Schneegestöber den Schatten des Waldes erkennen konnte, und dann endlich auch die nahezu eingeschneite Vorderfront des alten, geduckten Hauses erblickte. Und wäre er nicht so erschöpft gewesen, er hätte vor Freude einen Luftsprung gemacht. Seine Wut jedenfalls war inzwischen verraucht, er war nur noch glücklich darüber, sein Ziel erreicht zu haben.

Die warme Luft brannte wie Feuer auf seiner Haut, doch das war nebensächlich, jetzt, da er seinen Freund kurz aber herzlich an sich drückte. Es war einfach wundervoll, nach so langer Zeit endlich wieder in sein vertrautes Gesicht zu blicken.
Mit einem Lächeln stand Winonah auf und holte ein weiteres Gedeck für das Frühstück, welches offensichtlich noch nicht beendet war.
„Na, David, was hat es diesmal gegeben?"
„Was?" Kauend blickte David auf und sah Winonah fragend an.
„Na ja, wenn du uns bisher um diese Tageszeit mit deinem Besuch beehrt hast, hatte das für gewöhnlich doch meist kein angenehmes Vorspiel bei dir zu Hause."
David lachte und winkte ab. Nichts und niemand konnte ihm jetzt die gute Laune verderben, nicht einmal der Gedanke an zu Hause.
„Ach, es ist eigentlich nicht der Rede wert, so das Übliche eben." Genussvoll widmete er sich weiter seinem üppig gefüllten Teller.
Später saß er mit dem Freund am Kamin, klagte ihm genüsslich sein Leid über die unhaltbaren Zustände in seinem Elternhaus, badete in dessen Anteilnahme, ließ sich allgemein bedauern und zudem bereitwillig von Elias irgendetwas Tröstendes, Wärmen-

des, Hochprozentiges in den Tee kippen und war einfach nur zufrieden. Fühlte sich so wohl und entspannt wie schon ewig nicht mehr. Und Bizhiu war überglücklich ihn zu sehen, was für David wahrer Balsam für seine geschundene Seele war.
Es fiel ihm schwer sich zu trennen und er tat es erst, als die Sonne bereits bedenklich tief am Horizont stand. Bizhiu begleitete ihn noch bis vor die Tür. Kaum waren sie draußen, fragte er leise: „Hast du Charlotte gesehen, oder vielleicht etwas von ihr gehört?"
David schüttelte den Kopf.
„Wenn du sie mal siehst, ... würdest du ihr was von mir ausrichten?"
David zuckte die Schultern und nickte dabei.
„Würdest du ihr sagen, dass ich an sie denke, immerzu und dass sie mir furchtbar fehlt. Ja? Würdest du das für mich tun? Ich weiß, es ist ziemlich viel verlangt, aber ..."
„Nee, nee, ist schon gut. Ich mach's, falls ich sie seh'. Im Laden vielleicht, oder so."
Bizhiu nickte und lächelte dabei ein so dankbares und zugleich so tieftrauriges Lächeln, dass Davids erneut aufkeimende Eifersucht sogleich wieder verblasste und zum ersten Mal spürte er, dass er nicht mehr ganz so erbärmlich an seiner unglücklichen Liebe zu Charlotte litt.

Es ergab sich wirklich die Gelegenheit, Charlotte jenen Gruß zu bestellen. Denn eines Tages stand sie plötzlich im Laden, mit einem Korb in der Hand und Schneeflocken auf ihrer Haube.
David gelang es, sie in einem unbeobachteten Moment beiseite zu ziehen. Hastig raunte er ihr die aufgetragene Botschaft zu: „Ich soll dich von Silas grüßen und ich soll dir bestellen, dass er an dich denkt und dass du ihm ziemlich fehlst."
Charlotte betrachtete David mit großen Augen und flüsterte völlig überrascht: „Was? Du weißt ...?"
David nickte. Was sollte er auch sagen.
Augenblicklich besann sie sich, fing sich wieder, senkte ihre Stimme und flüsterte mit einem Leuchten in den Augen, das David einfach unbeschreiblich und bezaubernd fand: „Oh, David, vie-

len Dank für den Gruß! Könntest du ihm bitte auch einen Gruß von mir sagen, und dass ich ihn so gerne sehen möchte und er mir ganz schrecklich fehlt! Aber ich kann nicht weg von zu Hause! Im Moment ist in der Schmiede nicht besonders viel zu tun und eigentlich bin ich nie alleine und jederzeit könnte jemand zurück ins Haus kommen. Bitte sag ihm, ich komme, sobald es irgendwie geht, aber ich weiß nicht, wann das sein wird. Sagst du ihm das bitte, ja?"

David nickte abermals und jedes ihrer Worte durchbohrte sein Herz wie ein Pfeil, er würde mit Sicherheit keines davon vergessen. Tapfer nickte er ein weiteres Mal und Charlotte strahlte ihn glücklich an.

„David, du bist ein Schatz! Ich hab's ja immer gewusst!"

Süß war er und zart, der Kuss, den sie ihm in aller Unschuld, zum Dank für seine Botendienste, auf die Wange hauchte, ehe sie sich eilig auf den Weg nach Hause machte.

Versonnen berührte David seine Wange mit den Fingerspitzen und fand die Welt geradezu unglaublich ungerecht.

33

Es dauerte noch fast zwei Monate, ehe Charlotte ein weiteres Mal die Möglichkeit fand, sich hinauszuwagen, um Bizhiu zu sehen. Noch lange war der Winter nicht vorüber, doch hatte er bereits seinen Höhepunkt überschritten und in der Schmiede war allmählich wieder mehr zu tun. Und so nutzte sie die erstbeste Gelegenheit, um sich auf den beschwerlichen Weg zu machen, durch Eis und Schnee.

Drei Monate hatte sie hinter sich gebracht, in denen sie sich nichts mehr herbeigesehnt hatte, als ein Wiedersehen mit ihm. Und so machte sie sich auf den Weg, bei klirrender Kälte und beißendem Frost.

Als sie dann schließlich das Holzhaus erreichte, erblickte sie Elias, der gerade im Begriff war, zurück ins Haus zu gehen. Elias war entsetzt, als er Charlotte da aus dem tief verschneiten Wald stapfen sah, wie sie immer wieder bis zu den Knien im Schnee

versank. Abgekämpft sah sie aus und wildentschlossen zugleich, und irgendwie rührte ihr Anblick an Elias' Herz.
„Mein Gott, Mädchen!", rief er ihr zu. „Mach, dass du schnell reinkommst!"
Charlotte lächelte ihn schüchtern an und Elias konnte seinen Sohn gut verstehen. Nach den Regeln der Ojibwe war Bizhiu ein erwachsener Mann, frei zu tun und zu lassen, was er wollte und würde er heute ausziehen und eine Familie gründen wollen, so wäre es nicht mehr, als sein gutes Recht.
„Schaut mal, wen wir da haben!"
Charlotte errötete leicht, lächelte unsicher und blickte zu dem großen Tisch, an dem Winonah saß und nickte, ohne dass Charlotte recht einzuordnen vermochte, was dieses Nicken zu bedeuten hatte. Aber ehe sie sich noch Gedanken machen konnte, fühlte sie Bizhius warme Hand an ihrer Schulter.
Und als sie sich umdrehte, blickte sie in seine Augen, die so freudig überrascht und auch verliebt in ihre blickten, wie sie es sich ersehnt hatte.
„Möchtest du vielleicht Black Desert ‚Hallo' sagen. Es ist zwar ziemlich kalt im Stall, aber bei Weitem nicht so kalt wie draußen."
Charlottes Augen strahlten und sie nickte.
Endlich in seinen Armen! Endlich wieder seine Nähe spüren!
„Ich halt das manchmal kaum mehr aus ohne dich, mein kleiner Luchs!", flüsterte sie und er zog sie noch dichter an sich heran, hielt sie ganz fest und seufzte: „Halt mich fest, Charly, halt mich bitte ganz fest und lass mich nie wieder los!" Charlotte seufzte leise.
„Was ist?" Besorgt blickte Bizhiu in ihr Gesicht.
„Ach, nichts weiter ... ich dachte nur gerade daran, wie bald ich schon wieder gehen muss."
„Aber du bist doch gerade erst gekommen!"
„Ja, aber der Weg dauert so lange in dem Schnee."
„Ich geb' dir meine Schneeschuhe."
„Nein, Bizhiu, besser nicht. Wenn die jemand bei mir findet, dann sind wir geliefert."
„Dann versteck' sie halt irgendwo im Wald oder gib sie David."
„Ach, ich weiß nicht. Besser nicht."

Charlotte schwieg einen Augenblick und blickte dabei Bizhiu fragend an: „Du hast David von uns erzählt. Warum?“
„Er hat es selber gemerkt, und er hat mich gefragt und um eine ehrliche Antwort gebeten, und er ist mein Freund. Mein einziger weißer Freund, immer gewesen. Wenn ich ihm nicht vertrauen kann, dann kann ich keinem Weißen vertrauen.“
Abends dann, als Bizhiu in seinem Bett lag, fühlte er sich unglaublich traurig und allein. Sie fehlte ihm so entsetzlich.
Und dann durchfuhr es ihn plötzlich siedendheiß. Er hatte ihr schon wieder nichts von seinem bevorstehenden Aufbruch an die großen Seen gesagt! Sie war ja nur so kurz da gewesen und die Freude, sie endlich wiederzusehen, hatte alles andere einfach weggewischt.

Doch als Charlotte kaum eine Woche später wiederkam, war jeder Gedanke an Aufbruch an die großen Seen wie weggeblasen. Er war viel zu glücklich sie zu sehen und wünschte sich nichts sehnlicher, als augenblicklich mit ihr auf dem Heuboden zu verschwinden. Und als er sie dann endlich in seine Arme schloss, spürte er die Kälte nicht mehr und vergaß den Gedanken an alles andere.
Charlotte schloss ihn liebevoll in ihre Arme und flüsterte zärtlich in sein Ohr: „Warte nur, mein kleiner Luchs, hab noch ein bisschen Geduld. Wenn es erst Frühling wird, wenn wieder die Sonne scheint, dann wird alles viel einfacher für uns werden und noch viel schöner, glaub mir.“
Charlottes hoffnungsvolle Worte trafen Bizhiu wie ein Keulenschlag. Unwillkürlich rückte er ein Stück von ihr ab, es schnürte ihm seine Kehle zu und er hätte am liebsten einfach losgeheult. Sie sah so glücklich aus, so erwartungsfroh.
Zärtlich strich er ihr eine Strähne aus dem Gesicht und sagte schließlich leise: „Es wird keinen Frühling für uns beide geben, Charly, ich werde in einigen Wochen zu meinen Leuten zurückkehren.“
„Was!?“
Wie vom Donner gerührt setzte sich Charlotte auf und starrte ihn an. „Bizhiu! Geh nicht weg! Bitte, lass mich nicht allein!“

Und als sie die Trauer in seinen Augen sah, füllten sich die ihren mit Tränen.
„Es ist besser so, Charlotte, ich muss einfach gehen, ich gehöre hier nicht her."
„Wenn du gehst, nimm mich bitte mit!"
„Das würdest du wirklich wollen?"
„Aber natürlich würde ich mit dir gehen! Wenn du mich nur willst, wenn du mich nur mitnimmst! Bitte, Bizhiu, geh nicht ohne mich!"
„Ach Charly, ich würde nichts lieber tun, als dich einfach mitzunehmen. Aber es geht nicht. Deine Leute würden es niemals zulassen. Sie würden dich suchen und zurückholen, sie würden behaupten, wir hätten dich entführt."
Charlotte wusste nur allzu gut, wie recht er hatte. Wenn die Familie Morgan hier ihre Zelte abbrechen würde und sie um diese Zeit dann ebenfalls verschwand, dann würden ihr Vater und ihre Brüder unschwer eins und eins zusammenzählen können, und hätten in null Komma nichts eine ganze Armee von Freiwilligen zusammengetrommelt, um Charlotte aus den Klauen der Indianer zu befreien und das würde mit Sicherheit keiner überleben, der zu diesem Zeitpunkt mit ihr unterwegs war. Noch einmal suchte Charlotte Bizhius Blick, sah eindringlich, flehentlich in seine Augen: „Bizhiu, bitte bleib bei mir. Bitte bleib nur noch ein einziges Jahr! Schenk uns noch einen Frühling, einen Sommer, ..."
„Und dann? Was wäre dann gewonnen?"
„Das fragst du?! Ein Frühling wäre gewonnen, ein Sommer! Viele Stunden wären gewonnen, die uns niemals mehr einer nehmen kann, die nur uns gehören, uns ganz allein!"
„Charly, ich, ich weiß einfach nicht, was ich tun soll. Schenk du mir bitte Zeit, über alles nachzudenken und sei dir versichert, dass ich dich liebe, Charly, egal was auch geschieht."

Bizhiu lag die ganze Nacht wach, wälzte Gedanken hin und her. Gleich einem Mühlrad drehten sie sich im Kreise und zermarterten dabei sein Gehirn, sein Herz.
Gegen Morgengrauen aber hatte er seinen Entschluss gefasst. Er würde seine Eltern um diesen einen Frühling und den halben

Sommer bitten. Und dann würde er mit ihnen gehen. Doch zuvor würde er jede Sekunde mit Charlotte genießen.
Gleich am nächsten Morgen eröffnete er seinen Eltern seine Bitte. Weder Elias noch Winonah hatten auch nur ansatzweise mit etwas Derartigem gerechnet und entsprechend bestürzt blickten sie erst ihn und dann einander an. Elias war der erste, der sich wieder gefasst hatte und sagte geduldig, aber doch sehr bestimmt: „Bizhiu, das bringt doch nichts! Ich versteh ja, dass es dir nicht leicht fällt, aber du zögerst den Abschied doch nur immer weiter hinaus!“
„Aber ich liebe sie.“
„Bizhiu, ...“ Ruhig und sanft ließ sich nun auch Winonah vernehmen. „Ich glaube, dass ich deinen Kummer sehr wohl verstehen kann. Charlotte ist eine ganz besondere junge Frau und es ehrt sie, dass sie inmitten all dieser Feindseligkeit ihre Liebe für dich entdecken konnte. Doch du weißt selber genau, dass eure Liebe keine Zukunft haben wird. Warum also euer beider Leid unnötig verlängern, hinauszögern, was nicht zu verhindern ist? Euer Abschied würde im Sommer nicht leichter werden.“
„Wenn ihr mit mir hier diesen Frühling und Sommer nicht verbringen wollt, so bitte ich euch um eure Vergebung, denn ich werde dann nicht mit euch gehen.“
„Das ist doch wohl nicht dein Ernst!“ Elias platzte allmählich der Kragen und Winonah betrachtete ihren Sohn zunehmend besorgt. Beinahe tonlos fragte sie ihn schließlich: „Dein Entschluss steht also bereits fest?“
„Ja, Nimaamaa. Mein Entschluss steht fest. Ich komme zur Mitte des Sommers nach. Spätestens Ende der Manomini-Ernte werde ich dann bei euch sein.“
„Ich bin sehr traurig über deinen Entschluss, mein Sohn. Und obwohl ich nicht glauben kann, dass deine Entscheidung wirklich die richtige Entscheidung ist, werde ich bei dir bleiben. Denn ich liebe dich und ich möchte nicht, dass du den weiten Weg alleine antrittst.“
Elias blickte fassungslos von Winonah zu Bizhiu. „Seid ihr denn beide vollkommen übergeschnappt! Ihr wart es doch, die hier unbedingt weg wolltet!“

„Ja, ...", erwiderte Winonah ruhig und sie lächelte Elias dabei vielsagend an, „und nun bist du es, der es gar nicht mehr abwarten kann. Ich für meinen Teil habe so lange gewartet, dass es mir auf einen Frühling und Sommer mehr oder weniger wahrhaftig nicht ankommt!"
Elias schüttelte ungläubig den Kopf, erhob sich abrupt und als er fluchend den Raum verließ, fiel die Tür krachend hinter ihm ins Schloss.

Charlotte fühlte sich hundeelend. Mühsam hatte sie den vergangenen Tag hinter sich gebracht, die immer wiederkehrenden Tränen verstohlen in ihre Schürze gewischt, den Zwiebeln zugesprochen, als Charles sie abends in seiner teilnahmsvollen Art gefragt hatte: „Sag mal, heulst du, oder was?" Am liebsten hätte sie alles gerade hingeschmissen, hätte sich die Haare gerauft und laut geschrien!
Als der Vater und die Brüder dann endlich aus dem Haus waren, setzte sie sich an den großen Küchentisch und heulte Rotz und Wasser. Er würde sie hier zurücklassen, ganz allein, mit diesem elenden Leben. Woraus bestand es denn schon, ihr erbärmliches Dasein? Aus putzen, waschen und kochen und den beständigen Gängeleien ihrer Brüder.
Oh Gott! Wie sie das alles hasste! So abgrundtief hasste, verfluchte!
Nun raufte sich Charlotte tatsächlich die Haare, fegte mit einem verzweifelten Aufschrei das dreckige Geschirr vom Tisch. Einen kurzen Augenblick hielt sie inne und betrachtete das Chaos, das sie soeben angerichtet hatte. Ließ ihren Blick stumm über die Scherben, den verdreckten Boden und die sich immer weiter ausbreitende Pfütze kalten Kaffees gleiten, die allmählich auf den aus Stoffresten gewebten Teppich zu kroch. Hastig zerrte sie den Teppich beiseite und begann fluchend und weinend zu retten, was noch zu retten war. Eilig klaubte sie die Scherben auf, schnitt sich dabei natürlich auch noch in den Finger.
„Oh verflucht! Verflucht, verflucht, verflucht!"
Rote Tupfen verschwammen im trüben Braun der Kaffeepfütze.
Außer der Kanne war sonst gottlob alles heil geblieben. Das meis-

te war ohnedies aus Blech. Doch die Kanne, Mutters ganzer Stolz, Zeugnis einer vergangenen Zeit, einer anderen Welt, war dahin. Die Großmutter, Charlotte hatte sie selber nie gekannt, hatte diese Kanne viele Meilen weit von Irland bis hierher gebracht. Einen ihrer Söhne hatte sie auf ihrem Weg verloren, doch dieses zarte, zerbrechliche Porzellan hier war ihr erhalten geblieben. Charlotte lachte bitter auf und schüttelte den Kopf. Das Leben war schon ein Tollhaus, ein tragisches Narrenspiel, ohne jeglichen Sinn und Verstand und vor allem ohne Erbarmen.
Charlotte blickte sich um. Was würde sie wohl mitnehmen wollen, wenn sie für immer von hier fort ginge? Noch einmal sah sie sich um und schüttelte dann entschieden den Kopf. Sie würde gar nichts mitnehmen wollen, gar nichts!
Sie hatte gerade das Durcheinander in der Küche beseitigt, als sie laute, erregte Stimmen vernahm, die sich mit polternden Schritten dem Haus näherten. Ziemlich schnell machte sie Charles Stimme darunter aus, dann erkannte sie auch John.
„So ein Mistvieh, so ein elender, dreckiger Bastard!"
„Oh Gott, verdamm mich, ist der schwer!"

Charlottes Herz klopfte augenblicklich bis zum Hals. Hastig wischte sie ihr tränennasses Gesicht in die Schürze und eilte zur Tür. Ein Seufzer der Erleichterung entfuhr ihr, als sie begriff, dass es nicht Bizhiu war, den sie da schleppten, sondern Aaron, ihren Bruder.
Kaum hatten sie ihn in sein Bett gehievt, strebte John schon im Eilschritt wieder zur Tür.
„Ich reite sofort los und hol den Doktor, hoffentlich ist der verfluchte Quacksalber auch zu Hause!"
Charlotte verfolgte das ganze Geschehen mit großen Augen, unfähig irgendetwas zu tun. Doch allmählich kam Leben in sie: „Charles! Was ist denn um Himmels willen passiert?!"
„Ich weiß auch nicht so genau, ich hab's nicht gesehen. Irgend so'n verdammter Gaul hat ausgekeilt und ihn wohl ganz ordentlich erwischt."
Aaron stöhnte leise, schien aber nicht bei Bewusstsein zu sein. Seine Schläfe war blutunterlaufen und sein rechtes Auge voll-

kommen zugeschwollen, wölbte sich grausig vor, in tiefdunklem Burgunderrot. Charlotte holte kaltes Wasser und ein Stück Leinen und versuchte die Schwellungen mit kalten Umschlägen ein wenig zu lindern. Aaron stöhnte auf und erbrach sich, es gelang Charlotte gerade noch rechtzeitig, ihn auf die Seite zu drehen.

John musste geritten sein wie der Teufel, denn Charlotte hatte noch nicht einmal fertig aufgewischt, als er bereits in Gefolgschaft des Doktors das Haus betrat. Isaac Morton, der einzige Doktor im Umkreis von vielen Meilen, betrachtete Aaron mit kritischem Blick. Dann verlangte er nach einem großen glühenden Holzspan. Nachdem er solchen erhalten hatte, zog er vorsichtig Aarons linkes, unversehrtes Augenlid in die Höhe und hielt den glühenden Span dicht davor. Dann betastete er ausgiebig Aarons Schädel, seine Brust, seine Schulter, ob nicht etwa alles Mögliche gebrochen wäre. Als er das mit einiger Gewissheit ausschließen konnte, war ihm gleich wohler zumute. Es gab hier absolut nichts mehr für ihn zu tun.
„Ja, das ist unzweifelhaft ein ganz typischer Fall einer schweren Gehirnerschütterung durch den Tritt des Pferdes. Der Rest ist nur geprellt, nicht gebrochen, soweit man das erkennen kann zumindest. Man kann hier nichts weiter tun, als abzuwarten und darauf zu achten, dass er nicht an seinem Erbrochenen erstickt."
„Wie lange wird es wohl dauern, bis er wieder ganz gesund ist?" Fragend blickte ihn Charlotte an.
„Na, ich möchte wohl meinen, zwei oder drei Wochen strenge Bettruhe und dann wird's schon wieder werden."

Zwei oder drei Wochen!
Mechanisch wischte Charlotte das neuerlich Erbrochene weg und am liebsten hätte sie dazu gekotzt. Es war ja nicht so, dass ihr Aaron nicht leid tat, so elend und geschunden, wie er da lag, aber zwei oder drei Wochen ohne auch nur die geringste Chance auf ein Wiedersehen! Und dann stand bereits der Frühling vor der Tür und die einsetzende Schneeschmelze würde Bizhiu den Weg freigeben in ein anderes Leben, ein Leben ohne sie. Charlotte gab sich gar keine Mühe ihre Tränen zurückzuhalten und Charles

registrierte verwundert und beinahe gerührt, wie nahe seiner Schwester Aarons Unfall zu gehen schien.

Nachdem Bizhiu bald drei Wochen nichts von ihr gehört hatte, hielt er es einfach nicht mehr aus und brach abermals das Schweigen, das seit geraumer Zeit zwischen ihm und David, in unausgesprochener Vereinbarung, bezüglich Charlotte herrschte. „Sag mal David, hast du vielleicht mal was von Charlotte gehört?"
„Nein. Ich hab sie schon seit Wochen nicht mehr gesehen."
Er hätte ihm natürlich längst schon sagen können, was in der Schmiede los gewesen war. Das ganze Dorf wusste es bereits seit Wochen, nur sein Freund, der wusste es natürlich nicht. „Aber von ihrem Bruder hab ich was gehört. Dem hat ein Gaul ganz ordentlich was verpasst und seitdem liegt er zu Hause."
„Und wann ist das passiert?"
„Och, vor drei Wochen etwa."
Bizhiu nickte bedächtig und sah David dabei sehr nachdenklich an. „Schade, dass du mir das nicht schon früher erzählt hast. Ich nehme an, du weißt es nicht erst seit gestern, oder?"
„Du hast mich nicht danach gefragt."
Bizhiu seufzte leise und blickte ihn einen Moment lang schweigend an.
„Würdest du ihr etwas von mir ausrichten, falls du sie sehen solltest?"
David stöhnte ergeben auf, er hatte es ja geahnt. „Na, von mir aus, und was?"
„Dass ich im Frühling noch nicht gehen werde."
„Was!? Wegen ihr!? Mann oh Mann!" David schüttelte ungläubig den Kopf „Dich hat's ja ganz schön erwischt!"

Beinahe vier Wochen gingen ins Land, in denen Charlotte keinerlei Chancen hatte, Bizhiu durch David eine Nachricht zu übermitteln, geschweige denn ihn wiederzusehen.
Und jedes Mal, wenn sie mit neuer Hoffnung den kleinen, vollgestopften Laden betrat, war eine freundliche Mrs. Sattler hinter der Theke gewesen und von David keine Spur.
Ach, es war alles so trostlos und zum Verzweifeln!

Aaron lag bereits gute drei Wochen zu Hause in seinem Bett und Charlotte hegte den wohlbegründeten Verdacht, dass ihr Bruder mit zunehmender Genesung allmählich Gefallen an seinem Krankenstand gefunden hatte. Der Vater bereitete dieser Situation aber schließlich ein Ende. Der Doktor habe drei Wochen gesagt und die seien jetzt vorbei, verkündete er und damit hatte Aaron wieder anzutreten, da nutzte alles nichts.

34

Allmählich setzte Tauwetter ein. Noch war die Landschaft allenthalben in freundliches Weiß getaucht, doch auf den Wegen begann es bereits matschigbraun zu werden und hier und da blickten schon erste, braun gewordene Grasbüschel aus der kalten Decke des seit Monaten währenden Schnees.
Man musste höllisch aufpassen, wollte man nicht auf den tückischen, einstmals getauten und dann wieder überfrorenen Pfützen ausrutschen. Charlotte kam nur sehr mühsam voran, doch das war ihr wirklich einerlei.

Als Bizhiu das leise Klopfen vernahm, glaubte er zunächst seinen Ohren nicht zu trauen. Doch als er sie dann da stehen sah, zögerte er keine Sekunde, zog sie zu sich in das Zimmer und schloss sie augenblicklich so fest in seine Arme, dass es ihr fast den Atem nahm. „Ich hatte schon Angst, du kommst nie mehr wieder zu mir."
„Hat dir David nicht von Aarons Unfall erzählt?"
„Doch, vor vier Tagen bereits." Bizhius Tonfall zeigte seine Verärgerung, doch gleich darauf lächelte er glücklich, schloss Charlotte in seine Arme und blickte versonnen in ihre Augen. Dieser Moment war viel zu schön, um sich über irgendwen oder irgendwas zu ärgern.
„Und geht's deinem Bruder wieder gut?"
„Dem?! Dem geht's schon lange wieder gut. Bestimmt 'ne Woche schon, aber arbeiten tut er erst seit gestern wieder. Du glaubst gar nicht, wie froh ich bin, dass er wieder aus dem Haus ist. Jetzt kann

er wenigstens anderweitig den Frauen nachstellen und ich hab hoffentlich wieder meine Ruhe."
„Was meinst du damit?"
„Ach Gott, wenn Aaron betrunken ist, kann er einfach seine Hände nicht bei sich behalten, und wenn er dann nicht irgendeine Frau zur Hand hat, versucht er es halt mit mir. Das ist alles."
„Das ist ‚alles'?! Charly, das darf er nicht! Er ist dein Bruder!"
Charlotte lachte bitter auf: „Glaub mir, Bizhiu, das weiß Aaron so gut wie du und ich. Er versucht es trotzdem immer wieder und nicht erst seit gestern. Ich hab mich gewissermaßen daran gewöhnt und offengestanden bin ich sogar ziemlich froh, dass es Aaron ist und keiner von den anderen beiden. Er ist nicht nur übel, weißt du, und die paar feuchten Küsse werde ich auch in Zukunft überstehen."
„Die feuchten Küsse? Charlotte! Seine Hände behält er nicht bei sich und zwängt dir ‚feuchte' Küsse auf?! Ich fass' es nicht! Das kann dich doch unmöglich so unberührt lassen, wie du ..."
Charlottes Augen wurden hart und sie sagte leise, aber mit Nachdruck: „‚Unberührt' lässt es mich wahrhaftig nicht, aber man gewöhnt sich mit der Zeit an so manches, und was könnte ich auch schon dagegen tun?! Aber jetzt, kein Wort mehr von ihm. Unsere Zeit ist viel zu kostbar, um sie mit Aaron zu verschwenden!"
„Aber Charly, der Gedanke lässt mir einfach keine ..."
„Schsch, ..." Sanft legte ihm Charlotte ihren Finger auf den Mund und verschloss seine Lippen sogleich mit ihren Lippen.
„Wann wirst du mich verlassen, mein kleiner Luchs?"
„Hat David es dir denn nicht erzählt?"
„Nein, ich hab' ihn überhaupt nicht gesehen."
„Ich werde noch bis zur Mitte des Sommers hierbleiben."
„Wirklich?! Du bleibst wirklich noch hier, bei mir?! Oh Bizhiu!" Ein Strahlen glitt über Charlottes Gesicht. „Ich liebe dich, Bizhiu, und egal wohin du eines Tages auch gehst, ich werde dich immer lieben."

Charlotte blühte förmlich auf in den darauffolgenden Tagen, wie eine Wüstenblume zur Regenzeit. Der Himmel war für sie wieder blau und das Leben wieder lebenswert.

Ein ganzer, herrlicher Frühling lag noch vor ihnen und ein halber Sommer und an das was danach kam, wollte sie gar nicht erst denken. Sie klammerte den Gedanken daran einfach aus ihrem Leben aus, verbot ihn sich energisch, fest dazu entschlossen, sich diese vielleicht schönsten Monate ihres Lebens durch nichts verderben zu lassen, sondern sie stattdessen in vollen Zügen zu genießen und mitzunehmen davon, was immer nur möglich war.

„Charly, du kannst doch reiten, du traust es dir doch zu, allein, oder?"
„Also, offengestanden, ich hab' noch nicht allzu oft die Gelegenheit dazu gehabt."
„Und? Würdest du es gerne versuchen?"
„Ja, natürlich! Sehr gerne sogar!"
Bizhiu betrachtete sie einen Moment nachdenklich und sagte dann: „Aber mit dem Kleid kommst du da nicht weit, wart' mal einen kleinen Augenblick!"
Im Nu kletterte er die Leiter hinunter und war im nächsten Augenblick auch schon im Haus verschwunden. Und während Charlotte sich mit einem zufriedenen Seufzer ins Stroh zurücksinken ließ, wühlte er in seiner Kleidertruhe nach seiner alten Lieblingshose. Eilig griff er sich noch ein sauberes Hemd und machte sich dann wieder davon.
Charlotte lag im Stroh und blickte ihn neugierig und erwartungsvoll an. Sie hatte keine Ahnung was er vorhatte, doch sie war sehr gespannt. Als sie dann aber die Hose sah, blickte sie Bizhiu ungläubig an. „Aber Bizhiu, ich kann doch keine Männersachen anziehen!"
„Aber warum denn nicht? Die Sachen müssten dir ganz gut passen."
Kichernd, doch mit prüfendem Blick wendete sie die Hose hin und her. Kurz entschlossen gab sie die Hose an ihn zurück und begann damit, sich ihres Kleides und ihrer drei Unterröcke zu entledigen.
Von diesem Tag an nutzten sie jede sich bietende Gelegenheit, in der ihnen beide Pferde zur Verfügung standen, um gemeinsam in den Wald zu reiten, tief hinein und möglichst weit weg. An seiner

Seite machte Charlotte der zunehmend dichter wuchernde Wald keine Angst, an seiner Seite fühlte sie sich sicher, beschützt. Und es war einfach herrlich, durch den Wald zu reiten, frei und ungehindert von vielen Lagen Stoff. Wenn man in einer Hose steckte, war die ganze Reiterei um Längen einfacher und bequemer.
Zudem brachte die Männerkleidung auch noch einen weiteren Nebeneffekt mit sich. Wenn sie ihre Haare hochband und einen Hut aufsetzte, würde zumindest von Weitem keiner auf den Gedanken kommen, dass es sich bei Bizhius Begleitung um eine Frau handeln könnte.

Der Frühling flog nur so dahin. Schon erblühte der wilde Frauenschuh, erblühten die Kätzchen der Weiden und des Haselstrauchs. Schon bauten die Vögel ihre Nester und nur allzubald schauten bereits die jungen Vögelchen mit ihren blanken, neugierigen Augen daraus hervor, lugten zwitschernd über den Rand ihres beschützenden Hortes hinweg.
Die wilde Kirsche erblühte, verblühte, trug bereits kleine Früchte, deren Farbe sich allmählich von einem leuchtenden Grün in ein liebliches Gelb zu wandeln begann.
Es war einer jener ersten, wirklich heißen Sommertage, an denen die Sonne schon in den frühen Morgenstunden mit ihren Strahlen gleißend und kraftvoll die Erde umhüllte. Bizhiu saß neben Charlotte im Gras und ließ sich, in genüssliches Schweigen versunken, die wärmenden Strahlen der Sonne ins Gesicht scheinen. In seiner Hand lag ihre Hand und streichelte die seine sacht.
Versonnen blickte er sie an, liebevoll, zärtlich und küsste sie dann. Warm und weich glitt seine Zunge in ihren Mund, berührte die ihre, spielte mit ihr, während seine Arme sich um ihre Taille legten. Lächelnd betrachtete er ihr Gesicht, strich sanft über ihre Wange und sagte: „Du bist wunderschön."
Charlottes Augen weiteten sich. „Ich finde dich auch wunderschön."
„Ist das dein Ernst?"
„Ja, das ist mein Ernst, mir hat noch keiner so gefallen, wie du."
„Obwohl ich ..."
„Nein, Bizhiu, gerade deshalb."

Nachdem sie noch eine kleine Weile so gesessen hatten, stand Charlotte auf, denn sie hatte im Schatten des Waldes, ein Nest wilder Walderdbeeren entdeckt. Ein Schauer zog über Charlotte hinweg, denn sie wusste nur zu genau, was es bedeuten würde, wenn diese Beeren hier rot zu werden begannen. Entschlossen wischte sie den Gedanken beiseite. Noch war er da, noch war sie nicht allein. Dankbar lehnte sie sich an Bizhiu, der zu ihr herübergeschlendert war und nun ihre Entdeckung begutachtete. Mit dem Ärmel seines Hemdes wischte er sich über die Stirn und seufzte: „Gute Güte, ist das heiß!“ Einen kurzen Moment blickte er sie nachdenklich an und fragte dann: „Würde es dich stören, wenn ich mein Hemd ausziehe?“
„Nein, natürlich nicht.“
Bizhiu seufzte erleichtert auf und schon im nächsten Augenblick hatte er sein Hemd ins Gras fallen lassen.
Sie betrachtete ihn, durchaus mit Genuss und Wohlgefallen, jetzt da sie zum ersten Mal die Gelegenheit hatte, seinen Oberkörper nackt, im hellen Licht der Sonne zu sehen, das Spiel seiner Muskeln zu verfolgen, den samtenen Schimmer seiner Haut. Zu gerne hätte sie ihre Hände über diese Haut streichen lassen.
„Also, ihr Frauen tut mir echt leid, ihr weißen Frauen zumindest.“
„Wieso tun dir die weißen Frauen leid?“
„Weil ihr bei dieser Hitze nicht die Möglichkeit habt, einfach euer Hemd auszuziehen. Egal wie heiß es euch auch sein mag, ihr seid immer in Schürzen und Kleider und Unterröcke und Mieder und Hemdchen und Häubchen und wer weiß was noch alles gehüllt. Eigentlich ein bisschen verrückt, oder?“
„Und was trägt eine Indianerin an einem heißen Sommertag?“
„Auf jeden Fall viel weniger als eine Weiße.“
„Würde sie an meiner Stelle jetzt vielleicht auch ihr Hemd ausziehen?“
„Wenn ihr so warm wäre wie mir, dann ganz bestimmt.“
Charlotte schüttelte erstaunt den Kopf. Einen Augenblick überlegte sie, doch dann fragte sie: „Und würde es dich stören, wenn ich mein Hemd auch ausziehe?“
Bizhiu lächelte: „Nein, ganz bestimmt nicht, aber ich weiß trotzdem nicht, ob es unbedingt so ratsam wäre.“

„Wieso? Fällst du dann etwa über mich her?“ Charlotte lachte ihn an, mit einem neckenden Glitzern in den Augen.
„Ich befürchte, die Gefahr kann nicht vollkommen ausgeschlossen werden.“
Sie betrachtete ihn einen Moment und sagte dann leichthin, mit einem vergnügten Lachen in ihrer Stimme: „Also, das Risiko geh' ich ein!“
Charlotte zog ihr Hemd aus und warf es schwungvoll neben seines.
Überrascht betrachtete er sie, in ihrem dünnen, ärmellosen Hemd, doch als sie kurz entschlossen auch noch ihr Unterhemd über den Kopf zog, stockte ihm für einen Moment der Atem. Er konnte gar nicht anders, als sie in seine Arme zu schließen. Das Gefühl von nackter Haut auf nackter Haut hatte etwas Betörendes, Berauschendes, etwas Unwiderstehliches.
Niemals hatte er mit solcher Leidenschaft, solcher Hingabe geküsst, selbst überrascht, mit welcher Macht ihn seine Gefühle ereilten, ihn in heißen, begehrlichen Wogen überrollten. Zum ersten Mal wagte er, zaghaft seinen Unterleib an den ihren zu schmiegen, sie seine Erregung fühlen zu lassen. Und mit erstauntem Entzücken spürte er ihr drängendes Entgegenkommen, die Zärtlichkeit ihrer Lippen, ihrer Zunge auf seiner Haut. Er umfasste ihre Hüften, zog sie ganz fest an sich heran und wie selbstverständlich geriet dabei eines ihrer Beine zwischen die seinen, berührte ihn, rieb sich an ihm, scheu und herausfordernd zugleich. Bizhiu seufzte leise, strich mit beiden Händen durch ihr langes Haar, küsste sie, fühlte ihre Hände über seinen Rücken gleiten, seine Brust, um dann zaghaft, mit unsicherer und doch auch sehr neugieriger Hand, hinabzugleiten, über seinen Bauchnabel hinweg. Sachte strichen ihre Finger über die deutlich fühlbare Wölbung in seiner Hose und Bizhiu schloss die Augen für einen selbstvergessenen, sehnsuchtsvollen Augenblick.
Charlotte öffnete die Knöpfe seiner Hose, genussvoll, Knopf für Knopf und bemerkte erst im Nachhinein den ungläubigen, erstaunten Blick, mit dem er ihr Tun verfolgte. Sie lächelte ihn an, schüchtern und auffordernd zugleich.
„Komm!“

Sanft zog sie ihn mit sich hinab in das Gras und ließ ihre Hand in seine offenstehende Hose gleiten, ertastete, befühlte mit zärtlichen, forschenden Fingern die Beschaffenheit seines Körpers. Und zu ihrer Überraschung stellte sie fest, dass es sich sehr angenehm anfühlte, dieses sich ihr sehnsuchtsvoll entgegenstreckende Zeugnis seiner Männlichkeit. Warm und stark fühlte es sich an, energiegeladen, hart und doch auch samtweich, empfindsam und zart. Und sie fand es absolut erstaunlich, faszinierend und ungemein aufwühlend zugleich, welche Macht in ihren Händen, in ihren Berührungen lag.
Zu fühlen, wie Bizhiu sich fallen ließ, sich ihren Berührungen hingab, mehr und mehr, wie er sich öffnete und sie seine Erregung immer bereitwilliger, immer leidenschaftlicher spüren ließ, hören ließ, berührte sie tief, war aufregend, erregend, unglaublich spannend. Weckte Gefühle in ihr, ganz warm und weich, ganz heiß und begehrlich.
Zärtlich umfing Bizhiu sie mit seinen Armen, küsste sie und erkundete ihren nackten Körper mit zaghafter Hand. Sie schmiegte sich an ihn und seufzte leise auf, als sie mit einem kribbelnden Schauer fühlte, wie sein Mund, seine Zunge ihre Brust berührte. Und eine kleine Weile versank sie in diesem Gefühl, versank in seinem Anblick, strich zärtlich durch sein Haar und als er dann die Augen aufschlug, in ihre Augen sah, war sein Blick ganz weit, ganz weich und tief und zum ersten Mal erkannte sie, wie empfindsam, wie verletzlich er war.
Liebevoll zog sie Bizhiu in ihre Arme, küsste ihn, berührte ihn mit ihrem Bein, mit ihrer Hand. Fühlte die Liebkosung seiner Hände, schwelgte in ihr.
Behutsam schob Bizhiu seine Hand zwischen ihre Beine, erforschte mit sanften Fingern diese sonst so verschämt versteckte, verschwiegene Pforte ihres Körpers, streichelte sie, ließ seinen Finger in sie gleiten, fühlte mit Staunen, wie feucht sie war, wie bereit, ihm ihre Liebe, ihren Körper zu schenken. Und was sie mit ihren Händen tat, raubte ihm schier den Verstand, war einfach unglaublich schön, ließ das Blut in seinen Adern pulsieren, bittend, drängend, nach immer noch mehr verlangend. Sanft schob sich Bizhiu zwischen ihre Beine, drang tief in sie ein, aufseufzend,

begehrend, wieder und wieder und so zärtlich er es in seiner Erregung vermochte.
Schwarzes Haar vermengte sich mit fließendem Braun und für eine kleine Weile pulsierte das Leben in ihrem Rhythmus, gab es für Bizhiu und Charlotte nichts weiter auf dieser Welt, als nur sie beide, ihre Liebe, ihre Zärtlichkeit und Leidenschaft.
Es fiel ihnen unglaublich schwer sich an diesem Tag zu trennen, viel schwerer noch als sonst, eigentlich schien es ganz und gar unmöglich, einfach unerträglich zu sein. Immer wieder küssten sie sich, umarmten sie sich, vergewisserten sich in den Augen des anderen, dass er nicht bereute, was geschehen war, dass es nicht etwa ihre Liebe, ihre Achtung voreinander schmälerte, sich dem anderen so hingegeben gezeigt zu haben.
Noch einmal schloss Bizhiu Charlotte in seine Arme, spürte die Wärme ihres atmenden Körpers. Zart küsste sie seine Wange, sein Ohr und flüsterte dann: „Ich hab' geahnt, dass es heute geschehen würde."
„Wirklich?" Bizhiu hielt sie ganz fest. „Da hattest du mir aber was voraus." Er seufzte leise, „Charlotte?"
„Ja?"
„Ich liebe dich."

35

„Na, du bist heute aber nicht besonders gesprächig!" Mit fragend gerunzelter Stirn und kritischem Blick musterte David den Freund über die knisternden Flammen des Feuers hinweg.
Bizhiu seufzte nur und blickte in den Sternenhimmel hinauf. Er hätte David unmöglich sagen können, woran er gerade gedacht hatte, woran er immerzu denken musste, was ihm so manches Mal wohlige Schauer über den Rücken trieb und in seiner Magengrube die Schmetterlinge tanzen ließ.
David schob die Holzscheite ein wenig zusammen und hielt Bizhiu dann eine kleine Flasche entgegen, nachdem er selber einen ordentlichen Schluck daraus getrunken hatte.
„Du solltest dir besser auch hin und wieder mal einen genehmi-

gen, glaub mir, das entspannt ganz ungemein!"
„Oh, nein danke, ich mag das Zeug wirklich nicht besonders. Ich finde, es brennt und schmeckt einfach widerlich!"
David lachte, zuckte lässig mit einer Schulter und nahm noch einen Schluck. „O'Malleys Frau hat vor zwei Tagen einen Jungen gekriegt, der erste nach sechs Töchtern. Er hat das ganze Dorf eingeladen, mit ihm am nächsten Sonntag nach der Taufe ein Fest zu feiern mit Musik und Tanz!"
„O'Malley? Wer ist nun wieder O'Malley?"
Kopfschüttelnd sah ihn David an: „Das ist doch wohl nicht dein Ernst! Wer O'Malley ist? Der bekannteste Mann hier im Ort, will ich meinen, ihm gehört nämlich der Saloon! Es wird wirklich Zeit, dass du endlich mal mitkommst."
„Es würde nur Ärger geben, dass weißt du genauso gut wie ich."
„Aber doch nicht, wenn O'Malley sein Fest feiert! Mit Musik und Tanz und freiem Whiskey für alle! Mensch, da wird es derartig gerammelt voll sein, Silas, da fällst du überhaupt nicht weiter auf!"
„Na ja, mal sehn, vielleicht überleg ich's mir bis Sonntag ja noch ...", Bizhiu lächelte David versöhnlich an.
„Ich finde eigentlich ohnedies, dass du mir wenigstens einen Whiskey schuldest!"
„Ach, ja? Tatsächlich?"
„Oh ja! Auf jeden Fall!"
„Na, dann hab' ich wohl gar keine andere Wahl ..." Bizhiu lachte leise. „Also abgemacht, ich komm' am Sonntag mit."

Es war tatsächlich brechend voll. Als David, frisch rasiert und mit einem weißen, frisch gestärkten Hemd, an Bizhius Seite gegen Abend den Saloon ansteuerte, tummelte sich bereits halb St. Peter in dem großen Holzhaus, mit seiner weitläufigen Veranda. Es war ein ausgelassener, ein verheißungsvoller Tag und David hatte sich wie verrückt darauf gefreut, endlich einmal mit seinem Freund auszugehen.
Gerade ließen die Musikanten ihre Instrumente erklingen. Man konnte sie schon von Weitem hören. Schief und schaurig ertönten Banjo, Fidel und Dudelsack, während ihre Besitzer sie mit gewichtigen Mienen aufeinander einstimmten. Doch schon im

nächsten Augenblick erklang die Trommel, in einem auffordernden, mitreißenden Rhythmus, und gleich darauf stimmten auch die anderen Instrumente ein.

Alsbald füllte sich die freigeräumte Tanzfläche im Saloon und eiligst wurden noch mehr Tische und Bänke beiseite geschoben, um den immer zahlreicher nachdrängenden Tänzern und Tänzerinnen genügend Platz zu verschaffen. Und trotzdem war es ein arges Gedränge und Geschubse, während sich die Paare drehten und wirbelten, schneller und schneller und die Musikanten einen Reel, einen Jig nach dem anderen zum Besten gaben.

David hatte wirklich recht gehabt, keiner achtete auf Bizhiu, er fiel in dem allgemeinen Trubel überhaupt nicht auf. Seinerseits hatte er vorsichtshalber seine langen Haare zu einem Zopf gebunden und den alten, schwarzen Sonntagshut seines Großvaters aufgesetzt, um sich möglichst dem gängigen Bild anzugleichen und nicht von vornherein schon Anstoß zu erregen.

Angesichts des unerwarteten Trubels blickte sich Bizhiu neugierig um, während sie sich ein Plätzchen in einer Ecke des Raumes ergatterten. David zog los, um zwei Gläser mit Whiskey zu holen. Es gab ihn tatsächlich umsonst, guten Whiskey direkt vom Fass und soviel man nur vertragen konnte!

Als er zurückkam, reichte er Bizhiu eines der Gläser und sie prosteten einander zu. Eine Weile betrachteten sie gemeinsam die Tanzenden, unterhielten sich über diesen und jenen, amüsierten sich, lästerten ein bisschen, lachten und kicherten, wie es sonst nur alberne, kleine Rotzlöffel tun, und hatten einen Heidenspaß dabei.

Später dann bemerkte Bizhiu eine junge Frau, mit auffallend kupferrotem Haar, die sich immer wieder in ihrer Nähe herumdrückte. Er beobachtete sie eine Weile. Die leuchtende Farbe ihres langen, welligen Haares stand in einem durchaus reizvollen Kontrast zu dem flaschengrünen Stoff ihres Kleides und vor allem zum tiefen Dunkelbraun ihrer Augen.

Bizhiu schubste David unauffällig an und neigte sich über den Tisch zu ihm herüber.

„Kennst du sie?“ Ein leichtes Nicken seines Kopfes wies zu der Rothaarigen.

David seufzte und verdrehte ein wenig die Augen. „Oh ja und ob

ich die kenne! Elisa Wessly, eine Freundin von Sharon ..." David verzog gespielt gequält das Gesicht, wobei er es im Unklaren ließ, ob dieser Ausdruck nun jener Elisa oder aber seiner Schwester galt.
„Sie steht die ganze Zeit irgendwo in unserer Nähe herum."
„Na und?"
„Ich glaube, sie wartet auf was."
„Und auf was?"
„Na, auf mich wahrscheinlich nicht ...!" Bizhiu lachte, griff sich Davids noch halb volles Glas und prostete ihm fröhlich zu. „Vielleicht möchte sie mit dir tanzen, David."
David zuckte scheinbar gleichgültig mit den Schultern, doch als dann ein neues Lied begann, stand er auf, grinste seinen Freund an und sagte: „Na gut, dann woll'n wir mal sehen!"
Er zwinkerte Bizhiu zu und entschwand seinem Blick für eine kleine Weile. Aber bald schon hatte Bizhiu Gelegenheit, seinen Freund ausgelassen tanzen zu sehen. Und dann sah er sie.
Sie stand ein wenig abseits und lachte mit einem jungen Mann. Ihre Wangen glühten und sie war ganz offensichtlich vollkommen außer Atem.
Ein freudiger Schreck ließ Bizhius Eingeweide zusammenziehen, als er sie so plötzlich und unerwartet vor sich sah. Zauberhaft sah sie aus, fröhlich und ausgelassen.
Der junge Mann nahm sie bei der Hand und zog sie lachend mit sich auf die Tanzfläche, und da drehten sie sich dann im Takt der wirbelnden, mitreißenden Musik und lachten zusammen und er legte seinen Arm noch fester um ihre Taille und zog sie ganz nah an sich heran.
Bizhiu konnte es nicht verhindern, dass sein Blick dem tanzenden Paar beständig folgte.
Ob sie ihn wohl auch gesehen hatte? Kein einziges, noch so kurzes, noch so verstohlenes Mal blickte sie zu ihm.
Erhitzt und gut gelaunt kehrte David zu Bizhiu zurück. Vorsichtig balancierte er zwei weitere, randvolle Gläser Whiskey durch die hopsende Menge. Mit zugleich fragendem und bittendem Blick reichte er seinem Freund eines davon. Erst hatte Bizhiu ablehnen wollen, der Alkohol war ihm bereits deutlich spürbar zu

Kopf gestiegen, doch dann nahm er es kurz entschlossen und stürzte einen gut Teil der brennenden Flüssigkeit hinunter, als ob es Wasser wäre.
Sprachlos sah David seinen Freund an, doch als dann sein Blick dem seinen folgte, glaubte er zu verstehen. Da tanzte Charlotte, scheinbar auf das Äußerste vergnügt, mit einem anderen, mit Samuel Webster auch noch, der tatsächlich allmählich Anstalten machte, erwachsen zu werden und sich mit Charles Benhaven angefreundet hatte, ihn anhimmelte und seine Schwester wohl ganz offensichtlich auch.
David pfiff leise durch seine Zähne. Na, wenn ihm dieser Anblick schon nicht gefiel, wie mochte es dann erst Silas gehen? Er für seinen Teil wäre rasend geworden vor Eifersucht!

Doch Bizhiu wurmte weit weniger die Tatsache, dass Charlotte fröhlich und vergnügt mit anderen tanzte, denn der Umstand, dass sie mit ihm, gerade mit ihm, nicht tanzen konnte.
Bizhiu leerte sein Glas und bemerkte, dass er für diesen Abend eigentlich genug hatte und das in jedweder Richtung. Wahrscheinlich würde es das Vernünftigste sein, wenn er jetzt nach Hause ritt.
„David, bitte sei mir nicht böse, aber ich werde mich jetzt verabschieden."
Bizhiu erhob sich, klopfte David noch einmal freundschaftlich auf die Schulter und sagte, ehe er sich zum Gehen wandte: „Amüsier dich noch gut, ... es war wirklich lustig heute Abend. Also dann, bis bald!"
In diesem Moment erblickte ihn Charlotte. Bis zu diesem Augenblick hatte sie Bizhiu in seiner abgelegenen Ecke noch gar nicht bemerkt. Sie hatte allerdings auch nicht im Traum damit gerechnet, dass er heute hier erscheinen würde. Und jetzt, da sie ihn doch noch erspäht hatte, war er bereits im Begriff, wieder aufzubrechen. Wie schade, wie ärgerlich! Sie hatte heute schon mit so vielen getanzt, bestimmt würde es gar nicht aufgefallen, wenn sie auch einmal mit ihm tanzen würde. Kurz entschlossen strebte Charlotte durch die Menge, der beständig auf und zu schwingenden Saloontür entgegen. Sie erwischte Bizhiu gerade noch, wie er

sich bereits einige Meter von der Veranda entfernt anschickte, im Dunkel dieser Neumondnacht zu verschwinden.
„Bizhiu", flüsterte sie leise und er hielt augenblicklich inne, drehte sich langsam um und blickte sie ungläubig an. Ach, er hätte sie so gerne geküsst.
„Möchtest du mit mir tanzen?" Aufmunternd lächelte sie in sein Gesicht. „Bei dem Trubel fällt das doch bestimmt keinem auf."
„Also, ich möchte ehrlich gesagt nicht wissen, was passieren würde, wenn es einem deiner Brüder dennoch auffiele. Glaub mir, Charly, es ist bestimmt besser, wenn ich jetzt geh'."
Sachte berührte er ihre Wange, ließ sanft seine Finger darüber gleiten. Er lächelte noch einmal, ehe er leise „Auf bald!" sagte, sich umdrehte und ging.

Es war wirklich Pech, dass ausgerechnet Samuel Webster in diesem Moment aus der Tür trat und die Situation mit einem Blick erfasste. Einem anderen wären Charlotte und Bizhiu vielleicht gar nicht aufgefallen. Aber aufgrund der Tatsache, dass Samuel selbst ein Auge auf Charlotte geworfen hatte, witterte er jede mögliche Konkurrenz auf Meilen im Umkreis.
Augenblicklich verschwand er wieder im Saloon, ohne dass Charlotte oder Bizhiu auch nur eine Chance gehabt hätten, sein Kommen und Gehen zu bemerken.
Später dann fiel Charlotte zwar auf, dass ihre drei Brüder gemeinsam mit Samuel und noch anderen verschwunden waren, doch sie dachte sich nichts weiter dabei. Wahrscheinlich würden sie irgendwo stockbesoffen herumlungern und dummes Zeug erzählen, in dieser lauen Sommernacht.

Bizhiu schlenderte gemächlich zu Sattlers Haus am Dorfrand, wo er Black Desert im Stall untergestellt hatte. Leblos und leer wirkten die holprigen, staubigen Wege. Mondlos war diese Nacht und hinter kaum einem Fenster ließ sich ein Lichtschimmer sehen, so dass dieser nächtliche Pfad noch düsterer war als sonst. Doch Dunkelheit alleine machte Bizhiu nichts aus, sie barg keinen Schrecken für ihn, und dennoch machte sich ein eigenartiges, unbestimmt mulmiges Gefühl in seinem Inneren breit und ließ seine

Sinne unwillkürlich seine Umgebung wahrnehmen, abtasten.
Da! Ein leises Knacken ließ Bizhiu augenblicklich herumfahren. Im Halbschatten erblickte er drei Gestalten, die sich ihm nun eiligst, mit schweren Schritten, näherten. Er erkannte die drei Benhavens sofort und wusste zugleich, dass das nichts Gutes verhieß. Er musste hier weg!
Blitzschnell wandte sich Bizhiu um, zur Flucht bereit, als er drei weitere Männer, unter ihnen Samuel Webster, erblickte, sie just in diesem Moment um die Ecke biegen sah.
Sogleich versperrten sie ihm breitbeinig den Weg, während die Benhavens ihr Tempo nochmals beschleunigten.
Er saß in der Falle, hilflos gefangen wie eine Maus und er wusste nur zu genau, dass es aus sein würde mit ihm, wenn ihm jetzt keiner zu Hilfe kam.
Schnell näherten sich die sechs Angreifer und Bizhiu hätte sich schon vor ihren Augen in Luft auflösen müssen, um ihnen zu entkommen.
John war der erste, der Bizhiu so nahe trat, dass es ihm, trotz alkoholbedingt mangelnder Treffsicherheit, vorzüglich gelang, in sein Gesicht zu spucken. In Johns Augen stand der blanke Hass geschrieben und er zischte vor Wut.
„Du mieses Stück Dreck!“
Angewidert wischte Bizhiu die Spucke aus seinem Gesicht, als ihm Samuel von hinten, mit einem heftigen Schlag, den Griff seiner Pistole über den Schädel zog.
Ein jäher Schmerz schien seinen Kopf zu spalten, doch ehe Bizhiu darauf auch nur reagieren konnte, traf eine Faust hart seinen Magen, rammte sich ein Knie gnadenlos zwischen seine Beine. Ein gleißender Schmerz durchzog wie ein Blitzschlag seinen Körper. Doch schon wurden seine Arme hochgerissen, von vier starken Händen fixiert und dann gab es wahrlich kein Halten mehr.
Irgendwann fühlte Bizhiu die Fäuste nicht mehr, die Tritte, die ihn trafen, hart und erbarmungslos. Er spürte nur mehr ihre atemberaubende Wucht und vernahm zugleich mit seltsamer Deutlichkeit den dumpfen Klang, wenn sie ein ums andere Mal seinen Körper trafen. Plötzlich ließ man ihn fallen, doch nur um weiter auf ihn einzutreten. Zahllose Füße traten auf ihn ein, scheinbar

ohne dessen müde zu werden. Dann wieder riss ihn einer hoch, in blinder Wut und Raserei, schmetterte ihn mit dem Kopf auf den Boden, einmal, zweimal, ... wer weiß wie oft. Das letzte dann, woran sich Bizhiu erinnern konnte, war, wie sich Charles Benhaven neben ihm niederkniete, roh in seine langen Haare fuhr und sein Gesicht daran aus dem Dreck riss. Einige Sekunden betrachtete ihn Charles, gönnte sich diesen Augenblick, weidete sich daran, kostete ihn genüsslich aus, diesen lang ersehnten Triumph, die Befriedigung eines brennenden Wunsches, aus Kindertagen hinübergerettet, mit sich herumgeschleppt, all die Jahre. Schneidend, drohend raunte er: „Wenn noch eine einzige Menschenseele jemals wieder zu Gesicht bekommt, dass du, verfluchter Sohn einer dreckigen Hure, deine schmutzigen Finger nach meiner Schwester ausstreckst, dann ...", Charles richtete sich auf, betrachtete ihn mit einem verächtlichen Grinsen und trat dann hart, mit dem Absatz seines Stiefels, auf Bizhius Hand. „Dann machen wir dich kalt!"

Noch einmal trat er zu, quetschte Bizhius Finger in den Staub mit all seiner Kraft, bis endlich ein dumpfes Knacken ihn befriedigt lächeln ließ.

Und dann war es plötzlich vorbei, zumindest erinnerte sich Bizhiu nicht mehr, was unmittelbar darauf geschah.

Als er wieder zu sich kam, mochte kaum eine halbe Stunde vergangen sein. Gleißender Schmerz durchpulste seinen Körper, der sich zugleich eigenartig leer und taub anfühlte. Alles drehte sich um ihn her und er erbrach sich, spuckte Blut, krümmte sich und stöhnte gequält auf. Begann sich dann irgendwann, irgendwie vorwärts zu ziehen, zu robben, bemühte sich auf die Beine zu kommen, kroch auf allen Vieren, rappelte sich hoch, taumelte, stürzte wieder, versuchte es von Neuem, einzig darauf konzentriert, die Stallungen der Sattlers zu erreichen.

Und erst als er völlig erschöpft und keuchend neben Black Desert ins Stroh sank, fühlte er in seinem ganzen Ausmaß den brennenden, pochenden Schmerz, der seinen ganzen Körper zu zerreißen drohte, ihn glühend durchpulste, durchflutete mit gewaltiger Macht.

Kein Glied, keine Stelle seines Körpers schien heilgeblieben und warm liefen die Rinnsale leuchtend roten Bluts über sein Gesicht, seinen Körper, durchtränkten seine Kleidung, vermengten sich mit Stroh und Dung und bildeten allenthalben kleine Pfützchen.
Black Desert tänzelte unruhig, witterte die Gefahr, spürte instinktiv, dass etwas Bedrohliches, Beängstigendes geschehen war. Er wieherte, schnaubte und Bizhiu hätte später nicht sagen können, wie er es geschafft hatte, sich noch einmal aufzuraffen und auf Black Deserts Rücken zu quälen. Ab da musste er nur noch versuchen, irgendwie oben zu bleiben, denn sein Pferd kannte den Weg, selbst in Panik und schwarzdunkler Nacht.

Vor dem heimischen Stall angelangt, gestattete es sich Bizhiu, einfach liegen zu bleiben, nachdem er den Rücken seines treuen Bruders auf denkbar unelegante Weise verlassen hatte. Und es dauerte auch gar nicht lange, da rührte er sich nicht mehr, und süßes Vergessen umfing seinen Geist.
Es war Eshkebug zu verdanken, dass er nicht verblutete. Die treue Seele mit der Witterung eines Wolfes hatte ihn gehört, und sie begann zu knurren in heller Aufregung und Angst, zu bellen, zu winseln, zu jaulen und an der Hintertür zu scharren.
Im Handumdrehen war Elias aus dem Bett gesprungen, ergriff sein Gewehr, hielt es vorsorglich im Anschlag, öffnete die Tür einen Spalt und spähte hinaus. Er erblickte voller Verwunderung Black Desert, der ohne Sattel, ohne Zaumzeug vor dem Haus stand. Eshkebug quetschte sich ungeduldig an Elias vorbei und eilte winselnd und fiepend zu Bizhiu, der unweit von Black Desert auf der Erde lag, schnuffelte an ihm, leckte ihn, scharrte angstvoll mit ihrer Pfote an seinem regungslosen Körper.
Langsam, ganz langsam folgte ihr Elias und alles erschien ihm ganz und gar unwirklich zu sein, als sei all dies nur ein bizarrer, ein schrecklicher Traum. Kaum gelang es ihm, in diesem blutverschmierten, geschundenen Wesen da am Boden, seinen eigenen Sohn wiederzuerkennen.
„Oh, mein Gott!"
Langes, schwarzes Haar lag in einer Lache von Blut. Stroh und Dung klebten darin.

Elias war unfähig irgendetwas anderes zu tun, als schreckensstarr und reglos auf all das Grauen da vor seinen Füßen zu starren, und erst als er Winonahs verzweifelten Schrei hörte, kehrte wieder eine Spur von Leben in ihn. Eilig schleppten sie ihn gemeinsam ins Haus, legten ihn so vorsichtig, wie irgend möglich auf sein Bett und Winonah kämpfte mit den Tränen, als sie mit zitternden Händen daran ging, Bizhius Hemd zu öffnen, ihm seine Hose auszuziehen und so nach und nach das ganze Ausmaß der Katastrophe erkannte. Elias reagierte nur noch auf Winonahs Geheiß, er zitterte, seine Knie waren weich und sein Herz pochte derart, dass es in seinen Ohren rauschte.
Wie in einem Traum funktionierte er einfach, kochte Wasser, holte sauberes Tuch, führte mechanisch jeden Befehl aus, den sie ihm zurief, zuschrie, in ihrer bodenlosen Angst, in ihrem Entsetzen über das, was sie da vor sich sah. Bizhius ganzer Körper war grün und blau, von Blut unterlaufen und mit Platzwunden übersät.
„Seine Hand! Elias! Was haben sie mit seiner Hand gemacht!"
Fassungslos blickte sie auf das blutige, zerquetschte, dreck- und blutverkrustete, geschwollene Etwas, das einmal Bizhius feingliedrige Hand gewesen war. Die Finger waren gebrochen und Winonah wagte es kaum, das rohe Fleisch zu berühren, zu waschen, zu verbinden, zu schienen.
So viele Wunden, so viel Blut! Sorgsam band sie seinen rechten Arm ab, an dem eine Wunde blutete und blutete, hieß Elias getrocknetes, blutstillendes Moos hier auf eine Wunde zu pressen und da, wusch unermüdlich Wunden aus und legte straffe Verbände an. Wieder und wieder schickte sie ihn Wasser kochen, hieß ihn Aufgüsse zu bereiten, von Arnika, Calendula, dieses und jenes zu tun, zu holen, kommandierte ihn mit einer Klarheit und Präzision, die jedem Feldwebel in der Schlacht alle Ehre gemacht hätte.
Und dass Bizhiu bei all dem in gnädige, tiefe Bewusstlosigkeit gesunken war, von watteweichen Wogen des Nichts umfangen wurde, war wahrlich ein Segen, für alle Beteiligten.

John betrat den Saloon, schob sich energisch durch die Menge, ergriff roh Charlottes Arm, umfasste ihn wie ein Schraubstock und

zerrte sie mit sich nach draußen, wo die Brüder bereits auf seinen Auftritt warteten.
„Was soll das denn!" Ärgerlich und angstvoll zugleich versuchte Charlotte verzweifelt ihren Arm der eisern zudrückenden Hand ihres Bruders zu entwinden.
„Hure!" Und während er sie in den Staub schleuderte, zischte er noch einmal: „Du Hure!"
„Spinnst du?!" Mühselig rappelte Charlotte sich auf und klopfte den Staub von ihrem besten Kleid. Schallend traf sie seine Hand ins Gesicht, brannte auf ihrer Wange und in ihrer Seele auch.
„Nach Hause jetzt!"
Johns schneidender Ton ließ keinen Zweifel daran, dass mit ihm gerade absolut nicht zu spaßen war, dass Vorsicht geboten war, äußerste Vorsicht und Wachsamkeit. Charles begann sie zu schubsen, immer schön vorwärts, der Schmiede zu.

In Charlottes Hirn arbeitete es, fieberhaft. Sie roch den Alkohol, sie roch den Schweiß. Worum ging es hier? Was war geschehen? Erst als die Tür zur Schmiede ins Schloss fiel, leise, um den schlafenden Vater nicht zu wecken, erfuhr sie, nach drei weiteren, schweigend und mit aller Kraft verabreichten Ohrfeigen, dass es geschehen war, dass es tatsächlich geschehen war, dass es jetzt um alles ging!
„Was hast du mit diesem gottverdammten Bastard zu schaffen?!" Aaron war der erste, der seinen Mund auftat. Seine blauen Augen fixierten Charlotte mit einem bohrenden, abschätzenden Blick und das Zucken um seine Mundwinkel herum verriet ihr, wie mühsam er sich beherrschte. Sie starrte ihn an. Ihre Wangen glühten und sie schluchzte auf, mit Tränen in den Augen. Fing an zu weinen und zugleich überlegte sie, was sie jetzt am besten erwidern sollte.
„Ich weiß überhaupt nicht, was du meinst!" Beinahe trotzig klang es und Charlotte wischte sich die Tränen mit ihrem Ärmel weg.
„Ach! Hört, hört!", Aaron grinste spöttisch, scheinbar auf das Köstlichste amüsiert, doch sein Blick wurde hart und kalt.
Betont geduldig hob er zu sprechen an und Charlotte wurde angst und bange zu Mute, als er direkt vor sie trat, ganz nahe, sie

konnte seinen Atem riechen. „Na, dann will ich dir ein bisschen helfen, mmh? Dann werde ich es dir erklären, dass dich der treue Samuel mit eigenen Augen gesehen hat, vor dem Saloon. Aber du warst nicht alleine. Und jetzt überlege einmal ganz genau, mit wem dich wohl der gute Samuel gesehen hat, na? Fällt es dir wieder ein?" Seine Stimme war von einer schneidenden Freundlichkeit, bitter und voller Ironie.
„Ich weiß es nicht ...", flüsterte Charlotte leise und fing wieder an zu weinen.
„Sie weiß es nicht!" Charles lachte schrill auf. „Na, dann woll'n wir deinem Gedächtnis mal auf die Sprünge helfen!"
Charles schüttelte sie, schlug sie und ergriff dann ihr Kinn, zwang sie dazu, ihn direkt anzublicken, spuckte ihr seine Worte voller Verachtung und Gehässigkeit ins Gesicht: „Er hat dich gesehen, mit diesem gottverdammten Sohn einer gottverdammten Indianerhure! Na, was sagst du jetzt?!"
Ruckartig ließ er sie los, stieß sie von sich, so dass sie zu Boden fiel.
In diesem Moment war alles in Charlotte glasklar, ihr Überlebenswille hatte über den Schrecken gesiegt, alles würde nun von diesen Augenblicken abhängen. Tausendfach schon hatte sie diesen Ernstfall in Gedanken durchgespielt und reagierte jetzt blitzschnell, stand eilig wieder auf und funkelte ihren Bruder an, wie eine Raubkatze, bevor sie zum Sprung ansetzt.
„Sagt mal, seid ihr denn alle vollkommen übergeschnappt! Glaubt im Ernst, ich hätte was mit so einem dreckigen Bastard? Ja?! Ist es das, was ihr glaubt? Von mir?"
Wutschnaubend schossen ihre Blicke in die Runde, sie spie ihnen die Worte nur so entgegen, legte all ihre überschäumende Wut, ihre Entrüstung hinein. „Ihr gottverdammten Vollidioten!" Sie lachte und lachte und konnte sich wirklich kaum beruhigen.
„Und was wolltest du dann da draußen mit ihm?" John stand breitbeinig vor ihr und blickte sie vollkommen irritiert und zugleich auch herausfordernd an.
„Er bat mich darum, Ruth eine Nachricht zu überbringen und ich habe abgelehnt, wenn du es genau wissen willst!" Charlottes Stimme war nun sicher und klar.

„Wieso fragt er dann nicht gleich David, he?!"
„Kannst du dir das nicht selber denken?! Natürlich, weil selbst David nicht darauf erpicht ist, dass er was von einer seiner Schwestern will!"
John blickte Charlotte mit einem hintergründigen Funkeln in seinen dunklen Augen an. „Nun gut, nehmen wir einmal an, es ist so, wie du sagst. Wieso, mein Schwesterlein, kommt er damit dann ausgerechnet zu dir?"
Jetzt war er da, der alles entscheidende Augenblick, jetzt musste sie ihn werfen, den Knochen und sie betete inständig zu Gott, dass John danach schnappen würde.
Ertappt, schuldbewusst und trotzig zugleich blickte sie in sein Gesicht, in seine Augen.
„Ruth ist meine Freundin, ich seh' sie ab und zu ..."
Erstaunt schossen Johns Augenbrauen in die Höhe. „Was?! Du verschwindest hier heimlich, um ein Plauderstündchen mit Ruth Sattler abzuhalten?! Oder holst du sie am Ende sogar in unser Haus?"
„Na und! Wenn ihr die Sattlers nicht mögt, heißt es ja noch lange nicht, dass ich ..."
Ein neuerlicher Schlag ins Gesicht hinderte sie daran, ihren Satz zu vollenden. John schnaubte vor Wut.
„Halt dein gottverdammtes Maul! Du hast mit den Sattlers nichts zu schaffen! Hörst du?! Nichts!"
Charlotte schluchzte und nickte mit ängstlichem Blick, doch innerlich triumphierte sie.
Der Hund hatte den Knochen geschnappt und sich daran festgebissen!

„Silas hat seinen Sattel nicht mitgenommen!" Überrascht blickte David auf das gute Stück, aus dunklem Leder.
„Seltsam!" Noch wunderte sich David nur, doch als er die getrockneten Blutpfützen im Stroh erkannte, begann er sich ernsthafte Sorgen zu machen. Und als er dann bis zum Abend immer noch nichts von seinem Freund gehört hatte, sattelte er sein Pferd und ritt hinaus, von düsteren Vorahnungen geplagt.
Als er ihn sah, war David, sonst eigentlich hartgesotten und ge-

wiss nicht zimperlich, völlig entsetzt. Bizhiu blickte matt in das Gesicht seines Freundes, doch seine Mundwinkel verzogen sich ansatzweise zu einem schiefen, gequälten Grinsen, als er in dessen schreckgeweitete Augen sah.
„Aber die Zähne, David, die sind alle noch da und es wackeln nur zwei!"
Kaum konnte er das leise Nuscheln verstehen, mit dem Bizhiu versuchte, sich verständlich zu machen.
„Mein Gott, Silas, du siehst ja zum Fürchten aus!" David setzte sich vorsichtig an den Rand des Bettes. „Wer war das?"
„Charlottes Brüder und dieser Samuel, die anderen beiden kenn' ich nicht."
„Zu sechst!?" Ungläubig verzog David sein Gesicht. Sechs gegen einen!
Bizhiu stöhnte leise. „Die drei Benhavens müssen eine Scheißangst vor mir haben, wenn sie sich noch drei weitere zur Verstärkung holen mussten, oder?"

Bizhiu erholte sich ganz allmählich, während draußen der Sommer durchs Land zog.
David besuchte ihn täglich, gab sich alle Mühe, den Freund aufzuheitern, zu unterhalten, er las ihm sogar vor, so gut er es eben konnte. Er fühlte sich irgendwie mitschuldig, an dem ganzen Drama, schließlich war es ja seine Idee gewesen. Silas hatte gleich gesagt, dass es Ärger geben würde und er hatte sich damit ganz offensichtlich nicht geirrt!
Zwei Wochen vergingen und Bizhius Aussehen näherte sich nach und nach wieder dem Menschlichen. Schwellungen gingen zurück, geprellte Organe erholten sich, schwarze faustgroße Blutergüsse verfärbten sich in tiefes Indigo, schillerndes Bordeaux und schließlich dann auch in weit gnädigeres Gelb und Oliv. Und obwohl ihn immer noch beständig ein Kanon aus leisen und lauten Schmerzen begleitete, plagte ihn vor allem seine Angst um Charlotte.
Er hatte seit diesem unseligen Sonntag nichts mehr von ihr gehört, geschweige denn gesehen. Und dass David ihm lediglich berichten konnte, dass sie seit dem Fest ganz offensichtlich das

Haus nicht mehr verlassen hatte, trug nun auch nicht gerade zu seiner Beruhigung bei. Er machte sich wirklich fürchterliche Sorgen um sie.

Charlotte aber konnte es keinesfalls wagen, irgendein Risiko einzugehen. Aaron war misstrauisch geblieben. Immer wieder erschien er urplötzlich unter irgendeinem Vorwand im Haus, an manchen Tagen sogar mehrere Male. Sie bemühte sich die ganze Zeit über so unbekümmert und harmlos zu erscheinen wie nur irgend möglich, doch in ihr tobte die schiere Verzweiflung. Die Brüder hatten kein einziges Wort über Bizhiu verloren, doch hatten sie Blut an ihren Händen gehabt, an jenem Abend, und sie zweifelte keinen Moment daran, dass es Bizhius Blut gewesen war.
Was hatten sie ihm nur getan? Und sie hatte keinerlei Möglichkeit zu ihm zu gelangen! Nicht einmal zu David konnte sie sich heimlich wagen. Und währenddessen strichen die ersehnten Tage des Sommers vorbei! Es war zum Wahnsinnigwerden!

Bizhiu begann Stück für Stück sein altes Leben wieder aufzunehmen, wenn auch mit einigen Abstrichen. So verzichtete er noch darauf, wieder gemeinsam mit David auszureiten, so schwer ihm das auch fiel. Und auch alles andere, wofür er seine rechte Hand benötigen würde, fiel bis auf weiteres unter den Tisch.
Stattdessen ging er nun häufiger gemeinsam mit David und Eshkebug spazieren.
Sein Kopf schmerzte zeitweilig noch enorm und seine Hand bereitete ihm einige Sorgen. Doch die waren kein Vergleich zu den Sorgen, die er sich um Charlotte machte.
„Du hast immer noch nichts von ihr gehört?“
David schüttelte den Kopf. „Nein, sie ist wie vom Erdboden verschluckt. Ruth hat sie auch nicht gesehen, ich hab‘ sie gefragt.“
David betrachtete Bizhiu nachdenklich, er zögerte einen Moment, doch dann fragte er: „Wann wirst du mit deinen Eltern fortgehen?“
„Oh, gewiss noch nicht allzu bald. Ich glaube, im Moment käme ich wohl nicht besonders weit. Und meine Hand ... Also im Au-

genblick kann ich jedenfalls noch überhaupt nichts mit ihr anfangen."
David atmete erleichtert auf: „Oh, wie schön! Dass du noch ein Weilchen bleibst natürlich, nicht das mit deiner Hand."

Ein neuer Tag brach heran, folgte einer weiteren Nacht, in der Bizhiu schlecht geschlafen und noch schlechter geträumt hatte. Es waren weniger die Schmerzen, denn seine Sorge, seine Angst. Was, wenn sie ihr etwas getan hatten?
Mit einem Seufzer begab er sich in den Stall zu Black Desert und eigentlich hätte er gerne geweint, an seinen starken Hals gelehnt, doch er kam nicht dazu.
„Bizhiu! Was haben sie dir getan?!"
Charlotte flog förmlich zur Stalltüre herein, blickte mit angstvoll geweiteten Augen in sein Gesicht, berührte es sachte mit ihrer Hand.
„Mein armer kleiner Luchs!"
„Es geht schon wieder so einigermaßen. Wie's scheint, wäre ich ihnen als Schwager nicht unbedingt genehm."
Fassungslos blickte sie auf seine Hand, sah fragend zu ihm auf.
„Es tut mir so leid, Bizhiu! Es tut mir so leid!"
„Das braucht es nicht, Charly, wirklich nicht. Mir tut es jedenfalls nicht leid, wenn das der Preis dafür ist, dass ich dein Wiidjiiwaagan sein darf und sei es auch nur heimlich und eine viel zu kurze Zeit."
Entschlossen ergriff sie seine linke Hand und zog ihn mit sich hinauf in das duftende, warme Heu.
Zärtlich bedeckten Charlottes Küsse sein Gesicht, schoben sich ihre warmen Hände unter sein Hemd, schoben es hoch und sie küsste all die unzählbaren Flecken und Blessuren und ließ ihn nach und nach den Schmerz der Demütigung genauso vergessen, wie den Schmerz in seinen Gliedern.
Tröstlich warm und weich umfing ihn die Geschmeidigkeit ihres Körpers. Bizhiu ließ sich treiben, ging vollkommen auf in ihrer Berührung, in diesem erregenden Gefühl. Sehnsuchtsvoll schmiegte er sich an sie, küsste ihren Nacken, begann ihren Körper mit seinem Mund zu erkunden. Seine Zunge hinterließ eine

feucht glänzende Spur auf ihrer Brust, ihrem Bauch, der sich in bebendem Rhythmus hob und senkte, ehe er sie über das dunkle, krause Haar hinweg in das feuchte Rosa gleiten ließ. Charlotte stöhnte auf, gab sich einige Momente vollkommen dieser ungeahnten, ungemein weichen und doch drängenden, lustvollen Berührung hin. Doch dann umfasste sie seine Schultern, richtete sie sich auf und als er in ihre Augen blickte, mit diesem zärtlich verlangenden Blick, näherte sie sich ihm, langsam, behutsam, kniete sich über ihn, ohne dabei ihren Blick von dem seinen zu wenden, und erst als sie ihn mit einem leisen Aufstöhnen in sich aufnahm, tief in sich eindringen ließ, schloss sie ihre Augen.

Bizhiu spielte mit Charlottes Haar, schmiegte sich mit einem wohligen Seufzer an ihren nackten Körper, atmete den Geruch ihrer Haut, den frischen Schweiß ihrer Liebe im Heu.
„Und sie haben dir wirklich abgenommen, dass mit uns nichts ist?"
„Ja, ich denke schon."
Bizhiu pfiff leise durch die Zähne: „Glück gehabt, Charly! Noch einmal Glück gehabt!"
Nachdenklich betrachtete er sie, traurig darüber, dass es nicht mehr allzu lange so bleiben konnte wie bisher. Vor allem aber gänzlich ahnungslos, dass sie schon längst ausreichend dafür gesorgt hatten, dass ihrer beider Schicksal eine vollkommen andere Wendung nehmen sollte.

36

Charlotte bemerkte es zunächst überhaupt nicht und beinahe zwei weitere Wochen zogen ins Land, ehe sie nachdenklich zu werden begann. Nun war es wahrhaftig nicht so, dass sie diese schmerzhafte, blutige Zeit der monatlichen Regel vermisste. Ganz gewiss nicht. Bisher war sie immer bemüht gewesen, diese lästige Zeit irgendwie hinter sich zu bringen, doch jetzt plötzlich vermisste sie sie. Wünschte sich sehnlich wieder dieses eigenartige Ziehen im Unterleib zu spüren, glaubte es sogar zu fühlen, hin und wieder, doch weiter tat sich nichts. Immer noch hoffte sie, wischte den beängstigenden Gedanken einfach beiseite, doch als sie sich dann bereits zum zweiten Mal am Morgen erbrach, durchfuhr sie die Angst wie ein Donnerschlag, um ihr fortan nicht mehr von der Seite zu weichen. Instinktiv wischte sie mit ihrer Hand über diesen Bauch hinweg, der ihr so fremd, so bedrohlich erschien, wischte darüber, als sei da ein hartnäckiger Fleck auf ihrem Kleid.

Die nächsten Tage verbrachte sie wie in Trance, während der Alltag um sie herum ungerührt seinen Lauf nahm.

Tag und Nacht wälzte sie Gedanken hin und her, wurde von Sorgen und Ängsten zerfressen, bis sie endlich den einzigen Entschluss fasste, der ihr erträglich erschien und der zugleich auch tatsächlich umzusetzen war. Sie würde niemals zu irgendeinem Menschen irgendetwas über dieses Kind sagen. Sie würde es mit sich nehmen, an dem Tag an dem Bizhiu gegangen war, mit sich in den Fluss. Es war seltsam, aber seitdem sich Charlotte gewiss war, wohin ihr Weg gehen würde, wurde ihr leichter ums Herz. Und dieses ungeborene, auf ewig ungeborene Kind, war nicht mehr länger ein verhasster Fremdkörper in ihrem Leib, sondern wurde zu ihrem Leidensgenossen und heimlichen Verbündeten, mit dem sie stumm Zwiesprache hielt, dem sie alles erzählte, was dieser Tage ihr Herz bewegte.

Wäre eine weitere Frau im Haus gewesen, Charlotte hätte ihren Zustand auf Dauer nicht verbergen können. Doch einzig von vier Männern umgeben, die Augen im Kopf hatten und doch nichts sahen, gelang es ihr einigermaßen mühelos, ihre beständige Müdigkeit zu überspielen, ebenso wie sie im Geheimen diese grässliche, allmorgendliche Übelkeit ertrug, sich unentdeckt erbrach, meistens im Kuhstall, kurz vor Sonnenaufgang, wenn ihr der Geruch von Dung die Tränen in die Augen trieb und ihr den Magen umdrehte.

Bizhiu ahnte von all dem nichts. Sicher, es war ihm wohl bewusst, dass sich Charlotte in den vergangenen Tagen und Wochen merklich von ihm zurückgezogen hatte. Sie war in den letzten zwei Wochen nur zwei Mal zu ihm hinausgekommen, sie war heiter

gewesen, fröhlich schon fast, doch bei all dem ungeheuer distanziert. Sie ließ einfach keine wirkliche Nähe mehr zu. Doch das war ja auch ihr gutes Recht, war möglicherweise einfach ihre Art, sich auf den nun unmittelbar bevorstehenden Abschied vorzubereiten. So würde es ihr vielleicht weniger weh tun und es würde ihr leichter fallen, auf immer „Lebe wohl" zu sagen.
Und ihm war selber so ungeheuer schwer ums Herz. In manchen Momenten erschien es ihm wie eine Verrücktheit, wie der schiere Wahnsinn, Charlotte und auch David wahrhaftig für immer zu verlieren. Es tat so entsetzlich weh, mehr und mehr, je näher der Abschied rückte. Er selber aber hatte es so gewollt, hatte sich nichts sehnlicher gewünscht und er wünschte es sich, so paradox ihm das auch erschien, nach wie vor.
Schon begann Winonah erste Vorbereitungen zu treffen, denn seine Hand hatte sich in den vergangenen Wochen ganz gut erholt. Doch es war darüber schon Anfang August geworden und sie würden sich nur noch wenige Tage Zeit lassen können, wollten sie auf ihrer Reise nicht in die Stürme des Herbstes hineingeraten.
Sie spürten beide, dass sie wohl das letzte Mal gemeinsam hier im Heu saßen. Sie sprachen nicht viel, so wie sonst auch, und doch war es etwas ganz anderes. Früher hatten ihre Lippen geschwiegen, während sich ihre Augen, ihre Ojichaag verständigt hatten. Doch nun schwiegen sie ganz und gar, und Bizhiu hatte Mühe, darüber nicht in Tränen auszubrechen. Er wollte so nicht von ihr Abschied nehmen, in Schweigen, ohne ein Wort, ohne ein Zeichen!
„Charly, etwas möchte ich wissen von dir und ich bitte dich, es mir zu sagen, es mir ganz ehrlich zu sagen, damit ich es mitnehmen kann, wenn ich gehen muss."
Charlotte nickte leicht, kaum merklich und wartete.
„Liebst du mich noch? Ist es wirklich nur der Abschied, der uns soweit voneinander trennt oder hast du bereits aufgehört mich ... Charly, schlägt dein Herz noch für mich?"
Charlotte blickte ihn nur schweigend an, während sich ihre Augen zusehends mit Tränen füllten. Und in ihr war es so, als ob ein Staudamm bräche. Immer heftigere Schluchzer schüttelten sie und als Bizhiu sie erschrocken in seine Arme schloss, da schluchz-

te und weinte sie immer verzweifelter. Charlotte wusste nicht genau, was es war, das sie veranlasste, in diesem Moment ihren ursprünglichen Entschluss zu ändern.
Unendlich leise sprach sie, unter Tränen und doch war ihre Stimme eigenartig ruhig. „Bizhiu, ich ... bekomme ein Kind."
Bizhiu starrte sie an, wortlos, fassungslos, und seine Augen weiteten sich vor Entsetzen.
„Was?!" Tonlos, atemlos klang seine Stimme.
Charlotte antwortete nicht, sondern weinte leise und fühlte sich so verzweifelt wie noch niemals zuvor. In Bizhiu überschlugen sich die Gedanken, ohne dass er ihnen Einhalt zu gebieten vermochte. In überstürzenden Bildern spulten sich vor Bizhius innerem Auge die möglichen Folgen, dieser schier unermesslichen Katastrophe ab. Für Charlotte würde die Geburt eines unehelichen Kindes, vor allem aber eines unehelichen Kindes von ihm, welches ihm womöglich auch noch ähnlich sähe, schlicht und ergreifend das Ende bedeuten, ein grausames Ende. Bestenfalls könnte sie auf eine gnädige Notheirat hoffen, unter deren Joch sie ein Leben lang zu leiden hätte, genauso wie unter der Schande, die er über sie gebracht hatte, die sein Kind über sie bringen würde, Tag für Tag, ... sein Kind! Aber viel wahrscheinlicher noch war, dass sie mit ihrem Körper und ihrem Leben dafür würde büßen müssen, dass sie ihn geliebt hatte. Sei es, dass sie mit dem Kind verstoßen und geächtet, irgendwo ein jämmerliches Dasein fristen müsste, oder aber dass ihre Familie gleich ganze Arbeit leisten würde und sie in blinder Wut und Raserei verletzte, vielleicht sogar tötete, um zu verhindern, dass dieses Kind jemals geboren würde.

Vor Bizhiu tat sich ein Abgrund auf, so groß, so gähnend tief und schwarz, dass ihn richtiggehend schwindelte.
Traurigkeit und Schwärze breiteten sich in ihm aus und er fühlte sich vollkommen ohnmächtig, verloren, hilflos. In diesem Moment sah er ihn, silbergrau im Mondlicht tat er einen gewaltigen Satz, dieser Luchs, tat diesen Sprung sicher und unbeirrt und Bizhiu sprang mit ihm, sprang über den gewaltigen Abgrund hinweg.

Sanft berührte er ihre Hand. „Charlotte, ... ", sagte er leise, beschwörend, „dann müssen wir fliehen!"
Charlotte blickte auf und sah ihn überrascht und ungläubig an.
„Wenn du ein Kind von mir bekommst, müssen wir hier weg, ehe es einer bemerkt!"
„Du würdest mit mir weggehen?! Wirklich?" Zweifel und aufkeimende Hoffnung ließen ihre Stimme beben. „Aber wohin? Zu deinen Leuten?"
Bizhiu seufzte und es schnürte ihm die Kehle zu, wenn er daran dachte.
Kiniu! Shawaeghiizig und Nigig-o-quae, Waubagone, ach und Winonah, Elias! Oh, welch einen Kummer brachte er über all die Menschen, die er liebte! Allen brachte er Kummer, auch Charlotte, auch David, allen. Aber es gab keinen anderen Weg! Sie mussten weg von hier, schon bald und ganz gewiss nicht in nördliche Richtung, denn dort würde man als allererstes nach ihnen suchen. Würde er ihn jemals wiedersehen, den großen, den erhabenen Gitchi Gami? Bizhiu blickte Charlotte an und sagte: „Wir können nicht zu meinen Leuten. Ich darf einfach nicht riskieren, dass noch größeres Unheil geschieht. In dieser Richtung suchen sie uns zuerst."

Am Abend besuchte er David, zu ungewöhnlich später Stunde, doch er musste unbedingt alleine mit ihm sprechen. Sie waren kaum alleine in Sattlers Wohnküche, da stellte er ihm auch schon jene Frage, die ihm die ganze Zeit durch den Kopf gegangen war.
„Sag mal, David, ihr habt doch ein kleines Boot. Aber ihr benutzt es eigentlich nicht besonders oft, nicht wahr? Meinst du, es wäre sehr schlimm, wenn es eines Tages nicht mehr da wäre?"
„Was ist denn das für eine bescheuerte Frage? Willst du es klauen, oder was?" David lachte verwundert und schüttelte den Kopf.
„Also, um ehrlich zu sein, ... ja."
„Was?!"
„Aber nur, wenn du meinst, dass es wirklich nicht weiter tragisch wäre, wenn es fehlt."
David lachte voller Überraschung hell auf und fragte sich ernstlich, ob sein Freund ihn gerade ganz gewaltig auf die Schippe

nehmen wollte. „Aha, so, so! Ich soll dir also quasi die Erlaubnis dafür geben, unser Boot zu stehlen!"
Bizhiu blickte betreten zu Boden und murmelte: „Ja, so in etwa."
„Sag mal! Silas, was ist denn mit dir los? Geht's dir nicht gut oder ist das nur ein blöder Witz?"
„Es ist alles andere als ein blöder Witz und ja, du hast recht, mir geht's verdammt beschissen. So elend habe ich mich in meinem ganzen Leben noch nicht gefühlt."
Aufmerksam blickte David in das Gesicht seines Freundes. Er sah tatsächlich hundsmiserabel aus.
„Ihr geht bald weg, nicht wahr? Ist es das?"
Bizhiu sah ihn mit einem ganz eigenartigen Blick an. „Ich werde nicht zurückgehen an die großen Seen.", Bizhiu musste schlucken. „Charlotte erwartet ein Kind von mir."
„Was?!" Wie in Zeitlupe verzog sich Davids Gesichtsausdruck, glitt von fassungslosem Staunen über zu stetig wachsender Wut.
„Sag, dass das nicht wahr ist, du verfluchter Scheißkerl! Sag verdammt noch mal, dass das nicht wahr ist!"
„Es ist wahr." Bizhius Stimme war leise, ein Flüstern beinahe.
Davids Faust traf ihn, über den Tisch hinweg mitten ins Gesicht und das Blut schoss augenblicklich aus seiner Nase und lief über seine Lippen.
Bizhiu schüttelte sich wie ein begossener Hund, lächelte gequält und traurig in das vor Zorn und Abscheu verzerrte Gesicht seines Freundes und sagte: „Ich schätze, das hab' ich wohl verdient."
„Du hast noch was ganz anderes verdient! Du Dreckskerl hast ihr Leben ruiniert! Du hast sie beschmutzt und entehrt!"
Bizhius Blick wurde ganz ruhig, ernst und bestimmt, wie auch der Klang seiner Stimme: „Nein, David, ich habe sie nicht beschmutzt und auch nicht entehrt."
„Wo wollt ihr denn hin?! Willst du sie etwa mitschleppen, in den Wald, zu deinen Wilden? Verlass dich drauf, sie werden euch kriegen, wohin ihr auch geht und dann gnade euch Gott!"
„Und wenn es so wäre, so wäre es nur ein Grund mehr, nicht so, nicht in Wut und Streit voneinander Abschied zu nehmen. Bitte David, so berechtigt er auch sein mag, dein Zorn ändert doch nichts mehr daran."

David verlor endgültig seine Fassung. „Hau bloß ab, du verdammter Bastard und lass dich hier nie wieder sehen!"
Erschrocken und voller Schmerz blickte Bizhiu in das hochrote Gesicht, das ihn so wutverzerrt anstarrte. Langsam erhob er sich, ging zögerlich zur Tür. Schon im Begriff die Türe zu öffnen, drehte er sich noch einmal um.
„Du wirst immer in meinem Herzen wohnen, mein Bruder, du bedeutest mir sehr viel. Danke dafür, danke für alles."
Dann ging er, schloss leise hinter sich die Tür und der Becher mit Whiskey traf ihn nicht mehr, sondern flog scheppernd gegen das spröde Holz.
David raufte sich die Haare und ließ sich mit einem Stöhnen kraftlos gegen die Stuhllehne sinken und seinen Kopf in den Nacken fallen. Eine Weile starrte er schweigend die Decke an, betrachtete die rußigen Flecken über dem Herd, die Maserung des mit den Jahren immer dunkler gewordenen Holzes. Noch einmal stöhnte er tief und schüttelte den Kopf. Oh Himmel, was für ein Wahnsinn! Das konnte, das durfte doch einfach nicht wahr sein!
Oh Gott! Er würde sie nie wieder sehen! Es würde keine gemeinsamen Lagerfeuer mehr geben! Und es würde niemanden mehr geben, der ihn wirklich verstand, der ihm zuhörte, ihm vertraute, ihn so liebte, wie Silas es tat.
Ach je, und er hatte Silas, seinen einzigen wirklichen Freund, davon gejagt, ihn einen Scheißkerl genannt und noch viel schlimmer ... einen Bastard! Er musste zu Silas! Er musste das zwischen ihnen wieder gerade biegen! Auf gar keinen Fall durfte er so von ihm Abschied nehmen! David sprang auf und verließ eilig das Haus, rannte in den Stall, sattelte und zäumte die überraschte Rosy in Windeseile auf und preschte davon.

Doch er hätte sich gar nicht so zu beeilen brauchen, denn Bizhiu hatte auf einer kleinen Anhöhe haltgemacht und saß nun im Mondschein auf dem rauen, struppigen Gras und betrachtete all das um ihn her noch einmal eingehend und in Ruhe, nahm Abschied von all dem hier. Als er das herangaloppierende Hufgetrappel vernahm, sprang er sofort auf, um sich schleunigst in Sicherheit zu bringen, doch dann erkannte er David und setzte sich

aufatmend wieder hin. Er hatte so sehr gehofft, dass ihre Freundschaft kein so trauriges Ende nehmen, sondern fortbestehen würde, in ihren Herzen über alle Entfernungen und Zeiten hinweg.
„Silas, es tut mir leid! Es tut mir wirklich verdammt leid, was ich zu dir gesagt habe!" David blickte zu Boden und zupfte verlegen an einem Grasbüschel. Langsam hob er seinen Kopf und blickte dem Freund in das aufmerksame Gesicht.
„Ich hab dich verflucht gern, Silas, es gibt keinen, der mir so viel bedeutet wie du! Und es tut mir so verflucht leid, was ich zu dir gesagt hab! Verzeihst du mir?"
Bizhiu legte schweigend den Arm um seinen Freund. „Ist schon gut, David, ... danke, dass du gekommen bist, ich hab' es mir so sehr gewünscht."
„Ja, ich bin auch verdammt froh, dass ich's getan hab'." Er schüttelte immer noch ungläubig den Kopf, „Wann wollt ihr denn weg?"
„Heute Nacht."
„Was?! Warum denn so schnell?!"
„Jeder weitere Tag ist ein Risiko. Außerdem wollen Winonah und Elias in den nächsten Tagen aufbrechen und ich will um keinen Preis, dass ihr Aufbruch mit unserem Verschwinden in Zusammenhang gebracht wird."
David nickte: „Wissen sie es denn?"
Bizhiu ließ seinen Blick in die Ferne schweifen und schüttelte niedergeschlagen den Kopf. „Ich wage es nicht, es ihnen ins Gesicht zu sagen, so erbärmlich und feige das auch ist. Ich glaube, ich könnte die Enttäuschung in ihren Augen nicht ertragen."
„Wo wollt ihr denn nun hin?!"
Bizhiu lächelte ein verzweifeltes Lächeln und blickte David mit schief gelegtem Kopf an: „Ich weiß es nicht, David, ich weiß ja noch nicht einmal wie!"
David räusperte sich und sagte dann: „Ihr könnt das Boot natürlich haben, das ist kein Problem. Und ich werde irgendwie dafür sorgen, dass möglichst lange keiner bemerkt, dass es weg ist. Verlass dich drauf, da fällt mir schon was ein."
Bizhiu lächelte ihn dankbar an. „Das wäre dann schon mal eine Sorge weniger."

„Kann ich sonst noch irgendwas für euch tun?"
„Du könntest mir sogar einen sehr großen Gefallen tun. Würdest du morgen bei meinen Eltern vorbeischauen und ihnen sagen, wie unendlich leid mir das alles tut? Ich werde ihnen einen Brief hinterlassen, aber ich glaube, es wäre vielleicht sehr hilfreich für sie, wenn sie mit dir reden könnten. Würdest du das für mich tun?"
„Ja, natürlich."
„Danke, David, ich werd' dir das nie vergessen."
David schluckte trocken, als er ihm dann ein letztes Mal gegenüberstand und in diese dunklen, nachdenklichen Augen blickte.
„Werden wir uns wirklich nie mehr wiedersehen, Silas?!"
„Wer weiß, David. Nichts ist unmöglich und alles ist denkbar, nicht wahr? Vielleicht werden wir uns wiedersehen, es würde mich auf jeden Fall unglaublich glücklich machen."
Bizhiu drückte ihn fest an sich, genoss es, die ebenso feste, ebenso herzliche Umarmung seines Freundes zu spüren, prägte sich diesen letzten Moment der Nähe tief in sein Gedächtnis ein, Davids Geruch, den Klang seiner Stimme, die Kraft in seinen Armen.
Noch einmal blickte Bizhiu in Davids Gesicht, hob seine Hand und fuhr zart durch dieses unglaublich blonde Haar, betrachtete es, als wollte er sich dessen Beschaffenheit einprägen auf ewig.
Dann lächelte er ein liebevolles, ein trauriges Lächeln und sagte leise: „Lebe wohl, mein Freund."
Sprachlos sah David zu, wie Bizhiu auf Black Desert stieg und die Zügel ergriff. Noch einmal lächelte ihm Bizhiu zu und hob seine Hand zu einem letzten Gruß. Eine laue Sommerbrise erfasste einige Strähnen seines Haares und spielte darin, ehe er mit seinem Pferd davongaloppierte und letztlich im Dunkel der Nacht verschwand.
David würde diese letzten Augenblicke mit seinem einzigen Freund immer lebendig vor Augen sehen, auch viele Jahre später noch, wenn diese Freundschaft, für ihn zu einer Art Legende geworden war, zu einer unermesslich kostbaren Ikone, andächtig und liebevoll verwahrt im wohlgehüteten Schrein seiner Erinnerung. Und es würde nur sehr wenige Tage in seinem Leben geben, da er dieser Erinnerungen an den Freund nicht wenigstens

einen Moment lang gedachte, einmal wehmütig und traurig, ein andermal aber auch ungemein froh darüber, überhaupt auf einen solchen Schatz zurückgreifen zu können.

37

Am nächsten Tag waren sie tatsächlich verschwunden, alle beide. Winonah bemerkte es zunächst überhaupt nicht.
Am späten Abend hatte sie Bizhiu heimkommen hören. Im Halbschlaf hatte sie dem leisen Klang seiner Stimme gelauscht und den Geräuschen, die aus dem angrenzenden Stall an ihr Ohr drangen. Offensichtlich sang Bizhiu ein Lied für Black Desert, während er ihn versorgte. Black Desert liebte es, wenn Bizhiu sang. Und selbst als sie morgens erwachte und sein Bett unberührt fand, dachte sie sich noch nichts dabei, denn es geschah ab und an, dass Bizhiu in aller Frühe loszog, um mit Eshkebug gemeinsam einen seiner ausgedehnten Streifzüge im Wald zu unternehmen.
Doch als sie dann aufstand und über Eshkebug stolperte, die todunglücklich vor seinem Bett lag, begann sie allmählich hellhörig zu werden. Nach und nach dämmerte ihr ein geradezu bestürzender, entsetzlicher Verdacht. In fliegender Hast eilte sie in den angrenzenden Stall. Doch Black Desert stand ruhig und friedlich neben Samantha.
Ein wenig beruhigt, doch immer noch nachdenklich und besorgt ging Winonah ins Haus zurück.
Elias begann sich mittlerweile in seinem Bett zu regen und so entschloss sich Winonah, zunächst einmal in die Küche zu gehen, um einen Kaffee zu brauen.
Unter der Blechdose mit Kaffee fand sie seinen Brief.
In diesem Moment wusste sie, obwohl sie weder lesen noch schreiben konnte, dass etwas Entsetzliches geschehen war. Mit zitternden Fingern ergriff sie das zusammengefaltete, dicht beschriebene Stück Papier und lief damit zu Elias.
„Elias, was steht auf diesem Papier?"
Elias spürte sofort Winonahs Aufregung und das vertrieb augenblicklich die Müdigkeit in ihm. Er nahm Winonah den Zettel aus

der bebenden Hand und bemühte sich angestrengt, die eng geschriebenen Zeilen zu entziffern. Ach verflucht! Seine Augen! „Es tut mir leid, Winonah, ich kann es nicht lesen, es ist zu klein geschrieben, meine Augen, ... sie wollen nicht mehr so recht." Entschuldigend sah er zu ihr auf und sagte dann: „Was ist das überhaupt für ein Zettel?"

„Er lag unter der Kaffeedose." Winonah klang eigenartig leblos, wie erstarrt.

„Was? Wie seltsam. Wo ist Bizhiu? Er kann uns vorlesen, was darauf steht."

„Ich weiß nicht wo er ist, ... er ist nicht da! Elias! Das hier ist eine Nachricht von Bizhiu! Ich weiß es, ich spür' es!"

Mit einem Satz sprang Elias aus seinem Bett. Winonah beobachtete ihn, unfähig selbst etwas zu tun. Elias suchte und suchte, suchte neben und unter Bizhius Bett, rannte in die Wohnküche, durchsuchte alle Lieblingsplätze seines Sohnes und dann auch seine Kleidertruhe. Das Buch war nirgends zu finden.

Elias wurde aschfahl. Noch einmal durchwühlte er jeden Winkel im Haus und sogar im Stall und stellte dabei mit wachsender Panik fest, dass neben dem Buch auch Bizhius Bogen fehlte, nebst dem Köcher mit Pfeilen, einige Kleidungsstücke, darunter auch die Lederkleidung von den Ojibwe, das Skalpmesser, die Feder, und außerdem einer von seinen eigenen Hüten. Bizhiu mochte keine Hüte und besaß auch keinen einzigen. Er lieh sich jedoch immer wieder einmal einen Hut von Elias, wenn er möglichst unauffällig sein wollte, unentdeckt.

Oh Gott! Was stand nur auf diesem verfluchten Stück Papier?

Winonah schluchzte auf, den Blick starr auf den verbliebenen Inhalt von Bizhius Kleidertruhe gerichtet, auch seine dreieckige Decke war verschwunden.

Elias blickte sie an, alles Blut war aus seinem Gesicht gewichen und er sagte tonlos: „Er ist gegangen, einfach gegangen, ohne ein Wort."

Zu diesem Zeitpunkt wurde Charlotte bereits vermisst.

Anfangs hatten ihre Brüder und der alte Benhaven sie noch im Kuhstall geglaubt oder draußen, bei den Hühnern, doch als

allmählich ihre Mägen zu knurren begannen, hatte der Vater Charles hinausgeschickt, um Charlotte zu holen.
Es dauerte jedoch nicht lange und Charles kam unverrichteter Dinge zurück. „Draußen ist sie nicht!"
„Was soll das heißen, da is' sie nicht?", blaffte ihn der Vater an. Na, die würde was erleben! Noch nichts war gemacht! Nicht einmal Kaffee war aufgebrüht!
Wo mochte das verdammte Weibsbild nur stecken? Die Brüder tauschten miteinander verstohlene, unbehagliche Blicke aus. Ihnen kam diese Geschichte vor einigen Wochen, nach O'Malleys Fest, wieder in den Sinn. Sollte sie am Ende bei Ruth Sattler stecken?
Aaron schickte einen vielsagenden Blick zu John und Charles und sagte: „Wartet mal, ich hab' da so eine Idee!"

Wenig später hörten sie ihn davongaloppieren.
„Wisst ihr, was der meint?" Fragend blickte der alte Benhaven von John zu Charles.
Dieser sah erst betreten zu Boden und blickte dann fragend und unsicher seinen älteren Bruder an. John zuckte gleichgültig mit den Schultern. „Keine Ahnung, was der meint! Wunder mich auch, wo der so schnell hin will!"
Aaron war in der Zwischenzeit zu Sattlers Laden geritten, fand ihn allerdings noch verschlossen vor. Verstohlen blickte er sich ein wenig um und spähte dann schließlich durch die Fenster in die Wohnräume des Hauses. Er fand die Familie beim Frühstück am Tisch versammelt. Auf den ersten Blick schon konnte er sowohl David als auch Ruth unter den Anwesenden ausmachen, von Charlotte hingegen fand er keine Spur.

Kaum mehr als eine Viertelstunde nach dem Aaron aufgebrochen war, befand er sich bereits schon wieder in der heimischen Küche. Mit einem vielsagenden Kopfschütteln blickte er zu John, dann zu seinem Vater und sagte: „War doch nichts. Hab' sie nirgends gesehn."
„Wo warst du überhaupt?" Forschend, argwöhnisch bohrte sich der Blick des Vaters in Aarons blaue Augen hinein.

„In Sattlers Laden, dachte, sie kauft vielleicht was ein."
„Um diese Zeit?" Überrascht hob Benhaven seine Augenbrauen und blickte seinen Sohn abschätzend an.
Etwa eine halbe Stunde später dann hatten die Benhavens bereits festgestellt, dass nicht nur Charlotte fehlte, sondern auch eine beträchtliche Menge des im Haus verwahrten Geldes, außerdem einige Kleider, nebst ihrem Umhang für kalte Wintertage und das mitten im Sommer! Sogar der alte Kaffeepott war verschwunden. Und es fehlte noch so allerhand! Beispielsweise eine nicht unerhebliche Anzahl an Lebensmitteln in der Vorratskammer ...
„Das Miststück ist durchgebrannt!" Donnernd fuhr die Faust des alten Benhaven auf den Tisch.
Innerhalb kürzester Zeit hatten sie einen Suchtrupp von annähernd dreißig Mann zusammengetrommelt, der zunächst die nähere Umgebung durchkämmte und dann, in vier berittene Gruppen aufgeteilt, ausströmte, um verschiedene Fluchtwege abzuklopfen.

Als es klopfte, sprang Winonah hastig auf und lief eilig zur Tür. Kaum hatte sie David erblickt, zog sie ihn auch schon in das Haus und bestürmte ihn weinend und flehend mit Fragen: „David! Wo ist mein Sohn? Weißt du etwas?"
Elias reichte ihm mit zitternder Hand das Papier, welches Winonah unter der Kaffeebüchse gefunden hatte.
„Wir können es nicht lesen. Ist es eine Nachricht von ihm?"
David nickte und blickte einen Moment betreten zu Boden. Oh Gott! War das alles schrecklich, unerträglich! Einen Moment lang kämpfte er mit dem beinahe überwältigenden Wunsch, einfach auf dem Absatz kehrt zu machen und all dieser Angst, dieser erdrückenden Sorge und Trauer hier in diesem Haus zu entfliehen. Weg! Nur weg! Aber David blieb, er atmete tief durch und setzte sich schwerfällig an den klobigen Tisch, wie schon so viele Male, ... wie noch niemals zuvor.
David blickte auf das Papier in seiner Hand. Dicht beschrieben war es mit der zierlichen Schrift seines Freundes.
„Nimaamaa, Nimbaabaa", begann er zu lesen, „es ist mir nicht möglich zu beschreiben, wie verzweifelt und schwer mein Herz

ist, jetzt, da ich euch diese Zeilen schreibe und zugleich weiß, dass ich euch zutiefst enttäuschen werde.
Doch lasst mich zuvor sagen, dass ich euch liebe, dass ich euch unendlich liebe und jeden Tag meines Lebens voller Dank sein werde für alles, was ihr für mich getan habt. Habt tausendmal mehr Dank dafür, als Sterne am Himmel stehen! Früher habe ich immer geträumt davon, wie wundervoll es wohl wäre, eines Tages selbst einmal Vater zu werden. Ich habe mir vorgestellt, dass ich stolz sein würde, stolz und glücklich, doch ich bin es nicht, jetzt da dieser Augenblick gekommen ist und ich habe auch wirklich keinen Grund dazu. Ich weiß, dass ich verantwortungslos gehandelt habe, unüberlegt, gedankenlos, falsch! Ich weiß es und wusste es die ganze Zeit, und doch habe ich es nicht aus Gleichgültigkeit getan, nicht aus bösem Willen. Das müsst ihr mir glauben, bitte! Könnt ihr mir verzeihen? Darf ich auch weiterhin euer Sohn bleiben? Steht ihr auch jetzt noch zu mir, da ich so viele Menschen in Gefahr bringe, auch euch? Und dennoch habe ich keine Wahl. Ich habe mit meinem eigenen Tun einem ungeborenen Kind das Versprechen auf Leben gegeben, in einer Welt, die nicht einmal bereit dazu wäre, diesem Kind auch nur einen Platz zum Überleben zu bieten. Ich habe die Frau, die ich liebe in eine aussichtslose Lage gebracht und ich werde Vater! Wenn alles gut geht, werde ich Vater! Ich schulde diesem Kind etwas, genauso wie ich Charlotte etwas schuldig bin. Zumindest doch wohl die Chance, so gering sie auch immer sein mag, vielleicht doch zu überleben, und auch die Hoffnung, auf ein Leben, das es zu leben lohnt, allem zum Trotz. Ist es nicht so? Ich liebe Charlotte und ich habe eigentlich nie so recht verstanden, warum ich sie gefunden habe, einzig um sie schon bald wieder zu verlieren. Doch nun weiß ich, dass sie meine Wiidjiiwaagan sein wird und auch die Mutter meines Kindes. Ich hoffe, dass ihr mir verzeihen könnt, dass ich weiterhin euer Sohn bleiben darf, auch wenn ich vielleicht niemals wieder zurückkommen werde, auch wenn ihr mein Handeln weder billigen noch verstehen könnt. Bitte vergebt mir! Bitte behaltet mich lieb!
Vielleicht gelingt es uns ja in einigen Jahren, wenn keiner in St. Peter mehr daran denkt, zu euch zu kommen, an die großen Seen, in das Lager der Gamini. Es wäre mein sehnlichster Wunsch und

nichts würde mich glücklicher machen, als euch und alle anderen dort eines Tages wieder in meine Arme schließen zu dürfen.
Bitte verbrennt diese Zeilen, ehe sie in falsche Hände geraten.
In immerwährender Liebe und Dankbarkeit, Bizhiu."
David ließ die Eltern allein. Am Abend würde er wiederkommen, das hatte er ihnen versprochen, doch bis dahin hatte er noch allerhand zu tun.
Winonah hatte nichts mehr zu tun. Nichts schien mehr von Bedeutung, nichts von Belang.
Elias war in den Stall gegangen, um nach den Pferden zu sehen, um zu weinen.

Aaron zog John in dem allgemeinen Tumult beiseite, hinter die Schmiede und raunte ihm mit zusammengekniffenen Augen zu: „Die verfluchte Rothaut steckt dahinter! Glaub mir, ich hab' da so'n Riecher für."
John glaubte ihm aufs Wort, mit Frauen kannte sich sein Bruder aus.
Mit vor Überraschung geweiteten Augen sah er zu Aaron, der nachdenklich mit seiner Stiefelspitze im Staub scharrte und vor sich hinknurrte: „Es hat mir damals schon nicht so recht geschmeckt, das Miststück hat uns reingelegt, sag ich dir!"
„Ja, aber ..." angestrengt überlegend rieb sich John das dicht mit dunklen Bartstoppeln übersäte Kinn, „das hieße ja dann, dass dieser verfluchte Bastard ebenfalls verschwunden ist!"
„Ja, natürlich!", pflichtete ihm Aaron mit bemühter Geduld bei, „Und genau das gilt es jetzt herauszufinden! Und kein Wort zum Alten, von der Geschichte nach O'Malleys Fest! Gibt nur Ärger und ändert doch nichts."
Aaron war wirklich auf das Äußerste gespannt gewesen, was und vor allen Dingen, wen sie nun tatsächlich in diesem alten Holzhaus am Waldrand antreffen würden.
Eigentlich rechnete er ja schon fast damit, das Haus verlassen vorzufinden. Lediglich festzustellen, dass die Vögel ausgeflogen waren, ... dass die Jagd begann!
Doch was sie dann vorfanden, war einfach nur jämmerlich. Sie hatten Elias Morgan, den Abenteurer, den stolzen Querdenker

und Indianerfreund aus dem Stall gefischt. Ein heulendes Häufchen Elend hatten sie da an das helle Licht der Sonne gezerrt! Seine Frau, diese Wilde, hatten sie dann aus der Küche befördert und sie sah wahrhaftig keinen Deut besser aus.
Beide beteuerten, rein gar nichts zu wissen, und vermittelten ganz den Anschein, einfach nur untröstlich zu sein, dass ihnen ihre gottverdammte Brut abhanden gekommen war. Und fast war man versucht, es ihnen zu glauben.
„Was machen wir jetzt?" John raunte Aaron leise ins Ohr, ohne den Blick von Elias und Winonah zu wenden. „Knall'n wir sie ab, oder was?"
„Nein! Genau das sollten wir nicht tun! Zumindest nicht, wenn wir unsere ‚liebe' Schwester und diesen verfluchten Bastard erwischen wollen! Denn wenn die beiden hier Theater spielen, dann wissen die doch auch ganz genau warum! Ich sag dir, die werden sich klammheimlich aus dem Staub machen und irgendwo auf ihrem Weg werden sie dann einen Treffpunkt vereinbart haben! Wir kriegen die alte Schlampe und dieses Halbblut auch und die beiden hier werden uns, ohne es zu ahnen, geradewegs zu ihnen führen!"
„Hört sich gut an, aber wie bekommen wir mit, wann die sich hier aus dem Staub machen? Soll'n wir vielleicht Tag und Nacht einen Wachtposten hier im Wald aufstellen?"
Aarons Augen blitzten vergnügt und sehr leise flüsterte er mit einem Lachen zurück: „Nein, das wäre viel zu umständlich! Ich hab' eine viel bessere Idee und ich prophezeie dir, dass sie sehr bald abreisen werden. Heute Nacht möchte ich meinen, genau passend, wenn wir alles weitere geregelt haben!"
Johns Augen weiteten sich vor Bewunderung und er fragte gar nicht weiter, wie sein Bruder das bewerkstelligen wollte, sondern blickte gespannt aufregenden Zeiten entgegen. Großmütig ließen sie also Elias Morgan und diese Wilde laufen und gaben sich den Anschein, als würden sie deren unermüdlich vorgetragenen Beteuerungen Glauben schenken. Und dann warteten sie gespannt auf die kommende Nacht.
Aarons Plan war ziemlich klug gewesen und hatte wie am Schnürchen geklappt.

Zuerst einmal hatten sie jedoch Charles klar machen müssen, dass er zu Hause bleiben würde, um die Stellung zu halten und dem Vater zur Hand zu gehen. Tom und Joe Bloomfield sollten sie statt seiner begleiten, die zwei wussten ohnedies hinreichend Bescheid, schließlich waren ja beide Bloomfield-Brüder nach O'Malleys Tauffest mit von der Partie gewesen.
Natürlich war nun auch der Zeitpunkt gekommen, da der Vater zumindest teilweise in Kenntnis gesetzt werden musste. John berichtete also dem Vater davon, dass ihm zu Ohren gekommen war, dass dieses Halbblut ebenfalls verschwunden sei, und er sich deshalb sofort mit seinen Brüdern und Samuel auf den Weg gemacht habe und dann leider feststellen musste, dass es tatsächlich stimmte.
Das Donnerwetter, das nun in der Schmiede losbrach, trotzte jeder Beschreibung. Seine Tochter und dieser Bastard?! Das schlug dem Fass den Boden aus, das konnte einfach nicht sein! Das war widerlich, abartig!

Nach Einbruch der Dunkelheit begaben sich sieben Männer, gut bewaffnet und mit Fackeln versehen, hinaus zu Elias Morgans Haus.
Unweit des Hauses steckten sie die Fackeln in Brand. Während der alte Benhaven mit seinen Söhnen vor das Haus trat und Elias und Winonah mit vorgehaltenen Gewehren aufforderte, sofort aus dem Haus zu kommen, steckten Sam, Tom und Joe bereits auf der Hinterseite das von der Sonne trocken und spröde gewordene Holz in Brand.
Elias und Winonah konnten kaum etwas retten, nur die Tiere und einige Bündel, die sie vor Tagen bereits gepackt hatten. Noch einmal rannte Winonah in das wie Zunder brennende Haus. Elias versuchte sie zurückzuhalten, er befürchtete schon, sie niemals wieder zu sehen. Doch dann kam sie tatsächlich wieder heraus, in ihrer Hand die kleine Handtrommel, die einzige Erinnerung an Bizhius Kindertage, an ihren Mino-nokomis, die ihr noch geblieben war.
Das Haus brannte lichterloh, auch zwei, drei nahestehende Bäume hatten Feuer gefangen. Von Ferne betrachtete Elias den fla-

ckernden Schein und in ihm hallten noch immer die drohenden Worte des alten Benhaven nach: „Elias Morgan, einzig deinem armen Vater zuliebe werden wir dich und deine verdammte Indianerhure laufen lassen. Doch du wirst nicht mehr länger Unheil über St. Peter bringen! Verschwinde von hier! Und wage es ja nicht, noch einmal zurückzukommen, sonst bist du ein toter Mann!"

Am nächsten Tag waren John, Aaron, Samuel und Tom den Morgans schon längst gefolgt, blieben immer schön dicht an ihre Fersen geheftet und glaubten tatsächlich daran, dass Elias und Winonah nichts von ihrer Gefolgschaft bemerken würden.

Zu Hause aber waren Charles, Joe und der alte Benhaven auch nicht faul. Gleich am Morgen schon ritten sie in den nächst größeren Ort, gut fünfzehn Meilen entfernt, der einen Sheriff aufzuweisen hatte, und erstatteten Anzeige, was unter anderem zu gut fünfhundert schwarz auf weiß gedruckten Fahndungsplakaten führte. Versehen waren diese Plakate mit jeweils einem gar nicht so übel gelungenen Portrait von Charlotte und Bizhiu, welche unter einem in gewaltigen Lettern gedruckten „WANTED!" nebeneinander zu sehen waren. Und „HOHE BELOHNUNG!" stand in riesigen Buchstaben darunter. Für all die vielen, die weder lesen noch schreiben konnten, prunkte in jeder Ecke des Plakates ein fettes Dollarzeichen.

Benhaven war, nachdem das alles erledigt war, sehr zufrieden mit sich und auch äußerst zuversichtlich.

Das Beste aber war, dass es Benhaven schon vor seinem Ritt zum Sheriff gelungen war, mit sich und der Welt wieder einigermaßen ins Reine zu kommen.

Nachdem Charles sich erst verquatscht und schließlich irgendwann dem Vater kleinlaut gestanden hatte, dass sie dem Halbblut nach O'Malleys Fest eine kleine Abreibung verpasst hatten, musste der Alte nur noch eins und eins zusammenzählen und wusste Bescheid! Das Ganze war ein bitterer Racheakt! Eine Entführung! Vergewaltigung! Mord!

Den wahren Hergang der Tat zu rekonstruieren, war für ihn nun bloß noch ein Kinderspiel. Mosaikstein fügte sich an Mosaikstein und mit einem Mal ergab das Ganze ein klares, eindeutiges Bild!

Verschlagen und rachsüchtig, wie die Indianer nun einmal waren, hatte sich dieser elende Hurensohn des Nachts in sein Haus geschlichen und hatte die arme Charlotte im Schlaf überwältigt. Wahrscheinlich allerdings erst nachdem er unverschämterweise gleich einen ganzen Sack mit verschiedentlichem Diebesgut, eben den verschwundenen Gegenständen, den Lebensmitteln und dem Geld, gefüllt hatte. Ja und dann hatte er mit Leichtigkeit die schlafende Charlotte überwältigt, sie mit sich gezerrt und geschändet natürlich auch, … mit Sicherheit gleich mehrfach! Die Indianer waren ja bekanntermaßen unersättlich und ihre Rache kannte keine Grenzen!
Charles konnte den Ausführungen seines Vaters soweit sehr gut folgen. Warum dieser Bastard allerdings auch Gefallen an dem alten, verbeulten Kaffeepott gefunden hatte, war ihm ein Rätsel, und sollte es auch bleiben und das sein Leben lang.

38

Sie hatten sich nicht einmal getraut, ein kleines Feuer zu machen. Charlotte setzte sich neben Bizhiu, der zusammengekauert auf einer alten Satteldecke saß und schweigsam in das diesige Licht des anbrechenden Tages blickte. Sie waren hundemüde, alle beide. Die ganze Nacht über waren sie in dem kleinen Boot an den schwarzen, nachtumhüllten Ufern des Mississippi vorbeigerudert. Ohne Pause, in Windeseile und mit aller Kraft, die Strömung so gut nutzend, wie es nur irgend möglich war.
Und nun, als allmählich der Tag anbrach, hatten sie sich verkrochen, im Dickicht des Waldes verborgen, ebenso wie das an Land gezogene Boot.
Sie hatten kaum ein Wort gewechselt, seit sie sich am Flussufer getroffen hatten, wie vereinbart, an ihrer alten Stelle. Ach, es schien eine Ewigkeit her zu sein, seit sie sich dort ein letztes Mal mit Ruth und David verabredet hatten.
Charlotte öffnete das größere der beiden Bündel, das sie mitgebracht hatte. „Hast du Hunger, Bizhiu? Möchtest du etwas essen?“

Bizhiu blickte auf. „Ja. Ja, ich würde sehr gerne etwas essen."
Charlotte beförderte Brot und Speck aus ihrem Gepäck und blickte sehnsüchtig auf den alten Kaffeepott, in dem sie den gesamten Kaffeevorrat der Benhavens verstaut hatte.
„Meinst du nicht, wir könnten ein ganz kleines Feuer machen? Dann könnte ich uns einen Kaffee aufbrühen."
Bizhiu schüttelte den Kopf und sagte knapp: „Lieber nicht."
Charlotte betrachtete ihn nachdenklich, ängstlich und fragte schließlich flüsternd: „Tut es dir leid, Bizhiu?"
„Mir tut manches leid, Charlotte, das kannst du mir glauben, aber gewiss nicht, dass ich mit dir zusammen weggegangen bin."
Sie schliefen abwechselnd an diesem Tag, den Kopf auf den Schoß des anderen gebettet und wagten erst einige Zeit nach Einbruch der Dunkelheit ihren Weg fortzusetzen.
Und so folgte Tag auf Tag. Im Grunde taten sie nichts anderes in diesen Tagen, als zu rudern, abwechselnd zu schlafen und Wache zu halten.
Sie begannen sich allmählich einzustellen auf dieses neue Leben, auf diese Flucht.
Doch vor allen Dingen war eines für sie vollkommen neu und gänzlich ungewohnt. Niemals hatten sie vordem auch nur einen einzigen Tag miteinander verbringen können und nun plötzlich stand ihnen alle Zeit der Welt zur gemeinsamen Verfügung. Von einem Tag auf den anderen war es einfach so! Auf einmal aßen sie miteinander, schliefen anfänglich nacheinander, dann nebeneinander ein, wachten nebeneinander auf, verbrachten jede Minute des Tages gemeinsam.
Sie lernten sich noch einmal kennen in dieser Zeit, vollkommen anders als zuvor, denn nun verbrachten sie eben jenen Alltag miteinander, so wenig alltäglich der in ihrem Fall auch aussehen mochte.
Das erste was Charlotte, die nur in Grundzügen lesen und schreiben konnte, mit einer gewissen Verwunderung registrierte, war die Tatsache, dass Bizhiu gerne einmal eine Stunde wohlverdienten Schlafes der Lektüre eines alten, abgegriffenen Buches opferte, welches er obendrein nach eigenen Aussagen bereits schon mehrfach gelesen hatte.

„Ich hab nichts anderes!", hatte er gejammert, als er ihren verblüfften Gesichtsausdruck bemerkte. Dabei war es ihr allein schon vollkommen unbegreiflich, dass er diese bleischwere Schwarte überhaupt mit sich herumschleifte.
Noch eigenartiger berührte es sie dann, als sie ihn später, nachdem ihre mitgebrachten Vorräte zur Neige gegangen waren, das erste Mal jagen sah. Als sie miterlebte, wie die Fährte eines Tieres mit einem Schlag all seine Aufmerksamkeit auf sich zog, wie seine Sinne auf jeden Reiz reagierten und er Spuren sah, Spuren folgte, die ihr gänzlich verborgen blieben, wo sie nichts weiter sah, als Blätter und Dreck. Es fiel ihr nicht leicht, diesen Bizhiu, den sie in St. Peter kennengelernt hatte, mit dem zu einen, der da wie ein Schatten durch den Wald pirschte, der lautlos den Tod brachte. Egal wie sehr sie sich über das erlegte Wild auch freute, er hatte in diesen Momenten, da er es jagte und erlegte etwas Unheimliches, etwas das ihr Angst machte, ohne dass sie genau benennen konnte warum.
Und nur diffus erahnte sie, dass der Anblick eines lautlos pirschenden, mit Pfeil und Bogen bewaffneten Indianers, das Urbild all ihrer Kinderängste berührte.

Zehn Tage waren sie nun schon unterwegs, in zunehmender Zurückhaltung und Schweigsamkeit, als Bizhiu endlich den Mut aufbrachte, das Schweigen zu brechen.
Er hatte ein kleines, niedriges Feuer entfacht, saß zusammengekauert davor und beobachtete sie darüber hinweg.
„Charlotte?"
„Mmh?" Charlotte betrachtete weiterhin versunken das Spiel der Flammen.
„Was ist bloß los?"
„Was meinst du?" Unsicher blickte sie ihn an.
„Liebst du mich noch?"
„Ja, natürlich!"
„Aber du vertraust mir nicht, nicht wirklich!"
„Doch, sicher tu ich das, ich ..."
„Manchmal kommt es mir sogar so vor, als hättest du Angst! Aber warum Charlotte? Was hab ich getan?"

Charlotte blickte forschend in sein Gesicht, erkannte die Wärme in seinen Augen und auch seine Verzweiflung. Sie seufzte leise und flüsterte: „Ach, ich weiß auch nicht Bizhiu. Es ist alles so neu, so anders und du bist auch ... anders, so still, ich weiß auch nicht, so weit weg!"
Bizhiu rieb müde seine Augen, blickte in ihr Gesicht und sagte: „Entschuldige Charlotte! Es ist genauso, wie du sagst. Ich war oft weit weg mit meinen Gedanken. Ich war bei meinen Eltern, bei Eshkebug und Black Desert und auch bei David und meiner Familie an den großen Seen. Ich glaube, ich war die ganze Zeit überall, nur nicht wirklich hier an deiner Seite, du hast vollkommen recht. Bitte verzeih mir, ich war kein guter Weggefährte, aber ich versprech' dir, es von jetzt an besser zu machen." Forschend, bedauernd blickte er in ihr Gesicht, suchte ihren Blick und nickte nachdenklich. „Ich möchte nichts anderes als dein Wiidjiiwaagan sein. Ich möchte diesen Weg mit dir gehen, ich will es wirklich! Ich habe nur noch dich Charlotte und zugleich das Gefühl, dass du mich vielleicht gar nicht mehr willst."
„Nein, Bizhiu, so ist es nicht! So ist es wirklich nicht!" Charlotte war ehrlich entsetzt, sie wollte ihm nicht wehtun, sie wusste ja selber nicht, was in ihr vorging. „Bizhiu, ich wünschte, du würdest mich manchmal einfach nur in den Arm nehmen."
„Wirklich? Ich hab' es mich in der letzten Zeit gar nicht mehr getraut."
„Dann trau dich jetzt bitte, ja?!"
Bizhiu rückte neben sie, setzte sich so dicht an ihre Seite, dass er sie berührte. Sie fühlte, wie er ihr noch näherkam, fast schüchtern seine Arme um sie legte, als befürchte er im nächsten Moment schon abgewiesen zu werden. Charlotte schmiegte sich an ihn, genoss es, sich einfach anlehnen zu dürfen. „Bizhiu? Weißt du wovon ich immer geträumt hab'?"
„Mmh?"
„In deinen Armen einzuschlafen ..."
Bizhiu lachte leise, endlich einmal lachte er wieder dieses leise, ihr so vertraute Lachen und schloss sie noch fester in seine Arme. „Dann solltest du das jetzt auch unbedingt tun."

Bizhiu erwachte bereits vor Charlotte. Der Abend dämmerte schon. Er dachte über den vergangenen Morgen nach, über ihr Gespräch und musste sich selbst eingestehen, dass er sich bis zu diesem Tag immer noch nicht vollkommen auf diesen Weg an Charlottes Seite eingelassen hatte. Er hatte gehadert, getrauert, dem Alten nachgeweint und sich dem Neuen gegenüber verschlossen, ohne sich dessen wirklich bewusst gewesen zu sein. Und zugleich wusste er nur allzu genau, dass es niemals möglich sein würde, einen Weg nur halbherzig zu gehen. Man musste ihn mit seinem ganzen Herzen gehen, oder man würde nicht vorankommen.

Behutsam stand Bizhiu auf und wühlte in seinem Bündel nach seinem Rasiermesser. Er war schon im Begriff, die lästigen Bartstoppeln aus seinem Gesicht zu entfernen, als er das Messer langsam wieder sinken ließ.

Wie konnte es nur möglich sein, dass er so wenig bei der Sache war! Er hätte sich schon längst einen dichten Bart wachsen lassen können! Er musste seine langen Haare abschneiden, er musste alles versuchen, damit man ihn nicht auf den ersten Blick schon als Indianer ausmachte oder am Ende sogar als den erkannte, der er war!

„Charlotte, würdest du mir die Haare ein Stück abschneiden?" Fragend hielt ihr Bizhiu sein Rasiermesser entgegen.

Überrascht blickte ihn Charlotte über ihren Kaffeebecher hinweg an. „Du willst, dass ich dir die Haare abschneide?"

„Sie sind einfach zu lang, zu auffällig, wir können uns nicht ewig so durch die Wildnis schlagen, irgendwann müssen wir wieder unter Menschen gehen. Du bist so blass geworden und so dünn, du musst mal wieder etwas Ordentliches essen, in einem richtigen Bett schlafen. Ich mach mir Sorgen um dich, Charly."

Ein Leuchten ging durch ihre Augen. „Wirklich? Du machst dir wirklich Sorgen um mich?"

Bizhiu schnaufte leise und schüttelte den Kopf. „Wann glaubst du mir eigentlich, dass ich dich liebe? Natürlich mach' ich mir Sorgen um dich! "

„Schau mal, Bizhiu ..." Sie kramte eifrig in ihrem Bündel und zog dann triumphierend ein kleines, samtbezogenes Kästchen her-

aus, öffnete es und beförderte eine blanke Schere daraus hervor. „Damit wird es bestimmt viel besser gehen als mit dem Rasiermesser!"
Mit einem Lächeln reichte sie ihm das kleine Samtkistchen, dessen aufklappbarer Deckel über und über mit Rosen bestickt war.
„Es ist das Nähkästchen meiner Mutter. So ziemlich das einzige, was mir von ihr geblieben ist. Sie hat es selber bestickt ..."
Nachdenklich betrachtete er sie, eingehend, liebevoll. Zärtlich umschloss er ihr Gesicht mit seinen Händen. „Charly, willst du meine Frau sein?"
Charlotte lachte überrascht auf. Sie war es nicht gewohnt, dass sich bedrückende Sorgen und Nöte schön der Reihe nach anschickten, sich in Wohlgefallen aufzulösen! Erst dieses Gespräch, dann sein Versprechen und dieses so lange ersehnte Gefühl der Geborgenheit, während sie in seinen Armen eingeschlafen war, und nun auch noch das!
„Du machst mir einen Heiratsantrag?" Aus Charlottes Lachen war ein glückliches Strahlen geworden.
„Ja, ich denke, so kann man das wohl nennen."
„Aber natürlich, natürlich will ich deine Frau sein!" Charlotte lachte glücklich auf, eigentlich war das alles kaum zu glauben! Dankbar ließ sie sich in seine Arme fallen, genoss es seine Stärke und seine Wärme zu spüren.
„Und ich werde dir bestimmt auch nicht zuviel?"
Bizhiu lachte leise, schüttelte mit Nachdruck seinen Kopf und sagte mit einem kleinen Seufzer: „Nein, ganz bestimmt nicht, eher viel zu wenig."
Er zog sie noch ein bisschen fester an sich und küsste sie, ließ es zum ersten Mal wieder zu, dass seine Leidenschaft zu wachsen begann, die Oberhand gewann und seinen Körper beherrschte. Er hatte das Gefühl, sich niemals in seinem Leben mehr danach gesehnt zu haben, geliebt zu werden, begehrt, gestreichelt und geküsst und zugleich auch selber lieben zu dürfen, berühren, erobern, für sich gewinnen.
„Bizhiu, ist das jetzt unsere Hochzeitsnacht?"
„Wenn du das möchtest, dann ist es so."
„Ja, ich möchte es! Und du? Willst du es auch?"

„Ja! Du glaubst gar nicht, wie sehr!"
Mit Wonne fühlte er ihre Hände über seinen Körper gleiten, fühlte er, wie sich ihr Körper an den seinen drängte, seinen Händen erlaubte, selbst ihre geheimsten, verborgensten Stellen zu berühren, zu liebkosen. Bizhiu legte seine Leidenschaft zu ihren Füßen, ließ sich von der ihren umfangen und liebte sie zum ersten Mal mit dem Gefühl sich ganz fallen lassen, sich ganz geben zu dürfen, öffnen zu dürfen, um wirklich eins zu werden mit seiner Widjiiwaagan, seiner Gefährtin auf diesen durchbrochenen, rätselhaften Pfaden des Luchses.

39

Am Morgen des sechzehnten Tages schließlich wagten sie es, erstmals in eine kleine Ortschaft zu gehen. Ein feiner Nieselregen ging seit zwei Tagen beständig nieder, ein erster Vorbote des eilig herannahenden Herbstes.
Sie waren kalt und nass bis auf die Knochen und Charlotte fühlte sich so erschöpft und ausgelaugt wie nur selten zuvor. Sie wollte eigentlich nur noch ihre Ruhe, nur schlafen und sie sehnte sich mehr denn je nach einem richtigen und vor allem auch trockenen Bett. Die Frage war nur, ob man ihnen auch wirklich ein Zimmer geben würde, ob man sie am Ende vielleicht sogar erkennen würde. Vertrauenerweckend sahen sie auf jeden Fall nicht gerade aus, abgerissen wie sie waren, aber dafür hatten sie Geld und gar nicht mal so wenig.
Charlotte hatte für sich beschlossen, das Geld als Lohn für getreulich verrichtete Dienste zu deklarieren und es guten Gewissens eingesteckt. Alles in allem die stolze Summe von beinahe fünfzig Dollar. Dennoch, selbst wenn man sie nicht erkennen würde, so war Bizhiu doch bei eingehenderer Betrachtung sogleich als Halbblut auszumachen, da nutzte auch sein immer dichter wachsender Bart nichts und sie war wiederum unverkennbar eine Weiße. Zusammen um ein Zimmer zu bitten, käme einem unglaublichen Skandal gleich.
„Was sollen wir bloß tun?"

Charlotte gähnte müde und blickte Bizhiu fragend an.
„Willst du vielleicht versuchen, ohne mich ein Zimmer zu bekommen und dich mal richtig ausschlafen?“
Charlotte schüttelte entschieden den Kopf. „Auf keinen Fall! Mit dir oder gar nicht, keinen Schritt geh ich von deiner Seite! Stell dir mal vor, es passiert irgendetwas und dann ist einer von uns weg!“
„In Ordnung, ... dann versuchen wir's eben.“
Sie schulterten ihr durchweichtes Gepäck und begaben sich wieder zurück zu ihrem Boot, welches umgedreht, mit Zweigen und Reisig bedeckt, im Dickicht des Waldrandes verborgen, auf sie wartete.
Vorsichtig näherten sie sich der kleinen, noch verschlafenen Ortschaft.
Es war wirklich noch ziemlich früh am Tage und so hasteten nur vereinzelte Menschen durch den Regen, einzig darauf bedacht, so schnell als möglich wieder ins Trockene zu gelangen. Kaum einer achtete besonders auf sie und nur selten streifte sie ein gleichgültiger Blick.
Sie gingen einen breiten, von den Rädern der Kutschen und Karren zerfurchten Weg entlang, in dessen matschigen Rillen und Schlaglöchern sich Pfützen trüben Regenwassers sammelten. Es war nicht schwer, den Saloon zu finden, dessen einladend große Tür weit offen stand. Stickig und feucht hing die Luft in dem düsteren, mit dunklem Holz getäfelten Raum.
Mutig steuerte Charlotte direkt auf die Theke zu, hinter der sich eine müde aussehende Frau befand, deren verlebte Gesichtszüge es einem schwer machten, ihr wahres Alter zu schätzen.
Abwartend musterte sie erst Charlotte, die einen Schritt vor Bizhiu getreten war, dann blieb ihr Blick an ihm hängen. Andeutungsweise zog sie ihre rechte Augenbraue ein wenig in die Höhe und betrachtete ihn mit unverhohlener Neugier und einem kaum merklichen, spöttischen Lächeln.
„Haben Sie ein Zimmer frei, Miss?“ Tapfer blickte Charlotte in diese forschenden, abschätzenden Augen, welche sie mit durchdringendem Blick noch einmal von oben bis unten in Augenschein nahmen.
„Wir zahlen im Voraus!“

Mit zusammengekniffenen Augen musterte sie Bizhiu noch einmal, hob abermals ihre rechte Augenbraue. Doch dann sah sie wortlos wieder zu Charlotte, die Verachtung in ihrem Blick war unverkennbar, und sagte: „Einen Viertel Dollar die Stunde, einen Halben für einen Tag."

Wortlos reichte ihr Charlotte den halben Dollar und ebenso wortlos führte sie die Dame des Hauses die gewundenen, knarrenden Stiegen hinauf.

Das Zimmer war winzig und seine Möblierung bestand einzig aus einem schmierigen, schmiedeeisernen Bett und einem Tischchen, auf dem sich, neben einer angeketteten Sanduhr, auch eine Schüssel und ein Krug mit Wasser befand. Alles war abgegriffen, fleckig und das Bett verriet schon auf den ersten Blick, dass es sich mit Sicherheit um den allergünstigsten Ort handelte, war man darauf erpicht, sich Läuse und Flöhe oder doch zumindest ein paar Wanzenbisse zu holen. Vor allem das Laken aber ließ unschwer vermuten, dass dieses Bett in den letzten Tagen, möglicherweise auch Wochen, viele Male schon lediglich für eine Stunde gemietet worden war. Bei seinem Anblick gelang es Bizhiu nur mit Mühe einen Anflug von Übelkeit zu unterdrücken und augenblicklich schlug er angewidert die Decke wieder darüber. „Wir sollten wohl lieber auf der Decke schlafen."

Charlotte gähnte und ließ sich auf das Bett plumpsen. „Ach was! Mir ist so kalt Bizhiu und unsere Decken sind allesamt klamm und feucht!"

Am liebsten hätte sie sich augenblicklich in dieses Bett gelegt und Bizhiu hatte einige Mühe, dafür zu sorgen, dass sie wenigstens die nassen Kleider auszog und mit etwas zumindest leidlich Trockenem vertauschte.

Er selbst wusch sich, zog sich seinerseits etwas Trockenes an und breitete ihre Decken und Kleider zum Trocknen aus. Charlotte schlief lange schon auf diesem unsäglich dreckigen Laken in diesem widerlich schmutzigen Bett. Nachdem sich Bizhiu nochmals versichert hatte, dass die Tür auch wirklich fest verriegelt war, ließ er sich mit einem leisen Seufzer neben Charlotte gleiten, schmiegte sich an ihren Rücken, legte einen Arm um ihre Taille und schlief wenig später ein.

Es war nun gerade drei Tage her, das sie jene kleine, namenlose Ortschaft verlassen hatten. Drei Tage, in denen sie es riskierten im Schein der Sonne zu reisen und nicht mehr im Dunkel der Nacht. Neugierig betrachtete Charlotte die vorübergleitenden Ufer und wachsam registrierte Bizhiu die allmähliche Veränderung in ihrer Beschaffenheit, die stetig zunehmende Strömung des Flusses. Immer seltener schienen die ausgedehnten, sandigen Ufer zu werden, immer größer und zahlreicher dafür die Ortschaften, welche den Fluss zu beiden Seiten säumten.
Am frühen Abend legten sie ein gutes Stück außerhalb einer Ortschaft an, die bereits die Bezeichnung eines Städtchens verdiente, wenn nicht gar die einer Stadt. Jedenfalls hatten weder Charlotte noch Bizhiu jemals eine derartig große Ansammlung von Menschen und Häusern gesehen wie hier in St. Louis.

St. Louis zählte zu den alten Städten in dieser neuen Welt. Über hundert Jahre zählte es schon und verfügte über einen vergleichsweise groß angelegten Hafen, nahe der Einmündung eines gewaltigen Stroms, des Missouri, der das Gesicht des Mississippi ab diesem Punkt vollkommen veränderte, seine Wasser noch beträchtlich schlammiger werden ließ, gewaltiger und reißender. Kunterbunt und laut war das Treiben in den Gassen und das nicht nur in der Nähe des Hafens. Kutschen und Karren rollten hierhin und dorthin, Menschen hasteten vorbei oder standen in kleinen Gruppen beisammen. Kinder rannten zwischen Baracken und Holzhäusern umher, oder spielten in kleinen Gärten, vor freundlich gestrichenen Häusern.
Der durchdringende Geruch von Pferdeäpfeln, Urin und Rauch lag in der Luft, während sie durch die breiten Straßen gingen, in denen es weit mehr gab, als nur einen Saloon.
In einen davon kehrten sie ein, mischten sich unter das zechende, pokernde und grölende Volk, auf der Suche nach einem stillen Plätzchen, um in Ruhe etwas zu essen und dabei auch die hier vorherrschende Stimmung zu erfassen.
St. Louis war eine Hafenstadt, ein Handelsknotenpunkt und an fremde und auch fremdartige Gesichter wahrlich gewöhnt. Die einzigen Blicke, die sie auf sich zogen, galten Charlotte, maßen

unverhohlen, mit unverschämter Direktheit ihren Busen, ihren Hintern und wendeten sich dann alsbald wieder einer anderen zu. Zu dünn, zu blass, nichts dran an der Frau.
Fasziniert beobachtete Bizhiu, mit welchem Appetit Charlotte sich über ihr Essen hermachte und in welcher Geschwindigkeit sie die beachtliche Portion restlos verputzt hatte.
„Ich hatte so einen Hunger! Ach, ich weiß auch nicht, ich könnte in der letzten Zeit ständig nur essen oder schlafen. … Schlimm?"
Bizhiu lächelte und sagte: „Ach was, Charly, keine Spur! Ich hab' einfach nur gestaunt, was für 'ne Menge in so eine kleine Person rein passt."
Später dann entflohen sie dem Trubel in das ihnen zugewiesene Zimmer, welches zu ihrer Erleichterung zwar klein, dafür aber leidlich sauber war.
Charlotte setzte sich auf den Rand des Bettes und strich mit der Hand über das relativ saubere Laken und sagte zufrieden: „Man kann ja auch mal Glück haben!"
Sachte flogen seine Finger über die zarte Wölbung ihres Bauches.
„Also, wenn ich nicht mit eigenen Augen gesehen hätte, wieviel du da vorhin in dich reingeschaufelt hast, dann würde ich wirklich meinen, dass man schon was sieht!"
Sie lachten, kitzelten und balgten im Bett herum und nachdem sie schließlich des Balgens und Kitzelns müde wurden, wurden sie zusehends zärtlicher, liebevoller, begehrlicher. Später, als Bizhiu bereits nackt in ihren Armen lag, flüsterte er leise in Charlottes Ohr: „Glaubst du, dass ich dem Baby irgendwie weh tun könnte?"
„Nein, ich glaube, wenn es so wäre, dann gäbe es kaum noch Menschen auf der Welt."

40

Trost erhielt David von gänzlich unerwarteter Seite. Ausgerechnet Sharon war es, die dafür Sorge trug, dass ihr jüngerer Bruder nicht völlig dem Trübsinn verfiel. Trotz all seiner Gleichgültigkeit war ihm schon seit geraumer Zeit nicht entgangen, wie freund-

lich und geradezu zuvorkommend sie sich ihm gegenüber verhielt.
Wenn er morgens verschlief, was in letzter Zeit eher die Regel, denn die Ausnahme gewesen war, dann weckte sie ihn so sanft und geduldig, wie er es ihr beim besten Willen nicht zugetraut hätte. Sie überraschte ihn, pünktlich zum Saloonbesuch, mit einem frisch geflickten und gestärkten Hemd, und kochte ihm bereitwillig eine Tasse Kaffee nach der anderen, er brauchte sich nur einmal müde über die Augen zu reiben.
David kam das alles sehr verdächtig vor und es beunruhigte ihn richtiggehend, dass er den Haken an der Sache nicht erkennen konnte.

Es war an einem goldenen Herbsttag. Einem Sonntag, der seinem Namen wahrhaft alle Ehre bereitete.
Strahlend schien die Sonne durch die Sprossenfenster in die behagliche Wohnküche der Sattlers. Einer der Hunde lag unter dem Tisch und beobachtete Sharon, die eifrig einen Kürbiskuchen zubereitete. Sie wusste, dass David einen Kürbiskuchen nicht verschmähen würde, auch dann nicht, wenn er gezwungen sein würde, ihn in Gesellschaft einiger ihrer Freundinnen zu essen.
Sharon und Ruth hatten Geburtstag und damit bot sich ihr ein unverfänglicher Anlass. Ruth war entzückt gewesen, als sie von Sharons Idee erfuhr, freilich ohne die eigentlichen Hintergründe zu erahnen, und erklärte sich auch gerne bereit, ihrer Zwillingsschwester die Planung ihres Vorhabens zu überlassen.

Sharon hatte bei ihrer Mutter gebettelt und schließlich die Erlaubnis erhalten, ihren und Ruth' Geburtstag mit einem kleinen Picknick unter dem alten Ahornbaum vor dem Haus zu begehen, und zu diesem Anlass auch zwei, drei ihrer zahlreichen Freundinnen einzuladen. Und diese wollten wohl ausgesucht sein. Stundenlang hatte sie mit Elisa darüber gebrütet.
Für Sofie Breston hatten sie sich ziemlich schnell entscheiden können, denn Sofie war nach ihrer Ansicht nicht nur nett, sondern auch umwerfend komisch und vor allen Dingen konnte David sie auf den Tod nicht ausstehen. Außerdem hatte sie wirklich ein Ge-

biss wie ein Pferd, was keinem entging, dafür lachte sie viel zu oft. Ja, Sofie war genau die Richtige für dieses Picknick, wer aber sollte die Zweite sein?

„Meryl Simpson vielleicht?"

„Bist du verrückt?!" Mit weit aufgerissenen Augen starrte Elisa Sharon an. „Die ist viel zu hübsch!"

„Na ja, aber David mag sie nicht."

„Ach, der mag doch alle nicht! Und was ist, wenn er sich's dann am Ende anders überlegt? Nein, also Meryl auf keinen Fall!"

„Gut, dann vielleicht Catherine?"

„Catherine? Ach, ich weiß nicht."

„Also, 'ne Schönheit ist die doch nun wirklich nicht!"

„Nein, aber dafür hat ihr Vater Geld. Sie müsste arm und hässlich sein und am besten noch eine, die David genauso wenig mag wie die gute Sofie!"

Elisas Augen blickten Sharon erwartungsvoll an.

„Tut mir leid, aber solche Freundinnen hab ich nicht!" Resigniert hob sie ihre Schultern, als ihre Augen plötzlich zu leuchten begannen. „Ich hab's! Edith Barrow, das ist genau die, die wir brauchen! Sie ist vielleicht nicht gerade eine Freundin von mir, aber sie würde mit Sicherheit dennoch zusagen. Eine Einladung von mir und erst recht ein kostenloses Essen schlägt die doch auf keinen Fall aus!"

Ganz beiläufig hatte sie David von ihrem geplanten kleinen Picknick erzählt, als er begehrlich schnuppernd in der Küche auftauchte. Prüfend warf sie noch einmal einen Blick in den Backofen, wohl wissend, dass ihm sogleich eine weitere Wolke herrlichen Dufts entströmen würde.

Sie blickte David mit einem gutherzigen Augenaufschlag an und sagte dann: „Na gut, wenn du willst, kannst du dich ja später ein bisschen zu uns setzen. Der Kuchen ist so groß, da wird bestimmt auch noch einer mehr von satt!"

Innerlich frohlockte sie, gleich aus vielerlei Gründen.

Es war sicher nicht so, dass Sharon ihren Bruder nicht mochte. Sie konnte allerdings nicht nachvollziehen, was Elisa an David so Besonderes fand, aber ihr sollte es recht sein, wenn Elisa es in ihrer

verliebten Verblendung unbedingt so haben wollte!
Der Gedanke, die beste Freundin zur Schwägerin zu haben, hatte etwas durchaus Verlockendes. Außerdem, wer konnte schon ahnen, was einem am Ende vielleicht sonst ins Haus käme. Obendrein aber war sie sich gewiss, dass Elisa im Handumdrehen Ordnung in Davids Leben bringen würde. Der Schlendrian wäre damit in jedem Fall vorbei und die Abende im Saloon würden auf ein erträgliches Maß reduziert. Elisa war ehrgeizig, sie würde schon dafür Sorge tragen, dass David sittsam, fleißig und strebsam wäre, ganz bestimmt würde sie das! Ja, das hieße wahrhaftig zwei Fliegen mit einer Klappe zu schlagen!
Sharon war sehr zufrieden mit sich.

David genoss diesen hervorragenden Kuchen, während ihm die milde Herbstsonne ins Gesicht schien. Er blinzelte ein bisschen träge in die Sonne und ließ sich arglos in ein Gespräch mit Elisa verwickeln. Im Grunde war es ihm einerlei, was sie ihm da gerade erzählte, wenn sie ihm damit nur die Berechtigung gab, noch länger dazubleiben und somit die Hoffnung auf ein drittes Stück Kuchen ermöglichte, welches ihm Sharon auch prompt kredenzte, kaum dass er das andere gegessen hatte.
Gedankenverloren blickte er in die Runde. Einen Moment blieb sein Blick an dem warm und intensiv leuchtenden Rot von Elisas kräftigen, in großen Locken über ihren Rücken fallenden Haaren hängen, in die das Sonnenlicht wunderschöne Reflexe zauberte. Dann betrachtete er einen ganz kurzen Moment Sofies Mund, dessen Lippen, ihre großen, etwas vorstehenden Zähne entblößten und sich beständig öffneten und wieder schlossen. Oh Gott, es gab wohl keine einzige unter Sharons Freundinnen, die ihm mehr auf die Nerven ging als Sofie Breston! Davids Blick glitt eiligst weiter, an Ruth und Sharon vorbei und blieb letztendlich an Edith hängen.

Verwundert zog David seine Augenbrauen in die Höhe. Dass Sharon eine derart ärmliche, mausgraue Freundin hatte, überraschte ihn, mehr sogar noch, als ihre neuerdings an den Tag gelegte Freundlichkeit.

Sharon war sehr auf Äußerlichkeiten und einen guten Ruf bedacht und sie liebte es, ein gewisses Ansehen im Ort zu genießen. Diese Edith, mit ihrer verwaschenen, mehrfach geflickten Schürze, passte so überhaupt nicht zu ihr, und David hätte wetten mögen, dass er sie hier bisher auch noch niemals gesehen hatte.
Sie hatte noch kein einziges Wort gesagt, sondern blickte nur mit großen Augen von einem zum anderen und aß dabei beinahe schon andächtig ihr Stück Kuchen. Sie sah eigenartig aus, diese Edith, irgendwie ungewöhnlich. Ihre glatten, dunklen Haare hatte sie streng zurückgekämmt und zu einem Knoten an ihrem Hinterkopf verzwirbelt. Hohe Wangenknochen hatte sie und ihre kleine Nase war ein bisschen zu breit geraten. Dunkle, dichte Augenbrauen wölbten sich über großen, tiefbraunen Augen, mandelförmig, von langen Wimpern umkränzt, was David im ersten Moment, einen schmerzlichen Stich versetzte. Sie erinnerten ihn an Silas, diese Augen, so dunkel und warm.
Einem spontanen Impuls folgend fragte er an Edith gewandt: „Wer bist du eigentlich?“
Edith verschluckte sich beinahe, so erschrocken und überrascht war sie, ob der plötzlichen Ansprache.
„Ich bin Edith Barrow, ich wohn' da draußen …“ Ihre Hand wies unbestimmt in Richtung des Flusses. „Mein Vater gerbt Leder und Felle.“ Sie lächelte schüchtern, ein wenig entschuldigend. „Na ja, da kommt man nicht so häufig hin, wenn man nicht unbedingt muss, …es stinkt nämlich wirklich gotterbärmlich!“
David nickte, schenkte ihr ein freundliches Lächeln und wendete sich dann erneut dem verbliebenen Kuchen zu.

Abends saßen Ruth, Sharon und David noch bei einer gemütlichen Tasse Tee beisammen.
Ganz beiläufig bemerkte Sharon: „Sie ist doch wirklich sehr nett, nicht wahr? Also ich finde, man muss sie einfach gern haben!“
David nickte freimütig. „Na ja, ich kenn' sie ja nicht, ein bisschen schüchtern vielleicht.“
„Schüchtern?“ Irritiert blickte ihn Sharon an, ehe ihr ein unguter Verdacht kam. „Du sprichst doch wohl nicht etwa von Edith Barrow?“

„Doch, wieso, von wem redest du denn?"
„Na, von Elisa natürlich!"
David lachte in sich hinein und sagte dann mit einem Grinsen: „Na, also die kenn' ich natürlich schon zur Genüge. Aber ob ich sie nett finden soll? Na ja, ich würde sagen, sie geht mal gerade so, es gibt durchaus noch Schlimmere. Aber der, der die mal kriegt, tut mir heute schon leid, die quasselt einem doch das Ohr ab!"
Sharon überging großzügig einfach seine Bemerkung und sagte stattdessen: „Also, Edith Barrow ist doch wohl die uninteressanteste Person von ganz St. Peter!"
„So?" David blickte sie, mit hochgezogenen Augenbrauen, fragend an: „Wieso hast du sie dann überhaupt eingeladen?"
Sharon wurde sich augenblicklich der Falle bewusst, in die sie sich selbst hineinmanövriert hatte und überlegte fieberhaft, wie sie da nur wieder herauskäme, bis ihr der rettende Gedanke kam: „Ach, sie hat mir einfach nur leid getan. Du glaubst nicht wie erbärmlich und armselig es bei ihr zu Hause ist! Sollt' mich wirklich wundern, wenn die überhaupt genug zu essen haben, bei der Masse an Kindern und das auch noch bei dem Gestank!"
„Sie hat dir leid getan? Du hast sie eingeladen, weil sie dir leid getan hat?" Überrascht und auch ungläubig betrachtete David seine Schwester.

Eigentlich wollte er Sharon nur ein bisschen foppen, als er sie anderntags beim Frühstück mit betont betroffener Miene ansprach: „Also, diese Edith und das ganze Elend um sie herum, das will mir alles gar nicht mehr aus dem Kopf. Wirklich! Seitdem du mir davon erzählt hast, muss ich ständig daran denken und ich frage mich wahrhaftig, ob ich mir nicht ein Beispiel an deiner Großzügigkeit nehmen sollte und vielleicht einmal hinausreiten, um zu sehen, ob ich ihr nicht auch etwas Gutes tun kann."
Ruth' Fuß traf ihn am Schienbein. Sie hatte das belustigte Glitzern in Davids Augen wohl bemerkt, und so sehr sie sich auch freute, es endlich wieder einmal in seinen Augen glitzern zu sehen, so sehr wollte sie auch, dass er damit aufhören würde, ihre Zwillingsschwester aufzuziehen. Doch es war bereits zu spät. Sharon sprang wie ein Wachhund auf seine scheinbar so harmlos

und naiv vorgetragenen Sätze an. Hätte sie nur halb so weit ausgeholt mit ihren ausführlichen Begründungen, weshalb Davids Unterfangen vollkommen fehl am Platze und für alle Beteiligten nur peinlich und unerträglich sein würde und hätte er nur halb so deutlich gespürt, dass sie, warum auch immer, um keinen Preis wollte, dass er da hinaus ritt, dann hätte er niemals wirklich in Erwägung gezogen, eben ganz genau das zu tun.

Gleich nach Feierabend wusch und rasierte sich David und vergaß auch nicht, sich ein frisches Hemd überzuziehen. Dergestalt gerüstet lief er Sharon ‚rein zufällig' über den Weg und fragte sie mit Unschuldsmiene und seinem liebenswürdigsten Lächeln angetan: „Ach, wie gut, dass ich dich noch treffe, bevor ich losreite. Soll ich Edith vielleicht einen schönen Gruß von dir bestellen?"
„Untersteh dich!", zischte sie und funkelte ihn wütend an. „Weißt du David, im Grunde bist du einfach nur unmöglich!"
David lachte erheitert auf: „Danke, aber dieses Kompliment gebe ich dir ungebraucht wieder zurück!"

Er hatte sie vor der wirklich armseligen Hütte ihrer Eltern angetroffen, gerade damit beschäftigt, Wäsche von der Leine zu nehmen, die in dem beißenden Gestank, der hier alles zu durchdringen schien, zum Trocknen aufgehängt worden war. Ein kleines Kind mit verschmierter Rotznase und hohlen Wangen hing am Zipfel ihrer fleckigen, verwaschenen und Schürze und David dämmerte, dass sie gestern wahrscheinlich ihr bestes Kleid getragen hatte. Zwei weitere Kinder, ein Junge und ein Mädchen, spielten zu ihren Füßen im Staub.
Einige Haarsträhnen hatten sich aus ihrem aufgesteckten Haar gelöst.
Als sie David sah, errötete sie und wischte sich mit einer hilflosen Geste über ihre Schürze, als könne sie damit irgendetwas an der Erbärmlichkeit, dem Dreck und dem Gestank ändern. Beschämt blickte sie an sich hinab und jeder Fleck, jedes Loch grinste ihr dabei boshaft entgegen. Sie blickte zu Boden und David fragte sich in diesem Augenblick, wie er nur auf diesen dämlichen Gedanken hatte kommen können, einfach hierher zu reiten. Was wollte er

hier eigentlich? Doch dann hob Edith ihr Gesicht und ein schüchternes, kleines Lächeln umspielte ihre Lippen und ihre dunklen Mandelaugen blickten ihn fragend und erwartungsvoll an.
„Ich, äh, ich kam zufällig hier in der Gegend vorbei und da dachte ich, dass du vielleicht Lust hättest und Zeit natürlich auch, mit mir ein bisschen spazieren zu gehen."
Ein Strahlen glitt über ihr Gesicht und ließ ihre Augen aufleuchten. „Ich muss nur rasch noch meine Eltern fragen! Warte bitte nur einen kleinen Moment!"
Wenig später kam sie zurück, in ihrem Schlepptau ganz offensichtlich ihren Vater, ein kleiner, zierlicher Mann, mit ergrautem, schütterem Haar.
Blinzelnd betrachtete er David mit prüfendem Blick, von oben bis unten und streckte ihm zu gleicher Zeit seine Hand zum Gruß entgegen. Er lächelte etwas unsicher, aber durchaus sehr freundlich und sagte: „Der junge Sattler, wahrhaftig, ich hab's offengestanden gar nicht glauben wollen."
David setzte ein gewinnendes Lächeln auf, drückte herzlich die ihm dargebotene Hand und sagte: „Grüß Gott, Mr. Barrow. Wäre es Ihnen wohl recht, wenn Edith und ich ein bisschen am Flussufer spazieren gehen?"
„Ja, ja, ..." Mr. Barrow lachte vergnügt „Nur zu! Aber dass du mir Edith ja wieder heil nach Hause bringst!"

Was David von diesem Abend unter anderem in besonderer Erinnerung behielt, war die vollkommen ungewohnte Erkenntnis, wie bestechend einfach und unkompliziert doch alles sein konnte, wenn es dem Leben ausnahmsweise einmal danach war.
Es war ein sehr netter Spaziergang gewesen, unbeschwert, schön. Sie waren im Schein der schon tief stehenden Sonne am Flussufer entlanggeschlendert, hatten sich dieses und jenes erzählt und irgendwann hatten sie auch miteinander gelacht und damit begonnen, ihre anfängliche Befangenheit nach und nach zu verlieren.
Und als sie dann schon beinahe wieder bei ihr zu Hause waren, man konnte die stechenden Gerüche bereits deutlich wahrnehmen, da hatte sie ihn angesehen und gefragt: „Kommst du einmal wieder?"

Und er hatte sie angelacht und einfach „Ja!" gesagt und wieder in dieses warme Leuchten ihrer dunklen Augen gesehen, als erhelle sie eine innere Glut, und ihre Lippen hatten gelächelt, hatten ihn glücklich angestrahlt.
Dieses Glühen ihrer dunklen Augen, so fremd und doch so seltsam vertraut, wollte ihm nicht mehr aus dem Sinn, und auch nicht ihr Lächeln. So glücklich hatte sie ihn angelächelt, so süß!

41

Es gefiel ihnen hier in St. Louis, es gefiel ihnen sogar außerordentlich. Denn es tat wohl, in all dem Trubel hier, all der Geschäftigkeit und Vielfalt der Menschen unterzutauchen, zu verschwinden, gänzlich unbeachtet zu sein.
Deshalb beschlossen sie kurzerhand, hier in diesem Städtchen Halt zu machen, zu verschnaufen für einige Tage und dabei in Ruhe darüber nachzudenken, wie es danach wohl weitergehen könnte. Das Risiko für einige Zeit am selben Ort zu bleiben, schien ihnen in diesem Gewimmel hier durchaus erträglich zu sein.
Und nachdem sie sich erst einmal so entschieden hatten, entspannten sie sich zusehends, und Charlotte blühte förmlich auf.
Ihre permanente Übelkeit hatte sie weit hinter sich gelassen und ihr war auch keineswegs mehr beständig zum Heulen zumute. Irgendwie glaubte sie, dem Zugriff ihrer Familie entronnen zu sein. Stattdessen winkte ihr nun ein Leben an Bizhius Seite, glücklich und verheißungsvoll. Und wenn sie auch keine Ahnung hatte, wo und wie sie gemeinsam ein Zuhause für sich finden sollten, so durchströmte sie doch eine seltsame Zuversicht, eine Gewissheit geradezu. An seiner Seite fühlte sie sich sicher und beschützt, aber auch geliebt und geachtet. Und egal wohin ihr Weg sie auch führen mochte, solange er nur bei ihr wäre, würde sie den Mut nicht verlieren.
Sie saßen an einem der kleineren Tische, ein wenig abseits in einer Ecke, aßen ihr Abendessen und unterhielten sich, soweit es die beträchtliche Geräuschkulisse um sie herum erlaubte.
„Vielleicht könnten wir hier bleiben, Bizhiu, was meinst du?"

„Oh, Charly, so verlockend das auch ist, ich weiß nicht, ob das klug wäre. Für mein Gefühl sind wir hier noch viel zu dicht an St. Peter. Ich mein', wir sind ja nur ein Stück weit den Mississippi runter und weiter nichts. Das ist ein bisschen wenig, meinst du nicht?"
Charlotte reagierte nicht, ihr Blick war gen Boden, zwischen die vielen Beine der Besucher gerutscht und scheinbar unter dem Nachbartisch hängengeblieben. Zunächst zweifelnd und forschend, dann mit deutlich sichtbarem, stetig wachsendem Unmut darin.
Abrupt riss sie ihren Blick los und sah Bizhiu aufgebracht an. „Bizhiu! Da sitzt ein Kind unter dem Tisch!"
„Was?"
„Ja! Wirklich! Erst hab' ich geglaubt, es sei ein großer Hund, aber es ist ein Kind!"
Möglichst unauffällig spähte Bizhiu hinter sich, blickte nun seinerseits zwischen all die vielen Beine, Stiefel und Sporen. Sie hatte recht! Ein Junge saß da zusammengekauert unter dem Tisch. Er trug helle Lederkleidung und hatte langes schwarzes Haar. Seine Hände waren mit einem Lederriemen gefesselt und an dem Bein des Tisches festgebunden. Er saß da mit hängendem Kopf, ein mageres Häuflein Elend, mit verfilzten Haaren. Er mochte vielleicht zwölf oder dreizehn Jahre alt sein. Wie ein Hund kauerte er zu Füßen eines alkoholschweren Mannes, in etwa Mitte Vierzig. Hellbraune, strähnige Locken quollen unter seinem schwarzen Filzhut hervor, ein ungepflegter Vollbart umrahmte sein gerötetes, vor Schweiß glänzendes Gesicht, und wie einem Hund warf er dem Jungen einen Happen unter den Tisch, den dieser dann mit Mühe irgendwie mit dem Mund vom Boden auflesen musste.
„Bizhiu, hast du das gesehen! Er hält ihn wie einen Hund!"
Bizhiu nickte nur, bedeutete ihr, etwas leiser zu sein und riskierte abermals einen Blick hinter sich. Der Bärtige lachte und erzählte in einem fort, grölte und schlug sich auf die Schenkel, gestikulierte wie wild und rollte mit den Augen. Bizhiu hätte zu gerne gewusst, was er da gerade zum Besten gab, doch es war einfach zu laut, er konnte ihn nicht verstehen. „Charlotte, ich muss versuchen, irgendwie näher an diesen Tisch da heranzukommen und

zu hören, was dieser Mensch zu erzählen hat. Warte bitte einen Moment."
Bizhiu holte sich ein Glas Hochprozentiges, alles andere wäre ungewöhnlich und in Folge dessen auffällig gewesen, und lehnte sich lässig an einen Holzpfosten in der Nähe des besagten Tisches. Scheinbar gedankenverloren blickte er durch das Gedränge, doch er konzentrierte sich mit äußerster Anspannung auf eine tiefe, von vielen Besäufnissen ganz rau gewordene Stimme.
Der Bärtige war eigentlich pausenlos am Reden. Er prahlte mit seinen Abenteuern und rühmte sich diverser Heldentaten, von denen keine, sollten sie nun der Wahrheit entsprechen oder nicht, in Bizhius Augen einer Ruhmestat gleichkam.

Den armen Kerl da unter dem Tisch hatte er, wenn man seinen Worten Glauben schenken wollte, anscheinend bereits einen endlos weiten Weg, den Missouri hinunter, mit sich geschleppt und zu seinem persönlichen Gefangenen erklärt.
Er schien auch keine Gewissensbisse zu haben und auch keiner der ihn umgebenden Männer hatte damit irgendein Problem. Schließlich, machten es die Indianer nicht ebenso? Entführten, raubten und schändeten sie nicht allerorten, wenn man ihnen nur, einen flüchtigen Moment unbedacht, die Gelegenheit dazu gab? Da war es nur recht und billig, wenn sich einmal einer revanchierte. Obendrein, wenn er auch noch in Notwehr gehandelt hatte! Es sei nicht mehr als sein gutes Recht gewesen, verkündete der Bärtige im Brustton der Überzeugung, denn schließlich sei ja ursprünglich er der Überfallene gewesen und habe lediglich den Spieß einfach umgedreht.
„Ja!", posaunte er. „Wer Bill Daring an den Kragen will, der muss wahrhaftig früher aufstehen, als diese verfluchten Rothäute! Ich hatte mich gerade zum Schlafen an mein kleines Lagerfeuer gelegt, als dieses verdammte Pack hinterrücks versuchte, mich zu überfallen, wahrscheinlich um mein Pferd zu stehlen und mir meinen Skalp zu nehmen, elende Meuchelmörder, allesamt!"
Mit beschwörenden Augen blickte er in die staunende und andächtig lauschende Runde. „Na ja, es mochte wohl gut und gern ein knappes Dutzend gewesen sein, ich hab' sie natürlich sofort

gehört, da können die schleichen, wie sie wollen! Diese feigen Hunde haben ja nicht im Traum damit gerechnet, dass ich hellwach und mucksmäuschen still nur auf ihr Näherkommen warte! Ja und dann, als sie schon ganz dicht hinter mir waren, bin ich plötzlich aufgesprungen, die Knarre im Anschlag, und hab' die drei vordersten von diesem Otterngezücht einfach abgeknallt und mir so ganz nebenbei auch noch dieses Bürschchen hier geschnappt! Die anderen ergriffen natürlich sofort die Flucht und scherten sich einen Dreck um diese kleine Kröte da, ... na, wie sie eben so sind, heimtückisch, treulos und feige!"

Einer seiner Zuhörer erhob sich wortlos und stellte ihm wenig später mit einem anerkennenden Nicken ein Glas Whiskey vor die Nase. Bester Laune erhob Bill Daring den ihm spendierten guten Tropfen und prostete den anderen zu, welche allesamt ebenfalls ihr Glas erhoben und ihn erwartungsvoll anblickten.

Ermutigt durch die offensichtliche Bewunderung fuhr er sogleich fort zu reden: „Ja und nun schlepp ich also diese Brut hier mit mir herum. Nähre sie und bedaure zugleich jeden an diese gottlose Rothaut verschwendeten Bissen, und offengestanden bin ich mir noch gar nicht so recht im Klaren, was ich überhaupt mit ihm anfangen soll! Vielleicht werde ich ihn irgendwann verkaufen? Zu blankem Geld machen, vielleicht weiter unten im Süden. Wenn sie da die Nigger im großen Stil verkaufen, warum dann nicht auch zur Abwechslung mal eine Rothaut anbieten?" Er lachte lauthals auf und schlug sich auf seine breiten Schenkel.

Die anderen fielen bereitwillig in Bill Darings Gelächter ein und Bizhiu fragte sich, wieviel von dem, was da gerade geredet wurde, dieser arme Junge unter dem Tisch verstand, wenn er überhaupt etwas davon verstand. Er für seinen Teil hatte wahrhaftig genug gehört und gesehen.

Unauffällig begab er sich zurück an seinen Platz und blickte nachdenklich in Charlottes erwartungsvolle Augen. „Also eins steht fest, der arme Kerl steckt bis zum Hals in der Tinte und laufen lässt ihn dieser Bill Daring bestimmt nicht."

„Bill Daring?"

„Ja, so heißt dieser Mensch wohl, zumindest hat er das von sich behauptet."

„Aber was können wir denn tun?“
„Ich befürchte nichts. Hier wären alle auf seiner Seite, da kannst du Gift drauf nehmen und nach dem, was ich da bis jetzt so mitbekommen habe, muss ich dir sagen, dass ich für meinen Bart unendlich dankbar bin und lieber heute als morgen von hier verschwinden möchte.“
Charlotte seufzte leise und sagte: „Dann lass uns besser nach oben gehen, ich ertrage diesen Anblick einfach nicht mehr.“

Es war wirklich Pech, dass Bill Daring gerade das Zimmer neben ihnen bezog, denn jene durch die dünnen Holzwände dringenden Geräusche ließen weder an Schlaf denken, noch einen klaren Gedanken fassen.
Das Bett im Nachbarzimmer quietschte ganz erheblich und innerlich wartete man beinahe darauf, dass es mit lautem Getöse zusammenbrechen würde.
Und doch konnte all das Gequietsche, jene Geräusche gänzlich anderer Natur, nicht übertönen. Geräusche, deren Rhythmus dem Quietschen des Bettes angepasst waren, die dafür sorgten, dass Bizhius und Charlottes Nerven in kürzester Zeit blank lagen.
Immer lauter wurde das Keuchen und Stöhnen im Nachbarzimmer, beständig mit derben, wüsten Flüchen und Beschimpfungen durchsetzt, während immer wieder ein leises, ersticktes Wimmern, ab und an auch ein unterdrückter Schrei, diese unerträgliche Geräuschkulisse untermalte und noch viel unerträglicher werden ließ.
Charlottes Finger krallten sich in Bizhius Hand. Sie schluckte trocken, ehe sie ihre Sprache wiederfand: „Bizhiu! Er vergewaltigt ihn! Wir müssen etwas tun! Wir müssen doch irgendetwas dagegen tun!“
Bizhiu dachte angestrengt nach, aber es fiel ihm einfach nichts ein. Mit einem Schlag war Ruhe eingekehrt. Das Bett quietschte noch ab und an, doch sonst hörte man nichts mehr. Bizhiu schüttelte hilflos den Kopf. „Er wird ihn niemals gehen lassen, davon bin ich jetzt überzeugter denn je. Ich glaube nicht einmal, dass er ihn verkaufen wird, wie er das gesagt hat, zumindest nicht allzu bald. Irgendwann vielleicht, wenn er ihm langweilig geworden

ist, wenn bereits für Nachschub gesorgt ist. Charly, meinst du nicht auch, dass wir zwei bereits genug Sorgen und Schwierigkeiten haben? Ich weiß wirklich nicht, ob wir uns noch mehr davon aufhalsen sollten."
In Charlottes Kopf überschlugen sich die Gedanken: „Wir könnten, wenn er da drüben tief und fest schnarcht, die Tür aufbrechen und ..."
„Weißt du, was das für einen Radau machen würde? Und es sind bestimmt nicht alle so besoffen wie der da drüben!"
„Aber irgendetwas müssen wir doch tun! Wir können uns doch nicht einfach die Ohren zuhalten und hoffen, dass es schnell vorüber ist!"
„Nein, aber wir könnten weiterreisen."
„Das könntest du wirklich?! Einfach so?! Nach all dem, was du da heute gehört und gesehen hast? Das glaube ich dir nicht!"
Nachdenklich blickte Bizhiu in das tiefe Blaugrün ihrer Augen. „Wie ein unglaublich tiefer, glasklarer See", dachte Bizhiu und er spürte, wie sehr er sie liebte, wie viel Achtung er vor ihrer Courage hatte, ihrer Entschlossenheit, für das einzutreten, was in ihren Augen wertvoll war. Er atmete tief durch, ehe er antwortete: „Ja, ich glaube, ich könnte es tatsächlich, um unser Überleben zu sichern. Aber ich würde es wohl niemals vergessen können, ich würde mich schuldig fühlen."
Stirnrunzelnd, grübelnd blickte Charlotte an Bizhiu vorbei aus dem Fenster. „Charly, wenn wir diesem Jungen helfen wollen, setzen wir damit alles aufs Spiel."
„Bizhiu, ich möchte es dennoch versuchen. Er ist doch noch ein halbes Kind, er hat niemanden sonst, der ihm helfen würde, der es wenigstens versuchen würde."
Charlotte kaute an dem Daumen ihrer rechten Hand, die sie zu einer Faust geballt hatte und dachte angestrengt nach. „Was würdest du denken, wenn du nachts wach wirst, weil es an deine Türe klopft und du dann eine leise, freundliche, vielleicht auch ein bisschen besorgte Frauenstimme deinen Namen rufen hörst?"
„Ich würde erst einmal fragen, was sie will."
„Gut, sie sagt dir irgendetwas Plausibles und bittet dich höflichst die Tür zu öffnen, bevor das ganze Haus aufwacht."

„Es müsste schon etwas sehr Plausibles sein, damit ich die Tür öffne und ich hätte mit Gewissheit eine Waffe im Anschlag."
„In Ordnung, du öffnest also mit vorgehaltener Pistole. Dann siehst du eine junge Frau, ... mich und ich bin nett und freundlich und rede weiter auf dich ein, würdest du vielleicht irgendwann die Waffe sinken lassen?"
„Das kommt ganz darauf an, was du mir erzählst. Aber gut, mal angenommen, ich lasse die Waffe sinken, was dann?"
„Na ja, dann kommst du an die Reihe. Du musst ihn irgendwie überwältigen und ich befreie derweil den Jungen und wir fliehen gemeinsam."
Bizhiu schwieg einen Moment, dann seufzte er leise, ehe er zögerlich zu sprechen begann: „Wenn ich bei dem Ganzen einmal nur an uns denke, dann ... Ich glaube, sicherer wäre es für uns in jedem Fall, wenn ich ihn ohne lang zu fackeln, für immer zum Schweigen brächte. Er könnte keinen Radau mehr veranstalten und hinterher auch nichts mehr erzählen."
Charlotte nickte langsam und murmelte: „Ja, daran hab' ich auch schon gedacht ..."
Bizhiu stand auf, ging zu seinem Bündel, öffnete es und holte daraus das kleine Lederbehältnis mit dem Skalpmesser hervor. Mit fragendem Blick reichte er es ihr, abwartend, wie sie wohl reagieren würde.
„Damit könnte es gehen, was meinst du?" Fragend blickte er in ihr Gesicht.
„Hast du das Messer von deinen Leuten mitgebracht?"
„Ja, es ist ein Abschiedsgeschenk von Kiniu, sein Skalpmesser."
Wortlos gab sie ihm das Messer zurück.
Er nahm es an sich und fragte: „Und? Was denkst du, Charly? Es würde entsetzlich werden, wirklich grauenvoll, es würde möglicherweise eine Erinnerung werden, die wir noch weniger werden vergessen können, als all das, was unsere Ohren heute Nacht gehört haben."
Charlotte hatte sich längst entschlossen und so blickte sie ihm sicher und fest in die Augen und sagte: „Ja, ich denke mit dem Messer könnten wir es versuchen."
„Gut, also dann nehmen wir einmal an, alles läuft nach Plan, Bill

Daring stirbt einen schnellen, lautlosen Tod und der Junge ist frei. So und was dann?"
„Wir packen schon vorher unsere Sachen und fliehen."
„Und wie? Wir können ja wohl nicht gut durch den Saloon marschieren. Und das Fenster ist zu weit oben, als dass du in deinem Zustand hinunterspringen könntest." Bizhiu überlegte angestrengt und rieb sich dabei sein bärtiges Kinn. Dann hielt er inne und sah Charlotte an. „Wenn, dann müssen wir hierbleiben." Seine Stimme klang entschieden, vollkommen sicher.
Charlotte glaubte ihren Ohren nicht zu trauen. „Was? Wieso denn das?"
„Was haben wir mit der ganzen Sache schon zu tun?"
„Wie bitte? Eine ganze Menge will ich meinen!"
„Wieso? Bill Daring hat diesen Indianer gefangen gehalten und hat lauthals herausposaunt, dass der ihm schon einmal ans Leben wollte. Nun gut, dann ist Bill Daring tot und der Indianer ist verschwunden. Was liegt näher, als der Gedanke, dass er ihn getötet hat und dann geflohen ist. Es wird uns wahrscheinlich überhaupt niemand verdächtigen, schon gar nicht, wenn wir morgen früh verschlafen aus unserem Zimmer kommen, als wäre nichts gewesen."
„Und der Junge? Sie werden ihn überall suchen."
„Ja, wahrscheinlich, aber nicht unter unserem Bett. Warum sollten sie auch? Unsere Tür war die ganze Nacht von innen verriegelt und wir haben nichts gehört und nichts gesehen. Indianer töten bekanntlich lautlos, keinen wird das wundern. Wir könnten dann morgen einfach hinausspazieren und niemand würde uns verfolgen!"
„Und der Junge?"
„Den müssen wir vorher natürlich möglichst unauffällig werden lassen. Ich würde sagen, die verfilzten Haare müssen ab und dann stecken wir ihn in ein Hemd und eine Hose von mir. Das wird ihm zwar beides reichlich groß sein, aber irgendwie wird's schon gehen. Ja, und meinen Hut sollte ich ihm verpassen. Und während wir vorne rausgehen, springt er hinten aus dem Fenster, und wir holen ihn dann ab und machen uns schleunigst auf den Weg zu unserem Boot. Sie werden dann nach einem jungen India-

ner suchen, nicht nach einer Gruppe von drei Personen, verstehst du? Wir dürfen nur um keinen Preis die Nerven verlieren. Dann könnte es vielleicht tatsächlich funktionieren!"

Schweigend zog Bizhiu sein Hemd aus.
„Wieso ziehst du das Hemd aus?"
„Ich werde mich ja wohl möglichst unsichtbar machen müssen und ein weißes Hemd ist im Dunkeln alles andere als das."
„Ach so, ... damit hast du natürlich recht."
Charlotte war gerade damit zu Gange, ihre Haare ein bisschen zurecht zu machen. Sie hatte ihre Schürze übergezogen und sich etwas von dem kalten Wasser ins Gesicht gespritzt, um auch ganz hellwach zu sein, doch das hätte es wahrhaftig nicht gebraucht, denn ihr Herz klopfte bis zum Hals. Alles erschien ihr unglaublich klar und greifbar und doch vollkommen unwirklich zu sein. Als wäre sie in einem überaus realen Traum gefangen und verfolge nun gespannt, wie es wohl weitergehen würde, während sie im Hinterkopf die süße Gewissheit trug, dass sie ja nur die Augen aufschlagen und aufwachen müsste, um allem hier ein Ende zu bereiten und alles Gewesene wieder ungeschehen zu machen.
Bizhiu zog lautlos den Riegel beiseite, öffnete die schwere Tür und spähte hinaus in den finsteren Flur. Forschend tasteten seine Augen die Gegebenheiten ab, spähten nach einer geeigneten, dunklen Nische, in der er sich verstecken könnte. Kurz vor dem Treppenabsatz, vielleicht drei Meter von Bill Darings Tür entfernt, war die einzige dunkle Ecke in ausreichender Nähe.
Bizhiu gab Charlotte ein aufforderndes Zeichen mit der Hand und blickte sie noch einmal forschend an. Dann huschte er wie ein Schatten durch den Flur und drückte sich flach in die dunkle Ecke hinein. Einzig das Messer in seiner Hand reflektierte ab und an einen Lichtstrahl, der aus ihrer geöffneten Zimmertüre fiel.
Charlotte ergriff mit ihrer Rechten den Kerzenhalter und strich zugleich mit ihrer linken Hand mechanisch über ihre Schürze. Leise schloss sie hinter sich die Türe. Dann atmete sie tief durch und ging mit leisen Schritten zu Bill Darings Zimmertür. Zaghaft klopfte sie.
Keine Reaktion.

Sie klopfte ein wenig beherzter. Wieder keine Reaktion.
Am liebsten hätte Bizhiu die ganze Aktion einfach wieder abgeblasen, als Charlotte ein weiteres Mal an die Tür klopfte und noch dazu verhalten. „Mr. Daring!" rief.
Sie schluckte, als sich daraufhin tatsächlich drinnen etwas regte. Nochmals pochte sie, diesmal jedoch bedeutend sanfter und sagte leise und so freundlich sie es nur vermochte: „Mr. Daring?"
Ein verschlafenes, doch nichtsdestotrotz sehr ungehaltenes Brummen war die Antwort.
„Mr. Daring? Entschuldigen Sie bitte die späte Störung, aber es gibt da ein ganz dringendes Problem, ..."
„Verflucht! Was soll'n das mitten in der Nacht?!"
„Mr. Daring, es tut mir wirklich furchtbar leid, aber ..."
„Wer is'n da überhaupt?"
„Mein Name ist Mary, ich arbeite hier. Bitte, Mr. Daring, wenn ich das ganze Haus wecke, bekomme ich den größten Ärger!"
Sie erreichte tatsächlich, dass Bill Daring sich mit einem Fluch aus seinem Bett schälte, nach seinem Revolver griff und dann den Riegel der Tür zurückschob. Einen winzigen Spalt öffnete er die Tür und das erste, was Charlotte zu Gesicht bekam, war der im Schein ihrer Kerze mattschwarz schimmernde Lauf seiner Pistole. Dahinter spähte Bill Daring, lediglich mit seinem Hemd bekleidet, argwöhnisch aus kleinen, dunklen Augen in den Flur.
Charlotte schenkte Bill Daring ihr charmantestes Lächeln, zwinkerte ihm verschwörerisch zu und sagte leise: „Es wär' sicher klüger, wenn wir die Angelegenheit drinnen besprechen, sie ist ein bisschen delikat, Sie verstehen sicherlich, ..."
Bill Daring vergrößerte den Türspalt und musterte Charlotte misstrauisch.
„Also, einer unserer Gäste, ein Reverend, hat sich bitterlich beklagt. Er sagt, Sie haben einen Indianer mit in ihr Zimmer genommen und nicht nur das, sondern Sie hätten ihn auch mit in Ihr Bett genommen und äh, ..., ja und deshalb habe ich den Auftrag, mich zu vergewissern, dass dieser Indianer nicht etwa hier in einem unserer Betten ..."
„Der schläft auf dem Boden! Das ist meiner, den rührt mir keiner an!"

„Aber sicher, Mr. Daring! Dürfte ich mich trotzdem vergewissern, dass er nicht am Ende doch im Bett liegt? Wenn's nicht so ist, dann kann er von mir aus die Nacht noch auf'm Zimmer bleiben. Dann drück' ich einfach mal ein Auge zu, weil Sie's sind."
Sie schenkte ihm nochmals ein gewinnendes Lächeln, ein Augenzwinkern und schob sich dann einfach, ungeachtet seiner Waffe, an ihm vorbei ins Zimmer. Sie redete dabei fortwährend weiter und Bill Daring wandte sich um, folgte ihr unschlüssig zwei Schritte ins Zimmer und blickte ihr verkatert und auch ein wenig ratlos hinterher, die Pistole nach wie vor in seiner Hand.
„Na also, Mr. Daring!", flötete Charlotte. „Warum nicht gleich so? Ist doch alles in bester Ordnung, der Indianer ist auf dem Fußboden und alles ..."

Charlottes beständiges Geplapper bildete einen Geräuschteppich, der Bizhius nahezu lautlose Schritte völlig überdeckte.
Breit, aber nicht besonders groß stand Bill Daring unweit der Tür, den Rücken Bizhiu zugewandt und er ahnte absolut nicht, was da gerade auf ihn zukam. Er wunderte sich immer noch verdutzt über diese junge Frau und registrierte zu gleicher Zeit, ein ganz merkwürdig kribbeliges Gefühl im Nacken.
Doch im nächsten Augenblick fühlte er sich von hinten gepackt und begriff kaum, was da gerade vor sich ging, als ihm Bizhiu mit einer Hand den Kopf nach hinten riss, während die andere mit einer blitzschnellen, kraftvollen Bewegung seine Kehle durchschnitt. In seiner Angst, ihn nicht sofort zu töten, schnitt er tiefer als notwendig und durchtrennte dabei Luft- und Speiseröhre.

Mit vor Schreck weit aufgerissenen Augen starrte Bill Daring in Charlottes Gesicht. Ein grässlich gurgelndes Geräusch entwich seinem Mund, erstickt von einem Schwall hellroten Blutes, das anstatt des Schreis daraus hervorquoll. Unter hilflosem, gurgelndem Röcheln sackte er in sich zusammen.
Nur mit größter Mühe gelang es Bizhiu, das Gewicht des schweren Mannes aufzufangen, während immer noch in rhythmischen Fontänen das Blut aus seinem Körper schoss, sein Hemd schon in tiefes Rot getaucht hatte und ebenso Bizhius nackten Oberkörper,

den Fußboden und die Wand. Krampfhaft krallte sich Bill Darings linke Hand in Bizhius Arm, während die andere immer noch verbissen den Revolver hielt.
Und es bedurfte kaum mehr als vielleicht zwei weiterer Minuten und schon strömte das Blut langsamer, sickerte nur mehr kraftlos aus Darings Körper heraus und seine Hände entspannten sich. Sachte ließ Bizhiu den leblosen Körper zu Boden gleiten. Immer noch fassungslos, doch jetzt auch seltsam leer, starrten dessen weit geöffneten Augen in Bizhius Gesicht. Der schwere Geruch von Blut erfüllte die stickige Luft, hing darin, klebrig, aufdringlich.

Bizhiu kniete einen Moment in Gedanken versunken an Bill Darings Seite. Er dachte nichts, in ihm war alles leer. Er blickte nur in diese schreckensstarren, totenstarren Augen, als er eine warme Hand auf seiner Schulter spürte. Unwillkürlich schmiegte er seine Wange an diese tröstende Hand.
„Du musst dich waschen mein Herz, das Wasser im Krug ist noch unbenutzt. Wasch dich besser hier, bevor wir irgendwelche Spuren im Flur hinterlassen."
Ruhig ging Charlotte zur Tür und verriegelte sie leise von innen.
Langsam kam Bizhiu wieder zu sich. Er wand vorsichtig den Revolver aus Bill Darings regloser Hand und reichte ihn wortlos an Charlotte weiter. Schwerfällig erhob er sich und sah sich zum ersten Mal nach dem Jungen um.

Der kauerte starr und regungslos in einer Zimmerecke neben dem Bett. Seine Hände waren noch immer mit dem Lederriemen gefesselt und am Bettpfosten festgebunden. Und auch seine Füße waren mit einem Gürtel zusammengezurrt. Atemlos, mit weit geöffneten Augen hatte er das ganze Geschehen verfolgt und war sich durchaus nicht sicher, was nun als nächstes kommen würde. Als Bizhiu blutüberströmt mit dem gezückten, blutigen Messer auf ihn zutrat, flackerten seine dunklen Augen ängstlich auf, doch er schwieg tapfer, in sein Schicksal ergeben und harrte der Dinge, die da wohl auf ihn zukommen sollten. Bizhiu durchschnitt die Fesseln an seinen Händen und blickte den Jungen beschwörend

an, während er einen Finger auf seinen Mund legte. Ein dankbares, zugleich aber auch ungläubiges Strahlen glitt flüchtig über die mit Tränen und Rotz verschmierten Züge des Jungen, der, endlich seiner Fesseln entledigt, seine rot gescheuerten Handgelenke rieb.
Bizhiu kniete zu seinen Füßen nieder und öffnete den Gürtel mit dem die Beine gefesselt waren. Abwartend blickte ihn der Junge an. Bizhiu bedeutete ihm noch einmal leise zu sein. Charlotte trat hinzu, setzte sich zu dem Jungen und lächelte ihn freundlich an. Sofort wischte der Junge in aller Hast die Tränen aus dem Gesicht. Dann blickte er zu Bizhiu, beobachtete ihn schweigend, wie er sich wahre Unmengen von Blut von seinem Körper und aus seinen Haaren wusch.
Bizhiu hatte das Gefühl, als würde dieses Blut immer mehr. Das Wasser in der Schüssel sah bereits aus, als habe man ein Schwein darüber ausbluten lassen, so tiefrot war seine Farbe.
Als Bizhiu dann endlich soweit fertig war, dass er keine Blutflecken mehr hinterlassen würde, trocknete er sich kurzerhand mit der Bettdecke ab und blickte sich noch einmal sorgsam um. Nichts durfte sie verraten! Doch als er nichts dergleichen entdecken konnte, bedeutete er Charlotte und dem Jungen mitzukommen. Charlotte stand sogleich auf, doch der Junge zögerte, ganz offensichtlich wollte er nicht.
Er sagte einige Sätze, die weder Charlotte noch Bizhiu verstanden und sah sie beide bittend, beinahe flehentlich an. Bizhiu betrachtete ihn und versuchte ihn nochmals mit Gesten zum Mitkommen zu bewegen. Wieder sagte der Junge etwas, diesmal unterstrich er es mit verschiedenen, schnell aufeinanderfolgenden Gesten seiner Hände, einer zweiten Sprache gleich und blickte Bizhiu eindringlich an. Als dieser immer noch nicht zu verstehen schien, näherte sich ihm der Junge vorsichtig und sagte in bittendem Ton: „Né'astanohtse Motachke." Mit Gesten bedeutete er, dass er das Messer haben wollte.
Einen Moment zögerte Bizhiu, doch dann reichte er ihm schließlich das Messer. Der Junge nahm es entgegen und wendete sich dann bedächtig dem Leichnam zu. Das Geräusch, als er Bill Darings lockigen strähnigen Skalp nahm, ihm die Haut mit einem

Ruck vom Schädel riss, war unsäglich, ging durch Mark und Bein. Bizhiu, der mit so etwas gerechnet hatte, verzog angewidert das Gesicht, Charlotte hingegen wurde kreidebleich.

Nachdem der Junge den Skalp genommen hatte, legte er das blutige Teil neben sich und machte sich sogleich daran, Bill Darings rechten Arm zu entblößen und dessen Muskeln bis auf die Knochen herunter zu zerhacken, damit dieser ihn auch im Jenseits niemals wieder Gewalt antun konnte. Als er endlich die Muskeln des Armes annähernd zu Brei verarbeitet hatte, betrachtete er sein Werk einen kurzen Moment. Langsam schob er Bill Darings langes Hemd hoch und blickte voller Abscheu auf Bill Darings Schwanz, von abgrundtiefem Hass und Ekel erfüllt. Dann ergriff er ihn und zog und zerrte daran, als wolle er ihn ausreißen.
Dünn und dünner wurde das Teil, bis endlich das Messer hindurchfuhr und den malträtierten Schwanz vom Körper trennte. Auch dieses Geräusch war alles andere als angenehm. Charlotte hatte sich auf das Bett gesetzt, ihr war hundsmiserabel und schlecht und doch konnte sie nicht anders, als wie gebannt zu verfolgen, was dieser Junge da tat.
Der saß dort, den blutenden Schwanz in der einen, das bluttriefende Messer in der anderen Hand und kämpfte mit dem Impuls, den Schwanz einfach auf den Boden zu schmeißen. Doch das schien ihm nicht das Richtige zu sein, eingedenk der vielen Nächte, die er mit diesem Mann hatte verbringen müssen und all dessen, was ihm dabei widerfahren war.
Er beugte sich vor, öffnete Darings Mund und stopfte ihm dann in stillem Genuss den abgeschnittenen Schwanz fest hinein. Die Spitze schaute wie eine bleiche, geschwollene Zunge daraus hervor.

Er hatte sich gerächt. Er war nun wieder Ethketa. Ein Mensch. Er holte tief Atem, ergriff den Skalp, wischte das Messer sorgsam an der Bettdecke ab und gab es Bizhiu zurück. Dann riss er ein Stück Leinen vom Bettlaken ab, ein Geräusch, welches Charlotte angesichts des Vorangegangenen die Haare zu Berge stehen ließ und wickelte den blutigen Skalp sorgsam darin ein.

Jetzt war er bereit zu gehen, wohin auch immer ihn dieser bärtige Mann mit seiner Frau führen wollte, denn fortan würde er tief in der Schuld dieser beiden stehen, denn er verdankte ihnen sein Leben und obendrein auch noch die Gelegenheit, für sich selbst mit diesem blutigen Werk wenigstens einen Teil seiner Würde zurückzuerobern.

Das Bündel mit dem Skalp, dessen leuchtend rote Farbe allmählich ins Rotbraune überzugehen begann, hielt der Junge fest an sich gedrückt, und er würde diesen sichtbaren Triumph über seinen Peiniger sein Leben lang hüten wie einen Augapfel.
Er saß auf dem Fußboden, zu Füßen von Charlotte, die sich auf das Bett hatte fallen lassen, und blickte gebannt in Bizhius Gesicht, der sich ihm gegenüber auf den Boden gesetzt hatte, und erst auf Ojibwe, dann auf Englisch und unter eifriger Zuhilfenahme seiner Hände versuchte, sich irgendwie verständlich zu machen.
Freundlich lächelte ihn der Junge an, doch verstehen konnte er offensichtlich nichts.
Dann versuchte er seinerseits Bizhiu etwas mitzuteilen, deutete mit dem Finger auf ihn und sagte mit sicherer, fester Stimme: „Ksovah, Hóovéhe ..." Er bewegte mit einer nachdrücklichen Geste seine rechte Hand in waagerechter Haltung von seiner Brust ausgehend vorwärts und sagte zu gleicher Zeit „Epava!" Dann lächelte er Bizhiu freundlich an und suchte nach einem Zeichen des Verstehens in dessen Augen.
Doch Bizhiu verstand nichts, gar nichts, nicht die Gesten, nicht die Worte.
Charlotte, welche die ganze Zeit über mit wachsender Anspannung die geduldigen, doch gleichwohl missglückten Versuche der Kommunikation beobachtet hatte, fühlte, wie allmählich Panik ihr Herz ergriff. Wie um Himmels willen sollte eine Flucht gelingen, wenn nicht einmal ein einziges Wort der Verständigung möglich war?
„Bizhiu, das hat doch alles keinen Sinn!"
Ruhig blickte er sie an, lächelte besänftigend, stand auf und setzte sich zu ihr. „Liebst du mich noch, Charly, nach all dem?"

Sie lächelte und wunderte sich selbst, wie einfach sie nach 'all dem' lächeln konnte. „Oh mein Bizhiu, ich liebe dich mit jedem Tag mehr und dieser Tag zählt mindestens für drei!"
Bizhius Augen leuchteten auf. „Du solltest versuchen ein bisschen zu schlafen. Ich regle das derweil mit dem Jungen. Das klappt schon, verlass dich drauf."
Bizhiu setzte sich abermals zu dem Jungen, holte noch einmal tief Luft, dann deutete er auf sich und sagte mit Nachdruck: „Bizhiu!" Danach deutete er auf Charlotte und sprach dabei deutlich ihren Namen aus und zu guter Letzt deutete er auf den Jungen, zuckte mit den Schultern und blickte ihn gleichermaßen erwartungsvoll und fragend an.
Mit einem eifrigen, verstehenden Leuchten in den Augen strahlte ihn der Junge an und deutete nun seinerseits auf Bizhiu, dann auf Charlotte, wobei er sich jeweils darum bemühte, die Namen korrekt auszusprechen.
Dann aber deutete er auf sich und sagte: „Ethketa!" Mit der Hand machte er das Zeichen für „Klein", denn Ethketa bedeutete „Der zierlich Kleine".

Charlotte hätte geschworen, dass sie nie und nimmer einschlafen würde. Und doch schlief sie keine fünf Minuten später bereits tief und fest und träumte die wirrsten Träume von skalpierenden Indianern und wilder Flucht. Mitten in einem solchem Traum wurde sie unsanft durch einen gellenden, markerschütternden und gar nicht mehr enden wollenden Schrei geweckt.
Offensichtlich hatten sie in der vergangenen Nacht wohl versäumt, die Türe wieder ordentlich zu schließen und so war sie aufgesprungen und schließlich einen Spalt breit geöffnet stehen geblieben. Als anderntags dann eines der angestellten Mädchen gewohnheitsmäßig einen neugierigen Blick durch die offen stehende Türe warf, bekam sie wahrhaftig einmal etwas Außergewöhnliches zu sehen! Etwas, das ihre Neugier mit einem Schlag lebenslang befriedigte.
Erschrocken setzte sich Charlotte im Bett auf.
Bizhiu war bereits auf den Beinen. Er zwinkerte ihr zu und sagte: „Woll'n doch mal schauen, warum sie so schreit!"

Doch als er das Entsetzen in Charlottes Augen erblickte, wurde er augenblicklich sehr ernst: „Ich denke, es wäre vielleicht auffällig, wenn eine Tür weiter wie am Spieß geschrien wird, und aus dem unmittelbaren Nachbarzimmer keiner rauskommt, um zu sehen, was los ist. Oder, was meinst du?"
Charlotte seufzte und nickte: „Ja, ich denke, da hast du wohl recht."
Sie beneidete ihn wirklich nicht drum, keine zehn Pferde hätten sie mehr in dieses Zimmer gebracht. Die Ereignisse des vergangenen Tages, der vergangenen Nacht, begannen sich noch einmal vor ihren Augen abzuspulen. Wo war eigentlich der Junge? Forschend blickte Charlotte unter das Bett und da lag er tatsächlich, hatte sich winzig klein in die hinterste Ecke gedrückt und lächelte Charlotte schüchtern, doch auch verschwörerisch zu. Er steckte wahrhaftig in Hose und Hemd und seine Haare waren ganz kurz geschnitten, allerdings nicht sehr ordentlich, das erkannte sie auf den ersten Blick.

Als Bill Daring an diesem grauen Herbstmorgen gefunden wurde, zweifelte von Anbeginn an niemand daran, auch nicht der eiligst herbeizitierte Hilfssheriff, dass dieses Gemetzel einzig das barbarische Werk eines Wilden, eines Indianers sein konnte. Man hätte, angesichts der Verstümmelung des Leichnams, nicht einmal daran gezweifelt, wenn Bill Daring keinen Indianerjungen bei sich gehabt hätte. So aber war die Sachlage klar. Nachdem sich der Hilfssheriff erst einmal gründlich übergeben hatte, leitete er sofort die Fahndung nach dem Indianer ein.

Bizhiu sah sehr blass aus, als er wieder zurückkam.
„Und?"
Er seufzte: „Es sieht wirklich entsetzlich aus!" Bizhiu pfiff leise durch die Zähne. „Charly ... ich glaube, ich habe in meinem ganzen Leben nichts Grauenvolleres gesehen als das!"
Beinahe tonlos hatte seine Stimme geklungen und nun lachte er hilflos und schüttelte den Kopf, betrachtete seine eigenen Hände, als wären es die eines Fremden.
„Das sind die Hände eines Mörders ...", wisperte er und seine

Stimme klang ungläubig, beinahe fassungslos. Doch schon im nächsten Moment fühlte er sich warm umfangen, so liebevoll, so tröstlich.
Und Charlottes Mund hauchte einen zarten Kuss auf sein Ohr und flüsterte: „Nach den Gesetzten der meisten Weißen mag es so sein, aber frag mal unseren Gast unterm Bett. Oder frag mich! Denn nach meinem Gesetz bist du ein Held!" Zärtlich zog Charlotte seine Hände an ihre Lippen, küsste seine Fingerspitzen, seine Handflächen.
Bizhiu schloss seine Augen und als er sich in ihren Armen wusste, ließ er sich dankbar fallen, auffangen von ihr und war so ungemein glücklich darüber, sie an seiner Seite zu haben und sich von ihr geliebt zu wissen.
„Charly, ich hab' mir was überlegt, aber ich weiß nicht, ob du es dir vorstellen könntest."
„Was denn?"
„Ich hab' darüber nachgedacht, was mit dem Jungen jetzt werden soll. Er würde sicherlich überallhin mit uns mitgehen, aber ich glaube, dass er sich nach nichts anderem sehnt, als endlich wieder nach Hause, zu seinen Leuten zu kommen. Ich denke, wir sollten ihn dorthin begleiten und vielleicht könnten wir dort auch in aller Ruhe auf unser Kind warten. Irgendjemand dort ist der Vater von Ethketa, irgendjemand seine Mutter, sie werden uns wahrscheinlich unendlich dankbar dafür sein, dass wir ihnen ihren Sohn zurückgebracht haben, und ich könnte mir gut vorstellen, dass wir dort für eine Weile unterschlüpfen könnten. Bei den Ojibwe wäre es so. Kannst du dir das vorstellen? Würdest du es versuchen wollen? Es wäre möglicherweise ein Weg, um unser Kind in Sicherheit zur Welt zu bringen und so groß werden zu lassen, dass wir an eine Weiterreise denken können. Und dann, wenn ein, zwei Jahre vergangen sind, dann würde ich gerne an die großen Seen mit dir, in einem weiten Bogen um St. Peter. Du glaubst nicht, wie schön es dort ist, Charly, wie wunderschön dieser See ist, an dem mein Volk lebt, wie groß und klar. Und ich weiß genau, dass uns meine Familie mit offenen Armen empfangen würde, ganz bestimmt. Wir könnten dort wirklich zu Hause sein und in Frieden leben. Würdest du mit mir diesen Weg gehen wollen?"

„Diesen und jeden anderen, Bizhiu. Aber es hört sich wirklich so an, als könnte das unsere Chance sein."

Später dann packten sie gemächlich ihre Sachen zusammen und verließen in aller Gemütsruhe das Haus, vollkommen unbescholten, unverdächtigt.
Hinter dem Haus holten sie den Jungen ab, der brav, wie es ihm Bizhiu verständlich gemacht hatte, aus dem Fenster gesprungen war, und ängstlich um sich blickend, an die Wand gepresst, auf ihr Erscheinen wartete. Bizhiu lachte ihn an, klopfte ihm freundlich auf die Schulter, nahm dann seinen Hut vom Kopf, setzte ihn dem Jungen auf und schob ihn tief in dessen Stirn.
Alles verlief reibungslos und sie konnten selbst kaum fassen, wie einfach es letztendlich doch gewesen war.
Gemütlich hatten sie sich aus dem Staub gemacht, waren ein beträchtliches Stück durch den Wald gelaufen, bis sie an die Stelle kamen, an der sie ihr Boot versteckt hatten.
Nur bedauerlicherweise war es nicht mehr da.

42

Mary Sattler war über die offensichtliche Vorliebe ihres Sohnes für dieses „arme Menschenkind", wie sie Edith gerne bezeichnete, nicht besonders glücklich, genaugenommen war sie alles andere als das. Doch wie sie es auch drehte und wendete, auf welche Art sie es auch versuchen mochte, David blieb stur. Gar nichts konnte sie mehr ausrichten, im Gegenteil, je mehr sie ihn auf hübsche junge Frauen in seinem Alter hinwies, die eine weit bessere Partie abgeben würden, als diese wirklich erbärmlich arme Edith Barrow, je mehr sie an Edith selbst herumzumäkeln begann, desto entschiedener verteidigte David seine Wahl.
Im Grunde genommen hatte sie ja nichts gegen dieses „arme Menschenkind" persönlich, Edith war fleißig, wohlerzogen und eigentlich sehr nett, und dennoch, Mary hätte sich einfach etwas Besseres für ihren Sohn gewünscht. Ihrer Meinung nach verkaufte er sich schlicht und ergreifend deutlich unter Wert. Schließlich

war David ein bildhübscher Kerl, ein bisschen eigenwillig zwar, aber dafür hatte er die Aussicht auf ein gesichertes Einkommen und einen gewissen Wohlstand zu bieten. Er hätte im Grunde jede haben können! Warum musste es dann gerade eine sein, die arm war wie eine Kirchenmaus?

Aber andererseits war es ganz unverkennbar, dass sie ihm guttat. Edwin besuchte den Saloon nun meist wieder alleine, David lachte wieder und es gab auch wieder regelmäßig Streit mit ihm, beim Frühstück, beim Abendbrot. Und genau wie früher verließ er dann den Tisch und flüchtete, häufig mit einem heimlichen Umweg durch das Lebensmittellager ihres Geschäftes. Mary wusste es wohl, sagte jedoch nichts, weil sie es einerseits verschmerzen konnten und sie andererseits im Grunde ihres Herzens eine äußerst mildtätige Seele war. Und dann machte sich ihr Sohn, ganz wie man es von ihm gewohnt war, aus dem Staub, jedoch nicht in Richtung Wald, sondern geradewegs dem Fluss zu an die Grenzen St. Peters.

Und dort, wo er sich in schöner Regelmäßigkeit hinflüchtete, war er mehr als nur geachtet und willkommen. Das Hallo, das jedes Mal ausbrach, wenn Davids Blondschopf an der Türe dieser vollgestopften, erbärmlichen Baracke erschien, war ganz beträchtlich.

Kinder in allen nur erdenklichen Größen, ein gutes Dutzend waren es im Ganzen, hingen an ihm, hüpften um ihn herum und wollten hochgenommen werden, strahlten allesamt über beide Backen und riefen seinen Namen.

Ediths Eltern aber taten alles in ihren Kräften stehende, um ihn willkommen zu heißen. Denn David war in ihren Augen nicht nur irgendein netter Kerl und sie mochten ihn wirklich sehr, nein, er wäre zudem auch noch eine so glückverheißende, denkbar vorteilhafte Partie, wie sie es sich, bei aller innigen Liebe zu ihrer Tochter, selbst in ihren kühnsten Träumen nicht hatten vorstellen können. Er stellte, in ihrer eigentlich aussichtslosen Armut, eine derartig wundersame Chance für ihre Edith dar, dass sie alles in ihrer Macht stehende taten, um ihm seinen Aufenthalt in ihrer bescheidenen Behausung so angenehm wie nur irgend möglich zu gestalten.

Bei den Barrows war David der Prinz, hübsch und reich, der in dem armseligen Hüttchen hier am Ortsrand seine Prinzessin gefunden hatte, inmitten von Armut, Dreck und Gestank. Und es war wunderschön ein Märchenprinz zu sein und tat seiner geschundenen Seele ungemein wohl.
Aber es war nicht nur dieser sehr schmeichelnde Aspekt, der David wieder aufblühen und im Leben Fuß fassen ließ. Es war vor allem die Gewissheit, tatsächlich einen Menschen gefunden zu haben, mit dem er von einer Zukunft träumen und genauso auch offen über die Vergangenheit reden konnte. Es war einfach schön, wieder jemanden zu haben, mit dem er teilen konnte, was das Herz bewegte. Jemanden der sich interessierte für all das.
Viele Male schon waren sie gemeinsam ausgeritten, an die Stelle, an der einst das Haus der Morgans gestanden hatte, hatten zusammen da gesessen und geredet, über all das, was gewesen war, was Silas ihm gewesen war und immer bleiben würde.
Aber es war auch traumhaft schön zu erleben, wie glücklich er einen anderen Menschen machen konnte, allein schon mit seiner bloßen Anwesenheit, wie offen verliebt ihn ihre Augen anstrahlten und wie berauschend es sein konnte, der eigenen Verliebtheit nachzugeben, sie mitzuteilen. Alles war so selbstverständlich geschehen, der erste Kuss, die erste Umarmung.
Die Sonne schien wieder auf eine wundervolle Welt, der Regen verdüsterte sie nicht mehr länger und selbst der Schnee würde in diesem Jahr seinen Schrecken verloren haben, denn es würde kein Problem sein, sie auch im dicksten Winter täglich zu besuchen.
David war glücklich in dieser Zeit und die hilflosen Versuche seiner Mutter, ihn doch noch irgendwie umzustimmen, amüsierten ihn irgendwann einfach nur noch.

Edith aber konnte ihr Glück gar nicht fassen und anfänglich fiel es ihr auch sehr schwer, diesem unverhofften Segen zu trauen.
Sich in David zu verlieben war wahrhaftig keine Kunst gewesen, und wie sehr sie sich auch selber vorgebetet hatte, dass er auf

Dauer kein ernsthaftes Interesse an ihr haben konnte, hatte sie sich Hals über Kopf hineingestürzt in diesen lebendig gewordenen Traum. Doch hatte sie die ersten Wochen und Monate in der beständigen Angst gelebt, eines Tages wieder daraus erwachen zu müssen. Mit der Zeit hatte sie David immer besser kennengelernt, immer mehr lieben gelernt, hatte entdeckt, dass er noch viel mehr konnte, als nur schön sein und nett und großzügig, sondern dass auch er Träume hatte, Ideen und Ideale, dass er tiefer Gefühle fähig war und diesen Silas mit warmem Herzen liebte. Und zu allem Überfluss durfte sie dann irgendwann auch noch feststellen, dass er geradezu hinreißend küssen konnte, zärtlich war, ungeahnt rücksichtsvoll und spätestens an diesem Punkt hatte sie für sich den festen Entschluss gefasst David zu heiraten, ihn oder keinen!

Die Wochen zogen ins Land und mit ihnen der Herbst mit Regen und Sturm.
Für David war es ein behaglicher Herbst und am behaglichsten war er in Ediths Armen.
Doch viele Male saß er auch abends in der Wohnküche, alleine, ein heimlich abgezweigtes Glas vom besten Whiskey in der Hand und prostete Silas zu. Beinahe täglich fragte er sich, wie es ihm wohl gehen mochte, was er gerade tat, ob er überhaupt noch am Leben war. Wo mochte er wohl sein? Im Norden? Im Süden? Im Osten? Im Westen?

43

Sie waren sich sehr viel näher gekommen in den vergangenen Tagen und Wochen, und hatten trotz aller Strapazen der weiten Reise, jede Gelegenheit dazu genutzt, mit Händen und Füßen Konversation zu betreiben, und sich beständig dieses und jenes unter die Nase gehalten, um die unterschiedlichen Bezeichnungen in der jeweils anderen Sprache zu erlernen.
Ethketa wusste nun, dass Bizhiu ein Halbblut war, dass er einem Unterstamm der Ojibwe angehörte und dass seine Familie weit oben im Norden an den großen Seen lebte, aber er wusste auch,

dass Bizhiu in einem Dorf der Weißen aufgewachsen war, dass Charlotte seine Frau war und ein Kind von ihm erwartete, weshalb sie miteinander geflohen waren.
Was jedoch viel wichtiger und beruhigender für ihn war, war die Tatsache, dass ihm diese beiden Menschen auch weiter zur Seite stehen würden, dass sie ihm tatsächlich helfen wollten, wieder nach Hause zu seiner Familie zu gelangen. Die Dankbarkeit in Ethketas Herzen kannte keine Grenzen und er bewunderte und achtete Bizhiu wie einen großen Bruder.

Sie waren Meile um Meile flussaufwärts gewandert und Bizhiu hatte, angesichts der schlammigen, reißend dahinströmenden Wassermassen des Missouri, sehr schnell damit aufgehört, um das abhanden gekommene Boot zu trauern. Entgegen dieser Strömung zu rudern, wäre mit Sicherheit kein Vergnügen geworden.
Ethketa hatte sich als ausgezeichneter Führer erwiesen. Wie ein Spürhund nahm er die Fährte auf, wie ein Zugvogel schien er einem inneren Gespür folgend mit größter Sicherheit seinen Weg zu finden. Und nur zu gerne hatte ihm Bizhiu die Rolle des Führers überlassen.

Sie hatten sich auf einen Marsch in südwestlicher Richtung begeben. Lange, unendlich lange Zeit, liefen sie stromaufwärts, durchwanderten die den Missouri säumenden Waldgebiete, welche nach zwei, drei Wochen der Wanderschaft ihre Dichte und Üppigkeit zu verlieren begannen. Und als sich dann der Fluss aufmachte, um in einem großen Bogen in nordwestliche Richtung zu weisen, verließen sie seine Ufer und durchwanderten den Wald nun einige Tage in westlicher Richtung, bis er sich letztendlich zur Gänze auflöste und den Blick freigab auf eine sanfthügelige, schier endlose Weite, die sich vor ihnen ausbreitete, soweit ihr Auge zu sehen vermochte.

Bizhiu fühlte sich seltsam schutzlos und verloren inmitten dieses weithin überschaubaren Landes aus dichtem Büffelgras.
In den darauffolgenden Wochen unterbrachen nur vereinzelte kleine Baumgruppen, vereinzelte Sträucher und niedere, zum

Teil recht bizarre Felsformationen, diese scheinbar niemals enden wollende Graslandschaft.
Sorgsam hatten sie bisher jedes menschliche Wesen, jede Stadt, jedes Dorf und auch jedes Indianerlager umgangen und waren nun an einem Punkt ihrer Reise angelangt, an dem es ihnen weder ratsam noch notwendig erschien, als Weiße verkleidet herumzulaufen. Denn die Gegenden, die sie nun durchstreiften, wurden weit häufiger von unterschiedlichen indianischen Stämmen bewohnt, durchzogen und durchwandert, als von weißen Siedlern.

Die Sonne stand bereits sehr tief und Charlotte musste sich beeilen, wollte sie nicht im flackernden Schein des kleinen Lagerfeuers ihr Werk vollenden. Ethketa aber beobachtete Bizhius Verwandlung mit glücklichen, mit großen, staunenden Augen. Es schien ihm, als schlüpfe da vor seinen Augen gerade ein wunderschön schillernder Schmetterling aus einer vergleichsweise unscheinbaren, plumpen Puppe hervor.
Nachdem ihm Charlotte sorgfältig diesen dichten, schwarzen Bart mit dem Rasiermesser aus dem Gesicht entfernt hatte, schlüpfte Bizhiu aus seinen Stiefeln, legte sein Hemd und auch seine Hose ab und zog stattdessen die kunstvoll mit Perlen verzierte Kleidung der Ojibwe an. Und als er sich dergestalt vor Ethketas Augen vom bärtigen Halbblut zum wirklich eindrucksvollen, jungen Krieger gewandelt hatte, wuchs dessen Zuneigung und auch sein Vertrauen in ihn ins Unermessliche, würde fortan unerschütterlich sein. Und voller Achtung und Ehrfurcht betrachtete er die stattliche, fein verzierte Feder in Bizhius Haar, denn was sie zu bedeuten hatte, glaubte er ganz genau zu wissen. Und wenn er mit seinen Vermutungen vielleicht auch nicht ganz richtig lag, so war ihm eines jedoch in jedem Fall sonnenklar. Diese Feder sprach, zumal bei einem noch so jungen Mann, von großer Ehre, Tapferkeit und Mut, diesbezüglich gab es keinerlei Verständigungsschwierigkeiten.
Auch Ethketa hatte wieder seine ursprüngliche Kleidung angelegt und Charlotte nahm sich nun, als offensichtlich weiße Frau, ziemlich exotisch zwischen den beiden aus. Bizhiu atmete auf, als er das weiche Lederhemd über seinen Kopf zog, und seine Füße

fühlten sich so unbeschwert und leicht in den vergleichsweise gewichtslosen, elastischen Mokassins. Mit Freuden verstaute er seine klobigen Stiefel in seinem Gepäck. Mit seinen Mokassins würde sein Schritt wesentlich leiser sein, als wenn er in seinen Stiefeln lautlos zu schleichen versuchte und das würde nicht nur die Jagd unendlich erleichtern.
Und herrlich war es, auch wieder Bogen und Köcher zu schultern, stets griffbereit bei sich zu haben und ihn nicht ängstlich und verschämt eingewickelt und verpackt mit sich herumzuschleppen. Und dieser Bart, dieser entsetzliche Bart! Es war so unglaublich angenehm diese Wolle im Gesicht wieder los zu sein, wieder den Wind und die Sonne auf der Haut zu spüren und Charlottes zärtliche Lippen, wenn sie seine Wangen küssten.
Nie mehr wollte er mit so einem Pelz im Gesicht herumlaufen und Charlotte war wirklich entzückt, als sie ihn wieder ohne Bart vor sich sah. Sie hatte beinahe schon vergessen, wie fein geschwungen seine Lippen waren, wie edel sein Profil.
Sie hätte ihn beständig betrachten können, voller Stolz, voller Wohlgefallen, mit einem Strahlen im Gesicht. Das war ihr Mann!

So anstrengend ihre Reise auch war, so langwierig und mühselig, so machte sich doch niemals wirkliche Mutlosigkeit oder gar Verzweiflung in ihnen breit, denn nun hatten sie ein konkretes Ziel vor Augen und sie zweifelten auch keinen Moment daran, dass sie sich diesem Ziel mit jedem weiteren getanen Schritt stetig näherten, denn Ethketa führte sie mit äußerster Zielstrebigkeit und Sicherheit auf ihrem Weg.

Bizhiu und Ethketa hielten abwechselnd Wache wie in jeder Nacht. Sie hatten beide darauf bestanden, dass Charlotte als schwangere Frau von dieser Nachtwache grundsätzlich ausgeschlossen bliebe. Ein scharfer, kalter Wind hatte die Wolkendecke zerrissen und dafür gesorgt, dass in dieser sternklaren Nacht zum ersten Mal der Winter mit seinem eisigen Atem Einzug hielt und probeweise alles mit einem zarten Hauch von Raureif überdeckte. Ethketa zitterte und bibberte. Er war so müde, völlig erschöpft und gähnte ein ums andere Mal während ihm der beißend kalte

Wind die Tränen in die Augen trieb. Noch eine ganze Weile hielt er aus, lief beständig auf und ab, um nicht doch noch einzuschlafen, bevor endlich der Mond seinen Lauf soweit vollzogen hatte, dass er Bizhiu guten Gewissens wecken konnte. Tapfer versuchte er sich wachzuhalten, doch es half alles nichts. Ethketa musste zu seiner Schmach einsehen, dass er keine gute Nachtwache mehr abgab und so unangenehm ihn dies auch berührte, so durfte die eigene Ehre nicht über dem Schutz der Gemeinschaft stehen. Niemals!

Er seufzte und schlich sich an Bizhius Seite. Sanft rüttelte er an dessen Schulter. Bizhiu war sofort wach und rieb sich verschlafen die Augen.

Ethketa flüsterte: „Hóvahe, náéschekahaneotse … tótóenome - Mein Freund, ich bin müde, … schlafe mit offenen Augen.-" Die Schmach in seiner Stimme war nicht zu überhören, er war im Kampf gegen seine eigene Schwäche unterlegen.

Warm und freundlich lächelte Bizhiu in das zerknirschte, vollkommen übermüdete Gesicht und bereitwillig überließ er ihm den warmen Platz an Charlottes Seite. Voller Dankbarkeit wickelte sich Ethketa fest in die vorgewärmte Decke und schlief beinahe augenblicklich ein. Nachdenklich betrachtete Bizhiu den zierlichen, schmalen Kerl. Er hätte es wirklich nicht für möglich gehalten, dass er schon fünfzehn Jahre zählte. Er sah wesentlich jünger aus.

Gedankenverloren ließ Bizhiu seinen wachsamen Blick weiterschweifen, über die endlose Weite dieser eintönigen, silbergrauen Landschaft gleiten. Bizhiu war ein Kind des Waldes und das fühlte er hier, wo nichts mehr auf die ewigen Wälder des Nordostens hindeutete. Er hatte Heimweh, bitteres Heimweh wie noch nie in seinem Leben. Und gerade in diesen einsam durchwachten Stunden der Nacht erdrückte es ihn schier und schnürte ihm die Kehle zu. Tags ging es besser. Da war Charly an seiner Seite und er konnte mit jeder Sekunde fühlen, dass da etwas ganz Großes, etwas ungemein Wertvolles zwischen ihnen wuchs. Ein leises Wimmern, unverständliche, schnell gesprochene Worte, dann wieder ein klagender Laut. Bizhiu blickte mit mitleidsvollen Augen zu Ethketa. Er weinte wieder, er weinte beinahe jede Nacht.

Doch in der vergangenen Nacht, da hatte er nicht nur im Schlaf geweint, sondern war schreiend aufgewacht und Bizhiu hatte ihn, ohne weiter darüber nachzudenken, in den Arm genommen und hatte ihm ins Ohr geflüstert, dass dieser Hávesé'hetane, dass dieser schlechte Mann tot sei, dass er ihm niemals wieder etwas tun würde.
Erst in diesem Augenblick hatte Ethketa die Hoffnung wirklich aufgegeben, dass seine Begleiter vielleicht doch nichts von dem Entsetzlichen, dem widerwärtig Ekelhaften, dem grausam Beschämenden wussten, das er Nacht um Nacht, Woche um Woche, Monat um Monat erduldet hatte, in seinem armseligen, jämmerlichen Bestreben, irgendwie am Leben zu bleiben. Er hatte die Wahl gehabt zwischen dem Verlust seiner Ehre und dem Verlust seines Lebens. Er wusste, dass er feige gewählt hatte und er schämte sich dafür. Nur zu gerne hätte er diese Scham, dieses Wissen, tief in sich zu versenken, zu verbergen gesucht, so tief, bis er selbst es kaum mehr glauben, sich dessen kaum mehr erinnern könnte. Doch dergleichen war sehr schwierig, wenn ein anderer ganz offensichtlich dieses Wissen teilte.

Bizhiu war zutiefst betroffen, als er die unendlich tiefe Scham in den entsetzten Augen erblickte und Ethketa setzte in seiner Hilflosigkeit noch eins obendrauf, trat sein Ringen um Tapferkeit mit Füßen. Denn angesichts der Tatsache, dass ihn da so wissende, mitleidsvolle Augen anblickten, brach Ethketa schluchzend in Tränen aus, weinte an Bizhius Schulter, ließ es zu, dass ihn dessen starke Arme schützend umfingen und wiegten wie ein kleines Kind. Er weinte und hoffte inständig, dass wenigstens Charlotte ihn nicht so unbeherrscht und jämmerlich sehen würde, denn dann wäre seine Schande wahrlich perfekt gewesen. Aber Charlotte tat ihm den Gefallen und schlief tief und fest und er war ihr so dankbar. Und dennoch, ... er schämte sich seiner Tränen, schämte sich in Grund und Boden und doch liebte er Bizhiu zugleich dafür, dass er diese schmachvollen Tränen bei ihm weinen durfte, dass sich dieser trotz alledem kein bisschen für ihn zu schämen schien, dass ihn das Ganze anscheinend nicht einmal peinlich berührte.

Bisweilen schaffte es Bizhiu sogar, ihm das unglaublich tröstende Gefühl zu geben, dass seine Entscheidung für das Leben und zugleich auch für dieses demütigende Martyrium nicht unbedingt ein Zeichen von Schwäche gewesen war. Und doch, Ethketa fragte sich immer wieder, warum er es nicht wenigstens einmal darauf angelegt hatte, dass ihn dieser Mensch über den Haufen schoss.
Aber er hatte es nicht getan. Und irgendwann war er einfach geflohen, war über die Wiesen getanzt, während es geschah. War ganz weit weg gewesen, hatte einen anderen da wimmern und schreien lassen, hatte diese Gestalt mit Bedauern betrachtet, voller Mitleid, voller Scham. Und dann war er selber einfach davongeflogen, hinaus in die Freiheit, in die endlose Weite der Plains, die Sonne schien freundlich und warm und der Himmel war blau. Und erst wenn er anderntags kaum noch sitzen und laufen konnte, wenn er das getrocknete Blut an seinen Beinen kleben sah, war er wieder zurückgekommen, war sie wieder zurückgekommen, die Erinnerung und mit ihr die Scham und diese entsetzliche Angst vor der nächsten Nacht.

44

Allmählich schlichen sich doch Sorge und auch ein Stück Verzweiflung in ihren Herzen ein. Zwar zweifelte nach wie vor keiner von ihnen daran, dass sie sich auf dem richtigen Weg befanden, nur ob sie ihr Ziel noch rechtzeitig erreichen würden, ehe der erste Blizzard ihnen den Garaus machte, erschien ihnen immer fraglicher zu sein.
Längst war es bitterkalt geworden, ein eisiger Wind fegte über sie hinweg und in dieser ebenen Gegend, in der so gut wie nichts wuchs außer diesem widerstandsfähigen Büffelgras, waren sie seinem Brausen und Tosen schutzlos ausgeliefert. Nichts hielt ihn auf, nichts stellte sich ihm in den Weg, diesem schneidenden, eiskalten Wind.
Und doch waren sie weitergewandert und waren nun am Rande der Great Plains angelangt, einer versteppten, kargen Grasland-

schaft, deren einzige Abwechslung in seltsam geformten Felshügeln zu bestehen schien. Bizhiu glaubte, niemals zuvor eine trostlosere Ödnis gesehen zu haben. Und unvorstellbar schien es ihm, dass hier irgendwo Menschen leben sollten.

Der noch junge Morgen war kalt und grau. Sie hatten sich in den vergangenen Tagen einzig von Präriehunden ernährt, diesen in unterirdischen Kolonien hausenden Nagetieren. Im Grunde war ihre Lage fatal.
Charlotte schlotterte vor Kälte, trotz ihres Umhangs, trotz der Decke darüber, trotz Bizhius zweitem Lederhemd darunter, welches sie noch über ihre beiden Kleider gezogen hatte. Sie vermochte kaum noch ihre Hände und Füße zu spüren. Sie sehnte sich nach etwas Warmem, etwas zu essen und zugleich zweifelte sie mittlerweile daran, in diesem Leben überhaupt noch einmal irgendwo anzukommen.
Sie war an einem Punkt angelangt, an dem sie nicht mehr weit davon entfernt war aufzugeben. Diese schier endlose Wanderschaft war für sie wirklich unerträglich geworden, zermürbte sie, zehrte an ihren Kräften und zerrte an ihren Nerven. Erste feine Schneekristalle brannten wie Feuer auf ihrer rissigen, geröteten Haut, als Ethketa aufgeregt den Boden abzusuchen begann. Er hatte die Reste alter Feuerstellen gefunden und lief nun die Gegend ab, flink wie ein Wiesel, in einem großen weitläufigen Kreis.
Dann lief er eilends zu ihnen zurück und seine Augen strahlten, glühten förmlich und zum ersten Mal sahen sie ein glückliches Lachen in seinem sonst so ernsten und nachdenklichen Gesicht, und in höchster Aufregung wies er in südliche Richtung.
Bizhiu nahm Charlotte in den Arm. „Ich glaube, wir haben's bald geschafft, Charly, halte nur noch ein bisschen durch."
Sie bemühte sich um ein tapferes Lächeln, doch es war nur der Schatten eines solchen, der da flüchtig über ihr erschöpftes Gesicht glitt.
Es lag noch ein beschwerlicher Marsch von annähernd sieben Stunden in südlicher Richtung vor ihnen. Charlotte stolperte mehr als dass sie ging, sie war wirklich am Ende ihrer Kraft. Ihre Schwangerschaft war nun selbst unter diesen zahlreichen

Lagen von Stoff und Leder nicht mehr zu verbergen. Ihr Rücken schmerzte und ihre Beine drohten von Schritt zu Schritt immer vehementer damit ihren Dienst zu versagen. Mit letzter Kraft erklomm sie eine Anhöhe aus bröseligem, sandfarbenem Gestein, dann sank sie einfach in sich zusammen, sie konnte nicht mehr, sie wollte nicht mehr! Hier auf diesem spröden Fleckchen Erde würde sie bleiben! Keinen Schritt mehr, keinen einzigen!
So erschöpft war sie, dass sie gar nicht bemerkte, wie gebannt Bizhiu in die vor ihnen liegende Senke sah, dass sie den Rauch nicht roch, und erst als sie Ethketas gellenden Freudenschrei vernahm und ihr mit einiger Verzögerung auch dessen Bedeutung zu dämmern begann, hob sie den Blick und spähte nun ihrerseits über den Rand der Anhöhe hinweg.

Der Anblick war wirklich imposant und Bizhiu staunte, wie einem etwas so vertraut und zugleich doch so fremd und andersartig anmuten konnte.
Auch dieses Lager vor ihnen war kreisförmig angeordnet, auch hier wiesen alle Eingänge nach Osten. Und es gab auch einen großen, freien Platz in der Mitte des Lagers, auf dem Kinder und Hunde umhersprangen und allgemein rege Geschäftigkeit herrschte. Soweit war alles ganz wie im Lager der Gamini auch. Und doch war es etwas völlig anderes, das erkannte Bizhiu bereits in diesem ersten Augenblick. Es gab in diesem Lager keinerlei kuppelförmige Wigwam zu sehen, sondern ausschließlich spitz zulaufende Tipis und die waren nicht lose um die freie Mitte des Lagers verteilt, sondern standen in einem akkuraten weitläufigen Kreis, in jeweils gleichem Abstand zueinander, in welche Richtung man auch schaute. Alles in allem mochten es gut und gerne hundert Tipis sein, und annähernd fünfhundert Menschen mochten wohl in diesem, im Vergleich zu dem Lager der Gamini, geradezu riesig anmutenden Lager leben. Und noch etwas unterschied dieses Lager deutlich von denen der Ojibwe, und das waren die zahlreichen Pferde, die sich zum überwiegenden Teil in einer wirklich beeindruckend großen Herde am südlichen Rande des Lagers befanden, zum Teil aber auch in unmittelbarer Nähe des Tipis ihrer jeweiligen Besitzer gehalten wurden.

Bizhiu blickte immer noch stumm, mit vor Staunen geweiteten Augen auf das Lager der Cheyenne, als sich bereits ein kleiner Trupp von dort aus in Bewegung setzte.
Natürlich waren sie längst schon durch einen Wachtposten erspäht worden und Mochtavetós wachsamem Blick war auch nicht entgangen, dass einer der Ankömmlinge unter Umständen der schon seit bald einem Jahr verloren geglaubte Ethketa sein könnte.
Augenblicklich hatte er sich auf sein Pferd geschwungen, und war in wildem Galopp zurück ins Lager geritten und hatte High Backed Wolf, ihren Häuptling, und natürlich auch Paveena'e - Gute Federnfrau - und Ische'hemeo - Sonnenweg -, Ethketas Eltern, von seinen Beobachtungen berichtet.
Paveena'e hatte alles fallen lassen und war mit einem unterdrückten Aufschrei aus dem warmen Tipi in die hundsgemeine Kälte gelaufen. Gefolgt von ihrem Mann und Ókinn, Ethketas älterem Bruder, der seinen Namen „Einäugiger" einer Verletzung auf dem Kriegspfad zu verdanken hatte. Gemeinsam mit High Backed Wolf und einigen jungen Kriegern waren sie eilends den auf der Anhöhe auszumachenden Personen entgegengeritten, und als sie ihnen dann ein gutes Stück näher gekommen waren, gab es für Ethketa, der bis dahin reglos auf das Lager seines Volkes geblickt hatte, kein Halten mehr.
Mit einem gellenden Aufschrei stürzte er die Anhöhe hinab, rannte und stolperte, fing sich wieder, rannte weiter, flog beinahe und rief dabei ein ums andere Mal: „Náchko'e! Ného'e! – Mutter! Vater!"
Bizhiu und Charlotte aber verfolgten alles mit atemloser Spannung, verharrten auf ihrem Platz, als einige Meter unter ihnen ein Stimmengewirr von ganz fremdartigem Klang, durchsetzt mit gellenden Freudenrufen anzuschwellen begann, während Ethketa von Arm zu Arm gereicht, ein ums andere Mal gedrückt und liebevoll durchgeschüttelt wurde, um dann letztendlich wieder in den Armen seiner weinenden und vor Überwältigung immer wieder aufschluchzenden Mutter zu landen. Erst als dann einer der Krieger in wildem Galopp zurückritt, um den Rest des mittlerweile schon aufmerksam wartenden Lagers zu unterrichten

und als sich zugleich die Aufmerksamkeit der anderen Krieger Bizhiu und Charlotte zuzuwenden schien, wagten sie es, sich langsam in Bewegung zu setzen. Doch sie waren noch nicht allzu weit gekommen, als nun seinerseits High Backed Wolf, gefolgt von Ethketas Vater, auf sie zukam.
Freundlich und fest ruhte ihr Blick auf Charlotte und Bizhiu und High Backed Wolf fasste, kaum dass er sie erreicht hatte, mit starkem, sicherem Griff Bizhiu an den Schultern und blickte ihm so eindringlich, so prüfend in sein Gesicht, dass Bizhiu glaubte, winzig klein zu werden wie eine Maus. Dann aber lächelte ihn dieser offensichtlich sehr mächtige alte Mann, der viele Adlerfedern trug, wohlwollend an und nickte.
Er sagte einige Sätze zu Bizhiu und zu Ethketas Vater, die Bizhiu nicht verstand, denn sie waren für seine bescheidenen Kenntnisse in der Sprache der Cheyenne viel zu schnell gesprochen. Doch hörte er aus der fließenden Folge unbekannter Wörter zwei heraus, die ihm mittlerweile geläufig waren, „Hóvahe" und „Epava" - „Freund" und „gut".
Erleichtert atmete Bizhiu auf und blickte den fremden Krieger mit einem zurückhaltenden Lächeln an, ehe er von diesem an Ische'hemeo weitergereicht wurde, der ihn einfach wortlos an sich drückte, auf seinen Rücken klopfte und es war ganz offensichtlich, dass er mit den Tränen kämpfte und im Grunde nicht wusste wohin mit seinem unfassbaren Glück. Als er dann Bizhiu kurzerhand einfach beim Arm nahm, Charlotte freundlich und aufmunternd anlächelte und ihnen beiden einladend zunickte, gingen sie gemeinsam zu den anderen. Charlotte, Bizhiu und Ethketa wurden genötigt, die letzten hundert Meter ihres beschwerlichen Weges auf dem Rücken eines Pferdes zurückzulegen und so ritten sie feierlich neben Ethketas Eltern und High Backed Wolf zum Lager der südlichen Cheyenne, gefolgt von den drei Kriegern, welche ihnen ihre buntgescheckten Pferde überlassen hatten. Hunde und Menschen kamen ihnen entgegengelaufen. Es war unverkennbar, dass Ethketas unverhoffte Rückkehr das ganze Lager zum Jubeln brachte. Vor seinem Verschwinden hatte sich Ethketa innerhalb des Lagers und noch darüber hinaus, im Lager der befreundeten Arapahoe, allergrößter Beliebtheit erfreut, und

sein lustiges, sonniges Gemüt, seine Pfiffigkeit, seine Tapferkeit und Zähigkeit hatten dafür gesorgt, dass er der auserkorene Liebling seines Vaters war, dass alle Jungen gerne mit ihm gespielt hatten, dass es ein begehrtes Ziel gewesen war, Ethketa zu besiegen, und eine Trophäe sondergleichen war es, wenn es einem einmal gelang. Ische'hemeo aber war ein wohlgeachteter Mann, er hatte viele Federn und Pferde und drei Kinder hatte er auch. Ja, er hatte wahrlich auf ein glückliches, zufriedenes Leben zurückgeblickt, bis zu dem Tag, da man ihm seinen Jüngsten, seinen Liebsten genommen hatte, bei dessen erster Teilnahme an einer Jagd entführt. Damals hatte Ethketa den Auftrag gehabt Feuerholz für die Krieger zusammenzutragen und war davon nicht wieder zurückgekehrt. Stunden um Stunden hatten sie ihn gesucht, bei Tag und bei Nacht, doch sie hatten kein Zeichen, keine Spur von ihm finden können. Seit diesem Tag war Ische'hemeos sonnenreiches Leben grau geworden, und nun, da er seinen fröhlichen Sonnenschein wieder hatte, wusste er im Grunde nicht mehr ein noch aus.

Sie hatten kaum das Lager erreicht, da wurden sie umringt von Menschen und Hunden, und ein kleiner gescheckter sprang an Bizhius Beinen hoch, kaum dass dieser vom Pferd gestiegen war. Und in dem ganzen Tumult ließ sich Bizhiu auf die Knie hinunter und streichelte das struppige gescheckte Fell des Hundes, blickte in lustige braune Äuglein, während das dürre Schwänzchen des Tieres unaufhörlich wedelte. Doch dann musste Bizhiu sich den Zweibeinern widmen, die ihn und Charlotte neugierig, aufgeregt und sehr freundlich in Beschlag zu nehmen begannen. #
Die Cheyenne führten sie in ein angenehm warmes Tipi, reichten ihnen zu trinken und einige Kleinigkeiten zu essen, und gingen daran, Vorbereitungen für ein Festmahl zu Ehren dieser glückhaften Stunde, zu Ehren der Retter ihres jüngsten Sohnes, zu treffen. Keine Stunde später saßen Bizhiu und Charlotte bereits auf dem Ehrenplatz gegenüber dem Eingang, zwischen Ethketa und seinem Vater in einer beträchtlich großen Runde, die sich in dem stattlichen Tipi von Ethketas Familie versammelt hatte. Jeder Platz war besetzt. Und Ethketa ließ es sich nicht nehmen, sie un-

ermüdlich anderen, überaus interessiert und forschend blickenden, Gesichtern vorzustellen und dabei unentwegt ihren Mut und ihre Entschlossenheit zu preisen, mit der sie ihn befreit und ihm beigestanden hatten. Und als dann Bill Darings stinkender, weil in der Eile leider nicht ausreichend konservierter, Skalp die Runde machte und Ethketa verkündete, mit welchem Großmut Bizhiu ihm das Skalpieren seines Entführers überlassen hatte, blieb manch ein anerkennender Blick an Bizhiu hängen und es war spürbar, dass bereits in diesen ersten gemeinsamen Minuten sein Ansehen unter den hier anwesenden Cheyenne zu wachsen begann.
Das Feuer prasselte und wärmte wohlig, in diesem großzügigen, aus vielleicht fünfundzwanzig Büffelhäuten hergestellten Tipi, dessen Wände leuchtendrot gefärbt worden waren. Das Essen schmeckte eigenartig, ungewohnt, aber es war reichlich und warm. Es zeigte sich, dass einzelne der anwesenden Indianer sogar über einen gewissen, wenn auch äußerst begrenzten, Wortschatz im Englischen verfügten. Bizhiu fühlte das Wohlwollen um ihn herum und von überall her streiften ihn freundliche, aufmerksame Blicke. Sein Magen war endlich wieder einmal zufrieden und auch seine Füße und Hände hatten sich allmählich erwärmt. Und als ihm Ethketas Vater mit einem einladenden Lächeln eine seiner kunstvollen Steinpfeifen mit den Worten „Hóvahe, he'pótanó! - Mein Freund, wir wollen rauchen! - " überreichte, begann er gänzlich aufzutauen, in jedwedem Sinne und sich so wohl zu fühlen wie schon seit Ewigkeiten nicht mehr. Mit einer angedeuteten Verneigung und einem dankbaren Lächeln nahm Bizhiu die dargebotene Pfeife entgegen und tat einen tiefen Zug daraus. Ah, Kinnikinnik! Anders als zu Hause an den großen Seen und doch auch ähnlich wie so vieles hier. Nochmals nahm er einen tiefen Zug aus der Pfeife und fühlte in diesen Momenten einfach nur grenzenlose Erleichterung. Er entspannte sich und spürte in sich die beruhigende Gewissheit aufsteigen, dass sie, fürs Erste zumindest, tatsächlich in Sicherheit waren, dass sie endlich irgendwo angekommen waren, beschützt und geborgen für die nächste Zeit. Doch ein Seitenblick zu Charlotte genügte vollauf, um ihm zu zeigen, dass es seiner Gefährtin ganz anders

zu ergehen schien. Blass und erschöpft sah sie mit beinahe schon verschreckten Blicken um sich.

Natürlich hatte sie durch ihre Wanderschaft mit Ethketa einiges über sein Leben erfahren und manches mutete ihr auch durch ihr Zusammensein mit Bizhiu und dessen Erzählungen gar nicht einmal so unbekannt und fremd an. Doch hier so gebündelt eine Vielfalt all dessen vorzufinden und sich selbst auch noch mittendrin, war für sie eigentlich nicht zu fassen. Und völlig neu war auch die Erfahrung, nicht mehr eine unter vielen zu sein, sondern selber die Andersartige, eine weiße Exotin.
Zärtlich und schützend legte sich Bizhius Arm um ihre Schultern: „Möchtest du dich nicht ein bisschen hinlegen und ausruhen? Du siehst so erschöpft aus. Wenn du möchtest, frage ich Ethketa, wo du schlafen könntest."
Charlotte nickte stumm, sie sehnte sich wirklich nach Ruhe und Frieden, wenngleich ihr auch der Gedanke sich hier irgendwo alleine, ohne Bizhiu an ihrer Seite, schlafen zu legen, sehr unbehaglich war. Kaum hatte Bizhiu ein Wort zu Ethketa gesagt, als sich dieser auch schon an seine Mutter wendete, welche sich sofort mit einem Lächeln erhob, zu Charlotte ging, mit der Rechten ihre Hand ergriff, mit der Linken aufmunternd ihre Wange tätschelte und ihr dann bedeutete mit ihr zu kommen. Unsicher und bittend blickte Charlotte zu Bizhiu, der sich auch sogleich erhob, um mit ihr zu gehen und auch Ethketa schloss sich ihnen an. Sie führten sie in das Tipi, das von Vo'ka'e – Antilopenfrau - und ihrer Familie bewohnt wurde, jetzt aber still und verlassen war, da sie sich allesamt im Tipi des Vaters befanden, um die Rückkehr Ethketas zu feiern. Nachdem Paveena'e ein Lager für Charlotte hergerichtet hatte, zog sie sich zurück und ließ, gefolgt von Ethketa, die beiden rücksichtsvoll miteinander alleine.

Kaum hatten sie das Tipi verlassen, als sich Charlotte auch schon in Bizhius Arme flüchtete und erschöpft zu weinen begann. „Ach, Bizhiu! Ich glaube, ich kann das alles nicht! Alles hier ist so, so anders, so ..."
„Neu und fremd und du bist vollkommen erschöpft. Du brauchst

jetzt Ruhe und Schlaf, Charly, und bitte vergiss eines nicht, ich werde immer bei dir sein und ich bin nicht fremd und wo ich bin, wirst du immer auch ein Stück Heimat finden. Wir sind frei, wir könnten morgen schon gehen, wenn du das wirklich willst. Aber schlafe jetzt erst einmal und überlege dann, denn mit einem erschöpften Geist sieht manches trüber und beängstigender aus, als es ist."
Zärtlich küsste er ihre Stirn. Charlotte schniefte und versuchte ein Lächeln. Bizhiu küsste noch einmal ihr Haar und erhob sich dann, verließ leise das Tipi und nur wenige Augenblicke später schlief Charlotte bereits ein.

Draußen aber wartete Ethketa, saß da in der Kälte, an seiner Seite wieder so ein kleiner, gescheckter Hund mit struppigem Fell und dürrem Schwänzchen und im ersten Moment glaubte Bizhiu, dass es derselbe Hund sei, der ihn bei seiner Ankunft so allerliebst begrüßt hatte. Doch waren die Flecken bei näherem Betrachten anders. Unwillkürlich begann Bizhiu durch das raue Fell des Hundes zu streicheln.
Ethketa beobachtete ihn: „Du magst sie, nicht wahr?"
„Die Hunde? Ja natürlich, ich mag jedes Tier."
„Du kannst ihn haben, er gehört meinem Vater, er wird ihn dir gerne geben."
„Oh, ..." Bizhius Augen leuchteten auf. „Also, ich möchte ja nicht unverschämt sein, aber wenn ihm dieser Hund hier gehört, dann gehört ihm vielleicht auch der junge Hund, der mich heute so nett begrüßt hat, als wir im Lager angekommen sind. Sie sehen aus, als kämen sie aus einem Wurf. Also, wenn dem so wäre und es deinem Vater wirklich nichts ausmachen würde, dann hätte ich am liebsten diesen Hund von heute Nachmittag."
Voller Bedauern blickte ihn Ethketa an und sagte: „Dem ist zwar so, aber es wird trotzdem nicht möglich sein, mein Freund. Du hast ihn gewissermaßen schon zum Geschenk erhalten."
Verständnislos blickte ihn Bizhiu an: „Wie? Ich verstehe nicht ..."
Ethketa nickte lächelnd und sagte dann in ruhigem, erklärenden Ton: „Es ist bei uns Sitte, einen besonderen Gast mit dem Hund zu bewirten, der diesen Gast als erster begrüßt. Verstehst du, mein

Freund? Der Hund selber fällt die Entscheidung."
Bizhius Augen weiteten sich und blickten seltsam reglos in Ethketas immer noch freundlich lächelndes Gesicht. Er konnte kaum glauben, was er da gerade gehört hatte und doch traf ihn zugleich die Erkenntnis wie ein Keulenschlag. Nur mit absoluter Willensanstrengung gelang es ihm, den beinahe übermächtigen Impuls sich augenblicklich im hohen Bogen zu übergeben, zu unterdrücken. Es wurde ihm schlagartig so speiübel und zugleich so schmerzlich elend zumute und vor seinem inneren Auge wedelte ein dürres Schwänzchen, glänzten lebenslustige Äuglein von tiefdunklem Braun.
Als sich Bizhiu an diesem Abend dicht an Charlotte kuschelte, ihre Wärme genoss, ihren vertrauten Duft in sich einsog, tröstete er sich gedanklich gleichermaßen, wie er zuvor Charlotte zu trösten versucht hatte. Zu Hause war er nur bei ihr, alles andere blieb änderbar, wandelbar, würde einzig und allein die Zukunft zeigen.

45

Sie waren noch keine drei Tage im Lager der Cheyenne, als der erste Schneesturm über die Tipis hinwegfegte und den Gedanken an einen eventuell baldigen Abschied von ganz alleine vergessen ließ. Doch ohnedies hatte sich der Gedanke daran bereits am zweiten Morgen hier im Lager von selbst erledigt, denn Ische'hemeo hatte sich gemeinsam mit High Backed Wolf seinen Söhnen Ethketa und Ókinn sowie Mochtavetó, der hier im Lager der Cheyenne am besten die englische Sprache beherrschte, zu Bizhiu gesetzt, und feierlich seine beste Pfeife entzündet und an ihn weitergereicht. Als die Pfeife einmal die Runde gedreht hatte, klopfte er sie aus und stopfte sie von Neuem. Mit Hilfe von Mochtavetó - Schwarzer Kessel -, unterbreitete er ihm ein ungemein verlockendes Angebot. Denn Ische'hemeo ließ Bizhiu wissen, dass er einen Sohn verloren habe und zwei dafür zurückerhalten. Er ließ ihm erklären, dass er wisse, dass Bizhiu bald Vater werde, dass er wisse, dass er deshalb eine Heimat und eine Familie brau-

che, die ihm und seiner Familie beistehen würde. Und er wisse auch, dass Bizhiu seinem Sohn wie ein Bruder beigestanden habe, als dieser dringend der Hilfe bedurfte, dass er sein Leben gerettet habe, wodurch sie auf ewig miteinander verbunden wären. Deshalb wäre es ihm eine große Ehre, ihn seinen Sohn nennen zu dürfen und zu wissen, dass er ihn so unterstützen dürfe, wie ein Vater seine Kinder unterstützt. Der Rat habe seinem Wunsch zugestimmt und es liege nun an Bizhiu, ob er dem ebenfalls zustimmen wolle.
Es dauerte eine Weile bis Bizhiu wirklich verstand, was ihm da gesagt wurde. Doch er erahnte bei Weitem nicht in vollem Umfang, was dieses großherzige Angebot letztendlich bedeuten würde. Doch hätte er ohnedies gar keine andere Wahl gehabt, als anzunehmen, denn ein solches Angebot dankend abzulehnen, hieße, das dargebotene Herz des anderen abzulehnen. Ethketas Augen funkelten glücklich im Schein des Feuers, als Bizhiu mit einem immer noch überraschten Lächeln einwilligte und die daraufhin sogleich entzündete Pfeife entgegennahm.

Was es tatsächlich bedeutete Ische'hemeos Sohn zu sein, begann Bizhiu erst allmählich zu begreifen. Dann nämlich, als die Frauen Charlotte unter ihre Fittiche nahmen und nach und nach in emsiger Arbeit, die Charlotte bald mit glänzenden Augen und roten Wangen gemeinsam mit den anderen Frauen verrichtete, ein großes, geräumiges Tipi zu entstehen begann.
Paveena'e hatte gemeinsam mit ihrer Tochter Vo'ka'e im Namen ihrer neugewonnenen Schwiegertochter einige der anderen Frauen, welche besonders geschickt im Tipibau waren, zu sich eingeladen. Und ganz so wie es üblich war, wurde von nun an Tag für Tag gemeinsam an dem Tipi gearbeitet, wurde Tag für Tag ein großes Festmahl für alle beteiligten Frauen bereitet, wurde viel erzählt bei der Arbeit, viel gelacht. Und ganz abgesehen davon, dass es sowieso eine Ehre war, aufgrund seiner Fähigkeiten von anderen Frauen zum Tipibau geholt zu werden, hätte niemals eine einzige der Gebetenen diese Gelegenheit ausgeschlagen, die fremde weiße Frau einmal in aller Ruhe und Ausführlichkeit zu betrachten und näher kennenzulernen. Und so sah sich Charlotte

mit einem Mal umringt von interessierten, lachenden Augen, von gutmütigen, geduldigen Gesichtern und irgendwann begriff sie dann auch, worum es hier eigentlich ging. Dass es wahrhaftig um ihr Zuhause ging, um ein eigenes Tipi, nur für Bizhiu und sie und das Baby!
Wenn es auch ungewöhnlich war, im Winter ein neues Tipi zu errichten, so war es in diesem Fall nicht zu vermeiden, denn Eile war geboten. Es würden gewiss nicht mehr allzu viele Wochen ins Land ziehen, ehe das Baby geboren war und bis dahin sollte das Tipi fertig sein und mit ihm alles, was sonst noch benötigt werden würde. Und obwohl es schwierig war, sich zu verständigen, machte es Charlotte glücklich, auf einmal irgendwie dazuzugehören, angenommen zu werden.

Bizhiu, der es einfach nicht ertragen hätte, Charlotte alleine schuften zu sehen, egal mit wie viel Feuereifer und Freude sie auch dabei sein mochte, machte sich daran, eine Rückentrage für das Baby zu fertigen und auf Charlottes Wunsch auch eine Wiege. Außerdem vertrieb er sich die Zeit damit, für die Innenausstattung des Tipis, für Gebrauchsgegenstände des täglichen Lebens zu sorgen, Behältnisse zu fertigen, Kissen zu nähen, Besteck zu schnitzen. Und wenn Bizhius Tun auch denkbar ungewöhnlich war, denn für all das, was mit dem eigentlichen Hausstand zu tun hatte, waren prinzipiell die Frauen zuständig, vom Besorgen des Feuerholzes bis zum Auf- und Abbau des Tipis, so sah man es ihm doch bereitwillig nach, in Anbetracht der Zeitnot, in Anbetracht der Schwangerschaft seiner Frau, in Anbetracht seiner Zugehörigkeit zu einem weit entfernt lebendem Volk. Und doch war das Erstaunen unverkennbar, als man gewahr wurde, dass Bizhiu wunderbar mit Nadel und Faden umzugehen verstand und als man ihm eine Weile beim Nähen mit Charlottes Nähzeug zugesehen hatte, fragte ihn Mochtavetó: „Hast du diese Fertigkeit bei den Weißen gelernt?"
Überrascht blickte Bizhiu auf, er musste Schmunzeln bei der Vorstellung, die Männer St. Peters Nadel und Faden schwingend vor sich zu sehen. Entschieden schüttelte er den Kopf: „Nein, mein Freund, bestimmt nicht. Meine Mutter hat es mir beigebracht.

Sie fand, dass es kein Fehler sein kann, wenn ein Mensch, egal ob Mann oder Frau, alles gelernt hat und in all dem geübt bleibt, was ihm im Leben nützlich sein kann."
Mochtavetós Blick war überrascht, nachdenklich, doch nicht ablehnend und Bizhiu fühlte, dass er ihn in ganz besonderer Weise zu mögen begann, seine Offenheit, seine Toleranz, seine ruhige, besonnene Art und sein unermüdliches Bemühen um Verständigung. Es passte für Bizhiu, dass gerade er es gewesen war, der ihn zuerst hatte kommen sehen, denn er war es auch, der als erster hier, außerhalb seiner neu gewonnenen Adoptivfamilie, Bizhius Herz für sich gewann.

Charlotte begann sich allmählich einzuleben, anzufreunden, über die Tage und Wochen und auch über die viele Arbeit hinweg, die sie geradezu aufblühen ließ, denn endlich konnte sie daran gehen, für ihr Baby, für ihre ganze Familie ein Nest zu bauen. Und je näher der Tag der Geburt rückte, desto einfacher fiel es ihr, sich mit dem Gedanken anzufreunden auch länger hier bei den Cheyenne zu bleiben, als unbedingt notwendig war.

Der erste Tag ohne Schneegestöber wurde von den Frauen genutzt, um das neue Tipi aufzustellen. Zwanzig Zeltstangen waren dazu vonnöten und nach mehrstündiger Plackerei, war es dann tatsächlich vollbracht. Es war ein hartes Stück Arbeit gewesen, die vielen Pflöcke durch das zähe Leder in den nur notdürftig durch viele kleine Feuer angetauten Boden zu treiben, wohingegen das eigentliche Aufstellen gerade mal eine Stunde gedauert hatte. Und als Charlotte dann dieses Werk vieler Frauen Hände, auch ihrer eigenen Hände, vor sich stehen sah, hätte sie platzten können vor Glück und Stolz. Da stand es also, ihr neues Heim, ihr erstes wirklich eigenes Zuhause, ein Tipi von beinahe fünf Metern Durchmesser, aus achtzehn Büffelhäuten gefertigt, ein geradezu unglaublich großzügiges Geschenk.
Doch noch war es nicht fertig, noch war es nicht bewohnbar, wenn auch schon ein Feuer in seinem Innern brannte, um die Luft in ihm zu erwärmen, den Boden aufzutauen und so den Frauen ihre Arbeit zu erleichtern. Wenn auch der Rauch des Feuers, wie

gewünscht durch den mit Rauchklappen geschützten Abzug gen Himmel entschwand.
Die Innenseite der Tipiwand musste mit einer weiteren Lage an Büffelhäuten verkleidet werden, damit die klirrende Kälte des Winters, genauso wie später dann die sengende Sonne des Sommers, draußen bliebe und zugleich auch ein Stück Behaglichkeit einkehren würde. Nur einzelne dieser Wandbehänge waren bereits verziert, die anderen würde sie sich nach und nach vornehmen. Genauso, wie sie vielleicht im Frühling schon daran gehen könnte, mit Hilfe von Vo'ka'e und Paveena'e die Wände des Tipis von außen zu bemalen.
Doch viel wichtiger war nun erst einmal dessen weitere Innenausstattung. Der Boden musste mit Leder und Fellen gegen die Kälte isoliert werden, so dass man bequem darauf sitzen konnte. Schnüre wurden an der Tipiwand entlang gespannt, an denen man allerhand würde aufhängen können, und Charlotte wünschte sich sehnlich eine größere Bettstatt, als sie gemeinhin üblich war, doch transportabel musste sie sein, ein nicht so einfach zu lösendes Problem. Gemeinsam mit Bizhiu tüftelte sie daran und schließlich entschieden sie sich dafür, aus Holzstäben und Lederriemen eine Art zusammenrollbare Unterlage zu bauen, auf welcher Charlotte später aus Fellen und ihren mitgebrachten Decken ein gemütliches Lager für sie beide herrichten konnte.
Irgendwann war es dann tatsächlich so weit und der große Tag des Einzugs war da.

Als Charlotte Bizhiu an einem wirklich bitterkalten Tag in das wohlig warme, bezugsfertige Tipi führte, war dieser sprachlos und auch beschämt, denn er hatte plötzlich das deutliche Gefühl, in den vergangenen Wochen und Monaten bei weitem nicht so viel geleistet zu haben, wie seine mittlerweile hochschwangere Frau. Doch so müßig er sich in diesem Augenblick auch vorkam, so hatte er dennoch bei Weitem nicht tatenlos in der Ecke gesessen, und es tröstete ihn, dass alles hier in diesem Tipi davon Zeugnis trug. Denn neben ihrem Bett stand die Wiege, die er gebaut hatte und an den Wänden hing die von ihm gefertigte Babytrage und neben seinem alten, auch sein neuer, weit kürzerer Bogen,

welchen er, nebst Köcher und Pfeilen, mit Ethketas und Ókinns Hilfe gefertigt hatte.
Die beiden hatten ihm nicht eher Ruhe gelassen, ehe er sich schließlich geschlagen gegeben und eingewilligt hatte, diesen neuen Bogen zu bauen. „Dein alter Bogen ist ein guter Bogen", hatte ihm Ethketa freundlich erklärt. „Aber für die Jagd zu Pferde ist er zu groß, zu lang, nicht zu gebrauchen."
Staunend standen die beiden in dem Tipi, das nun ihrer beide Zuhause sein würde.
„Charly, es ist einfach wundervoll, ich kann's gar nicht richtig fassen!"
„Bizhiu! Wir haben ein Zuhause!"
Charlottes Wangen glühten und ihre Augen strahlten ihn glücklich an. Ohne ein weiteres Wort schloss er sie in seine Arme, küsste sie, drückte sie an sich, hob sie hoch und küsste sie wieder.
Längst waren ihre Küsse immer leidenschaftlicher geworden, längst hatte Bizhiu den Eingang des Tipis verschlossen, um so die anderen wissen zu lassen, dass sie im Moment ungestört sein wollten.
Nun waren sie allein, unbeobachtet, nun hatten sie Zeit, hatten sogar ihr eigenes Bett und es war köstlich, seinen geschmeidigen, muskulösen Körper zu spüren, zu fühlen, mit welcher Erregung, mit welcher Leidenschaft er sie umfing.

Als anderntags Ethketa ihnen einen Besuch abstattete, kam er nicht allein. Bei sich hatte er zwei halbwüchsige Hunde, geflecktes, struppiges Fell, dürre, wedelnde Schwänzchen, freundliche, lustige, braune Äuglein.
„Es sind die letzten beiden aus diesem Wurf und sie sollen dir gehören, aber ich denke, es wäre ratsam, gut darauf zu achten, dass sie nicht gleich zu jedem Neuankömmling rennen."
Ethketa schmunzelte, doch nur ein bisschen, nur mit den Augen, während seine Lippen ernst blieben. Bizhiu sah es dennoch, es machte aber nichts. Mittlerweile hatte er mit diesem wirklich schmerzlichen Erlebnis zu leben gelernt, wenn es ihm auch wesentlich mehr Probleme bereitete, als der Gedanke an Bill Daring, wirklich wesentlich mehr. Bill Daring war weit weg und es gab

hier weit und breit keine einzige Menschenseele, die auch nur den Bruchteil einer Sekunde daran gedacht hätte, es könnte nicht wahrhaft heldenhaft und großzügig gewesen sein, wie er sich in jener Nacht verhalten hatte.
Das Erlebnis mit dem Hund aber war für ihn weit schwerer verdaulich gewesen und das, obwohl hier im Lager, abgesehen von Charlotte und ihm, niemand etwas dabei fand, einen Hund in den Kochtopf zu befördern. Ein Umstand, den Bizhiu kaum zu ertragen vermochte, obwohl er sich beständig vorbetete, dass es doch im Grunde nun wirklich keinen Unterschied machte, ob ein Kaninchen, ein Büffel oder eben ein Hund sein Leben ließ. Und dennoch, der Gedanke widerstrebte ihm zutiefst und daran würde sich auch niemals etwas ändern. Er hielt den beiden Hunden seine Hände zum Beschnuppern hin, streichelte durch ihr struppiges Fell, und als Ethketa sich später dann verabschiedete, blieben die Hunde bei ihm, blieben einfach liegen, ganz so als hätten sie begriffen, dass Bizhiu von nun an ihr Herr sein würde.

Ethketa war noch nicht allzu lange gegangen, als sich Ische'hemeo sehen ließ, Bizhiu mit sich nahm und zu seiner beachtlichen Herde an Pferden führte. Gut dreißig Pferde besaß Ische'hemeo, weit mehr als er zum Transport seines geräumigen Tipis benötigte.
„Du wirst mindestens vier Pferde benötigen, um dein Tipi zu befördern und weil es nicht schön ist, seine Frau laufen zu lassen, wirst du zwei weitere Pferde benötigen, eines für dich und eines für deine Frau. Ich nenne dich Sohn. Also suche dir acht Pferde aus, denn Ische'hemeos Söhne haben mehr Pferde, als sie unbedingt benötigen, das erleichtert den Packpferden die Arbeit und dem Ansehen tut es wohl."
Sprachlos betrachtete Bizhiu den allmählich ergrauenden Mann, dessen fester Blick, aus dem so viel Wärme strahlte, abwartend auf ihm ruhte. „Mein Vater beschenkt mich so großzügig, dass ich nicht weiß, was ich sagen soll."
„Wer hat gesagt, dass du etwas sagen sollst?! Du sollst dir acht dieser Pferde aussuchen, nichts weiter! Und das möglichst heute noch, es ist sehr kalt!"
Bizhiu schmunzelte. Noch vor ein paar Wochen hätte er nach die-

sen barschen Worten Bedenken gehabt, ob er seinen Adoptivvater vielleicht erzürnt habe, doch allmählich kannte er ihn besser, und wie er es erwartet hatte, erwiderte dieser nun sein Schmunzeln, nickte und klopfte ihm freundlich und ermunternd auf die Schulter. Gemeinsam stapften sie durch den Schnee und betrachteten die Pferde. Wie Rauch stieg der Dampf aus ihren Nüstern und bereitwillig ließen sie sich von Bizhiu berühren. Ische'hemeo beobachtete, wie er sich seinen Tieren näherte, wie sich seine Tiere ihm näherten, bereitwillig, neugierig, ohne Angst. Er nickte zufrieden, erkannte man doch ohne Mühe, dass seine feinfühligen Brüder seinen neuen Sohn wie einen alten Bekannten begrüßten, und wieder sah er bestätigt, was ihm High Backed Wolf nach einem Blick in Bizhius Augen schon gesagt hatte. Keine Falschheit in diesen Augen, keine Bosheit im Herzen. Ische'hemeos Herz war ungemein froh über diesen neugewonnenen Sohn und unendlich glücklich und dankbar dafür, seinen Ethketa wiederzuhaben, wenn er auch deutlich spürte, wie sehr sich sein Sohn verändert hatte. Die Tatsache, dass Ethketa niemals ein Wort darüber verlor, was zwischen jenem schwarzen Tag, als ihn dieser weiße Mann mit sich genommen hatte und jenem goldenen Tag seiner Befreiung geschehen war, ließ Ische'hemeo schlimmste Befürchtungen hegen. Die für ihn so ungewohnte Ernsthaftigkeit seines Sohnes, dieser traurige Blick, vor allem aber sein Weinen und Wimmern im Schlaf, ließen ihm oft eine Gänsehaut über den Rücken kriechen und er fragte sich immer wieder, ob er es überhaupt ertragen könnte, wirklich zu erfahren, was in der Zwischenzeit mit seinem Sohn geschehen war.

Die nun immer näher rückende Geburt ihres Kindes begann mehr und mehr im Mittelpunkt ihrer kleinen Welt zu stehen. Seit dem Tag, da sie in ihr eigenes Tipi gezogen waren, hatte Bizhiu damit begonnen, Charlotte in allen Hausarbeiten zu unterstützen. Und allmorgendlich unternahmen sie gemeinsam bei Sonnenaufgang einen kleinen Spaziergang, eigentlich mehr um Paveena'e und Vo'ka'e zu beruhigen, die felsenfest darauf beharrten, dass ein ungeborenes Baby einzig und allein im ersten Morgengrauen wachse und die Mutter ihm durch einen Spaziergang zu die-

ser Zeit, durch die Bewegung im Morgenrot dabei helfen könnte. Also marschierten sie jeden Morgen ein gutes Stück durch die windige, eisige Kälte und betrachteten das erste aufziehende Morgenrot. Immer wieder fiel Bizhiu dabei Kiniu ein und er fühlte Sehnsucht und Schmerz in seinem Herzen. Und obwohl er hier mehr und mehr Freundschaften gewann, ja, sogar eine Familie, ein Zuhause gefunden hatte, sehnte er sich nach Winonah und Elias, nach Kiniu, nach David, vermisste sie so schmerzlich.
Und gerade jetzt, wo doch allmählich Ruhe und Frieden in sein Leben einkehrte, machte sich die Sehnsucht qualvoll in ihm breit und während Charlotte mehr und mehr Fuß zu fassen begann, hatte Bizhiu weit mehr Probleme, sich in dieser Welt hier zurechtzufinden, so seltsam ihm das auch vorkam.

Doch sein mühsam ausgeloteter Weg zwischen der Welt der Weißen und der Welt der Ojibwe, kollidierte an manchen Ecken und Enden ganz gehörig mit dem, was er hier im Lager der Cheyenne kennenlernte. Hier wehte ein anderer Wind, spürbar überall.
Dies hier war kein beschauliches Winterlager, errichtet für ein halbes Jahr, dies war ein Lager, stets zum Aufbruch bereit. Hier erntete man nicht den von Gitchi Manitu geschenkten Manomini, hier folgte man der Fährte des Büffels, der Antilope, dem Lauf des Wassers, in einem kargen Land, gegen welches das Gebiet der Ojibwe geradezu paradiesisch anmutete.

Doch war dies nicht Bizhius eigentliches Problem. Ziemlich schnell hatte Bizhiu beispielsweise erkannt, dass hier weit weniger Wille vorhanden war, Extravaganzen zu dulden. Jede Regel erschien ihm trotz oder gerade wegen der ständigen Bereitschaft zum Aufbruch starrer und unbeweglicher zu sein. Und er hatte deutlich gespürt, dass er, nachdem das Baby geboren sein würde, besser nicht mehr vor aller Augen Frauenarbeiten verrichten sollte, denn in null Komma nichts hätte er sonst seinen Ruf weg, als weibischer, nicht ganz ernst zu nehmender Mann.
Auch widerstrebte ihm der Gedanke, ganz selbstverständlich über den Kopf einer Frau hinweg zu entscheiden, genauso wie die durchweg spürbare kriegerische Gesinnung, in einer Art und

Weise, wie sie Bizhiu vollkommen fremd war und ihm beträchtliches Unbehagen bereitete.

46

Der Winter erschwerte nun schon seit Monaten den Männern die Jagd, ließ die Eisschicht des schmalen Baches, an dem sie lagerten, beinahe bis zu seinem Grund reichen und überzog auch weiter südlich den Arrowpoint River mit einer tragfähigen Fläche dicken Eises, auf dem die Kinder der befreundeten Arapahoe spielten.
Der Tag brach gerade an und Bizhiu blickte durch den Eingang seines Tipis in das Rosarot dieses klaren, kalten Morgens. Noch immer lag überall Schnee, doch unmerklich hatte die Schneedecke an Höhe verloren und da und dort ließen sich bereits einzelne, braungefrorene Büschel von Büffelgras sehen.
Sie waren spät dran heute. An anderen Tagen waren sie um diese Zeit meist schon ein gutes Stück weit gelaufen.
„Komm Charly, sonst ist die Sonne schon aufgegangen und wir sitzen immer noch hier."
Charlotte spürte in sich eine seltsame Unruhe und fühlte sich doch zugleich auch unglaublich träge und langsam. Seit Tagen schon zog es immer wieder einmal in ihrem Bauch, in ihrem Rücken. Lange schon passten ihre Kleider nicht mehr und da hatte auch alles Umnähen und Erweitern nichts mehr genutzt.
Vo'ka'e hatte schließlich Abhilfe geschafft und Charlotte zwei lederne Gewänder mit den dazugehörenden Leggings und Mokassins geliehen, das eine für den Alltag, einfach und schlicht gehalten, lediglich mit Fransen und einigen Muschelknöpfen verziert, das andere für besondere Gelegenheiten, nicht nur gefranst, sondern auch prächtig bestickt, mit geometrischen Mustern in weiß und rot und blau. Mühselig erhob sie sich und ging gebückt an Bizhiu vorbei, durch die aufgeschlagene Öffnung des Tipis. Und mühsam, mit einem kleinen Stöhnen richtete sie sich abermals auf und stemmte sich beinahe schon automatisch ihre Hände in den Rücken. Bizhiu trat von hinten an sie heran und legte seine

warme Hand zwischen die ihren.
„Tut' s wieder weh?"
Charlotte zog ihre Stirn kraus und nickte. „Komm Bizhiu, lass uns losgehen, ehe ich's mir anders überlege."
Gemeinsam gingen sie an dem kleinen Tipi vorüber, das vor Tagen schon von Vo'ka'e und Paveena'e in unmittelbarer Nähe von ihrem und Bizhiu und Charlottes Tipi errichtet worden war und nur darauf wartete, dass ihr Baby sich auf den Weg machen würde, um das Licht der Welt zu erblicken.
Langsam entfernten sie sich vom Lager, doch nicht mehr allzu weit, seit der Zeit, da das Geburtszelt der Familie bereits aufgestellt worden war. Und das war auch gut so, denn sie waren noch nicht sehr weit gekommen, als Charlotte Bizhiu plötzlich am Arm packte, ihn mit weitaufgerissenen Augen ansah und hörbar nach Luft schnappte.
Ein warmes Rinnsal floss über ihre Beine, plätscherte in den Schnee, wo es einen Fleck matschigbraunen Grases von seiner eisigen Decke befreite. Fassungslos blickte Charlotte unter sich, während die anfängliche Wärme an ihren Beinen umgehend beißender Kälte Platz machte.
Ein Blick in diese aufgeschreckten Augen genügte Bizhiu und er fackelte nicht lange. Er hob Charlotte hoch und trug sie eilends zurück in das Lager. Wenn er nach außen hin auch die Ruhe selbst war und Charlotte gut zusprach, die auf einmal eine panische Angst in sich aufsteigen fühlte, als die nächste Wehe mit ungeahnter Wucht über sie hinwegrollte, so klopfte sein Herz doch bis zum Hals und er war so aufgeregt und nervös, wie nur ganz selten bisher in seinem Leben.

In Windeseile entzündete Vo'ka'e das Feuer in dem kleinen Zelt, denn sie hatte die beiden von Weitem schon über die ebene Fläche zurückkehren sehen.
Und als Bizhiu mit Charlotte endlich im Lager angekommen war, war das Geburtstipi bereits warm und neben Vo'ka'e warteten zwei alte, erfahrene Frauen auf Charlotte. Sie saßen auf ausgelegten Fellen, während in der Mitte des Tipis mit Moos unterfütterte Büffelfelle ein gut gepolstertes Lager bildeten, an dessen Stirnsei-

te ein hoher, kräftiger Holzpflock in den Boden getrieben worden war, an welchem sich die werdende Mutter während der Wehen, während der Geburt würde festhalten können.
Heilige Kräuter wurden dann und wann über das niedrigbrennende Feuer gestreut und erfüllten bald schon das kleine Tipi mit ihrem süßlich scharfen Duft.
Bizhiu hatte Charlotte kaum auf diesem Lager abgesetzt, als er von den Frauen auch schon mit aller Entschiedenheit wieder hinauskomplimentiert wurde und das Letzte, was er von Charlotte noch erblicken konnte, waren ihre angstvoll geweiteten Augen, die ihn anzuflehen schienen, sie nicht alleine zu lassen. Doch schon im nächsten Moment hatte ihn eine der alten Frauen mit sanfter Gewalt und zugleich einem besänftigenden Lächeln hinausgeschoben, denn nur einem Medizinmann stand es zu, zumeist bei schwierigen Geburten, unterstützend zugegen zu sein. Ein anderer Mann aber hatte in einem Geburtstipi wahrhaftig nichts verloren.

Bizhiu hätte die kommenden zwei Stunden mit Gewissheit nicht unbeschadet überstanden, wäre nicht die ganze Zeit über Ethketa an seiner Seite gewesen.
Charlottes immer wiederkehrende Schreie erschütterten ihn in Mark und Bein, zerrissen ihn förmlich.
Auch Ethketa zuckte ein ums andere Mal ganz gehörig zusammen, denn in einem Lager der Cheyenne wurde nicht so unkontrolliert herumgeschrien. Das war so ziemlich das Erste, was ein kleiner Erdenbürger hier zu lernen hatte, denn bereits im Babyalter wurde Geschrei nicht geduldet. So ein kleiner Schreihals, der sich einfach nicht beruhigen wollte, wurde für gewöhnlich in seine Trage gepackt, an den nächsten Baum gehängt und erst wieder geholt, wenn er dann irgendwann endlich zu schreien aufgehört hatte.
Charlotte aber, bedingt durch den frühen Tod der Mutter kaum über die Vorgänge bei einer Geburt unterrichtet, war von den über sie hereinbrechenden Wogen des Schmerzes vollkommen überrascht. Wieder rollte der Schmerz über sie hinweg, mit einer Wucht, die sie zu atmen vergessen ließ und er wollte und woll-

te nicht aufhören. Da änderten auch die Lieder der Alten, der leise beruhigende Klang ihrer Trommeln nichts und auch nicht Vo'ka'es liebevolle Hand, die sie streichelte, tröstete und den Schweiß von ihrer Stirn wischte.
Es war dieser letzte, unendlich qualvolle Schrei gewesen, der Bizhiu endgültig die Fassung verlieren ließ. Tränen stiegen in seine Augen und es war ihm vollkommen egal, ob man ihn deshalb nun für eine Memme hielt oder nicht, denn jetzt hatte Angst sein Herz ergriffen, mit eiskalter Hand.
„Ethketa, was geschieht da drinnen?! Sie stirbt, nicht wahr?! Sie lassen sie da drinnen sterben!"
„Niemand lässt sie sterben, mein Bruder, und du kannst jetzt nichts für sie tun."
„Oh doch, ich könnte zum Beispiel bei ihr sein und ihr zur Seite stehen!"
Bedenklich wiegte Ethketa den Kopf: „Nein, mein Bruder, du hast als Mann da drinnen nichts verloren und es ..."
Ein neuerlicher, gellender Schrei ließ Bizhiu hochfahren und winselnd drückten sich seine beiden Hunde an seine Seite. Sie fühlten die Unruhe und Angst ihres Menschen überdeutlich und wollten ihn nun trösten, ihm beistehen und gaben auf diese Weise Bizhiu den letzten nötigen Impuls dazu, sämtliche Verhaltensregeln hier im Lager über den Haufen zu werfen. Denn er fühlte, wie gut es tat, ihre Wärme, ihr Mitgefühl zu spüren, auch ohne dass sie die eigentliche Situation damit würden verändern können. Wieso sollte es dann schlecht sein, wenn er seiner Frau dasselbe geben wollte? Schließlich litt sie da drinnen für ihn mit, denn es war ja nun einmal ihrer beider Kind, das da gerade für derartige Not sorgte, und Charlotte war nun bei Weitem nicht wehleidig.

Wieder ein Schrei, immer schneller, immer heftiger kamen sie.
„Ich will da jetzt rein und ich werde auch da reingehen, mag jeder hier von mir denken, was immer er will!"
„Keiner würde dort jetzt deine Anwesenheit begrüßen oder gebrauchen können, deshalb geh nicht!" Ethketas Stimme klang entschieden und beschwörend zugleich.
„Doch! Ich glaube ganz fest, dass meine Frau es begrüßen würde,

dass sie mich an ihrer Seite braucht und deshalb werde ich jetzt gehen." Und um seinem Freund und auch allen anderen Anwesenden zu verdeutlichen, dass damit seine Entscheidung getroffen war, fügte er noch ein laut vernehmliches: „Ihíhs! - Ich habe geendigt! - " hinzu.

Sein unvermitteltes Eindringen in diesen den Frauen vorbehaltenen Bereich des Lebens löste unter den Alten regelrechte Bestürzung aus. Eilends erhoben sie sich, um Bizhiu wieder hinauszubefördern, doch Charlotte hatte ihn gesehen, schrie nach ihm und es hätte wahrhaftig weit mehr bedurft, als dieser drei Frauen, um ihn daran zu hindern, zu ihr zu gehen. Dies war seine Frau, dies war die Geburt seines Kindes und kein Mensch der Welt würde ihn davon abhalten, Charlotte beizustehen, wenn sie ihn brauchte. Er schüttelte mit einer unwirschen Bewegung die vielen beschwörenden, haltenden Hände ab und schob sich zwischen den Frauen hindurch.
Einzig Charlottes Reaktion, die sich weinend an ihn klammerte, ein ums andere Mal seinen Namen rief, hinderte sie daran, den Medizinmann, Bizhius Adoptivmutter oder sonst wen zu Hilfe zu holen, denn dies hier war ein Verstoß sondergleichen.
Bizhiu setzte sich zu Charlotte, schloss sie fest in seine Arme, streichelte und küsste ihr Haar und flüsterte so ruhig, so zuversichtlich und tröstend, wie er es nur vermochte: „Ich bin ja bei dir, ich bin ja da und ich bleibe auch bei dir, alles wird gut, mein Herz, alles wird wieder gut."
Eine weitere Wehe erfasste sie und sie klammerte sich an ihn wie eine Ertrinkende.
Wieder schrie sie auf vor Schmerz, denn ihr Baby hatte es wirklich sehr eilig. Es schien wild dazu entschlossen zu sein, augenblicklich das Licht der Welt zu Gesicht zu bekommen und wenn es seine junge, unerfahrene Mutter dabei auch zerreißen sollte.
Ein winziges, zerknautschtes Wesen schob sich da mit Eifer in diese Welt und kaum dass es seiner vollkommen aufgelösten, vor Erleichterung weinenden und sogar lachenden Mutter in den Arm gelegt wurde, blinzelte es bereits in das warme Halbdunkel des Tipis. Noch pulsierte das Blut zwischen Mutter und Kind, ehe

eine der alten Frauen mit einem scharfen Messer die Nabelschnur durchtrennte und so das Baby dazu veranlasste, mit einem Wimmern seine Lungenflügel zu entfalten und zugleich den scharfen Geruch der Kräuter einzusaugen. Zum ersten Mal in seinem Leben zog es nun das Näschen kraus und musste niesen.
Bizhiu lachte leise, erleichtert, gerührt und betrachtete fasziniert dieses winzige Geschöpf mit seinen pechschwarzen, nassen Haaren. Oh, Gitchi Manitu, wie klein! Wie winzig klein! Behutsam wagte er es, sein Kind zu berühren, beugte sich hinab zu ihm, küsste zärtlich diese so unglaublich weiche, warme Haut, sog diesen zarten, sanften Geruch tief in sich ein und als ihn dann der wache Blick seiner kleinen Tochter traf, berührte ihn dieser Blick bis in die tiefsten Tiefen seiner Ojichaag. Er legte sich neben Charlotte und beobachtete voller Faszination und Hingabe, wie seine winzige Tochter ihren noch viel winzigeren Mund wie ein kleines Vögelchen aufsperrte und nach Charlottes Brust zu suchen begann, die kleinen Hände zu Fäustchen geballt. Doch als sie dann endlich fündig geworden war, entspannten sich ihre Händchen sogleich und sie begann zu saugen, gierig und unbeirrt.
Als das Baby getrunken hatte, kamen die alten Frauen herzu und nahmen das Kind an sich, um seine Nabelschnur mit einem Stück Leder abzubinden, es hernach gründlich mit Fett einzureiben und dann von Kopf bis Fuß einzupudern. Wahrscheinlich hätte Charlotte dem Ganzen nicht so bereitwillig zugesehen, wenn sie gewusst hätte, woraus dieser bräunliche Puder bestand. So aber ahnte sie nicht, dass er sich in der Hauptsache aus getrocknetem, fein zerstoßenem Büffelmist und dem zerriebenen Holz verrottender Pappeln zusammensetzte, und kuschelte sich deshalb zufrieden an Bizhius Seite, hielt seinen Arm, seine Hand ganz fest, damit niemand auch nur auf den Gedanken kommen sollte, ihn etwa erneut wegzuschicken.

Vo'ka'e trat hinzu und kitzelte Charlotte, die sich bald über gar nichts mehr wundern würde, mit einer Feder unter dem Kinn. Wieder und wieder tat sie das und erklärte Bizhiu und Charlotte dabei, dass so die Nachgeburt schneller ihren Weg finden werde. Doch im Gegensatz zu ihrem Baby ließ sich die Nachgeburt

Zeit und es dauerte über zwei Stunden, ehe erneute Wellen des Schmerzes, diesmal aber verhalten, beinahe sanft durch ihren Unterleib zu rollen begannen.
Die Nachgeburt wurde von den alten Frauen unter leisen Gesängen sorgsam in einen kleinen Beutel aus Leder verpackt und dann an einen der wenigen, den Bachlauf umsäumenden Bäume gehängt. Niemals hätte es anders sein, hätte man sie zum Beispiel vergraben dürfen, denn das hätte den Tod des neugeborenen Kindes bedeuten können.

Erst als Charlotte schlief, das ebenfalls schlafende Baby im Arm, stand Bizhiu leise auf. Er wollte schon einmal hinübergehen und ihr eigenes Tipi soweit vorbereiten, dass die beiden nach ihrem Erwachen dorthin übersiedeln könnten. Warm sollte es sein, sauber und schön und es sollte ein Essen gekocht sein, ein Tee bereitet, damit Charlotte sich würde stärken können.
Ungläubig blinzelte Bizhiu in das helle Licht der Sonne. Er hatte kaum einmal tief die kalte, klare Luft in sich eingesogen, als Ische'hemeo ihm entgegentrat und ihm mit einem einladenden Lächeln seinen ganzen Stolz, sein Gewehr, entgegenstreckte. Er bedeutete Bizhiu, er möge einen Freudenschuss abgeben, zum Zeichen dafür, dass ein neuer Mensch geboren worden war. Und das tat Bizhiu dann auch sogleich, tat es voller Freude, voller Stolz und konnte doch selber kaum glauben, dass all dies Wirklichkeit war.
Er war Vater geworden, er war wirklich und wahrhaftig Vater geworden!
Bizhius Herz krampfte sich zusammen, als er seinem Adoptivvater mit leuchtenden Augen, einem glücklichen Strahlen im Gesicht, den Vorderlader wieder zurückgab.

47

Als mit den ersten Strahlen der Frühlingssonne sich der Bachlauf, wie auch das Lager der Cheyenne wieder in Bewegung zu setzen begann, als alle Tipis binnen weniger Stunden von den Frauen abgebrochen und auf Tragegerüste gebunden worden waren, stand es für Bizhiu und Charlotte außer Frage, dass sie mitziehen würden, dass sie gemeinsam mit den Cheyenne noch für unbestimmte Zeit den Spuren der Büffel- und Antilopenherden folgen würden. Und sie hofften beide inständig darauf, ihr kleines Mädchen in Ruhe und Frieden aufwachsen zu sehen und auch selber eine Zeit der Ruhe und des Friedens, eine glückliche Zeit eben, vor sich zu haben.

Und wenn sich dieser Wunsch auch durchaus erfüllte, so standen ihnen doch noch ziemlich turbulente und auch ereignisreiche Zeiten bevor.

Ihre kleine Tochter aber erhielt von Ische'hemeo den Namen Haéméné - Lächeln im Gesicht -, denn ein Lächeln war über ihr Gesicht gehuscht, kaum dass sie ihm das erste Mal in den Arm gelegt worden war, und er wünschte ihr von Herzen ein Leben, in dem sie allen Grund hatte, ein Lächeln auf den Lippen zu tragen.

Haéméné wuchs und gedieh prächtig. Man konnte ihr förmlich zusehen dabei, konnte anfangs beinahe stündlich beobachten, wie sich ihr kleiner Körper zu glätten, wie sich ihr winziges Gesicht zu entfalten begann. Milchkaffeebraune Haut, rabenschwarzes Haar und diese unergründlichen, wachsamen Mandelaugen, so dunkel und immer dunkler werdend. Mit Grausen dachten Bizhiu und auch Charlotte so manches Mal daran, was wohl geschehen wäre, wenn dieses Kind nicht hier, sondern in St. Peter das Licht der Welt erblickt hätte. Doch gottlob war dem nicht so, sondern ihre kleine Tochter war in eine Welt hineingeboren worden, in der man ihr bereitwillig und mit Freuden einen Platz einräumte, in der die Babys nicht viel anders anzuschauen waren wie sie.

Bizhiu half Charlotte in seiner freien Zeit, von den Wänden ihres Tipis verborgen, bei allen erforderlichen Tätigkeiten des Lebens. Und auch sonst bemühte er sich nach Kräften, seiner Familie all das zu geben, was von einem Vater nur erwartet werden konnte. Und schon bald hatte er sich einen Ruf als hervorragender Jäger erworben, und auch die Jagd vom Pferde aus lag ihm weit mehr, als er das für möglich gehalten hätte. Und so hatte Charlotte reichlich zu tun, musste das Wild, das er den Sitten gemäß vor ihrem Tipi einfach ablud, häuten und zerlegen, das Fleisch haltbar machen. Sie hatte viele Häute zu schaben, zu gerben, und es war ein Segen, dass sie immer gleich mehrere hilfreiche Frauenhände zur Seite hatte, so wie sie selbst auch den anderen Frauen half, wo immer sie nur konnte. Letztendlich aber hatten sie genügend Leder und Felle, um daraus viele schöne und nützliche Dinge zu fertigen, Kleidung, Schuhe, Tragetaschen, Wandbehänge, leichte, truhenartige Behältnisse und noch vieles andere mehr.

Mit Hingabe und Zärtlichkeit widmete sich Bizhiu seiner kleinen Tochter. Wann immer er Zeit und Gelegenheit dazu fand, versorgte er sie liebevoll, gepaart mit einem Beigeschmack erwachender Eifersucht. Denn wenn Charlotte das Baby an ihre übervolle Brust legte, verschmolzen die beiden zu einer Einheit, zu der er beim besten Willen keinen Zugang finden konnte. Es war unverkennbar, dass er für seine kleine Haéméné augenblicklich zu bedeutungsloser Unwichtigkeit verkümmerte, wenn sie an diesem Busen liegen konnte, an dem er selbst so manches Mal gerne gelegen hätte.
„Es ist so ungerecht! Ich kann machen, was ich will, sie liebt dich einfach mehr als mich!“
Charlotte lächelte: „Ja, und sie weiß auch ganz genau warum!“
Bizhiu schmollte ein bisschen und legte sich dann kurzerhand einfach zu ihnen auf das Bett und war unendlich dankbar dafür, dass ihn Charlotte mit einem zärtlichen Kuss auf ihrem Lager willkommen hieß. Und als ihre Kleine dann satt und zufrieden eingeschlafen war, legte Charlotte das Baby vorsichtig in seine Wiege hinein, deckte es sorgsam zu und Bizhiu beobachtete sie dabei, während in ihm das Verlangen wuchs, seine Frau für sich zurückzuerobern. Seit vielen Wochen hatten sie nun schon nicht mehr das Lager geteilt und der Frühling war darüber ins Land gezogen. Bizhiu machte sein sehnsüchtiges Verlangen nach Charlottes Nähe so nervös wie bei ihrem allerersten Mal. Sein Begehren, die beinahe schon schüchterne Weise, in der er sich ihr näherte, berührte sie, machten es ihr leicht, ihren noch immer ein wenig aus der Form geratenen Körper zu entkleiden, ihn seinen Blicken

preiszugeben, wissend, dass sein Blick ein durchweg liebevoller sein würde.
Doch es gab auch Schattenseiten, neben diesem neu gewonnenen Glück.
Bizhiu, der sich in seinem Leben immer danach gesehnt hatte, in friedvollem Einvernehmen mit jedem zu leben, hatte schon sehr bald gespürt, dass seine neugewonnenen Brüder und Freunde weit weniger friedvoll gesinnt waren, und es hatte auch nicht sehr lange gebraucht, bis Bizhiu begriff, woher so manch eines der zahlreichen Pferde der Cheyenne gekommen war. Denn niemand hier fand es auch nur im geringsten Maße verwerflich, das Lager eines benachbarten Stammes zu überfallen und auf diese Weise die Pferdeherde der Cheyenne zu erweitern. Selbstverständlich gab es Tote hier und da, auf beiden Seiten und manch eine Skalplocke schmückte nach einem solchen Überfall fortan das Gewand des siegreichen Kriegers. Und durchaus nicht wenige dieser Skalplocken hatten sich ihre einstmaligen, stolzen Besitzer sogar extra wachsen lassen, damit sie die Siegesgewissheit und Unerschrockenheit ihres Trägers einem jeden sofort vor Augen hielt.

So manches Mal streifte Bizhiu ein erwartungsvoller Blick und es fiel seinen Brüdern und Freunden sichtlich schwer zu verstehen, dass ihm so offensichtlich gar nichts daran lag, auf diese Weise sein Geschick, seinen Mut und auch seine Männlichkeit unter Beweis zu stellen. Doch noch war Bizhiu nicht einen Zyklus der Jahreszeiten über bei ihnen, noch gewährte man ihm Zeit sich einzulassen, sich zu bewähren, in allen Disziplinen, die einem Mann abverlangt wurden. Noch sah man ihm so manch eigenwilliges, sonderbares Verhalten nach. An seiner Entscheidung, an seinem Verhalten würde es liegen, welches Ansehen seine Familie hier einmal genießen, wie viel Achtung und Anerkennung ihm selber zu Teil werden würde.

Der Sommer zog vorüber, sengend und heiß, ließ manch einen Bachlauf vertrocknen und die Fährten der großen Herden führten sie weite Strecken über das Land.

Immer deutlicher fühlte Bizhiu, dass von ihm eine Entscheidung erwartet wurde. Sicherlich, es drängte ihn keiner und dennoch warteten sie alle darauf, dass er sich entscheiden würde, ob er auf Dauer ein geliebter, sonderbarer Fremder bleiben wollte, oder ob er dazu bereit war ein Teil ihres Volkes zu werden, vielleicht auch eines Tages Mitglied eines Kriegerbundes, und niemand machte einen Hehl daraus, dass man große Stücke auf ihn hielt.

Doch nicht Bizhiu, sondern Charlotte war es, die davon zu sprechen begann, als sie spätabends neben ihm lag. „Ach Bizhiu, ich möchte immer so glücklich mit dir sein. Ich möchte, dass es immer so bleibt, wie es jetzt ist."
Bizhiu streichelte durch ihr Haar, doch er blickte sehr nachdenklich dabei.
„Heißt das auch, dass du gerne bei den Cheyenne bleiben würdest?"
„Wo sollten wir denn sonst hin, Bizhiu?!"
„Wir könnten weiterziehen, zu meinem Volk, an die großen Seen. Niemand würde uns jetzt noch dort suchen."
Charlotte rückte ein Stück von Bizhiu ab und betrachtete ihn erschrocken. „Aber Bizhiu! Die großen Seen sind doch unendlich weit weg, du kannst doch nicht ernstlich daran denken, mit Haéméné eine so weite Reise zu unternehmen, sie ist doch noch viel zu klein!"
„Meinst du denn, es würde ihr in einem Jahr leichter fallen? Charlotte, du glaubst gar nicht, wie sehr ich mein Volk vermisse, wie sehr mir hier manches zuwiderläuft, aller Liebe zum Trotz!"
Charlottes Blick wurde eisig. „Dann hast du dich also bereits entschlossen!"
„Gar nichts hab ich!"
„Aber du willst nicht bleiben! So ist es doch!"
Bizhiu blickte durch den Rauchabzug des Tipis in den Sternenhimmel und seufzte: „Müssen wir das unbedingt jetzt entscheiden?"
„So sieh doch! Ich war niemals glücklicher in meinem Leben als in den letzten Monaten. Wir haben ein Zuhause, Bizhiu! Wir haben hier so viel Freundschaft erfahren, so viel Hilfe und Anteilnahme

und ich sehe einfach keinen Grund, das alles aufzugeben, um in eine ungewisse Zukunft zu reiten und das auch noch mit einem Baby!"

Bizhiu setzte sich auf, blickte Charlotte mit einem so enttäuschten, so vorwurfsvollen Blick in die Augen, dass sie unwillkürlich schlucken musste, und seine Stimme war hart, als er nach einem unerträglichen Moment der Stille zu sprechen begann: „Dann bist du es also, die schon entschieden hat!"

„Aber das stimmt doch gar nicht. Ich glaube einfach, dass wir gar keine andere vernünftige Möglichkeit haben, als hier zu bleiben. Bizhiu, ich muss dir nämlich ..."

Bizhiu schnaufte vor Wut und seine Augen funkelten, als er ihr ins Wort fiel: „Unsere einzige Möglichkeit also gleich! Das heißt dann wohl, entweder ich bleibe hier oder ich kann gehen, wohin ich will, alleine versteht sich!"

„Bizhiu! So hab ich das doch nicht gemeint! So hör mir doch wenigstens zu! Bizhiu, ich liebe dich doch! Ich will niemals irgendwo ohne dich sein! Ich habe etwas ganz anderes sagen wollen, aber du hast mich ja nicht ausreden lassen!"

Endlich blickte er abwartend in ihr verzweifeltes Gesicht. Ganz leise war Charlottes Stimme, als sie weitersprach: „Ich wollte sagen, dass es vielleicht unsere einzige Möglichkeit sein könnte, weil ich wieder schwanger bin, Bizhiu!" Charlotte begann zu weinen. „Ich schaff das nicht noch mal, ... ich schaff den weiten Weg nicht ..."

„Verzeih mir, mein Herz. Natürlich bleiben wir hier, natürlich musst du nicht ohne Not an die großen Seen ziehen, wenn du ..." Bizhiu seufzte leise. „Wir haben wohl gar keine andere Wahl."

„Ich liebe dich so sehr, Bizhiu!"

„Ich liebe dich auch." Er hatte eine Familie gegründet und somit unendlich große Verantwortung übernommen, die ihn nun sein ganzes Leben lang leiten und begleiten würde.

Und plötzlich sah er vor sich wieder diesen Graben, diese tiefschwarze Barriere, so unglaublich groß, so entsetzlich tief, zwang sie ihn Entscheidungen zu treffen, die er gar nicht treffen wollte. Und wieder sah er ihn, silbergrau und mondhell, und fast schien es Bizhiu, als lächle der Luchs ihm zu, nickend, lockend, ehe er zum Sprung ansetzte. Tief musste Bizhiu Atem holen, ehe er Bizhiu folgen konnte und doch hatte er nun keinerlei Zweifel mehr, dass er den Sprung wagen musste, dass es der einzige Weg sein würde. Und Bizhiu nahm all seine Kraft, all seinen Mut zusammen, und seine Ojichaag verabschiedete sich weinend von den großen Seen, von ihren schattigen Wäldern, von ihrer Erhabenheit und ihrem Frieden, und er sprang. Sprang über den klaffenden Abgrund hinweg auf den trockenen, rissigen Boden der Plains. Und er wusste mit absoluter Sicherheit, dass er seinen Kindern vor allem auch eines geben wollte und das war neben seiner unumstößlichen Liebe vor allem die Gewissheit irgendwo hinzugehören, irgendwo verwurzelt und wirklich zu Hause zu sein. Sie sollten nicht zu Wanderern zwischen den Welten werden, wie er einer war.

Bizhiu seufzte, ehe er leise und gedankenverloren weitersprach: „Das bedeutet, dass ich mich in Zukunft nicht mehr ausschließen werde, wenn die anderen auf ihre Streifzüge gehen."
Charlotte wischte ihre Tränen aus dem Gesicht und blickte Bizhiu abermals erschrocken an: „Aber warum denn? Keiner würde dich dazu zwingen!"
Bizhiu lachte und schnaufte leise: „Natürlich nicht. Natürlich zwingt mich keiner zu irgendwas, aber sie denken sich ihren Teil!"
„Dann lass' sie sich doch ihr Teil denken!"
Bizhiu schüttelte den Kopf, ehe er mit Bestimmtheit zu sprechen begann: „Ein Mann hat hier die Möglichkeit dafür zu sorgen, dass er nicht nur geduldet wird, sondern geachtet und respektiert, indem er sich seinen Fähigkeiten entsprechend bewährt, und das ist nun einmal nicht nur die Jagd. Und gleichermaßen wie ein Mann respektiert wird, wird auch seine Familie respektiert werden. Ich bin ein guter Jäger und ich werde auch ein guter Krieger sein, und sei dir gewiss, dass ich dafür sorgen werde, dass unsere Familie in diesem Lager hier einen hervorragenden Ruf genießen wird.

48

David stand im düsteren, muffig feuchten Wohnraum der Barrows. Dort, wo jetzt so lustig das Licht der Sonne durch die Wände hindurchzwinkerte, würde im Winter der eiskalte Wind gnadenlos durch die Ritzen pfeifen und dafür sorgen, dass die zahlreichen Kinder der Barrows mit ihren Rotznasen und Triefaugen umherliefen.

Mrs. Barrow rang die Hände, mit einem glücklichen Strahlen und Tränen in den Augen, während Mr. Barrow nachdenklich lächelnd seinen Blick über die Kinderschar gleiten ließ, bis er schließlich an Edith, seiner Ältesten, hängen blieb.

Mr. Barrow genoss diesen Augenblick gleichermaßen, wie er mit ihm haderte. Er genoss es, im absoluten Mittelpunkt des Interesses zu stehen und auch das bisschen Macht, das gewaltige bisschen Macht, welches ihm gerade oblag. Denn von ihm, von seinem Wort würde es abhängen, von ihm allein! Ein Seitenblick auf seine Frau schmälerte jedoch sogleich seinen Höhenflug und er fügte ergeben ein 'fast' hinzu, denn auch der Blick seiner Frau war ungemein eindringlich. Für ihn war die Entscheidung gar nicht so einfach wie für seine Frau. Jetzt, da endlich dieser ersehnte Augenblick gekommen war, hatte er so seine Zweifel bekommen. Würde seine Edith, sein Herzblatt, bei den Sattlers glücklich werden können? Würde sie dort wirklich akzeptiert werden? Sicher, die Sattlers hatten David die Erlaubnis gegeben, um Ediths Hand anzuhalten, aber hatten sie es auch gerne getan, mit Freuden? Und noch etwas Anderes beschäftigte ihn und das war die Frage, wie sie hier überhaupt ohne Ediths unermüdliche Mithilfe im Haushalt und bei der Versorgung der Kinder auskommen sollten? Eigentlich ganz undenkbar!

Aber es wäre ohne Zweifel verrückt, diese Chance auszuschlagen. Im Grunde konnte seiner Edith nichts Besseres passieren, denn als David Sattlers Frau durch ihr weiteres Leben zu gehen. Denn dann hätte sie wirklich ausgesorgt, würde sie sich keinen Tag ihres Lebens fragen müssen, ob sie ihre Kinder auch alle satt bekäme. Und da sie diesen David ja nun einmal unbedingt haben wollte und dieser sich das vergangene Jahr über auch wahrhaftig nichts hatte zu schulden kommen lassen, sondern im Gegenteil immer sehr freundlich und sehr großzügig gewesen war, so wollte er dem Glück seiner Ältesten nicht im Wege stehen.

Noch einmal holte Barrow tief Luft, ehe er endlich zu sprechen begann: „David Sattler, wenn du mir versprichst, nein, wenn du mir schwörst, sie immer glücklich zu machen und stets gut zu ihr zu sein, dann soll's mir recht sein!"
Ein breites Lächeln glitt über Davids Gesicht, ließ ihn strahlen. Doch schon im nächsten Augenblick wanderte sein Blick in die Runde. Geradezu ergreifend blickte er jedem der Anwesenden ins Gesicht, ehe er seine Hand zum Schwur erhob. David schwor feierlich auf die heilige Bibel, jederzeit alles dafür zu tun, dass sich Edith jeden Tag ihres Lebens glücklich schätzen würde, seine Frau geworden zu sein. Und wenn David auch die Feierlichkeit dieses Schwurs mit einem Schuss Dramatik würzte, so war es ihm doch in tiefster Seele ernst damit.

Thanksgiving war bereits vorübergezogen mit Tanz und Fröhlichkeit und der Herbst begann schon damit, seine weniger liebliche und farbenfrohe Seite zu präsentieren, als David und Edith in der kleinen, hölzernen Kirche heirateten, deren himmelblaue und weiße Farbe schon seit Jahren abblätterte, ein Raub geworden war von Schnee und Regen, von Sonne und Wind.
Der Himmel hatte sich verdunkelt und ein heftiger Sturm rüttelte an den Scheiben und klapperte mit den Fensterläden, doch hier drinnen war es vergleichsweise hell und warm, durch die flackernden Kerzen und die Körperwärme der zahlreich versammelten Gäste. Die vielen Kerzen rußten gewaltig und verströmten dabei ihr heimeliges Licht, während David Ediths Brautschleier hob und sie zum ersten Mal küsste als ihr rechtmäßig angetrauter Ehemann. Und er war glücklich in diesem Moment, wenn auch selbst an diesem Tag ein altbekannter Dorn in seinem Herzen sich spürbar zu regen begann. Abermals war da ein Platz an seiner Seite leer geblieben und der einzige Trauzeuge, den sich David

wirklich und von Herzen gewünscht hätte, war nicht hier.
Niemanden kümmerte es, dass es zu regnen begonnen hatte, dass der Wind an dem blütenweißen Brautkleid zerrte, als sie später über den matschigen Boden gemeinsam zu Sattlers Haus marschierten. Lachend hob David seine frisch angetraute Braut über so manch eine Pfütze hinweg und nutzte dabei jede sich bietende Gelegenheit, um sie zu küssen. Edith aber fühlte sich wie in einem glücklichen Traum, fühlte sich beschwingt und zugleich den Tränen nahe, während beständig ein Lächeln ihre Lippen umspielte und in ihren Augen glitzerte.
Die Feier fand selbstverständlich im Hause der Sattlers statt. Marys Wangen glühten vor Eifer, Glück und Stolz, während sie die stattliche Ansammlung hungriger Münder mit dem Besten bewirtete, was ihr Haus zu bieten hatte. Kuchen und Pudding verschiedener Art und natürlich eine riesige Hochzeitstorte lockten mit Kürbis- und Fleischpasteten, selbstgemachten Mixed Pickels, Grütze und noch so allerlei um die Wette. Vier riesenhafte Truthähne waren geschlachtet worden und ein Lamm drehte sich neben einem Ferkel über den glühenden Kohlen, mit allerhand Leckerem gefüllt und längst schon knusprig braun. Der Wein floss in Strömen, der Whiskey auch und die Stimmung war ausgelassen und fröhlich, während ein Toast nach dem anderen auf das junge Paar ausgebracht wurde. Und als dann endlich die Tische und Stühle beiseite geräumt waren und die Musikanten spielten, eröffneten David und Edith den Tanz.
Unter Lachen, Johlen, fröhlichen Zurufen und zahlreichen, zweideutigen Ratschlägen verließen Edith und David zu schon sehr vorgerückter Stunde das Fest, flohen lachend in das Zimmer, das nun ihnen gehören sollte und welches einmal David einst mit Edwin geteilt hatte.
Klein war es und auch nicht besonders hell. Eine Kammer eher, und doch war es weit mehr als Edith bis dahin je ihr eigen nennen durfte.
Ein Bett stand darin, ein kleiner Tisch und zwei Stühle, unter der Schräge war eine geräumige Truhe, auf der sich ein blau geränderter Krug neben einer dazu passenden Waschschüssel befand, ein sauberes Leintuch lag ordentlich gefaltet daneben. Ein Strauß

Blumen lag auf dem Bett und als Edith ihn aufhob, gedankenverloren seinen süßen Duft einatmete, da hätte sie beinahe geweint vor Glück. Und als ihr Blick dann Davids Blick auffing, ließ sie sich von seinen starken Armen halten, hochheben und auf das Bett legen. Wie in einem Märchen hatte er tatsächlich an ihre Tür geklopft, der liebenswerte, wunderschöne Prinz und hatte sie auf seinem Pferd mit sich heimgenommen, auf sein goldenes Schloss. Ach, sie war so glücklich! Sie freute sich auf jeden kommenden Tag und sie freute sich auch auf diese erste Nacht mit ihm, denn bei ihm fühlte sie sich sicher und geborgen, ihm konnte sie vertrauen, in seinen Armen hatte sie keine Angst.

49

Immer weiter in südliche Richtung hatte die Fährte der Büffel und Antilopen das Lager der Cheyenne geführt, immer weiter hatten sie sich dem Arrowpoint River genähert und somit auch dem Gebiet der Kiowa. Die Kiowa waren ehrwürdige Krieger und den Cheyenne gar nicht so unähnlich. Zunächst lebte man friedlich in vorsichtigem Abstand zueinander, doch die Kiowa hatten verlockend viele Pferde, bei Weitem mehr als die Cheyenne. Andererseits versperrte das von den Cheyenne beanspruchte Gebiet den Kiowa den bequemen Zugang zu Fort Bent, einem wichtigen Handelsposten.

Es kam, wie es auf kurz oder lang kommen musste. Nach und nach wuchs die Herde der Cheyenne, während die der Kiowa einiges an Umfang verlor. Doch gab es auch die eine oder andere unangenehme Begegnung und auf beiden Seiten verlor manch ein tapferer Krieger dabei Leben und Skalp. Zwei gleichermaßen mächtige und auch kriegerische Indianerstämme waren einander ins Gehege gekommen und das konnte auf Dauer einfach nicht gut gehen.

Set-angya - Sitzender Bär -, einer der Häuptlinge der Kiowa, ein kluger und mit seinen zweiunddreißig Jahren für einen Häuptling noch recht junger Mann, betrachtete jedenfalls mit einiger Sorge, was mit diesem Indianervolk da in ihre Nähe gezogen war und insgeheim ärgerte und faszinierte ihn die bodenlose Frechheit der Cheyenne gleichermaßen. Auch Bizhiu betrachtete mit einiger Sorge und zugleich auch mit einer eigenartigen Faszination, mit welcher Unverfrorenheit viele seiner Freunde dabei waren, ganz gehörigen Ärger zu stiften. Bizhiu hatte immer noch ein äußerst zwiespältiges Verhältnis zu diesen Raubzügen, wenngleich er sich vor diesbezüglichen Anfragen und Einladungen kaum retten konnte. Sein taktisches Gespür, sein waches Auge, sein leiser Tritt und nicht zuletzt auch sein Mut hatten ihm schnell einen hervorragenden Ruf unter den Kriegern des Stammes eingetragen. Und Bizhiu musste sich eingestehen, dass ein ganz eigener Reiz darin verborgen lag, mit seinen Freunden und Brüdern einen Überfall zu planen, möglichst so, dass auf beiden Seiten niemand zu Tode kommen würde. Und die Anspannung vor der eigentlichen Umsetzung des Planes hatte etwas geradezu Berauschendes. Und wenn es dann losging, an der Seite Ethketas, Mochtavetós und einiger anderer Krieger seines Bundes, dann war auf einmal alles ganz klar in ihm. Alle seine Sinne waren hellwach, auf das Höchste konzentriert und er fühlte förmlich, wie alles in ihm eins wurde. Und auch er selber verschmolz zur Einheit mit seinen Gefährten. Sie alle wurden eins, perfekt aufeinander abgestimmt, einander ergänzend und unterstützend, jeder seinen Fähigkeiten und zugesprochenen Aufgaben gemäß.

Der verbindende Aspekt eines Kriegerbundes, dieser gemeinsam geplanten und durchlebten Raubzüge war ganz enorm, und natürlich hatte Bizhiu die ehrenvolle Einladung, Teil eines solchen Kriegerbundes zu werden, nicht ausgeschlagen. Keinem dieser Kriegerbünde anzugehören, hieße, nirgendwo dazuzugehören und davon hatte Bizhiu wahrhaftig genug. Und wenn er auch immer noch manches nicht wirklich verstehen und anderes vielleicht verstehen, aber dennoch nicht gut oder richtig heißen konnte, so wollte er doch um keinen Preis erneut in einer Außenseiterrolle stecken. Und unbestreitbar war das Hochgefühl, wenn alles gut gegangen war, wenn sie stolz zu Pferde in das Lager zurückritten, wenn möglich noch mit einigen weiteren Pferden im Schlepptau. Doch so sehr sie sich auch bemühten, und versuchten alle Eventualitäten miteinzubeziehen, so ließ es sich nicht

immer verhindern, dass es hier und da zu erbitterter Gegenwehr und entsprechend auch immer wieder zu blutigen Auseinandersetzungen kam. Einige Federn schmückten mittlerweile Bizhius Haar, denn er hatte schon manch einen Coup gemacht. Wobei er es bisher immer hatte vermeiden können, seinen Gegner zu töten, was ihm wiederum bei den Cheyenne ein ganz besonderes Maß der Ehre zuteil werden ließ. Denn sicherlich war es ehrenvoll und mutig einen Coup zu machen, indem man seinen Gegner besiegte, ihn tötete und seinen Skalp nahm, doch ihn zu besiegen, ihn in die Enge zu treiben, wehrlos zu machen, mit der Waffe zu berühren und ihm dann das Leben zu schenken, war noch viel ehrenvoller und mutiger auch, denn der Unterlegene würde seine Schmach nicht vergessen. Doch Bizhiu war es niemals um dieses größere Maß an Ehre gegangen, ihm war einfach jegliches Blutvergießen zuwider.
Er begann seinen Frieden zu finden, mit sich und seinem Leben, inmitten dieses kriegerischen Volkes. Vor zwei Jahren hatte er diesen letzten Sprung getan, von einer Seite des schwindelerregenden Abgrundes auf die andere und er wusste, dass es ein endgültiger Sprung gewesen war. Es würde kein Zurück geben.
Hatte das nicht seine Vision gesagt? „Niemals zurück, niemals zurück!“
Noch heute klang ihm diese eigentümliche Stimme in den Ohren, und hatte nicht auch Shawaeghiizig ihm damals erklärt, dass alles einem stetigen Wandel unterworfen war?
Mehr und mehr öffnete Bizhiu sein Herz, seine Gedanken, seine Ojichaag dem neuen Leben hier, den neuen Freunden an seiner Seite. Aber als Bizhiu wollte er das tun und um keinen Preis wollte er dabei sich selbst und den Weg des Luchses aus den Augen verlieren. Niemals wollte er als ein anderer geachtet sein, denn als der, der er nun einmal war, ein Halbblut der Ojibwe, Winonahs und Elias Sohn, Adoptivsohn von Ische'hemeo und Paveena'e. Und deshalb wünschte er sich auch, keinen neuen Namen zu erhalten, sondern Bizhiu zu bleiben.

Für die anderen war das in Ordnung so, niemand sollte seine Wurzeln vergessen, jeder sollte sie pflegen dürfen und ihrer ge-

denken. Und Bizhiu kümmerte es wiederum auch nicht, dass er sich einen Spitznamen, einen Zusatznamen erworben hatte, den nur wenige seiner Freunde aussprechen konnten, ohne ein Schmunzeln in den Augen zu haben.
Éháistohé'hótame - Er hat viele Hunde - nannten sie ihn. Und das lag daran, dass seine beiden Hündinnen recht fleißig gewesen waren, in den vergangenen zwei Jahren und Bizhiu sich von ihrem zahlreichen Nachwuchs nur sehr schweren Herzens zu trennen vermochte, ... wenn überhaupt. Wusste er doch, was dann aller Wahrscheinlichkeit nach irgendwann das Ende vom Lied sein würde. So hörte Bizhiu einzig auf sein Herz und mittlerweile folgten ihm sechs Hündinnen und fünf Rüden auf Schritt und Tritt, immer dicht bei Fuß, und wenn ein Fremder das Lager betrat, so setzten sie sich augenblicklich hinter ihn, zur Salzsäule erstarrt, ganz wie er es ihnen gelehrt hatte.

Charlotte hatte mit der Zeit ihr Tipi zu einem rundum behaglichen Zuhause werden lassen. Durch ihr Geschick im Nähen und Besticken hatte sie das Ansehen der Frauen erworben. Vier Koffer aus Rohhaut, die mit Blumenornamenten der Ojibwe verziert waren, beherbergten viele schöne und nützliche Dinge, unter anderem auch eine stattliche Anzahl von sorgfältig gearbeiteten Kleidungsstücken. Und zudem hatte ihr Tipi nun kunstvoll bestickte, warme Wandbehänge für den Winter. An vielen Schnüren trockneten Büschel von wildem Tabak und anderen Kräutern und verbreiteten ihr duftendes Aroma, und ihre Vorratsbehälter waren mit wilden Rüben und Kartoffeln, mit getrocknetem Fleisch und Pemmikan gefüllt und Charlotte sorgte gewissenhaft dafür, dass immer genug frisches Wasser und Holz zum Feuern vorhanden war. Das Tipi selber aber hatte sie bereits Ende des ersten Sommers nach Haéménés Geburt mittels eines Breis aus zermahlenen Puccoonblättern und -stengeln rot gefärbt. Vier Mal hatte sie gemeinsam mit ihren Freundinnen ausziehen müssen, ehe sie genügend Puccoon beisammen hatten. Doch das Ergebnis war die viele Mühe wert gewesen, denn Charlotte gefiel das warme Rot weit besser, als das gelbliche Braun und außerdem bildete nun auch ihr Tipi eine wunderschöne Einheit mit den Tipis von

Ische'hemeo zu ihrer Rechten und dem Tipi von Vo'ka'es Familie zu ihrer Linken, die allesamt mit Puccoon rot gefärbt waren. Wie ein kleiner Bruder stand ihr Tipi nun neben den anderen und es war nicht zu übersehen, wie sehr sich ihre ganze Schwiegerfamilie freute, über dieses deutliche Signal der Zugehörigkeit, das sie mit dieser angeglichenen Färbung ihres Tipis gesetzt hatte.
Vo'ka'e wurde für Charlotte zu der wahrhaftigen Erfüllung eines Kindheitstraumes schlechthin. Eine große Schwester, die zugleich auch Freundin war, Vertraute in allen Fragen des Lebens. Viel Zeit verbrachte sie an der Seite Vo'ka'es, wenn sie mit ihr und den anderen Frauen, die alltäglich anfallende Arbeit verrichtete. Und war diese Arbeit auch kräftezehrend und anstrengend, so wurde sie doch stets gemeinsam, mit Muße und Liebe verrichtet und immer blieb auch Zeit für Erfahrungsaustausch und angeregte, mal ernste, mal heitere Gespräche. Ebenso wie die Männer, hatten auch die Frauen kleinere Gruppierungen und größere Gemeinschaften gebildet, deren Mitglieder einander stets und ganz selbstverständlich zur Seite standen.
Charlotte begann in den Monaten nach Haéménés Geburt, das Leben hier im Lager zu lieben. Sie liebte es, als freie, angesehene Frau durchs Leben zu gehen. Und sie liebte diese Aufbruchsstimmung, wenn die Frauen ihren Beschluss verkündeten, dass der Zeitpunkt gekommen sei, da das Lager wieder abgebrochen werden würde und die Wanderung weiterging. Und wenn dann innerhalb weniger Stunden alles auf die Tragegerüste verpackt war und sich das gesamte Lager der Cheyenne mit seinen gut fünfhundert Personen in Bewegung setzte, fühlte sich Charlotte unglaublich sicher und frei zugleich.
Nur wenige Monde nachdem Haéméné ihr erstes Lebensjahr vollendet hatte, hatte Charlotte einem weiteren Mädchen, der blauäugigen Heovo'ksa, das Leben geschenkt.

So war ein Jahr auf das nächste gefolgt und Haéméné marschierte bereits auf strammen Beinchen durch ihr drittes Lebensjahr und beäugte gleichermaßen kritisch, wie liebevoll, immer wieder hin und her gerissen zwischen Zuneigung und Eifersucht, ihr kleines, beinahe einjähriges Schwesterchen, das ihr nicht nur den heiß-

begehrten Platz an Mutters weichem, nahrhaftem Busen streitig machte, sondern obendrein auch alles andere.
Bizhiu hatte sich damit abgefunden, angesichts Charlottes scheinbar ewig sprudelnder Milchquellen kapitulieren zu müssen, und genoss nun sichtlich die Anhänglichkeit seiner Großen. Er liebte diese Stunden, wenn sie an ihn gekuschelt auf seinem Schoß saß oder abends in ihrem Bettchen lag und gebannt den Geschichten lauschte, die er ihr erzählte, so wie sie einst einmal Winonah erzählt hatte, leise vom Klang ihrer kleinen Trommel untermalt.
Bizhius Herde beherbergte mittlerweile neun Pferde der Kiowa. Eine ganz besonders schöne dunkelbraune Stute war dabei, die in Kürze ein Fohlen zur Welt bringen würde. Bizhiu hatte sich wahrhaft diebisch über diesen Fang gefreut und Haéméné konnte es kaum mehr abwarten, dass das kleine Fohlen endlich geboren werden würde.

Doch was sein Bruder Ókinn gemeinsam mit seinen Freunden vorhatte, ging für Bizhius Geschmack ein gutes Stück zu weit. Ohnedies waren die Überfälle auf die Lager der Kiowa immer dreister geworden. Doch nun mit der gesamten Truppe der Bogensehne-Gesellschaft loszureiten, hieße aufs Ganze zu gehen, hieße von der ärgerlichen Lästigkeit zur Bedrohung zu werden. Immerhin war der Kriegerbund der Bogensehne-Gesellschaft ein Bund von achtundvierzig herausragenden Kriegern. Die Tragweite einer solchen Unternehmung hatte eine Ratsversammlung der Häuptlinge auf den Plan gerufen und Bizhiu, welcher neben Mochtavetó seinen Kriegerbund vertrat, hatte sich ganz klar gegen einen solchen regelrechten Kriegszug ausgesprochen. Mochtavetó und auch einige andere teilten seine Meinung, doch der weit größere Teil gab den Kriegern der Bogensehne-Gesellschaft ihren Segen.
So zogen sie dann also eines Morgens Richtung Süden. Ein eigenartig dumpfes, trauriges und zugleich auch warnendes Gefühl hatte sich in Bizhius Innerem breitgemacht. Einem Impuls folgend, drückte er Ókinn noch einmal fest an sich, seinen großen Bruder, und raunte ihm dabei leise und beschwörend zu: „Geh nicht, mein Bruder, geh besser nicht!“

Ókinn erwiderte seine feste Umarmung und genauso leise wie Bizhiu flüsterte er zurück: „Oh doch, mein lieber, besorgter, kleiner Bruder! Und ich verspreche dir, dass das schönste Pferd, das ich mit nach Hause bringe, dir gehören soll, für deine Liebe und deine aufrichtige Sorge um mich."

Unbekümmert hatte er Bizhius Schulter getätschelt und sich dann auf sein Pferd geschwungen und nun ritt er davon, an der Seite so manch eines Kriegers, dem Bizhius Achtung und Zuneigung gehörte.

Abends saßen Mochtavetó und Ethketa noch lange nachdem die Sonne untergegangen war bei Charlotte und Bizhiu, tranken Tee, und rauchten ihre Pfeifen und debattierten über den Auszug der Bogensehne-Krieger.

„Ich hab' kein gutes Gefühl dabei, es kann nur Ärger und Blutvergießen dabei herauskommen."

„Ach, Bizhiu, sieh nicht alles so schwarz." Mit einem aufmunterndem Lächeln blickte ihn Ethketa an.

Mochtavetó wiegte bedenklich den Kopf. Er hatte ein feines Gespür dafür, wann eine Grenze überschritten wurde und bei dieser Unternehmung hatte er ein ganz ungutes Gefühl. „Mein junger Freund vergisst, dass das Lager der Kiowa nicht gerade klein ist, dass es unter der Führung von so hervorragenden Häuptlingen wie Little Mountain und Set-angya steht. Sie werden mit uns rechnen."

Ethketa sog an seiner Pfeife, blies genüsslich den Rauch nach oben, und sagte leise: „Wir werden sehen, die kommenden Tage werden uns davon erzählen."

Doch Tag folgte auf Tag, Woche reihte sich an Woche und niemand der Bogensehne-Gesellschaft kehrte in das Lager der Cheyenne zurück. Irgendwann hatten dann die Frauen schweren Herzens verkündet, dass es wieder an der Zeit sei, mit dem Lager weiter zu wandern und viele von ihnen brachen dabei zugleich in Klagerufe und Tränen aus.

Ein dumpfes Gefühl trauriger Gewissheit hatte Bizhius Herz mit jedem verstreichenden Tag mehr erfüllt, sobald er an Ókinn dachte, und in seinem Herzen wuchs die deutliche Ahnung, dass er

nicht mehr am Leben war. Einzig Charlotte teilte er dieses Gefühl mit, denn mit ihr teilte er alles.
Ein überraschender Besuch einiger befreundeter Krieger der Arapahoe brachte den Cheyenne schließlich traurige Gewissheit über den Verbleib ihrer Krieger. Und Bizhiu auch die Erkenntnis, dass diese warnende Stimme in ihm weit mehr Beachtung verdiente, als er ihr bisher geschenkt hatte.
Die Arapahoe gehörten zu den wenigen Stämmen, die den Cheyenne in aufrichtiger und langjähriger Freundschaft verbunden waren. Doch nicht nur mit den Cheyenne stand dieser mächtige Stamm in freundschaftlicher Verbindung. Die Arapahoe brachten es sogar fertig, als Verbündete der Cheyenne mit deren Feinden Freundschaft zu schließen. Auch in den Lagern der Comanchen und der Kiowa waren die Arapahoe allseits beliebte und gern gesehene Gäste.

Als in diesem Sommer aber einige Krieger der Arapahoe zu Besuch in Set-angyas Lager waren, wurden sie durch den Anblick von achtundvierzig, sorgfältig präparierten Skalpen augenblicklich an ihre weit ältere und wesentlich tiefergehende Freundschaft zu den Cheyenne erinnert und sie beeilten sich, in das Lager ihrer Verbündeten zu reiten, um diese von ihrer quälenden Ungewissheit zu erlösen.
Die Trauer und Wut, die nach dem Bericht der Arapahoe in vielen Herzen und Köpfen hochschäumte, kannte keine Grenzen, und Bizhiu war entsetzt, als er anderntags Ókinns vollkommen aufgelöste Witwe erblickte, die sich in ihrer Verzweiflung und Trauer nicht nur die Haare abgeschnitten hatte, sondern auch einige Finger.
Bizhiu fasste Charlotte bei diesem Anblick fest am Arm, zog sie nahe zu sich heran und seine Stimme klang ernst, geradezu befehlend in seiner Bestürzung: „Du machst so etwas niemals! Hörst du! Niemals, egal was passiert! Versprich mir das!“
„Ich versprech es dir, Bizhiu. Niemals werde ich so etwas tun, aber dennoch, ich weiß genau, dass nur unsere Kinder mich dann noch am Leben erhalten würden, Bizhiu, ohne dich, ich könnte ohne dich niemals wieder glücklich sein!“

Mit immer größer werdender Sorge, immer weiter wachsendem Unbehagen beobachtete Bizhiu, welche überschäumende Wut, welche bodenlose Trauer die Herzen ihrer Gemeinschaft verdunkelte. Achtundvierzig ihrer besten Männer hatten den Tod gefunden! Das durfte nicht ungerächt bleiben! Zumal, hätten die Kiowa nicht den nun alles entscheidenden Kampf gewollt, hätten sie nie und nimmer die Krieger der Arapahoe so freimütig, ja geradezu dreist einen Blick auf die Skalpe ihrer Bogensehne-Krieger werfen lassen. Dies war eine deutliche Provokation und niemals würden die Cheyenne eine solche Herausforderung scheuen oder gar fürchten. Die Kiowa wollten es wissen? Nun gut, so sollten sie es erfahren!

Das, was nun begann, stellte für Bizhiu in bedrohlicher Weise alles bisher Dagewesene in den Schatten. Hier ging es um Krieg, um unerbittlich geführten Krieg.

Sämtliche Kriegerbünde aller zehn Unterstämme wurden mobilisiert. Bizhius und Mochtavetós Kriegerbund wurde unter anderem die Aufgabe zuteil, nach Fort Bent zu reiten, um dort so viele Gewehre einzutauschen, wie nur irgend möglich war.

Zahlreiche Büffelfelle führten sie dabei mit sich, denn für ein gutes Gewehr musste man durchaus fünf Felle rechnen. Sorgenschwer war Bizhiu mit seinen Bündnisbrüdern in der glutheißen Sonne geritten, immer darauf bedacht, möglichst keiner Menschenseele zu begegnen.

Doch Fort Bent selber, dieser befestigte, aus Adobe-Lehmziegeln gefertigte Bau, der Anblick seiner lustig im Wind flatternden Fahnen und erst recht der zahlreichen dort befindlichen weißen Händler und Trapper rief viele Gefühle in ihm wach. Er musste an seinen Vater denken, an Sam und nicht zuletzt auch an David, und er fühlte wieder einmal in aller Deutlichkeit, wie sehr sie ihm alle fehlten, und dass er viel darum geben würde, sie noch einmal wiederzusehen. William Bent selber war Bizhiu sehr sympathisch. Der Trapper und Händler, der eine Cheyenne zur Frau genommen hatte, war immer um freundschaftliche Beziehungen zu den Indianern bemüht und hatte hier vor Jahren eine Handelsstation gegründet. Er war einfach ein grundanständiger, handfes-

ter Kerl, mit Courage und Idealen und einem liebenswerten Hang zum Eigenwilligen.
In Bizhiu begann insgeheim die Hoffnung zu wachsen, dass er eines Tages in friedlicher Mission öfter einmal hierher kommen würde und vielleicht auch das eine oder andere Mal seine Kinder mitnehmen könnte, damit sie ein bisschen von der Welt des weißen Mannes, der Welt ihrer weißen Großväter schnuppern könnten.

Doch noch waren die Zeichen der Zeit keine friedlichen und im Frühling des darauffolgenden Jahres war es dann soweit und die heiligste aller Zeremonien, die Zeremonie der Pfeilerneuerung wurde abgehalten, ehe anderntags alle Krieger der Cheyenne und eine große Anzahl an Kriegern der Arapahoe auszogen, um mit aller Entschlossenheit den Kriegspfad gegen die Kiowa zu beschreiten.
Nachdem sie nach vielen Tagen die sandige Hügellandschaft am Wolfs Creek erreicht hatten, wurden Späher vorausgeschickt, unter ihnen auch Mochtavetó. Und er war es auch, der am darauffolgenden Tag einen Trupp von etwa dreißig Kiowakriegern meldete, die sich offensichtlich auf der Büffeljagd befanden und den herannahenden Kriegszug der Cheyenne noch nicht bemerkt hatten. Wenig später bereits fanden sich jene ahnungslosen Kiowa von den zahlreichen Kriegern der Cheyenne eingekreist und es war ein kurzer und ungleicher Kampf, in dem die Jäger allesamt ihr Leben ließen und natürlich auch ihren Skalp. Mit gesteigerter Aufmerksamkeit machten sie sich alsbald schon weiter auf ihren Weg, denn wo die Jäger der Kiowa zu finden waren, konnte auch das Lager nicht mehr allzuweit entfernt sein.
Sie hatten kaum eine Meile zurückgelegt, als erneut vier Späher in unterschiedlicher Richtung ausgesandt wurden, unter ihnen auch Bizhiu und Mochtavetó, der seit Jahren schon zu ihren herausragendsten Spähern gehörte. Und so wunderte es auch keinen, dass Mochtavetó es war, der schließlich das Lager der Kiowa entdeckte.
Was Mochtavetó zu berichten hatte, ließ nichts Gutes ahnen, denn offensichtlich hatten sich die Kiowa bereits auf einen eventuellen

Kriegszug der Cheyenne eingestellt und ihr Lager mit zahlreichen Gräben und aus Buschwerk und Baumstämmen errichteten Wehren geschützt. Andererseits war ja auch gar nichts anderes zu erwarten gewesen, denn keiner der Krieger hatte damit gerechnet, dass die Kiowa blauäugig und sorglos handeln würden.
Und doch überraschte die Cheyenne die Heftigkeit ihrer Gegenwehr, als sie dann schließlich zum großen Angriff übergingen. Männer und Frauen der Kiowa kämpften Hand in Hand, wehrten sich verbissen und machtvoll gegen die große Zahl ihrer Feinde. Und viele entsetzliche, blutdurchtränkte Stunden währte der Kampf. Viele Menschen verloren ihr Leben an diesem Tag, Frauen und zahllose Krieger auf beiden Seiten. Erst als der Himmel sich gegen Abend beinahe so blutrot färbte, wie die Erde zu seinen Füßen, und immer noch keine Entscheidung des Kampfes, kein Sieg und keine Niederlage in absehbare Nähe gerückt war, zogen sich die Cheyenne vom Lager der Kiowa zurück. Sie hatten grausame Verluste unter ihren Kriegern zu beklagen, darunter auch zwei ihrer Kriegshäuptlinge, Gray Hair und Gray Thunder, beides altgediente Häuptlinge von großer Weisheit und Tapferkeit.
Der Kampf war beendet, für diesen Tag, doch nichts war entschieden, nichts war offenbar geworden, außer der bereits bekannten Tatsache, dass die Cheyenne in den Kiowa einen wahrhaft ebenbürtigen Gegner gefunden hatten.
Obwohl die Lage der Dinge allgemein als äußerst unbefriedigend empfunden wurde, beschloss der Rat der verbliebenen Kriegshäuptlinge, einstweilen in das Lager der Cheyenne zurückzukehren und dann in Ruhe weiter zu beratschlagen. Fürs Erste hatte man den Kiowa gezeigt, dass die Cheyenne ernstzunehmende Feinde waren, die den Tod ihrer Krieger nicht ungesühnt bleiben ließen.

50

Im Frühling des Jahres 1838 gebar Edith ihr erstes Kind. Bereits einige Monate zuvor, als sie an einem sonnigen Septembermorgen am sonntäglichen Frühstückstisch die frohe Botschaft verkündet hatten, hatte David, beim Anblick dieses verräterischen Glitzerns und Funkelns in den Augen seiner Mutter, die Erkenntnis wie ein Keulenschlag getroffen. Von diesem Moment an wusste er, worauf sie seit dem Tag seiner Hochzeit gelauert hatte. Fortan wurde Edith von ihr in diversen Süppchen und Tränklein und tausenderlei gut gemeinten Ratschlägen und Ermahnungen geradezu ersäuft. Und wenn Edith all dies auch mit einer Engelsgeduld und einem Lächeln über sich ergehen ließ, so machte es David schier rasend, ließ ihn so ungehalten werden, dass sich Edith immer wieder dazu genötigt sah die Wogen zu glätten. Sie war ihrer Schwiegermutter so dankbar, weil sie sich in den vergangenen Jahren mit Feuereifer auf das schier unerschöpfliche Arbeitsfeld christlicher Nächstenliebe und Barmherzigkeit gestürzt hatte, das ihr die angeheiratete Familie der Barrows bot. Wie ein segensreicher Engel war sie durch die zugige Behausung der Barrows gerauscht, hatte ihren Mann und ihre Söhne zu umfangreichen Umbauten und Verbesserungen der alten Hütte genötigt, und die vielen rotznasigen Kinder mit Milch und Brot und wahren Bergen von abgetragener Kinderkleidung eingedeckt. Doch so sehr sich Edith auch bemühte, zwischen ihrem Mann und ihrer Schwiegermutter zu vermitteln, gegen diese tief eingetretenen Pfade kam sie nicht an und das Zusammenleben gestaltete sich zunehmend schwieriger.

Auch George Sattler betrachtete das ganze Szenario schon seit geraumer Zeit und machte sich so insgeheim seine Gedanken. Anfänglich rang er mit sich, doch als sich mit der Zeit immer deutlicher abzeichnete, dass David zusehends in altes Fahrwasser geriet, sich immer häufiger außer Haus aufhielt und auch wieder allwöchentlich im Saloon betrank, begann in ihm ein Entschluss zu reifen.

Immer klarer hatte er vor Augen, dass sein im Geheimen reifender Entschluss wohl die einzige Möglichkeit sein würde, seine Familie zusammenzuhalten. Wo es zu eng wurde, musste Abstand her, so einfach war das!

Wie erwartet wehrte sich seine Mary mit Händen und Füßen gegen sein Vorhaben, ein weiteres Haus für Davids Familie zu bauen. Sie hatte sich schon so sehr auf ein Baby in diesem Haus gefreut! Doch als alles Weinen und Klagen, alles Argumentieren und Begründen nichts bewirkte, als George entgegen aller Erfahrung auch dann noch hart und unerbittlich blieb, wurde Mary mit ihm so böse wie niemals zuvor in ihren dreiundvierzig Ehejahren, und beinahe einen Monat lang redete sie kein Wort mit ihm.

Doch dieses eine Mal blieb George Sattler eisern bei seinem Vorhaben und David überstand diesen Winter nur durch die zahlreich mit seinem Vater getätigten Pläne und Vorkehrungen für den bevorstehenden Hausbau. Nur wenn er gar nicht mehr denken wollte, wenn er einfach nur noch abschalten wollte, ging er in den Saloon, um sich zu betrinken. Wie einfach es für ihn doch war, so zu tun, als gehöre er dazu. Längst hatte man ihm seine Eskapaden mit Silas verziehen, betrachtete sie allgemein als Ausrutscher. Sogar die Benhavens schienen David seine Freundschaft mit Silas nicht weiter nachzutragen, seitdem Aaron im letzten Jahr geheiratet hatte, was wohl auch wirklich bitter nötig gewesen war. Man hatte allgemein gemunkelt, dass bei den Benhavens mittlerweile schon die Ratten über den Tisch huschten, seitdem keine Frau mehr im Hause war, um für Ordnung und Sauberkeit zu sorgen.

Als an einem stürmischen Tag Anfang April dann der jüngste Spross der Familie Sattler zur Welt kam, war David schon eifrig dabei, gemeinsam mit seinem Vater die Wände des Holzhauses hochzuziehen, das einmal ihr Zuhause sein sollte, und Ende des Sommers wurde bereits das Richtfest gefeiert, stand es schon beinahe fertig da, ein kleines einstöckiges Haus mit Veranda und einem kleinen Gärtchen für Kräuter und Gemüse.

51

Um die Mittagsstunde näherte sich Bizhiu an der Seite von Mochtavetó und Ethketa mitsamt den anderen verbliebenen Kriegern der Cheyenne dem heimischen Lager. Viele der stolzen, tapferen Krieger, die hier einige Wochen zuvor ausgezogen waren, waren nicht wieder mit ihnen zurückgekehrt und Bizhiu widerstrebte es

zutiefst, dass manch einer seiner Freunde nun versuchte, dieses grausame und unentschiedene Gemetzel, als Sieg mit gewissen Abstrichen zu verbrämen. Doch war er viel zu erschöpft, um sich weiter darüber aufzuregen und seine Ojichaag fühlte sich wie erschlagen an, angesichts der Bilderflut, die ihm immer wieder grausig vor Augen stand, blutgetränkte Bilder, die sich einfach nicht wieder wegwischen ließen.
Natürlich war ihre Ankunft bereits gemeldet worden und die Frauen im Lager schufteten seitdem die ersten Staubwolken am Horizont eine herannahende Reiterschar angekündigt hatten, um ihren heimkehrenden Männern einen würdigen Empfang zu bereiten. In einer Mischung von Wiedersehensfreude und banger Erwartung hatten sie sich in die Vorbereitungen für ein Fest gestürzt. Nur hoffen und warten zu können, wäre unerträglich gewesen und so war es viel besser mit den anderen Frauen hoffnungsfroh Hand in Hand zu arbeiten. Doch als die Reiter dann schließlich in Reichweite gekommen waren, gab es keine Frau, die nicht augenblicklich ihre Arbeit niederlegte, um endlich von dieser nagenden Ungewissheit erlöst zu werden. Knapp hundert Reiter kehrten in das Lager der Cheyenne zurück, obwohl weit mehr ursprünglich ausgezogen waren.
Voll wachsender Angst wanderte Charlottes Blick durch die Reihen der herannahenden Krieger, versuchte sie immer verzweifelter irgendetwas von Bizhiu zu erspähen. Charlottes Herz begann zu pochen wie wild, voller Hast packte sie Haéméné an der Hand und rannte, die kleine Heovo'ksa auf dem Rücken, auf die Reiter zu.

Da kam er! Da kam er auf sie zu und sie flog ihm förmlich entgegen. Es wurde lange gefeiert und erzählt in dieser Nacht, die Ruhmestaten der einzelnen Krieger wurden in aller Ausführlichkeit besprochen, verschiedene beliebte Gesellschaftsspiele wurden gespielt, denn die Cheyenne waren leidenschaftliche Spieler. Eines dieser Spiele mochte Bizhiu besonders gern und er spielte an diesem Abend gleich mehrere Runden mit und verlor dabei kein einziges Mal. Es kam bei diesem Spiel darauf an, einen kleinen Gegenstand möglichst vollkommen unmerklich zu empfangen und weiterzugeben. Ein Auserwählter hatte die Aufgabe, an der Mimik, an den Bewegungen der anderen herauszufinden, wo sich der kleine Gegenstand gerade befand. Wer damit erwischt wurde, schied aus. Spaß machte das Ganze, wenn man seine Mimik und seine Bewegungen vollkommen unter Kontrolle hatte, vielleicht sogar den Späher in die Irre führen konnte und ihm weismachen, man habe den Gegenstand gerade weitergegeben, obwohl er sich eigentlich ganz woanders befand.

Es war ein schönes Fest, das die Frauen da vorbereitet hatten und es tat ungemein gut, sich so willkommen zu fühlen, und auch so geliebt. Denn Bizhiu konnte gar nicht übersehen, wie glücklich und stolz und außerdem sehr verliebt ihn Charlottes Augen anblickten. Und doch war er schweigsam, blieb sein Herz den ganzen Tag und Abend über schwer, selbst dann noch, als er sich viel später mit ihr in das rote Tipi zurückgezogen hatte, in dem seine beiden Kinder bereits tief und fest schliefen. Voller Zärtlichkeit betrachtete er das dunkle Gesichtchen seiner Kleinen, umrahmt von vielen dunklen Locken, welche ihr ihren Namen Heovo'ksa -Büffelkind- eingebracht hatten und ganz eindeutig auf ihre Verwandtschaft mit Elias Morgan hindeuteten. Dann wanderte sein Blick weiter zu Haéméné, betrachtete er ihr zartes Gesicht, streichelte sachte durch ihr glänzendes rabenschwarzes Haar und in diesem Augenblick war es, als falle er plötzlich kopfüber in ein schwarzes Loch und er blickte einen schrecklichen Moment lang wieder in diese angstvoll geweiteten Augen, hörte wieder diese gellenden Klagelaute. Und ohne dass es ihm so recht bewusst war, tropften unaufhörlich seine Tränen auf die Decke seiner kleinen Tochter.

Charlotte war Bizhius Traurigkeit nicht entgangen. „Du solltest dir jetzt Ruhe gönnen und an etwas denken, das dein Herz nicht traurig und schwer werden lässt."
Bizhiu strich sich mit einer Hand die Haare aus dem Gesicht. Nachdenklich blickte er in ihre Augen, legte den Kopf schief und flüsterte: „Ich glaube, da brauche ich deine Hilfe, das schaff ich nicht allein."

Charlotte lächelte, umfasste seine Hand, zog ihn mit sich auf das Bett, und sagte zuversichtlich: „Das ist, denke ich, noch das geringste Problem."
Charlotte war sich bereits in dieser Nacht, als sie ungemein glücklich und zufrieden an Bizhius Seite gekuschelt, dalag auf eigentümliche Weise sicher, erneut schwanger geworden zu sein, doch behielt sie dieses Gefühl vorerst noch für sich und vergaß es sogar für einige Zeit wieder.
Doch natürlich hatte sie sich nicht geirrt und nachdem zwei Monde verstrichen waren, war sie sich im Grunde vollkommen sicher gewesen. Doch ließ sie vorsichtshalber noch einen weiteren Mond verstreichen, ehe sie sich eines Abends, nachdem ihre Gäste gegangen waren, zu Bizhiu setzte, der noch damit beschäftigt war, seine Pfeife zu reinigen. Zärtlich kuschelte sie sich an seine Seite, lehnte den Kopf an seine Schulter und sagte ganz beiläufig: „Vielleicht wäre es bald an der Zeit, wieder den Büffel zu jagen, denn ich könnte drei oder vier Büffelhäute sehr gut gebrauchen, um unser Tipi ein bisschen zu vergrößern."
Langsam drehte sich Bizhiu zu ihr um, blickte aufmerksam und fragend in ihre Augen. Er hatte sich die ganze Zeit schon so seine Gedanken gemacht, denn es war ihm natürlich nicht entgangen, dass Charlottes Menstruation schon länger auf sich warten ließ. Ein Lächeln huschte über sein Gesicht, ließ seine Augen leuchten. „Ich werde mir alle Mühe geben, dir so viele Häute zu beschaffen, wie du brauchst! Bist du dir ganz sicher, Charly?"
„So sicher, wie ich nur sein kann."
Er seufzte ergeben und schüttelte den Kopf. „Ach Charly, was machen wir nur, wenn das jetzt immer so weitergeht?! Dann sind wir bald die kinderreichste Familie im ganzen Lager."

Das Leben ging seinen Gang. Fürs Erste hatte man sich dazu entschlossen, die Kiowa nebst ihrer wirklich gewaltigen Pferdeherde, gegen die sich die Herde der Cheyenne nach wie vor kümmerlich ausnahm, bis auf Weiteres unbehelligt zu lassen. Stattdessen beehrte man lieber die noch weiter südlich lebenden, mit den Kiowa verbündeten Comanchen, und natürlich weiterhin auch die Ute und die Sho-Sho-ni in den Bergen und die weiter östlich angesiedelten Pawnee, mit manch einem ungebetenen und meist auch erst anderntags bemerkten Besuch. Sogar die eine ganz beachtliche Strecke weiter nördlich, in relativ unwegsamem Gelände lebenden Crow mussten in diesen Tagen wieder einmal ihre unliebsame Bekanntschaft mit den stolzen und findigen Kriegern der Cheyenne machen. Wohingegen man den angrenzend lebenden, reichen und mächtigen Stamm der Lakota tunlichst in Ruhe ließ, waren doch ihre Brüder im Norden, die Stämme der nördlichen Cheyenne, mit den Lakota sehr gut befreundet.

Wie jeden Sommer trafen sich auch in diesem Jahr alle zehn Unterstämme der südlichen und nördlichen Cheyenne, wurde wieder in der Mitte dieses nun beachtlich großen Lagers die festliche, prächtig geschmückte Neulebenshütte errichtet und die heilige, vier Tage währende Zeremonie der Oxheheom, der Welterneuerung abgehalten. Jeder Cheyenne war gehalten an dieser großen und wichtigen Zeremonie teilzunehmen, sei es nun aktiv oder als Zuschauer. Zum Höhepunkt der Oxheheom-Zeremonie fand dann der von Sonnenauf- bis Sonnenuntergang währende Sonnentanz statt. Dessen Teilnehmer das einzige opferten, was ihnen wirklich gehörte und das waren sie selbst. Zu Ehren Heammawihios - des Weisen Oben - taten sie das, dessen Sinnbild die licht- und lebenspendende Sonne war, um mit ihrem Opfer neue Lebenskraft für ihr Volk und die sie umgebende Natur, mit all ihren Tieren und Pflanzen, zu erbitten.

Und wie manches andere betrachtete Bizhiu auch diesen alljährlichen Sonnentanz, diese heilige Zeremonie, der sich viele der Männer freiwillig unterwarfen, mit gemischten Gefühlen. Grausam tief bohrten sich die Holzpflöcke in die Brust- und Rückenmuskeln der zumeist jungen Krieger, die an daran befestigten Lederriemen rund um einen festlich verzierten Pfahl tanzten, rhythmisch dem ekstatischen Klang der Trommel folgten, den Blick stets auf die, in dessen oberer Gabelung befestigten, Sakralgegenstände gerichtet. Und immer wieder rissen sie an den straff gespannten Riemen, bis irgendwann, nach stundenlangen Martern und tranceartigem, manchesmal nur mehr taumelndem

Tanz, das Fleisch endlich nachgab, die Muskelfasern rissen und der Tänzer ein höchstes Maß an Selbstbeherrschung und Tapferkeit bewiesen hatte und so nun zumindest zu neuen Ehren gelangt war, möglicherweise aber auch zu etwas noch weit Wichtigerem, Wertvollerem, zu einer Vision.

Bizhiu, dem die Wichtigkeit der Visionssuche durchaus sehr bewusst war, konnte sich doch mit dieser Art und Weise der Suche nicht anfreunden, wenn er auch voller Achtung auf seine Brüder blickte, die sich ohne mit der Wimper zu zucken, vollkommen freiwillig diesen Qualen unterwarfen, um in Kontakt mit Höherem zu treten.
Der wichtigen und ernsten Zeremonie der Welterneuerung folgten dann äußerst vergnügliche Tage. Es wurde gemeinsam gefeiert, gegessen, gespielt und getanzt, Wettrennen zu Pferde wurden veranstaltet und natürlich wurde auch von der wunderbaren Gelegenheit, weiter entfernt lebenden Freunden und Verwandten wiederzubegegnen, mannigfaltig Gebrauch gemacht.

Der Sommer wich dem Herbst und schließlich hielt auch wieder der Winter seinen Einzug. Charlotte vertrieb sich die Zeit damit, für Haéméné ein kleines Tipi zu fertigen. Es sollte später auch rot gefärbt werden und mit allem versehen sein, was zu einem anständigen Tipi gehörte. Charlotte hatte von Anfang an für sich beschlossen, dass ihre Tochter einmal so ein begehbares Spieltipi haben sollte, wie viele andere kleine Mädchen auch, deren Eltern sich einen derartigen Luxus leisten konnten. Und für einen der größeren Hunde würde sie ein Tragegestell bauen, damit ihre Haéméné ihr Tipi genau wie die großen Frauen würde auf- und wieder abbauen können. Ja, noch konnten sie sich diesen Luxus bedenkenlos leisten. Doch wer konnte wissen, wie es in ein, zwei Jahren aussehen würde, wenn sie gleich drei Kinder zu ernähren hätten?

Charlotte blickte der nahenden Geburt ihres dritten Kindes mit einiger Gelassenheit entgegen, denn die Geburt der kleinen Heovo'ksa hatte sie gelehrt, dass es nicht immer so gewaltvoll zugehen musste, wenn ein Kind sich anschickte, das Licht der Welt zu erblicken. Die kleine Heovo'ksa hatte ihr viel Zeit gelassen, sich auf das Kommende einzustellen und sie hatte ihr zudem die Möglichkeit gelassen, viele Stunden, von Bizhiu immer wieder gehalten und gestützt, um das Lager herum zu wandern, und als sie dann gefühlt hatte, dass es an der Zeit war in das kleine Geburtstipi der Familie zu gehen, hatte sie Bizhiu ohne Sorge an seinen Platz zu den Männern geschickt, hatte sie sich voller Zutrauen in die Hände der alten, weisen Frauen begeben und sich voller Dankbarkeit auf Vo'ka'es liebevollen Beistand einlassen können. Und als dann dieses winzige Wesen geboren war, hatte sie kaum fassen können, wie leicht und geradezu selbstverständlich diese Geburt für sie gewesen war.

Es war eine klirrendkalte Nacht, sternenklar und mondhell als Charlotte einem sehr zierlich und klein geratenen Jungen das Leben schenkte, in etwa einen Mond vor der Zeit.

Draußen pfiff ein eisiger Wind, doch hier drinnen in ihrem Tipi war es behaglich warm und ein ruhiges, leise knisterndes Feuer tauchte alles in ein sanftes, freundliches Licht, erhellte ihr Heim mit seinem rotgoldenen Schein.

Bizhiu lag bei Charlotte und dem Baby, beobachtete dieses kleine, atmende Wesen versonnen, voller Staunen und Liebe. Noch eine ganze Weile lag er so bei ihnen, betrachtete gemeinsam mit Charlotte dieses kleine Würmchen. Erst viel später erhob er sich und ergriff sein Gewehr, um jetzt, mitten in der Nacht, wie es der Brauch verlangte, durch drei Freudenschüsse seinem Volk kundzutun, dass soeben ein neuer Sohn der Cheyenne das Licht der Welt erblickt hatte.

Die Lagerhunde heulten aufgeschreckt und in der Ferne wurde ihr Heulen beantwortet, heulte ein einsamer Wolf mit den zahlreichen Hunden des Lagers um die Wette. Ische'hemeo trat aus seinem Tipi und drückte Bizhiu lächelnd an sein Herz. Doch er sagte nichts, er lauschte den klagenden, sehnsuchtsvollen Lauten des Wolfes, und sagte schließlich: „Oh, Ho'ne hohá'sche - ferner Wolf-, ... Er heult seit Stunden schon, dieser Wolf. Der ferne Wolf ruft nach deinem Sohn, er singt ihm zur Begrüßung sein Lied ...

und er klingt so sehnsuchtsvoll dabei. Ich denke Ho'neheschkeso - Wolfswelpe - soll der Name deines Sohnes sein."

Eine blutige Auseinandersetzung der Comanchen mit den weiter südlich, angrenzend an das Gebiet der Comanchen lebenden Texanern, brachte etwa ein Jahr später eine Entwicklung in Gang, die Bizhius Glück nahezu perfekt werden ließ.
Die südöstlich der Comanchen lebenden Weißen, die sich selbst Texaner nannten, beanspruchten ein immer größeres Gebiet. Alle Bemühungen, diese Texaner daran zu hindern, immer weiter in das Land der Comanchen vorzudringen, waren fehlgeschlagen, hatten zu zahlreichen Toten und Gefangenen, aber zu keinem Ergebnis geführt. Nach langem Beratschlagen waren schließlich die Häuptlinge der Comanchen übereingekommen, dass man mit den Häuptlingen der Weißen verhandeln müsse.
Eine Abordnung von hochrangigen Kriegern machte sich also, im Frühjahr des Jahres 1840, auf den Weg in die Stadt der Weißen, nach San Antonio, und man vergaß auch nicht, zum Zeichen des guten Willens zwei der Gefangenen mitzunehmen. Die Texaner indes zeigten sich beim Anblick der übergebenen Gefangenen gar nicht erfreut, denn die beiden sahen zugegebenermaßen etwas mitgenommen aus. Über all das und noch viel mehr hätte man nach Ansinnen der Comanchen gerne reden können, doch als sich die Texaner immer uneinsichtiger zeigten, immer weiter in Zorn und Aufregung gerieten und schließlich sogar versuchten, die gesamte Friedensdelegation gefangen zu nehmen, um die Herausgabe der übrigen Gefangenen zu erpressen, entbrannte ein wütender Kampf. Und so endete das, was eigentlich als eine zum Frieden gereichte Hand gedacht war, in einem Blutbad, und zwölf hochangesehene Häuptlinge der Comanchen sowie zwanzig ihrer bedeutendsten Krieger starben in dem auf sie eröffneten Kugelhagel. Damit war das Maß endgültig voll und man dachte gar nicht mehr daran, den Texanern noch einmal die Hand zu reichen. Zu lange schon hatte man mehr oder weniger tatenlos zugesehen, jetzt war umgehendes Handeln erforderlich. Einzig die Möglichkeit eines drohenden Krieges zwischen den Kriegern des Cheyenne-Arapahoe-Bündnisses und dem Bündnis der Coman-

chen mit den Kiowa ließ sie zögern. Das Risiko eines Zweifrontenkrieges war einfach zu groß und die Aussicht auf Erfolg eines sowohl im Norden, wie im Süden geführten Krieges war selbst für einen so mächtigen Stamm wie den der Comanchen denkbar gering.

Einige Zeit überlegte man hin und her. Doch am Ende war es beschlossene Sache zwischen den Comanchen und den Kiowa, dass man lieber versuchen wollte, den Cheyenne, diesem stolzen Volk, ein Friedensabkommen zu unterbreiten, als weiterhin tatenlos zuzusehen, wie sich diese verachtungswürdigen Texaner ausbreiteten und die großen Büffelherden vertrieben und niederschossen, ohne jeden Sinn und Verstand.

Die Comanchen hatten ihr Gebiet bisher erfolgreich gegen die Franzosen und auch die Spanier verteidigen können und sie würden es auch mit diesen selbst ernannten Texanern aufnehmen!

Im späten Frühling schließlich entsandten dann die Kiowa, in Absprache mit den Comanchen, eine Delegation in das Lager der Arapahoe, um so den Cheyenne das Angebot eines Friedensabkommens zu unterbreiten.

Bizhiu war an diesem Tag mit Ethketa und noch einigen anderen Kriegern unterwegs gewesen, auf Raubzug, wie schon so oft. Ihr Weg hatte sie eine gutes Stück durch das Gebiet der Arapahoe geführt und da sie bereits einen halben Tagesritt hinter sich hatten, allesamt müde waren, durstig und erschöpft, hatten sie sich kurzerhand entschlossen, eine kleine Pause einzulegen und dem Lager ihrer Freunde einen Besuch abzustatten.

Sie staunten nicht schlecht, als sie einige würdevolle Krieger der Kiowa sahen, die sich gerade in einer freundlichen Unterredung mit Bull, dem Häuptling der Arapahoe, befanden. Zuerst zögerten sie, unsicher, wie sie sich angesichts ihrer Feinde verhalten sollten, doch dann bat sie Bull persönlich, hinzuzutreten und Platz zu nehmen. Staunend lauschten sie den Worten der Kiowa, betrachteten die Worte, die ihre Hände in Zeichensprache zu ihnen sprachen. Und was Bizhiu da von den Händen der Kiowa ablas, ließ sein Herz pochen, seine Gedanken fliegen und die Hoffnung seine Ojichaag erfüllen.

Frieden! Endlich Frieden! Das hieße, keine Sorge mehr haben zu müssen, noch einmal zu einem so grausamen und entsetzlichen Kriegszug aufbrechen zu müssen, von dem er dann schweißgetränkte Albträume haben würde.
Frieden zwischen allen großen Stämmen hieße das! Frieden unter den Arapahoe, den Kiowa, den Comanchen und den Cheyenne! Mit den Lakota hatten die Cheyenne ohnedies keine Probleme und die anderen waren ihnen sowohl an Zahl der Krieger, als auch an Zahl der Gewehre weitaus unterlegen und würden sich hüten, gegen das mächtige Volk der Cheyenne in den Krieg zu ziehen!
Oh, welch ein wundervoller Gedanke! Welch ein Segen verheißendes Angebot! Denn schließlich, was kümmerte die Cheyenne der Ärger, den die Comanchen mit den Weißen unten im Süden, mit diesen Texanern hatten? Die Cheyenne lebten mit dem weißen Mann, von kleinen Unerfreulichkeiten einmal abgesehen, im Grunde genommen in bestem Einvernehmen. Doch so glücklich Bizhius Herz auch schlug, die dargebotene Pfeife konnte er dennoch nicht annehmen. Er war ja schließlich nichts weiter als ein einfacher Krieger der Cheyenne und niemals hätte er eine so folgenträchtige Handlung unternehmen dürfen, wie gemeinsam mit dem Feind die Pfeife zu rauchen, denn das hieße die Herzen, die Gedanken mit ihm zu einen. Das hieße aber auch in diesem Moment auf wichtige und formelle Weise, den gesamten Stamm der Cheyenne zu vertreten.
Freundlich lehnte er die dargebotene Pfeife ab, doch er versicherte zugleich, auf dem schnellsten Weg nach Hause zu reiten, um seinem Volk von dem Friedensangebot der Kiowa und der Comanchen zu berichten.

Es dauerte lange, bis Bizhiu einschlafen konnte in dieser Nacht und als er dann, nach einer quälend langen Zeit, endlich eingeschlafen war, schlief er so unruhig wie nur sehr selten in seinem Leben.
Stunden später, als Ho'neheschkeso weinte und gestillt werden wollte, bemerkte Charlotte, dass der Platz an ihrer Seite leer war und kalt. Noch schlaftrunken legte sie ihren kleinen Sohn an die

Brust, während ihr allmählich zu dämmern begann, dass Bizhiu bereits seit geraumer Zeit fort sein musste, wenn das Bett schon so ausgekühlt war.
Sie brauchte ihn nicht lange zu suchen. Er saß reglos auf dem Boden und betrachtete den Mond, während er den Tipis den Rücken zuwandte. Leise trat Charlotte auf ihn zu, erschrak, als sie sein Gesicht sah, das von Tränen glänzte, dessen Augen stumpf blickten, verquollen waren und verweint. Und er sagte lange nichts, weinte stumm in ihren Armen.
„Ich habe von Winonah geträumt, ... Ich sah Nimaamaa am Ufer des Gitchi Gami und die untergehende Sonne zauberte einen rotgoldenen Schimmer auf dem grünen Meer aus wogenden Manominihalmen, das sich vor ihr ausbreitete. Ich wollte ihr etwas zurufen, ... doch ich war viel zu weit weg. Sie blickte immerzu über dieses weite grüne Meer, ... als warte sie auf jemanden und ich wusste in diesem Augenblick genau, dass sie auf mich wartete. Sie sah genau in meine Richtung. Doch nichts verriet mir, ob sie mich ebenso gesehen und erkannt hatte, wie ich sie. Und als ich beinahe schon nichts mehr erkennen konnte, sah ich plötzlich, wie sie ihre Hand hob ... und es sah so aus, als ob sie mir zuwinkte und sich dann langsam abwendete von mir und im Schwarz der Nacht verschwand, ... und ich wusste in diesem Moment, dass ich sie niemals wiedersehen werde, dass ich niemals wieder mit ihr werde sprechen können, sie in den Arm nehmen, in ihre Augen schauen. Oh Charly, ich vermisse sie so! Sie fehlt mir so! Ich will sie wiedersehen! Ich muss sie wiedersehen! Nur noch einmal wiedersehen ..." Bizhiu weinte und sank in sich zusammen.

Charlotte wusste keinen anderen Trost zu spenden, als ihn erneut wortlos in ihre Arme zu schließen, beruhigend und zärtlich über seinen Rücken zu streicheln. Ernst und aufmerksam betrachtete sie ihren Mann, zögerte einen Moment, ehe sie leise die Frage zu stellen wagte, die ihr auf der Seele brannte: „Bereust du es, Bizhiu?"
Zärtlich strich er eine Strähne aus ihrem Gesicht und schüttelte den Kopf. „Nein, Charly, wie könnte ich das? Und doch ist meine Ojichaag schwer von Sehnsucht und Trauer. Ich werde sie nicht

wiedersehen, Charly! Ich werde Nimaamaa niemals wiedersehen und auch nicht Nimbaabaa, nicht Kiniu, nicht Waubagone und Shawaeghiizig und alle anderen! Und sie alle werden niemals erfahren, was aus mir geworden ist. Sie werden warten und hoffen und irgendwann werden sie die Hoffnung verlieren. Oh Charly! Ich hatte mir immer so sehr gewünscht, dass du sie alle eines Tages kennenlernen würdest, dass du die Lager der Ojibwe kennenlernen würdest. Ich weiß, dass du dort glücklich werden könntest, ganz gewiss sogar! Und nun weiß ich auch, dass es niemals so sein wird, dass ich meine Träume begraben muss. Weißt du, was daran so unerträglich schwer ist? Dass meine Träume so schön, so leicht und glücklich sind, wie eine verheißungsvolle, weiße Wolke an einem sonnigen Sommertag! Begrabe einmal eine fröhliche Wolke! Es ist unglaublich schwer."
„Aber Bizhiu, wer sagt denn, dass du sie alle niemals wiedersiehst? Es war doch nur ein Traum und ..."
Bizhiu schüttelte erneut den Kopf. „Nein Charly, nein, sag nicht ‚nur' ein Traum. Die Träume der Nacht sind immer bedeutungsvoll, auch die ganz kleinen, immer wollen sie uns etwas sagen. Aber zwischen all diesen vielen kleinen Träumen gibt es auch andere, größere und das sind die kleinen Brüder der großen Visionen. Wenn man offen ist zu fühlen, wann ein Traum mehr ist als nur eine kleine Botschaft, dann wird man eine Apowawin, die kleine Vision, die einem im Schlaf begegnet, ohne Weiteres erkennen. Und ich weiß, dass dieser Traum eine Apowawin war, ich wusste es vom ersten Moment an. Und ich wusste noch während ich schlief, was sie mir zu sagen hatte, ich habe es so deutlich gefühlt, dass ich im Traum für einen kurzen Moment das Gefühl hatte, in einen tiefen, schwarzen Abgrund zu fallen."

Später dann kuschelte Bizhiu sich an Charlotte wie ein schutzsuchendes Kind, und sie fühlte, dass nun sie die Starke war, die Geborgenheit spendete, Trost und Sicherheit. Und so weh es auch tat, Bizhiu derart unglücklich zu sehen, sie selber war glücklich hier bei den Cheyenne.
Wie sollte sie da seine Sehnsucht teilen?! Wie sollte sie sich da etwas anderes wünschen? Sie vermisste ihre Familie daheim nicht.

Nur wenige Tage vergingen, ehe der Beschluss der Ratsversammlung feststand und eine Abordnung der Cheyenne in das Lager der Arapahoe entsandt wurde, um ihren Freunden und den Kriegern der Kiowa mitzuteilen, dass die Häuptlinge der Cheyenne bereit seien, mit den Häuptlingen des südlichen Bündnisses zu verhandeln. Und nach dem Vorschlag der Cheyenne sollten diese Verhandlungen etwa drei Tagesritte östlich von Fort Bent stattfinden. Die Kiowa erklärten sich damit einverstanden und bereits vier Tage später bestiegen die Häuptlinge der Cheyenne und der Arapahoe ihre Pferde, und einige ihrer Tragepferde waren schwer beladen mit den Geschenken, die sie im Falle eines Friedensschlusses ihren neugewonnenen Brüdern überreichen wollten. Einstimmig hatte der Rat beschlossen, High Backed Wolf zu dem Anführer dieser Mission zu erklären. Zu gerne wäre Bizhiu mit ihnen geritten, doch er musste sich, wie alle anderen auch, gedulden und einstweilen damit begnügen, das Beste zu hoffen.

Die Häuptlinge der Cheyenne erreichten gemeinsam mit ihren Freunden den Treffpunkt zwei Tage vor der vereinbarten Zeit und errichteten ein kleines Lager.
Gegen Mittag des zweiten Tages trafen die Vertreter des Kiowa-Comanchen-Bündnisses ein. Unter ihnen auch die Kiowahäuptlinge Set-angya, Little Mountain und Eagle Feather. Stumm nahmen die Häuptlinge Platz, bildeten einen weitläufigen Kreis und schweigend begann Eagle Feather seine Pfeife zu füllen. Als er dann den ersten Zug getan hatte, schickte er seine Pfeife auf Wanderschaft, ein edles Stück, dessen Kopf aus rotem Stein gefertigt war und ein Pferd darstellte, der lange Holzstiel aber war mit bunten Perlenschnüren, Fransen und Lederbändern verziert. Und die Cheyenne rauchten mit den Kiowa gemeinsam, um den Geist zu einen und frei zu machen.
Doch nachdem jeder einen Zug genommen hatte, war es an der Zeit zurückzublicken, das Vergangene zu betrachten, damit es bereinigt werden könnte und so die Zukunft auf sicherem Boden gedeihen würde, unbelastet von dem, was einmal gewesen war.
Ein sorgsam in eine schön gewebte Decke gehülltes, liebevoll verziertes Lederbündel wurde nun Gegenstand des allgemei-

nen Interesses und so behutsam, wie es nur irgend möglich war, offenbarte Eagle Feather den anwesenden Cheyenne und Arapahoe, dass dieses Bündel die Skalpe sämtlicher achtundvierzig Bogensehne-Krieger enthielt, und er bot den Häuptlingen der Cheyenne an, ihnen die Skalpe zurückzugeben.
High Backed Wolf erwog dieses Angebot, überlegte eine Weile schweigend, den Blick nachdenklich auf jene so harmlos anmutende Decke gerichtet. Spannungsvoll blickten alle anwesenden Häuptlinge zu ihm, betrachteten forschend die unergründliche Miene des Alten. Er nickte langsam, die Lippen fest aufeinandergepresst, betrachtete weiterhin ohne Unterlass diese bunte Decke und Gesichter stiegen dabei vor seinem inneren Auge auf. Alte und weise Gesichter waren darunter und manches wurde zu einem lachenden Gesicht aus seinen eigenen Kindertagen, andere Gesichter aber waren noch jung, waren hoffnungsfroh und voller Tatendrang. Ókinn, der älteste Sohn seines Freundes blickte ihn mit seinem einen Auge an, strahlte ihn an und fuhr sich mit einer für ihn typischen Geste durch sein langes Haar, schüttelte es nach hinten, wie er es immer getan hatte. High Backed Wolf spürte, wie die Traurigkeit, der schmerzvolle Verlust gleich einer schwarzen Wolke, die sich vor die Strahlen der Sonne schob, sein Herz zu verdüstern begann.

High Backed Wolf atmete tief durch, ehe er seine Stimme erhob. „Nein, mein Freund", sagte er entschieden, „wir werden dieses Bündel nicht annehmen! Ich sehe, dass die Kiowa die Skalpe meiner Brüder und Freunde ehrenvoll verwahren, so verwahrt sie auch weiterhin ehrenvoll. Denn wenn dieses Bündel hier geöffnet würde, wenn die Augen unserer Krieger, die Augen der Witwen und Kinder dies hier zu sehen bekämen, so würde Trauer und Wut die Herzen meines Volkes verdunkeln, wie ein Gewitter den Himmel eines hoffnungsvollen Sommertages zu verdunkeln vermag. Nein, mein Freund, wir werden dieses Bündel nicht mitnehmen, wir werden nicht einmal von ihm gehört haben und ..." Langsam und ruhig glitt sein Blick über die Gesichter seiner Begleiter und manch einer von ihnen nickte ihm mit den Augen kaum merklich zu, bekundete so leise und nur für High Backed

Wolf hörbar seine Zustimmung. „Wir haben dieses Bündel hier auch niemals gesehen. Ihíhs!"
Aufmerksam betrachtete er nun die Häuptlinge des südlichen Bundes, wobei seine Augen auf Set-angya ruhten, wusste er doch von den Arapahoe, dass Set-angya es gewesen war, unter dessen Führung die Krieger der Bogensehne-Gesellschaft in eine Falle gelockt, eingekesselt und mit übermächtiger Zahl an Kriegern niedergemacht worden waren.
Tief blickte High Backed Wolf in Set-angyas Augen und er erblickte darin Aufrichtigkeit, Entschlossenheit und Mut und sehr viel Weisheit, für einen Mann in noch so jungen Jahren. Ein Lächeln glitt durch High Backed Wolfs Blick und wurde von einem ebensolchen Lächeln aus Set-angyas Augen beantwortet.

Noch bevor sich die Häuptlinge zu einem gemeinsamen Mahl niederließen, überreichten die Cheyenne die mitgebrachten Geschenke. Viele Geschenke waren es, großzügige Geschenke und dass sie von den Kiowa angenommen wurden, war ein weiterer Schritt zum Frieden hin. Gemeinsam wurde nun geplant, wie die eigentliche Ratsversammlung vonstatten gehen könnte, in der dann feierlich der Friedensschluss zwischen den Cheyenne, den Arapahoe, den Comanchen und den Kiowa verkündet werden sollte. Auf Wunsch der Kiowa übernahmen die Cheyenne die Aufgabe, einen geeigneten Platz für diese gewaltige Versammlung ausfindig zu machen.

Es war nicht einfach gewesen einen geeigneten Platz zu finden, der ausreichend Raum und Feuerholz für so viele Menschen bieten würde, der angemessen war für eine Versammlung von solch gewaltiger Wichtigkeit und Größe.
Unweit von Fort Bent, nicht mehr als zwei Wegstunden zu Pferde, hatten sie schließlich den geeigneten Versammlungsort ausgemacht. Ein weites, baumbestandenes Flusstal des Arrowpoint River breitete sich vor Bizhius Augen aus, gleich einer Oase in der Wüste schien es ihm. Denn der seichte Fluss war hier üppig umsäumt und umwuchert von zahlreichen blühenden Sträuchern, von alten, kräftigen, grünen Pappeln und Weiden, in denen die

Vögel nisteten und zwitscherten. Lieblich, geradezu paradiesisch mutete Bizhiu dieses Tal an, inmitten der kargen, herben Landschaft der Plains.
Und sie wussten alle in diesem Moment, dass der richtige Ort gefunden war, der Ort des großen Friedens, sie waren sich einig gewesen, noch ehe einer ein Wort gesagt hatte.

52

Auf dieser imposanten Versammlung wurde 1840 der Frieden zwischen den großen Stämmen der Plains verkündet. Ein Frieden, der tatsächlich niemals wieder gebrochen werden sollte.
Heiß schien in diesen Tagen die Sonne auf das niedrige Wasser des Arrowpoint River und ebenso heiß brannte sie auch auf den mächtigen, rauschenden Mississippi.
David saß am Ufer und warf gerade ein weiteres Mal seine Angel aus. Drei Fische hatte er bereits gefangen, beinahe schon genug für das Abendessen.
Neben ihm saß Silas, sein Sohn. In kindlichem Ernst versunken, behielt er seine kleine Angel fest im Blick, hielt sie eisern in seinen kleinen Fäusten. Gut zweieinhalb Jahre war er nun alt und David genoss es sehr, dass es nun auch einmal möglich war, den Knirps mitzunehmen, ohne dass er nach seiner Mama weinte. Es hatte schon seine Zeit gedauert, bis sich David mit seinem Sohn angefreundet hatte, niemals hätte er geglaubt, dass ihm das einmal so schwer fallen könnte.

Doch bereits beim ersten Anblick seines Sohnes war David entsetzt gewesen und hatte, angesichts dieses zerknautschten Bündels Mensch, sich heimlich vergewissern müssen, ob wenigstens auch alles dran war. Alle anderen aber waren beim Anblick dieses hässlichen, kleinen Froschs geradezu in Verzückung geraten und Mary hatte mit Tränen des Glücks und der Rührung dieses Kind in ihre Arme geschlossen, hatte es an ihren wogenden Busen gedrückt und voller Begeisterung verkündet: „Es ist kaum zu fassen! Er ist David wirklich wie aus dem Gesicht geschnitten!"

Später, als sie dann endlich im Spätsommer ihr eigenes Häuschen bezogen hatten, hatte sich vieles verändert, war Ruhe eingekehrt. Edith hatte sich entspannt, David hatte sich entspannt und auch der Kleine entspannte sich zusehends, hörte irgendwann auf, beständig zu schreien und wurde obendrein von Tag zu Tag ansehnlicher. Bestand selbst vor Davids ungnädigem Blick, der jedoch seinerseits von Tag zu Tag milder wurde und auch liebevoller. Edith hatte allerdings auch ganz bewusst das Ihrige dazu getan, damit Vater und Sohn einander näherkamen. Immer wieder hatte sie David den Kleinen auf den Schoß gesetzt, hatte sie ihn in unermüdlicher Beharrlichkeit hinzugerufen und dazu genötigt sich anzusehen, wie süß oder wahlweise geschickt sein Sohn dieses oder jenes Wunder vollbrachte, wie beispielsweise an seinem großen Zeh zu nuckeln. Aber sie hatte ihn auch ins kalte Wasser geworfen, hatte sich auf den Weg zu ihren Eltern gemacht und ihn, mit dem Hinweis auf eine kranke Schwester, für Stunden allein gelassen mit dem Knirps, der anfänglich beharrlich schrie und weinte. Und David hatte sein Geschrei mit Schweißperlen auf der Stirn ertragen und ihm in seiner Verzweiflung am Ende sogar vorgesungen, sämtliche Wiegenlieder, die ihm in den Sinn kamen und deren Texte sich an Schwülstigkeit miteinander überboten. Weshalb er schon bald dazu übergegangen war, sich selbst etwas auszudenken und seinem Sohn ganz gehörig die Meinung zu singen und so sang er ihm das Lied vom kleinen Schreihals, der von seinen vollkommen entnervten Eltern im Mississippi ersäuft wurde. Und über dieses Wiegenlied war Silas dann tatsächlich eingeschlafen und Stolz und Dankbarkeit hatte Davids Herz erfüllt.

Als er aber dann zum ersten Mal gestrahlt hatte, als David sich über sein Bettchen beugte, seine winzigen Händchen ihm entgegengestreckt hatte, war David Edith ungemein dankbar für den Freiraum, den sie geschaffen hatte, damit sich Vater und Sohn mit der Zeit aneinander gewöhnen konnten.

Von Tag zu Tag war ihm Silas ähnlicher geworden und jetzt war er ein handfester kleiner Kerl mit dichten, blonden Locken, strahlenden blauen Augen, ungeheuer viel Charme und zudem auch Einfällen und Ideen, die David oft genug erstaunten und zum La-

chen brachten. Und wenn sie miteinander lachten, dann entdeckte er in diesem Kindergesicht, sein eigenes wieder, das verlorene, sorgenfreie Antlitz seiner Kindheit.
Es war an diesem Abend gewesen, als er mit Silas und einem Eimer voller Fische nach Hause gekommen war, als ihm Edith mit einem Strahlen in den Augen verkündete, dass sie ein zweites Kind erwarte. Sie hatten gemeinsam angestoßen auf dieses zweite Baby, sie hatten sich ausgemalt, dass diesmal von Anfang an alles ganz anders sein würde. Sie würden ihre Ruhe haben und alles ganz genau so machen, wie sie das für richtig hielten. Immer ausgelassener und kühner waren ihre Träume geworden. Über den Abend hin hatten sie sich darauf geeinigt, dass das Baby ein Mädchen sein würde, bezüglich Haar und Augenfarbe hingegen hatten sie sich absolut nicht einigen können.
„Blonde Haare, David, lange, blonde Haare, gönn mir die Freude!", flüsterte sie ihm mit einem Lächeln ins Ohr.
„Glaub nur nicht, dass du mich jetzt weich bekommst. Dunkle Haare, ganz genau so, wie deine sind und damit basta!"

David und Edith hatten im vergangenen Jahr mehr und mehr die Führung des Geschäftes übernommen. Mit viel Einfallsreichtum und Gespür für die Bedürfnisse der Dorfbewohner hatten sie das Sortiment des Ladens noch um einiges erweitert und das ohnedies schon gut gehende Geschäft zum Florieren gebracht.
Mary und George hatten sich zu einem guten Teil aus dem Geschäft zurückgezogen. Das Alter hatte sie in den letzten Jahren eingeholt, und manchmal kam es David so vor, als wäre das ganze Theater damals, mit dem Baby, mit dem Haus, nur ein letztes Aufbäumen seiner Mutter gewesen, ehe sie sich der Unumgänglichkeit des Altwerdens ergeben hatte. Mary war zur Ruhe gekommen und David auch, Frieden war eingekehrt zwischen ihnen. Kein Waffenstillstand, sondern echter Frieden, zumal sich seine Mutter seit ihrem Umzug auch geflissentlich hütete, unangemeldet bei ihnen hereinzuplatzen.
Sharon hatte im vergangenen Jahr geheiratet und so lebten nur noch Ruth und Edwin bei den Eltern im Haus und Mary hatte durchaus nichts dagegen, wenn es auch so bleiben würde.

David sah das allerdings vollkommen anders. Er wunderte sich darüber, dass seine Schwester keinerlei Anstalten mehr machte, dem elterlichen Haushalt zu entfliehen und er beobachtete mit Sorge, dass seine eigentlich doch lebenslustige Schwester zunehmend zurückgezogen lebte und darüber wahrlich nicht glücklicher zu werden schien. Eigentlich hatte er gehofft, dass sie regen Gebrauch von der Gelegenheit machen würde, in seinem Haus vor dem Zugriff der restlichen Familie zu entfliehen, dass es wieder ein bisschen so werden würde wie damals, als Silas und Charlotte noch bei ihnen waren, dass sie vielleicht sogar in Edith eine neue Freundin finden könnte, doch er hatte sich getäuscht. Sie kam nur äußerst selten einmal in sein Haus und dann auch niemals ohne einen offensichtlichen Grund, ein direktes Anliegen.
Eines jener Glanzlichter geschwisterlichen Kontakts bahnte sich am Morgen des Tages vor Thanksgiving an, als Edith gemeinsam mit Mary und Ruth alle Hände voll zu tun hatte, um das traditionell mit der gesamten Familie gefeierte Fest vorzubereiten.

Während die Frauen schnippelten, kochten, spülten und buken, lag Edwin auf der Küchenbank und schlief seinen Rausch aus. Keiner kümmerte sich um ihn, als ein leises Plätschern alle drei Frauen veranlasste, eifrig zu suchen, wo da wohl etwas am Auslaufen war. In fliegender Hast wurden Töpfe, Schüsseln und Kannen angehoben und einem prüfenden Blick unterzogen, doch die Ursache ließ sich partout nicht finden. Nicht ehe ihr Blick ganz allmählich zu Edwin wanderte, ungläubig und sprachlos an ihm hängen blieb, an dem verräterischen Fleck auf seiner Hose, an diesem gelben Rinnsal, das eifrig über den Rand der hölzerne Bank plätscherte, gen Boden strebte und dort bereits ein ganz erkleckliches Pfützchen gebildet hatte.
Ruth war die erste, die ihre Sprache wiederfand.
„Du elendes Dreckschwein!“, schrie sie aufgebracht und rüttelte an Edwin und es hätte nicht viel gefehlt und sie hätte ihn geohrfeigt. All ihr Rütteln und Schreien nutze nicht viel, denn er wehrte sie nur unwirsch mit den Händen ab, drehte sich einfach um und schlief weiter. Ruth stiegen die Tränen in die Augen, vor Wut und Zorn, denn natürlich würde es ihre Aufgabe sein, diese Besche-

rung zu beseitigen. Doch noch ehe sie sich anschickte Eimer, Lappen und Wasser zu holen, war Edith bereits gegangen und ließ sich auch nicht davon abhalten, die Sauerei zu beseitigen, sagte nur mit einem freundlichen Lächeln: „Ach Unsinn, Ruth, ich mach das schon!"
Später aber nahm sie Ruth beiseite und sagte mit einem fröhlichen, verschwörerischen Glitzern in den Augen: „Verschwinde hier doch einfach und komm heute Abend auf ein Glas Wein zu uns, du könntest wahrhaftig ein bisschen Abwechslung gebrauchen, und wenn's nur ist, um Edwin heute Abend nicht mehr besoffen seh'n zu müssen."
„Ach, ich weiß nicht, ich hab noch allerhand zu tun, ..."
„Ja, ich weiß, aber das läuft dir doch alles nicht weg! Komm Ruth, mach mir die Freude! Und mach David die Freude, er würde dich so gerne einmal wieder bei uns sehen."
Derartig gedrängt wusste Ruth nicht, wie sie sich zur Wehr setzen sollte, doch Edith in ihrer grenzenlosen Freundlichkeit, ihrer Glückseligkeit, hatte Ruth gerade noch gefehlt! Es war nicht wirklich so, dass sie Edith nicht mochte. Was Ruth nicht ertragen konnte, war diese seit Jahr und Tag anhaltende Fröhlichkeit, diese glückliche, rotwangige Zufriedenheit, die sie um sich herum verbreitete. Es war wirklich beinahe unerträglich mit ansehen zu müssen, wie glücklich diese Frau war, während sie selber jeden Abend müde und gerädert ins Bett fiel, froh den vergangenen Tag wieder einmal hinter sich gebracht zu haben. Worauf hätte sie sich auch freuen sollen?! Vielleicht darauf, die Kühe in aller Herrgottsfrühe zu melken, die Pferde und die Hühner zu füttern, oder darauf Wäsche zu waschen, zu kochen, zu putzen oder womöglich doch lieber darauf, Edwins vollgekotztes Bett abzuziehen? Und nun sollte sie sich dieses gebündelte Glück da drüben ansehen?
Zur Erholung sollte sie sich das auch noch antun! Genauso gut könnte man einem Verdurstenden zur Erholung ein Glas Wasser zeigen.
Erst allmählich wurde Ruth gewahr, dass Edith sie die ganze Zeit über freundlich, aber auch sehr nachdenklich beobachtet hatte. Und als hätte Ruth nicht anscheinend verzweifelt um eine Aus-

rede gerungen, lächelte sie Ruth nun freimütig ins Gesicht und sagte leichthin: „Also abgemacht? Wir erwarten dich um sieben, nach dem Abendessen!“
Und als Ruth dann den Mund öffnen wollte, um zu protestieren, da hatte Edith gelacht und gesagt: „Keine Widerrede! Sonst bin ich ernstlich beleidigt!“
Was war Ruth da schon anderes übriggeblieben, als seufzend einzuwilligen?

David empfing Ruth mit einem fröhlichen Strahlen, führte sie nicht ohne Stolz in sein behagliches Zuhause und ließ sich, nachdem er eine bereitgestellte Flasche burgunderroten Weins gegriffen hatte, mit einem zufriedenen Seufzer auf das Glanzstück seines Hausstandes sinken, ein behagliches Sofa mit gedrechselten Beinen und hohen Lehnen, dessen samtener Bezug in etwa dieselbe Farbe hatte wie der Wein, den David gerade sorgfältig entkorkte und großzügig in drei Gläser füllte, die bereits auf dem kleinen, runden Tisch bereit standen. Ruth setzte sich auf den Rand eines, ebenfalls burgunderrot bezogenen, gepolsterten Stuhls. Auf einem Pendant dieses Stuhls, ihr gegenüber, schlief behaglich zusammengerollt ein kleiner schwarzer Kater, zuckte im Schlaf mit Ohren und Pfötchen und fühlte sich satt und zufrieden. Für dieses kleine Kätzchen hatte Edith gesorgt, die Zeit ihres Lebens davon geträumt hatte, einmal ein Tier so richtig verwöhnen zu dürfen und dieser herumstreunende, halbverhungerte Kater war ihr dabei gerade zur rechten Zeit über den Weg gelaufen, hatte seine Chance geahnt und irgendwann für sich beschlossen, nie wieder von hier wegzugehen.
Ja, für die Anwesenheit des kleinen Katers hatte Edith gesorgt, für die schönen Möbel hingegen David.
David hatte Sofa und Stühle, nebst dem zierlichen, intarsienverzierten Tisch im letzten Jahr in Fort Snelling einer neu angekommenen Siedlerfamilie für einen Spottpreis abgekauft und er hatte gelacht und gesagt, Ruth könne sich gar nicht vorstellen, was die Leute so alles über das weite Meer schleppten, Klaviere sogar! Und dann stünden sie da, mit ihrem Plunder, vor einer Holzhütte oder noch weit weniger und das Klavier steht im Regen und die

Kinder haben Hunger, da ließe sich mit Leichtigkeit so manch ein günstiges Geschäft machen.

Mit einem freundlichen Lächeln wandte sich David seiner Schwester zu und folgte dann ihrem Blick vom Kater, über die Möbel hinweg zum Fenster hinaus und ließ ihn durch das noch dichte, jetzt im Schein der untergehenden Sonne, nur noch feuriger strahlende Rot des alten Ahornbaumes gleiten.
„Du solltest uns viel öfter besuchen, du versauerst doch allmählich, wenn du immerzu zu Hause bei den Eltern hockst. Du musst da doch mal raus!"
„Irgendeiner muss ja wohl bei den Eltern bleiben, sie werden schließlich nicht jünger."
„Ach Ruth, wenn man dich so reden hört, könnte man ja meinen, sie wären schon Greise!"
Ruth schnaufte und blickte ihren Bruder vorwurfsvoll an. „Das meinst du! Dad wird schließlich schon bald achtundsechzig Jahre alt! Und du hast ja keine Ahnung, wie sehr Mutters Hände zittern, wenn sie eine Weile gearbeitet hat, und nähen und stopfen und all so was kann sie schon lange nicht mehr! Aber du kriegst ja überhaupt nichts mit! Und Edwin macht natürlich auch keinen Finger krumm, das einzige, was der macht, ist Dreck! Soll Mutter etwa tagtäglich mit zitternden Händen seine Kotze wegwischen? Und was glaubst du wohl, wer seit Jahr und Tag seine ständig vollgepissten Hosen wäscht?!"
Ruth hatte sich so richtig in Fahrt geredet.
David aber war einen kurzen Moment sprachlos und fragte dann: „Er pisst sich mittlerweile schon in die Hosen?! Mensch Ruth, wie erträgst du das? Warum lässt du ihn nicht einfach in seinem Dreck sitzen?"
„Dich hab ich auch nicht in deinem Dreck sitzen lassen!"
„Also, bitte! Wann hab' ich mir denn das letzte Mal in die Hose gepisst?"
„Aber vollgekotzt hast du dich schon oft genug und glaub mir, dass das nicht viel angenehmer war!"
Zerknirscht blickte David seine Schwester an, etwas Kindliches, Unschuldiges und zugleich um Verzeihung Bittendes zwinkerte

in seinem Blick, etwas das Ruth wohl bekannt war, das sie vollkommen zu durchschauen glaubte und gegen das sie doch niemals wirklich gefeit gewesen war. Beinahe hätte sie gelächelt, doch als sich gerade ihre Mundwinkel in Bewegung setzen wollten, öffnete sich die Türe und Edith kam herein. Sie begrüßte Ruth mit einem „Wie schön, dass du gekommen bist!" Und als sie sich mit einem Lächeln neben David setzte und prompt dessen Aufmerksamkeit auf sich zog, da wusste Ruth, warum Edith und sie niemals Freundinnen werden konnten. Sie hatte ihr den Bruder gestohlen, hatte sie vertrieben, von ihrem Platz als seine Vertraute.

„Edith, kannst du dir das vorstellen? Edwin pinkelt wieder in die Hosen! Da dürfte ihm ja Silas bald um einiges voraus sein!"

Edith seufzte leise und nickte: „Ich kann mir das sogar gut vorstellen, ich hab' es heute Nachmittag selbst gesehen."

„Du hast mir noch gar nichts davon erzählt!"

Sie lächelte ihn an und sagte: „Dann hatten wir bis eben wohl Wichtigeres zu bereden, ..."

Ruth betrachtete die beiden einen kurzen, flüchtigen Moment und nippte dann an ihrem Glas. Eine unbehagliche Stille entstand, in der keiner so recht wusste, was er sagen sollte. Ein wenig betreten und sehr nachdenklich blickte David zu Ruth und bemerkte, dass sie den Türkis offensichtlich nicht mehr in seinem Ledersäckchen um den Hals trug.

„Seit wann trägst du denn den Türkis nicht mehr?"

„Schon lange! Es spricht ja wirklich Bände, dass du das jetzt erst merkst!"

„Ja, allerdings! Daran sieht man nämlich, dass du dich verkriechst und dass man dich gar nicht mehr zu Gesicht bekommt!"

Wütend funkelten Ruth' Augen und Edith beeilte sich, in möglichst unbefangenem Ton zu sagen: „Ein Türkis? Oh, wie schön! Den musst du mir bei Gelegenheit einmal zeigen. Ich wusste ja gar nicht, dass du so eine kleine Kostbarkeit be ..."

„Na ja, so was Kostbares ist ein Türkis nun auch wieder nicht!" Ruth' Stimme war barsch, abweisend, ärgerlich.

„Ach, ich weiß nicht Schwesterlein, immerhin hast du ihn jahrelang getragen, ... und Silas hat ihn von hier bis hoch an die großen

Seen und wieder zurück geschleppt, weil er angeblich den beschützen soll, der ihn trägt."
„Oh Gott, was für ein sentimentaler Quatsch!" Ruth stöhnte leise und verdrehte die Augen.
Edith versuchte noch einmal ihr Glück und fragte: „Kommst du morgen Abend auch in den Saloon? Zum Tanz?"
„Nein, wohl eher nicht, ich hab' weiß Gott Wichtigeres zu tun."
„Aber morgen ist Thanksgiving, morgen muss niemand arbeiten und alle sind fröhlich und tanzen und ..."
„So? Tun sie das also alle? Und du meinst, deshalb muss ich auch so fröhlich grinsen wie du?"
„Ruth, bitte ..." Leise und warnend klang seine Stimme und nachdenklich blickte er seine Schwester an.
Edith aber schaute Ruth immer noch freundlich an, schlimmer sogar noch, mitleidig und aus unerträglich wachen, warmen Augen.
Ruth stellte abrupt ihr Glas auf den Tisch und sagte: „Ich denke, ich werde jetzt wohl besser nach Hause gehen! Dort werde ich nämlich gebraucht!"
Sie verabschiedete sich knapp und verschwand bereits im nächsten Moment aus der Tür.
David stand nachdenklich am Fenster, rieb sich müde die Augen und seufzte: „Wenn ich nur verstehen könnte, was mit ihr los ist! Edith, du glaubst nicht, wie vergnügt sie früher war, wie unternehmungslustig, mein Gott, was haben wir gelacht damals!"
Ein Lächeln glitt über ihr Gesicht, doch plötzlich wurde ihr Blick wieder ernst und sie sagte: „Ich glaube, ich kann sie sehr gut verstehen."
„Ja?! Na, da bin ich aber ganz Ohr!"
Aufmerksam und erwartungsvoll blickte er in ihr Gesicht.
Edith schmunzelte. „Also, Dave, wirklich, mir würde es an ihrer Stelle vielleicht auch nicht besser gehen!"
„Wieso? Sie müsste doch wirklich nicht die ganze Zeit zu Hause sitzen! Früher hatte sie Freundinnen und hat allerhand unternommen und heute ..."
„Aber damals hatte sie auch noch einen kleinen Bruder, der sie gebraucht hat, damals hatte sie eine ganz besondere Freundin

und weiß heute, dass die ihr sehr vieles wohl nicht erzählt hat. Denk daran, wie sehr du Silas vermisst! Und was vielleicht noch viel schlimmer für sie ist, sie hat nicht nur ihre Freundin verloren, sondern zugleich auch ihre Liebe."
„Ihre Liebe? Wie meinst du das denn?" Überrascht blickte David sie an.
Edith lachte leise und schüttelte den Kopf. „Ach Dave! Du bist süß! Das fragst du doch jetzt nicht im Ernst, oder?!"
„Doch, allerdings tu ich das! Edith, verrat's mir! Wer is' es denn nun?"
„Na, Silas natürlich, du Schafskopf! Wer denn sonst!?"

53

Als die Cheyenne, gemeinsam mit den Arapahoe, den Ort der Zusammenkunft erreichten, lag er noch still und friedlich vor ihnen. Die Sonne schien gleißend, durchbrach das dichte Grün der Schatten spendenden Pappeln und Weiden und zauberte eigenartige Lichtspiele auf die Oberfläche des Arrowpoint River, genauso wie auf den sandigen Grund dieses glasklaren, seichten Flusses. Sie überschritten diese Grenze ihres Gebietes nicht, denn noch war die Zeit nicht gekommen, sondern errichteten ihre Lager am Nordufer des Flusses. Innerhalb weniger Stunden war alles wieder an seinem Platz, stand alles so da, als hätte es schon seit Ewigkeiten so gestanden. Kaum ein Stamm nahm es mit dem Lageraufbau derartig genau wie die Cheyenne, auch nicht ihre Freunde, die Arapahoe.
Das ganze Lager summte in eifriger Geschäftigkeit, denn kaum waren die Tipis aufgebaut und eingerichtet, so ging es schon daran in der Mitte des Lagers eine geräumige Laubhütte zu errichten und sämtliche Vorbereitungen für ein festliches Mahl zu treffen. Überall herrschte rege Betriebsamkeit, Holz wurde gesammelt, Wasser geholt, Essen gekocht, die Pferde wurden versorgt, eine größere Gruppe von Jägern befand sich bereits flussabwärts auf der Jagd und die Kinder wurden im seichten, warmen Wasser des Flusses geschrubbt.

Bizhiu stand vor seinem Tipi und beobachtete das Treiben um ihn herum. Heovo'ksa stand bei ihm, und umfasste mit ihrem linken Arm sein Bein, schmiegte ihren schwarzbraunen Lockenkopf an ihn und nuckelte am Daumen. Zärtlich strich Bizhiu durch ihre Locken und blickte sich zugleich suchend nach seiner anderen Tochter um. Er erspähte Haéméné einige Tipis weiter, eifrig damit beschäftigt, einer ihrer Freundinnen beim Tipiaufbau zu helfen. Ihr eigenes stand bereits und sie hatte ihre kleine Schwester bei dessen Aufbau gnadenlos dazu angehalten, das Ihrige zu seiner Fertigstellung beizutragen, mochte die nun gerade einmal Dreijährige so müde und erschöpft sein, von dem langen, weiten Ritt, wie sie wollte. Mochte sie auch quengeln und jammern.
Nachdem Bizhiu seine Große entdeckt hatte, hob er seine Kleine hoch und verschwand mit ihr im frisch eingeräumten Inneren seines Tipis. Er trug seine Tochter zu dem großzügigen Bett von Charlotte und ihm, legte sie hinein und sich selbst an ihre Seite. Immer noch daumennuckelnd kuschelte sich Heovo'ksa in seinen Arm und spitzte die Ohren, denn von Bizhiu ins Bett gebracht zu werden, bedeutete auch immer auf eine geheimnisvolle Reise zu gehen. Sie wurde nicht enttäuscht, schon erfüllte die tiefe Stimme ihres Vaters das Tipi.
„Es war vor sehr, sehr langer Zeit, in jenen Tagen, als Nokomis, die Großmutter aller Menschen, noch nicht am Himmel stand und sorgsam über den Schlaf ihrer Kinder wachte, sondern als sie noch auf Erden weilte und die Anishnabeg noch nicht geboren waren. Die Welt war ein großes Wasser in diesen Tagen, ein unendliches, immerzu wogendes Meer. Doch dieses Meer war nicht ohne Leben, oh nein! Viele Wasserwesen lebten in ihm und eines davon war Mikinak, eine wirklich unglaublich riesige Schildkröte, die seit langer, langer Zeit schon durch das wogende Wasser schwamm, länger schon als sie sich selbst zu erinnern vermochte ..."
Heovo'ksas Gedanken glitten davon auf dem Rücken der Schildkröte und tauchten ein in das Reich der Träume.
Vorsichtig zog Bizhiu seinen Arm unter Heovo'ksas Köpfchen hervor, worauf sie leise schnaufte aber ungestört weiterschlief. Auf leisen Sohlen schlich er sich aus dem Tipi und blickte sich im

Lager um. Von Charlotte und seinem Winzling, seinem kleinen Ho'neheschkeso war nichts zu sehen. Die Mädchen aber mühten sich gerade mit Monevatas - Jungvogels - kleinem, buntbemaltem Tipi ab. Ansonsten war das Lager ein wenig ruhiger geworden, die wichtigsten Vorkehrungen waren lange schon getroffen und auch die vielen Kleinigkeiten waren größtenteils erledigt. Nun konnte man mit Gemächlichkeit den Rest bewerkstelligen und in Ruhe abwarten.

Bizhiu beschloss, noch einmal nach seinen Pferden zu sehen und zu schauen, ob er vielleicht anderweitig helfen könnte. Unterwegs traf er Ethketa, der sich ihm sogleich anschloss. Doch sie hatten sich kaum zu den Pferden begeben, als einer der ausgesandten Späher in gestrecktem Galopp auf das Lager zuhielt und schon von Weitem war sein gellender Ruf zu hören.
„Iiiiiahhiiii! Sie kommen, sie kommen! Viele Reiter und Lastpferde, hunderte! Hinter dem Hügel kommen sie! Ein ganzes gewaltiges Lager und sie haben eine mächtige Herde von Pferden dabei, viele Male so groß, wie die Herden der Cheyenne und Arapahoe gemeinsam!"
Die ersten, unter ihnen auch Ethketa, waren bereits in die Bäume geklettert, um einen Blick auf die herannahenden Reiter werfen zu können.
„Ich seh sie! Gleich kommen sie über den Hügel!", rief Ethketa aufgeregt.
„Wie viele sind es?" Bizhiu blickte fragend zu ihm hinauf in das dichte Blätterdach.
„Tausende, mein Bruder! Ich sehe mehr und mehr und in der Ferne ist immer noch wirbelnder Staub!"

In diesen Augenblicken erfüllte mit stetig zunehmender Intensität ein donnerndes, grollendes Beben die Luft, wurde lauter und lauter und zugleich begann spürbar der Boden unter ihnen zu vibrieren, erbebte unter den unzähligen, kraftvoll galoppierenden Pferdehufen und ein ganz eigentümliches Gefühl durchflutete Bizhiu. So mächtig waren ihre Feinde also, dass die Erde schon weithin spürbar erzitterte, wenn sie herangaloppierten, ach, wie wundervoll wäre es, wenn sie bald schon mächtige Freunde sein würden!

Nicht lange dauerte es und Bizhiu und alle anderen konnten sehen, was sie schon gehört und gespürt hatten. Gleich einer nicht mehr enden wollenden Flut strömten nun in galoppierenden Wogen alle sechs Unterstämme der Kiowa, gemeinsam mit einer beachtlichen Abordnung der Comanchen, den Hügel hinab und mit ihnen galoppierte die gewaltigste Pferdeherde, die jeder der hier Anwesenden bis dahin je erblickt hatte. Natürlich, dass die Comanchen, wie auch die Kiowa reich an Pferden waren, wusste ja nun niemand besser als gerade die Cheyenne, sie nun aber alle gemeinsam dahingaloppieren zu sehen, verschlug doch so manchem den Atem, denn es waren alles in allem gut achttausend Tiere, die sich da neben den vielen bepackten und berittenen Pferden über den Hügel ergossen.
Auch Bizhiu war sprachlos, ein Schauer kroch über seine Haut und er beobachtete staunend und voller Faszination dieses schier unerschöpfliche, wogende Meer aus muskulösen, kraftvollen Körpern, als er fühlte, wie eine warme, eine wohlvertraute Hand sich in die seine schob. Ohne den Blick von der nahenden Herde zu wenden, drückte er sie sanft und spürte, wie sie seinen Druck erwiderte. Bizhiu fühlte, wie er zusehends ruhiger wurde, er legte den Arm um Charlotte und es war einfach nur schön ihre Nähe zu spüren.

An diesem Tag wechselte noch keiner die Flussseite, um sich zu den Lagern der anderen zu begeben. Doch blickte ein jeder immer wieder auf die andere Seite. Auch am südlichen Ufer des Arrowpoint River errichteten die Frauen das Lager, doch anders als es die Frauen der Cheyenne getan hatten. Der Kreis war lose und einige der Frauen errichteten zusätzliche Lauben vor ihren Tipis, unter denen man behaglich im Schatten sitzen konnte.
Gegen Abend flammten auf beiden Seiten des Arrowpoint River die Lagerfeuer auf, wurde auf beiden Seiten gefeiert, gespielt und erzählt und es hatte schon etwas Merkwürdiges, so in unmittelbarer Nähe seiner einstmaligen Todfeinde zu lagern. Es war eine

eigenartige, eine teilweise auch schlaflose Nacht und doch war es auch eine friedliche Nacht, in welcher die Hunde der unterschiedlichen Lager miteinander jaulten, dass es eine wahre Freude war.

Als anderntags aber High Backed Wolf sein Pferd bestieg, den Fluss durchquerte und die Häuptlinge der Kiowa und Comanchen zu einem Festmahl in der eigens dafür errichteten Laubhütte einlud, nahmen diese die Einladung an.
Nachdem sich die Gäste in der geräumigen, luftigen Laubhütte niedergelassen hatten, füllte High Backed Wolf feierlich sein Kalumet, schickte es auf Reisen und es wanderte von Hand zu Hand, wurde ein ums andere Mal erneut gefüllt. Danach ging man erst einmal zum vergnüglichen Teil der Versammlung über, denn die Cheyenne hatten ein wahrhaft festliches Essen vorbereitet, wobei sie sich streng an die Sitten und Gebräuche der anderen Stämme hielten, und das hieß kein Bärenfleisch für die Kiowa und keinen Hund für die Comanchen. Neben traditionellen Gerichten wurden auch vielerlei exotische Köstlichkeiten gereicht, die sie eigens für dieses Treffen in Fort Bent getauscht hatten. So dampften neben Schüsseln von verschiedenen Fleischgerichten und Prärierüben auch Schüsseln mit Reis und gekochten Dörräpfeln, wurden Mixed Pickels, mit manch einem kritischen Blick und kurz darauffolgend sehr unterschiedlichen Reaktionen probiert. Zusehends wurde die Stimmung vertrauter, freundlicher, offener und auch neugieriger. Beredt sprachen viele Hände miteinander. Doch als sich dann Set-angya feierlich erhob, verstummten augenblicklich alle Gespräche und alle Augenpaare richteten sich auf seine aufrechte, würdevolle Gestalt. In die entstandene Stille hinein verkündete Set-angya, mit erstaunlich weicher und doch volltönender Stimme: „Alle Cheyenne und Arapahoe, restlos alle, vom kleinsten Kind bis hin zur ältesten Mutter, sind eingeladen, am morgigen Tag als Freunde in das Lager der Kiowa zu kommen!“
Ein Lächeln, ein Nicken, ein leises Raunen ging durch den Kreis seiner Zuhörer. Einen kurzen Moment schwieg Set-angya, doch dann begannen er erneut zu sprechen und verkündete feierlich:

„Meine Freunde! Wenn das Volk der Cheyenne und der Arapahoe morgen in unser Lager kommt, so bitte ich sie darum, dass sie alle zu Fuß kommen mögen, damit sie später auf ihrem eigenen Pferd zurückreiten werden. Jeder wird ein Pferd zum Geschenk erhalten, die ganz Kleinen genauso, wie die Alten."

Diese Idee Set-angyas war erfolgversprechend wie beinahe alles, was er in die Hand nahm. Denn auf diese Weise würde tatsächlich jeder Krieger, jede Frau, jedes Kind der Cheyenne und der Arapahoe in Freundschaft mit den Kiowa verbunden sein. Hatte doch ein jeder von ihnen ein ungemein wertvolles Geschenk der Kiowa und der Comanchen angenommen und würde es fortan täglich als Zeichen der Freundschaft vor Augen haben.

Im Laufe der frühen Morgenstunden durchquerten nach und nach alle Arapahoe und Cheyenne das an manchen Stellen kaum knietiefe Wasser des Arrowpoint River und nahmen dann geduldig und erwartungsvoll am anderen Ufer Platz. Jeder Krieger der Kiowa hatte gemäß der Anzahl von Pferden, welche er für dieses Geschenk des Friedens und der Freundschaft gegeben hatte, kleine Stäbchen bei sich, die er unter den Anwesenden verteilte. Set-angya aber hatte so viele Stäbchen zu verteilen, dass er sie nicht auf einmal zu tragen vermochte, sondern gleich mehrfach in einem Gebüsch verschwand, um kurz darauf erneut voller Würde und Stolz die Reihen der versammelten Menschen abzuschreiten und seine Stäbe zu verteilen.

Als alle Stäbe verteilt waren, schickten die Comanchen und die Kiowa ihre Jungen, sowie auch einige gefangen genommene Mexikaner aus, um die Pferdeherde zum Flussufer zu leiten. Jeder der Beschenkten bekam sein Pferd gezeigt.

Doch manch ein Krieger bekam sogar mehr als nur ein Pferd. Einer der Krieger, der mit einiger Überraschung auf sieben Stäbe in seiner Hand blickte, war Bizhiu. Anfangs war er nur überrascht gewesen, als er von einem zweiten Krieger einen Stab erhielt, doch dann, als er einen dritten Stab in die Hand gedrückt bekam, erkannte er mit einem Mal das Gesicht, das ihn mit durchaus gemischten Gefühlen ansah. Vor Bizhius innerem Auge tauchte die Szene eines erbitterten Kampfes auf, an dessen Ende ihm der Coup geglückt war. Für den Bruchteil einer Sekunde blickte er wieder in das bestürzte, hasserfüllte Gesicht seines am Boden liegenden Feindes, dem er einstmals Skalp und Leben überlassen hatte. Doch als er aus seinen Bildern erwachte, blickte er in Augen, die nicht vergessen hatten, niemals vergessen würden und dennoch die Möglichkeit offen ließen, vielleicht einmal die Augen eines Freundes werden zu können.

Später dann hatte ihn eben dieser Krieger zu einem großen stattlichen Pferd geführt. Ruhig sprachen seine Hände: „Mein Freund, von dem Tag an, da wir beschlossen hatten, euch diese Pferde als Geschenk zu überreichen, wusste ich, dass genau dieses Pferd jenem Krieger der Cheyenne gehören würde, den ich am meisten gehasst habe von allen und dessen Gesicht mich verfolgt hat, bis in meine Träume hinein. Es ist das edelste Pferd meiner Herde und es soll dir gehören. Es soll dir gehören als Zeichen, dass ich dich nicht länger hassen werde, dass ich aber dennoch die Schuld, in der ich stehe, niemals vergessen kann. Doch fortan wird sie leichter zu tragen sein, denn fortan werde ich mein Leben keinem Feind, sondern einem Freund verdanken. Ich bin sehr froh darüber und wäre glücklich, die Pfeife mit diesem Freund zu rauchen."

Geraume Zeit verstrich, während mehrere tausend Pferde ihre Besitzer wechselten. Doch als es schon gegen Mittag ging, hatten alle Pferde das Ufer gewechselt. Als die Cheyenne aber wenig später in das Lager der Kiowa zurückkehrten, waren sie so schwer bepackt wie Lastesel, denn auch sie hatten sich so ihre Gedanken gemacht, womit man das geschlossene Bündnis bekräftigen und den Comanchen und den Kiowa obendrein eine Freude machen könnte. Denn hatten die Kiowa und die Comanchen auch viele Pferde, waren sie den Cheyenne zahlenmäßig auch um einiges überlegen, so hatten die Cheyenne einen erheblichen Vorteil durch ihre Freundschaft zu einigen Weißen und durch ihre Handelsbeziehungen in Fort Bent. Dieser Vorteil war aus schwerem Metall gefertigt und knallte ganz enorm, wenn man damit schoss. Die Kiowa und Comanchen würden Gewehre sehr gut brauchen können, wenn sie gegen diese Texaner zum Kriegszug aufbrechen wollten.

Eine gewaltige Anzahl an Steinschlossvorderladern wechselte den Besitzer. Ergänzt wurde dieses Geschenk, dieser enorme Vertrauensbeweis, mit wahren Bergen an allerlei Nützlichem und Schönem, was man im täglichen Leben gut gebrauchen konnte. Decken und Glasperlen in allen nur erdenklichen Farben, in Fort Bent getauschte, feste Baumwollstoffe, golden in der Sonne schimmernde Messingkessel und dergleichen mehr.

Den ganzen Abend über wurde gefeiert, bis weit in die Nacht hinein, viele Lagerfeuer brannten, Lieder erklangen hier und da, es wurde zum Klang der Trommeln getanzt, wurde gespielt und erzählt, die Kinder tollten miteinander herum, planschten gemeinsam im lauwarmen Wasser des Arrowpoint River und die unzähligen Hunde taten desgleichen. Der Himmel stand voller Sterne, war klar und weit, von samtenem Schwarz, gleich einem funkelnden, silberdurchwirkten Tuch hatte er sich über das von weichen Hügeln umgebene Tal gesenkt.
Charlotte atmete tief durch, atmete die vom Duft des Rauches zart gewürzte Luft und betrachtete aus einiger Entfernung das rege Treiben auf beiden Seiten des Ufers, blickte zu den unzähligen, warm flammenden Lichtpunkten und hörte zugleich dem Zwitschern eines Nachtvogels zu. Bizhiu hätte ihr sagen können, welcher Vogel da gerade sang, Haéméné wahrscheinlich auch. Charlotte musste schmunzeln und lehnte sich entspannt an den mächtigen Stamm einer uralten Weide.
Es war eine gute Entscheidung gewesen, all dem Trubel für eine Weile zu entfliehen, durch das Lager zu schlendern, immer dem Flusslauf entlang, bis schließlich die letzten Tipis weit hinter ihr lagen und die vielen Lagerfeuer nur noch große, flackernde Lichtpunkte waren. Gedämpft trug der Wind die Geräusche dieses riesigen Lagers zu ihr und sie lauschte eine Weile dem Klang der Trommeln, wurde zusehends ruhiger dabei und ein glückliches Lächeln umspielte ihre Lippen. Charlotte seufzte leise und blickte in die Sterne, während sie spürte, wie eine warme Woge der Zufriedenheit in ihr aufstieg. Sie war glücklich! Sie hatte Raum und Kraft und Möglichkeit zu lieben und geliebt zu werden! In ihren kühnsten Träumen, hätte sie sich ein solches Glück nicht aus-

malen können. Nun lebte sie schon beinahe sechs Jahre mit den Cheyenne und so vieles, was ihr einmal fremd und beängstigend erschienen war, war ihr verständlich und vertraut geworden. Nein, sie weinte St. Peter nicht eine Träne nach, in ihrer Erinnerung trat es eigentlich nur mehr als eine Art erdrückender Dunkelwelt auf, ab und zu erhellt, von dem warmen, verheißungsvollen Licht, das Bizhius Liebe damals in ihrem elenden, einsamen Dasein verbreitet hatte. Nun aber strahlte dieses Licht alltäglich in ihrem Leben, erhellte ihren Tag und hatte zudem noch beträchtlichen Zuwachs bekommen. Ja, sie war glücklich hier, zufrieden mit ihrem Leben, mit sich selbst, aber auch mit ihrer Familie, ihrer Ehe, ihrem Mann. Langsam stand sie auf. Sie wollte zurück zu den Lagerfeuern, wollte zu Bizhiu, wollte ihn, egal was er auch gerade tat, für sich gewinnen, wollte ihn verführen, mit ihren Blicken, ihren Gedanken und sie war gespannt, ob es ihr wohl gelingen würde. Wenn es ihr aber gelingen würde, dann würde sie ihn zu dieser alten Weide führen, dann würde sie ihn unter diesem Sternenhimmel lieben wollen und dabei den Mondschein sehen, auf seiner Haut, in seinen tiefdunklen Augen.
Schnell vergingen diese glücklichen Tage am Arrowpoint River, so hoffnungsvoll und unbeschwert und niemand, ausgenommen natürlich die Allerkleinsten, würde jene verheißungsvollen Tage der Freundschaft und des Friedens jemals vergessen.

54

David hatte mit Edith einige ausgelassene Stunden auf der Thanksgivingfeier in O'Malleys Saloon verbracht, sie hatten getanzt bis weit in die Nacht hinein und unsäglich viel gelacht, auch ohne Ruth. Reichlich beschwipst und bester Laune waren sie beim ersten Morgengrauen hundemüde ins Bett gefallen, nur um überrascht festzustellen, über wie viel Energie sie doch noch füreinander verfügten.
Ein heftiger Nordwind kam auf, riss die Blätter von den Bäumen und brachte, viel zu früh für diese Jahreszeit, den ersten Schnee. Silas war begeistert, tobte mit seinem Vater durch das glitzernde,

kalte Weiß vor dem Haus, während Edith drinnen gerade mit Honig und Rahm gefüllte Äpfel in den Backofen schob. Jericho, der Kater, schlief lang und wohlig ausgestreckt dahinter und Edith wunderte sich schon zum so und so vielten Mal darüber, dass sich der kleine Kerl nicht seinen Pelz versengte. Noch ganz in Gedanken, ging Edith zum Fenster, zupfte einige welke Blätter von einer immer noch blühenden Geranie, und blickte hinaus, beobachtete gerade, wie David eine volle Ladung Schnee ins Gesicht bekam und seinen Sohn darauf in gespielter Wut verfolgte. Und der kleine Silas wuselte juchzend und kreischend durch den Schnee, dass die Schneeflocken nur so umherstoben, die Nase rotgefroren und die Wangen erhitzt. Edith lächelte, schmunzelte zufrieden, als sie ein seltsam feuchtes Gefühl wahrnahm. Einen kurzen Moment hielt sie inne und spürte, wie immer mehr Flüssigkeit aus ihrem Körper zu rinnen und über ihre Beine zu laufen begann. Ein sanftes Ziehen im Rücken, dem sie bis dahin keinerlei Bedeutung beigemessen hatte, wurde zu einem immer lauter werdenden Schmerz in ihrem Bauch. Mit einem unterdrückten Schrei, einem hastigen Keuchen, raffte Edith ihre Röcke hoch, blickte fassungslos auf das Blut, das da ihre langen Unterhosen rot gefärbt hatte.
„David!", gellend ertönte ihr Schrei, ein verzweifeltes Wimmern entrang sich ihrer Kehle und von Panik erfüllt riss sie das Fenster auf, blankes Entsetzen im Gesicht.
Scheppernd fiel der Blumentopf zu Boden und zerbrach, begrub unter sich die abgeknickten purpurroten Blüten und das zerdrückte Laub verströmte alsbald seinen intensiven Duft im ganzen Raum. Erschrocken hob Jericho sein Köpfchen und blinzelte verschlafen hinter dem Ofen hervor.
Alarmiert durch den angstvollen Klang ihrer Stimme rappelte sich David augenblicklich aus dem Schnee, schnappte sich seinen Sohn und stürmte ins Haus. Langsam stellte er Silas auf den Boden und sagte zu ihm, ohne seinen Blick dabei von Edith zu wenden: „Lauf zum Kamin, stell deine nassen Stiefel davor und zieh deine Jacke aus."
Edith wimmerte und schluchzte auf: „Ich blute, David! Ich blute!" Hastig raffte sie ihre Röcke hoch und als sie die Pfütze zu ihren Füßen erblickte, entfuhr ihr ein keuchender Schrei.

David blickte voller Entsetzen auf das Blut, dann löste er sich aus der Starre und trug Edith mit eiligen Schritten in das Schlafzimmer. Vorsichtig legte er sie aufs Bett, redete ihr beruhigend zu, während sein Herz bis zum Hals klopfte. „Ich reite jetzt wie der Teufel und hole den Doktor und du bleibst ganz ruhig hier liegen, hörst du? Ich schicke Silas rüber, damit er Mutter herholt, in Ordnung? Und du versuchst ganz ruhig zu bleiben, es wird alles wieder gut werden, mein Schatz!"

Einige Zeit später ging David unruhig in der Wohnküche auf und ab und wartete, lauschte auf jedes Geräusch, das aus dem Schlafzimmer kam, in dem seit bald einer halben Stunde schon der Doktor zu Gange war. Mary hatte Silas nach drüben, in Ruths Obhut gegeben, hatte das Blut weggewischt, die Scherben aufgeklaubt, die verschmorten Äpfel aus dem Bratrohr geholt und saß nun, da es tatsächlich gar nichts anderes mehr zu tun gab, denn zu hoffen, zu beten und zu warten, an dem hellen Holztisch in Davids Küche. Es hatte Ewigkeiten gedauert, bis David endlich mit Doktor Morton gekommen war, denn der war nicht zu Hause gewesen, sondern unterwegs, um einige andere Krankenbesuche zu tätigen und David hatte eine gute Weile gebraucht, bis er ihn endlich am anderen Ende des Ortes ausfindig gemacht hatte.
Mary hatte Silas' angstvolle Schreie schon von Weitem gehört und war ihm entgegengeeilt, war mit ihm und Ruth, die ebenfalls aus dem Haus kam, zu Edith gerannt. Doch als sie dann die Bescherung erblickte, als sie zu ahnen glaubte, was da gerade furchtbar Trauriges im Gange war, hatte sie Ruth mit Silas zurückgeschickt und war alleine die hölzernen Stufen emporgeeilt. So viel Blut! Nein, sie war viel zu erfahren, um sich da noch irgendwelchen Illusionen hinzugeben. Dieses Baby war verloren, Gott hatte es zu sich gerufen, noch ehe es überhaupt geboren war. Warum nur?
David versuchte beharrlich dem Impuls zu widerstehen, sich einen Whiskey einzuschenken, als der Doktor in die Küche trat. Mit einem unglücklichen, bedauernden Gesicht blickte er zu David und schüttelte den Kopf. „Es tut mir leid, David, aber das Kind ist verloren." Doktor Morton wusch sich die blutigen Hände in der bereitgestellten Schüssel. „Ich kann leider gar nichts weiter für

deine Frau tun, sie braucht jetzt vor allen Dingen Ruhe, stärkende Kost und jemanden, der die blutigen Laken wechselt und ihr gut zuredet. Ich nehme an, dass die Blutung bald aufhören wird, sie ist bereits etwas schwächer geworden."

David schluckte tapfer seine Tränen hinunter, räusperte sich und blickte den Doktor fragend an: „Aber kann man denn gar nichts tun für Edith? Wir können sie doch nicht einfach so weiterbluten lassen! Irgendwie muss man doch etwas für sie tun können! Was weiß ich, irgendwelche Umschläge vielleicht."

Es war doch wirklich immer und überall dasselbe! Die Menschen wollten unbedingt etwas von ihm haben, irgendetwas Greifbares, selbst dann noch, wenn er ihnen wirklich nichts mehr zu geben hatte. „Ich habe da ein Röhrchen gute Pillen, die werden ihr helfen, wieder auf die Beine zu kommen." Er fingerte eines der „Röhrchen für alle Fälle" aus seiner Tasche, Kreide mit Zucker und Baldrianwurzel, was ja in diesem Fall wirklich kein Fehler sein konnte, ja sogar ganz angebracht erschien, am besten gleich für die ganze Familie ... und reichte es David, klopfte ihm väterlich auf die Schulter und sagte: „Wird schon wieder werden, mein Junge. In ein paar Tagen geht es deiner Frau schon wieder gut."

David nahm das Röhrchen entgegen und betrachtete die kleinen selbstgedrehten Pillen.

„Was is'n das?", fragend blickte er in Dr. Mortons vor Überraschung geweiteten Augen.

Das war ihm ja wahrhaftig noch nicht vorgekommen! Einen kurzen Moment überlegte er für sich und sagte dann: „Diese Pillen enthalten wertvolle Substanzen, die deiner Frau wieder zu Kräften verhelfen werden."

„Und das Blut?"

... Mein Gott, dieser junge Sattler hatte schon immer so etwas Ungefügiges gehabt!

„Die Natur regelt das von ganz alleine David, glaube mir, das geschieht gar nicht einmal so selten."

David nickte zögerlich, blickte nachdenklich auf das gläserne Röhrchen in seiner Hand und dann noch einmal zum Doktor und dieser erkannte unschwer, dass David nicht überzeugt war von dem, was er ihm da gerade erklärt hatte.

Er erwiderte Davids knappes Nicken und blickte ihm hinterher, wie er die Küche verließ und mit schnellen Schritten die schmale Holztreppe hinaufeilte.

Edith hatte geweint, die ganze Nacht, hatte verzweifelt um ihr Baby geweint und David fühlte sich so ohnmächtig. Erst jetzt, gegen Morgengrauen, war sie vollkommen erschöpft eingeschlafen. Als David anderntags erwachte, lag Edith nicht neben ihm. Er erschrak zutiefst und sprang aus dem Bett, rannte die Treppe hinunter, spähte in alle Räume, rief ihren Namen, rannte die Stufen wieder hinauf und fand sie schließlich an Silas' leerem Bettchen. Sie kniete davor, leicht vornübergebeugt, streichelte über Silas' Decke und weinte.
„David, ... wo ist Silas?"
„Er ist drüben bei meinen Eltern, er hat heute Nacht dort geschlafen. Nach dem Frühstück kommt er bestimmt nach Hause und schaut, wie es dir geht."
Edith nickte und wischte sich mit beiden Händen die Tränen von den Wangen.
Behutsam brachte David Edith zu Bett, deckte sie sorgsam zu und küsste ihre Stirn. „Ach, mein Schatz, wir schaffen das schon irgendwie."
„Aber David, warum nur? Unser kleines Mädchen, David! Unser Baby ist tot! Was hab' ich bloß getan?" Edith schluchzte und weinte und David hatte das Gefühl, dass es ihn innerlich beinahe zerriss.
„So was darfst du nicht sagen und auch nicht denken! Du hast gar nichts getan! Du kannst gar nichts dafür! Der Doktor sagt, dass so etwas immer wieder geschieht. Es ist furchtbar traurig, Edith, aber es ist nichts, wofür irgendein Mensch etwas kann."
Edith sagte nichts, weinte nur und David nahm sie schweigend in seine Arme.

Mary war gegen Mittag, mit Silas an der einen Hand und einem Korb mit einem Topf Kürbissuppe in der anderen, zur Tür hereingekommen. Sie schickte David samt der Suppe und dem Kleinen hinauf zu Edith und machte sich daran, die Wohnung auf Vorder-

mann zu bringen. Schon kam Silas wieder in die Küche gestürmt. „Mama mag nichts essen!"
Liebevoll tätschelte sie Silas Wange, raffte resolut ihre Röcke zusammen und marschierte, den Kleinen an der Hand, die Stiegen hinauf. Doch alles Zureden, alle Versuche zu trösten und zu ermuntern halfen nichts und so legte sich Mary schließlich ihr wollenes Tuch um und marschierte los, um noch einmal den Doktor zu holen, welcher Edith schlussendlich ein starkes Schlafmittel verabreichte, in Folge dessen alle ein bisschen zur Ruhe kamen. Als Edith aber einige Stunden später gegen Abend erwachte, sah sie alles andere als erholt aus. Blass und elend sah sie aus und sie fühlte sich auch genauso, wenngleich auch ihre Tränen versiegt waren und über den Tag hinweg auch die Blutungen beinahe zur Gänze aufgehört hatten. Ediths Bauch schmerzte und ihr war bitterkalt. Als sich David später zu ihr ans Bett setzte und ihre Hand ergriff, erschrak er darüber, wie glühend heiß sie war. Sanft strich er über ihre heiße, feuchte Stirn, ihre eingefallenen, kühlen Wangen. Ihre Augen hatten einen so eigentümlichen Glanz, dass er aufsprang, um sofort noch einmal nach dem Doktor zu rufen.

Ediths Zustand gefiel Dr. Morton ganz und gar nicht, sondern versetzte ihm einen gehörigen Schrecken. Mit ungewohnter Sorgfalt untersuchte er seine Patientin. Der Bauch war hart, schmerzempfindlich, und das Fieber musste über den Tag hinweg rasant gestiegen sein. Angesichts all dessen wurde ihm angst und bange zumute. Nur zu bitter erinnerten ihn diese Symptome an das, was nicht selten dabei herauskam, wenn sich ein unglückliches Frauenzimmer in die Hände irgendeiner Engelmacherin begab. Aber nur sehr selten entwickelte sich Dergestaltiges nach einer Fehlgeburt. Doch alles sprach dafür, inklusive der wieder stärker werdenden Blutung, dass es sich hier um einen Abortus febrilis, wenn nicht gar um einen Abortus septicus handelte. Väterlich tätschelte er Ediths Wange und sagte: „Wird schon werden, mein Mädchen. Ordentlich essen, viel schlafen und nicht zu viele Sorgen machen, das ist jetzt das Wichtigste. Ich werde nun nach unten gehen und David hinaufschicken. Morgen früh komme ich zeitig wieder."
Mit schwerfälligen Schritten ging er die Treppe hinunter, betrat

die Wohnküche und setzte sich schweigend zu David und Mary an den Tisch. „Ich befürchte, deine Frau ist ernstlich krank, sie müsste eigentlich in ein Hospital, um dort ..."
„In ein Hospital?" Davids Augen weiteten sich. „In welches Hospital?"
Isaac Morton blickte müde und resigniert über den Rand seiner Brillengläser hinweg. „Ja, David, genau da liegt das Problem, es gibt kein Hospital in erreichbarer Nähe und Edith würde eine weite Reise nicht überstehen."
„Was soll das heißen?", David fühlte, wie Unmut und Angst in seinem Inneren zu grollen begannen. Doch gerade als er tief Atem holte, fühlte er die beschwichtigende Hand seiner Mutter, sanft und zitternd die seine ergreifen. Als er überrascht zur Seite blickte, spürte er, wie sein Zorn verpuffte, wie er sich in blanke Angst, in Tränen auflöste, die in seine Augen traten und ihm die Sicht nahmen. David umfasste Marys Hand, war für einen kleinen Moment wieder ihr Kind, das Schutz und Beistand brauchte.
„Was können wir tun, Dr. Morton?" Mary versuchte ihrer Stimme einen ruhigen, einen sicheren, festen Klang zu geben.
„Zunächst einmal kalte Fuß- und Wadenwickel. Frisches Leinen getränkt in einem Sud aus einem Teil Essig, auf zwei Teile einer Abkochung von Heublumen und Kamille. Ist so etwas im Haus?"
Mary nickte stumm.
„Gut! Des Weiteren lauwarme Spülungen von Kamille und Eibisch, drei Mal täglich, und Sitzbäder, sobald das Fieber gesunken ist. Ich selbst werde mich nun auf dem schnellsten Wege nach Hause begeben und eine Medizin für Edith zusammenstellen. Sobald ich diese fertiggestellt habe, schicke ich meinen Botenjungen zu euch. Vier Mal täglich einen Teelöffel voll verabreichen und ansonsten viel zu trinken geben, am besten reichlich kräftige Brühe, im Wechsel mit einem Tee von Birkenblättern, Frauenmantel und Weidenrinde. Ich werde eine entsprechende Mischung gleich mitschicken. Morgen früh werde ich dann noch vor meiner morgendlichen Runde wieder hier vorbeischauen und sehen, wie es unserer Patientin geht."
Aufmunternd lächelte er David und Mary an, doch müde und bedrückt blickten seine Augen dabei und straften sein Lächeln

Lügen. Isaac Morton eilte nach Hause, verschwand hastig in seinem Arbeitszimmer, zwischen Destillen und gläsernen Rohrkolben, zwischen zahlreichen Gefäßen voller Kräutlein, Tinkturen und Pülverchen, denn Isaac Morton war nicht nur der einzige Doktor, sondern auch der einzige Apotheker auf viele Meilen im Umkreis. Mit einem Seufzer trug er alle notwendigen Utensilien zusammen und mischte dann mit aller Sorgfalt eine Medizin für Edith, die das Beste und Wirksamste enthalten würde, was er ihr zu bieten hatte. Konzentriert löste er ein aus Mutterkorn gewonnenes Pülverchen in Alkohol, fügte dem Gemisch einen Extrakt der Tollkirsche hinzu und versetzte das Ganze dann mit Auszügen von der Rinde der Silberweide, einem hervorragenden Mittel gegen Fieber aller Art, fügte Tinkturen von Besenginster, Hopfen und Baldrian bei und fühlte sich, trotz all seiner konzentrierten Geschäftigkeit, entsetzlich hoffnungslos dabei.
Keine Stunde später klopfte bereits sein kleiner Botenjunge an Davids Tür, brachte die braune Flasche mit der bitter schmeckenden Medizin und auch die Kräutermischung für den Tee, beides mit genauer Anweisung versehen.

Wortlos nahm Mary das Zepter in die Hand, wortlos ließ David sie gewähren.
Mary entschied, dass es besser für Silas wäre, vorerst in ihrem Haushalt zu wohnen, von Ruth liebevoll betreut, zumindest solange, bis Edith über den Berg sein würde. Kaum war der Doktor gegangen, eilte sie zu den Barrows, um diese von Ediths Fehlgeburt und ihrem Befinden zu unterrichten, und sie zugleich ein wenig zu beruhigen und auch davon zu überzeugen, dass kein Grund bestand, sogleich herbeizueilen. Sie vereinbarte mit ihnen einen Krankenbesuch gleich am kommenden Morgen, nach dem Frühstück, sobald Dr. Morton noch einmal nach Edith geschaut hatte und man dann ja auch Näheres wissen würde.
David verbrachte eine von Sorge, Angst und Hoffnung erfüllte, schlaflose Nacht. Immer wieder wurde Edith von Fieberschüben durchgeschüttelt, dann wieder lag sie ganz ruhig und reglos da, blickte irgendwohin, und manchmal hatte David das Gefühl, dass sie ihn gar nicht mehr wahrnahm.

Er erschrak, als er unvermittelt Ediths Stimme vernahm, leise, wie von weit her.
„David! Hörst du das ...?"
„Nein, ... ich hör' nichts."
„Aber es weint, ... David, unser Baby weint."
„Nein, mein Schatz, ... kein Baby weint."
„Doch David, ich höre es die ganze Zeit, es ruft nach mir! Hörst du es nicht?"
„Edith, niemand ruft. Du musst jetzt an nichts anderes denken, als daran, bald wieder gesund zu werden, Edith, ... ich liebe dich! Ich brauche dich doch! Und Silas braucht dich auch!"

Über die Nacht hinweg besserte sich Ediths Zustand nicht und das Fieber wollte und wollte nicht weichen, trotzte Dr. Mortons Medizin, trotze allen Fuß- und Wadenwickeln.
Als dann morgens ihre Eltern kamen, gefolgt von Jeremy, Ediths ältestem Bruder, sprach Edith im Fieber, und keiner der Anwesenden war sich sicher, ob Edith auch nur einen von ihnen erkannt hatte.
Dr. Morton traf nur kurze Zeit nach den Barrows ein, bat die Familie für einen Moment in einem anderen Raum des Hauses Platz zu nehmen, damit er die Patientin in Ruhe untersuchen könne. Weinend erhob sich Mrs. Barrow und ließ sich, gefolgt von ihrem Mann und Jeremy, von Mary in die gute Stube geleiten.
David war nicht mit den anderen nach unten gegangen, er ließ sich nicht wegschicken und auch nicht befehlen, den Kater aus dem Zimmer zu befördern. „Er ist ohnedies ehe man sich's versieht wieder da, er spürt, dass es Edith nicht gut geht, er will bei ihr sein."
Dr. Morton wollte schon ausholen, zu einer gewaltigen Standpauke, als er sich allmählich zuzugeben begann, wie sinnlos eine solches Unterfangen zum jetzigen Zeitpunkt wäre, unangebracht und vollkommen nutzlos.
Der junge Sattler brauchte jetzt etwas ganz anderes. Väterlich legte Isaac Morton seine Hand auf Davids Schulter, blickte ihm einen kurzen Moment lang in das müde, von Sorgen zerfurchte Gesicht, erkannte mit einem Mal deutlich die Spuren durchwachter Näch-

te, die Spuren von Tränen und Verzweiflung, das Flackern von Angst, in seinen sonst oft so herausfordernd und hintergründig amüsiert blickenden Augen.
Abermals wandte sich Morton Edith zu, vergewisserte sich noch ein weiteres Mal, fühlte noch einmal ihren fliegenden, rasenden Puls, federleicht, kaum spürbar mehr, wie der zarte Flügelschlag eines Schmetterlings und ließ dann sanft ihren Arm wieder auf das Bett gleiten. Dr. Morton räusperte sich, blickte mit einem schwerfälligen Atemzug zu David auf, der ihn ein gutes Stück an Größe überragte.
„David, so leid es mir tut, ich denke, es ist Zeit den Reverend zu holen, ehe es zu spät ist." Resigniert und leise klang seine Stimme, nichts an ihr war mehr salbungsvoll und gönnerhaft.
Dumpf hallten diese Worte in Davids Kopf, reihten sich einfach aneinander, ohne einen Sinn zu ergeben. Doch dann begann sich etwas in ihm zu regen, erwachte etwas aus seiner Starre.
„Ist das alles, was Sie zu bieten haben? Dr. Morton? Vorgestern heißt es, das regelt die Natur von allein und heute holen wir den Reverend, ja?" Rüde stieß er den alten Mann beiseite, flog förmlich zu Ediths Bett, und blickte suchend in ihr Gesicht. „Edith!", flüsterte er, versuchte in ihren halbgeschlossenen Augen verzweifelt etwas zu finden, das die Worte des Doktors Lügen strafte. Doch Ediths Blick war weit und ihre Hand lag kraftlos in der seinen und nur ein leises beständiges Beben verriet, dass sie überhaupt noch am Leben war. Einen Augenblick lang sah Isaac Morton zu David, betrachtete ihn, wie er da vor seiner sterbenden Frau kauerte und verzweifelt versuchte, der Wahrheit nicht ins Gesicht zu blicken.
Mit einem Seufzer wandte er sich ab und ließ David mit Edith allein. Mit müden Schritten ging er die schmale, steile Holzstiege hinab und bereitete sich schweren Herzens darauf vor, den anderen Familienmitgliedern gegenüberzutreten.

Eiligst wurde Reverend Leary herbeigerufen, wurden die zahlreichen Geschwister Ediths zusammengetrommelt und George öffnete den Laden nicht an diesem Tag, sondern eilte gemeinsam mit Ruth und Silas hinüber und schloss seinen Sohn in seine Arme.

Den ganzen Tag und auch den Abend über saßen die zahlreichen Mitglieder der Familien Barrow und Sattler in wechselnder Besetzung gemeinsam mit David und Mrs. Barrow an Ediths Bett und als es spät wurde, wich ihre Mutter dennoch nicht eine Sekunde von ihrer Seite. Liebevoll pflegte sie ihre Große, ihren Stolz. So kühn waren ihre Träume gewesen, für ihre kleine Edith. Tränen benetzten Ediths Hand, doch spürte sie davon nichts mehr, spürte nicht mehr Schmerz und Trauer. Denn ihre Seele begann bereits Abschied zu nehmen, von einem Leben, das neben Armut und Entbehrung auch sehr viel Liebe für sie bereitgehalten hatte.

Edith starb in den frühen Stunden des kommenden Tages, noch ehe der Morgen graute und mit ihr starb etwas in David, zerbrach und starb. Verzweifelt schloss er ihren leblosen Körper in seine Arme, hielt ihn ganz fest, klammerte sich fest daran, wiegte ihn in besinnungslosem Schmerz.
Es war kaum möglich gewesen David dazu zu bewegen, Edith wieder loszulassen, damit sie von ihrer Mutter und Mary gewaschen werden könnte, frisch angezogen und aufgebahrt.
Als man ihn dann endlich wieder zu ihr ließ, glaubte David einen Moment lang, sein Herz bliebe stehen. Wunderschön sah sie aus in ihrem blütenweißen Brautkleid, die Hände über einem Kruzifix ineinander ruhend.
„Warum dieses Kleid?“ Davids Stimme bebte, war tränenerstickt und fragend blickten seine Augen zu Mary.
Doch Ediths Mutter antwortete statt ihrer: „Das war ihr Wunsch, mein Junge, sie hat es mir selbst gesagt, vor noch nicht einmal drei Wochen, ist das nicht seltsam? Sie hat gesagt, dass ihr Brautkleid das einzige ist, was sie einmal mit ins Grab nehmen will, weil es sie dann immer daran erinnern würde, dass sie die glücklichste Braut auf Erden war.“ Mrs. Barrow hielt sich schwer an Davids Schulter fest. „Ach David, mein guter Junge, das hat sie wirklich gesagt, ... und gelacht hat sie dabei, so glücklich gelacht!“

David war allein, beinahe allein, denn der Kater schmiegte sich an seine Beine und wich ihm nicht von der Seite.
Wie betäubt hatte er die vergangenen Stunden durchlebt, hatte

die anderen alles regeln lassen, hatte zugesehen, wie der Sargdeckel für immer geschlossen wurde. Schwer trug David an ihrem Sarg und schwer waren seine Schritte, als er an der Seite ihres Vaters, gefolgt von George und Jeremy, den Sarg dorthin trug, wo eine tiefe Grube auf sie wartete. David wollte nicht, dass man sie in dieses tiefe, dunkle Erdloch versenkte, mit dieser feuchten Erde bedeckte, doch sein Körper ließ all das Entsetzliche dennoch geschehen, als betrachte er ein Theaterstück.
Er musste auf dem Fußboden eingeschlafen sein, nur Jericho lag warm und weich an seine Seite geschmiegt. Er schnurrte leise. Die ersten Strahlen der Sonne schienen David ins Gesicht, der vor Kälte zitternd erwachte. Schweigend blickte er sich um, betrachtete sein Zuhause, in dem einmal glücklich gewesen war. Wie ein Donnerschlag brach alles Elend wieder über ihn herein.

Später dann rappelte er sich hoch und begann nach der Whiskeyflasche zu suchen. Er machte sich nicht die Mühe ein Glas zu holen, sondern trank die halbvolle Flasche leer. Öffnete dann kurzentschlossen noch eine Flasche Wein und leerte auch diese. Keine fünf Minuten später revoltierte sein Magen und David erbrach sich im hohen Bogen. Das brennende Nass ließ ihn hilflos und erbärmlich zurück. Sorgte dafür, dass Mary ihren Sohn zwei Stunden später in einem Zustand vorfand, der sie veranlasste, nicht nur Ruth und Silas augenblicklich wieder zurückzuschicken, sondern gleich auch noch Jericho in ihre Obhut zu nehmen. Außerdem nahm sie sich vor, Silas nicht so bald wieder mit hierher zu nehmen. Der arme Junge war schon aufgelöst genug, da musste ihm nicht auch noch ein sinnlos betrunkener, am Boden liegender Vater zugemutet werden, inmitten von Erbrochenem.
David verbrachte die folgenden Tage in einem Zustand, der zwischen Betäubung und Verzweiflung pendelte. Viele Stunden durchwanderte er die Räume seines Hauses, wie ein ruheloses, gefangen gehaltenes Tier, das kurz davor ist, qualvoll seinen Verstand zu verlieren. Dann wieder strich er durch die Räume wie ein Fremder, betrachtete alles und fühlte nichts dabei. Am grausamsten aber war es, wenn er die Zimmer betrat und sie

sich plötzlich verwandelten, in ein Museum seiner eigenen Vergangenheit, ihrer gemeinsamen, kleinen Welt. Wenn jedes Möbelstück Geschichten zu erzählen begann, wenn auf einmal alles wieder wach wurde in ihm, um ihn herum, wenn wieder die Stimmen hallten, wieder ihr Lachen erklang.

„Edith! Wo bist du nur? Wo bist du?!"

Glockenhell hallte ihr Lachen über David hinweg und ganz deutlich konnte er sie hören: „Ach Dave! Du bist süß! Das fragst du doch jetzt aber nicht wirklich im Ernst, oder?"

„Doch, allerdings tu ich das!"

„Na, Silas, du Schafskopf, wer denn sonst!?"

David schluchzte verzweifelt auf, rappelte sich hastig hoch, hielt sich dabei die Ohren zu und verlor das Gleichgewicht. Schlug hart mit dem Kopf an die Kante des zierlichen Tisches, „Oh Dave! Ist der wunderschön!", und riss ihn polternd mit sich zu Boden.

Lange Zeit lag er da, das Gesicht auf die kalten Dielen gepresst und nur das beständige Zucken seiner Schultern verriet, dass er bitterlich weinte.

Längst war es wieder dunkel geworden, längst schon Nacht und bald würde es wieder grauen, dieses Morgengrauen, würde einen neuen Tag der Trostlosigkeit einläuten. Und so würde es weitergehen, weiter und immer weiter. David richtete sich auf, kauerte auf dem Boden und fühlte in sich eine namenlose Panik aufsteigen.

Es musste etwas geschehen! Etwas das all dem Elend hier ein Ende bereiten würde, das schlagartig verhindern würde, dass alles einfach so weiterging, dass er selbst einfach so weiterging, diesen trostlosen Weg entlang.

Mühselig und steif rappelte er sich vom Boden hoch und blickte unvermittelt in sein Spiegelbild auf dem Glas der Fensterscheibe. Immer noch trug er dieselbe Kleidung, in der er Edith in ihrem Sarg zum Friedhof getragen hatte. In welcher er ohnmächtig zugesehen hatte, wie man sie in der kalten Erde verscharrte. Ein dumpfer Schauer ergriff ihn und er betrachtete sein Spiegelbild voller Abscheu und schleuderte den nächstbesten Gegenstand hinein. Klirrend fielen Stücke von Glas zu Boden. Er musste weg hier, fliehen von hier! Doch wo sollte er hin, wer würde ihm jetzt noch helfen können? Ganz deutlich hörte er das amüsierte Schmunzeln in ihrer Stimme, „Na Silas, du Schafskopf! ... Wer denn sonst!“ ..., und obwohl ihm wohl bewusst war, dass dieser Satz gefallen war, als sie über Ruth‘ verlorene Liebe geredet hatten, so hatte er doch das deutliche Gefühl, dass dieser Satz mehr war als nur eine Erinnerung, dass es eine Botschaft war, ein kluger Hinweis, denn Ediths Hinweise waren immer klug gewesen. Silas!

Er musste versuchen Silas wiederzufinden! Silas würde ihn verstehen, ihm würde er sein Herz ausschütten können, mit ihm würde es vielleicht ein Morgen geben können, das sich wieder lohnte gelebt zu werden. David überlegte nicht mehr lange. Das Schicksal hatte ihn herausgefordert, hatte ihm den Kampf angesagt, so würde er das Schicksal nun seinerseits herausfordern. Er hatte nichts mehr zu verlieren und deshalb kümmerte ihn auch nicht der Gedanke, dass der Winter bereits vor der Tür stand, dass es der reine Wahnsinn war, zu diesem Zeitpunkt an die großen Seen aufzubrechen, dass es mehr als wahrscheinlich war, dass er niemals dort ankommen würde. David wusste, dass er jetzt gehen musste, noch bevor ihn jemand aufhalten würde, bevor er selber nicht mehr fähig wäre zu gehen. Jetzt musste er gehen, noch bevor der Morgen graute.

David wusch sich, rasierte sich, zog sich warme, saubere Sachen an, packte innerhalb kürzester Zeit in seine Satteltaschen, was ihm für seine Reise sinnvoll und notwendig erschien, sattelte seine mittlerweile schon recht betagte Rosy und verließ St. Peter noch bevor die ersten Strahlen der Morgensonne den Raureif in den Ästen der Bäume zum Glitzern brachte.

55

Der Winter zog dahin, mit Stürmen, Eis und Schnee und mit ihm trat, wie in jedem Jahr, auch der Hunger ein, in jedes Tipi, denn kein Vorrat war unerschöpflich und die Jagd in dieser kalten Welt war mehr als nur beschwerlich zu nennen und nicht eben selten auch erfolglos. Trotzdem war es eine friedliche Zeit, eine gesellige

Zeit, und alles, was es zu teilen gab, wurde miteinander geteilt, die viele Zeit genauso wie das wenige Essen. Gemeinsam wurde in wohlig warmen Tipis geraucht, in Schwitzhütten geschwitzt, wurde erzählt und gespielt. Die Kinder tollten miteinander durch den Schnee, spielten zusammen in der heimeligen Wärme der Tipis oder lauschten gebannt den Erzählungen der Erwachsenen. Bizhiu liebte diese Zeit des Winters, diese karge Zeit üppiger Gemeinsamkeit.

Wie in jedem Jahr glaubte Bizhiu dann, wenn die Bäume ihre zartgrünen Triebe dem wärmenden Licht der Sonne entgegenstreckten, wenn wieder die Bäche und Flüsse zu murmeln begannen, wenn alles Leben in ihnen wieder erwachte und auch vereinzelt ein Vogel sein sehnsuchtsvolles Frühlingslied zwitscherte, dass es nichts Schöneres auf der Welt geben konnte, als den Frühling, als diese Zeit der Hoffnung und des Neubeginns. Und es war einfach herrlich, endlich wieder über die grüne Weite zu preschen, dahinzugaloppieren an der Seite seiner Freunde, seines Bruders, den er liebte.

Ethketa war nun zweiundzwanzig Jahre alt, ein zierlich gebauter, junger Mann mit langen, federngeschmückten Haaren. Denn Ethketa war ein mutiger Krieger und hatte in den Zeiten des Krieges trotz seiner Jugend mit mehr Entschlossenheit gekämpft als manch ein älterer, gestandener Mann. Immer hatte er Seite an Seite mit Bizhiu gekämpft. Ethketa und Bizhiu. Zwei Brüder, deren Herzen eng miteinander verbunden waren, die einander wortlos verstanden. Ethketa liebte Bizhiu, bewunderte ihn, vertraute ihm. Und Bizhiu liebte es, Ethketas großer Bruder zu sein. Doch beinahe genauso genoss er es auch, mit Mochtavetó eine ganz anders geartete Freundschaft zu teilen. Mit ihm lange Gespräche zu führen, von der Weisheit und Erfahrung des immerhin dreizehn Jahre Älteren zu profitieren, genauso wie von dessen Wissbegierde, seiner Offenheit und nicht selten auch von seinen scharfsichtigen Fragen, die so manches Mal ungeahnte Gedanken in Bizhiu heraufbeschworen. Mochtavetó und Ethketa, das waren die Menschen, die für Bizhiu außer seiner kleinen, eigenen Familie von höchster Bedeutung waren. Ganz allmählich dämmerte ihm, dass er diese beiden genauso schmerzlich vermissen würde, wie er

David und Kiniu vermisste. Er fühlte mit aller Deutlichkeit, dass er des Abschiednehmens müde war. Als Bizhiu sich darüber klar geworden war, wurde er zunehmend ruhiger. Und er schloss ein endgültiges Mal Frieden damit, dass er seine Eltern, seine eigentliche Familie und auch die großen Seen wohl für allezeit verloren hatte.

Frühling folgte auf Frühling, Jahr folgte auf Jahr und aus sieben Jahren bei den Cheyenne wurden acht, wurden zehn.
Ihr Kleinster war nun schon fünf Jahre alt und mit Wehmut dachte Charlotte daran, dass Ho'neheschkeso in absehbarer Zeit, wenn er sein sechstes Jahr vollendet hatte, einen Großteil des Tages einzig mit seinem Vater verbringen würde, um allmählich an seine Aufgaben herangeführt zu werden. Bizhiu freilich freute sich riesig darauf, denn so lieb er seine beiden Töchter auch hatte, so verbrachten sie doch die meiste Zeit des Tages bei ihrer Mutter, lernten dort zu nähen und zu kochen, zogen mit den Frauen gemeinsam aus um Wurzeln und Kräuter zu suchen, Puccoon, Kirschen oder Präriepflaumen, so denn einer der seltenen Bäume in der Nähe war. Sie lernten die Pflanzen zu unterscheiden, Wild zu zerlegen, Häute zu schaben, zu trocknen und zu gerben, Tipis auf- und abzubauen, und kleine Kinder zu versorgen.

Bei seinem Sohn würde das ganz anders sein. Bald schon würde er seinen Sohn mit sich nehmen, würde damit beginnen können, ihn ganz allmählich mit der Welt der Männer vertraut zu machen. Natürlich würde er ihn mit seinen sechs Jahren noch nicht auf eine große Büffeljagd mitnehmen, aber vielleicht würde er mit ihm losziehen und Präriehunde und Kaninchen schießen, würde üben, mit Pfeil und Bogen richtig umzugehen und genauso mit dem Speer Fische aus dem seichten Arrowpoint zu fangen. Er würde ihn im Reiten unterweisen und im Spurenlesen, im Bogenbau, würde ihm zeigen, wie man ein Feuer macht, das nicht raucht und auch wie man lautlos pirscht, und er würde weiterhin mit ihm die Zeichensprache üben, so wie mit seinen beiden Töchtern auch. Bizhiu hielt viel davon, dass sich die Welten miteinander verständigten, genauso wie er es äußerst nützlich fand, wenn man sich im Bedarfsfall lautlos miteinander verständigen konnte, und deshalb sorgte er dafür, dass seine Familie diese Sprache der Hände fließend zu sprechen vermochte.

Voller Stolz betrachtete Charlotte ihre Haéméné, die einige Schritte vor ihr ging, auf dem Weg zu den wilden Rüben, Hand in Hand mit ihrer unzertrennlichen Freundin Monevata. Beständig hatten die beiden zu erzählen, zu kichern und wenn es denn irgendeine Möglichkeit gab, verrichteten sie alles gemeinsam und manchesmal auch betont allein, sehr zum Verdruss der anderen Mädchen, allen voran die kleine Heovo'ksa. Dabei war Haéméné ganz gewiss eine fürsorgliche, geduldige große Schwester, doch allmählich kam sie in ein Alter, in dem sie bewusst auch etwas für sich haben wollte. Mit Stolz betrachtete Charlotte die aufrechte, kerzengerade Gestalt ihrer Tochter, die sich allmählich zu einer kleinen Schönheit auszuwachsen begann. Ethketa witzelte seit Jahren schon, dass er die vielen Flöten bereits heute hören könne, die alsbald ihr Tipi umtönen und Charlotte und Bizhiu den Schlaf rauben würden, während ihre Tochter schliefe, sanft und süß gebettet auf vielfältigen Liebesmelodien. Er sehe schon, wie Charlotte und Bizhiu des Morgens gerädert und übernächtigt aus ihrem Tipi kämen, während ihre Tochter ausgeruht und frisch wie ein Frühlingstag ausziehen würde, um weiteren Burschen den Kopf zu verdrehen. Ethketa amüsierte sich prächtig bei seinen Ausführungen, malte die Bilder so deutlich, dass es Charlotte und auch Bizhiu manchesmal angst und bange wurde.
An einem Abend, kurz nach Haéménés elftem Geburtstag war es, gestand Ethketa seinem Bruder, dass er tatsächlich ernst meine, was er da in amüsiertem Ton über dessen älteste Tochter erzähle, dass er manchmal Träume habe, die zur Wahrheit würden. Er verstehe diese Träume leider nicht immer gleich, meistens sogar begreife er ihre Bedeutung erst im Nachhinein. Doch immer häufiger käme Klarheit in seine Träume, sei er sicher, dass er zumindest einen Teil ihrer Botschaften verstanden habe.
Unermüdlich tanzte Ethketa den Sonnentanz, zu Ehren von Heammawihios -des Weisen Oben-, tanzte ihn Jahr für Jahr, überwand seinen Körper dabei, überwand seine Qual, die über ihn

hereinbrach zu ganz unvermuteter Stunde und vor allem immer dann, wenn er fühlte, dass sein Herz für eine junge Frau zu schlagen begann und diese sich auch für ihn interessierte. Und niemals vernahm eine dieser wenigen Frauen und wenn sie auch noch so sehr darauf hoffen und lauschen mochte, Ethketas Flötenspiel in der Nähe ihres Tipis.

Auch in diesem Sommer würde er seinen Körper noch einmal freiwillig diesen Qualen unterwerfen und würde abermals befreit aufatmen, würde erneut bestätigt sehen, dass seine Tasoom, seine Seele, stärker war, als alle Qualen des Körpers. Dass seine Tasoom sich aufzuschwingen vermochte, dorthin wo Angst und Schmerz niemanden mehr erreichen konnten, wo der Blick ungetrübt war, weit und klar. Bilder sah er, Klänge vernahm er, Visionen erlebte er, die ihn sein Leben lang beschäftigen sollten.

Es war an einem Tag im Monat der reifen Präriepflaumen, als Charlotte gemeinsam mit ihren Töchtern, ihrer Freundin Vo'ka'e und deren Kindern sowie einigen anderen Frauen nebst Nachwuchs, Halt machte, die schwer mit reifen, mattvioletten, kleinen Früchten beladenen Lederbeutel auf den Boden stellte und eine kurze Pause einlegte, im spärlichen Schatten einiger Pappeln, am murmelnd dahinplätschernden Arrowpoint River. Sie setzten sich mit dem Rücken zum Fluss, aßen ein wenig Pemmikan, tranken Wasser und beobachteten das Schauspiel, welches sich seit geraumer Zeit schon beinahe täglich vor ihren Augen immer wieder aufs Neue vollzog.

Ein Stück weiter unterhalb verlief der breite Trampelpfad der Weißen. Folgte dem Lauf des Flusses, viele Meilen lang und führte mitten durch das schon seit Jahren fest angestammte Gebiet der Cheyenne.

Die Cheyenne hatten sich an diesen immer breiter werdenden Pfad der Weißen gewöhnt, an diesen Santa Fe Trail. Auch an den Anblick der Handelskarawanen auf ihrem Weg zu Bents Fort. Was jedoch nicht damit gleichzusetzen war, dass sie sich über diesen Anblick, der nahezu beständig rollenden Räder, besonders freuten. Bedenklich viele Menschen strömten da diesen Pfad entlang, bewegten sich stetig vorwärts, wer weiß wohin.

Nachdenklich beobachtete Charlotte die schier nicht enden wollende Folge von bepackten Ochsenkarren, die sich schwerfällig vorwärts mühten, hin und wieder auch ein Pferdegespann. Lange betrachtete sie die vorbeiziehenden Menschen und für eine Weile beobachtete Vo'ka'e ihre liebste Freundin dabei. Für einen kurzen Moment bekam Vo'ka'e Angst, die Sehnsucht könnte sich vielleicht im Herzen ihrer Schwägerin regen, doch als sie dann in deren Augen, in diese blaugrünen Augen blickte, glaubte sie alles mögliche darin zu erkennen, nur eines nicht. Nicht einmal eine Spur von Wehmut, von Bedauern spiegelte sich in diesen Augen, von der unbeschreiblichen Farbe klaren, tiefen Wassers, welche den letzten Ausschlag dazu gegeben hatte, dass Charlotte, vor einigen Jahren schon, von den Cheyenne den Namen Mápe'e -Wasserfrau- erhalten hatte.
Doch nicht nur wegen ihrer Augen hatte Charlotte diesen Namen erhalten, sondern auch und vor allem wegen ihrer Fähigkeit, sich dem Gegebenen anzupassen, sich einzufinden und zugleich nichts von ihrer eigenen Beschaffenheit einzubüßen. Anders als Bizhiu hatte Charlotte einst erstaunlich schnell Fuß gefasst in dieser ihr vollkommen fremden Welt und anders als bei Bizhiu hatte es für Charlotte auch nichts gegeben, das sie daran gehindert hätte, sich voll und ganz auf das Neue einzulassen, nichts gab es in ihrem alten Leben, das sie wirklich vermisste. Nein, Mápe'e blickte keineswegs bedauernd oder gar sehnsüchtig auf die vorbeiziehenden Weißen, auch nicht mit Wut, nicht mehr. Sie hatte abgeschlossen mit ihnen, sie gehörte nicht mehr dazu. Gottlob! Gott, ja Gott, das war das einzige Problem gewesen in den ersten Jahren, hatte ihr Kopfzerbrechen bereitet und viele Stunden hatte sie mit Bizhiu darüber nachgedacht und beinahe genauso viele Stunden hatte sie mit Vo'ka'e verbracht.

Vo'ka'e hatte leise gelacht, eines Abends, als sie gemeinsam etwas abseits der Tipis beieinander saßen. „Ach, meine Freundin, ich verstehe einfach nicht, warum es überhaupt ein Richtig und ein Falsch geben soll. Ich habe viel darüber nachgedacht. Und weißt du, was ich dabei für mich erkannt habe? Es gibt keine falschen Namen, es gibt keine falschen Feste, es kommt nicht darauf an,

auf welche Weise sich ein Mensch bewusst macht, dass über all dem hier mehr steht, mehr existiert, als nur das, was wir zu sehen und anzufassen vermögen, dass es gilt nach Höherem, nach Vervollkommnung und Verständnis zu streben, dass es gilt zu begreifen, dass wir nur ein kleiner Teil der Schöpfung sind, nicht mehr als ein kleiner Teil eines großen Ganzen. Ja, ich glaube sogar, dass es vollkommen gleichgültig ist, auf welche Weise ein Mensch sich all dem zu öffnen sucht, ich glaube, es zählt einzig, dass er es tut. Und weißt du, meine liebe Schwester, was ich noch für mich herausgefunden habe? Dass es sogar ganz natürlich ist, ganz selbstverständlich, dass jedes Volk seine eigenen Namen und seine eigenen Zeichen findet und auch seine eigenen Feste. Der Wolf heult den Mond ganz anders an, als der Kojote es tut und der Hund heult auf seine einzig ihm gegebene Art und Weise. Und obwohl das Lied von Hund, Kojote und Wolf unterschiedlich klingt, wollen und meinen sie doch alle dasselbe und können einander sogar verstehen dabei. Manchmal antworten sie sich und in manchen Nächten heulen sie sogar gemeinsam und wenn man ihnen dann genau zuhört, versteht man, dass sie alle ein und dasselbe Lied singen, dass jeder von ihnen lediglich eine andere Stimme desselben Liedes singt."
Lange hatte Charlotte damals über die Worte ihrer Freundin nachgedacht und hatte mehr und mehr Frieden in sich gefunden dabei, hatte wieder eine Hürde genommen auf ihrem Weg, eine weiße Frau der Cheyenne zu werden.
Doch das war nun schon Jahre her und Mápe'e trug voller Stolz ihren neuen Namen, die Bestätigung dessen, dass sie ihre Vergangenheit tatsächlich überwunden und ein neues Leben begonnen hatte und niemand nannte sie mehr Charlotte, niemand außer Bizhiu, ab und zu, aber das durfte er ruhig. Für ihn allein würde sie immer auch Charlotte bleiben, seine Charly, seine Wiidjiiwaagan, doch sonst war sie Mápe'e, mit Leib und Seele und keiner der da unten vorbeiziehenden, misstrauisch und ängstlich hinauf blickenden Menschen, hätte auch nur im Traum daran gedacht, dass es sich bei ihr um eine Weiße handeln könnte.
Abends dann, gemeinsam in gemütlicher Runde mit Bizhiu, Mochtavetó und Ethketa erzählte sie von ihren Beobachtun-

gen am frühen Nachmittag, von dem wirklich gewaltigen Siedlertreck, der da vor ihren Augen vorübergezogen war. Manch einer betrachtete diese Trecks mit Sorge, mit einem unguten Gefühl. Und zu diesen Menschen zählte Ethketa, denn sein Verhältnis zu den Weißen war zwiegespalten. Er empfand es als ein unermesslich wertvolles Geschenk, dass gerade eine weiße Frau und ein Mann, in dem beide Seiten steckten, seine Retter gewesen waren. Ihm somit Tag für Tag aufs Neue ermöglichten, dass sein Blick sich nicht verfinsterte und auch nicht sein Herz, dass er nicht alle Weißen hassen musste, sondern klar genug bleiben konnte, zu unterscheiden zwischen Epava und Ehavseva, zwischen Gut und Schlecht.
Nun aber schüttelte Ethketa den Kopf und sagte voller Unmut: „Ich frage mich wirklich, wo all diese Menschen eigentlich hinwollen?"
Mit einem freundlichen Lächeln blickte ihn Mochtavetó an. „Dies ist ein großes Land, mein Freund."
Ethketa schüttelte abermals den Kopf. „Und was, wenn es immer so weiter geht? Kein Land ist so groß, dass es nicht irgendwann zu klein werden könnte!"
Bizhiu wiegte nachdenklich den Kopf: „Ich frage mich, ob ein Land groß genug sein kann, dass Indianer und Weiße auf Dauer friedlich miteinander, oder wenigstens nebeneinander leben könnten. Ich bin mir nicht einmal so sicher, ob die Weißen das überhaupt wollen. Sie schätzen die Indianer nicht, zumindest nach meiner Erfahrung."
Mochtavetó schmunzelte. „Es ist schon seltsam, mein Freund, dass gerade du es bist, der das sagt, obwohl gerade du doch den Beweis für das Gegenteil tagtäglich vor Augen hast. Ich denke, überall, wohin du auch gehen magst, werden dir Menschen begegnen und immer werden besonders gute darunter sein und auch besonders schlechte. Die meisten aber sind keines von beidem, sie sind einfach nur Menschen. Sie wollen leben, wollen essen und schlafen, und wollen, dass ihre Kinder glücklich sind. Wollt ihr ihnen verwehren in den Plains zu schlafen, wollt ihr, dass ihre Kinder hungern, weil sie in unserem Gebiet nicht jagen dürfen?"

„Nein, natürlich nicht, aber trotzdem, es gefällt mir nicht. Mochtavetó, mein Freund, du weißt gar nicht, wie sehr sie uns verachten und hassen!“
Bizhiu hat vollkommen recht! Die Weißen schätzen die Indianer nicht, sie hassen sie, sie verachten sie!
„Wenn ich die Wagen betrachte, die Menschen darauf, dann sehe ich keinen Hass, dann sehe ich Angst und Sorge. Bisher hat keiner dieser Menschen irgendetwas getan, das nicht zu verstehen gewesen wäre. Du sagst die Weißen verachten uns, du sagst die Weißen hassen uns. Ich sage: Deine Schwägerin ist eine Frau voller Kraft und Weisheit und sie liebt die Cheyenne. Und denke an unseren Freund William Bent, er ist ein Weißer und doch ein Mensch, der die Indianer achtet und liebt, der eine Tochter der Cheyenne geheiratet hat, dessen Söhne mit unseren Söhnen spielen und herumtollen. Überall gibt es gute und schlechte Menschen, auch bei den Weißen. Es tut mir sehr leid, wenn du auch einige der besonders Schlechten kennenlernen musstest. Doch ich bitte dich zu bedenken, dass es ebenfalls Menschen aus der Welt der Weißen waren, die dir geholfen haben.“
„Ich bedenke es jeden Tag, mein Freund, glaube mir, jeden Tag, sonst könnte ich gar nicht ertragen, was ich da beständig mit ansehen muss!“

Ho'neheschkeso schlief schlecht in dieser Nacht, unruhig wälzte er sich hin und her. Warum nur war diese Nacht so lange? Ach, die Sonne wollte und wollte ihre ersten Strahlen nicht zur Erde schicken! Gerade heute, an dem Tag, an dem er sich ein eigenes Pferd aussuchen durfte, aus der Herde seiner Familie! Doch irgendwann ging auch die härteste Geduldsprobe einmal zu Ende und überglücklich und stolz marschierte Ho'neheschkeso Hand in Hand mit Bizhiu zu der mittlerweile ganz beachtlichen Herde seiner Familie.
Gespannt verfolgte Bizhiu Ho'neheschkeso mit seinen Blicken, beobachtete, wie sein siebenjähriger Junge zielstrebig von einem Pferd zum anderen schritt und dann entschieden zu einer kleinen, stämmigen Schimmelstute zurückkehrte. Liebevoll fuhren seine zarten Finger über ihre samtweichen Nüstern.

„Ného´e! Ich weiß, welches Pferd meines ist!“
Bizhiu war stolz über die Wahl seines Sohnes und sparte auch nicht an Lob, denn die Stute war nicht nur von ihrer Größe her passend, sondern auch ein ausgesprochen freundliches, williges Tier.
„Du hast sehr klug gewählt mein Sohn! Dieses Pferd passt wunderbar zu dir, es ist ein schlaues Pferd und ein freundliches dazu, und du wirst schon bald mit Leichtigkeit ohne Hilfe auf seinen Rücken springen können.“
„Und dann galoppiere ich mit ihm so schnell wie der Wind, bis hinauf zu den Sternen!“
„Genau, bis zu den Sternen hinauf! Aber zuvor musst du erst ein tapferer, großer Krieger werden.“

56

David hätte sein Ziel niemals erreicht, wenn ihn nicht eine kleine Gruppe von Jägern der Winnebago aufgegabelt hätte, halberfroren und gerade noch lebendig genug, um mit taumelnden Schritten durch den Schnee zu irren, denn David hatte in dem glitzernden Weiß schon seit geraumer Zeit vollkommen die Orientierung verloren.
Drei Wochen lang war er zuvor von Ort zu Ort geritten, hatte sich von Saloon zu Saloon gehangelt, von Besäufnis zu Besäufnis. Eigentlich hatte er sich ja fest vorgenommen, nicht mehr so viel zu trinken, jeden Tag nahm er sich das aufs Neue vor und jeden Abend versandete er dann doch irgendwo. Meist betrank er sich still in seiner Ecke und die auffordernden Blicke der anwesenden „Damen“ widerten ihn derartig an, dass er Mühe hatte, nicht ausfallend zu werden, wenn sie mit ihm zu schäkern und anzubandeln versuchten.
Es war an einem solchen Abend gewesen. David hatte bereits ordentlich gebechert und eine noch reichlich junge Dorfschönheit hatte ihn als neues Gesicht unter den vielen altbekannten ausgemacht. Mit einem treuherzigen Lächeln hatte sie sich zu David an den Tisch gesetzt, hatte ein harmloses Gespräch mit ihm begon-

nen, hatte ihr langes, blondes Haar mit Schwung über ihre zierliche Schulter geworfen und in David damit einen Fluchtimpuls sondergleichen ausgelöst. Schlagartig wurde es ihm zu eng hier, er glaubte zu ersticken. Fragend und besorgt blickte sie ihn an, während David nach seinen Satteltaschen langte, um schleunigst das Weite zu suchen. Er hatte sogar seinen Whiskey stehen lassen und war mit Rosy im gestreckten Galopp davongeprescht, querfeldein, weg von den Siedlungen am Fluss, weg von all diesen Menschen. Erst am nächsten Tag dämmerte es David so nach und nach, dass es ein Fehler gewesen war, so Hals über Kopf in die Wildnis zu fliehen. David suchte sich und Rosy ein einigermaßen windgeschütztes Plätzchen am Fuße eines kleinen, leicht überhängenden, baumbestandenen Felsens, der ihnen leidlich Schutz gewähren würde, sofern es zu schneien begänne und vor allem dafür sorgte, dass ihr Feuer einigermaßen ruhig brannte und auch nicht so schnell verlöschen würde.

Es war vor allem Rosy, die David zum Umdenken brachte, denn die Stute war nicht mehr jung, war es gewohnt in einem trockenen Stall zu nächtigen und regelmäßig gutes Futter zu erhalten. Sie würde ihm krank werden, sie würde verhungern oder vorher schon erfrieren! Gleich morgen würde er zurückreiten müssen zu den Siedlungen, zurück zu Stall und Hafer. Doch leider war es zu diesem Zeitpunkt für Davids vernünftiges Vorhaben bereits zu spät, denn es dauerte nicht mehr lange und ein eiskalter Wind kam auf, wurde immer heftiger, immer schneidender und brachte alsbald schon das, wovor sich David gefürchtet hatte. Schnee, Schnee und nochmals Schnee.

Und nun saß er da, dicht an den Felsen gedrängt und dankte Gott dafür, dass der Wind wenigstens nicht aus der entgegengesetzten Richtung blies, denn dann hätte ihm und Rosy dieser kleine Unterstand gar nichts genützt. So aber war es ihm sogar gelungen ein leidliches, aber doch wärmendes Feuer zu entfachen.
Es schneite beinahe zwei Tage und Nächte ohne Unterlass und David und Rosy lebten in dieser Zeit einzig von der Hoffnung und über dem Feuer geschmolzenen Schnee.

Als es dann aber endlich aufgehört hatte zu schneien, hatte sich David mit Rosy unverzüglich in Bewegung gesetzt, hatte damit begonnen, mit seinem Pferd mühselig durch den bald meterhohen Schnee zu stapfen und immer wieder einzusacken. Beständig hatte er Angst, er oder Rosy könnten sich ein Bein brechen, könnten eine Senke durchqueren, die sich als zugefrorener Bachlauf entpuppte. Nichts wäre fataler gewesen, als bei diesen Temperaturen ein unfreiwilliges Bad zu nehmen. Als David gegen Abend schließlich von ferne einen kleinen Felsen zwischen den Bäumen ausmachte, schwante ihm bereits Böses, als er jedoch die Überreste seines eigenen Feuers fand, wusste er einen Moment nicht, was er tun sollte. Er wollte schreien, wollte fluchen und sich die Haare raufen und doch tat er nichts von alldem, sondern stand nur still da und blickte voller Wut auf seine alte Feuerstelle. Doch es half alles nichts, sie mussten eine weitere, hungrige, vor Kälte schlotternde Nacht an diesem verfluchten Felsen verbringen.

Anderntags versuchte David gleich frühmorgens, mit den ersten trüben Strahlen der aufgehenden Wintersonne, sein Glück aufs Neue und diesmal kehrten sie auch nicht mehr gegen Abend an den Felsen zurück, diesmal gingen sie nicht in einem weitläufigen Kreis. Doch sie kamen nur sehr langsam voran, waren übermüdet, ausgehungert und geschwächt, und außerdem hatte es erneut zu schneien begonnen. Am nächsten Morgen waren Rosy und David am Ende ihrer Kraft, Anfälle von Panik sorgten dafür, dass David dennoch nicht aufgab. Im Laufe des Vormittags, als weiterhin keine Spur von einer menschlichen Siedlung in Sicht kam, sackte David kraftlos in sich zusammen.

In dem Moment erblickten ihn einige Jäger der Winnebago und es war für sie schon von Ferne unschwer zu erkennen, dass dieser weiße Mann offensichtlich in ganz gewaltigen Schwierigkeiten steckte. Vorsichtig näherte sich ihm der kleine Jagdtrupp von nicht viel mehr als gerade einmal zehn Mann und sprach ihn aus gebührendem Abstand an, denn mit den Weißen hatte man bereits seine Erfahrungen gemacht. Es war auch nichts Neues mehr, dass die weißen Menschen bisweilen sehr seltsame, unverständliche Dinge taten. Von daher näherte man sich ihm vorsichtig und sprach ihn schließlich aus gebührendem Abstand an. Und als David dann den Kopf hob, glaubte er im ersten Moment, seine Sinne begännen damit, ihm verheißungsvolle Trugbilder vorzugaukeln. Wabernd drangen die fremden Stimmen an sein Ohr und als dann auch die merkwürdigen Gestalten anfingen zu verschwimmen, umfing David ein gnädiges, watteweiches Nichts und er sank bewusstlos in den Schnee.

Kurz berieten sich die Jäger, beratschlagten, ob sie nur das Pferd oder auch den Mann mitnehmen sollten. Es war Davids Glück, dass das Lager nicht weit entfernt war und die Winnebago Mitleid empfanden.

Es war ein anstrengendes Stück Arbeit gewesen, David in das Lager zu befördern, denn seine Rosy war so geschwächt, dass sie unter seinem Gewicht, zumal bei diesem Schnee, zusammengebrochen wäre. Sie konnte sich ja selbst kaum mehr auf den Beinen halten.

Dort angekommen, wurde David in ein wohlig warmes Wigwam gebracht, von Kopf bis Fuß entkleidet und in angewärmte Felle und Decken gehüllt. Und während ihn einer der Jäger fortwährend anrief, ihm sachte kleine Ohrfeigen verabreichte, um ihn wieder ins Bewusstsein zurückzuholen, rieben vier Frauen Davids steifgefrorene, beinahe schon violette Finger und Zehen, rieben sie behutsam mit rauem, grobgewebtem Tuch.

Kaum dass David nach einiger Zeit das Bewusstsein wiedererlangte, wurde ihm sogleich wechselweise heiße Brühe und ein süßer, überaus scharfer und durchaus sehr belebender Kräuterabsud eingeflößt.

All das ließ David willig geschehen, ließ sich stützen und schluckte brav alles, was sich da anschickte heiß und wärmend seine Kehle hinabzurinnen .

Auch Rosy wurde wohlversorgt, war in die Obhut eines jungen Kriegers übergegangen, der ein Händchen für Pferde hatte und sich wirklich rührend um seinen erschöpften, halberfrorenen Gast kümmerte.

Rosy erholte sich schnell, sie war eine zähe Stute, einstmals strotzend vor Kraft. Bereits am folgenden Tag befand sie sich auf dem

Wege der Besserung, während David ein weiteres Mal eingehend von einem Medizinmann des kleinen, beschaulichen Lagers untersucht wurde. David war froh, in Sicherheit, im Warmen, im Trocknen zu sein und er war wirklich verdammt dankbar dafür. Und wenn er im Grunde auch nichts von all dem verstand, was da um ihn herum und mit ihm veranstaltet wurde, gesagt und besprochen, so begriff er doch, dass diese Indianer offensichtlich seine Retter in der Not gewesen waren und auch jetzt noch wild entschlossen, ihr Bestes zu geben, um ihm zu helfen. Nur Gott allein wusste, wie es dazu gekommen war.

Wieder blickte ihn dieser fremde Indianer an, doch diesmal blickten seine schwarzbraunen Mandelaugen nicht forschend, sondern warm und freundlich in Davids Augen und seine Lippen formten seltsame Worte, von denen David wiederum nichts weiter verstand, als dass sie vom Ton her ebenfalls sehr warm und freundlich waren. Abwartend blickte der Medizinmann in Davids Gesicht, ein Lächeln in den Augen. David wusste nicht, was er tun sollte, spürte aber, dass irgendetwas von ihm erwartet wurde, also rang er sich ein möglichst gewinnendes Lächeln ab und nickte dem Medizinmann freundlich zu. Dieser nickte zur Antwort ebenfalls, winkte einen der Krieger herbei, besprach etwas mit ihm, worauf dieser umgehend verschwand und mit sechs weiteren Kriegern zurückkehrte. Auch mit diesen Männern besprach der junge Medizinmann einiges, erteilte ihnen offenbar verschiedene Anweisungen. Immer wieder blickten die Männer zu David und nickten, immer wieder deutete der Medizinmann in seine Richtung, während er den anderen anscheinend allerhand mitzuteilen hatte.

David wurde etwas mulmig zumute. Wer konnte wissen, auf was für eine Frage oder Aussage er genickt haben mochte? All das gab David beträchtliche Rätsel auf und es war nur gut, dass er wirklich nicht einmal den leisesten Schimmer hatte, worum es die ganze Zeit über eigentlich ging. So aber lag David einigermaßen ruhig auf seinem Lager, als der Medizinmann den übrigen Männern einen Wink gab, woraufhin diese sich gleichmäßig um Davids Bettstatt herum verteilten. Einer begab sich hinter seinen Kopf, je drei verteilten sich links und rechts von ihm und der immer noch singende Medizinmann verblieb zu seinen Füßen. Unsicher blickte David in die Runde und fühlte sich gar nicht mehr so wohl.

Der Medizinmann indes aber sang und sang und widmete sich ganz der Betrachtung von Davids rechten Fuß, genau genommen des kleinen und nächst größeren Zehs, deren Farbe sich nicht wie die der restlichen Zehen von tiefdunklem Rot in gefälliges Rosarot gewandelt hatte, sondern vom Roten ins Violette und schließlich sogar ins Schwarze übergegangen war.

Ganz klar grenzte sich das abgestorbene Gewebe vom Rest des Fußes ab, das Herz dieses jungen weißen Mannes schlug gleichmäßig und kräftig, und auch seine Augen sprachen davon, dass er offenbar einigermaßen wohlauf waren. All dies sprach dafür, dass er gekommen war, der rechte Augenblick, um die beiden abgestorbenen Zehen abzunehmen. Auf sein Zeichen schlossen sich zwölf kräftige Männerhände um Davids Arme und Beine, drückten ihn mit Macht an seine Bettstatt, und als David den Mund auftat, um überrascht Luft zu holen, schob ihm der Mann, welcher sich am Kopfende befand, ein sauber und glatt geschliffenes Stück Holz zwischen die Zähne und legte erst sachte beide Hände auf seine Stirn und Schläfen, doch dann drückte er Davids Kopf mit einer derartigen Kraft nach unten, dass sein Körper in diesem Augenblick hilflos und unbeweglich war, wie ein Schmetterling im Glaskasten eines Sammlers. David hatte Angst und sein Herz pochte wie wild. Dann geschah es auch schon. Über David brach der grausamste körperliche Schmerz herein, durch und durch schrill, alles andere übertönend. Nur noch Schmerz, so unerträglich groß und überwältigend, dass David umgehend, einer Fügung der Natur folgend, in eine tiefe Ohnmacht fiel, die es dem Medizinmann erlaubte, in aller Ruhe sein Werk zu vollenden und David ermöglichte, dabei nicht den Verstand zu verlieren.

Annähernd fünf Monate verbrachte David im Winterlager der Winnebago, fünf Monate in denen er nicht nur wieder ganz gesund wurde und zu Kräften gelangte, fünf Monate auch, in denen er sich ganz allmählich wieder ein wenig damit vertraut zu machen begann, was es bedeutete am Leben zu sein, was es bedeutete, als David Sattler hier auf dieser Welt zu sein, als ein David, dessen geliebte Frau gestorben war, der alles verloren hatte, als ein David, der sein Kind zurückgelassen hatte, der auf der Suche war, nach seinem einzigen Freund, als ein David, der beinahe selbst gestorben wäre und sein Leben noch einmal geschenkt bekommen hatte. Wofür nur? Weshalb?

David verließ im darauffolgenden Frühling das sich ebenfalls im Aufbruch befindliche Lager der Winnebago. Viel Großzügigkeit, viel Freundlichkeit und Fürsorge hatten die Winnebago ihm zuteil werden lassen, und sie hatten es sich auch nicht nehmen lassen, David auf das Beste für seine Weiterreise auszustatten, denn sie hatten schon sehr bald gewusst, dass es tatsächlich schade gewesen wäre, hätte man ihn damals einfach im Schnee liegen gelassen. Neben einem Vorrat an Pemmikan und getrockneten Fleischstreifen und Beeren hatten sie David auch einen kleinen Wigwam und die Fertigkeit, diesen beinahe im Handumdrehen auf- und wieder abzubauen mit auf den Weg gegeben. Außerdem hatte er nun wärmende Decken und vor allem auch eine ungefähre Ahnung des Weges, den er zu nehmen hatte, wenn er an die großen Seen gelangen wollte. Und nicht zuletzt hatten sie ihm, neben der Tatsache, dass er überhaupt noch am Leben war, eines geschenkt und das war die Erfahrung, dass man gar nicht immer alles so genau begreifen musste, dass es oftmals gar nicht vieler Worte bedurfte, um Vertrauen und tiefe Zuneigung füreinander zu empfinden, Verbundenheit und ehrliche Freundschaft.

Es war noch ein langer, beschwerlicher Weg. Als er aber tatsächlich in die Nähe der großen Seen gelangte, als er einige Tage später staunend mit seiner Rosy am Ufer des unermesslich großen Gitchi Gami stand, fand er weder den See unberührt vor, geschweige denn seine Ufer. Einstmals noch recht kleine weiße Siedlungen waren dort ganz beachtlich gewachsen, hatten aus allen Himmelsrichtungen Zustrom erhalten, und so verbrachte David abermals einige Tage unter Weißen. Das alles, dieser Saloon, die weißen Familien, deren Väter und Söhne sich emsig plagten und mühten, die Landschaft um sie herum auszuhöhlen, um kostbares Erz zu fördern, gehörten hier nach Davids Dafürhalten nicht her. Einsam hatte es hier zu sein und David musste sich selbst ein ums andere Mal vorbeten, dass er doch selber ein Weißer war, der vielleicht ganz genausowenig hierher gehörte, wie all diese anderen Weißen, deren Sprache er amüsanterweise genausowenig verstand wie die vielen anderen Sprachen, die ihm auf seinem Weg hierher schon begegnet waren. Schön klang diese Sprache und an manchem Abend saß David vor seinem gut gefüllten Glas Whiskey und hörte genüsslich über das weich und melodiös klingende Palaver im Saloon hinweg, versuchte die Melodie der Sprache zu erfassen, wie er das in der Vergangenheit nun schon häufiger getan hatte.

David weilte nicht lange bei den Weißen und machte sich weiter auf die Suche nach dem Lager der Gamini, nach seinem Freund.
Es dauerte noch einen guten Monat, ehe David in das Gebiet kam, in dem das Volk der Gamini einstmals sein Sommerlager aufzubauen pflegte. Doch nach ihrem Lager hielt David genauso vergeblich Ausschau wie nach Sams Blockhütte. Von beidem fand er keine Spur, dafür aber traf er inmitten der Wildnis immer wieder auf Siedlungen der Weißen.
Beharrliches Nachfragen, trotz aller sprachlichen Barrieren, ließ David schließlich erahnen, was geschehen war. Die für die Belange der Weißen ungünstig gelegenen Indianerlager waren umgesiedelt worden.
Nachdem David nun wusste, in welche Richtung er sich zu wenden hatte, machte er sich unverzüglich auf den Weg. Nichts hielt ihn mehr in diesen Siedlungen der Weißen. Beinahe zwei weitere Wochen benötigte David, ehe er das Lager der Ojibwe erreichte.
Morastig und unwegsam waren diese Gegenden, von gefährlichen Sümpfen durchsetzt und die Luft hing feucht zwischen den Zweigen, wie ein flirrender Hauch, in dem die Mücken sirrten und tanzten.
Misstrauisch beäugten ihn die umstehenden Gesichter und erst als David sich schließlich anschickte, sämtliche Namen herunterzuleiern, deren er sich aus Silas' Erzählungen noch entsinnen konnte, erhellten sich die Mienen merklich, wurden freundlicher

und offener, und in manch einem Gesicht machte sich mit einem Mal auch ein freundliches Lächeln breit.

57

Wie ein Vögelchen flog Ho'neheschkeso auf seiner kleinen Stute, die er Maahe - Pfeil - genannt hatte, dahin. Voller Stolz zeigte er seinem Vater, dass er nun beinahe schon ebensogut reiten konnte wie er, dass er gleich ihm aufspringen und abspringen konnte, sogar im gestreckten Galopp.
Unermüdlich und verbissen hatte er geübt, hatte an sich gearbeitet zwei ganze Jahre lang und nun war er soweit. Zumindest nach seinem eigenen Dafürhalten würde er nun dazu im Stande sein, die Jäger auf der ersten großen Jagd in diesem Jahr zu begleiten und genau davon wollte er seinen Vater überzeugen, unbedingt!
Mit einem sehr stolzen Schmunzeln hatte Bizhiu den wirklich beachtlichen Reitkünsten seines Sohnes zugesehen, hatte seinen glühenden Reden mit ernstem Gesicht gelauscht und ihm zum wiederholten Male zu erklären versucht, dass er mit seinen neun Jahren einfach noch zu jung sei, um die Jäger auf eine groß angelegte, mehrere Tage, vielleicht sogar Wochen dauernde Jagd zu begleiten. „Nae'ha - mein Sohn -, du bist ganz gewiss der beste Reiter deines Alters und du machst mich damit sehr stolz und glücklich, aber hervorragend reiten zu können, ist noch nicht alles, was ein Mann an Stärken und Fertigkeiten benötigt."
Tränen der Enttäuschung schossen aus den Augen seines kleinen Sohnes und er verlegte sich, ganz entgegen seiner sonstigen Gewohnheiten, aufs Bitteln und Betteln. Er werde Bizhiu beweisen, dass er alt genug sei! Er werde ihm zeigen, dass er den Jägern schon für allerhand nützlich sein könnte! Er könnte Feuerholz holen und Feuer machen, er könnte die Pferde bewachen und er wäre ganz bestimmt niemals im Wege, nie eine Last, ganz bestimmt!
Es brach Bizhiu beinahe das Herz, ihm dennoch eine Absage erteilen zu müssen und das, obwohl er selber überzeugt war, dass all das, was sein Sohn ihm da gerade mit glühenden Wangen

und Feuereifer versprochen und flehentlich beteuert hatte, auch ganz genau so stimmen würde. Und doch war es so, dass ein heranwachsender Junge frühestens mit zwölf, häufig sogar erst mit dreizehn oder vierzehn Jahren seine erste große Jagd erlebte, diesen wichtigen Einschnitt auf dem Weg in das Erwachsenenalter. Es blieb dabei und Ho'neheschkeso war untröstlich, lief weg von Bizhiu und kam auch nicht wieder, um seinem Vater Lebewohl zu sagen, denn er hätte es nicht ertragen können, die Reiterschar losziehen zu sehen, ohne ihn! Ho'neheschkeso verkroch sich irgendwo den ganzen Tag und weinte. Er hatte sein Bestes gegeben und es hatte doch nicht gereicht. Dabei hatte er so sehr darauf gehofft, in diesem Jahr mitzudürfen.
Spät abends dann kam er schließlich ins Tipi geschlichen. Den ganzen Nachmittag und Abend über hatten sowohl seine Mutter, als auch Haéméné und Heovo'ksa schon mehrfach nach ihm Ausschau gehalten, sie hatten ihn gesucht und gerufen, und er hatte sie rufen und suchen lassen. Schweigend aß er sein Abendessen und als Charlotte ihn wenig später zu Bett brachte, ihn noch einmal fest in ihre Arme schloss, da weinte er bitterlich.

Die Jagd war alles andere als angenehm gewesen und zudem auch nicht so erfolgreich wie sonst. Überhaupt war es immer schwieriger geworden, die großen Herden ausfindig zu machen und bisweilen mussten sie schier endlose Ritte auf sich nehmen, um in ihre Nähe zu gelangen. Und daran waren einzig und allein die Weißen schuld, die mit ihrem unbedachten Verhalten und ihrem Herumgeballere die Büffel und Antilopen scheu machten, die großen Herden auseinandersprengten und vertrieben.
Stetig war der Strom der weißen Einwanderer weiter angestiegen und entsprechend bewegten sich nun weitaus mehr Familien als noch vor ein, zwei Jahren entlang des Santa Fe Trails. Zu den Händlern, Viehhirten und Familienclans waren auch mehr und mehr raue Gesellen hinzugekommen. Männer, die das Leben hatte hart werden lassen, stumpfsinnig und tumb bisweilen, gierig und skrupellos zumeist. In wahren Scharen zogen sie durch das Land, denn es ging das Gerücht, man habe in Kalifornien Gold gefunden. Und so zog es denn bald Zehntausende von dieser

Sorte Mensch gen Westen, durchquerten sie einzeln oder in pöbelnden Horden die Prärien und Plains, belästigten die Frauen, schossen sinnlos in die Büffelherden hinein. Lange schon regte sich blanke Wut in den Herzen vieler Cheyenne. Die Stimmung im Lager der Cheyenne und auch im Lager der Arapahoe war alles andere als gut und Bizhiu beobachtete all dies mit Sorge, fühlte seit langer Zeit wieder diese düsteren Wolken der Vorahnung in sich aufsteigen. Er spürte förmlich die Gefahr, die in der Luft lag und beobachtete sorgenvoll und wachen Auges, wie sich die Stimmung allmählich zuspitzte.
Doch entgegen all seiner Befürchtungen blieb die Situation bis auf weiteres ruhig und keiner der Cheyenne, keiner der Arapahoe ahnte, dass von diesen weißen Menschen tatsächlich eine tödliche Gefahr ausging, eine lauernde Gefahr ganz unerwarteter Natur, eine grausame Gefahr, die unbemerkt und lautlos daherkam.

Das Unheil begann an einem heißen Sommernachmittag. Eine Horde Jungen planschte und spritzte im seichten Wasser des Flusses. Es war ein fröhlicher, ein müßiger Tag, ein Tag an dem es einfach zu heiß war, um allzu anstrengende Arbeiten zu verrichten.
Zum Abendessen trudelten dann alle drei Kinder zu Hause ein. Haéméné und Heovo'ksa hatten mit ihren Freundinnen eine kleine Laubhütte am Fluss errichtet und morgen würden sie damit beginnen, sie von innen wohnlich auszustatten. Ho'neheschkeso hatte mit seinen Freunden die meiste Zeit im lauwarmen Wasser geplanscht, sie hatten versucht, Fische mit den bloßen Händen zu fangen und einige Male war es ihnen sogar geglückt. Glitzernde Steine hatte er vom Grund heraufgeholt und im Licht der Sonne betrachtet, nach den Minio, den Wasserungeheuern hatte er Ausschau gehalten, mit klopfendem Herzen, aber er hatte keines gesehen. Schade eigentlich! Mit bester Laune und größtem Appetit verspeiste er eine gewaltige Portion zum Abendessen, denn er würde morgen Kraft brauchen, viel Kraft. Selbstverständlich war die Gemeinschaft der Jungen bestens nach dem Vorbild ihrer Väter organisiert, hatten sie ihre eigenen „Kriegerbünde" gegründet und ihnen die klangvollsten Namen gegeben. Und der Bund

der Mo'éhno'hame'óhhä'hó'hóma - Pferde diesseits des Flusses -, hatte einstimmig beschlossen, am nächsten Tag zu versuchen, nach dem Vorbild der Biber einen kleinen Staudamm zu errichten. Es war vornehmlich seine eigene Idee gewesen. Eine Idee, die den Erzählungen Bizhius entsprungen war, der ihm oft von den Ojibwe oben im Norden erzählte, von den Wäldern dort, den vielen Flüssen und Seen, und eben auch von den zahlreichen Bibern.
Tief befriedigt und hundemüde schlief Ho'neheschkeso ein und träumte einen anfänglich noch sehr schönen, dann aber immer beklemmender werdenden Traum. Schließlich erwachte er, hatte kalten Schweiß auf der Stirn und fühlte sich so unglaublich elend. Eine gewaltige Welle der Übelkeit durchfuhr ihn und zugleich spürte er deutlich, dass es höchste Zeit wäre, hinter dem nächsten Busch zu verschwinden. Er schaffte es gerade noch vor das Tipi, als er zu seinem eigenen Entsetzen bemerkte, dass er nicht mehr verhindern konnte, was soeben geschah, dass er sich gerade vollkackte wie ein kleines Kind.
Doch es blieb ihm nicht viel Zeit, , um sich zu schämen, denn bereits im nächsten Augenblick erbrach er sich im hohen Bogen. Ho'neheschkeso würgte und keuchte, als Heovo'ksa erwachte und eilig vor das Tipi trat, um ihrem kleinen Bruder zu helfen. Sorgsam stützte sie ihn, als er sich ein weiteres Mal erbrach.
„Komm, mein Bruder, wir gehen gemeinsam an den Fluss und du wäscht dich erst einmal ... alles wird wieder gut!"
Ho'neheschkeso ging mit zittrigen Knien die wenigen Meter zum lauen Arrowpoint River, entledigte sich mit ihrer Hilfe seiner Kleider und badete, während Heovo'ksa die beschmutzten Sachen ihres Bruders wusch.
Nackt, nass und zitternd kam er wenig später in das Tipi zurück. Ihm war so elendig kalt, und obwohl ihn Heovo'ksa ordentlich trockenrubbelte, ihm frische Kleider gab und ihn sorgsam in sein Bett packte, wollte die Kälte nicht weichen. Furchtbarer Durst plagte ihn und gierig trank er das Wasser, das ihm seine Schwester reichte. Über all dem war Charlotte aufgewacht und als sie ihren Sohn betrachtete, als sie Heovo'ksas Schilderung zuhörte, ihren kleinen Sohn eingehend nach seinen Beschwerden befragte, glaubte sie, dass es nicht anders sein könne, als dass

Ho'neheschkeso etwas Falsches gegessen hatte und sein Körper nun versuchte, es auf dem schnellsten Wege wieder loszuwerden. Sorgsam betastete sie seinen Körper. Er hatte kein Fieber und er hatte auch keine Schmerzen. Einigermaßen beruhigt legte sich Charlotte wieder zu Bett, kuschelte sich behaglich an Bizhius Seite und wäre auch alsbald wieder eingeschlafen, wenn ihr Sohn nicht abermals vor das Tipi gerannt wäre, um sich ein weiteres Mal zu übergeben.

Es war eine unruhige Nacht, während der sich alle Familienmitglieder abwechselten, um an Ho'neheschkesos Bett Wache zu halten, ihm zu helfen, wenn er auf zittrigen Beinen versuchte, noch rechtzeitig die Büsche zu erreichen, was beinahe stündlich geschah, ihn zu stützen, wenn er sich erbrach, und ihm zu trinken zu geben, denn er hatte entsetzlichen Durst, was bei der Menge an Wasser, die sein Körper in dieser Nacht von sich gab, auch keinen verwunderte. Keiner schlief mehr in dieser Nacht in dem roten Tipi. Charlotte hatte ein Feuer entzündet und begann mit Unterstützung Haéménés eine kräftige Fleischbrühe zu kochen, ein Tee, der gut half, wenn kleine Kinder an Durchfall litten, zog bereits in einem irdenen Gefäß.

Bizhiu saß am Bett seines Sohnes und beobachtete mit zunehmender Sorge, wie schwer diesem kleinen, tapferen Kerl der Kampf mit den Tränen fiel. Er selber hätte sich in diesem Alter in ebengleicher Situation gewisslich einen Dreck um alle erstrebte Männlichkeit geschert und hätte bedenkenlos Rotz und Wasser geheult, nicht so sein kleiner Ho'neheschkeso. Zärtlich küsste er seine feuchtkalte Stirn und raunte ihm leise ins Ohr: „Dein Vater sagt dir jetzt einmal etwas Wichtiges und ganz Geheimes, von Mann zu Mann, also hör gut zu. Es ist etwas, das ich von meinem Großvater gelernt habe und von meinem Vater auch. Es gibt Tränen, die wichtig sind, geweint zu werden, es gibt Tränen, die berechtigt sind und gut. Jeder darf diese Tränen weinen, jeder soll sogar diese Tränen weinen und es gibt keinen Mann auf der Welt, der nicht auch weint und gerade in den Armen deines Vaters ist ein sehr guter Ort, um diese Tränen zu vergießen. Auch zum Weinen gehört Tapferkeit, mein Sohn, glaub mir das, es stimmt wirklich."
„Wie oft hast du schon geweint?" Leise und matt klang seine

Stimme, bebte ein bisschen, während seine Augen zu schwimmen begannen.
Bizhiu schmunzelte und flüsterte: „Beinahe so oft, wie Sterne am Himmel stehen, ich kann's gar nicht zählen und doch war ich ein tapferer Junge und ich hoffe doch auch, dass ich dennoch ein tapferer Mann geworden bin."
Ho'neheschkeso nickte voller Inbrunst, drückte sich eng an Bizhius Brust und schluchzte und weinte, während Bizhiu ihn in seinen Armen wog. Inmitten von Ho'neheschkeso Schluchzern vernahm er abermals die Stimme seines Sohnes: „Ného'e, mir tun die Beine so weh."
Sachte streifte Bizhiu die Decke zurück, an den Beinen war nichts Ungewöhnliches zu bemerken, doch als Bizhiu mit sanfter Hand über sie hinwegstrich, fiel ihm auf, wie kühl sich die Haut des Kleinen anfühlte und seine Waden waren bretthart. Was konnte der arme Junge nur haben, ob er etwas Giftiges gegessen hatte?
„Hast du etwas gegessen, das du nicht kanntest? Habt ihr heute irgendwas gegessen, als ihr draußen wart?"
„Ja, wir haben Fische über dem Feuer gegrillt."
„Fische? Was für Fische?"
„Die haben wir selbst gefangen, mit der bloßen Hand."
„Also waren sie ganz frisch?"
Ho'neheschkeso schniefte und nickte: „Ganz frisch."
Nein, das konnte es eigentlich nicht sein. Suchend blickte Bizhiu sich um. „Charly, könntest du bitte feuchtwarme Wickel machen und ein bisschen Öl erwärmen. Unser tapferer Sohn quält sich mit den schrecklichsten Wadenkrämpfen herum und verliert kein Wort darüber."
Heovo'ksa brachte einen Becher mit Tee und einen weiteren mit Brühe für ihren Bruder und Charlotte wärmte sogleich das Öl, während Haéméné daran ging, erneut Wasser zu erhitzen, um die feuchtwarmen Wickel zu bereiten. Und noch während Heovo'ksa ihren Bruder stützte, damit er trinken konnte, massierte Bizhiu bereits vorsichtig die wirklich fürchterlich verkrampften Wadenmuskeln seines Sohnes und nach einem kurzen Blickwechsel mit ihm, hatte sich Charlotte wortlos auf den Weg gemacht, um Hotoama'heo'o - Medizinstier -, ihren Medizinmann, dem sie

absolutes Vertrauen schenkte, zu wecken. Doch zu ihrer Überraschung brauchte sie ihn gar nicht zu wecken, er war bereits wach. Müde und sorgenvoll blickte Hotoama'heo'o in ihr Gesicht. „Nein, meine liebe Mápe'e, sag bitte nicht, dass auch in deinem Tipi jemand erkrankt ist."
„Auch? Wieso auch?"
„Weil du bereits die siebte bist, die in dieser Nacht mein Tipi aufsucht. Und überall ist es dasselbe Bild, Durchfälle und Erbrechen noch und noch, aber kein Fieber, keine Schmerzen, nur Hetoeva'e hat schlimme Krämpfe, aber nicht im Leib, sondern in den Waden, ... deinem Blick entnehme ich, dass es bei euch genauso ist?"
Charlotte nickte: „Unser kleiner Ho'neheschkeso ist krank, genauso wie du sagst!"
Hotoama'heo'o wiegte bedenklich den Kopf, erhob sich aber sogleich, um ihr zu folgen und während sie eiligen Schrittes zu dem roten Tipi gingen, sagte er leise und traurig: „Meine Schwester, ich kenne diese Krankheit nicht, ich verstehe sie auch nicht. Ich komme ihr nicht nahe! Ich habe dergleichen in all den vielen Jahren noch niemals gesehen."

In dieser Nacht hatte es begonnen, das große Sterben in den Plains und während Bizhiu das Leben seines kleinen Ho'neheschkeso buchstäblich zwischen den Fingern zerrann, wurden mehr und mehr Cheyenne ebenfalls krank, blieb bald kein Tipi mehr von dieser schrecklichen Krankheit verschont.
Alle waren sie bei ihm, hielten seine Hand und weinten. Und als sich Ho'neheschkesos Tasoom bereits anschickte aufzubrechen, um über die hängende Straße der Sterne hinaufzugehen, in das Land Heammawihios, des Weisen oben, als sein kleiner Junge, am folgenden Abend schon starb, sich aufmachte über den Sternenpfad der Seelen zu ziehen und geborgen in den Armen seines vollkommen fassungslosen Vaters sein junges Leben aushauchte, da wisperte er noch einmal in Bizhius Ohr: „Da! Jetzt, ... jetzt hör ich sie endlich, Ného'e! Háesto Hotóa ... hoóma... - Viele Büffel ... jenseits des Flusses - ..."
Bizhiu versank in tiefschwarzem Kummer, brennendem Schmerz, in abgrundtiefe Traurigkeit, weinte und weinte, während er das

Holz zusammentrug, um seinem kleinen Sohn ein letztes Bettchen zu bereiten, hoch oben in den Zweigen einer alten, ehrwürdigen Weide am Fluss, unweit der Stelle, an der er noch vor zwei Tagen ausgelassen geplanscht hatte. Bizhius Fall war haltlos, denn diesmal gab es keinen Trost, und auch seine Charly konnte ihm nichts weiter geben, als ihre Trauer, ihre Verzweiflung, ihre Tränen. Sie weinte, während sie Ho'neheschkeso kleinen, zierlichen Körper wusch und küsste seine zartgliedrigen Hände, herzte ihr totes Kind, hielt es ganz fest und ließ es lange nicht mehr los.

Erst als ihre Haéméné kam, die weinend und schluchzend im Arm hielt, was doch eine Überraschung hatte werden sollen, eine Überraschung für ihren kleinen Bruder zu dem in wenigen Wochen bevorstehenden Sonnentanz, ein neues, ein wunderschönes Festtagsgewand. Sie hatte ihm damit zeigen wollen, dass auch sie bemerkte, dass ihr kleiner Bruder allmählich größer wurde, sie hatte ihm zeigen wollen, wie lieb sie ihn hatte, sie hatte seine Augen glänzen sehen wollen vor Freude, strahlen vor Glück und nun wollte sie ihm all das mitgeben, auf seinem weiten Weg über den hängenden Pfad der Seelen.
Wunderschön sah er aus, in seinem neuen Festtagsanzug, die glänzenden Haare fein gebürstet.
Nur dumpf, wie betäubt erlebte Bizhiu das Grauen um ihn her, registrierte beinahe nebenbei, dass überall der Tod seinen Einzug gehalten hatte, dass Trauer und Klage herrschte in jedem Tipi. Stunde um Stunde verbrachte Bizhiu unter der alten Weide, viele Stunden verbrachte er dort gemeinsam mit Charlotte, mit seinen Töchtern. Gemeinsam waren sie hinaufgeklettert, jeder hatte seinen Beitrag geleistet, hatte Seins dazugetan, dass er es schön haben würde, in seinem Nest. Seine Decken hatten sie ihm hineingelegt, sein Kissen, seine Spielsachen, zu essen und zu trinken in kleinen irdenen Gefäßen und natürlich seine Pfeile, seinen Bogen, einstmals sein ganzer Stolz. Seine Schwestern waren ausgezogen, stundenlang, und hatten für ihn Blumen gepflückt. Und noch etwas anderes hatte Heovo'ksa getan. Sie hatte jedem von ihnen eine dicke Strähne des Haares abgeschnitten und auch vom Schweif seiner geliebten Maahe hatten sie eine Strähne genom-

men und aus diesen Haaren hatte sie dann einen schönen, dicken Zopf geflochten, hatte ihn liebevoll mit Perlenschnüren und Lederbändern verziert und ihn ihrem Bruder mitgegeben, ihm in seine zarte Hand gelegt, die nun friedlich über seinem Herzen ruhte. Zum Zeichen, dass sie alle bei ihm sein würden, in ihren Gedanken, mit ihren Herzen, immer und allezeit, weil Liebe doch die Seelen verbindet über alle Grenzen und Zeiten hinweg. Bizhiu aber hatte seine schönste, seine größte Feder aus seinem Haar gezogen und in das schwarze Haar seines Sohnes gesteckt, hatte ihm unter Tränen noch einmal ins Ohr geflüstert, von Mann zu Mann: „Nae'ha, mein tapferer, kleiner Krieger, trage fortan und für alle Zeiten diese stolze Feder, du hast sie dir mit deinem Mut und deiner Tapferkeit so sehr verdient. Néméhotatse Nae´ha, néméhotatse. - Ich liebe dich, mein Sohn. Ich liebe dich. -"

Wie in einem undurchdringlichen Schleier gefangen, in einem nimmer enden wollenden Albtraum gebannt, erlebte Bizhiu diese Tage, und er erwachte erst aus seinem tauben Schlaf der Trauer und Verzweiflung, als auch Heovo'ksa, sein lockiges Büffelmädchen, krank und schwach in ihrem Bett lag und nur wenige Stunden später auch seine Haéméné sich das erste Mal übergab. Jetzt trieb Bizhiu die blanke Panik, ließ sein Herz pochen und rasen, ließ ihn wach werden, ließ ihn sich vom Tod dem Leben zuwenden.

Sie kämpften Seite an Seite, Hand in Hand, kämpften verbissen um das Leben ihrer Kinder. Bizhiu hätte dies alles nicht durchgestanden ohne sie und Charlotte hätte dies alles nicht überleben können ohne ihn. Stunden, Tage, Nächte durchwachten sie gemeinsam, wuschen, kochten, putzten, fütterten, trösteten, stützten wo und wie es eben nur ging.

Sieben Tage kämpfte Heovo'ksa tapfer um ihr Leben, ehe sie sich vom Schicksal überzeugen ließ und ihrem geliebten, kleinen Bruder folgte, ihre Tasoom hinaufflog zu ihm, leicht wie ein kleines Vögelchen. Bizhius Herz war schwer, als er abermals auszog, um Äste und Zweige zu sammeln für ein schönes, freundliches Nest in demselben Baum, in welchem auch ihr Bruder sein letztes Bettchen bereitet bekommen hatte.

Als habe ein düsterer Schwarm gewaltiger Krähen in den Pappeln und Weiden ihre Nester errichtet, mutete Bizhiu das Ufer des sonst so freundlichen Flusses an. Schwer lag der Geruch von Tod und Verwesung in der heißen Sommerluft, kein Windhauch wehte, die Zeit schien stillzustehen.

Eingeschleppt von deutschen Einwanderern, wütete die Cholera Wochen um Wochen im Lager der Cheyenne und auch im Lager der Arapahoe, raffte Hunderte und Aberhunderte von ihnen dahin, tötete schnell und gnadenlos bald jeden, den sie in ihren Fängen hatte und Haéméné war eine der wenigen, die Dank ihrer Zähigkeit, dank ihres unglaublich starken Willens und nicht zuletzt auch Dank der unermüdlichen Fürsorge ihrer Eltern die Krankheit überlebte.
Die Bilanz in den Lagern war verheerend, gut die Hälfte aller Cheyenne, aller Arapahoe, alte wie junge, waren gestorben. Keine Familie existierte mehr so, wie sie einstmals, in glücklichen Zeiten gewesen war. Schwer von Trauer waren die Herzen, müde und erschöpft, fassungslos und verzweifelt.

Es war ein schwerer, ein unglaublich trauriger Abschied, als schließlich die Zeit gekommen war, das Lager abzubrechen und weiterzuziehen, die vielen Nester in den Bäumen zu verlassen, welche die sterbliche Hülle all ihrer für immer gegangenen Lieben bargen und einzig tröstlich war das Wissen darum, dass auch diese vielen geliebten Körper sich bereits verabschiedeten, sich aufzulösen begannen, dass man schon heute nicht mehr die dort oben wiederfinden würde, die man einst dort sorgsam und liebevoll gebettet hatte. Und so zogen die Cheyenne weiter, ritten in eine unbestimmte Zukunft hinein. Viele wichtige Plätze blieben in ihren gelichteten Reihen unbesetzt, Häuptlinge waren genauso gestorben wie Medizinmänner, wie Krieger und Frauen und auch viele ihrer Kinder.
Die kalte Jahreszeit der wärmenden Geselligkeit wurde in diesem Winter zu einer Zeit des geteilten Leides, aber auch die Zeit gemeinsamer Freude über all diejenigen, die am Leben geblieben waren.

Bizhiu fühlte erstaunt, dass sich tatsächlich so etwas wie Freude in seinem Herzen zu regen begann, als Mochtavetó ihm strahlend die Nachricht überbrachte, dass er in den Rat der Häuptlinge aufgenommen worden war. Mochtavetó – Häuptling der Cheyenne!

Doch als es dann tatsächlich auch wieder Frühling zu werden begann, da fühlte Bizhiu, genauso wie auch Charlotte, wie Ethketa, wieder Hoffnung keimen und Mut. Und als seine Charly dann im späten Frühling vollkommen unverhofft noch einmal schwanger wurde, spürte Bizhiu seit langer Zeit zum ersten Mal wieder so etwas wie Glück und er war unglaublich dankbar dafür und zugleich auch voller Sorge, dieser kleine Lichtblick könnte wieder verloren gehen.
So sehr er sich auch bemühte, dieses entstehende Menschlein, dieses kleine, zarte Leben unter Charlottes Herzen als gutes Zeichen zu sehen, so fühlte er doch tief in seinem Innersten, dass sich die dunklen Wolken der Ahnung in ihm noch nicht verzogen hatten, dass sie noch immer in ihm weilten, unheilvoll, düster und schwer.

58

Damals, vor vielen Jahren, war David einigermaßen überrascht gewesen, welch freudige Erregung sich blitzartig unter den immer zahlreicher werdenden Ojibwe ausgebreitet hatte. Nachdem er sämtliche ihm bekannte Namen von Bizhius Familie heruntergebetet hatte, fand er sich auf einmal umringt, von wildfremden Menschen gedrückt und geherzt, während er fortwährend weitergezogen wurde, weitergereicht, von nickenden, lachenden Gesichtern, von ermunternden, winkenden Gesten begleitet. Weiter und weiter in das Lager hinein, bis vor einen großen, kuppelförmigen Wigwam. David wusste noch gar nicht recht, wie ihm geschah, als sich der Eingang des Wigwams öffnete und Winonah mit ungläubigen Augen heraustrat. Beide Hände schlug sie vors Gesicht, betrachtete David einen Moment lang schweigend und dann begann sie zu weinen und zu lachen. Eilte zu ihm und Da-

vid konnte gar nicht anders, als sich in ihre ausgebreiteten Arme fallen zu lassen. Es war wunderschön nach so langer Zeit in bekannte, so vertraute Augen zu blicken.
Eine Mutter hätte ihren Sohn nicht herzlicher empfangen können, als Winonah David empfing und doch war die erste Frage, die sie an ihn richtete: „Hast du etwas von meinem Sohn gehört?"
David schluckte mühsam. „Er ist nicht hier?"
Still und traurig schüttelte Winonah den Kopf. „Nein David, wir haben nie wieder von ihm gehört."
Alles umsonst, alles vergebens, niemanden gab es mehr auf der ganzen Welt, der zu ihm gehörte, der ihn heilen könnte von seiner Verzweiflung, seiner Einsamkeit. David fühlte sich so müde, so entsetzlich leer.
In der Zwischenzeit war auch Elias herbeigeholt worden, sorgsam von Kiniu geführt. Elias seufzte, drückte David an sein Herz, klopfte auf seine Schulter. „Wie schön, dass du uns einmal besuchen kommst! Mein Gott, wie hast du diesen weiten Weg eigentlich bewältigt? Etwa alleine?"
David nickte und blickte in Elias' Augen, die in ständiger Bewegung einmal hier und einmal dorthin schauten und erschrocken bemerkte er, dass Elias völlig erblindet war.
„Mein Gott!", entfuhr es ihm und als wolle er weitere unbedachte Worte zurückhalten, schlug er eine Hand vor seinen Mund. Winonah trat hinter Elias, legte lächelnd, schützend, ihren Arm um seine Taille und sagte leise: „Vor ungefähr drei Jahren war es, als Elias nur noch Schatten sah, doch er lernt jetzt mit den Händen zu sehen und ich lerne für ihn mit zu sehen und noch jemand ist da, der für Elias sieht."

Winonah trat ein Stück beiseite und lächelte ein so glückliches, so stolzes und warmes Lächeln und erst da bemerkte David das kleine Mädchen hinter ihr, welches ihn mit großen, dunklen Augen betrachtete, und für den Bruchteil einer Sekunde fühlte er sich zurückversetzt, glaubte er eine altbekannte Kinderstimme zu hören, leise fragte sie „Waenaesh k'doadem?" und es versetzte ihm einen Stich zu sehen, wie ähnlich dieses kleine Mädchen ihrem Bruder sah.

Gegen Abend dann begann es David allmählich wieder besser zu gehen, realisierte er nach und nach, dass er nichtsdestotrotz angekommen war, auch wenn er seine eigentliche Hoffnung zerschlagen sah.

Es war selbstverständlich, dass Winonah und Elias ein kleines Fest ausrichten würden, um Davids Ankunft gebührend zu feiern. Gemeinsam mit den Schwestern bereitete sie ein wahrhaft üppiges Mahl, zu welchem die ganze Familie eingeladen wurde. Manch eine Überraschung wartete auf David an diesem Abend. Die angenehmste Überraschung war die Tatsache, dass nicht nur Elias und Winonah des Englischen mächtig waren, sondern gleich einige der anwesenden Familienmitglieder über einen doch ganz beträchtlichen englischen Wortschatz verfügten. Auch Kiniu sprach leidlich die englische Sprache, genauso wie auch die französische, doch weniger aus einem Interesse heraus, ihm ging es vielmehr darum, dass er verstehen wollte, was diese Weißen in ihrer eigenen Sprache sagten, denn er traute ihnen nicht eine Handbreit über den Weg. Kiniu war es auch, der für die kurioseste Überraschung des Abends sorgte, denn er kam in Begleitung eines vielleicht fünf, sechs Jahre jüngeren Mannes. Nur ein Blinder konnte übersehen, dass diese beiden Männer mehr miteinander verband, als nur eine innige Freundschaft. David fielen beinahe die Augen aus dem Kopf, während er beobachtete, wie die Hand von Kinius Begleiter sich ganz beträchtlich zu verirren schien, zärtlich über Kinius Bein strich, sanft und doch besitzergreifend und als dann Kiniu darauf wie zur Bestätigung seine Hand über die des anderen legte, schluckte David erst einmal und blickte sich unsicher um, ob nicht auch ein anderer Notiz von diesem ungeheuerlichen Verhalten nahm. Doch es schien keinen weiter zu stören, nicht einmal zu interessieren und als David dann auf seinem Rundblick Winonahs Blick auffing, lächelte sie und kam an seine Seite. Mit einem freundlichen Lächeln neigte sie sich zu ihm und sagte leise: „Ich bin sehr glücklich, dass mein kleiner Bruder seinen Weg gefunden hat. Kiniu, der Kriegsadler, war ein angesehener Krieger, aber kein glücklicher Mensch. Kiniu, der schwarzköpfige Adler der Weitsicht, ist ein glücklicher Mensch und ver-

mag seinem Volk sehr viel mehr zu geben."
David nickte, lächelte und begriff überhaupt nichts.

Beedaubun war ein ausgesprochen freundliches Mädchen und nachdem es seine anfängliche Scheu überwunden hatte, belagerte es David, zupfte an seinem Bart, wühlte in seinen blonden Haaren und quietschte vor Vergnügen, wenn er mit ihr herumbalgte, wie er vor tausend Jahren mit seinem eigenen Sohn herumgebalgt hatte. Sein Sohn, Silas, ja das war ein wunder Punkt und immer wieder einmal erwog er den Gedanken, vielleicht einfach wieder zurückzukehren zu ihm, was aber auch hieße, zurückzukehren nach St. Peter. Doch nur kurz kam ihm ab und an diese Idee, erhellte für einen Augenblick seine Gedanken und verblasste dann auch sogleich schon wieder.
David saß mit Winonah und Elias am Feuer, trank einen von Winonahs Kräutertees, während die kleine Beedaubun in der Mitte des Lagers mit ihren zahlreichen kleinen Freundinnen spielte.
„Was bedeutet eigentlich der Name Beedaubun?"
„Beedaubun, so nennen wir die Morgendämmerung, wenn sie heraufzieht und so den neuen Tag bringt und die Schatten der Nacht zu vertreiben beginnt. Beedaubun bedeutet Hoffnung und Gewissheit zugleich."
David nickte versonnen. Ach, es gab so viel zu bereden, so viel auszutauschen und zu erzählen. Winonah war gar nicht wiederzuerkennen, denn ihre Augen strahlten glücklich und warm, strotzen nur so vor Kraft, Leben und Mut, obwohl tiefer Kummer in ihrem Herzen wohnte, gleich einem vertrauten Gast, die Qual, über das Schicksal ihres Sohnes seit Jahren schon im Unklaren leben zu müssen. Ach, sie vermisste ihren Bizhiu und er begleitete ihre Gedanken Tag für Tag, voller Wehmut und manches Mal auch mit einem Funken der Hoffnung. Obwohl Winonah sich selbst nicht erklären konnte, woher sie eigentlich diese Hoffnungsfunken nahm, die ihr so einfach zuzufliegen schienen, so nahm sie sie doch an, hütete sie wie einen kostbaren Schatz. Elias aber war sehr viel ruhiger geworden in den letzten Jahren, ruhiger und auch noch weitaus nachdenklicher. Er litt daran, sein Augenlicht verloren zu haben. Ganz allmählich hatte sich

sein Sichtfeld immer weiter verkleinert, hatte er beständig verschwommener und immer verschwommener gesehen, bis ihm schließlich nur noch Schatten und später nur noch die Andeutung von Schatten geblieben waren und irgendwann dann gar nichts mehr als tiefschwarze Nacht und die Erinnerung an Sonne und Licht, an das Blau des Himmels und das wogende Grün der Bäume, an die Schönheit von Winonahs Gesicht und er hätte unglaublich viel darum gegeben, seine kleine Beedaubun heranwachsen zu sehen.
Viele Gäste kamen zu Besuch, viele Einladungen wurden ausgesprochen und so verbrachten sie nicht eben wenige Abende im Kreis der zahlreichen Familienmitglieder und es gab sehr gemütliche, unterhaltsame Abende, an denen einzig Kiniu und Nawadjiwon - in der Mitte des Baches- im Wigwam von Winonah und Elias zu Gast waren.
Nawadjiwon war niemals ein Krieger gewesen und entgegen Kiniu hatte er auch niemals einer sein wollen. Hatte als kleiner Junge schon lieber mit seinen beiden Schwestern gespielt, hatte lieber Puppen gebadet und nähen gelernt, als mit seinen Brüdern draußen herumzutoben. Sein Vater tröstete sich mit seinen vier anderen Söhnen, die allesamt zu tapferen Kriegern heranwuchsen und ließ Nawadjiwon so sein, wie er nun einmal sein wollte. Er ließ ihn bei den Frauen bleiben, wenn die Jäger auf die Jagd gingen und akzeptierte auch, dass sein jüngster Sohn nur unergründlich lächelte, wenn man ihn auf etwaige Heiratswünsche ansprach, genauso still und versonnen, wie er gelächelt hatte, als er nach seiner Visionssuche an der Seite seines Vaters, nach vier durchwachten und durchhungerten Nächten aus dem Wald herauskam, damals mit vierzehn Jahren. Gelächelt hatte er, aber gesagt hatte er kein einziges Wort.
Es machte David einfach Spaß, Nawadjiwon zuzuhören, selbst wenn er von diesem Kauderwelsch aus Ojibwe und Englisch zumeist nur die Hälfte verstand. Doch wie war aus dem stolzen Krieger Kiniu, dieser Kiniu geworden, der mit den Frauen zu Hause bleiben würde, sollten die Ojibwe sich doch noch einmal zum Widerstand entschließen und in den Krieg ziehen, der mit einem Mann seinen Wigwam teilte, seine Liebe und Zärtlichkeit,

sein Leben. Lange rang David um Worte und er bemerkte sehr wohl das Schmunzeln in Kinius Augen, der nicht gewillt schien, ihm den Weg zu der heiß ersehnten Antwort zu erleichtern.
„Silas, ich meine ... Bizhiu hat mir immer viel erzählt, von Kiniu, dem großen Krieger und es würde mich brennend interessieren, warum du deine Waffen niedergelegt hast."
Kiniu lächelte amüsiert. „Ich werde es dir erzählen, mein Freund, aber nicht um deine Neugier zu befriedigen, sondern weil ich es mit einer Bitte verknüpfen möchte. Solltest du jemals in deinem Leben Bizhiu wiederbegegnen, so bitte ich dich, ihm all das, was ich dir nun erzählen werde, von mir auszurichten und ihm zu sagen, dass ich jeden Tag meines Lebens dankbar dafür bin, ihm begegnet zu sein."
„Du glaubst also, dass Bizhiu noch lebt?"
„Natürlich glaube ich das, ich habe bisher nichts Gegenteiliges gehört und meine Schwester glaubt fest daran. Sie sagt, dass sie es spüren würde, wenn Bizhiu nicht mehr am Leben wäre. Und meine Schwester ist eine weise Frau."
David nickte langsam und ganz weit entfernt begann so etwas wie ein Hoffnungsschimmer in ihm zu glimmen.
Kiniu nahm seine Pfeife zur Hand, tat drei kräftige Züge, ehe er sie an David weiterreichte.
„Manch einer zieht ein einziges Mal aus, in den Wald, um seine Vision zu finden, manch einer zieht Jahr für Jahr aus und findet in jedem Jahr einen Teil davon und manch einer zieht aus, Jahr um Jahr, viele Jahre lang und er findet nichts. Und so erging es mir. Viele Jahre zogen dahin, doch ich fand meine Vision nicht, so sehr ich mich auch darum bemühen mochte, und ich habe mich sehr darum bemüht. Ich wusste nicht, warum dies so war und niemand war unglücklicher darüber als ich selbst. In dem Jahr aber, in dem Bizhiu in unser Lager kam, begann ich zu erkennen, was ich tief in mir viel länger schon ahnte, und Bizhiu war es, der mir die Augen öffnete. Als ich in jenem Sommer in den Wald ging, war ich sehr traurig, sehr unglücklich. Alles zu erzählen, was ich in jenen Tagen und Nächten im Wald erlebt habe, würde zu weit führen. Doch als ich dann den Wald wieder verließ, da wusste ich, dass es an der Zeit war, meine Waffen niederzulegen, dass es

mein Weg sein würde, mich für die Liebe zu entscheiden. Vor vier Jahren dann, als unser Clan genauso genötigt war, wie Nawadjiwons Clan, seine angestammten Gebiete zu verlassen, haben wir uns kennengelernt. Ich habe tatsächlich im Unglück mein Glück gefunden, denn Nawadjiwon blieb bei mir, anstatt mit seinen Leuten weiterzuziehen und wurde mein Wiidjiiwaagan, noch im selben Jahr, und wir sind sehr glücklich miteinander."

Beinahe ein Jahr lang blieb David im Lager der Ojibwe, ein Jahr lang, in dem er sein Leben neu zu ordnen versuchte, in dem er zum ersten Mal mit einem Menschen über Edith sprach, über ihren frühen Tod, über seinen Sohn und auch über die Hoffnung, die ihn hierher geführt hatte. David spürte, dass er sich weniger denn je imstande sah, seinem Sohn ein ordentlicher Vater zu sein, geschweige denn St. Peter und alles was dazugehörte, zu ertragen. Es war an einem drückend heißen Sommertag, als David schließlich Abschied nahm. Noch einmal drückte er sie alle an sein Herz und das Letzte, was ihm Kiniu ins Ohr flüsterte war: „Mein Freund wird an sein Versprechen denken! Wenn du ihn siehst, wirst du ihm erzählen, was ich dir erzählt habe, nicht wahr? Und noch etwas kannst du ihm von mir bestellen ... sein weißer Freund ist eine schimmernde Perle unter den weißen Männern!"

David ließ sich ziellos treiben, von Ort zu Ort, von Tag zu Tag, von Jahr zu Jahr. Verdingte sich als Arbeiter, schuftete unter Tage, schuftete als Gehilfe der Holzfäller, versuchte sich eine Weile als Hafenarbeiter in einer Stadt namens St. Louis, die ihm in ihrem bunten Treiben für geraume Zeit Unterhaltung und Abwechslung bot. Doch letzten Endes machte sich auch hier, in St. Louis irgendwann in David das unbestimmte Gefühl von Leere breit. Als dann auch noch seine Stute Rosy starb, hochbetagt, da spürte er ein weiteres Mal überdeutlich, dass ihn in St. Louis nichts mehr hielt, dass er noch immer nicht am Ende seiner Suche angekommen war.

Weiter und weiter führte David sein Weg, bis in den Süden hinunter nach Texas. Dort verdingte er sich als einer der vielen Vieh-

hirten, die die gewaltigen Rinderherden der großen Rancher hüteten. David lernte viel in dieser Zeit, lernte einzelne Tiere aus der Herde zu treiben, mit dem Lasso niederzustrecken, sie zu brandmarken, lernte Pferde zuzureiten, sogar Wildpferde zu zähmen. Immer passten sie höllisch darauf auf, dass ihnen von den Tausenden nicht ein einziges Rind verloren ginge, denn sonst hätte es einen ziemlichen Ärger gegeben, wie es überhaupt wegen der unerfindlichsten Dinge einen Heidenärger geben konnte. Alles in allem waren seine Jahre in Texas vielleicht seine allerschlimmste Zeit auf seiner langen Reise, denn die Arbeit war ungemein anstrengend, die Unterkünfte, die sogenannten Bunkhäuser, waren stickig, dunkel und klein und derartig verseucht mit Wanzen, Läusen und Flöhen, dass man es im Frühling gerne in Kauf nahm ein bisschen zu frieren und selbst bei Nieselregen lieber im Freien nächtigte. Und so schlecht, wie die Unterkunft war auch die Bezahlung. Sie reichte gerade dafür aus, Davids Bedarf an Alkohol zu decken, der mittlerweile allerdings auch ganz erklecklich geworden war. David betäubte sich mit Arbeit, betäubte sich im Suff und irgendwann gab er auch seine sich selbst auferlegte Enthaltsamkeit auf, nutzte wie alle anderen, die sich ihm bietenden Gelegenheiten. Allerdings dachte David nicht im Traume daran, für gebotene Liebesdienste zu zahlen und hatte es auch gar nicht nötig.
Das Schlimmste aber waren für David die Winter, wenn er gezwungen war des Nachts, dicht an dicht, mit stinkenden, grunzenden, schnarchenden Leibern zu liegen und die schier endlosen Tage mit vor Langeweile ganz rammdösig und reichlich aggressiv gewordenen Männern zu verbringen. Wenn man tagein, tagaus zerbissen und zerstochen wurde, von allem möglichen Getier in diesen elenden Hütten, während draußen ein Blizzard nach dem anderen tobte. Und manch eine Schießerei entstand aus keinem anderen Grund als abgrundtiefer Langeweile.
In einem solchen Winter war es, als David wusste, dass er den Verstand verlieren würde, wenn er weiterhin dort bliebe. In dieser Zeit war es so, dass David durchaus gerne nach St. Peter zurückgekehrt wäre, doch so wie er war, traute er sich nicht, schämte sich vor seiner Mutter, vor seinem Vater, vor Ruth und auch

vor Edwin, gerade vor Edwin, vor allen Dingen aber vor seinem Sohn. Er hatte mittlerweile ohnedies eine gewaltige Angst, seinem Sohn gegenüberzutreten und sich seinen Fragen zu stellen, seinem kritischen Blick. David wusste, dass er hier raus musste, und als die Werber der Armeen durchs Land zogen, ergriff David seine Gelegenheit, kehrte Texas den Rücken und fand wieder ein bisschen Halt, ein bisschen Sicherheit und Regelmäßigkeit in seinem Leben. Fühlte sich aufgehoben in diesem klar geordneten und starren Reglement. Und fürs Erste fand es David auch sehr erleichternd, gesagt zu bekommen, wo es lang ging, was als nächstes zu tun sei, über all das nicht weiter nachdenken zu müssen und zudem auch noch ein sicheres Auskommen zu haben. Ach ja, und den Whiskey, den gab es frei, auch ein Vorteil, sogar ein sehr verlockender. Nein, David bereute seinen Schritt nicht, bereute ihn einige Jahre lang nicht.

59

Es war nicht einfacher geworden, das Leben in diesen Tagen. Die Cheyenne bewegten sich zwischen Sorge und Hoffnung hin und her, während sie stetig mehr wurden, die Weißen, während er immer häufiger in ihre Tipis trat, der Hunger. Und es hatte etwas Beschämendes, mit leeren Händen von der Jagd zurückzukehren, wenn die eigenen Kinder Hunger litten, es in ihren Augen lesen zu können, während ihre Münder tapfer verschlossen blieben. Selbst der kleine Mund seiner süßen Mo'eha'e, seiner kleinen Elchfrau, klagte nicht, allerdings hatte sie ja auch immer die Hoffnung im Herzen, der bereitwillig gereichten Brust ihrer Mutter könnte doch noch der eine oder andere Schluck Milch zu entlocken sein, doch immer häufiger wurde Mo'eha'e enttäuscht, denn auch ihre Mutter litt Hunger, immer wieder. Mo'eha'e stand schon auf strammen Beinchen, sprach schon das eine oder andere Wort und wusste sehr genau, was sie wollte. Gut zwei Jahre war sie nun schon alt und hatte als einziges von Bizhius und Charlottes Kindern von ihnen selbst einen Namen erhalten, denn es gab keine Großeltern mehr, die ihr einen Namen hätten geben können. Genaugenommen war es Bizhiu gewesen, der diesen Namen vorgeschlagen hatte, denn für die Ojibwe war der Elch ein mächtiges Tier, ein mächtiges Totem, der Inbegriff von Ausdauer und Kraft und genau das war es, was sein kleines Töchterchen gut gebrauchen könnte, wollte sie ihr Leben meistern in einer Welt, die ihrem Volk ein zunehmend unfreundlicheres Gesicht zeigte. Sie würde es nicht leicht haben, seine kleine Tochter, sie alle würden es nicht leicht haben, das spürte Bizhiu überdeutlich. Er hatte ein weiteres Mal seine Eltern verloren, seine Adoptiveltern und auch seine liebe Schwester Vo'ka'e und mit ihr ihre gesamte Familie, aber er hatte seinen kleinen Bruder behalten dürfen, Ethketa, seinen Freund und Vertrauten, der ihn auch ohne viele Worte verstand.

High Backed Wolf, ihr weiser Häuptling, war gestorben, aber Mochtavetó hatte sich längst schon als ein sehr umsichtiger Häuptling bewährt. Bizhiu hatte gelernt, überall auch das Gute zu entdecken, sich daran zu erfreuen.

Wieder näherte sich die Zeit des Sonnentanzes, wieder machten sich die Cheyenne auf den Weg, um sich mit den Brüdern und Schwestern aus den neun anderen Cheyennelagern zu treffen. Doch die Gespräche, abends an den Lagerfeuern hielten für Bizhiu keine Erbauung bereit, bot sich doch scheinbar allenthalben dasselbe Bild, war es im Norden der Plains, der Prärien nicht anders als im Süden auch. Zogen überall die Weißen in Heerscharen durch das Land und immer häufiger ließen sie sich einfach häuslich nieder, zäunten Weiden ein, steckten Gärten ab, begannen Rinder zu züchten oder wer weiß was zu machen.

Bizhiu stand ein wenig abseits und beobachtete seine Frau, seine Tochter und stellte wieder einmal fest, dass er sich wahrlich erst daran gewöhnen musste, dass seine Haéméné, eine junge Frau geworden war. Dabei war es bald schon ein Jahr her, dass er der Sitte gemäß im ganzen Lager verkündet hatte, dass seine Tochter zum ersten Mal menstruierte und folglich zur Frau geworden war. Wie es sich für einen wohlhabenden Cheyenne gehörte, hatte er eines seiner Pferde verschenkt, an eine Familie, die weniger besaß als die seine. Während er noch einige Worte mit den glücklich Beschenkten gesprochen hatte, waren auch schon die Frauen gekommen, hatte sich seine Tochter im Fluss gebadet, um dann von den Frauen von Kopf bis Fuß mit Puccoon rot angemalt zu werden und im süß duftenden, heiligen Rauch von Süßgras, Salbei, Beifuß und Wacholder ihre Ojichaag, ihre Tasoom zu reinigen, wie vordem mit Wasser ihren Körper. Und voller Stolz trug sie den Gürtel der Keuschheit, der sie als Frau auswies, als tugendhafte, erwachsene Frau. Beinahe vom gleichen Tag an, als habe mancher nur darauf gewartet, hatten die Flöten zu spielen begonnen, in der Nähe seines Tipis. Keine laue Sommernacht war seitdem vergangen, in der nicht irgendeine süße Melodie versuchte, seine Haéméné vor das Tipi zu locken. Doch seine Große lachte nur, kümmerte sich nicht um flehende Melodien und auch nicht um die jungen Burschen, die rein zufällig Spalier standen, sobald sich seine Haéméné aufmachte, um Wasser zu holen. Mehr als einmal dachte Bizhiu an Ethketas Worte, an seine Träume und Ethketa versäumte es auch nicht, ihn immer wieder mit einem Schmunzeln im Gesicht darauf aufmerksam zu machen, wenn er wie beinahe jeden Abend bei ihnen zu Gast war, die kleine Mo'eha'e auf dem Schoß hatte oder sie durchkitzelte. Lachend und quiekend wand sie sich wie ein Aal und wehrte seine Hände ab, doch sobald Ethketa aufhörte, rief sie strahlend: „Áahtomoneto! - Noch einmal! -"

Ethketa hatte damals, im Winter der Tränen, sehr zu ihrem Bedauern, das herzlich unterbreitete Angebot zu ihnen zu ziehen, jetzt, da er doch ganz alleine war, ausgeschlagen, und hatte Bizhiu und Charlotte erklärt, dass er bereits der Witwe seines Bruders Ókinn angeboten habe, gemeinsam mit den beiden ihr noch verbliebenen Kindern, zu ihm zu ziehen. Und Kávéné - trauriges Gesicht - hatte eingewilligt. Sie kannte Ethketa seit unzähligen Jahren schon und wusste, dass er niemals versuchen würde, den Platz seines Bruders einzunehmen, dass er ihr niemals zu nahe treten würde, dass es wirklich gut wäre, sich zusammenzutun, nicht nur für sie selbst, sondern auch für Ethketa, vor allem aber für ihre Kinder.

Obwohl das Verhältnis denkbar gespannt war, zwischen den immer zahlreicheren Weißen und den bei Weitem nicht mehr so zahlreichen Cheyenne, so verloren auch die ungeduldigsten Krieger nicht den klaren Blick auf diese zunehmend unerwünschten Eindringlinge. Vermochten sie sehr wohl immer noch zu erkennen, dass es Gute und Schlechte gab unter ihnen. Und selbst diejenigen, die lieber heute als morgen mit wilder Entschlossenheit in den Krieg gezogen wären, unterhielten nach wie vor freundschaftliche Beziehungen zu den ihnen bekannten Weißen in Fort Bent. Vor allem aber war es William Bent selber, der die uneingeschränkte Achtung, das Vertrauen vieler Cheyenne genoss. William Bent, dessen Kinder George, Robert, Charles und Julia, allesamt selbst halbe Cheyenne, mit den anderen Kindern der Cheyenne herumsprangen und spielten, wenn sie mit Mutter und Vater im Lager zu Besuch waren.

Bizhiu konnte nicht einschlafen in dieser Nacht. Er sah das Gesicht seines Bruders vor sich, hörte dessen beschwörende Worte, die beinahe flehentlich darum baten, dass die Krieger der Cheyenne endlich etwas unternehmen würden gegen diese ihm mittlerweile verhasste Flut von Weißen.
„Mochtavetó, mein Freund", hatte er gesagt, als sie gemeinsam mit den Brüdern ihres Kriegerbundes beisammen saßen, „wir müssen etwas tun, um diesen Weißen Einhalt zu gebieten! Sie irgendwie zurückdrängen, sie das Fürchten lehren! Damit erst gar keine weiteren mehr herkommen, weil sie schon alle davon gehört haben, was sie hier in den Plains erwarten würde. Ich glaube, dass unsere einzige Chance darin besteht, unsere Brüder, die Arapahoe, zu rufen und uns dem Kampf der Comanchen und Kiowa anzuschließen! Ihíhs!"
Mochtavetó hatte schweigend den glühenden Reden Ethketas gelauscht, hatte ab und an genickt und dann ruhig gesagt, was er bis dahin in dieser Deutlichkeit noch nicht geäußert hatte. „Ethketa, mein Freund, ich verstehe deinen Standpunkt besser, als du es vielleicht glauben magst. Und auch wenn es dich möglicherweise verwundert, so sage ich dir, dass auch ich erleichtert wäre, wenn die Krieger der Cheyenne diesen vielen Weißen Einhalt gebieten

würden. Wenn sie die heiligen Pfeile erneuern würden, um auszuziehen in den Kampf. Doch ich sehe noch ein Stück weiter. Ich sehe sehr deutlich, dass es bereits zu viele sind. Selbst damals als die Reihen der Cheyenne noch geschlossen waren, als der Winter der Tränen noch weit entfernt war, waren es schon viel zu viele. Selbst da wären die Weißen schon zu zahlreich gewesen, um erfolgreich gegen sie in den Krieg zu ziehen, nun aber wäre es aussichtsloser denn je, und deshalb sage ich, wenn Wolf und Kojote sich ein Revier teilen müssen, so können sie sich gegenseitig zerfleischen, sie können aber auch versuchen Regeln und Abmachungen zu treffen. Leben und leben lassen, das ist, denke ich, der einzige Weg, auf dem das Volk der Cheyenne eine Chance hat, gegenüber dem des Weißen Mannes zu bestehen."

60

Obwohl der Winter härter gewesen war, als jeder Winter zuvor, obwohl er beträchtlichen Hunger gebracht hatte und zu allem Überfluss auch ungewöhnlich viele Schneestürme über die Plains gefegt waren, erfüllte Bizhiu doch eine eigenartige Freude. Als dann auch noch die erste große Jagd in diesem Jahr überaus erfolgreich war, so dass sie Vorräte anlegen konnten, legte sich eine hoffnungsvolle Zufriedenheit über das Lager der Cheyenne. Endlich hatten sie wieder ausreichend zu essen, endlich waren ihre Vorratsbehältnisse ansehnlich gefüllt und sie würden sich fürs Erste keine Sorgen mehr machen müssen.

Einige Veränderungen hielt dieses Jahr für Bizhiu bereit. Bereits inmitten des Frühlings begann sich eine davon anzubahnen.

Eines Nachts vernahm Bizhiu eine leise Flötenmelodie, die er schon einige Male in diesem Jahr und auch schon im vergangenen Herbst zu hören bekommen hatte. Er achtete nicht weiter darauf, drehte sich zur Seite und sah, dass seine Tochter nicht wie erwartet schlief, sondern wach lag und hinaus zu den Sternen blickte. Er fragte sich, wer diese Töne verursachte, die seiner Tochter den Schlaf raubten, die ihre Gedanken weit fortführten, weit weg von diesem Tipi, von ihrer Familie, von ihm.

Und am nächsten Tag schon fühlte Bizhiu, dass sich etwas verändert hatte. Sein Blick war mit einem Mal ein kritischer geworden und plötzlich erschien ihm keiner der jungen Burschen des Lagers ohne Makel zu sein, gut genug für sein Juwel. Und das, obwohl eine Stimme in seinem Herzen gemahnte, dass ja gar nicht er die Wahl zu treffen habe, sondern einzig und allein seine Tochter selbst. Dass seine Haéméné genau wissen würde, was sie wollte, und dass gerade er der Letzte wäre, der einer erblühenden Liebe im Wege stünde.
Der Sommer kam und die Cheyenne brachen abermals ihr Lager ab, um den Spuren der Herden zu folgen und sich ein gutes Stück dem Versammlungsort des großen Sonnentanzes zu nähern.
Während dieser Tage des Sonnentanzes beschlich Bizhiu eine Ahnung, wer dieser dreiste Flötenspieler sein könnte, der sich anscheinend in der Lage wähnte, das Herz seiner Haéméné für sich zu gewinnen. Bizhiu machte sich also auf, um seinen kleinen Bruder zu suchen und ihm von seiner Vermutung zu berichten. Ethketa lauschte aufmerksam den Worten seines Bruders und dachte noch ein Weilchen nach, ehe er leise zu sprechen begann:
„Du sorgst dich möglicherweise ganz unnötig. Ich habe Naha'e'ta - Steht vorne - den Sonnentanz tanzen sehen in diesem Jahr. Ich denke, er wird bald schon ein großer Krieger sein."
„Er ist gerade einmal sechzehn Jahre alt!"
„Ja, genau dasselbe habe ich mir heute auch gedacht. Hast du ihn tanzen sehen, mein Freund? Ich habe ihn tanzen sehen und ich sage, er wird ein großer Krieger der Cheyenne werden, einer der ganz großen! Er war der jüngste Tänzer und er war voller Mut und Entschlossenheit."
„Und wenn auch, Ethketa, meine Frage ist, ob es tatsächlich möglich sein kann, dass sich meine Tochter, die in einigen Monden achtzehn Jahre sein wird, allen ernstes einen der jüngsten Krieger des Stammes erwählt haben könnte."
„Deine Tochter ist eine sehr kluge und umsichtige junge Frau, die sehr genau weiß was sie will und was sie tut. Und bist du nicht selbst beinahe zwei Jahre jünger als Mápe'e?" Mit einem Lächeln lehnte sich Ethketa zurück und sah geduldig in Bizhius Augen.
„Vielleicht ist es so, dass dir erst einmal niemand gefällt, der sich

in die Nähe deiner Tochter wagt, vielleicht ist es aber auch so, dass du Naha'e'tas Vater nicht besonders magst. Offengestanden glaube ich sogar, dass beides zutrifft, und ich muss sagen, dass ich dich sehr gut verstehen kann."
„Tahpe'asehe - Großer Bauch - ist verfressen und trinkt zu viel!"
Ethketa schmunzelte, nickte bedächtig und sagte: „Das stimmt, mein Bruder, Tahpe'asehe hat schon immer gerne gegessen. Es stimmt leider auch, dass er im Fort lieber Alkohol tauscht, als eine warme Decke für seine Kinder. Ich denke sogar, Tahpe'asehe trinkt und isst nicht nur zu viel, er redet auch zu viel. Aber dafür kann Naha'e'ta schließlich nichts. Sicher, Naha'e'ta wäre keine gute Verbindung, denn seine Familie ist nicht besonders wohlhabend. Tahpe'asehe schwingt beständig große Reden und ihn hin und wieder in deinem Tipi zu Gast vorzufinden, was nach einer Heirat unvermeidlich wäre, erscheint auch mir alles andere als erstrebenswert. Und sicher fragt man sich auch, wie ein Mann wie Tahpe'asehe seine Söhne erzogen haben mag, was er ihnen wohl Brauchbares mitgegeben haben könnte auf ihren Weg, nicht allzu viel möchte ich meinen... Und doch sage ich dir, dieser Naha'e'ta hat es vielleicht zum Ausgleich für diesen Vater weniger nötig als manch ein anderer, angeleitet zu werden, um seinen Weg zu gehen. Und wenn er tatsächlich das Kunststück vollbringen sollte, das Herz deiner Tochter zu erobern, dann bestätigt dies nur mein Gefühl, dass unglaublich viel Gutes in ihm steckt. Warte ab, mein Freund, was geschehen wird und wenn es tatsächlich so kommen sollte, wie du es heute befürchtest, so verspreche ich dir hiermit feierlich, dass ich dich keinen Abend in Tahpe'asehes Gesellschaft alleine leiden lassen werde. Ich werde tapfer mit dir alle seine hochtrabenden Reden ertragen und auch seinen Geruch, der meiner Meinung nach noch unerträglicher ist."
Ethketa blickte in Bizhius Gesicht und sagte sehr entschieden: „Mein Bruder, du solltest deiner Tochter ein bisschen mehr Vertrauen schenken. Ihíhs!"
Der Sommer ging und der Herbst kam und mit ihm die Zeit, da Bizhiu mit seinen Kriegern zu Bent's Fort ritt, um den Teil der entbehrlichen Felle und zu feinem Leder gegerbten Häute zu tauschen, gegen Reis, Mais, Trockenbohnen und noch mancherlei

Lebensmitteln, die es ihren Familien ermöglichen würden, einigermaßen unbeschadet über den Winter zu kommen. Doch Bizhiu hatte bei einem jungen Händler noch etwas ganz anderes entdeckt: Ein Buch, in festes schwarzes Leinen gebunden. Ein ganzes Buch, mit Anfang und Ende, von so etwas hatte er Jahre seiner Kindheit geträumt. Vorsichtig schielte er auf den Buchrücken, ob es am Ende die Geschichte von Oliver Twist beinhalten würde, vor allem das Ende der Geschichte, denn das kannte er ja nun noch immer nicht. Bizhiu war beinahe erleichtert, als er den Titel des Buches las, denn mit einem Mal hatte er für einen Augenblick Angst bekommen, der wirkliche Schluss der Geschichte könne ihm am Ende weniger gefallen, als der, den er sich selber überlegt hatte und mit dem er nun schon so viele Jahre lebte. Nein, dieses Buch trug einen anderen Titel. „Uncle Tom's Cabin" stand da in goldenen Lettern geschrieben und es war auch nicht von einem Mann, sondern von einer Frau verfasst, von einer gewissen Harriet Beecher-Stowe. Bizhiu begutachtete den jungen Händler, ehe er sich ihm vorsichtig näherte und ihn in seinem immer noch völlig akzentfreien Englisch ansprach: „Entschuldigen Sie bitte, Sir, aber Sie haben da ein Buch, das mich sehr interessieren würde. Dürfte ich es mir wohl bitte einmal ansehen?"

Vollkommen verblüfft blickte der so unerwartet Angesprochene zu Bizhiu, maß ihn von Kopf bis Fuß, aber es bestand kein Zweifel. Es war tatsächlich einer dieser reichlich wüst aussehenden Wilden, der ihn da gerade angesprochen hatte! Beinahe schon gemeingefährlich sah er aus, mit all diesen Federn, diesem Brustschmuck aus schmalen, fein polierten Röhrenknochen. Und was da alles an diesen fransigen Gewändern baumelte! Muscheln, Krallen, Menschenhaare! Lange Strähnen von Menschenhaaren säumten die breiten Borten aus Perlenstickerei, die in Grün, Gelb, Weiß und Schwarz über die Schultern bis zu den fransigen Enden der Ärmel verliefen. Diese Haarsträhnen, dunkelbraun und schwarz, stammten allesamt von Mápe'e und Haéméné, die dieses Hemd gemeinsam für Bizhiu gefertigt hatten. Mit dem Geschenk ihrer Haarsträhnen wollten sie ihn in jeder Sekunde daran erinnert wissen, dass ihre Herzen und Gedanken, dass ihre Liebe ihn stets begleitete, wo immer er auch gerade war.

Für Henry McDuff, so hieß der junge Herr im kleinkarierten Tweed, aber stand felsenfest, dass jede dieser Haarsträhnen von einem Skalp stammte, womöglich sogar jede von einem anderen, und bei diesem Anblick zogen sich ihm die Eingeweide zusammen und eine Gänsehaut kroch über seinen Rücken. Längst schon waren die Indianer allenthalben berüchtigt für ihre Grausamkeit, längst schon sangen die Reisenden in den Plains ihre Lieder darüber und den Refrain eines jener Lieder hatte er sich sogar gemerkt und dieser klang ihm nun deutlich in seinen Ohren, während er Bizhiu argwöhnisch betrachtete.

„The Injuns will catch you while crossing the Plains.
They'll kill you, and scalp you and beat out your brains.
Uncle Sam ought to throw them all over the fence.
So there'll be no Red Injuns a hundred years hence!"

Bizhiu indes ahnte nichts von derartigem Liedgut und auch nicht wie dankbar und froh dieser junge Mann hier gewesen war, als er vor zwei Tagen endlich Fort Bent erreicht hatte. Glücklich, sich wenigstens für eine kleine Weile in Sicherheit zu wähnen, ehe er wieder weiter musste. Denn Henry McDuff war mitnichten ein Händler, wie Bizhiu irrtümlich annahm, sondern der älteste Spross einer irischen Familie und auf dem Wege eben dieser nachzureisen.
Bizhiu ahnte auch nichts von den Gedanken jenes jungen Mannes und wartete geduldig ab. Henry McDuff blinzelte nervös, doch dann ergriff er das Buch und reichte es Bizhiu, mit weit von sich gestreckter Hand. Mit einer angedeuteten Verbeugung und einem „Ich danke ihnen vielmals!" nahm Bizhiu das Buch entgegen und Henry McDuff konnte sich nicht genug wundern, über diesen bedrohlich aussehenden Indianer, in dessen langen Haaren die verschiedensten Federn steckten und der dennoch ein gediegenes Englisch sprach, gediegener als manch ein Weißer hier und noch dazu Interesse für Literatur zeigte! Vollends verblüfft aber war er, als Bizhiu ihm seinen Wunsch unterbreitete, das Buch zu erwerben. Der Handel kam sehr schnell zu Stande, denn Henry McDuff wagte nicht Bizhius Angebot zu widersprechen. Er

schluckte nur und nickte und war unglaublich froh und erleichtert, Bizhiu dann endlich wieder los zu sein, wobei er den Verlust seines Buches, seiner Reiselektüre, die er noch nicht einmal zur Hälfte gelesen hatte, wirklich sehr bedauerte. Und dabei war er so froh gewesen noch eines der wenigen verfügbaren Exemplare, für ganze drei Dollar, erstanden zu haben, denn „Uncle Tom's Cabin" wurde weithin als das großartigstes Buch des Jahrhunderts gefeiert und zugleich kritisiert wie kein anderes. Kaum zu glauben, welche Wogen der Begeisterung und zugleich auch der Entrüstung dieses Buch über das weite Land schwappen ließ, seitdem es im Frühling diesen Jahres, des Jahres 1852, erschienen war. Henry McDuff seufzte und betrachtete nachdenklich den kunstvoll bestickten, ledernen Tabaksbeutel in seinen Händen und fühlte neben Erleichterung und Bedauern auch einen ganz ungeahnten Heldenmut und Stolz in sich erwachen. Er hatte es geschafft! Er hatte tatsächlich seine erste direkte Begegnung mit einem Wilden mit Bravour und Geschick gemeistert und überlebt! Den Beweis dafür hielt er hier in seinen Händen und er würde noch seinen Enkelkindern von den unheimlichen Augen dieses wilden, bedrohlichen Indianers erzählen.

Charlotte staunte nicht schlecht, als sie Bizhius Errungenschaft vor Augen hatte, ein Buch! Sie schüttelte den Kopf und überlegte ernsthaft, ob sie böse werden sollte. „Ein Buch? Aber Bizhiu, wozu brauchen wir ein Buch? Wir brauchen Bohnen und Mais. Willst du deinen Kindern etwa vorlesen, wenn sie im Winter hungrig um das Feuer sitzen?"

Mit einem tadelnden Blick sah sie zu ihm, doch als sie die Bestürzung über ihre Worte in seinen Augen las, tat ihr die Schärfe ihres Tonfalls augenblicklich leid. Denn schließlich, wann hatte er sich das letzte Mal eine kleine Freude gegönnt? Jahre war das her! Und nun machte sie ihm Vorhaltungen wegen eines Buches und verdarb ihm die Freude daran, nein, das war nicht in Ordnung und Charlotte beeilte sich, ihn versöhnlich anzulächeln. „Na komm, nun schau nicht so traurig. Es tut mir leid, ich ..."

„Nein, nein, mein Herz, du hast schon recht. Ich hätte stattdessen auch ein halbes Pfund Bohnen tauschen können und unsere

Kinder hätten einen Tag länger satt zu essen gehabt, wenn auch in diesem Winter wieder der Hunger kommen sollte." Bizhiu rieb sich müde über die Augen. „Wenn die Zeit des Hungers kommt, dann werde ich einfach einige Tage fasten und so dieses Buch bezahlen."

„Ach, Bizhiu, das ist doch Unsinn!"

„Nein, das ist die einzige Möglichkeit, dass ich dieses Buch hier genießen kann und es ist auch die einzige Möglichkeit dieses Buch, falls es mir gefällt, euch mit Genuss vorlesen zu können, wenn wir hungrig beisammen ums Feuer sitzen. Denn dann ist die Geschichte ein Geschenk von mir und kein Opfer von euch. Und mir persönlich ist dieses Buch ein paar Tage des Hungers mehr durchaus wert. Zumal ich dir gestehen muss, noch etwas erstanden zu haben, was wohl auch nicht deine Zustimmung finden wird. Aber ich konnte nicht anders, es hat mich so an damals erinnert, an die Zeit als wir uns kennengelernt haben, an den Laden der Sattlers, an David. Auch etwas, was unsere Kinder nicht satt machen wird."

Bizhiu griff in seine lederne Falttasche und zog daraus ein kleines Päckchen hervor, das Charlotte überrascht auflachen ließ. Vorsichtig nahm sie den Jutebeutel entgegen, lachte leise, schüttelte den Kopf und sagte: „Ich glaub's nicht! Ein Pfund Arbuckles' Kaffee!" Charlottes Augen leuchteten. „Meinst du, da ist immer noch eine Pfefferminzstange drin?"

„Na, das will ich doch wohl meinen!" Ein zufriedenes Schmunzeln umspielte Bizhius Augen.

Eifrig öffnete sie das Päckchen und als sie dann tatsächlich, wie zu Kindertagen schon, eine weiße, nach Pfefferminz duftende Zuckerstange als Dreingabe zu den fein gerösteten Kaffeebohnen darin vorfand, rief sie sogleich Mo'eha'e zu sich und reichte ihr die weiße Köstlichkeit mit einem Strahlen in den Augen und der Ermahnung, gerecht mit Haéméné zu teilen.

„Oh mein Gott, Bizhiu! Wir haben uns jeden Sonntag beinahe darum gekloppt, wer denn nun den Kaffee mahlen darf und diese vermaledeite Zuckerstange bekommt!" Charlotte schmiegte sich mit einem Seufzer und vielen aufsteigenden Bildern im Herzen an seine Seite, und sagte nachdenklich: „Weißt du was sehr tröstlich und gut ist? Dass man mit den Jahren vergisst, dass das Schlechte allmählich verblasst und so das Gute, und wenn es auch nur wenig war, sichtbar werden lässt. Wenn ich heute an Charles und Aaron und John denke, an meinen Vater, an St. Peter, dann spüre ich, dass ich sie tatsächlich nicht hassen muss, dass ich ihnen ihre Dummheit, ihre Unwissenheit beinahe verzeihen könnte. Sie tun mir eigentlich nur noch leid und wenn ich an sie zurückdenke, fällt mir sogar die eine oder andere Begebenheit ein, die eigentlich sehr nett oder auch sehr lustig war. Aaron kann sehr witzig sein, wusstest du das?“

In nicht einmal drei Wochen hatte Bizhiu das Buch ausgelesen und dabei hatte er sich gezwungen möglichst langsam zu lesen, möglichst nicht mehr als nur ein Kapitel auf einmal. Es war ungeheuer spannend gewesen, aber auch ungeheuer traurig, und es warf Gedanken in Bizhiu auf, die ihn sehr sorgenvoll stimmten. Was waren das für Menschen, die andere Menschen aus ihrem eigenen Land entführten und in ein Land verschleppten, das ihnen nicht gehörte? In dem sie sich nur breit gemacht hatten. Und da lebten sie nun, bräsig und behäbig, von der Arbeit der entführten dunklen Menschen, im Land des roten Mannes und dankten es weder dem einen noch dem anderen. Dabei war dieses Buch nicht aus der Sicht eines farbigen Menschen geschrieben, ... oh nein! Eine weiße Frau hatte es verfasst. Dies wiederum der untrügliche Beweis dafür, dass eben doch nicht alle Weißen schlecht waren, dass es überall auch welche gab, die ein Herz hatten, das fühlen konnte und einen Geist, der zu denken vermochte. Aber es waren wohl tatsächlich nur einzelne, ganz wenige.
Bizhiu dachte lange Zeit über dieses Buch nach und je länger er darüber nachdachte, desto sicherer wurde er sich, dass es vielleicht nicht schlecht sein könnte, wenn auch sein Häuptling und Freund Mochtavetó die Geschichte dieses Buches kennenlernen würde. Denn immer wieder beschlich Bizhiu das Gefühl, dass Mochtavetó noch nicht wirklich begriffen hatte, mit wem er es bei diesen Weißen zu tun hatte.
Der Winter kam und mit ihm die Zeit der Geselligkeit, der Geschichten und auch die Zeit, da Bizhiu allabendlich mit seiner

Wiidjiiwaagan, seinen Töchtern, mit Ethketa und Mochtavetó und auch Votoneso - Kleine Federn -, dem jüngsten Mitglied ihres Kriegerbundes, beisammensaß und die tragische Geschichte von Onkel Tom für seine gespannt lauschende Zuhörerschaft übersetzte. Draußen tobte der Schneesturm, drinnen loderte ein wärmendes Feuer und in den Trinkschalen seiner Gäste duftete und dampfte bester Arbuckles' Kaffee. Sehr behaglich waren diese Abende und wie es sich Bizhiu gedacht hatte, mündete bald jedes Kapitel in angeregte Gespräche, ließen sich alle seine Zuhörer von der Geschichte davontragen, fieberten sie mit Onkel Tom und seiner Familie, mit der jungen Sklavin Elisa. Und als diese dann, um sich und ihr Kind in die Freiheit zu retten, voller Verzweiflung den nur teilweise gefrorenen Mississippi zu überqueren suchte, voll Todesmut mit ihrem kleinen Harry auf dem Arm von Scholle zu Scholle sprang, traten nicht nur Charlotte die Tränen in die Augen.

Aufgebracht blickte Ethketa in die Runde. „Genau das sage ich euch wieder und wieder, diese Weißen scheuen vor überhaupt nichts zurück, wenn sie sich einen persönlichen Vorteil davon versprechen! Und dieser Herr von Elisa und Tom war noch einer von den vergleichsweise harmlosen und freundlichen und doch hat er Tom verkauft und auch Elisas Kind, obwohl er Tom die Freiheit versprochen hatte, wieder und wieder, obwohl er Elisa niemals von ihrem Kind trennen wollte! Als es für ihn von Vorteil war, hat er's eben doch getan und er fühlte sich nicht einmal schlecht dabei. Was hat er gesagt? Er wisse nicht, warum er unmenschlich gehandelt haben soll, nur weil er getan hat, was andere jeden Tag tun. Damit sagt er doch eigentlich schon alles! Die Weißen richten sich nicht nach dem Guten, sondern sie richten sich nach dem Schlechten, und fühlen sich gut und gerecht, solange es nur noch einen gibt, der noch schlechter handelt, als sie selbst es tun. Ich sage, je eher die Krieger der Cheyenne in den Krieg ziehen, desto besser ist es!"
„Ethketa, mein Freund," Mochtavetó seufzte leise, „wo willst du mit dem weißen Mann kämpfen? Wohin willst du gegen ihn in den Krieg ziehen? In den Osten? In den Westen? In den Norden

oder in den Süden, wo seit Jahren schon ein erbitterter Kampf tobt zwischen diesen Texanern und unseren Freunden? Viele Menschen sind dort unten schon gestorben, doch die Weißen weichen nicht, es werden mehr und mehr. Überall errichten sie befestigte Stützpunkte, überall treten sie ihre Wege fest, auf denen nichts mehr wächst, auf denen nur noch Staub weht. Wie die Narben grausamer Wunden durchziehen diese Wege der Weißen das Land und mein Herz blutet genauso wie deines, mein Freund, wenn ich sie sehe und auch in meinem Herzen regt sich heiß und hell die Flamme der Wut und Empörung, über all das, was diese weißen Menschen da tagtäglich tun. Und doch sage ich dir, dass wir sie im Kampf nicht besiegen werden, dass es sogar zu viele sind, um sie auch nur zurückzudrängen. Wir müssen die Sache anders angehen! Wir müssen die Weißen lehren zu erkennen, dass sie unbedacht und falsch handeln, dass sie so auf lange Sicht auch das Leben ihrer eigenen Kinder und Enkelkinder gefährden, ..."

„Ja!" Ethketas Augen blitzten wütend und entschieden. „Und um sie das zu lehren, müssen wir zu den Waffen greifen, müssen wir ihnen drastisch vor Augen führen, dass sie das Leben ihrer eigenen Kinder und Enkelkinder gefährden. Das ist die einzige Sprache, die sie verstehen! Vergib mir bitte, dass ich deine Rede unterbrochen habe, das war sehr unhöflich von mir."

Ethketa hatte gerade ausgesprochen, als sich unter das Pfeifen des Windes ein weiterer Ton mischte, der sie alle einen kurzen Moment schweigen und aufhorchen ließ. Süß und sehnsuchtsvoll mischten sich zarte Flötentöne unter das Brausen des Sturmes.
Bizhiu konnte nicht umhin, diesem Naha'e'ta eine gewisse Bewunderung zu zollen, denn da draußen herrschten Temperaturen so eisig kalt, dass tatsächlich zu befürchten war, dass ihm seine Finger und erst recht seine Lippen an der Flöte festfrieren würden. Und als Bizhiu gedankenvoll seinen Blick zu Haéméné gleiten ließ, lächelte sie ihn verstehend an. Ein kleines Lächeln war es nur, doch ihre Augen strahlten dabei, und Bizhius Herz krampfte sich für einen kurzen Moment zusammen, denn er spürte, dass dieses Lächeln auch einen Abschied bedeutete.

Mochtavetó aber lachte hellauf und schüttelte den Kopf. „Ach Bizhiu, mein lieber Freund, wie schön! Wenn das kein hoffnungsvolles Zeichen ist! In deinem Tipi beginnt der Frühling wie ich hören kann, ja bereits mitten im Winter! Wer weiß, vielleicht blühen ja schon die ersten Blumen vor eurem Eingang. Oh ja, ich habe so das Gefühl, da erblüht so allerhand!"

61

Der Frühling brachte, wovor Bizhiu sich die ganze Zeit über gefürchtet hatte. Es war an einem verhältnismäßig lauen Abend, als dieser unermüdliche Knabe offensichtlich erneut Stellung bezogen hatte, denn sein mittlerweile altvertrautes Lied klang einmal mehr sehnsuchtsvoll und flehentlich durch die nach Wacholder duftende Frühlingsluft. Beiläufig ergriff Haéméné einen leeren Wasserkrug und sagte ganz gelassen, dass sie noch schnell zum Fluss gehen würde, um ihn mit Wasser zu füllen. Sofort hellhörig sah Bizhiu auf, gewahrte mit einem Blick, dass ein Gang zum Fluss wahrhaftig nicht von Nöten war und sagte: „Bemüh dich nicht, Haéméné, es ist noch genügend Wasser da."
Tadelnd blickte Charlotte zu Bizhiu, dann aber beeilte sie sich, ihrer Tochter mit einem Zwinkern aufmunternd zuzunicken und sagte: „Lauf nur, mein Schatz. Wasser kann man nie genug haben, Wasser ist der Quell allen Lebens, lauf nur und hol so viel Wasser, wie du gut und richtig findest. Du wirst selbst merken, wie viel du zu tragen bereit bist!"
Mit einem Strahlen blickte Haéméné in die verstehenden Augen ihrer Mutter, doch dann richtete sie ihren Blick entschlossen und tapfer auf die gesenkten Augen ihres Vaters.

Bizhiu fühlte ihren fragenden Blick und als er dann aufsah, erkannte er, dass sie niemals gehen würde ohne seine Zustimmung. Und plötzlich konnte er loslassen, konnte er sehen, wie kleinlich und dumm er sich gerade verhielt.
Bizhiu blickte auf und sein Lächeln war herzlich und warm und auch ein bisschen wehmütig.

Noch bevor die Zeit des großen Sonnentanzes gekommen war, war es dann soweit und Bizhiu konnte eines Abends Tahpe'asehes Schnaufen schon von Weitem hören, als er sich seinem Tipi näherte. Ethketa war gerade zu Besuch und auch er vernahm das Schnaufen sofort. „Pass auf, mein Bruder, jetzt geht's los!" Kaum hatte er ausgesprochen, als sich Tahpe'asehe mit einem heftigen Ächzen schwerfällig in das Tipi zwängte, einen Gruß japste und sich ungebeten auf eines der ausgelegten Felle plumpsen ließ. Er hatte sich seine Worte überlegt, hatte sie sich immer wieder vorgesagt und dabei leider jedwede andere Form der Höflichkeit außer Acht gelassen.

Als er sich auf den Weg gemacht hatte, musste Naha'e'ta a trotz all seiner Tapferkeit seit vielen Jahren zum ersten Mal wieder mit den Tränen kämpfen, als er seinen Vater schnaufend davonschwanken sah. Es war offensichtlich, dass er sich Mut angetrunken hatte und das war ja wohl so ziemlich das Erbärmlichste, was ein Mann, ein Krieger der Cheyenne, nötig haben konnte!
Oh, oh, wenn er Haéménés Vater wäre, würde er sich angesichts dieses Brautwerbers nicht unbedingt zu einer Zustimmung durchringen können. Und jedem war klar, dass Haéméné eine viel günstigere Verbindung eingehen könnte. Ihre Eltern hatten viele Pferde, ihr Vater war schon seit Jahren der Ve'ho -Anführer-des angesehenen Kriegerbundes der Mo'éhno'hame'óhhä'hoóma - Pferde jenseits des Flusses -, wie sie sich seit dem Winter der Tränen in Anlehnung an den Namen des einstigen „Kriegerbundes" ihrer Söhne nannten.
Während sein Sohn hin und her gerissen zwischen Resignation und verzweifelter Hoffnung tapfer ausharrte, schickte sich Tahpe'asehe also an, die sorgfältig zurechtgelegten Worte kundzutun: „Wie wäre es, mein Freund, wenn mein Naha'e'ta deine Tochter heiratet?"
Treuherzig lächelte er Bizhiu ins Gesicht und dieser war erst einmal sprachlos. Ethketa aber hatte Mühe, sich das Lachen zu verbeißen, als Bizhiu dann zähneknirschend um einen Tag Bedenkzeit bat, in der er sich noch einmal mit seiner Familie beraten wolle.

Bizhiu konnte keinen Schlaf finden in dieser Nacht und noch jemand wälzte sich von Seite zu Seite und das war Naha'e'ta. Immerhin war es keine Absage rundheraus gewesen und sich Bedenkzeit auszubitten, war durchaus nichts Ungewöhnliches, aber dennoch, Bizhiu müsste schon sehr überzeugt von seinem zukünftigen Schwiegersohn sein, wenn er sich nicht von Tahpe'asehes Besuch in arge Zweifel stürzen lassen würde. Und Naha'e'ta war sich alles andere als sicher, ob Bizhiu ihn überhaupt auch nur mochte, er beachtete ihn kaum und sein Blick war kritisch, wenn er ihn doch einmal betrachtete. Bizhiu indes betrachtete seine schlafende älteste Tochter, ließ den vergangenen Tag noch einmal Revue passieren und versuchte verzweifelt, seinen Frieden zu machen mit dem, was wohl wirklich so sein sollte. Am Nachmittag hatte Bizhiu seine Wiidjiiwaagan beobachtet, wie sie drei große Falttaschen hervorkramte.„Schau, Bizhiu, ...", hatte sie gesagt und gelächelt dabei, „hier in diesen Taschen befindet sich das Leder, aus dem das neue Tipi gebaut werden kann. Es ist beinahe fertig, die drei Teile müssen nur noch zusammengefügt werden. Du hast dir immer gewünscht, dass bei deinen Kindern einmal die Sprache ihres Herzens diese Entscheidung fürs Leben treffen soll und das aus gutem Grund. Und jetzt ist der Tag gekommen, mein Herz, an dem dein Wunsch zum ersten Mal in Erfüllung geht! Ist das nicht wunderschön, mein kleiner Luchs?!"

Bizhiu fühlte in sich, während er durch den Rauchabzug in den sternenübersäten Nachthimmel blickte, eine Ahnung aufsteigen. Spürte, dass er sich vielleicht sogar in einigen Tagen schon würde freuen können, darüber, wie glücklich zwei Menschen in diesem Lager miteinander sein würden.
Am Morgen des nächsten Tages erschien Tahpe'asehe abermals schnaufend, doch diesmal nicht schwankend und sogar frischgewaschen, in seinem besten Staat mit fünf Pferden vor Bizhius Tipi. Diesmal machte er sich auch erst höflich bemerkbar und wartete sowohl bis man ihn hereinbat, als auch, dass man ihm einen Platz anbot. „Ich habe fünf vortreffliche Pferde bei mir, welche dem gehören sollen, dessen Tochter meinen Naha'e'ta heiraten wird. Mein Sohn ist ein wirklich wunderbarer Ksovah - junger Mann

-, glaube mir, mein Freund!“ Tahpe'asehe lächelte zufrieden und nickte gewichtig.
„Ja, ... ich denke, Tahpe'asehe, meine Haéméné sollte deinen Naha'e'ta heiraten und auch ich habe fünf herausragende Pferde, die ich deiner Familie schenken möchte.“

Und so bestieg denn wenig später Haéméné mit klopfendem Herzen und schweißnassen Händen eines der fünf Pferde und ritt gemeinsam mit Charlotte und Bizhiu, mit Ethketa und Kávéné auf Tahpe'asehes Tipi zu und auch alle Kinder waren dabei.
Stetig näherten sie sich dem Tipi, in dem Naha'e'ta saß und glaubte, die Anspannung in seinem Herzen nicht mehr ertragen zu können. Mit ihm warteten seine Schwestern, seine Tanten und seine Mutter und sie alle hofften und bangten genauso wie er. Alles lag bereit, die Brautdecke und ein wunderschönes Festtagsgewand mit dazugehörenden Leggings und Mokassins, seine Mutter und seine Schwestern hatten den ganzen Winter über daran gearbeitet. Und wunderschönen Silberschmuck hatte er zusammengetragen in den vergangenen Jahren und jedesmal hatte er davon geträumt, ihn eines Tages an der wundervollsten Blume der Plains sehen zu dürfen. Und nun wartete er, warteten sie alle. Angespannt hielten sie den Atem an und lauschten auf jedes Geräusch. Da! ... Endlich! Pferdehufe näherten sich gemächlich. Waren es nun die fünf Pferde seines Vaters? War das Brautgeschenk zurückgewiesen worden?! Oder näherte sich da etwa das lieblichste Geschöpf der ganzen Plains, bereit seine Frau zu werden?! Seine älteste Schwester schließlich spähte durch einen Schlitz aus dem verschlossenen Eingang des Tipis und kaum hatte sie hinausgeblickt, da jauchzte sie vor Freude und Erleichterung auf: „Oh mein Bruder! Sie kommt! Deine Haéméné kommt!“
Die Frauen beeilten sich, die Decke zu ergreifen und freudig der Braut entgegenzueilen, um sie zu begrüßen. Feierlich wurde die reich verzierte Decke ausgebreitet und Haéméné wurde gebeten, darauf Platz zu nehmen. Lachend und scherzend trugen sie die Braut bis vor den Eingang des Tipis. Dort setzten sie sie ab, denn die letzten Schritte, die entscheidenden Schritte an die Seite ihres zukünftigen Éhame musste sie alleine gehen.

Noch einmal blickte Haéméné zurück, strahlte so glücklich und dann wandte sie sich um, ging entschlossen und voller Anmut ihren Weg und verschwand in Tahpe'asehes Tipi.

Während sich in Bizhius Tipi nun rege Betriebsamkeit breitmachte, viele hilfreiche Hände dazu beitrugen, ein festliches Mahl zu bereiten und viele Frauen sich daran machten, das neue Tipi fertigzustellen, wurde Haéméné von Naha'e'tas Mutter und auch von seinen Schwestern festlich angezogen, wurden ihre langen Haare zu kunstvollen Zöpfen geflochten und reich verziert mit Perlenschnüren und Lederbändern. Dann legten sie ihr all den prächtigen Schmuck an. Ganz zum Schluss malten sie der Braut mit Puccoon rote Punkte auf die Wangen. Gemeinsam mit ihrem Éhame und dessen Familie kehrte Haéméné nun als strahlende jungvermählte Braut zu dem Tipi ihrer Eltern zurück und alle zusammen sorgten sie dafür, dass sowohl das neue Tipi zur rechten Zeit bezugsfertig stehen würde, als auch ein wunderbares Festessen auf alle diejenigen wartete, die kommen wollten, um diesen denkwürdigen Augenblick mitzufeiern.
Sie feierten lange in dieser Nacht und seine Haéméné sah so strahlend, so unglaublich glücklich und stolz aus, war so wunderschön, wie sie da um das Feuer tanzte, federleicht und voller Anmut.
Gedankenvoll tat Bizhiu einen tiefen Zug aus seiner Pfeife, als Mochtavetó sich neben ihn setzte und seine Augen glitzerten so zufrieden, als er die Pfeife mit einem Nicken entgegennahm. „Es war sehr weise von dir, dieser Hochzeit zuzustimmen" Er neigte sich zu Bizhius Ohr und flüsterte mit einem kaum merklichen Seitenblick auf Tahpe'asehe, der natürlich als Vater des Bräutigams in Bizhius Nähe saß. „Und auch sehr tapfer, mein Freund, ich bin wirklich stolz auf dich!"

62

Das Jahr flog dahin und mit dem ersten Winter ohne Haéméné kam auch die Zeit, da er sich daran zu gewöhnen begann, dass er

schon bald, noch vor dem nächsten Sonnentanz, Großvater werden würde.
Ungewohnt war dieser Gedanke, aber nicht schmerzhaft. Sie war so glücklich, seine Haéméné, und sein Schwiegersohn war tatsächlich ein feiner Kerl und ganz gewiss nicht so schwerfällig wie sein Vater. Hellwach war sein Geist und es machte Spaß, mit ihm zusammen zu sitzen und die Pfeife zu rauchen, mit ihm und den anderen beisammen zu sein und sich den Kopf heiß zu reden, wenn sie dann, was unweigerlich immer wieder geschah, auch auf die Weißen zu sprechen kamen.
Niemals aber war die Diskussion mit einer solchen Schärfe geführt worden wie in den Tagen nach dem großen Sonnentanz. Ihre Freunde und Verwandten aus dem Norden hatten aber auch wirklich eine abenteuerliche Geschichte zu erzählen gehabt und einigen Kriegern gelang es nur noch mit sichtbarer Mühe, nicht endlich zu den Waffen zu greifen. Sehr harmlos hatte diese Geschichte begonnen, die damals einer der jungen Krieger der nördlichen Cheyenne erzählte. „Diese Geschichte geschah, als einige Stämme unserer Freunde vom Volk der Lakota in der Nähe von Fort Laramie ihre Lager errichteten. Auch ein Freund von mir, High-Forehead, lagerte mit seinem Volk in der Gegend um Fort Laramie. Er war mit einigen Freunden ausgeritten, als sie einsam und allein eine abgemagerte Kuh entdeckten, sie lahmte, war vielleicht alt, vielleicht krank, in jedem Fall war sie sehr geschwächt und dem Tode schon nahe.
High-Forehead entschloss sich, diese Kuh zu töten, denn er sagte sich, dass so beiden am Besten gedient sei. Sie häuteten die Kuh und nahmen auch ihr Fleisch mit, obwohl man zu besseren Zeiten darauf wohl eher verzichtet hätte. Nur wenig später kam ein weißer Mann in das Lager der Lakota und verlangte mit ihrem Häuptling Mathó-wayúhi - Siegreicher Bär - zu sprechen. Er erklärte, er sei Leutnant Flemming und weiße Siedler hätten sich beklagt, ein Indianer habe ihnen eine kranke, entlaufene Kuh gestohlen. Mathó-wayúhi erklärte diesem Leutnant Flemming, dass diese Kuh bereits dem Tode nahe gewesen war und man fälschlicherweise angenommen habe, sie sei sich selbst überlassen worden. Er bot diesem Leutnant ein Pferd der Lakota als Entschä-

digung für diese Kuh, doch der Leutnant wollte das Pferd nicht und verließ das Lager unserer Freunde friedlich und mit leeren Händen. Offensichtlich aber waren die weißen Siedler mit seiner Entscheidung und auch mit einer Entschuldigung allein nicht zufrieden, denn am nächsten Tag erschien ein anderer Leutnant. Er hatte zwei Männer mit Trommeln dabei, achtundzwanzig berittene Soldaten und noch einen Mann, der die Sprache unserer Freunde einigermaßen verstand und sprechen konnte. Der junge Leutnant verlangte augenblicklich Mathó-wayúhi zu sprechen und als dieser dann vor ihn trat und einigermaßen verwundert das große Aufgebot betrachtete, verkündete dieser wütende junge Leutnant, dass er augenblicklich High-Forehead ausgeliefert haben wolle. Mathó-wayúhi erklärte dem jungen Leutnant noch einmal alles und bot zum Ausgleich für den entstandenen Schaden ein stattliches Pferd. Doch auch dieser junge Leutnant wollte das Pferd nicht, er wollte nur High-Forehead. Mathó-wayúhi erklärte ihm darauf, dass High-Forehead ein Lakota eines anderen Stammes sei, ein Gast, dass er ihn nicht einmal ausliefern könne, wenn er das wollte. Der junge Leutnant wurde darüber sehr ungehalten und laut. Mathó-wayúhi versuchte ihn zu beruhigen mit Worten und Taten und er bot ihm zu dem Pferd noch weitere Pferde. Doch der junge Leutnant wollte sich nicht beruhigen und rückte mit seinen Leuten in das Lager unserer Freunde ein. Mathó-wayúhi ist ein sehr besonnener Mann, doch angesichts des ganzen Aufstandes wurde er allmählich ungeduldig und auch ärgerlich. Er sagte dem wütenden jungen Leutnant, dass er das ganze Aufgebot, dass er die ganze Aufregung angesichts dieser erbärmlichen Kuh nicht begreife, dass er sich sogar schäme dafür. Und später sagte er diesem Leutnant noch, dass es sinnlos sei mit ihm zu verhandeln. Er sagte zu ihm: 'Ich kann sagen, was ich will, du hörst es nicht!' Und er sagte ihm wenig später auch, dass er ihn am liebsten schlagen würde und dass er es einzig und allein nur deshalb bleiben lasse, weil er ein Häuptling seines Volkes ist.

Daraufhin verlor der junge Leutnant vollends seinen begrenzten Verstand und wollte nun nicht nur High-Forehead, sondern auch Mathó-wayúhi gefangen nehmen. Mathó-wayúhi war so verblüfft über diese Wendung, dass er wirklich herzhaft lachen musste und darum bat, mit jemandem weiterverhandeln zu dürfen, der über etwas mehr Verstand verfüge. Im nächsten Moment ließ der junge Leutnant seine Soldaten die Gewehre abfeuern und ein Krieger der Lakota wurde tödlich getroffen. Doch Mathó-wayúhi ermahnte seine Krieger nicht zu schießen, da er annahm, dass der Leutnant nun wahrscheinlich abziehen würde. Doch Mathó-wayúhi hatte sich getäuscht und der Leutnant ließ erneut blind in die Menge schießen. Nun sah auch Mathó-wayúhi keine andere Möglichkeit mehr, als den Kampf. Keiner von den Soldaten des jungen Leutnants überlebte die kommenden Minuten, und auch der unvernünftige Leutnant überlebte sie nicht, dreiundzwanzig Pfeile der Lakota durchbohrten seinen Körper und ein weiterer durchbohrte seinen skalpierten Kopf und ich denke, das ist auch gut so. Ihíhs!"

Es gab niemanden, den diese Geschichte nicht erschreckt hätte und noch viele Wochen später wurde darüber diskutiert, was man sich wohl noch alles gefallen lassen sollte. Auch in Bizhius Tipi saßen Mochtavetó, Ethketa, Votoneso, Naha'e'ta mit Bizhiu beisammen und sprachen beinahe jeden Abend darüber und sie waren durchaus nicht einer Meinung. Ethketa, Votoneso und Naha'e'ta schrien förmlich nach Kampf, während Mochtavetó unbeirrbar an seinem diplomatischen Kurs festhielt und nicht müde wurde, auf die unbestreitbare Aussichtslosigkeit eines Krieges gegen die Weißen zu verweisen.
Bizhiu stimmte irgendwie beiden Meinungen zu. Auch er hatte deutlich das Gefühl, dass man sich nicht unbegrenzt alles gefallen lassen durfte, doch dass ein Krieg gegen die Weißen keine Aussicht auf Erfolg haben würde, leuchtete ihm ebenfalls ein.
„Es tut mir leid, Mochtevetó, doch eines weiß ich genau, wenn irgendeiner von diesen verrückt gewordenen Weißen da draußen auch nur in die Nähe meiner Familie kommt, dann werde ich nicht warten, nicht auf eine Erlaubnis und auch nicht darauf, was dieser Weiße eigentlich will. Ich werde ihn sofort töten! Ihíhs!"
Naha'e'tas Augen funkelten und keiner der Anwesenden zweifelte auch nur einen Augenblick daran, wie ernst es ihm war.
Mochtavetó seufzte müde, auch ein wenig resigniert: „Niemand,

mein Freund, hat etwas dagegen, wenn du deine Lieben beschützen willst. Jeder versteht das, niemand hindert dich daran und doch sage ich, wir müssen einen anderen Weg gehen gegen diese Weißen, denn sie sind zahlreicher als wir, sie sind weitaus besser bewaffnet als wir, sie sind unberechenbar und führen Kriege ohne Ehre. Wir haben keine Chance gegen sie zu gewinnen! Wir müssen versuchen mit ihnen zu verhandeln."
„Und an was denkst du?" Fragend blickte Bizhiu in die Augen Mochtavetós.
„Darüber werden wir im Rat der Häuptlinge nachdenken und wenn es an der Zeit ist, werde ich auch mit meinen Freunden darüber sprechen. Doch eines sei gesagt, ich teile eure Ansicht, dass die Cheyenne nicht länger geduldig hoffen und schweigen sollten. Ihíhs!"

Bizhiu war einer der Krieger, der eine Abordnung von Häuptlingen der Cheyenne, angeführt von White Antelope, zum Fort begleitete. Keiner vermochte die Sprache der Weißen besser zu verstehen und sprechen als er. Es hatte einfach außer Frage gestanden, dass es Bizhiu sein würde, der die Aufgaben des Übersetzers übernahm. Sie suchten im Fort den von der Regierung des Weißen Mannes beauftragten Indianeragenten auf, um mit ihm in aller Ruhe über die derzeitige Lage auf den Plains zu sprechen. Ziel war es einerseits den Weißen die friedliche Gesinnung der Cheyenne zu versichern, andererseits aber auch auf die immer verzweifelter werdende Lage ihres Volkes aufmerksam zu machen, die Missstände auf den Plains zu verdeutlichen und auch so diplomatisch wie möglich, dass es so wirklich nicht weitergehen konnte.
Bizhiu blickte aufmerksam und forschend in die Augen des Agenten.
„Es werden immer mehr Wagen und Stationen und um diese Stationen entstehen immer größere Siedlungen. Weil diese Leute leben müssen, nehmen sie Land in Besitz. Damit die Büffel ihre Felder nicht zerstören, töten sie sie zu Tausenden. Mein Häuptling sagt, dass er diese Leute gut verstehen kann. Sie wollen leben und sie sollen auch leben. Wir verstehen auch, dass die Armee sie

nicht einfach vertreiben kann. Wir können das auch nicht. Aber unser Lebensraum wird immer kleiner. Die Wege der Weißen zerschneiden diesen Raum in immer kleinere Stücke und die Büffel ziehen fort. Es gibt auch Indianergruppen, die den Frieden nicht mehr halten, viele kriegerische Gruppen gibt es, die die Wagen der Weißen überfallen und während wir immer ärmer werden und immer häufiger hungern müssen, leiden die Indianer, die den Frieden nicht halten, keinen Hunger. Und die Weißen, die nicht zwischen friedlichen und kriegerischen Indianern unterscheiden können, weil sie es gar nicht wollen, richten ihren Hass immer mehr und immer heftiger gegen uns, ..."

Dem jungen Agenten gefielen diese Burschen nicht. Der forschende Blick ihres Übersetzers hatte irgendwie etwas Lauerndes, der ganze Kerl hatte einfach etwas Befremdliches. Gut ja, er konnte die Indianer schon verstehen, die Siedler allerdings auch. Die hatten die Nase gestrichen voll davon, ihr hartverdientes Land mit irgendwelchen Büffeln und Wilden zu teilen und wer sollte ihnen das, bitte schön, verübeln? Im Grunde, was ging es ihn eigentlich an? Er war Indianeragent, die Regierung hatte ihn eingesetzt, um hier dafür zu sorgen, dass die Indianer einigermaßen gleichmäßig auf die Stämme verteilt Mais erhielten und was sonst noch so geliefert wurde. Gönnerhaft blickt er zu Bizhiu.
„Nun mein Freund, sag deinem Häuptling, dass es wohl besser wäre, wenn ihr den Mais pflanzen würdet, anstatt ihn zu essen. Vielleicht würden sich dann einige eurer Probleme ganz von selber lösen, wer weiß?"
Bizhiu schäumte vor Wut und es kostete ihn einige Kraft, das nach außen hin nicht zu zeigen. Mit ungerührter Miene übersetzte er die Worte des Agenten und vollkommen beherrscht und ruhig blickte White Antelope zu dem Agenten und sagte: „Der Mais ist unserem Volk auf seiner jahrhundertelangen Wanderschaft verloren gegangen. Und das nicht ohne Grund. Er gedeiht nicht in den Plains. Es ist sehr heiß und trocken hier in den Sommern und sehr kalt in den Wintern. Kaum ein Baum spendet Schatten, kaum ein Strauch hindert den Wind, mit all seiner Macht, über die Plains zu wehen. Er gedeiht nicht in den Plains, euer Mais, nur

sehr wenige Pflanzen gedeihen in den Plains. Wo sollte mein Volk den vielen Mais anbauen, von dem es leben soll?"
Der Agent legte anscheinend ungemein in Gedanken versunken die gespreizten Finger seiner fleischigen Hände aneinander und nagte an den Kuppen seiner Zeigefinger. Schließlich aber holte er entschlossen tief Luft und begann einen langen Vortrag über die Vorzüge der Sesshaftigkeit und die althergebrachte Weisheit, dass man niemals sagen sollte, es geht nicht, wenn man es nachweislich noch nicht einmal versucht hat.
Die Unterredung mit diesem Agenten der Weißen war so fruchtlos wie der karge Boden der Plains und nicht nur Bizhiu wurde das Gefühl nicht los, dass es diesen Menschen keinen Deut interessierte, was die Cheyenne zu sagen hatten. Aber an wen sollten sie sich sonst wenden, wenn nicht an den Indianeragenten der Regierung des weißen Mannes? Und unglücklicherweise hatte auch ihr Freund William Bent keinen besseren Rat.

Und so verging ein weiteres Jahr, in dem der Unmut wuchs und die Sorge auch. Naha'e'ta wäre möglicherweise einer der ersten Cheyennekrieger gewesen, der sich dem Kampf angeschlossen hätte, wäre da nicht eine junge, sehr selbstbewusste Frau gewesen, die sein Herz so fest in ihren Händen hielt, dass er unmöglich auch nur eine Sekunde von ihrer Seite hätte weichen wollen, die er nicht wirklich gezwungen war. Bizhiu war anfänglich zwar sehr freundlich zu ihm gewesen, doch war es ohne Weiteres zu erkennen, dass er sich bei seinen Besuchen in ihrem Tipi mit Argusaugen vergewisserte, dass es ihr an nichts fehlte, dass sie rundum zufrieden und glücklich war.

Naha'e'ta selbst trafen damals mehr die Blicke der forschenden Sorte, weniger die der herzlichen. Doch das hatte sich gründlich verändert, hatte sich in vergleichsweise doch sehr wenigen Stunden vollkommen gewandelt. Es war damals gewesen, als Naha'e'ta an den Eingang zu Bizhius und Charlottes Tipi gepocht hatte. Mitten in der Nacht war es gewesen und der volle Mond stand zu dieser Zeit wie eine weiße Scheibe am Himmel und blickte seltsam fragend hinunter auf die silbrig beschienene Welt.

Leise hatte er sie gerufen und sofort hatte einer der Hunde seinen Schwiegervater geweckt. Verschlafen hatte dieser nach draußen geblickt, doch als er Naha'e'tas Augen so eigenartig nervös und aufgeregt flackern sah, war Bizhiu schlagartig hellwach gewesen.
„Das Baby?"
„Ja, Schwiegervater, das Baby möchte geboren werden und Haéméné schickt mich, ihre Mutter zu holen."
„Komm herein, ich werde Mápe'e wecken."

In Windeseile war Charlotte verschwunden, doch nicht ohne die Empfehlung, dass sich beide Männer am besten einen starken Kaffee brauen sollten.
Das tat Bizhiu dann auch und außerdem holte er seine beste Pfeife heraus und füllte sie mit Kinnikinnik. Als Naha'e'ta die Pfeife entgegennahm, glitt über Bizhius Gesicht ein Lächeln und er sagte in zuversichtlichem Ton: „Es wird schon alles gut gehen, ..."
Naha'e'ta versuchte ein möglichst unbekümmertes Lächeln, doch seine Augen blickten alles andere als unbekümmert. Bizhiu liebte seinen Schwiegersohn für dessen Sorge und Angst und fühlte in sich zum ersten Mal eine warme Woge der Zuneigung aufsteigen und sich freundlich neben die Achtung setzen, die er seit längerer Zeit schon für Naha'e'ta empfand. Doch Achtung und Respekt haben nur wenig Warmes, wenig Weiches an sich und diese Seite ihrer Beziehung entdeckten Bizhiu und Naha'e'ta, während sie sich gegenseitig möglichst ruhig und gelassen Mut zu sprachen.

Nicht ahnend, dass sie noch sehr viele Stunden so miteinander verbringen würden. Zwölf Stunden insgesamt, in denen sie die mühselig aufrechterhaltene Maske der Zuversicht irgendwann über Bord warfen, in denen sie miteinander Anspannung und Sorge teilten. Als aber nach diesen unerträglich langen Stunden des Wartens ein lang gezogener Klagelaut aus dem Geburtstipi drang, einer und irgendwann ein zweiter, dann ein dritter und ein vierter und endlich auch dieses so unsäglich rührende Wimmern eines neugeborenen Kindes, da hatten sie beide die Luft angehalten, hatten sich ihre Hände festgehalten und immer würde seit diesem Tag die Herzlichkeit ihr Beisammensein erwärmen.

Noch weitere drei Stunden hatten sie sich gedulden müssen. Doch dann kam Charlotte mit einem glücklichen, stolzen Strahlen zu Bizhiu und Naha'e'ta ins Tipi und sagte: „Naha'e'ta, mein lieber Sohn, Haéméné und deine Tochter erwarten dich, sie möchten gerne mit dir gemeinsam nach Hause in euer Tipi gehen."

Dies alles war nun schon beinahe zwei Monde her, war noch vor dem letzten Sonnentanz geschehen und Bizhiu war längst ausgesöhnt mit der Tatsache, sich nun unter die Großväter einreihen zu dürfen. Und es war auch gar nicht schwer gewesen, einen Namen für dieses kleine Mädchen zu finden, überhaupt nicht schwer. Bizhiu hatte beim ersten Blick in die Augen der Kleinen schon gewusst, welchen Namen er seiner Enkeltochter gerne geben würde. Und als er dann seine Wiidjiiwaagan nach ihrer Meinung fragte, hatten ihre Augen geglänzt und eine Träne kullerte aus ihrem Augenwinkel. Vo'ka'e sollte sie heißen, wie Mápe'es und Bizhius liebste Freundin und Schwester, wie Haéménés Tante, ihr zu Ehren, doch nicht nur deshalb. Diese Augen waren es, groß und aufmerksam, die einen sofort an die schönen, wachsamen Augen der Antilopen denken ließen und zudem stand die Antilope auch für Anmut und Schnelligkeit und was sollte man einem kleinen Mädchen Besseres wünschen, auf seinem Weg in dieser zunehmend feindseligen Welt?

Charlotte hatte Mo'eha'e schon lange zu Bett gebracht, Bizhiu war seit Stunden bereits bei Mochtavetó, als sie plötzlich zarte Flötentöne hörte, und sie fragte sich, welche junge Frau da wohl so sehnsuchtsvoll gerufen wurde. Kávénés Tochter konnte es nicht sein, sie trug noch nicht den Gurt der Keuschheit.
Charlotte ging nach draußen, um einen kleinen Spaziergang zu machen, um die Ohren zu spitzen und zu lauschen, woher der Wind die Flötentöne trug. Beinahe so aufgeregt wie ein junges Mädchen folgte sie der Melodie. Unter dem dichten Blätterdach einer alten Weide sah sie ihn dann und er sah sie, legte die Flöte beiseite und streckte ihr seine Hand entgegen, und als sie dann in seinen Armen lag, küsste er sie und flüsterte: „Es funktioniert tatsächlich! Ich wollte nicht so recht dran glauben!"

Zärtlich streichelten seine Hände durch ihr Haar, er schnupperte an ihrem Hals, begann ihn mit Küssen zu überdecken, ließ seine Zunge zu ihrem Ohr gleiten und fühlte den Schauer, den er damit auslöste.
Sie seufzte wohlig auf und sagte: „Mein kleiner Luchs, wir sind hier keine zwanzig Meter von den Tipis entfernt, ich weiß nicht, ob das so klug ist, was du da gerade tust ..."
Bizhiu lachte leise. „Nein, das war es von vornherein schon nicht, welcher vernünftige Mann flötet schon nach seiner eigenen Frau. Lass uns an einen anderen Ort gehen ...", Bizhiu erhob sich, zog Charlotte hoch, und schloss sie in seine Arme. Er wollte für eine kleine Weile alles vergessen und nichts weiter sein als Bizhiu, in den Armen seiner Wiidjiiwaagan!

Der Sommer verabschiedete sich schon bald und mit dem Herbst kam auch die letzte große Jagd und für eine Weile stand beinahe alles unter den Zeichen ihrer Vorbereitung. Viele Tänze mussten getanzt werden, viele Lieder gesungen und viele Abende brauchte es, bis alle nötigen Rituale vollzogen waren und die Jäger das Lager verließen.
Charlotte hatte Bizhiu noch einmal innig an sich gedrückt und geküsst, in einer Art und Weise, die ihn nachdenklich stimmte, am liebsten wäre er einfach bei ihr geblieben.
Sie selbst ahnte, wusste beinahe schon von dem ewigen Geheimnis des Lebens, dem Geschenk, das da in ihrem Inneren zu wachsen begann. Sie war eine erfahrene Frau, sie kannte die Zeichen und sie kannte auch dieses seltsame Gefühl der Ahnung, das sie schon einmal in dieser Deutlichkeit gehabt hatte. Genau wie dieses Mal, an jenem Abend, an dem tatsächlich einmal eine sehnsuchtsvolle Flöte gespielt hatte, für Charlotte.

Noch einen Mond ließ Charlotte verstreichen, ehe sie sich wirklich gewiss war. Doch da Bizhiu mit seinen Kriegern bereits im Begriff war, noch einmal nach Fort Bent zu reiten, um die fehlenden Vorräte für den bevorstehenden Winter einzutauschen, entschloss sie sich, ihm die wundervolle Neuigkeit am Abend seiner Rückkehr zu verraten, wenn sie wieder Zeit füreinander hatten.

Der Ärger mit den Weißen beeinflusste ganz erheblich das mittlerweile eher zweifelhafte Vergnügen nach Fort Bent zu reiten, reiten zu müssen. Es war einfach etwas gänzlich anderes, aus der Not heraus gezwungen zu sein, mit den Weißen zu handeln, denn es aus Interesse, aus Vergnügen zu tun. Doch verleidete einem bei weitem nicht nur das den Ritt nach Fort Bent. Allein schon der Weg dorthin hatte all seinen Reiz, seine ganze Freude verloren. Denn nicht mehr frei und ungehindert wie einst galoppierten die Cheyenne durch ihr Gebiet, oh nein! Allenthalben mussten sie den weißen Horden ausweichen und wenn das nicht möglich war, dann mussten sie sich mit offenem Missfallen mustern lassen, nicht selten auch bedrohen, anpöbeln und beschimpfen in einer Art und Weise, dass Bizhiu reichlich froh war, dass kaum einer, dass vor allem gerade Votoneso nicht jedes Wort verstand. Es war auch so schon schwer genug, die Wogen der Empörung in den Herzen seiner Krieger, zu beruhigen und im Zaum zu halten. Es war Bizhius Albtraum von einer Unternehmung, deren Ve'ho er war, nicht alle Krieger wieder wohlbehalten mit nach Hause zu bringen. Unermüdlich gemahnten Bizhiu und Mochtavetó Ruhe zu bewahren. Ethketa half ihnen nicht, sondern beobachtete alles nur nachdenklich und stumm und blickte dabei, als sei sein Mund mit Galle gefüllt.

Doch im Fort Bent fühlte sich Bizhiu immer noch wohl und es gab neben Bent auch einige Trapper über deren Anblick Bizhiu ein jedes Mal, wenn er sie wiedertraf, hocherfreut war, sie erinnerten ihn an seinen Vater. Doch diesmal hielt er vergeblich Ausschau nach einem dieser bekannten Gesichter, stattdessen aber entdeckte er etwas anderes, das seine Aufmerksamkeit auf sich zog. Er musste sich wahrlich beherrschen, nicht einfach die Zeitung zu greifen, die da lag. Er konnte nicht glauben, was er da las. „Entschuldigen Sie, Sir, aber dürfte ich einmal ihre Zeitung haben?"
„Nee,... die brauch ich noch, die ist zu schade, zum was drin einwickeln!"
„Ich möchte auch nichts drin einwickeln, ich möchte lediglich etwas darin lesen, ich darf doch, ..." Bizhiu wartete die Antwort erst gar nicht ab und kümmerte sich auch nicht um den

dümmlich verwunderten Blick, mit dem ihn der Besitzer der Zeitung bestaunte. Bizhius Augen flogen von Zeile zu Zeile, und was er da ungläubig zur Kenntnis nehmen musste, ließ ihn ein ums andere Mal voller Unmut die Luft ausstoßen. In rühmenden Tönen posaunte hier irgendein Schreiberling von den heroischen Heldentaten eines gewissen Brigadegenerals William Harney, der die heldenhaft kühne Tat vollbracht habe, in einer ruhmvollen Schlacht, den barbarischen Tod eines gewissen Leutnant Grattan, nebst seinen dreißig Soldaten zu rächen. Grattan, aha, ... so hieß er also, der junge Leutnant ohne auch nur einen Funken Verstand. Und um diesen Hohlkopf zu rächen, war der ungemein mutige Brigadegeneral Harney also ausgezogen, natürlich nicht allein! Eintausendzweihundert Soldaten hatte er zu seiner Verstärkung mitgenommen und gemeinsam hatten sie dann am 3. September 1855, also vor gut zwei Monden, das kleine, beschauliche Lager der Lakota überfallen. Weit über hundert Indianer seien dabei getötet worden, den Rest habe man gefangen genommen, in Ketten gelegt und nach Fort Laramie verbracht, und der Schreiberling machte wahrlich keinen Hehl aus seiner Begeisterung über diese mutige, rühmliche Tat und wie sehr er es begrüßt, dass endlich einmal jemand handfest durchgriff und den verfluchten Rothäuten zeigte, woher der Wind weht.

Es war einfach nicht zu fassen! Mit einem ungehaltenen Schnaufen, mit wutfunkelnden Augen gab Bizhiu die Zeitung zurück und ging, ohne ein Wort des Dankes. Er hatte schlagartig nur noch einen Gedanken. Er wollte hier raus, er wollte nach Hause, sofort, zu seiner Wiidjiiwaagan, zu seinen Kindern, zu seiner winzigen Enkelin. Er wollte sie alle in Sicherheit wissen, so schnell nur irgend möglich. Und so gemahnte er seine Krieger zum baldigen Aufbruch, sorgte dafür, dass alle Geschäfte so schnell wie möglich abgewickelt wurden und hatte erst wieder Ruhe, als er zu Hause war, als er in die freundliche, wohlgeordnete Welt im Lager der Cheyenne eintauchte.

„Bizhiu, ..." Sanft strichen ihre Hände über seinen Rücken. „Wie alt war Davids Mutter bei seiner Geburt?"

„An die vierzig, so weit ich weiß, ... warum?", Bizhiu gähnte und rekelte sich behaglich.
„Fand David seine Mutter sehr alt?"
Bizhius Augen waren mittlerweile hellwach und eine Ahnung, eine wundervolle Hoffnung stieg in ihm auf.
„Na ja, ich dachte nur, ich bin mittlerweile auch schon vierzig und da wollte ich mal hören, wie es David mit einer Mutter diesen Alters so erging ... Mein Herz, ich habe um dieses Baby jetzt schon mehr Sorge, als um jedes andere Kind davor, und ich kann dir versprechen, dass du dieses Mal bestimmt nicht böse werden musst. Dieses Mal werde ich mich schonen und verwöhnen lassen, und ich werde bestimmt nichts tun, was irgendwie anstrengend ist!"

Charlotte genoss diese späte Schwangerschaft wie noch keine zuvor, und umso kostbarer erschien es ihr, noch einmal Mutter werden zu dürfen, da sie sehr genau spürte, dass dieses Kind das letzte Kind sein würde, dem sie das Leben schenken durfte.
So zog der Winter dahin und mit seinem dichten Mantel aus Schnee hüllte er alles ein, bettete er alles zur Ruhe, dämpfte jeden Streit, jede Wut, machte es möglich, dass man sich nicht mehr allzu häufig begegnete. Ruhe kehrte ein, verhaltene Ruhe, doch selbst die erhitztesten Gemüter kühlten sich ein wenig ab und die Gedanken klärten sich.

Im späten Frühling des neuen Jahres war es, als Charlotte einem kleinen Jungen das Leben schenkte. Obwohl sich Bizhiu seine Hoffnung auf einen Sohn, auf die neuerliche Chance darauf, einem Kind einmal all seine Fertigkeiten beibringen zu dürfen, mit ihm eines Tages über die Plains zu galoppieren, auf die große Jagd reiten zu können, wenn er sich all diese sehnsuchtsvollen Bilder auch ein ums andere Mal verboten hatte, so war doch keiner glücklicher als Bizhiu, als er diese drei bedeutsamen Schüsse abfeuerte, um voller Freude die Geburt seines Sohnes in die Welt hinauszuposaunen. Butterweich waren seine Knie und er musste sich setzen, als er ihn in den Arm nahm, zum ersten Mal, während ihn strahlend blaue Mandelaugen forschend und allwissend anblinzelten. Mo'eha'e aber spürte ganz genau, dass da, so faszinierend sie dieses winzige Wesen auch fand, eine ganz gewaltige Konkurrenz in ihr Reich eingezogen war. Sie begann, ihre Eltern in Beschlag zu nehmen.

Es war ein anstrengender Frühling, unglaublich anstrengend, aber auch unglaublich schön. Und nach und nach, ganz unmerklich beruhigte sich Mo'eha'es aufgewühltes Gemüt auch wieder, nachdem ihre Mutter ihr gleich einen Schwung Freiheiten eröffnet hatte, die man einem Mädchen von sechs Jahren zugestehen musste. Ein kleines Tipi durfte Mo'eha'e nun ihr eigen nennen und sie durfte nun mit ihren größeren Freundinnen mitgehen, wenn sie Wasser holten, jawohl und auch auf den kleinen Bruder aufpassen, der ja wirklich noch überhaupt nichts konnte und wusste. Sie schleppte ihn herum und Charlotte musste Bizhiu einmal sogar festhalten, damit er ihr den Kleinen nicht wieder abnahm. Ihm wurde manchmal ganz schlecht, wenn er sah, wie seine Tochter da so unbekümmert mit ihrem winzigen Bruder auf dem Arm verschwand, aber Charlotte lächelte nur und sagte: „Lass sie nur, sie macht das wunderbar."
Bizhiu ließ sich ganz hineinfallen in sein Vatersein, empfand es als ein Wunder, diesen kleinen Kerl Tag für Tag zu Hause vorzufinden, seinen kleinen Ma'tscheschke.

Ethketa hatte noch am Abend seiner Geburt, kaum waren einige Stunden auf Bizhius Schüsse hin vergangen, einen Besuch im Tipi seines Bruders abgestattet.
„Bizhiu, mein Bruder ...", hatte er geflüstert, denn Charlotte und das Baby schliefen, „ich komme nicht ohne Grund so bald schon in euer Tipi, um mich mit euch gemeinsam zu freuen, doch ich hatte heute Nacht einen seltsamen Traum und ich wusste, dass dieser Traum etwas mit diesem kleinen Kind zu tun hat. Wenn ich auch leider nicht sagen kann, was genau mein Traum bedeutet. Und doch spüre ich mit aller Deutlichkeit, dass er nicht unwichtig ist. Und deshalb bleibt mir auch nichts, als dir selber meinen Traum zu erzählen und dich zu bitten, dir dein eigenes Urteil zu bilden. Ich habe heute Nacht im Traum aus meinem Tipi gesehen in die weiten Ebenen der Plains. Ich blicke also aus meinem Tipi

und denke mir: ‚Seltsam, irgendetwas ist nicht so wie sonst.' Und dann sehe ich, dass ein gewaltiger Bogen sich über den Himmel erstreckt wie ein Regenbogen, so gewaltig, dass ich Anfang und Ende nicht erspähen kann. Ich fühle mich seltsam klein neben diesem Bogen, doch dann kommst du dazu und lachst und sagst: ‚Mach dir keine Sorgen mein kleiner Bruder, Anfang und Ende sind da, wo sie sind. Es ist so, du änderst nichts, ob du sie nun sehen kannst oder nicht.'
Ich frage: ‚Wie meinst du das?'
Du lachst wieder und sagst: ‚Aber kleiner Bruder, ich bin doch groß! Groß genug für diesen Bogen!' Und du gehst auf den Bogen zu und wirklich, du wirst größer und größer dabei, mit jedem Schritt und als du den Bogen erreicht hast, bist du so groß, dass du den gewaltigen Bogen zu nehmen vermagst. Du hebst ihn auf und bist so groß, dass ich dein Gesicht nicht mehr sehen kann, weil es von dichten Wolkenbergen ganz verdeckt wird, aber ich höre dein Lachen, von ganz weit her und ich höre, wie du zu mir sagst: ‚Aber Ethketa, wusstest du nicht, dass das mein Ma'tscheschke, mein Bogen ist. Mit ihm werde ich Pfeil um Pfeil abschießen, mitten hinein in diese Welt!' Das war mein Traum, mein Bruder, und ich musste ihn dir einfach erzählen."

63

Zwei Jahre später, 1848, wurde Gold gefunden am Pike's Peak und damit inmitten des Territoriums der Cheyenne. Nicht zu Tausenden, nein zu Hunderttausenden fielen die Weißen ein und in kürzester Zeit war er festgetreten, der Pike's Peak Trail, von derben, harten Stiefeln in den Boden gestampft, und in Windeseile entstanden ganze Siedlungen und Bretterburgen und das Leben in den Plains glich mehr und mehr einem Spießrutenlauf. Immer wieder kam es zu hässlichsten Zwischenfällen, gab es Tote auf beiden Seiten und schon längst gelang es Bizhiu nicht mehr, sein Glück über die Sorge zu stellen. Als er dann aber vor der Zeit und mit leeren Händen von einem Jagdausflug mit seinem Kriegerbund zurückkam, konnte man ihn in einer Verfassung erleben, wie noch niemals zuvor. Bizhiu war förmlich außer sich vor Wut und ließ Mochtavetó, obwohl er älter war, obwohl er sein Häuptling war, gar nicht erst zu Wort kommen: „Mochtavetó, nun hast du es selbst gesehen! Was haben unsere Krieger getan? Was haben sie getan, dass es gerechtfertigt hätte, auf sie zu schießen? Sie haben wahllos auf uns geschossen! Sie haben Voestaso - Kleiner Kranich - schwer verwundet! Und wir können von Glück sagen, dass nur einer getroffen wurde! Und jetzt sag bitte nicht, dass es ein Fehler war, diesen grölenden, stinkenden, verlausten Weißen getötet zu haben! Ich verstehe jeden, der ohne Familie ist und geht, um gemeinsam mit den anderen Stämmen Krieg zu führen und diese grässlichen Hütten und Buden wieder einzureißen und abzubrennen, die sich wie Geschwüre in die Plains und Prärien fressen! Ich habe eine Frau und zwei kleine Kinder, die heute Abend nur sehr wenig zu essen haben werden. Wenn aber der Tag kommt, an dem ich befürchten muss, dass das auch weiterhin so bleibt, dass es vielleicht sogar noch schlimmer wird, dann werde auch ich zu denjenigen gehören, die ihre Waffen ergreifen und sich den Kriegern anschließen! Und wenn Voestaso sterben sollte, dann wirst du eine große Zahl von Kriegern nicht mehr halten können. Deshalb beschwöre ich dich als meinen Häuptling, es muss etwas geschehen, irgendetwas das sichtbar ist, greifbar, und zwar bald! Ich weiß nicht, was sonst passiert!“

Bizhiu war noch ganz aufgewühlt, als er endlich am frühen Abend zu Hause ankam. Kaum hatte er das Tipi betreten, da klebten auch schon seine zwei Kinder an ihm, und so glücklich er war sie wiederzusehen, so erschöpft und ausgelaugt, so kraftlos fühlte er sich auch.

Hoffnungsvoll blickte er zu seiner Wiidjiiwaagan, doch die lächelte nur und ergriff einen leeren Messingkrug, um die Wasservorräte aufzufüllen und vielleicht auch noch den einen oder anderen Plausch im Abendrot zu halten.

„Bring deine Kinder zu Bett, mach es dir gemütlich mit ihnen und erzähl ihnen eine von deinen Geschichten. Später werden wir zwei Zeit haben, in Ruhe über alles zu sprechen, wenn du das willst.“

Bizhiu schnappte sich seine beiden Kinder, balgte noch ein bisschen mit ihnen herum und verfrachtete sie schließlich in ihre Betten. Und dann begann er zu erzählen, eine Geschichte, die er seit frühesten Kindertagen schon kannte und deren Bedeutung die Weißen wohl noch nicht begriffen hatten und vielleicht auch niemals begreifen würden.

„Es war vor langer, langer Zeit, da verschwanden einst viele Tiere aus dem Wald, in dem die Anishnabeg lebten. Die Jäger mochten ausziehen so weit sie auch wollten, die Tiere blieben verschwunden, kein Elch, kein Hirsch und auch kein Karibu kam ihnen zu Gesicht. Sie suchten Tag und Nacht nach den verschwundenen Tieren, doch sie fanden sie nicht. Und so sorgten sie sich und hungerten auch. Eine alte Eule schließlich, die auf der Suche nach einem geeigneten Schlafplatz gewesen war, entdeckte die Tiere eines Nachts. Tief im Wald wurden sie gefangen gehalten, auf einer gewaltigen Lichtung, doch sie sahen seltsamerweise gar nicht so unzufrieden dabei aus. Das wunderte die Eule doch sehr und sie flog ein Stückchen näher heran, doch kaum hatte sie sich auf einen Ast gesetzt, als auch schon eine Schar Krähen aufflog und sich auf sie herabstürzte und sie mit Schnabelhieben vertrieb. Die Eule machte sich eiligst aus dem Staub, doch da sie den Anishnabeg sehr zugetan war, denn sie wurde immer voller Ehrfurcht von ihnen behandelt, flog sie zurück und berichtete ihnen alles, was sie gesehen und erlebt hatte. Und sogleich bewaffneten sich die Anishnabeg und zogen aus, um die Hirsche, Elche und Karibus zu befreien. Wild tobte der Kampf, vom frühen Morgen bis zum späten Abend und manch ein tapferer Krieger verlor sein Leben dabei. Und doch, noch ehe die Sonne versunken war, mussten die Anishnabeg einsehen, dass sie den Kampf gegen die Krähen nicht gewinnen würden und noch etwas weit Schlimmeres wurde ihnen bewusst. Die Tiere hatten offensichtlich gar kein Interesse daran, zu ihnen zurückzukehren. Bestürzt baten die Anishnabeg um Waffenstillstand und als er gewährt wurde, fragten sie die Tiere, warum sie so wenig Interesse daran zeigten, befreit zu werden. Ein Hirsch, ein großer Häuptling der Tiere mit einem gewaltigen Geweih, näherte sich dem Häuptling der Anishnabeg und sprach: ‚Wir sind nicht gegen unseren Willen hier, denn wir

wollen gar nicht bei euch sein. Die Krähen behandeln uns weit besser, als ihr es tut.'
Erschrocken fragte der Häuptling der Anishnabeg: ,Aber, warum? Was haben wir euch getan?'
Traurig blickte Bruder Hirsch in die Augen der Anishnabeg, blickte einen jeden von ihnen tieftraurig an und sagte leise: 'Ihr habt unser Fleisch verschwendet und unsere Knochen entehrt, ihr habt unsere Futterplätze nicht geachtet und manches Mal sogar zerstört. Und so habt ihr uns und auch euch selbst entwürdigt und ihr habt etwas ganz Wesentliches nicht verstanden, wir können ohne euch leben, ihr aber nicht ohne uns!'
Die Anishnabeg waren entsetzt und auch sehr traurig und selbst einige der stärksten und tapfersten Krieger weinten und sie baten die Tiere vielmals um Vergebung und fragten, ob es denn irgendeine Möglichkeit geben könnte, ihre Fehler wieder gutzumachen.
Und wieder antwortete der gewaltige Hirsch: ,Was geschehen ist, ist geschehen und es lässt sich nicht mehr ändern, ihr könnt es aber fortan besser machen. Ehrt und achtet alles Leben, alles Sein, achtet es hoch, im Leben wie im Tod und überlegt bei allem, was ihr macht, genau. Denkt immer schon vorher nach über all das, was aus eurem Handeln entstehen könnte und tut niemals wieder etwas, bei dem auch nur entfernt die Gefahr besteht, dass es unsere Ojichaag verletzt!'
Die Anishnabeg versprachen es und kehrten müde und traurig in ihren Wald zurück. Doch sie hielten sich gewissenhaft an ihr Versprechen, achteten und ehrten alles Leben, alles Sein. Sie heiligten die Futterplätze aller Tiere, die Heimat aller Pflanzen und bemühten sich, niemals etwas zu vergeuden. Sie dankten für alles, was sie nahmen und sie nahmen stets nur das Allernötigste. Und so kehrten nach und nach, die Tiere wieder in den Wald zurück, die mutigen und starken zuerst und später dann auch alle anderen."

Als Charlotte eine gute Stunde später zurückkam, fand sie Bizhiu und die Kinder schlafend vor. Eine Weile betrachtete sie die drei nachdenklich. Doch dann schenkte sie sich schließlich eine Schale voll Tee, stopfte sich ihr kleines Pfeifchen und setzte sich noch für einige Minuten vor ihr Tipi und ließ sich die laue Sommerluft um die Nase wehen, während sie mit dem Rauch ihrer Pfeife manch ein Gebet hinaufschickte zu Heammawihio, dem Weisen oben.

Anderntags suchte Bizhiu als erstes Voestaso und dessen Familie auf, um sich einerseits nach dem Gesundheitszustand seines Kriegers zu erkundigen, andererseits aber auch, um ihm und seiner Familie Unterstützung und Beistand zuzusichern. Bizhiu war einfach untröstlich, einen ihm anvertrauten Krieger, zumal einen noch so jungen, schwer verletzt zurückgebracht zu haben. Die Schulter war zertrümmert und der Medizinmann hatte Stunden gebraucht, ehe er endlich die Kugel mit einem scharfen Messer aus Voestasos zerstörter Schulter entfernt hatte.
Kaum hatte er sich von Voestaso und seiner Familie verabschiedet, als er sogleich eiligen Schrittes zu Mochtavetó marschierte und kaum dass er ihn begrüßt hatte, legte er auch schon los: „Mochtavetó, mein Freund, was gedenkst du zu tun?"
„Ich habe gestern Abend noch um eine Ratsversammlung gebeten und wir Häuptlinge sind zu dem Ratschluss gekommen, dass wir noch einmal versuchen müssen, mit dem weißen Mann zu verhandeln."
„Was sollte das bringen?"
„Eine letzte Chance für den Frieden, mein Freund, denn sollte dieser Besuch in Fort Bent so vergeblich wie der vorherige sein, so werden die Kriegshäuptlinge der Cheyenne alle Hände voll zu tun haben. Und du wirst einer der ersten sein, der erfährt, ob unsere Bemühungen um Einigung doch noch eine Aussicht auf Erfolg haben, denn du wirst mich selbstverständlich begleiten, wenn ich heute nach der großen Mittagshitze nach Fort Bent reiten werde."

Bevor sie jedoch in Fort Bent irgendetwas unternehmen würden, sollte erst einmal eine Unterredung mit William Bent geführt werden, denn ihr Freund war im Grunde genommen der einzige Weiße, der in ständigem Kontakt mit anderen Weißen stand und dem sie dennoch vertrauten. Er konnte die momentane Haltung der Weißen besser einschätzen als sie. Bent waren die geschilderten Missstände nicht neu und er hätte sich wirklich gewünscht,

ihnen mehr anbieten zu können, als einen verzweifelten Versuch seinerseits, denn den Indianeragenten konnten sie vergessen, der war auf und davon, natürlich nicht ohne die von ihm verwaltete Kasse.
Bent teilte grundsätzlich Mochtavetós und White Antelopes Überzeugung, dass ein Krieg in der augenblicklichen Stimmung auf den Plains die verheerendsten Auswirkungen haben könnte.
„Meine Freunde, ich kann euch leider auch nichts weiter dazu sagen, was ihr euch nicht schon selbst gedacht habt. Aber, ich kann euch ein Angebot machen. Ob es Erfolg haben wird, bleibt abzuwarten. Ich werde, wenn ihr das wünscht, mich an den nächsten für mich erreichbaren Befehlshaber der Regierung wenden und mit ihm über eure Angelegenheit sprechen. Ich weiß wirklich nicht, was dabei herauskommt, aber wenn ihr es erlaubt, würde ich es gerne versuchen."

Es kam sogar ziemlich schnell eine Reaktion der Regierung des weißen Mannes, denn William Bents glühende Rede hatte durchaus Eindruck gemacht. Und der Beauftragte der Regierung hatte sofort gewittert, dass hier zum einen ein sehr ungewöhnlicher Mann vor seinem Schreibtisch saß, dass dieser Mann zum anderen offensichtlich das Vertrauen der Indianer genoss und dass er genau aus diesen beiden Gründen der Regierung von ungeheurem Nutzen sein könnte.

Und so hatte er sich Bents Vortrag in seiner vollen Länge angehört. Schließlich aber hatte er sich seufzend erhoben, hatte Bent auf die Schulter geklopft und gesagt: „Das sind ja wirklich unhaltbare Zustände, die ihr mir da schildert, mein Freund. Seid unbesorgt, ich werde sofort meine Vorgesetzten über alles in Kenntnis setzen und sehen, was sich machen lässt. In den nächsten Tagen werdet ihr eine Nachricht von mir erhalten. Und seid nochmals bedankt für eure Mühen."
Kaum drei Tage später erhielt Bent bereits einen Brief. Vollmundig verkündete man ihm in diesem Schreiben, dass er zu beglückwünschen sei, denn er sei für die ehren- und verantwortungsvolle Stellung eines durch die Regierung eingesetzten Indianeragen-

ten, für jene in der Nähe des Fort Bent ansässigen Indianerstämme der Cheyenne und der Arapahoe, ausersehen worden.
Bent überlegte lange, ob er diese Aufgabe annehmen sollte und ihm war das Zweifelhafte dieser „Ehre“ durchaus bewusst, denn er wusste sehr wohl, dass die vorrangige Aufgabe eines Indianeragenten mitnichten darin bestand, die Interessen der Indianer zu vertreten, als vielmehr umgekehrt dafür zu sorgen, dass sich die Indianer an die Regeln der Weißen hielten. Und doch, im Grunde war es die einzige Chance, wollte er etwas für seine Freunde erreichen.
So entschloss sich Bent, diese Herausforderung anzunehmen und das Erste, was er in seiner neuen Funktion tat, war einen ausführlichen, sehr dringlichen Brief nach Washington zu schreiben, in dem er nochmals die momentane Lage auf den Plains schilderte und damit schloss, dass die Indianer durch Hunger und die beinahe schon alltägliche Gewalttätigkeit ihnen gegenüber in Zukunft geradezu gezwungen seien, gegen die Weißen in den Krieg zu ziehen, in einen unerwünschten Krieg, sollte nicht umgehend etwas geschehen, was eine Verbesserung der unzumutbaren Zustände für die Indianerstämme in den Plains herbeiführe.

Kaum waren zwei Monde vorübergegangen, da erhielt Bent Nachricht vom Sitz der Regierung in Washington und in einem halbseitigen Brief erklärte man, dass es natürlich nicht möglich sei, die bereits ansässigen Siedler wieder zu vertreiben, dass es natürlich auch nicht realistisch sei, die vielen Goldsucher von ihren Bemühungen am Pike's Peak abzuhalten, dass man sich jedoch freue, das großzügige Angebot unterbreiten zu können, den Cheyenne und Arapahoe, sollten sie sich friedlich und einsichtig verhalten, das übrige noch unbesiedelte Land zu überlassen.
Anbei lag ein bereits unterzeichneter und abgestempelter Vertrag, in zweifacher Ausführung, welcher den Indianern Frieden und freie Jagd innerhalb der neu gesteckten Grenzen zusicherte, sofern sie sich gewissenhaft an die Vertragsbedingungen hielten.

„Unbesiedelt!“ Bizhiu schüttelte voller Unmut den Kopf, „Dieses Land war besiedelt, als noch kein weißer Mann seinen Fuß darauf

gesetzt hatte! Wie kommen diese Menschen nur zu einer Überheblichkeit?"
Mochtavetó nickte. „Und sie merken es nicht einmal. Aber dennoch ist mein Herz voller Hoffnung, mein Freund, ich denke, wir sind einen guten Schritt vorangekommen und wenn wir auch gewaltige Jagdgründe verloren haben, so haben wir doch endlich eine Einigung mit der Regierung der Weißen erzielt und die Aussicht auf Frieden ist uns wieder ein Stück näher gerückt."

Bizhiu wünschte sich nichts sehnlicher, als dass sein Freund recht haben möge. Müde klopfte er seine Pfeife aus und schon bald erhob sich Mochtavetó, wünschte ihm und seiner Familie eine gute Nacht. Bevor er ging, klopfte er Bizhiu noch einmal aufmunternd auf die Schulter und sagte leise: „Wir sind noch lange nicht am Ziel, mein Freund, es ist noch ein langer Weg bis dahin, aber glaube mir, der erste Schritt in die richtige Richtung ist getan."

Anfänglich hatte es auch ganz den Anschein, als könnte funktionieren, was da auf so wacklige, papierene Beine gestellt worden war und die Krieger der Cheyenne und auch der Arapahoe hielten sich gewissenhaft an die neue Begrenzung ihrer Jagdgründe. Obwohl das ohnehin schon schwierige Unterfangen einer einigermaßen erfolgreichen Jagd dadurch noch wesentlich schwieriger wurde, denn natürlich hatten sich die Weißen nicht die kärgsten Gebiete der Plains für ihre Siedlungen ausgesucht, sondern die fruchtbarsten. Und so schwer und anstrengend, so entbehrungsreich das Leben von nun an auch sein und bleiben würde, es würde dennoch zu meistern sein. Gemeinsam würden sie es schaffen, denn wenn jeder jedem half, dann würden sie auch das Überleben der Gemeinschaft irgendwie sicherstellen können. Und wenn der Preis für Freiheit und Frieden auch ein hoher Preis gewesen war, so war er dennoch bei Weitem zu verschmerzen, wenn man sie nur in Zukunft in Ruhe ließe, unbehelligt und ungestört leben, mehr wollten sie ja gar nicht. Ja, es hätte tatsächlich funktionieren können, wenn sich die Weißen auch nur halb so sehr an die vertraglichen Abmachungen gehalten hätten, wie die Indianer es taten.

Doch die meisten dachten nicht einmal daran. Munter durchströmten sie die Jagdgründe der Cheyenne und der Arapahoe, vertrieben die Herden und erschossen die Büffel zu Hunderten und Tausenden, und wenn es ihnen irgendwo gefiel, dann ließen sie sich nieder. Nichts hatte sich geändert, nur zu bald mussten die Indianer das erkennen, und bei Weitem nicht alle hatten noch den Langmut, einfach schweigend über die permanenten Vertragsverstöße der Weißen hinwegzusehen. Und so kam es auch in schöner Regelmäßigkeit zu den unangenehmsten Zwischenfällen und nicht immer konnte es vermieden werden, dass auch Blut floss, auf beiden Seiten. Die Siedler und Goldgräber fackelten nicht lange und die meisten zückten ihr Gewehr bereits, wenn sie eines Indianers nur angesichts wurden. Bent war die entmutigende Entwicklung natürlich nicht entgangen und er beschwerte sich in seiner Funktion als Indianeragent auf das Schärfste über die offensichtlichen Missachtungen der vertraglichen Vereinbarungen und das völlige Fehlen diesbezüglicher Ordnungsmaßnahmen von Seiten der Regierung. Die Reaktion aus Washington kam prompt, in Form eines neu aufgesetzten Vertrages, welcher den alten Vertrag für null und nichtig erklärte und nochmals einen ganz beachtlichen Teil des Indianerterritoriums für die Weißen vereinnahmte. Auf dem verbliebenen Rest aber solle der rote Mann in Frieden leben und jagen können „so lange der Wind über die Plains wehe", und zudem wurde vertraglich zugesichert, dass die Indianer als Entschädigung für den weiteren Verlust des Landes allmonatlich eine Lieferung an Mais, Getreide und Reis erhielten, welche William Bent dann gerecht zu verteilen habe.

Die versprochenen Naturalien wurden tatsächlich geliefert, doch das war auch schon alles, was von den Zusicherungen dieses zweiten Vertrags von den Weißen umgesetzt wurde.

Die Lage der Cheyenne, wie auch der Arapahoe wurde immer schwieriger und verzweifelter. Nach dieser zweiten Beschneidung ihrer Jagdgründe war es kaum mehr möglich, das Überleben zu sichern. Bereits ein besonders langer, kalter Winter oder eine lang anhaltende Dürre, welche die Büffel weitertrieb, würde das Überleben aller ernstlich gefährden können. Denn auch die anderen Nahrungsmittel, die Prärierübe, die seltenen Kirschen und Pflaumen, die wenigen Beeren und wilden Kartoffeln, gediehen oft nur an wenigen Stellen und die Frauen pflegten in gewissen Gegenden alljährlich ihre Vorräte aufzufrischen, Kräuter, Beeren und Früchte zu sammeln, zu trocknen und in allerlei lange haltbare Köstlichkeiten zu verwandeln. Nun aber waren viele der fruchtbarsten Teile des einstmals durchwanderten Gebietes verloren und somit auch keine Möglichkeit mehr vorhanden, den Mangel an Wild anderweitig auszugleichen. Sie waren auf die unregelmäßig gelieferten Lebensmittel der Weißen angewiesen, ihrer aller Überleben war inzwischen abhängig davon. Das war letzten Endes die bittere Bilanz des zweiten Vertrages, dem noch ein dritter folgte und ein vierter.

Nachdem Bent aber eines frühen Abends einen fünften Vertrag in Händen hielt, der seinen Freunden beinahe alles nehmen würde, setzte er sich stöhnend auf seinen Stuhl und ließ das Papier achtlos zu Boden gleiten. Er schämte sich, ein Weißer zu sein und noch am selben Abend legte er schriftlich sein Amt als Indianeragent nieder. Für Bent selbst aber war nichts bedauerlicher, als die Aussichtslosigkeit seiner Freunde und die absolute Vergeblichkeit all ihrer und auch seiner eigenen Bemühungen.

64

In den Lagern der Cheyenne wuchs mit dem Hunger auch der Unmut und dieser Unmut machte sich bei Weitem nicht mehr nur in hitzigen Debatten Luft.

Noch immer hatten die Cheyenne den Weißen nicht offiziell den Krieg erklärt, doch immer wieder verließen nun einzelne Kriegerbünde der Cheyenne und der Arapahoe ihr Lager und durchstreiften systematisch ihre Stammesgebiete. Von den Weißen, die ihnen auf diesen Streifzügen begegneten, konnte kaum einer auf Gnade hoffen und die Lebensmittel und Güter, die sie auf diese Weise erbeuteten, sicherten zu einem erheblichen Teil das Überleben ihrer Familien.

Nur noch sehr wenige Hunde heulten im Lager der Cheyenne, keine Familie, außer der Bizhius, besaß noch mehr als einen oder

zwei. Seine Mo'eha'e war gewachsen, aber sie war um einiges zu schmal, sein kleiner Ma'tscheschke war bald nur noch ein Strich in der Landschaft und das bisschen Fülle, das sich seine schon immer sehr zierliche Wiidjiiwaagan, über die Jahre und die Schwangerschaften hin angeeignet hatte, war schon längst wieder verloren. Dünn war sie geworden, und Bizhiu wurde den Verdacht nicht los, dass sie heimlich hungerte, um die aufgesparten Bissen ihren Kindern irgendwann unbemerkt zuzustecken.
Längst schon hielten sie sich nicht mehr an die vertraglich gebotenen Grenzen und jagten auch weit darüber hinaus. Es war aber auch wirklich nicht mehr einzusehen, weshalb sich die Cheyenne und die Arapahoe an die vertraglichen Vereinbarungen halten und derentwegen beträchtlichen Hunger leiden sollten, während sich die Weißen verhielten, als habe es niemals eine vertragliche Abmachung gegeben.
Doch während sich die Cheyenne immer noch um Frieden bemühten, war andernorts schon lange ein erbitterter, verzweifelter Kampf entbrannt. Neben den Comanchen und den Kiowa gab es schon geraume Zeit einen weiteren Stamm, der mit aller Entschlossenheit Krieg gegen die Weißen führte, und lange schon jeden Siedlertreck, jede Farm, jede Siedlung und jeden Weißen niedermachte, dessen sie habhaft werden konnten. Dieser Stamm war das gewaltige Volk der Lakota, denen, nachdem die Soldaten Mathó-wayúhis Lager dem Erdboden gleichgemacht hatten, das Interesse an einer Einigung mit den Weißen wirklich gründlich vergangen war.

Es waren sehr unruhige Zeiten, beschwerliche und entbehrungsreiche und doch gab es auch in diesen Zeiten Schönes, war das Leben trotz alledem immer noch lebenswert.
Haéméné stand kurz vor ihrer zweiten Niederkunft und Bizhius Schwiegersohn war gewiss der besorgteste Éhame, den man sich nur vorstellen konnte und es war unverkennbar, dass er seiner Frau und auch seiner kleinen Vo'ka'e die meiste Nahrung überließ und sich selbst nur das Allernötigste gönnte.
So zog auch dieses Jahr dahin, sorgte dafür, dass Bizhiu nochmals Großvater wurde, Großvater eines kleinen Jungen, dem sie den

hoffnungsvollen Namen Náchkoheso - Bärenkind - schenkten, denn der Bär war bei den Ojibwe das Totem der Stärke und des Muts. Dieser kleine Náchkoheso brachte beträchtlich viel Leben und Sonnenschein in ihre Tipis. Und doch, auf Dauer konnte es so nicht weitergehen. Seit geraumer Zeit berieten sich die Häuptlinge der Cheyenne, wie die unhaltbare Situation ihres Volkes verbessert werden könnte. Schließlich beschlossen sie, abermals eine Abordnung von Kriegern und Häuptlingen in das Fort zu entsenden, um mit den Weißen zu verhandeln.
Und so verkündete Mochtavetó denn dem Abgesandten der Regierung des weißen Mannes den Ratschluss der Häuptlinge: „Wir möchten in Frieden mit den Weißen leben. Wir wollen keinen Krieg. Doch so, wie die Lage momentan ist, werden wir verhungern müssen, wenn wir uns an die vertraglichen Vereinbarungen halten, während viele Weiße es nicht tun. Wir ersuchen euch deshalb, im Gegenzug dafür, dass wir darauf achten werden, dass die Grenzen gewahrt bleiben, dass auch ihr dafür Sorge tragt, dass dies von Seiten der Weißen her ebenso geschieht. Doch selbst wenn dies gelingen sollte, wäre das Überleben meines Volkes noch nicht gesichert. Wir wissen, dass unsere einzige Überlebenschance sein wird, dass wir versuchen werden, Ackerbau zu betreiben, doch dafür brauchen wir Saatgut, dafür brauchen wir Pflüge und Farmgeräte und auch Unterweisung in ihrem Gebrauch. Ich denke, wenn wir all dies von euch geliefert bekommen würden, wäre es dennoch nur ein verschwindend geringer Preis für die Gebiete, die mein Volk verloren hat."

Es war ein verzweifelter Versuch gewesen. Ein nicht geringer Teil der Cheyenne war mit der Entscheidung ihrer Häuptlinge alles andere als zufrieden. Doch es kam ohnedies nicht dazu, denn die Regierung lieferte zwar tatsächlich einige Geräte und Saatgut auch, doch die meisten erreichten ihre Adressaten erst gar nicht, sondern verschwanden spurlos.
Einige Farmer aber hatten für eine kurze Zeit die glückliche Gelegenheit, sehr günstig Gerätschaften und Saatgut zu erstehen und manch ein Indianeragent hatte die Taschen voller klingender Münzen. Die Regierung aber stellte irgendwann schließlich

die Lieferungen sang- und klanglos wieder ein. Dennoch war die Regierung, bei der Suche nach einem geeigneten Weg, das leidige Problem mit den Indianern zu lösen, durchaus nicht untätig. In Anbetracht der Tatsache, dass sich mittlerweile beachtliche Städte in den Prärien und Plains etabliert hatten, tat Handeln dringend Not, das erkannten auch die Weißen. Es dauerte dennoch ein Weilchen, bis zum Jahr 1861 genau, ehe sie endlich eine geeignete Lösung des Dilemmas gefunden hatten.

Es gab da einen Landstrich in den Plains, der äußerst karg war, und das obwohl ein kleines Flüsschen hindurchplätscherte, denn das Land war ungemein sandig und das Wasser des dort nur in bescheidenem Maße niedergehenden Regens versiegte sofort. So war der Boden dort im Grunde unfruchtbar und der Name, den das kleine Flüsschen trug, Sand Creek, beschrieb auch schon alles, was es in dieser Gegend zu finden gab. Entsprechend gewiss war man sich auch, dass in dieses Gebiet wirklich kein weißer Siedler freiwillig ziehen würde. Und so atmete man denn erleichtert auf und gab sich sehr zufrieden damit, als endlich ein Landstrich ausgemacht war, in dem diese Wilden würden hausen können. Flugs setzte man einen weiteren Vertrag auf, in dem man den Indianern nur mehr einzig das Gebiet am Sand Creek als Stammesgebiet zur Verfügung stellte. Der Abschied von den Ufern ihres geliebten Arrowpoint River fiel schwer, und doch war ihnen gar nichts anderes übriggeblieben, man ließ ihnen gar keine andere Wahl, sofern sie weiterhin „in Frieden" leben wollten.
Doch so friedlich wie versprochen blieb es auch am Sand Creek nicht. Dafür aber wurde der Hunger sogar noch größer und es dauerte nicht lange, bis auch wieder die ersten Kriegerbünde auszogen, um Siedlertrecks zu überfallen.

Es war an einem Tag im späten Herbst des Jahres 1862, als William Bent in Begleitung seines neunzehnjährigen Sohnes George in das Lager der Cheyenne kam. Er hatte keine guten Nachrichten und verschwand augenblicklich im Tipi Mochtavetós. Es dauerte nicht lange, da versammelten sich auch alle anderen im Lager anwesenden Häuptlinge in Mochtavetós Tipi und lauschten mit versteinerten Mienen dem, was ihr weißer Bruder ihnen zu berichten hatte.

„Ihr wisst, dass das Volk der Lakota seit geraumer Zeit im Krieg mit den Weißen lebt. Vielleicht wisst ihr auch, dass sie unlängst eine Schlacht gegen die Regimenter der Weißen verloren haben. Zweitausend Lakota haben sich den Weißen ergeben müssen, Frauen, Kinder, Krieger. Und von diesen Gefangenen wurden dreihundertzweiundneunzig vor ein Schnellgericht gestellt und dreihundertsieben von ihnen zum Tode verurteilt. Wäre es nach den Militärs gegangen, dann hätte man die Urteile auch augenblicklich vollstreckt. Glücklicherweise war jedoch ein Kirchenmann, ein gewisser Bishop Whipple aus Minnesota anwesend, der die sofortige Vollstreckung Kraft seines Amtes verhindern konnte. Er befindet sich nun auf dem Weg nach Washington, um bei Präsident Lincoln persönlich ein Gnadengesuch einzureichen. Doch ob seine Bemühungen Erfolg haben werden, ist mehr als fraglich. Nur drei Häuptlingen ist es gelungen, der Verhaftung zu entfliehen."

„Und wem gelang die Flucht?" Ganz ruhig und gefasst sprach Ávooné-náchko - Hungernder Bär -, doch ein leichtes Beben seiner Stimme verriet, dass es in ihm ganz anders aussah.

„Soweit ich weiß sind Thaóyate-duta, Shakopee und Medicine Bottle entkommen."

Ávooné-náchko nickte bedächtig und seine Augen blickten traurig und fragend in die Augen Mochtavetós, denn die beiden Häuptlinge verband schon seit geraumer Zeit eine innige Freundschaft.

Wider Erwarten und zum allgemeinen Entsetzen der weißen Bevölkerung hatte Bishop Whipples Gnadengesuch durchaus einen gewissen Erfolg. Leider hatte sich Lincoln nicht dazu durchringen können, auch nur eine einzige Strafe fallenzulassen, doch hatte er alle diejenigen begnadigt und ihren beschlossenen Tod in eine langjährige Haftstrafe umgewandelt, denen zweifelsfrei kein Mord an einem Weißen nachzuweisen war und das waren immerhin zweihundertneunundsechzig der zum Tode Verurteilten. Am 26. Dezember dann wurden die übrigen achtunddreißig

Lakota unter großem Hallo und Hurra der Bevölkerung zu einem eindrucksvollen, eigens für diesen denkwürdigen Augenblick gezimmerten Galgen geführt und allesamt zu gleicher Zeit gehenkt.

In Ávooné-náchko aber reifte eine Idee und sie ließ ihn nicht wieder los. So entsetzlich auch die Vorstellung war, dass da achtunddreißig stolze Krieger, Häuptlinge und Medizinmänner hingerichtet worden waren, so hoffnungsvoll stimmte ihn dennoch die Tatsache, dass der oberste Häuptling der Weißen ganz offensichtlich mit sich hatte reden lassen. Zweihundertneunundsechzig Lakota waren auf das Wort dieses obersten Häuptlings der Weißen hin nicht hingerichtet worden und das, obwohl die meisten Weißen nicht zufrieden mit dieser Entscheidung ihres obersten Häuptlings waren, gar nicht zufrieden.
Vielleicht bestünde ja auch eine kleine Hoffnung für sein Volk, wenn eine Abordnung von Häuptlingen der Cheyenne mit diesem großen Häuptling in Washington sprechen würde und versuchen würde, mit diesem mächtigen Mann einen Vertrag auszuhandeln. Als Ávooné-náchko seine Gedanken in die Ratsversammlung der Häuptlinge einbrachte, wurde sie von vielen begrüßt und man beschloss einstimmig, dass Ávooné-náchko selbst, in Begleitung von noch weiteren drei Häuptlingen der Cheyenne, im kommenden Frühjahr nach Washington reisen sollte, um mit dem großen, weißen Häuptling dort zu verhandeln. Und als die Zeit der ersten frostfreien Tage gekommen war, sandten die Cheyenne Boten aus zu allen befreundeten Stämmen, um ihnen ihr Vorhaben zu unterbreiten und darum zu bitten, dass der jeweilige Rat der Häuptlinge überdenke, ob eine Teilnahme an dieser Mission auch für ihr Volk in Frage käme.

So ritt denn im frühen März eine Abordnung von sechzehn Häuptlingen der Cheyenne, der Arapahoe und der Kiowa gen Washington, in der Hoffnung, dass zumindest mit dem Großen Häuptling der Weißen ein vernünftiges Wort zu reden sei.
Am 27. März des Jahres 1863 erreichten die Häuptlinge schließlich Washington, was durchaus Aufsehen erregte und dafür sorgte, dass sich eilends die Presse dorthin bewegte, wo das Un-

geheuerliche geschah. Zum Erstaunen der weißen Bevölkerung gewährte Lincoln diesen wüst aussehenden Rothäuten, angetan mit all diesem Tand aus Federn und Knochen, in seiner Großherzigkeit doch wahrhaftig eine Audienz und seine Frau war sogar bereit, sich mit einigen dieser Wilden für den Evening Star fotografieren zu lassen.
Überhaupt behandelte der Präsident diese Wilden mit einer ausnehmend souveränen Freundlichkeit, behandelte sie ganz so, als habe er tatsächlich seinesgleichen vor sich sitzen, lud sie ein ins Weiße Haus, bot ihnen manch einen gut gemeinten Rat. Er erklärte ihnen, dass die Weißen nur deshalb zahlreicher und wohlhabender als die Indianer seien, weil sie lieber die Erde kultivierten, als dem wilden Leben anzuhängen, dies sei der große Unterschied zwischen dem weißen und dem roten Mann. Er könne ihnen natürlich nicht vorschreiben, wie sie zu leben hätten, doch er sehe für die Indianer keinen anderen Weg zu überleben, als es den Weißen gleichzutun und das kultivierte Leben dem wilden vorzuziehen.

Ethketa hätte vor Wut und Zorn am liebsten laut geschrien, als die Häuptlinge bei ihrer Rückkehr davon berichteten.
„Das ist doch der blanke Hohn! Erst verfrachten sie uns in eine der trockensten Gegenden der Plains und dann sagen sie, wir sollen es den Weißen gleichtun, die in den grünen Teilen des Landes Ackerbau und Viehzucht betreiben!"
Bizhiu blickte zu Boden, es war einfach zu enttäuschend gewesen, was dieser große Häuptling in Washington von sich gegeben hatte und wenn er auch Ávooné-náchko persönlich versichert hatte, dass die Cheyenne am Sand Creek in Frieden würden leben können, wenn er ihn auch einen Freund genannt hatte und ihm sogar ein Schriftstück mitgegeben hatte, das die Cheyenne als Freunde der Weißen auswies, das Ávooné-náchko als persönlichen Freund des großen Häuptlings in Washington auswies und einen Orden zum Zeichen dieser Freundschaft gleich noch dazu, so hatte er letztendlich doch keinen Deut mehr getan, als alle anderen vor ihm auch. Er hatte letzten Endes doch auch nur die Frechheit besessen zu behaupten, die Indianer seien im Grun-

de genommen selbst an ihrem Elend schuld, weil sie der falschen Lebensweise anhängen würden.

Es war im Frühling des kommenden Jahres, als Bizhiu mit seinen Kriegern die Gegend durchstreifte, welche die Weißen Kansas nannten. Ein weiterer Kriegerbund hatte sich ihrer Jagd angeschlossen und auch Mochtavetó war mit von der Partie. Mochtavetó hatte sich an keinem einzigen Raubzug seines Kriegerbundes beteiligt, schließlich war er ein Friedenshäuptling und unermüdlich darin, für den Frieden einzutreten. Wenn aber eine Jagd unternommen wurde, dann war er selbstredend dabei.
Sie waren schon einen ganzen Tag unterwegs, ohne einen einzigen Büffel zu sehen. Abends schließlich hatten sie müde und erschöpft ein kleines Lager errichtet, hatten über dem Feuer einen Tee gekocht und gemeinsam den mehr als knapp bemessenen Proviant an Pemmikan miteinander geteilt.
Am nächsten Morgen waren sie gerade im Begriff, gemeinsam die Pfeife zu rauchen, als am Horizont eine Abordnung berittener Soldaten auftauchte. Sofort griff Ethketas Hand nach seinem Bogen, doch sachte legte sich Ávooné-náchkos Hand auf die seine und ruhig und mit einem Lächeln sagte er: „Nur ruhig, mein Freund, diese Soldaten werden nichts unternehmen, nur weil wir außerhalb von Sand Creek jagen. Ich habe den Brief von ihrem großen Häuptling in Washington dabei."
Zweifelnd sah Ethketa von seinem Häuptling zu den sich nähernden Soldaten. Noch waren sie relativ weit entfernt. Fragend blickte Ethketa zu seinem großen Bruder und er erkannte in seinen Augen dieselben Zweifel, die auch er in seinem Herzen hegte. Würden diese weißen Soldaten sie unbehelligt ziehen lassen? Oder würden sie sie am Ende alle gefangen nehmen. Was sollte dann aus ihren Familien werden?
Ávooné-náchko lächelte und verwies auf den in der Sonne blinkenden Orden der Freundschaft an seiner Brust und sagte voller Ruhe und Zuversicht: „Sie werden dieses Zeichen erkennen. Ich werde den Kriegern des weißen Mannes jetzt unbewaffnet entgegenreiten, allein daran werden sie schon unsere friedliche Absicht erkennen können."

Ávooné-náchko erhob sich und mit ihm auch Hotohke - Stern-, ein weiterer Häuptling der Cheyenne, um ihn zu begleiten.
Und wirklich, kaum waren Ávooné-náchko und Hotohke auf ihre Pferde gestiegen und den Weißen entgegengeritten, blieben diese auch schon stehen, in Reih und Glied, und erwarteten die Ankunft der Häuptlinge.
Bizhiu sah, wie Ávooné-náchko auf halbem Wege bereits eine Hand zu einem freundlichen Gruß erhob, während er mit der anderen weithin sichtbar den Brief des Präsidenten hielt. Reglos verharrten die Soldaten, und reglos verharrten auch die Krieger der Cheyenne. Einzig Ávooné-náchko und Hotohke waren in Bewegung und näherten sich langsam aber stetig den Weißen. Näher und näher kamen sie ihnen, sie mochten kaum mehr als zwanzig Fuß von den Soldaten entfernt sein, wahrscheinlich tauschten sie bereits erste Worte, vermutete Bizhiu, jedenfalls erhoben Ávooné-náchko und Hohtoke die Hand zum Gruß und auch der Häuptling der Weißen erhob seine Hand, ließ sie dann jedoch plötzlich wieder sinken. Kaum hatte er das aber getan, da eröffneten die Soldaten das Feuer und bereits im nächsten Augenblick fielen Ávooné-náchko und auch Hotohke tödlich getroffen von ihrem Pferd.
Im ersten Augenblick begriffen sie alle überhaupt nicht, was gerade geschehen war. Voller Entsetzen blickten sie auf die in wilder Panik zurückgaloppierenden Pferde, doch als sie dann begannen, das Unglaubliche zu erfassen, ergriffen sie hastig ihre Waffen, voller Wut und Hass. Doch Mochtavetó gebot ihnen Einhalt und seine Stimme war schneidend und hart, bebte vor Trauer und Zorn: „Kein Krieg jetzt! Kein Zeitpunkt könnte schlechter sein, als dieser! Sie sind weitaus zahlreicher als wir, niemand von uns käme in unser Lager zurück, wir haben nicht die geringste Chance zu gewinnen!"
Mochtavetó gelang es tatsächlich, seine Krieger zurückzuhalten, es gelang ihm tatsächlich, sie zur Flucht zu bewegen, doch als sie im Lager von den Vorkommnissen Bericht erstatteten, war die Trauer, war die Empörung und Wut gewaltig, schlugen die Wellen höher und höher und verschwand auch das letzte bisschen Hoffnung aus ihren Herzen. Und obwohl sich Mochtavetó wei-

terhin für den Frieden aussprach, überstimmte ihn die eilig einberufene Ratsversammlung der Häuptlinge der Cheyenne und der Arapahoe, und beschloss, dass nun auch das Cheyenne-Arapahoe-Bündnis Krieg führen würde mit diesen Weißen, Seite an Seite mit den Lakota, den Apachen, den Kiowa, den Comanchen.

Bis zur Erschöpfung hatte Bizhiu getanzt, hatte die beinahe schon vergessenen Lieder des Krieges gesungen, hatte sich seine linke Gesichtshälfte mit Puccoon rot und die andere mit Ruß schwarz gefärbt und dann war er ausgezogen, um mit seinen Kriegern des Bundes der Mo'éhno'hame'óhhä'hoóma und noch einigen anderen Kriegerbünden den Kriegspfad zu beschreiten.
Charlotte weinte zum ersten Mal beim Abschied und wünschte sich so sehr, er würde zu den Kriegern gehören, denen es bestimmt war, zum Schutz des Lagers zurückzubleiben.
Doch so schwer Bizhius Herz bei diesem Abschied von seiner Wiidjiiwaagan auch gewesen war, es hatte wirklich etwas Befreiendes, all diese Farmen und Bretterbuden brennen zu sehen, ganze Wagenkolonnen niederzumähen, nicht nur die, die sich in der Nähe des Sand Creek herumtrieben, sondern weit über dieses Gebiet hinaus. Und sie töteten und skalpierten alle, egal welchen Alters und wenn sich Bizhiu auch immer noch weigerte, auch die Kinder zu töten, so taten es andere für ihn. Viele dieser Siedler wehrten sich verzweifelt und die Frauen schrien und kreischten und weinten bei ihrem Anblick, als käme der Teufel persönlich, um sie zu holen, und mit Schrecken gewahrte Bizhiu, dass ihn all die Angst und Verzweiflung in den Gesichtern dieser Frauen kaum mehr berührte, nichts weiter in ihm auszulösen schien, als den brennenden Wunsch, dass sie damit aufhören sollten, dass sie endlich still sein mögen. Weg mit ihnen! Endlich Ruhe jetzt!
Ganze Landstriche befreiten sie von dieser weißen Plage, versetzten sie in Angst und Schrecken, erfüllten ihre Herzen mit Grauen und Furcht und beinahe glaubten sie, die Erde erleichtert aufatmen zu hören, zu spüren, wie gierig sie das Blut trank, mit dem sie nun endlich begossen wurde.
Annähernd zwei Monde waren die Krieger unterwegs gewesen, doch kaum waren sie in das Lager der Cheyenne zurückgekehrt,

so brachen auch schon die zurückgebliebenen Kriegerbünde auf und setzten das Werk ihrer Brüder fort. Bis nach Denver gelangten und sie töteten alle Weißen, auf die sie trafen.

Bizhiu fühlte sich unglaublich müde und erschlagen, und doch gelang es ihm nicht, zur Ruhe zu kommen. Stunden hatte er nach seiner Ankunft bei Ethketa zugebracht, hatte ihm den Schweiß von der Stirn gewischt, hatte seine verkrampfte, zitternde Hand gehalten, während der Medizinmann zwei Kugeln aus seinem Bein und eine weitere aus seiner Schulter holte. Es fehlte ihnen an Medizin, an den dafür nötigen, heiligen Kräutern, Wurzeln und Beeren, um all ihre Verwundeten zu pflegen, all die Wunden ausreichend zu versorgen.
Bizhiu hätte so gerne geweint, so wie seine Haémémé bitterlich weinte aus Angst um ihren Naha'e'ta, der nun ausgezogen war, um zu kämpfen und auch um all das zu rächen, was diese Weißen hier angerichtet hatten. Doch Bizhiu hatte keine Tränen, leer und taub war alles in ihm. Tage und Wochen hatte er nichts gesehen außer Kampf und Tod, und in seinen Ohren gellten immer noch die Schreie der Frauen und Kinder. Und hier war scheinbar alles so friedlich und es duftete nach Essen. Die Frauen bereiteten wie zu allen Zeiten ein Fest für die heimgekehrten Krieger. Singen würden sie und tanzen, um die vielen hundert Skalpe, rot und blond und braun und gemeinsam würden sie noch einmal allen Mut und alle Tapferkeit erwähnen. Doch sein kleiner Bruder würde zur selben Zeit um sein Leben kämpfen, würde mit dem Tod ringen und die Vorstellung, dass er diesen Kampf am Ende verlieren könnte, schnürte Bizhius Herz zusammen.

Beinahe zwei Wochen hatte es gedauert, ehe sich Ethketa endgültig auf die Seite der Überlebenden geschlagen hatte und beinahe drei Wochen, ehe es Bizhiu einigermaßen gelang, sich auf die Ruhe im Lager einzulassen, auf seine Kinder, auf seine Wiidjiiwaagan, ohne beständig seine Gedanken festhalten zu müssen, damit sie nicht schon wieder davonfliegen würden, weg von der Schönheit des Augenblicks, hin zu den Grauen der vergangenen Monde auf dem Pfad des Krieges.

Dann aber genoss er die Gespräche, die Zweisamkeit mit seiner Widjiiwaagan, fand endlich Trost und Vergessen in ihren Armen, spielte mit seinen Kindern, erzählte ihnen die alten Geschichten, übte mit ihnen die Zeichensprache der Plains und Prärien, unermüdlich, denn zu keiner Zeit war es wichtiger gewesen, sich mit allen anderen Stämmen verständigen zu können. Viele Stunden verbrachte er auch mit Ma'tscheschke alleine, unterwies ihn in allem, was für einen Krieger und Jäger wichtig war, nahm sich Zeit für die Fragen und Gedanken seines nun schon achtjährigen Sohnes und spürte allmählich, wie seine Ojichaag wieder warm und weich zu werden begann.

„Weißt du noch, ...", sagte seine Charly zu ihm, als er wieder einmal in ihren Armen Trost suchte, „damals an unserem ersten Tag im Lager der Cheyenne? Ich hatte geweint, ich hatte Angst und du hast mich getröstet. Du hast gesagt: ‚An meiner Seite wird dein zu Hause sein und an deiner Seite wird mein zu Hause sein, solange wir uns haben, werden wir immer irgendwo zu Hause sein.' Und jetzt sind wir auf dem besten Wege gemeinsam alt zu werden."

Überrascht zog Bizhiu seine Augenbrauen in die Höhe, ein Schmunzeln umspielte seine Lippen: „Na ja, so alt sind wir ja nun auch nicht. Wir haben einen Sohn, der erst acht Jahre zählt!"

„Aber dessen ungeachtet werden immer mehr von meinen Haaren weiß, schau doch nur, wie viele es sind und seit dem ich sogar in deinem schwarzen Haar die ersten Silberfäden entdeckt hab, ..."

„Wo? Wo hab' ich weiße Haare?!"

„Hier mein Schatz, hier ist eins, schau, hier sind sogar zwei!" Charlotte lachte vergnügt. „Und du bekommst nicht nur die ersten weißen Haare, mein kleiner Luchs, es wird auch nur noch sechs Monde dauern und du wirst zum dritten Mal Großvater werden!"

„Haéméné erwartet wieder ein Kind?" Plötzlich erschien vor seinem inneren Auge wieder das Bild seiner weinenden Tochter, damals als Naha'e'ta ausgezogen war. Langsam begann Bizhiu zu verstehen, er nickte bedächtig und fragte leise: „Warum habt ihr mir bis jetzt nichts davon gesagt?"

„Dein Herz war so schwer, so voller Schrecken und Sorge. Es war nicht an der Zeit, es hätte noch keinen Platz in deinem Herzen gehabt, dieses kleine Kind. Du hättest dich noch gar nicht richtig freuen können, du hättest dich nur noch mehr gesorgt und deshalb hat mich Haéméné gebeten, es dir zu sagen, wenn der richtige Augenblick gekommen ist. Ach, Bizhiu, ... ist das nicht einfach herrlich? Wir werden alt miteinander! Das habe ich mir immer gewünscht!"

William Bent war entsetzt über die Entwicklung auf den Plains und während er sich eilends auf den Weg machte, um mit den Befehlshabenden der Regimenter in Camp Weld zu sprechen und ein gutes Wort für seine verzweifelten Freunde einzulegen, schickte er zwei seiner Söhne mit einem Brief in das Lager der Cheyenne, in welchem er sie eindringlichst bat, den Krieg mit den Weißen zu beenden und Frieden zu schließen. Er setzte ihnen nochmals auseinander, was sie lange schon wussten, nämlich wie verheerend aussichtslos auf lange Sicht ihr Kampf sein würde. Dass man die geflohenen Häuptlinge der Lakota, Medicine Bottle und Shakopee bis hoch hinauf in die Wälder des Nordens verfolgt hatte, um sie dann gefangen zu nehmen und zurückzubringen und aufzuknüpfen, während Thaóyate-duta den Tod durch die Kugel eines Farmers gefunden hatte. Er berichtete ihnen aber auch noch anderes, was sie bis dahin noch nicht gewusst hatten und was ihnen die Aussichtslosigkeit ihrer Lage abermals in aller Deutlichkeit vor Augen führte. Das große und mächtige Volk der Comanchen wurde von den Texanern mehr und mehr zurückgedrängt. Ganze Lager hatten die Texas Ranger dem Erdboden gleich gemacht, dennoch kämpften die Comanchen verzweifelt weiter. Bent prophezeite den Cheyenne, dass erst dann, wenn der weiße Mann damit fertig wäre, seine eisernen Bänder über die Erde zu verteilen, der wirklich große Ansturm der Weißen käme, dass sie sich keinesfalls vorstellen könnten, welche Massen an Weißen dann erst in die Plains und Prärien strömen würden. Bent beschwor sie, zu retten, was für sie noch zu retten sei und zu versuchen, in Frieden irgendwo ein ruhiges Fleckchen Erde für ihr Volk zu gewinnen, ehe es zu spät sei.

Abermals wurde eine Ratsversammlung der Häuptlinge einberufen, darunter auch mehrere Häuptlinge der Arapahoe und Lakota, die im Lager der Cheyenne zu Besuch waren.
Viele Stunden verbrachten die Häuptlinge gemeinsam. Lange überlegten sie, erwogen sorgsam jedes Für und Wider. Nach langer Beratung endlich beschlossen die Häuptlinge, dass sie einen weiteren Versuch wagen würden. Schließlich hatten diese Weißen ja nun erleben können, dass die Indianer auch anders konnten, dass sie ihren Feinden das Fürchten lehrten, wenn ihnen denn keine andere Wahl blieb. Nun sollten die Weißen zudem erleben dürfen, dass die Indianer die Größe besaßen, wirklich vergeben und vergessen zu können, dass sie nicht nur den Mut zum Krieg, sondern noch auch den Mut zum Frieden hatten, den Mut einen Neuanfang zu wagen.

Es war am kommenden Tag, noch recht früh am Morgen, als Bizhiu in Mochtavetós Tipi gerufen wurde, mit der ungewöhnlichen Bitte einen Brief zu schreiben, den Mochtavetó ihm im Einverständnis mit den anderen anwesenden Häuptlingen diktieren würde.
Und so riss Bizhiu die erste unbedruckte Seite aus seinem Buch, eilte in Mochtavetós Tipi, ließ sich von George Bent einen Griffel geben und schrieb, was ihm Mochtavetó diktierte:

Lager der Cheyenne, 29. August 1864

Major, Sir,
wir erhielten einen Brief von Bent, in dem er sich wünscht, dass wir Frieden schließen.
Wir haben eine Ratsversammlung abgehalten, in der wir alles betrachteten und rücksichtsvoll erwogen und wir kamen zu dem Ratsschluss, dass wir Frieden mit Euch schließen werden, vorausgesetzt, Ihr schließt auch Frieden mit den Kiowa, Comanchen, Arapahoe, Apachen und den Sioux. Wir werden Boten aussenden, zu den Kiowa und den anderen Stämmen, um ihnen von unserem Ratsschluss zu berichten. Wir hörten, dass Du einige Gefangene in Denver hast, wir haben sieben Gefangene von Dir,

welche wir bereit sind, Dir zurückzugeben, vorausgesetzt, Du gibst uns Deine.
Es sind derzeit drei unserer Kriegerbünde unterwegs und auch zwei der Arapahoe, wir erwarten sie aber bald schon zurück.
Während wir diese Ratsversammlung abhielten, waren auch einige Arapahoe und Sioux anwesend. Wir wollen eine wahrheitsgetreue Nachricht von Dir als Antwort auf diesen Brief.

Black Kettle
und andere Häuptlinge

Es hatte einige Diskussionen gegeben, ob in diesem Brief die Namen benutzt werden sollten, welche die Weißen für sie verwendeten oder doch besser die eigentlichen und einzig richtigen Namen. Doch letzten Endes hatte man sich dazu entschlossen, sich darum zu bemühen, es den Weißen so einfach und verständlich zu machen, wie nur irgend möglich.
Tatsächlich erfolgte eine Reaktion auf diesen Brief und zugleich auch eine Einladung an die Häuptlinge zu einer Unterredung in Fort Weld, unweit von Denver gelegen.
Und so machte sich also Bizhiu, gemeinsam mit Mochtavetó und weiteren sechs Häuptlingen der Cheyenne auf den Weg, um mit dem kommandierenden Major des Forts zu verhandeln. Vier gefangen gehaltene Weiße hatten ihnen die Kiowa und die Lakota übergeben, als Zeichen ihres Willens zum Frieden.
Wider Erwarten war Major Edward Wynkoop ein sehr mitfühlender, sympathischer Mann, der zu denken vermochte, dessen Ohren wach waren und dessen Herz fähig war, zu verstehen. Er gefiel Bizhiu, dieser gepflegte, dunkelhaarige Mann Mitte dreißig. In seinen dunklen Augen spiegelte sich echte Betroffenheit über die ausweglose Lage, in der sich nicht nur die Cheyenne befanden.
Mochtavetó erklärte ihm: „Alles wonach wir fragen, alles was wir wollen, ist Frieden mit den Weißen. Wir möchten euch allen die Hand reichen! Wir sind auf unserem Weg wie durch dunkle Wol-

ken gereist, der Himmel hat sich verfinstert allezeit, seitdem der Krieg begonnen hat. Ich möchte nichts weiter, als euch allen, allen Häuptlingen der Soldaten, genauso wie allen Soldaten selbst, begreiflich machen, dass wir uns Frieden wünschen, dass wir bereits Frieden mit euch geschlossen haben. Bitte versteht, dass wir nicht eure Feinde sind!"
Und es hatte erfreulicher Weise ganz den Anschein, als bemühe sich dieser Major Wynkoop nicht nur, die ihm zuteil gewordenen Worte zu verstehen, was ja an sich durchaus schon eine kleine Sensation gewesen wäre, sondern als verstünde er sie tatsächlich. Bereits nach einer kurzen Unterredung erklärte sich Wynkoop bereit, die Lager der Indianer unter den Schutz der Soldaten zu stellen, außerdem werde er sofort veranlassen, dass die vertraglich zugesicherten Lebensmittel in ausreichender Menge die Lager erreichten und auch Decken und anderes, was für den bevorstehenden Winter benötigt werde. All das versprach er ihnen und er meinte es ehrlich. Zum ersten Mal nach langer Zeit glomm wieder so etwas wie Hoffnung in Bizhius Herzen und nicht nur in seinem.

Der Herbst war beinahe schon vorübergezogen, als sie endlich in das Lager der Cheyenne zurückgekehrt waren, als Bizhiu endlich wieder seine Lieben in die Arme schließen konnte.
Längst waren die Kriegerbünde ins Lager zurückgekehrt und seine Haéméné weinte nicht mehr, sondern strahlte glücklich, sang vor sich hin, während ihr Bauch wuchs und schon unverkennbar war, dass es nur noch zwei, drei Monde dauern würde, bis ein weiteres Kind der Cheyenne die Welt erblickte. Und noch etwas war geschehen, etwas was Bizhiu abermals ganz schön schlucken ließ, seine Mo'eha'e trug nun den Gürtel der Keuschheit, seine Mo'eha'e war zu einer zierlichen Frau geworden.
Mit einem Seufzer dachte Bizhiu an das nimmer enden wollende Flötenspiel und stellte sich gedanklich darauf ein, dass es ihn im nächsten Frühjahr wieder ereilen würde.

Major Wynkoop machte sich tatsächlich umgehend auf den Weg, um mit seinen Vorgesetzten in Fort Lyon zu sprechen und alles

Weitere in die Wege zu leiten. Doch zu seiner Überraschung zeigte sich sein Vorgesetzter nicht besonders angetan von Wynkoops Plänen.

Governor John Evans vom Colorado Territorium betrachtete seinen Major mit unverhohlen kritischem Blick. Er lehnte sich seufzend auf seinem Sessel zurück und verschränkte die Arme hinter dem Kopf. „Mein lieber Wynkoop, ...“, hob Evans zu sprechen an, „so einfach, wollen wir es den Rothäuten doch wohl nicht machen, nicht wahr? Nach dem, was die hier alles angerichtet haben. Sie werden sicherlich einsehen, mein guter Major, dass die Indianer für all das schon ein bisschen leiden sollten, bevor sie ihren Frieden haben. Das sehen Sie doch sicherlich ganz genauso, oder?“

Die Warnung in Evans' Stimme war nicht zu überhören, doch Wynkoop wollte nicht so schnell schon klein beigeben, denn er hatte diesen Indianern sein Wort gegeben und zwar aus der Überzeugung heraus, dass sie im Recht waren und diese Überzeugung hatte er nach wie vor. „Sir, offengestanden, ... es gibt Verträge mit diesen Völkern, nach denen sie ein Recht auf Lebensmittellieferungen durch die Weißen haben, zum Ausgleich für ...“

„Sicher, ja, ... Sie müssen mich nicht über die einstmals geschlossenen Verträge aufklären, Major, ... In diesen Verträgen steht aber kein Wort davon, dass die Indianer Siedlungen überfallen und niederbrennen sollen!“

„Es blieb ihnen doch gar nichts anderes übrig. Es hat sich doch auch kein Weißer an diese Verträge gehalten, da ...“

„Da sehen Sie's doch selbst! Und jetzt auf einmal wollen sie sich auf diese alten Verträge berufen, an die sich kein Mensch jemals gehalten hat?“ Evans schüttelte den Kopf. „Ach, mein guter Wynkoop, Sie machen mir wirklich Spaß!“

Abends noch, als Governor Evans bereits mit einem Freund am prasselnden Kaminfeuer beisammensaß und mit diesem eine Flasche Portwein leerte, schüttelte er den Kopf über Wynkoops verquere Ideen. Der taugte nicht für diesen Posten, viel zu weich, viel zu schwach! Der würde, wenn es einmal wirklich darauf ankäme, am Ende doch glatt die falschen Entscheidungen treffen! Wenn

man ihn ließe ..., doch Evans hatte gottlob die Gefahr erkannt und alles Weitere bereits in die Wege geleitet.
„Frieden! Er hat tatsächlich diesen Wilden den Frieden zugesagt! Es ist wirklich kaum zu glauben, was sollte ich denn dann mit den vielen Soldaten machen, wenn ich Frieden schließe? Es kommt ihm gar nicht in den Sinn, wie viele Menschen mit einem Mal dastünden, ohne Arbeit und Brot."
„Durch wen wirst du Wynkoop ersetzen?"
„Major Scott Anthony, ein wirklich patenter Mann, der mit beiden Beinen auf dem Boden der Tatsachen steht. Ich kenne ihn gut, ein ganz fabelhafter Kerl!"

Es war bedeutend kälter geworden in den letzten Tagen, tiefgraue Wolken verschleierten das Licht der Sonne und kündeten davon, dass der erste Schnee nicht mehr allzu lange auf sich warten lassen würde.
Bizhiu kam mit Ma'tscheschke gerade von einem ausgedehnten Spaziergang mit den Hunden zurück, denn sie hatten es sich in den vergangenen Wochen zur Angewohnheit gemacht, sich mit dem ersten Morgenrot, noch vor dem Frühstück, die Hunde zu schnappen und gemeinsam am sandigen Flussufer des Sand Creek ein gutes Stück weit entlangzuspazieren. Und es bereitete ihnen allen beträchtlichen Spaß, manches Mal tobten und rannten sie alle sechs durch den Sand, dann wieder gingen sie gemächlich, beobachteten jedes Tier, das sich in diese trockene Gegend verirrte, hielten gemeinsam Ausschau nach verschiedenen Pflanzen, kundschafteten Stellen aus, an denen sie vielleicht wachsen könnten oder sie erzählten sich etwas, sangen gemeinsam Lieder, manchmal sogar zweistimmig. Meistens aber nutzte Ma'tscheschke diese wertvolle Stunde im Morgengrauen, um seinen Vater mit Fragen zu bombardieren. Alles wollte er wissen. Wie das gewesen war damals, bei den Weißen, bei den Ojibwe, warum sie nicht mehr am Arrowpoint River leben durften, warum sein Onkel einfach nicht gesund werden wollte, warum Mo'eha'e plötzlich eine Frau geworden war, dabei sehe sie doch kein Stück erwachsener aus als vorher, warum, warum, warum? Bizhiu widmete sich mit Hingabe all diesen Fragen, genoss es ein-

fach, endlich das tun zu dürfen, was er sich all die Zeit über so brennend gewünscht hatte, nämlich seinen Ma'tscheschke, seinen Sohn, auf seinem Weg zum Mannsein begleiten zu dürfen, ihm alles mitzugeben, was er ihm nur zu geben vermochte.
Gleich nach dem Frühstück begab sich Bizhiu in das Tipi seines Bruders. Ethketa saß auf seiner Bettstatt in der Nähe des Feuers und seine Augen leuchteten auf, als er ihn eintreten sah.
„Bizhiu, wie schön dich zu sehen."
„Wie geht es dir heute, mein Bruder?"
„Oh, es geht schon." Der harte, gequälte Zug um seinen Mund strafte ihn eindeutig Lügen. Ethketa litt Höllenqualen, denn eine der Wunden an seinem Bein wollte sich nicht schließen und es war obendrein steif geblieben. Weniger die Schmerzen waren es, die seinen kleinen Bruder so leiden ließen, denn das Gefühl unnütz zu sein, nichts tun zu können, was dem Erhalt der Gemeinschaft dienlich wäre.
Ethketa zog die Stirn in Falten und blickte seinen Bruder fragend an: „Glaubst du, die versprochenen Lebensmittel werden vor Einbruch des Winters noch ankommen?"
„Also, ehrlich gesagt, dann müssten sie schon bald eintreffen, bis zum ersten Schnee ist es nicht mehr weit."
„Wenn sie bis dahin nicht kommen, dann kommen sie gar nicht mehr, und dann ist euer Major Wynkoop ein Schwätzer wie alle anderen auch. Ich habe ihn mir ja nicht ansehen können, aber manchmal denke ich, es wäre beinahe zu schön um wahr zu sein, wenn er wirklich so wäre, wie es wohl bei dieser Unterredung in Fort Weld den Anschein hatte."
„Ach, nun seh' nicht so schwarz, mein Bruder. Es wird auch wieder Frühling werden, und wenn du erst wieder vernünftig reiten kannst, dann sieht die Welt auch schon ganz anders aus."
„Wenn, mein Bruder, wenn! Ich habe manchmal das Gefühl, dass ich nie wieder über die Plains galoppieren werde."
„Ethketa, bitte verlier' deinen Mut nicht, es wird auch wieder anders kommen. Dieser Wynkoop war ein ehrlicher Mann und er wollte diesen Krieg genauso wenig wie wir. Vielleicht wird ja wirklich in den nächsten Tagen die versprochene Lieferung eintreffen."

„Ja, schön wär's, sonst werden wir diesen Winter nämlich in ernsthafte Schwierigkeiten geraten. Bizhiu, ... manchmal habe ich Träume, seitdem ich hier liege, die machen mir wirklich Angst."
Sachte drückte Bizhiu die Schulter seines Bruders, während seine andere Hand Ethketas Hand umfasste, ganz sicher und warm.
„Wir alle haben Angst in diesen Tagen und uns alle plagen sorgenvolle Träume, wie sollte es auch anders sein. Versuche, dein Herz nicht so schwer werden zu lassen, dass es zu fliegen verlernt. Schau, ich bin ausgezogen und wiedergekehrt, Naha'e'ta ist ausgezogen und wiedergekehrt und bald wirst du zum dritten Mal Großonkel und weil dein Tipi neben meinem steht, wirst du im nächsten Jahr wahrscheinlich auch in den Genuss vielstimmiger Flötenmelodien kommen. Na, ist das nicht genug Freude im Leben?"
Ethketa musste lächeln, beinahe widerstrebend, doch offen und warm blickten seine Augen in die Augen Bizhius und er seufzte ein bisschen, ehe er leise zu sprechen begann: „Weißt du was mein Bruder? Ich hab dich wirklich sehr, sehr gern."

Sie erhielten tatsächlich keine zwei Tage später Besuch, jedoch nicht von Major Wynkoop, sondern von Major Anthony und er hatte auch keine Lebensmittel bei sich, sondern stattdessen zwei gewaltige Flaggen, die amerikanische und eine weiße, welche er Mochtavetó feierlich überreichte. Er erklärte den versammelten Häuptlingen, dass er der neue Major von Fort Weld sei, da sein Vorgänger überraschend abkommandiert worden wäre. Er habe Befehl erhalten, die Häuptlinge der Cheyenne aufzufordern, in ihren Reihen zu klären, wer wirklich und ernsthaft von ihnen am Frieden mit den Weißen interessiert sei. Alle diejenigen, die sich für den Frieden entschließen würden, sollten gemeinsam ihr Lager in etwa fünfundzwanzig Meilen von ihrem jetzigen Lager entfernt, am Ufer des Sand Creek errichten und die beiden Flaggen weithin sichtbar anbringen, damit die Regimenter das Friedenslager schon von Weitem erkennen könnten. Anders sei der Schutz des Lagers nicht zu gewährleisten. Angesprochen auf die versprochenen Lebensmittel konnte ihnen Major Anthony leider nicht weiterhelfen, er habe diesbezüglich noch keine Nachricht erhalten, doch er werde sich mit seinen Vorgesetzten alsbald in Verbindung setzen.

Nicht alle waren bereit gewesen, in dieses Lager des Friedens zu ziehen, für manch einen kam es einer Kapitulation gleich, sich nun auch noch vorschreiben zu lassen, wo genau man sein Lager zu errichten habe und dieser neue Major erweckte nicht allzuviel Vertrauen in den Herzen vieler. Und doch war die Zahl der Krieger, die sich von ihnen verabschiedete gering, die meisten von ihnen waren des Kämpfens müde und nicht wenige hatten ohnedies eigentlich niemals kämpfen wollen.
Am selben Tag noch brachen sie ihr Lager ab und errichteten, wie befohlen, einige Meilen entfernt an einer kleinen Biegung des Sand Creek das Lager des Friedens. Die Flaggen flatterten, weithin sichtbar, über diesem gerade einmal aus knapp einhundert Tipis bestehenden Rund, dessen Öffnungen nach Osten wiesen, wie zu allen Zeiten, um den neuen Tag zu begrüßen und ihm Ehre zu erweisen, sie flatterten hin- und hergetrieben im schneidend kalten Wind, der schon nach Schnee roch und Eis.

65

David war alles andere als glücklich, denn das Leben eines Soldaten war wahrhaftig kein Zuckerschlecken, selbst wenn der Whiskey in Strömen floss. Er hatte Sachen gesehen und Dinge erlebt, da sträubten sich ihm heute noch die Nackenhaare, und ohne sich über den Tag hinweg nach und nach zu betäuben, würde er wahrscheinlich nicht eine einzige Nacht mehr ruhig schlafen können. ... Nein, er wollte schon lange kein Soldat mehr sein, wirklich nicht, alles andere lieber als das und er verfluchte den Tag, an dem er diese Wahnsinnstat vollbracht hatte. Lieber heute als morgen hätte er sich aus dem Staub gemacht. Nur leider, Soldat zu werden war denkbar leicht, sich von dieser Fessel wieder zu befreien, war ungemein schwer, genaugenommen mehr oder minder unmöglich, sofern man nicht des Lebens müde war.
Es blieb nichts, David musste mit seinen Kumpels, und es waren

neben vielen rechten Hornochsen durchaus sogar ein paar ausgesprochen nette Kerle dabei, weiterreiten, bei dieser Schweinekälte, bei diesem beißenden Wind, der einem die Tränen in die Augen trieb. Nach Denver ging es, warum und wieso erfuhr man, wenn überhaupt, erst hinterher.
Ach, er hasste das alles hier, eigentlich wollte er nur weg hier, und wenn er geahnt hätte, wie nah er abermals seinem Freund aus Kindertagen und Jugendjahren gekommen war, so hätte er es mit Sicherheit auch gewagt. Ohne mit der Wimper zu zucken, hätte er bei der nächsten Gelegenheit Fahnenflucht begangen, doch so ließ er es lieber bleiben, denn wohin schließlich hätte er auch gehen sollen? Nach St. Peter vielleicht? Na, die würden Augen machen, die würden bestimmt hellauf „begeistert" sein. Wer weiß, ob sie ihn überhaupt noch einmal sehen wollten, und erleben zu müssen, dass sie ihn womöglich fortjagten, ihn gar nicht mehr haben wollten! Nein, das hätte ihm wahrlich den Rest gegeben. Die fragenden und enttäuschten, oder viel schlimmer noch, die vielleicht sogar gleichgültigen und fremden Augen seines Sohnes würden ihm dann das Genick brechen. Und so ritt er also weiter auf seinem Weg und als sie endlich Fort Lyon erreichten, war er reichlich froh darüber, wieder ein Dach über dem Kopf zu haben und einen Kamin, an dem er seine klammen Hände wärmen konnte.

Und während David seine Hände an dem prasselnden Feuer wärmte, saß nur einen Tagesritt entfernt auch Bizhiu schweigend an einem Feuer und wärmte sich seine rot gefrorenen Hände genauso, wie David es gerade tat.
„Bizhiu, ...", sagte Ethketa in die Stille hinein, „glaubst du immer noch, dass sie die versprochenen Lebensmittel liefern?"
Bizhiu blickte auf und zuckte bedauernd mit den Schultern. „Nein, da wird wohl nichts mehr kommen. Aber Major Wynkoop hat es ehrlich gemeint, daran glaube ich nach wie vor."
Ethketa lachte leise und schüttelte den Kopf. „Ach, Bizhiu, das liebe ich so an dir. Du verlierst den Glauben an diese Menschen nicht! Egal, was sie auch tun mögen, du gibst die Hoffnung einfach nicht auf und das finde ich schön. Weißt du aber, was ich

glaube? Ich glaube, sie hoffen, dass sich das Problem über den Winter von ganz alleine lösen wird. Sie werden uns solange hungern lassen, bis unsere Jäger eben doch wieder dort jagen, wo es ihnen verboten ist. Und dann haben sie einen Grund, unsere Jäger zu erschießen und damit voranzutreiben, was Hunger und Kälte alleine vielleicht nicht einmal vollbringen könnten, nämlich das stolze Volk der Cheyenne endgültig zu zerbrechen."
„Wenn man dich so reden hört, wird einem angst und bange."
„Du glaubst nicht, wie viel Angst ich habe, mein geliebter Bruder, denn du kennst meine Träume nicht."

Zwei von William Bents Söhnen, George und Charles, und seine Tochter Julia kamen in das Lager des Friedens, um ihre Freunde und Verwandten zu besuchen und sich mit ihnen solidarisch zu erklären, während ihr Vater mit ihrem Bruder Robert auf dem Weg nach Fort Lyon war, um dort noch einmal in gutes Wort für die Cheyenne einzulegen. Der erste Schnee fiel, als sie das Lager erreichten und die Situation, in der sie das Lager der Cheyenne vorfanden, war so verzweifelt, wie es schlimmer nicht hätte sein können, denn die Vorräte, die sie für den Winter hatten anlegen können, waren so gering wie nie. Die Lebensmittel, mit denen George, Julia und Charles ihre Pferde und noch ein weiteres schwer beladen hatten, machten sich auf das Lager verteilt zwar sehr bescheiden aus, erhellten aber die Stimmung in jedem Tipi ganz erheblich und es war ein Fest, als sich die Frauen eifrig daran machten, Bohnen zu kochen und Reis, als endlich einmal wieder alle Bäuche gefüllt waren und sogar noch etwas für die nächsten zwei, drei Tage übrig blieb. Und manch einem kam es mit vollem Magen, auf einmal doch wieder möglich vor, dass die versprochenen Lebensmittel und Decken noch eintreffen könnten, wer konnte das schon wissen? Ethketa gehörte nicht zu diesen hoffnungsvollen Menschen, ganz gewiss nicht und er blieb dabei: „Sie hungern uns aus, wart's nur ab. Es werden niemals irgendwelche Lebensmittel hier ankommen, niemals!"

Und es sah ganz so aus, als sollte er Recht behalten. Der Winter hatte bereits eine dünne Schneeschicht auf dem Land verteilt, doch noch würde es gut möglich sein, zu Pferde auf die Jagd zu reiten und von daher auf der Suche nach dem Wild auch weitere Strecken in möglichst kurzer Zeit zurücklegen zu können. Sorgfältig wurde die Jagd vorbereitet und jeder Mann, der zu entbehren war, nahm daran teil. Letztendlich wurde beschlossen, sechzig Krieger im Lager zu belassen, darunter auch den Großteil ihrer Friedenshäuptlinge, unter ihnen auch Mochtavetó und White Antelope, falls die Weißen wider Erwarten doch noch vorbeikämen, um entweder erneut zu verhandeln oder aber tatsächlich einmal zu tun, was sie den Cheyenne versprochen hatten.

Bizhiu schmiegte sich an seine Wiidjiiwaagan und hatte so gar keine Lust, morgen früh auf die Jagd zu reiten und schon gleich gar nicht bei dieser grimmigen Kälte. Aber wenigstens Naha'e'ta würde im Lager bleiben können, in Rücksichtnahme darauf, dass er im Grunde jeden Tag bald erneut Vater werden konnte. Ach, er wäre so gerne wieder bei ihm gewesen, wenn es so weit war, hätte gerne wieder diese endlosen, bangen und erwartungsvollen Stunden mit ihm geteilt und er wünschte sich so sehr, zu den ersten Menschen gehören zu dürfen, die dieses kleine Kind liebevoll in ihre Arme schließen und willkommen heißen konnten. Na ja, vielleicht hatte er ja Glück und dieses kleine Wesen würde sich noch etwas Zeit lassen.
Bizhiu seufzte leise, kuschelte sich an den Rücken seiner Wiidjiiwaagan und schlief ein.
Seltsam war der Traum und von einem ganz merkwürdigen Gefühl begleitet, einem dumpfen Gefühl von etwas, das er nicht recht zu erfassen und deuten vermochte, dumpf und schwer und doch auch beinahe blendend klar und federleicht.
Er träumte, gemeinsam mit seinem Ma'tscheschke am Flussufer des Sand Creek entlangzugehen, die Hunde tollten um sie herum und sein kleiner Ma'tscheschke weinte. Bizhiu versuchte ihn zu trösten, nahm ihn in die Arme und sagte: „Aber Ma'tscheschke, es ist nun einmal nicht anders. Du bist einfach noch viel zu jung!" Ma'tscheschke schluchzte noch einmal, doch dann blickte er langsam auf, wischte entschieden seine langen, schwarzen Haare und auch seine Tränen aus dem Gesicht, mit altbekannter

Geste tat er das und mit einem freudigen Schrecken, der ihn wie ein Blitz durchfuhr, blickte Bizhiu tief in beinahe schwarze, große Mandelaugen, die ihn flehentlich zu beschwören schienen. Lange sagten sie beide nichts, doch dann öffnete Ho'neheschkeso seine Lippen und flüsterte so leise, dass es Bizhiu kaum verstehen konnte: „Einmal, nur einmal will ich mit dir reiten, Ného'e! Einmal nur mit dir auf die große Jagd! Bitte, glaube mir, ich bin schon alt genug!"

Bizhiu liebte es, mit seiner Familie gemeinsam beim Frühstück zu sitzen, sie alle beisammen zu haben, zu Beginn eines neuen Tages. Es war einfach schön beieinander zu sitzen, den neuen Tag gemeinsam zu beginnen, über den vergangenen Tag zu sprechen, für den kommenden Tag zu planen, es war schön selbst dann, wenn man sich den Bauch einzig mit einem dünnen, heißen Tee füllen konnte, weil die Versorgungslage nicht mehr als eine bescheidene Mahlzeit am Tag zuließ.
Doch heute hatte er keine Zeit dazu, heute würde er nicht einmal Zeit haben, mit seinem Sohn die übliche Stunde frühmorgens am Flussufer zu verbringen, denn die Jäger würden bereits mit Sonnenaufgang losreiten.
Bizhiu packte noch einige Sachen in seinen Lederbeutel, seine Pfeife, etwas Kinnikinnik und ein zweites Paar Mokassins, denn es war fatal, wenn einem unterwegs die Schuhe kaputtgingen und man hatte keinen Ersatz parat. Charlotte brachte ein Lederbehältnis, randvoll gefüllt mit Pemmikan.
Erstaunt blickte Bizhiu auf die beachtliche Menge. „Das ist doch viel zu viel, mein Schatz."
„Einige sind dabei, die haben kaum mehr etwas, es wird gut sein, wenn dann andere mehr dabei haben, als sie brauchen."
„Da hast du natürlich recht, aber es ist trotzdem zu viel. Die Hälfte reicht, glaub mir."
Widerstrebend nahm Charlotte einige der dunkelbraunen Kugeln wieder aus dem Behältnis, als es leise an ihr Tipi pochte. Überrascht blickten sie einander an. Wer mochte das sein? Noch war die Sonne nicht aufgegangen, wer konnte sie jetzt besuchen wollen?

Es war Ethketa, der gestützt auf Kávéné in ihr Tipi trat. Ethketa war kreidebleich und Bizhiu ließ sofort alles stehen und liegen.
„Ethketa! Was ist mit dir?"
Ethketa winkte ab: „Mit mir ist nichts, mein Bruder, ich habe einfach eine entsetzliche Nacht hinter mir."
Kávéné nickte und ihre Augen waren ängstlich und besorgt: „Er hat geschrien im Traum und geweint. Manchmal weint Ethketa im Schlaf, seit dem Tag damals, als er wieder zu den Cheyenne zurückgekehrt ist, doch diese Nacht ..." Tränen traten in ihre Augen, sie wischte sie weg und schüttelte den Kopf.
Kurz blickte Ethketa in Bizhius Augen. „Ich brauche dringend ein paar Augenblicke deiner Zeit. Ich wäre nicht so früh schon in dein Tipi gekommen, wenn es nicht wirklich wichtig wäre."
Bizhiu nickte und in seinem Inneren begannen sie sich aufzutürmen, dunkle Wolken der Ahnung. Gemeinsam mit seinem Bruder setzte er sich an das kleine Feuer, während Charlotte still das Tipi verließ, um ihre Tochter zu besuchen. Sie ahnte, dass die Männer allein sein wollten.
Ethketa ergriff Bizhius Hand, blickte ihn so beschwörend, so ernst und sorgenvoll an, dass ihm ganz beklommen zumute wurde.
„Mein Bruder, ich hatte heute Nacht einen Traum, einen furchtbaren Traum und wenn ich ihn auch noch nicht genau zu begreifen vermag, so waren mir doch einige Dinge schon klar, als ich im Begriff war zu erwachen. Es wäre mir in der kurzen Zeit, die uns bleibt, nicht möglich, dir alles zu erzählen und deshalb erzähle ich dir jetzt auch nur das, was ich für wesentlich halte. Den Rest möchte ich dir gerne erzählen, wenn ihr von der Jagd zurückgekehrt seid, denn der Traum war kein gewöhnlicher Traum, glaube mir und er macht mir einiges Kopfzerbrechen. Und nun hör zu, ich, ... ich habe von Bill Daring geträumt. Er kam, um sich seinen Skalp zurückzuholen, es war beinahe so wie damals, ... er kam in mein Bett, mein Bruder, er kam, um ... all das noch einmal zu tun und er lachte dabei, er lachte und sagte: ‚Es nutzt dir gar nichts, dass du nun erwachsen geworden bist.' Ich wehrte mich verzweifelt und versuchte ihm zu entkommen, doch ich konnte nicht schnell genug laufen, ... und als ich mich schon verloren wähnte, da änderte sich plötzlich alles, ich lief auf einmal nicht

mehr vor Bill Daring davon, sondern auf einen großen Bogen zu, einen gewaltigen Bogen aus Holz und weißt du, wer hoch oben auf diesem Bogen saß? Dein kleiner Ho'neheschkeso saß darauf, in schwindelnder Höhe und mir wurde angst und bange dabei und ich fragte mich, wie er da wohl wieder runterkommen sollte. Doch Ho'neheschkeso lachte nur, er hielt sich nicht einmal fest, sondern winkte mir fröhlich zu und dann konnte ich auch seine Stimme hören und er sagte: ‚Aber mein Onkel, wenn du nicht mit meinem Vater auf die Jagd reitest, wer soll ihn dann beschützen? Wenn du nicht mit ihm gehst, dann wird ja keiner da sein, wenn er einen braucht, keiner! Ného'éehe - Mein Vater - wird seinen Bogen brauchen! Mein lieber Onkel, wenn er dich nicht hat, dann sollte er besser nicht vergessen, seinen besten Bogen mitzunehmen.' Und dann schwang er sich von dem hölzernen Bogen hinab und flog davon wie ein Vögelchen und noch im Wegfliegen rief er: ‚Sieh doch nur, die Wölfe sind fern, doch der Bogen ist nah!'"
Bizhiu blickte seinen Bruder mit sorgenvollen Augen an, sein Herz klopfte und alle möglichen Bilder wirbelten in ihm durcheinander. Was bedeutete dieser Traum? Was bedeutete sein eigener Traum? Ho'neheschkeso und Ma'tscheschke, die große Jagd, seinen besten Bogen, seinen besten Ma'tscheschke sollte er mitnehmen. ‚Einmal nur, einmal will ich mit dir reiten, glaub mir, ich bin schon alt genug!' Sollte es das wirklich heißen? Aber Ma'tscheschke war doch noch viel zu klein, acht Jahre gerade einmal! Ein Wahnsinn wäre das und wozu sollte das gut sein?
„Bizhiu, schon im Aufwachen wusste ich, dass du Ma'tscheschke mitnehmen musst, so verrückt das auch klingen mag. Der große hölzerne Bogen, Bizhiu, diesem Bogen verdankt Ma'tscheschke seinen Namen, es war derselbe Bogen wie in meinem Traum damals. Ich weiß nicht warum, mein Bruder, ich weiß es nicht, aber ich habe in mir ein ganz seltsames Gefühl, es macht mir Angst! Ich bin heute Morgen mit dem Gefühl aufgewacht, dass ich dich festhalten möchte, dass ich mit dir gehen will, dass ich wie dein eigener Schatten immer in deiner Nähe sein möchte. Dass ich dir unbedingt jemanden mitgeben muss, wenn ich schon nicht selbst mit dir gehen kann. Und deshalb beschwöre ich dich, nimm Ma'tscheschke mit, nimm, wenn schon nicht dein eigener klei-

ner Bruder dir zur Seite stehen kann, dann wenigstens den kleinen Bruder deines ältesten Sohnes mit, er bat mich darum heute Nacht, ... ich habe keinen Zweifel daran. Ho'neheschkeso selbst bat mich darum und nun bitte ich dich. Du magst jetzt vielleicht denken, dass dein kleiner Bruder zu viel Zeit hat zu grübeln, sich Sorgen und Gedanken zu machen und damit hast du durchaus auch recht, doch niemals war ich mir so sicher, wie ich es jetzt bin. Nimm ihn mit, es ist richtig und es wird wichtig sein, wenn ich mir auch nicht denken kann, wozu."

Ein leise warnendes Gefühl in Bizhius Innerem erwachte für einen kurzen Augenblick, ließ ihn für den Bruchteil von Sekunden fühlen, dass wirklich irgendeine dunkle Gefahr drohen könnte. Doch dann war es schon wieder weg, dieses beklemmende Gefühl und Bizhiu atmete tief durch und sagte: „Es ist wirklich seltsam, ich habe auch von meinen Söhnen geträumt heute Nacht, von allen beiden. Aber ich weiß nicht, er ist doch erst acht Jahre alt und er sitzt bei weitem nicht so sicher auf dem Pferd, wie sein Bruder das in seinem Alter getan hat. Er will ja nicht einmal mit! Bei ihm ist das etwas ganz anderes als bei Ho'neheschkeso, ich müsste ihn mit auf mein Pferd nehmen und die anderen Jäger würden wohl kaum alle damit einverstanden sein, dass ich mein Kind mitnehmen will!"
„Ja, deshalb hat sich dein Sohn auch sehr viel Mühe gegeben, um uns davon zu überzeugen, dass du ihn dennoch mitnehmen solltest."
„Mápe' e wird mich für verrückt erklären!"
„Ma'tscheschke ist acht Jahre alt, er ist dein Sohn und es liegt seit zwei Jahren schon in deiner alleinigen Verantwortung, wie er erzogen wird. Wenn du es so beschließt, dann wird es auch so beschlossen sein, du bist der Ve'ho unseres Bundes und du bist der Vater dieses Kindes. Nimm ihn mit! Ihíhs!"

Die Luft war klar und eiskalt. Raureif bedeckte alles, was sich aus der dünnen Schneedecke erhob. Fest hielt Bizhiu seinen Sohn an sich gedrückt, sicher hielt ihn sein Arm, während er mit der freien Hand den Zügel führte.

Jetzt, im Schein der diesigen Wintersonne durchfuhr es ihn wie ein Donnerschlag, was für ein Irrsinn es doch war, dass er seinen kleinen Sohn mitschleppte auf diese große, gefährliche Jagd. Sie konnten jederzeit weißen Truppen begegnen, sie könnten in einen Schneesturm geraten, was beinahe genauso verheerend wäre. Ach, es konnte so viel passieren und er schleifte tatsächlich seinen Sohn mit, aus einem Gefühl der Angst heraus, ... ja, war er denn von Sinnen? Warum hatte ihm niemand Einhalt geboten?! Wunderten sich seine Freunde in diesen verrückten Zeiten denn über gar nichts mehr? Warum nur hatten alle an diesem seltsamen Morgen so getan, als sei es das Normalste auf der Welt, dass er ein achtjähriges Kind mit auf die Jagd nahm? Und doch, seine Wiidjiiwaagan hatte augenblicklich das Lederbehältnis wieder randvoll mit Pemmikan gefüllt, nachdem sie von den beiden Träumen erfahren hatte, hatte widerspruchslos alles bereit gemacht. Hatte den kleinen Ma'tscheschke warm eingepackt und zum Abschied noch einmal fest in den Arm genommen, hatte ihm etwas ins Ohr geflüstert und sie hatten leise miteinander gelacht, dann aber hatte sie ihn noch einmal geküsst, hatte sich aufgerichtet und war zu Bizhiu getreten. Und als sie ihn an ihr Herz drückte, da hatte sie Tränen in den Augen gehabt und hatte beschwörend in seine Augen geblickt. „Pass gut auf euch beide auf und vergiss eins niemals, ... du bist meine Heimat, mein Herz! Néméhotatse! - Ich liebe dich! -"
„Und ich liebe dich!"
Er hatte sie geküsst und ihr alle erdenkliche Vorsicht und Achtsamkeit versprochen, hatte seine Mo'eha'e noch einmal in seine Arme geschlossen, hatte ihr seidiges Haar geküsst und als er dann als einer der letzten aus seinem Tipi getreten war, da hatten ihn bereits Naha'e'ta und seine Haéméné erwartet, und seine große Tochter hatte zum Abschied etwas getan, was wie ein Windstoß für eine ganze Weile alle dunklen Wolken in seinem Inneren vertrieben hatte und hell die Sonne erstrahlen ließ. Sie hatte mit einem Lächeln seine Hände genommen und an ihren warmen, runden Bauch gelegt und wirklich, da bewegte sich etwas, ... da drückte etwas Winziges gegen seine Hand. Bizhiu musste lächeln, er küsste Haéménés Hände, küsste ihre Wange, umarmte

sie noch einmal und flüsterte in ihr Ohr: „Sag ihm, dass es warten soll, bis sein Großvater zurück ist! Ich wäre so gerne bei den ersten, die es willkommen heißen dürfen."
Haéméné lächelte und zwinkerte ihm zu: „Ich werd' es dem Baby sagen, jeden Morgen und jeden Abend, ich versprech's!"
Keiner hatte versucht ihn davon abzuhalten, Ma'tscheschke mitzunehmen, ganz im Gegenteil. Bizhiu seufzte, nichts war mehr, wie es früher war, alles hatte sich seltsam verschoben, war seltsam verquer und verrückt. Aber nun gut, jetzt war es so und Ma'tscheschke war bei ihm, so wie es Ethketa, wie es Ho'neheschkeso, gewollt hatten und der kleine Kerl saß nun vor ihm auf dem Pferd und war mächtig stolz darauf, so unverhofft die Jäger begleiten zu dürfen.

Über Tag riss die dichte Wolkendecke auf und ließ ein Stück fahlblauen Himmels erkennen. Den ganzen Tag über ritten sie, ohne dass sie die Spuren irgendeiner Herde, seien es nun Büffel oder Antilopen, gesichtet hätten.
Und als sie abends ihr Nachtlager aufschlugen, hatten sie nichts weiter erreicht, als durchfrorene Finger und Zehen und die stolze Beute einiger Präriehunde, die nicht einmal reichen würden, um ihren eigenen Hunger zu stillen.
Den ganzen Tag über hatte sich Bizhiu gegrämt, dass er Ma'tscheschke mitgenommen hatte, doch als er dann abends zu schlafen versuchte, da hatte seine Gegenwart etwas ungemein Tröstliches und Beruhigendes an sich. Es war schön zu spüren, wie sich sein kleiner Körper so vertrauensvoll Schutz und Wärme suchend an den seinen schmiegte und er legte fest den Arm um sein Kind, küsste sanft sein Haar und schlief dann endlich ein.
Bizhiu träumte einen unruhigen, wirren Traum und als Votoneso ihn schließlich weckte, damit er die letzte Nachtwache übernehmen würde, war er ihm beinahe dankbar dafür.
Angestrengt behielt Bizhiu die Umgebung im Auge, versuchte sich zu konzentrieren, versuchte ganz wach zu sein, doch beständig glitten seine Gedanken fort, flogen zu seiner Widjiiwaagan, flogen zu seinen Töchtern, flogen zu dem Baby, dessen Ankunft wie ein verheißungsvoller Silberstreif den Horizont seiner von

dunklen Wolken überschatteten Welt erhellte. Die dunklen Wolken, sie türmten sich in seinem Inneren, türmten und türmten sich bedrohlich auf. Er spürte es und doch war alles ganz seltsam verhalten und ruhig in ihm, ganz eigenartig verhalten um ihn herum. Bizhiu lauschte in diese Stille hinein, kein Laut war zu hören, alles war dunkel und undurchdringlich. Einen kurzen Moment glaubte Bizhiu der Boden vibriere unter seinen Füßen, doch es waren seine Knie, die zitterten. Vernichtende Angst erfasste Bizhius Herz, streifte es nicht nur mit ihrer eiskalten Hand, sondern packte es erbarmungslos, würgte es mit tödlichem Griff. Presste es zusammen, dass er glaubte, das Blut gefriere in seinen Adern, raubte ihm seinen Atem, und einen furchtbaren Augenblick lang schien alles stille zu stehen, verharrte alles in Bizhiu reglos und still, während er mit starren, weit aufgerissenen Augen in das Dunkel der Nacht starrte und nichts erkennen konnte als unendliche Finsternis.

Mit einem unterdrückten Schrei, mehr einem Wimmern sog Bizhiu die schneidend kalte Luft in seine Lungen und in seinem Kopf begann es zu hämmern, sein Herz begann zu pochen, zu rasen wie wild und diese unsägliche Angst drohte ihn vollkommen zu überwältigen. Sie mussten hier fort! Sie mussten zurück zu ihrem Lager, jetzt gleich! In fliegender Hast beeilte sich Bizhiu alle Krieger zu wecken und nicht wenige waren bestürzt, ihn so derartig außer sich zu sehen. Sie begannen nun ihrerseits unruhig zu werden und hastig ihre Sachen zu packen. Doch alles in allem dauerte Bizhiu der Aufbruch viel zu lange, war jede Sekunde des Wartens eine Höllenqual, und schließlich erteilte er Votoneso den Auftrag, an seiner statt die Aufgaben des Ve'ho ihres Bundes zu übernehmen, schnappte sich seinen Sohn und preschte davon. Bizhiu trieb sein Pferd an, als wolle er ihm das Fliegen lehren und Ma'tscheschke kämpfte mit den Tränen, denn sein Vater gönnte ihnen keine Pause, sein Vater hatte furchtbare Angst und nichts konnte beängstigender sein als das.
Endlos, so schien es, galoppierten sie wie gehetzt über die Plains, weiter und weiter, schneller und schneller und Bizhiu hatte kein Erbarmen mit seinem Sohn, kein Erbarmen mit seinem Pferd,

dem der Schaum vom Maul troff, dem der Schweiß über die Flanken rann, das dampfte in der eisigen Kälte.
Endlich, im trüben Licht der untergehenden Sonne, erreichten sie die sandigen Ebenen des Sand Creek, langsamer und langsamer wurden sie und schließlich blieben sie stehen. Den Finger an die Lippen gelegt, blickte Bizhiu um sich, alles war ruhig. Bizhiu ließ sein vor Erschöpfung bebendes Pferd einige Meter weiter zu einem schroffen Findling gehen, dort stieg er ab, hob sein verängstigtes Kind vom Pferd und trug ihn ohne ein Wort zu sprechen zu einer kleinen Nische an der Südseite des bröseligen Gesteins. Bizhius Hand zitterte als sie sich auf die Schulter seines Sohnes legte, und doch presste sie Ma'tscheschke mit Entschiedenheit gegen das schroffe Gestein, presste ihn zu Boden und er flüsterte beschwörend, keinen Widerspruch duldend: „Ma'tscheschke, du bleibst hier, bis ich zurückkomme und wenn es bis morgen früh dauern sollte! Du bleibst hier und rührst dich nicht! Du machst dich ganz klein, du gehst keinen Schritt von hier weg! Ich werde kommen und dich holen, sobald ich weiß, dass alles in Ordnung ist."

Das Erste was Bizhiu wahrnahm, als er sich allmählich der kleinen Flussbiegung näherte, war der Geruch von Rauch, der tröstliche Geruch von wärmenden Feuern ... und doch hatte er nichts Tröstliches für Bizhiu, der ganz Auge war, ganz Ohr, der angestrengt lauschte, nach vereinzelten Klängen, der Ausschau hielt nach spielenden Kindern im Schnee. Eine lang gezogene Anhöhe trennte noch sein Auge von dem nur mehr einige hundert Meter entfernt liegenden Lager. Bizhiu konnte bereits die Fahnen flattern sehen, weithin sichtbar die Flagge Amerikas und die weiße Flagge des Friedens, doch kein Laut drang an sein Ohr, einzig der Wind seufzte. Oh, so still, ... so entsetzlich still. Bizhiu setzte einen Fuß vor den anderen, langsam bewegte sich sein Körper vorwärts, während alle seine Sinne zum Zerreißen angespannt auf etwas lauschten, verzweifelt etwas zu finden suchten, was ihn von dieser entsetzlichen Angst, von dieser tobenden Panik in seinem Inneren befreien würde. Doch da war nichts, da war nur diese grauenvolle Stille. Das erste, was Bizhiu durch den Kopf schoss war, dass man sie gezwungen hatte, fortzugehen und ihr Lager irgendwo anders aufzuschlagen, ohne auf ihre Jäger zu warten. Doch der Rauch, deutlich wahrnehmbar hing er in der Luft, und noch etwas anderes schwang in ihm, düster und bedrohlich. Es roch nach Blut, nach Vernichtung und Tod! Er erkannte diesen Geruch sofort, begann zu rennen, vergaß alle Vorsicht, rannte und rannte die Anhöhe hinauf und blieb dann keuchend stehen. Er blickte zum Fluss, begriff einfach nicht, was er da sah. Starrte nur dahin, wo einstmals ihr Lager gewesen war, sah von Weitem schon, dass ihr Rund nicht mehr geschlossen war, dass kaum mehr ein Tipi stand und sich allenthalben dünne Rauchfahnen kräuselten und über all dem flatterten die Fahnen im Wind, doch sonst bewegte sich nichts. Wo waren die Pferde? Ganz offensichtlich war niemand mehr da, aber wo waren sie? Verhaftet? Nein, das konnte nicht sein, sie waren ja auf Geheiß der Regierung hier, dies war ja das Lager des Friedens! Bizhiu beschleunigte seinen Schritt, eilte dem Lager entgegen, doch auf halbem Wege schon erkannte er, dass alles noch viel schlimmer war.

Das Lager war vollkommen zerstört, kein Tipi war heilgeblieben und hier und da glimmten noch die verkohlten Überreste dessen, was so vielen Menschen einmal Heimat gewesen war. Immer noch kein Laut, kein Hund, der heulte, kein Lachen, kein Rufen, nichts, nur Totenstille.

Wie in Trance, wie in einem bösen Traum ging Bizhiu weiter, näherte sich dem Lager, wie ein Schlafwandler, der sieht und doch nicht begreift, dessen furchtbare Albträume keinen Anspruch haben auf irgendeine Realität. Bizhiu stolperte über einen steifgefrorenen Hund, dessen Gehirn sich als gelblich weiße Masse aus seiner zertrümmerten Schädeldecke auf den Boden ergossen hatte, bevor auch sie zu Eis erstarrt war. Langsam beugte sich Bizhiu hinab und streichelte beinahe unwillkürlich durch das kalte, struppige Fell, verharrte einige Sekunden, doch dann richtete er sich auf, ging einfach weiter, gehetzt von den schlimmsten Ahnungen, die er jemals verspürt hatte. Erst als er das Lager erreichte, machte er Halt, blickte er von blankem Entsetzen erfüllt auf das zerstörte, einstmals kreisförmige Rund, das er so sehr liebte, so verzweifelt brauchte! Das doch seine Welt gewesen war, unendlich wertvoll, unendlich teuer! Dieses zerstörte Rund, das ein Lager des Friedens hatte sein sollen. Langsam näherte sich Bizhiu einem kleinen Körper, der keine zehn Fuß weit von ihm entfernt auf dem Boden lag, ungläubig blickte er auf das kleine Mädchen. Fassungslos erkannte er Naha'e'tas kleinste Schwester, gerade einmal sechs Jahre alt. Langsam ließ er sich neben ihr auf die Knie sinken, blickte in ihre weit aufgerissenen starren Augen, blickte auf all das Blut, das sich über diesen kleinen Körper ergossen hatte, über ihren skalpierten Kopf, über ihren von Kugeln zerfetzten Leib. Das viele Blut, welches den Schnee genauso rot gefärbt hatte wie die weiße Fahne, die ihre kleine Faust immer noch fest umschlossen hielt. Ohne dass Bizhiu es bewusst bemerkte, schwammen seine Augen in Tränen, entrang sich seiner Kehle ein keuchender Klagelaut und er schluchzte auf, riss sich mit Gewalt von ihrem Anblick los und ein Gefühl von ohnmächtiger Angst ließ ihn hochfahren, ließ ihn eiligen Schrittes in das Lager treten, in diesen Ort der Zerstörung, des namenlosen Grauens. Der Boden war getränkt von Blut, war übersät mit den Menschen, welche ihm so lieb und teuer gewesen waren und doch hatte Bizhiu kein Auge für sie. Er rannte beinahe besinnungslos durch dieses Meer an Verwüstung, an Tod und Zerstörung, ohne es wirklich wahrzunehmen. Als gäbe es zwei Tasoom in seinem Inneren, eine, die beständig sah und sich in wilder Verzweiflung entsetzte, und eine, die nichts sah, die nichts fühlte, die ihn einfach nur weitertrieb. Als er schließlich vor den noch glimmenden Überresten seines Tipis angekommen war, verharrte er reglos, wie erstarrt, betrachtete fassungslos all das Schreckliche, das unfassbar Grausame und Entsetzliche. Wie gelähmt war sein Blick und erst, als er in all dem Chaos Konturen wahrzunehmen begann, kam wieder Bewegung in ihn. Langsam, ganz langsam näherte er sich dem leblosen Körper seiner Tochter, streichelte auf seinem endlosen Weg dorthin die Körper seiner Hunde, blutüberströmt, von Kugeln zerfetzt. Mit einem klagenden Aufschrei sank Bizhiu weinend neben Mo'eha'e zu Boden, streichelte sachte ihre Wange, küsste sie noch einmal und bedeckte dann die grausam klaffende, rote Wunde zwischen ihren Beinen, bedeckte sorgsam ihren halbbekleideten Körper. Der Gürtel der Keuschheit hing noch an ihrem linken Bein. Er bedeckte ihr

Gesicht, die Augen so eigenartig verdreht, der Mund weit geöffnet, wie in qualvoller Angst. Wie betäubt in seinem Schmerz, seiner fassungslosen Verzweiflung verharrte Bizhiu einen Moment lang an Mo'eha'es Seite, ehe ihn durch all die Düsternis, all dieses unsägliche Grauen hindurch eine Frage wie ein Donnerschlag berührte, ihn schlagartig wieder wach und lebendig werden ließ.
„Charly!" Gellend ertönte Bizhius Schrei, „Charly!"
Er schrie nach ihr in all seiner Angst, all seiner Not und Qual, wieder und wieder und wusste doch, dass sie ihn nicht hören konnte, denn sie war nicht mehr hier, war geflohen vor all dem, entweder hinauf über den Pfad der Seelen oder aber es war ihr gelungen, all dem hier irgendwie anderweitig zu entkommen. Er musste es wissen! Er musste sich Gewissheit verschaffen!
Bizhiu erhob sich, blickte um sich, betrachtete zum ersten Mal all das Entsetzliche, bewegte sich in fliegender Hast durch all die grausam verstümmelten Leichen. Mit zitternden Händen wendete er bald dieses, bald jenes schmerzverzerrte, von Grauen erfüllte Gesicht gen Himmel, voller Angst es könnte seine Wiidjiiwaagan sein, voller Bestürzung, wenn er die Menschen dann erkannte, voller Entsetzen über die furchtbaren Verstümmlungen, die ihnen zugefügt worden waren. Er fand White Antelope, halbbekleidet, von mehreren Kugeln durchbohrt, entmannt und skalpiert. Viele seiner Freunde waren nur halbbekleidet, als habe man sie im Schlaf überfallen. Sie waren von Kugeln durchsiebt, von Stichwunden übersät, lagen mit weit gespreizten Beinen im Schnee und bei vielen, Männern wie Frauen, klaffte eine große, grausame Wunde dort, wo sich einmal ihr Geschlecht befunden hatte. Alle waren sie skalpiert, alle waren sie verstümmelt. Männer, Frauen, Kinder. Bizhius Beine schlotterten und drohten bereits ihren Dienst zu versagen, als er unter all den Toten seinen kleinen Bruder fand. Auch Ethketa hatten sie mit Kugeln niedergestreckt, auch seinen kleinen Bruder hatten sie entmannt. Sie hatten ihm seine Finger abgeschnitten, hatten sich seine Silberringe geholt und hatten ihm auch seinen Skalp genommen, hatten seine schlimmsten Träume wahr gemacht und sogar noch weit übertroffen, hatten ihn einfach da liegen und verbluten lassen. Bizhiu weinte nicht mehr. Bizhiu brüllte vor Schmerz, brüllte und

schrie, während er über Ethketas leblosen Körper in sich zusammensackte, während seine Hände hilflos die eiskalten Schultern seines Bruders umfassten, als suchten sie irgendeinen Halt in dieser schwarzen Dunkelheit.
Tränen liefen unaufhörlich über gefrorene, leuchtend rote Lachen von Blut, erwärmten sie, erweckten sie zu neuem Leben und ließen sie erneut von Ethketas Körper zu Boden fließen und tränkten Mutter Erde.

Blind von Tränen taumelte Bizhiu weiter, stürzte immer tiefer in diesen schwarzen Abgrund des Grauens, während er fieberhaft, fast wahnsinnig von Angst und Schmerz eine kleine Senke durchwühlte, in der an die vierzig Frauen und Kinder Schutz gesucht hatten. Dort lagen sie nun, von Kugeln zersiebt, gebadet in ihrem eigenen Blut. Doch während Bizhiu weitersuchte, fieberhaft, gehetzt, begann in all diesem haltlosen Entsetzen ein winziger Hoffnungsschimmer in ihm zu glimmen. Noch hatte er sie nicht gefunden seine Wiidjiiwaagan und auch nicht seine Haéméné und auch nicht Naha'e'ta, auch nicht ihre beiden Kinder! Vielleicht ...!
Weiter und weiter suchte er, wie getrieben blickte er in hunderte Gesichter, die der Tod entstellt hatte. Blut, Asche, Ruß und Sand klebten an seinen Händen, klebten in seinem Gesicht, durchtränkten seine Kleidung, doch Bizhiu bemerkte es nicht.
Dann fand er sie, ... am Flussufer, ... schon von weitem erkannte er sie, spürte, wusste mit einem Mal ganz genau, dass sie es waren. Er hörte beinahe, wie in ihm alles zerbrach, wie ihm der Boden mit einem dumpfen Grollen unter den Füßen wegrutschte und es nichts mehr gab, das seinen Fall zu bremsen vermochte. Und dann war alles still in ihm, nichts regte sich. Auch die Welt hielt den Atem an und nur Bizhius Körper bewegte sich, näherte sich unaufhaltsam dem Grauen, näherte sich der Vernichtung, ... seinem eigenen Tod, Schritt für Schritt, wie von unsichtbaren Fäden gezogen. Ganz still war Bizhiu, ganz reglos, wie gelähmt, als er bei ihnen stand, ganz starr, während sich die Erde zu drehen begann, während sich alles drehte um ihn her, kopfüber, kopfunter. Ein gellender, unsäglich gequälter Schrei durchschnitt die eisige Stille, ließ Bizhiu aus seiner Versteinerung erwachen, kaum dass

ihm bewusst wurde, dass er es war, der da schrie und schrie. Bizhiu sank wimmernd in den Schnee, kroch weinend und klagend zu seiner Wiidjiiwaagan, schmiegte sich an ihren steifen, kalten Körper, doch ihre blaugrünen Augen blickten unbestimmt in weite Ferne. Keine Liebe erwärmte sie mehr, sondern sie waren leer und tot. Ein Schatten von unsäglicher Angst spiegelte sich in ihrem blutüberströmten Gesicht. Lange Zeit lag er bei ihr, wisperte ein ums andere Mal ihren Namen, weinte und klagte, verlor sich und jeden Willen zu leben in diesen unsäglichen qualvollen Minuten, in denen er ihre kalte Wangen küsste, ihren steifgefrorenen Körper herzte, in denen er sie um Verzeihung bat, wieder und wieder, weil er nicht bei ihr gewesen war, als sie seinen Schutz gebraucht hatte. Er weinte, er schrie und gleichzeitig hörte er sie weinen und schreien. Er war nahe daran, den Verstand zu verlieren. Es dauerte unendlich lange, ehe er sich von Charlotte löste, um zu seiner Tochter zu gehen. Doch so taub, so unfassbar verzweifelt auch alles in seinem Inneren war, so ließ ihr Anblick doch sein Herz noch einmal zerbrechen. Sachte hob er das winzige blutige Wesen aus dem Schnee. Sorgfältig wischte er das sandige Gesichtchen sauber, küsste seine zarte Stirn, nahm es in seinen Arm, behutsam, wiegte es sachte hin und her, während seine Tränen unaufhörlich liefen.
Irgendwann dann trug er sein winziges Enkeltöchterchen zu seiner Mutter, zu seiner wunderschönen Haéméné, legte es vorsichtig zurück in ihren weit klaffenden, aufgerissenen Leib. Bizhiu hätte so gerne auch die Eingeweide seiner Tochter zurück in den Leib gelegt, doch es gelang ihm nicht. Sie waren hart gefroren und steif. Bizhiu brach weinend zusammen, krümmte sich auf dem Boden, verlor jeden Halt, jede Orientierung, verlor sich selbst. Unendliche schwarze Nacht umfing ihn. Kein Weg mehr, kein Licht. Bizhiu fiel und fiel, zerbrach in tausend Teile, unmöglich sie zu sammeln, sich zu sammeln, alles zerstört, alles verloren, alles ... nur noch Finsternis, nur noch Qual, ewige Qual.

„Ného'e!“ Zitternd und bebend durchdrang ein dünnes Stimmchen die Unendlichkeit und eine kleine, warme Hand legte sich zitternd auf seinen Rücken. Erschrocken blickte Bizhiu auf und

sah in das vollkommen verstörte, tränenüberströmte Gesicht seines Sohnes, blickte in vor Entsetzen und Angst geweitete Augen. Bizhiu vermochte nicht zu sprechen, vermochte nicht zu denken und erst als sein Sohn in wilder Panik zu schreien begann, da erwachte er, da regte sich etwas in seiner zermarterten Ojichaag und er zog Ma'tscheschke zu sich, hielt ihn ganz fest.
Sie merkten gar nicht, als eine Abordnung der Jäger das Lager erreichte, sie merkten auch nicht, als Votoneso in ihre Nähe trat. Erst als er sanft Bizhius Schultern berührte, fuhr dieser mit einem entsetzten Aufschrei herum. Ganz gefasst klang Votonesos Stimme, doch sein Gesicht war wie von Stein und seine Augen schwammen von Tränen. „Wir müssen diesen Ort jetzt verlassen, mein Bruder, ehe sie wiederkommen."
Bizhiu vermochte nicht zu sprechen, wortlos und weinend schüttelte er den Kopf.
„Wir werden am Smoky Hill River weitere Krieger treffen. Ich spreche nicht als Freund zu dir, sondern als Kriegshäuptling der Cheyenne, denn nun werden auch die Cheyenne Krieg führen, Krieg gegen diese Weißen bis zum Tod."
Wieder schüttelte Bizhiu den Kopf, versuchte zu sprechen und wunderte sich selbst, dass es ihm tatsächlich gelang. „Ich kann noch nicht gehen, mein Freund, bitte verzeih mir, aber ich kann noch nicht gehen, ich kann sie doch nicht einfach so liegen lassen!"
Bizhiu schluchzte auf, verbarg sein Gesicht in seinen blutigen Händen und warm legte sich Votonesos bebende Hand abermals auf seine Schulter. „Ich bitte dich als dein Freund, komm mit uns!"
Weinend schüttelte Bizhiu den Kopf. Votoneso umarmte ihn schweigend, doch dann erhob er sich und sagte leise: „Wirst du uns folgen, sobald du in der Lage dazu bist?"
Bizhiu nickte und bemerkte kaum, dass sich Votoneso langsam und zögerlich entfernte. Bizhiu hätte nicht sagen können, wie viel Zeit vergangen war, wie lange sie hier gesessen hatten, wann es dunkel geworden war. Die Sterne funkelten kalt und klar, als Bizhiu und Ma'tscheschke die steifgefrorenen Körper zurück in das Lager trugen, sie nebeneinander betteten, inmitten der Überreste

ihres einstmals so behaglichen, roten Tipis, mit allem bedeckten, was sie an Schönem, Brauchbarem noch finden konnten. Und erst als sie alle beisammen hatten, Charlotte und Mo'eha'e, Haéméné und Naha'e'ta und ihr Baby, ihre kleine Vo'ka'e, ihren Náchkoheso, gerade einmal vier Jahre alt, Ethketa und Kávéné mit ihren zwei Kindern, und auch ihre vier Hunde, erst als sie alle ihre vielen Wunden bedeckt hatten, erst dann bedeckten sie ihre Körper mit allem nur verfügbaren Holz und entzündeten ein gewaltiges Feuer. Eine Weile noch standen sie schweigend und reglos davor und während Ma'tscheschkes Tränen unaufhörlich liefen, hielt ihn Bizhiu fest an sich gedrückt. Er blickte von Schmerz wie betäubt in das flackernde Spiel der Flammen, das alles vernichtete, alles fraß mit feurigen Zungen, das sein Leben fraß, seine Zukunft, sein Glück, seine Liebe in Rauch aufgehen ließ, aufsteigen zu einem Himmel, an dem keine Sonne mehr die Tage seines Volkes zu erhellen vermochte. Und wäre Ma'tscheschke nicht gewesen, so hätte sich Bizhiu nichts weiter mehr von seinem Leben gewünscht, als den Tod.
Der bittere, beißende Rauch und die Hitze des Feuers trockneten die Tränen auf Bizhius Gesicht, die bis dahin unaufhörlich gelaufen waren, die blanke Spuren in seinem von Ruß und Blut verschmierten Gesicht hinterlassen hatten. Rot und Schwarz hatten Blut, Asche und Ruß sein Gesicht gefärbt, Rot und Schwarz, in den Farben des Krieges. Und keine würdigere Kriegsbemalung hätte Bizhiu tragen können, als das Blut seines Volkes, als die Asche ihrer Heimat.
Reglos hatte Bizhiu auf das Feuer gestarrt, hatte seinen Ma'tscheschke dicht an sich gedrückt, und doch klammerte sich der kleine Kerl mit aller Gewalt an Bizhiu fest, als baumele er über einem gähnenden Abgrund, während tonlose Schluchzer und manch ein in Tränen erstickter, wimmernder Schrei sich seiner kleinen Kehle entrang, und er zitterte wie Espenlaub, von Kopf bis Fuß, fassungslos, erschüttert bis in die Grundfesten seiner kleinen Tasoom, seiner Ojichaag.
Obwohl Bizhiu glaubte, nichts mehr fühlen zu können, obwohl er glaubte, dass nichts in ihm mehr lebendig sei, so regte sich auf einmal doch etwas in ihm. Regte sich ganz leise etwas, erhob war-

nend seine tonlose Stimme. Gefahr lag in der Luft, ganz leise, weit entfernt, sie mussten weg hier, sofort. Bizhiu ging hinter seinem Sohn in die Hocke, umarmte ihn fest und seine Stimme war gebrochen wie die Stimme eines uralten Mannes. „Wir müssen nun Abschied nehmen, mein Sohn. Wir werden nun den Kriegspfad beschreiten und du wirst immer genau das tun, was ich dir sage! Wenn ich sage, du bleibst hier oder da, wirst du in Zukunft auch genau dort bleiben, gleichgültig wie lange es dauert, verstanden!"
Ma'tscheschke nickte und umschlang Bizhius Hals so fest, dass er ihm beinahe die Luft nahm. Bizhiu trug sein Kind den Hügel hinauf und als er oben stand, drehte er sich um, betrachtete noch einmal das Feuer, dessen Flammen all das in Rauch und Asche verwandelten, was er außer Ma'tscheschke von seinen Lieben, von seinem Leben vor dem Zugriff der Weißen zu retten vermocht hatte.
Bizhiu fand sein Pferd unweit der Stelle, an der er es zurückgelassen hatte, und als er es bestieg, als er sich mit Ma'tscheschke tatsächlich entfernte, von all dem, von seiner Familie, von seiner Wiidjiiwaagan, von seinem Leben, als jede weitere Sekunde von nun an gnadenlos und unerbittlich „Vergangenheit!" schrie und eine klagende Stimme in ihm hallte „Nie mehr zurück! Nie mehr zurück!", da geschah etwas in ihm, da starb etwas, doch blieb es nicht etwa reglos liegen, nein, es stand sogleich wieder auf, es stand auf und war so lebendig, so von glühender, unbändiger Kraft erfüllt, und es war Hass, es war blanker, abgrundtiefer Hass!

Bizhiu bewegte sich nicht mehr in den Fußstapfen des silbergrauen Luchses, er war nun selbst der Luchs, war zum Raubtier geworden, das beharrlich und unbeirrbar der Fährte seines Opfers folgte. Er konnte ihre Anwesenheit spüren, er konnte sie riechen, roch ihren Schweiß, roch das Blut, das an ihren Händen klebte. Bizhiu spürte es mit aller Deutlichkeit, sie waren ganz nah. Lautlos glitt Bizhiu von seinem Pferd, lautlos sprachen seine Hände zu Ma'tscheschke, veranlassten ihn seinerseits lautlos in die ausgestreckten Arme seines Vaters zu gleiten. Wolken waren aufgezogen, undurchdringlich war die Dunkelheit. Bizhiu ließ das Pferd zurück, führte seinen Sohn zu einer kleinen Senke und bedeutete ihm, sich flach und reglos auf den Boden zu legen. Feste drückte Bizhius Hand Ma'tscheschke zu Boden und diesmal würde er sich nicht entgegen dem Gebot seines Vaters davonwagen und mitten hineinlaufen in das entsetzlichste Grauen! Ganz ruhig, ganz sicher war die warme Hand Bizhius, presste ihn zu Boden und er konnte seinen Atem hören, konnte hören, wie er die Luft schnuppernd durch seine Nase sog, während seine Augen die Gegend abtasteten, während seine Ohren gebannt die winzigen, noch ein gutes Stück weit entfernten Geräusche wahrnahmen, ein Keuchen, ein Knacken. Langsam erhob sich Bizhiu, unendlich langsam und sein Skalpmesser glänzte silbern in seiner Hand, selbst in dieser finsteren, mondlosen Nacht.

66

David erbrach sich, zum wie vielten Male hätte er nicht sagen können. Er würgte und spuckte und ihm war so speiübel wie noch nie in seinem Leben. In seinem Kopf brauste und toste es und ein Dröhnen, ein bohrender Schmerz schien seinen Schädel zerspringen zu lassen, er hatte entsetzliche Kopfschmerzen, kaum dass er einen klaren Gedanken zu fassen vermochte.
Oh Gott! Er hatte ja wahrhaftig schon viel erlebt, aber das, was heute bei Tagesanbruch geschehen war, das übertraf alles, übertraf es bei Weitem. Oh, diese Schreie, diese entsetzlichen Schreie! Immer noch hallten sie durch seinen Kopf, stürmten die Bilder in einem wilden Wirrwarr auf ihn ein und eine neue Welle der Übelkeit erfasste ihn und trieb ihm den Schweiß auf die Stirn. Was für ein Wahnsinn, was für ein abgrundtiefer Wahnsinn!
Erschöpft und niedergeschlagen kauerte David auf dem verschneiten Boden, stützte sich auf einen großen Stein und erbrach sich ein weiteres Mal. Wischte sich mit seinem Ärmel über den Mund und verharrte noch einen Augenblick reglos, versuchte sich zu sammeln, ehe er sich zu den anderen zurückkehren würde. Warum überhaupt war er mit ihnen noch einmal zurückgeritten? Vielleicht, weil er es eigentlich immer noch nicht glauben

konnte, vielleicht, weil er die Hoffnung gehabt hatte, irgendjemandem dort doch noch helfen zu können, ... hier gab es niemanden mehr, dem noch zu helfen war, ... wie auch!
Mit zitternden Fingern fuhr sich David durch sein langes blondes Haar, als sich endlich die Erstarrung in seinem Inneren löste und die ersten stummen Tränen zu fließen begannen. David hörte nichts, spürte nichts, nur einen Windhauch, nur ein seltsames Kribbeln im Nacken.

Langsam, lautlos, atemlos schlich Bizhiu durch das Dunkel der Nacht, schlich er sich von hinten an diesen am Boden kauernden Weißen heran, dessen blondes Haar weithin sichtbar war. Unruhig hob das Pferd des Weißen den Kopf, witterte die Gefahr. Es begann nervös zu tänzeln, ganz leicht nur, doch gleich würde es scheuen, gleich würde es wiehern, Bizhiu fühlte es, fühlte dass der Augenblick gekommen war. Und der Weiße merkte nichts, hörte nichts, sah nichts, begriff nichts, wie alle Weißen.
Mühelos war sein Sprung, katzengleich und wie eine Maus hatte er den Weißen im nächsten Augenblick auch schon überwältigt, vollkommen überrascht, hatte ihn in seinen Krallen. Kniete auf seinen Armen, kniete dicht über ihm, zerrte seinen Kopf erbarmungslos an seinem blonden Skalp in die Höhe, während er den Rest mit all seinem Gewicht in den Schnee presste, während sein Messer auch schon die ungeschützte weiße Kehle berührte und unendlich langsam ihre zarte Haut zu ritzen begann. Bluten sollte er, oh ja, bluten! Warme Tropfen fielen auf Bizhius Handgelenk, zogen für den Bruchteil einer Sekunde seinen Blick auf sich, in der Erwartung, sie satt und rot zu sehen, doch sie waren blank und klar, es war kein Blut, es waren Tränen. Zum ersten Mal blickte Bizhiu wirklich in das Gesicht, das diese Tränen weinte, das mit starren, von namenlosem Entsetzen erfüllten Augen ins Leere stierte. Blickte in dieses Gesicht ohne eine Regung, ohne den Griff zu lockern, betrachtete es mit zu Schlitzen verengten Augen, das Messer stoßbereit keinen Zentimeter von Davids Lebensende entfernt, während erste rote Fäden seinen Hals hinabzurinnen begannen. Reglos verharrte er, sekundenlang, eine unendliche Zeit, wie beiden schien und in seinem Inneren toste ein unglaublicher

Kampf. Er hatte David rüde hochgerissen, hatte ihn beinahe skalpiert dabei und das Messer hatte sich ein Stück weit vorangearbeitet, hatte brennend seine Haut durchschnitten.

Davids Atem stockte, der brennende Hass in den Augen dieses Mannes brannte Löcher in sein Gehirn, der brennende Schmerz, die ohnmächtige Angst ließen ihn rücklings mitstolpern. Weiter und weiter, bis er zu Boden geschleudert wurde, den einen Arm grausam auf den Rücken gedreht, hochgezogen bis zum Anschlag, den anderen mit dem Knie, mit dem ganzen Gewicht des Indianers fixiert, während die Spitze des Messers abermals seinen Hals berührte, spitz, scharf, eiskalt.
Dunkel und rau hörte er dicht über sich ein leises Flüstern in einer fremden Sprache und dann hörte er Geräusche, hörte jemanden rennen, klar und deutlich drangen all diese Geräusche an Davids Ohr, während sein Gehirn allmählich zu arbeiten begann, verzweifelt nach einer Möglichkeit des Entkommens spähte. Da! Die Schritte eilten zurück, leichte Schritte, kleine Schritte, ein Kind? David wagte nicht, sein Gesicht aus dem Schnee zu heben, wagte nicht, sich überhaupt zu bewegen, wagte nicht einmal die Augen zu öffnen. Fühlte den immer dringlicheren Wunsch in sich aufsteigen, um Gnade zu flehen, zu winseln, zu betteln, irgendetwas zu tun, um seinem Schicksal doch noch zu entrinnen. Doch er wagte es nicht, kein Laut drang aus seiner Kehle. Gnadenlos fest wurden seine Arme auf den Rücken gebunden, schnitt der Lederriemen schmerzhaft in seine Handgelenke. Wieder die raue tiefe Stimme, wieder die schnellen Schritte, hin und zurück. David spürte erleichtert, wie der Indianer sich erhob, wie seine entsetzliche Nähe von ihm wich. Doch dann hörte er ein altbekanntes Geräusch, hörte wie ein Gewehr geladen wurde. David wagte nicht, sich zu rühren. Sekundenlang verharrte er so, bäuchlings im Schnee. Als jedoch nichts geschah, als kein Schuss ihn von den Lebenden zu den Toten beförderte, blickte er langsam auf, rappelte sich hoch und stand vor einem Mann, einem mit zahlreichen Federn geschmückten Krieger, dessen langes Haar beinahe bis zu den Hüften reichte, dessen verschmiertes Gesicht so hart und unbeweglich war wie Stein und der sein Gewehr im Anschlag auf

ihn gerichtet hielt und dicht neben ihm stand ein Junge, seinen kleinen Bogen gespannt, den Pfeil schussbereit.

David stolperte hinter seinem eigenen Pferd her, angebunden an seinen Sattelknauf. Und sein Pferd wiederum war festgebunden am Pferd des Kriegers, folgte ihm, gemächlich zumeist, manchmal aber auch ganz schön flott, so dass David rennen musste, voller Panik zu stolpern, zu stürzen und hinterhergeschleift zu werden. Erst Stunden später, im ersten blassen Licht des heraufziehenden Tages machte der Indianer im Schutz einiger schroffer Felsen Halt. Immer noch hatte er kein Wort mit David gewechselt, hatte ihn nicht einmal mehr angesehen, seit diesen unsäglichen Sekunden. In aller Seelenruhe band er die Pferde an einen Baum. David blieb nichts anderes übrig, als sich zu Fuße des Baumes in den Schnee zu kauern. Der Indianer entfachte ein kleines Feuer, bereitete nahebei ein Lager für das Kind, in einer leidlich trockenen, windgeschützten Ecke und holte dann aus seinem Lederbeutel ein kleines Behältnis, das beinahe randvoll gefüllt war mit Pemmikan. David erkannte es sofort. Der Indianer gab seinem Sohn zwei der appetitlichen braunen Kugeln, dann verschloss er die Schachtel wieder und David bemerkte überrascht, dass stille Tränen helle Spuren auf seinen von Ruß und Blut verschmierten Wangen hinterließen. Diese Tränen waren es, dieses Zeichen von Menschlichkeit, was in David irgendwie einen kleinen Hoffnungsschimmer zum Glimmen brachte. David räusperte sich, und hob leise zu sprechen an: „Bitte, ich ..."
Mit einer schneidenden Handbewegung, mit einem bedrohlichen Funkeln in den Augen schnitt Bizhiu ihm das Wort ab, keine Silbe wollte er hören, kein Wort. In diesem Augenblick, in dem ersten Licht dieses neuen Tages, vermeinte David plötzlich dieses Gesicht zu kennen, sah wie gebannt in dieses Gesicht von Stein, das so hart war und so kalt, wenn es zu ihm blickte. Immer wieder sah David auf, schaute in das Gesicht des Indianers, der neben dem schlafenden Jungen saß. Konnte das sein? Nein, das konnte nicht sein! Oder doch? Konnten sich zwei Menschen so ähnlich sehen? Er musste sich täuschen, ... dreißig Jahre lagen bald dazwischen, da konnte man sich ohne Weiteres irren. Dieser Mann sah außer-

dem weit jünger aus als er selbst, obwohl bereits viele silberne Fäden sein einstmals pechschwarzes Haar durchzogen. Nein, das hier war nicht Silas, sein alter Freund, nie im Leben! Das hier war irgendein hasserfüllter Indianer und bei Gott, wenn er zu den Cheyenne gehörte, und David war sich da eigentlich ziemlich gewiss, dann hatte er auch allen Grund dazu. David ließ den Kopf hängen, versuchte verzweifelt nachzudenken. Einem Impuls folgend öffnete David abermals den Mund und flüsterte ungläubig fragend: „Silas?"
Keine Reaktion.
„Silas, bist du's?"

Mit einem eiskalten Blick gebot ihm der Krieger abermals still zu sein. Vorsichtig bewegte David seine beinahe steifgefrorenen Hände, die sicherlich schon ganz blau waren, denn das Leder saß ungemein fest und schnürte ihm das Blut ab. Seine Hände schmerzten derart, dass er aufstöhnte, als er sie bewegte. Der Krieger blickte auf. Langsam erhob er sich, kam näher und näher. Ganz nah stand ihm der Indianer nun und David glaubte für einen schmerzlichen Augenblick ganz gewiss zu sein, dass es niemand anderes als Silas war, den er da vor Augen hatte. Jetzt da er in seiner Nähe war, glaubte er zu spüren, dass er es war und tausend Bilder der Erinnerung stürmten auf einmal auf ihn ein.
„Silas, ich bitte dich, wenn du es bist, ... um unserer alten Freundschaft willen, sag doch bitte ein Wort!"
Schweigend, ohne auch nur im Geringsten auf seine Worte zu achten, lockerte der Krieger seine Fesseln ein wenig und schlagartig begann das Blut in Davids Fingern zu pulsieren, schmerzhaft und erleichternd zugleich. Der Krieger entfernte sich wieder, ging einige Schritte auf das Feuer zu und David glaubte bereits, sich doch getäuscht zu haben, als er kehrt machte und erneut auf ihn zukam. Schweigend hockte er sich nur zwei Fuß entfernt vor David auf den Boden und betrachtete ihn, blickte aufmerksam in sein Gesicht und dann in seine Augen, hart war sein Blick, unerbittlich waren seine Augen, voller Trauer. Allmählich dämmerte es ihm, allmählich erkannte David voller Entsetzen, dass sein Gegenüber lange schon wusste, wer er war, ihn längst schon erkannt

hatte, bereits in dem Augenblick, da er zum ersten Mal bewusst in dieses Gesicht gesehen hatte.
Bizhiu hätte David immer und überall erkannt, wenn nicht auf den ersten, dann auf den zweiten Blick. Lange blickte Bizhiu in Davids Augen und einen kurzen Moment musste David an den Medizinmann der Winnebago denken, wie hieß er doch gleich? David wurde schwindelig unter diesem Blick. Worte zischten durch seinen Kopf, nicht gewollt ... tut mir so leid ... wusste nicht ... konnte nicht ... hab dich gesucht ... überall gesucht ... David schüttelte den Kopf. Wenn dies hier wirklich Silas war, ... dann musste doch einfach noch ein Funken Hoffnung bestehen! Oh Gott, jetzt ein Glas Whiskey, golden funkelnd im Glas und heiß in der Kehle! Schweiß rann über Davids Stirn und seine Hände zitterten. Langsam erhob sich Bizhiu, wendete sich ab ohne ein Wort, ging zurück zu dem schlafenden Kind und David lehnte sich mit einem verzweifelten Seufzer an den knorrigen Stamm.

„Was hast du vor?" Rau klang seine Stimme und die Angst in ihr war unverkennbar. Fragend blickte er den Krieger an, blickte er Silas an, Bizhiu, doch Bizhiu antwortete nicht. Er hätte David die Frage auch gar nicht beantworten können, nicht einmal wenn er das gewollt hätte, er wusste es selber nicht. Er wusste nur, dass es sein glühender Wunsch gewesen war, diesen Mann zu töten, zu vernichten, genauso, wie er fortan jeden weißen Soldaten vernichten würde, jeden weißen Mann, denn es waren weiße Männer gewesen, die dieses unfassbare Blutbad angerichtet hatten. Kein weißer Mann würde jemals wieder auf seine Gnade hoffen können, ... niemals! Warum tötete er ihn dann nicht? Dies war ein weißer Mann, ... dies war einer der Männer, die seine Familie, sein Lager, seine Welt, sein ganzes Leben zerstört hatten, die ihm nichts gelassen hatten, dessen sie hatten habhaft werden können, warum dann tötete er ihn nicht? Was wog es schon, dass er in diesen verlebten Gesichtszügen das Gesicht eines Menschen wiederzuentdecken glaubte, den er einstmals geliebt hatte, dessen Weg aber offensichtlich mit dem seinen nichts mehr gemein hatte? Dieser Mann war einer der Soldaten gewesen, die den Weg der Cheyenne, den Weg des Friedens abgeschnitten hatten, blutig und grausam, und nun würde Bizhiu damit beginnen, die Wege der Weißen zu durchkreuzen, blutig zu beenden, Stück für Stück, Mann für Mann.

Immer wieder betrachtete Bizhiu Davids Gesicht, immer wieder fragte er sich, warum er ihn immer noch mit sich herumschleifte, sollte er ihn seinen Brüdern übergeben? Die Kriegshäuptlinge entscheiden lassen? Nein, ... Bizhiu fühlte genau, dass er eben das nicht tun sollte, dass es hier um etwas anderes ging, um etwas, das nur ihn betraf und diesen weißen Mann, etwas das er klären musste, bevor er diesen Mann würde töten können, etwas das er wissen musste, denn einstmals hatte er diesen Menschen geliebt und ihm vertraut! In Bizhiu war abermals eine Welt zerbrochen, als er in diese himmelblauen Augen geblickt hatte, als er sie erkannt hatte, eine Welt heiler Erinnerungen, eine Welt kindlichen Vertrauens.

Der kleine Junge erwachte und Bizhiu bereitete ihm einen heißen Tee und gab ihm wieder zwei Kugeln Pemmikan. Erst jetzt bemerkte David die Augenfarbe des Jungen, erst jetzt kam ihm in all seiner Panik auch Charlotte in den Sinn und es lief ihm eiskalt den Rücken hinunter. Wieder fügte sich ein Mosaiksteinchen ins Bild, mehrte Davids Verzweiflung, mehrte seine Angst und sein Entsetzen auch.

Weiter ging es über den hartgefrorenen, sandigen Boden der Plains, weiter und weiter, stundenlang. David stolperte und lief, mal langsam, mal schnell, geriet außer Atem, bekam Seitenstechen, keuchte und glaubte einfach nicht mehr zu können, fühlte seine Beine kaum mehr und musste doch weiter und weiter, getrieben von unsäglicher Angst.

Gegen Mittag dann kamen sie abermals an einem leidlich wind- und wettergeschützten Fleckchen Erde an, einem einigermaßen von Gestrüpp umsäumten Findling.

Als David endlich wieder zu Atem kam, versuchte er erneut das Wort an ihn zu richten, und wieder hatte er keinen Erfolg. Die Panik, die David nun beherrschte, war unbeschreiblich. Die bodenlose Angst unaussprechlicher Qual und Marter entgegengeschleift zu werden, grausamen Schmerzen, die den Tod irgendwann zu einer herbeigesehnten Erlösung werden ließen. Warum

gerade er! Guter Gott! Er hatte doch gar keiner Menschenseele dort etwas zuleide getan! Warum dann gerade er! Das war so himmelschreiend ungerecht! David verlegte sich aufs Betteln, auf winseln und flehen. Er beschwor alte Zeiten, alte Schwüre der Freundschaft und Treue, beteuerte nichts getan zu haben, flehte auf Knien darum, dass Silas ihm doch bitte, bitte glauben möge! Und in all seiner Angst wusste er plötzlich, dass er diesem Menschen, sofern er tatsächlich Silas sein sollte, etwas zu sagen hatte, das ihn interessieren müsste, das ihn zumindest dazu bringen könnte, sich zu erkennen zu geben. „Ich habe Winonah und Elias besucht, vor einigen Jahren, ... ich habe sie gesehen, ... Winonah, Elias und Kiniu auch und Waubagone und Waubun-anang und ..."
Keine Sekunde ließ David den Indianer aus den Augen, doch der reagierte nicht, zuckte nicht einmal mit der Wimper. In aller Seelenruhe legte er die Decken zusammen und irgendwann dann sprach er leise mit dem Jungen, sprachen sie miteinander in ihrer eigenartig kehligen, fremden Sprache.

Doch Bizhiu hörte, entgegen allem Anschein, jedes Wort. Und jedes einzelne dieser Wörter brannte in seiner Ojichaag wie Feuer, und doch würde er diesen Worten keinen Glauben schenken, denn es waren weiße Worte, Worte der Lüge, Worte winselnder Feigheit. Alles würde dieser weiße Mann ihm erzählen, wenn es ihm nur wieder in die Freiheit verhelfen würde. Und genau das erklärte er auch seinem Sohn, erklärte ihm, dass dieser weiße Mann einfach nur Angst habe, dass er ihn am besten nicht weiter beachten solle, einfach nicht hinsehen, nicht hinhören. Ma'tscheschke hatte von seinem Vater viele Sprachen gelernt. Wie alle Kinder Bizhius sprach er neben Cheyenne auch die Sprache der Hände, sprach ein wenig Arapahoe, ein wenig Ojibwe, aber auch die Sprache des weißen Mannes. Denn sein Vater sagte immer, dass es wichtig sei, dass sich die Völker verständigen können, dass es der einzige Weg sei, einander auch verstehen zu lernen und Ma'tscheschke verstand durchaus allerhand von dem, was dieser weiße Soldat da erzählte, und es verwirrte ihn.
„Ného'e, kennst du diesen weißen Mann?"

Bizhiu wog abwägend den Kopf und sagte leise: „Nein, mein Sohn, wahrscheinlich kenne ich ihn nicht, schon lange nicht mehr. Aber ich habe ihn einmal gekannt, als ich vielleicht so alt war wie du, da habe ich ihn kennengelernt."
Nachdenklich betrachtete Ma'tscheschke das Gesicht seines Vaters, betrachtete die Tränen, die in seinen Augen glänzten und schlang dann seine Arme um seinen Hals, schmiegte sich warm an seine Brust. Bizhiu hielt ihn einen Moment lang ganz fest, während weiter und weiter Davids Stimme an sein Ohr drang, ihm erzählte, dass sein Vater erblindet sei, dass es ihm aber dennoch verhältnismäßig gut ginge, dass Shawaeghiizig bereits nicht mehr gelebt habe und auch Black Desert nicht, damals, vor vielen Jahren …
„Ich war einige Monate oben bei deinen Leuten, aber sie leben nicht mehr an den Ufern des Gitchi Gami, Kiniu hat gesagt, als Krieger hätte er die Vertreibung wohl nicht ertragen können, aber, oh Silas, da fällt mir ein, dass Kiniu mich gebeten hat, dir etwas von ihm zu bestellen, falls ich dich irgendwann einmal tatsächlich treffen sollte, ... Kiniu ... hat seine Waffen niedergelegt, damals in dem Jahr, als du bei ihnen warst. Er sagte, er habe all die Jahre seine Vision nicht finden können, weil er gar nicht wirklich bereit dazu gewesen sei, du hättest ihm damals die Augen geöffnet. Durch dich habe er seine Fesseln gefühlt und letztendlich auch seine Vision gefunden und erkannt, dass sein Weg nicht der Weg des Krieges, sondern der Weg der Liebe sein würde. Er lebt mit einem Mann zusammen, Silas, sie sind verheiratet, Nawadjiwon heißt Kinius ... Wiidjiiwaagan, ... so heißt das doch, nicht wahr?"

Bizhiu hatte lange schon innegehalten, hatte aufgehört alles zusammenzupacken und blickte David aufmerksam an, nachdenklich. Er hatte ihm niemals etwas von seinem Erlebnis mit Kiniu, von dessen ungeahnter Liebe zu ihm erzählt. Keiner Menschenseele hatte er jemals davon erzählt, nur Charly, die alles wusste, alles kannte von ihm.
David konnte nicht wissen, dass sein Onkel ... und er wusste es doch.

„Und weißt du, was Kiniu mir damals zum Abschied gesagt hat? Ich soll dir ausrichten, dass dein weißer Freund eine schimmernde Perle unter den weißen Männern ist!“ Dann war es um Davids Fassung geschehen. Er lachte verzweifelt auf, schluchzte und weinte hemmungslos.

Langsam trat Bizhiu näher, langsam hockte er sich neben David in den Schnee und richtete zum ersten Mal seit dreißig Jahren das Wort an ihn. Er sagte nur einziges Wort und es kostete ihn unbändige Kraft, es einigermaßen beherrscht über die Lippen zu bringen: „Warum?“
„Was?“ Erschrocken blickte David in Bizhius Gesicht.
„Warum habt ihr das getan?“
In Davids Kopf wirbelten die Gedanken. „Silas, ich, ... ich ...“
Mit schmalen Augen fixierte ihn sein Gegenüber, verfolgte mit stechender, erbarmungsloser Aufmerksamkeit jede seiner Regungen und seine Stimme war hart und kalt wie Eis: „Wo sind deine vielen Worte, weißer Mann? Erkläre mir, was geschehen ist, erkläre mir warum! Nichts anderes will ich von dir wissen, nichts anderes, verstehst du! Ich hatte eine Wiidjiiwaagan, ... erinnerst du dich? Erinnerst du dich an die wundervollste Frau dieser Welt? Was habt ihr meinen Töchtern getan? Meinen Enkelkindern? Meinem Bruder? Meinen Freunden? Was! .... Warum? ... Nur Ma'tscheschke und ich haben überlebt, aber wir haben keinen Frieden vor euch, niemals mehr! Ihr habt uns alles genommen, ihr habt jedem hier alles genommen! Ihr zerstört das Land, vertreibt und tötet die Menschen und Tiere, die seit Anbeginn hier gelebt haben! Ihr habt uns alles genommen, sogar unsere Frauen und Kinder, ... warum? Erkläre mir das, David Sattler! Erkläre meinem Sohn, warum seine Mutter nicht mehr lebt! Warum seine Schwestern nicht mehr bei ihm sind, sein Onkel, sein Schwager, seine ganze Welt! Was ist geschehen, ... weißer Mann? Wir wollen es wissen! Erkläre es uns, wenn du kannst, oder verschone uns fortan mit deinem Gejammer und Geschwätz!“
„Silas, um Gottes willen, was soll ich dir nur sagen, wo soll ich nur anfangen ...“
„Man beginnt am Anfang, weißer Mann, wo sonst?“

David versuchte sich zu fassen und schließlich gelang es ihm zurückzugehen, zurück in der Zeit, zurück nach Fort Lyon, zurück zu jenem unglückseligen Tag Ende November.
Der 26. war es gewesen, als sie endlich das Fort erreicht hatten. Gott war das kalt! Und ein Wind! Er war ungemein erleichtert gewesen, diese schützenden Räumlichkeiten erreicht zu haben, hatte sich mit einem Whiskey ans Feuer gesetzt und seine durchfrorenen Hände und Füße wieder auftauen lassen, hatte sich sehr wohl gefühlt, bis zu jenem Moment, da er diesem Gespräch, erst unfreiwillig, dann aber mit wachsender Aufmerksamkeit gelauscht hatte. ...
„Ich saß an einem Feuer, ... in einer großen Halle in Fort Lyon, unweit Denver und trank meinen Whiskey. Wir waren an diesem Tag erst angekommen, ... ich war müde und durchgefroren, alle waren wir das. Wir waren so alles in allem gut siebenhundert Mann, allesamt unter dem Befehl von Colonel Chivington. Chivington ist noch gar nicht so lange Colonel, eigentlich war er einmal ein Pfarrer, ... ein Methodistenpfarrer, ... bevor er zur Armee ging. Nach seiner letzten erfolgreichen Schlacht haben sie ihn zum Colonel ernannt. Ich saß am Feuer und hörte hinter mir Chivingtons Stimme, aber ich hörte auch noch eine andere, sehr eindringliche, bemüht geduldige Stimme, die unaufhörlich auf Chivington einredete. Ich blickte mich kurz um, um zu sehen, wer da den Mut hatte, Chivington derart ins Gebet zu nehmen, und erblickte einen fremden, schon älteren Mann, mit grauen Haaren und einem grauen Bart. Neben ihm stand ein Halbblut, sein Sohn offensichtlich, noch keine zwanzig Jahre alt. Ab diesem Moment begann mich das Gespräch zu interessieren und ich hab' die Ohren gespitzt. Der grauhaarige Mann hat sich den Mund fusselig geredet und hat versucht, Chivington begreiflich zu machen, dass die hiesigen Indianer in Frieden mit den Weißen leben wollen, dass mit ihnen problemlos zu verhandeln sei. Doch Chivington wischte alle seine Worte mit dem Satz vom Tisch, es sei nicht seine Aufgabe Frieden zu schließen. Der grauhaarige Mann redete geduldig weiter auf ihn ein, er setzte ihm auseinander, dass selbst ein um Frieden bemühtes Volk sich wehren würde, wenn es an den Rand gedrängt wird, dass niemand mehr für die Sicherheit

der Bevölkerung und auch nicht der noch reisenden Siedler garantieren könne, dass es zu den blutigsten Ausschreitungen kommen würde, doch Chivington hatte für alles, was dieser Mann ihm auch sagte, nur ein müdes Grinsen übrig und entgegnete bloß, dass ihn die Siedler wahrhaftig nichts angingen, dass die sich gefälligst selbst schützen sollten. Ich war zwar reichlich angetrunken, aber das Gespräch hat mich dennoch sehr nachdenklich gemacht, ich hab' mich gefragt, was Chivington vorhat. Ich bin dann zu meinem Captain gegangen, Captain Silas Soule, er ist wirklich in Ordnung, ich mag ihn sehr gerne, allein wegen seinem Namen mochte ich ihn schon. Ich hab' ihm von dem seltsamen Gespräch erzählt und gefragt, was er denkt, was Chivington wohl vorhat, was Governor Evans vorhat, mit dem der Colonel ständig zu Gange war. Soule hat mit den Augen gerollt. ‚Das kann ich dir ganz genau sagen …', hat er gesagt, ‚Chivington hat nichts anderes im Sinn, als endlich auch Governor zu werden, Colonel reicht ihm bei Weitem nicht. Und dafür braucht er dringend noch einmal eine genauso erfolgreich geschlagene Schlacht, wie damals am Glorieta-Pass! Und Evans wiederum brennt darauf, Colorados erster Senator zu werden und da kommen ihm Chivingtons ehrgeizige Pläne sehr gelegen.'
In der Nacht zum 29. November war dann plötzlich Aufbruch angesagt. Wir waren die ganze Nacht hindurch unterwegs gewesen, siebenhundert Mann. Sie haben dieses Halbblut, den Sohn von dem Grauhaarigen, gezwungen, uns den Weg zu zeigen. Bei Gott, was hat der sich gewehrt, mit Händen und Füßen, aber sie haben ihn gezwungen, mit roher Gewalt und vorgehaltenem Gewehr. Es war entsetzlich kalt in dieser Nacht. Die meisten von uns haben sich über die Stunden hinweg ordentlich volllaufen lassen, mein Gott, ich war so betrunken, dass ich Mühe hatte, noch gerade im Sattel zu sitzen und ich wusste immer noch nicht genau, was eigentlich los war. Gegen Morgengrauen haben wir uns einem Indianerlager genähert, ganz friedlich lag es da, offensichtlich schliefen alle. Eine weiße und eine amerikanische Flagge flatterten im Wind, sie waren das erste, was man schon von Weitem erkennen konnte. Ich konnte in meinem umnebelten Hirn immer noch nicht recht glauben, dass Chivington wirklich vorhatte, die-

ses friedliche Lager unter amerikanischer Flagge zu überfallen, ich mein, ... wozu? So was ist doch keine glorreiche Schlacht! Sowas konnte er doch wohl unmöglich als Heldenstreich verkaufen wollen! So nach und nach begann ich allmählich nüchtern zu werden, ... irgendwas in mir ließ alle möglichen Alarmglocken schrillen, ich bin zu Captain Soule vorgeritten. Ich hab' ihn gefragt, ob Chivington allen Ernstes dieses Lager überfallen will. Wir waren nicht die einzigen, die so dachten, aber wir waren verschwindend wenige, ein gutes Dutzend vielleicht, einige Offiziere waren darunter, einige Soldaten. Wir haben es gewagt, Chivington, ... er ist ein furchtbar cholerischer Tyrann, Silas, das kannst du mir glauben, aber dennoch, wir sind gemeinsam zu ihm geritten und haben auf das Schärfste protestiert. Wir haben ihm erklärt, dass wir uns weigern, dieses Lager zu überfallen, wir haben uns auf die Gesetze der Armee berufen, die einen solchen Überfall eindeutig verbieten. Chivingtons Stimme war eiskalt, schneidender noch als der Wind.
,Verdammt!', sagte er zu uns und blickte jeden von uns der Reihe nach an. Es war unschwer zu erkennen, dass er sich jedes Gesicht merken würde, ganz genau. ,Verdammt sei jeder Mann, der mit den Indianern sympathisiert!', zischte er uns entgegen. ,Ich bin gekommen, um Indianer zu töten und ich glaube, dass es nichts Gerechteres und Ehrenwerteres gibt, als jede sich dazu bietende Gelegenheit unter Gottes Himmel dafür zu nutzen!' ... Und dann gab Chivington Befehl, das Tempo noch beträchtlich zu steigern. Sehr schnell haben wir uns dem Lager genähert, ich seh' es noch vor mir, kreisrund im ersten Schein der grauen Wintersonne. Es war wie in einem Albtraum! Ich war wie gefangen, ich konnte nicht anders, ich musste mit, andernfalls ... Chivington fackelt mit Deserteuren nicht lang, aber wenn ich geahnt hätte, was daraus noch werden würde, ..."
David atmete keuchend aus, Schweiß stand auf seiner Oberlippe, stand auf seiner Stirn und immer wieder bedrängten ihn die Schreie, hörte er das Dröhnen der Geschütze, das Knallen der Gewehre. „Die ersten Indianer kamen bereits aus ihren Tipis gelaufen, Frauen und Kinder zumeist, die meisten nur halbbekleidet, man konnte von Ferne schon ihre aufgeregten Stimmen rufen

hören, ... näher und näher kamen wir, ... wir waren vielleicht noch fünfzig Yards entfernt, mehr und mehr Indianer eilten aus ihren Tipis, mehrere hundert Frauen und Kinder, aber nur wenige Krieger, einige sehr alte Männer darunter. Aufgeregte Stimmen riefen durcheinander, Kinder weinten, Menschen liefen hin und her, doch einer der Männer, ein Häuptling denke ich, übertönte all die angsterfüllten, aufgeregten Stimmen. Ich weiß nicht, was er ihnen zurief, aber sie stellten sich daraufhin allesamt mit diesem Häuptling dicht gedrängt unter die weiße und die amerikanische Flagge und der Häuptling stand ruhig und aufrecht in ihrer Mitte, den Fahnenmast mit den flatternden Fahnen in seiner rechten Hand. Ich hatte das Gefühl, dass sie alle an einen großen Irrtum glaubten! Sie waren völlig verwirrt, ... überrascht, ... sie hatten offensichtlich mit keinem Überfall gerechnet. Und da gab Chivington den Befehl zum Angriff. Er schrie: ‚Tötet und skalpiert sie alle! Groß und klein! Denkt daran: Nissen machen Läuse!'
Ein Teil der Soldaten erhielt Befehl, die Pferdeherde vom Lager wegzutreiben, der Rest eröffnete das Feuer, sie schossen mitten in die dicht gedrängt stehenden Indianer hinein. Alles stob auseinander, einige Krieger eilten in ihre Tipis, um ihre Waffen zu holen, sie hatten ihre Waffen nicht einmal bei sich!" Vor Davids Augen tauchten wieder diese grausigen Bilder auf, er hörte diese entsetzlichen Geräusche und die Übelkeit begann wieder in seinen Eingeweiden zu rühren. „Die Soldaten schossen in die Tipis hinein, schossen auf alles, was sich bewegte. Ein anderer Krieger, ich denke wohl auch einer der Häuptlinge, lief unbewaffnet, mit erhobenen Armen auf uns zu und rief in unserer Sprache, dass wir das Feuer einstellen sollen, ‚Aufhören! Aufhören!,' rief er immer wieder und dann blieb er plötzlich stehen, verschränkte die Arme vor der Brust und blickte unerschrocken in die Reihen der Soldaten. Ich werde diesen Blick niemals vergessen, ganz ruhig stand er da, wie ein Fels in tosender Brandung, nur der Wind zerrte an seinem langen Haar, selbst die Soldaten, die bereits auf ihn angelegt hatten, verharrten einen kurzen Moment, doch dann schossen sie ihn nieder. Er starb in einem wahren Kugelhagel. In der Zwischenzeit hatten es die wenigen Krieger irgendwie fertiggebracht, den größten Teil der Frauen und Kinder in ihre Mitte zu

nehmen, sie verteidigten sie wild entschlossen nach allen Seiten und bemühten sich zugleich, einen Fluchtweg zur Uferböschung hin freizukämpfen."

Zum ersten Mal blickte David für einen kurzen Moment in Bizhius Augen, doch er konnte in dessen versteinertem Blick keinerlei Regung erkennen.

„Ich habe so was noch nie gesehen. Es waren wirklich nicht viele Krieger, aber sie haben gekämpft, wie ich noch niemals Menschen habe kämpfen sehen und sie haben nicht für sich gekämpft, sie haben einzig für diese vielen Frauen und Kinder gekämpft. Tollkühn, ... das ist vielleicht das richtige Wort, unglaublich mutig und unerschrocken, ... wirklich, ich hab' noch nie Menschen so kämpfen sehen, aber es waren nur wenige Krieger und viele Kinder, und wir waren siebenhundert Mann. Sie haben es dennoch geschafft, ... ein paar Indianer konnten über die Uferböschung entkommen. Ich sah eine Frau die Uferböschung entlangeilen, das Baby in ihrer Rückentrage schrie und weinte ... eine Kugel traf sie und streckte sie nieder, sie stand auf und rannte weiter, bis eine zweite Kugel sie traf, doch sie stand abermals auf, rannte weiter und verschwand hinter der Böschung. Eine Gruppe von vielleicht vierzig Frauen und Kindern hatte in einer Senke Schutz vor den umherpfeifenden Kugeln gesucht. Ein kleines Mädchen krabbelte aus der Senke hervor und hielt eine weiße Fahne in seiner zitternden Hand, ich seh' noch die großen Augen vor mir, in dem kleinen Gesicht. Sie war kaum zwei Schritte gelaufen, so mutig und tapfer. Ein kleines Mädchen, wirklich klein, geht den Soldaten entgegen, blickt ihnen ins Gesicht! Sie haben sie sofort erschossen und alle Frauen und Kinder in der Senke auch. Ich war auf einmal stocknüchtern, aber um mich herum wütete der blanke Wahnsinn. Oh Gott, viele waren stockbesoffen und noch mehr waren so voller Hass, viele hundert Freiwillige hatten sich Chivington angeschlossen, und die Männer gerieten außer Rand und Band. Keiner hat sie zur Raison gebracht, keiner hat versucht, sie in Schach zu halten, im Gegenteil! Unermüdlich hat Chivington seine Männer angefeuert, Geschütze wurden aufgestellt, ... sie, ... sie schlachteten alles ab, was ihnen vor die Füße kam. Sie begannen die Leichen zu verstümmeln, zu skalpieren, selbst kleine

Kinder. Sie verstümmelten alle, schnitten ihnen die Finger ab, um an ihre Silberringe zu kommen. Andere verstümmelten die Überlebenden und ließen sie im Schnee liegen, wo sie verbluteten."
David schluchzte auf und weinte, oh Gott, war ihm schlecht, dieser Geruch von Blut und verbranntem Fleisch! Diese markerschütternden Schreie, dieses Weinen und Flehen, die Kinder, so viele Kinder! David keuchte, während salziger Schweiß sich mit bitteren Tränen vermischte.
„Ich befand mich in Windeseile in einem Tollhaus! Es war wie eine Fahrt durch die Hölle. Ich hätte keinem helfen können, ich hab nichts weiter getan, als in dem ganzen irgendwie meine eigene Haut zu retten. Ich hätte wirklich keinem helfen können! Das musst du mir glauben, ... ich, ..."
David blickte auf, blickte flehentlich, doch Bizhiu war bereits gegangen, hatte ihm den Rücken zugekehrt, saß schon gar nicht mehr an Davids Seite, sondern ein gutes Stück weit entfernt, seinen Sohn auf dem Schoß, hielt ihn fest, streichelte sein langes schwarzes Haar. Doch so fest er seinen kleinen Sohn auch hielt, so sehr er sich auch bemühte, ihm Sicherheit zu geben, so floss doch nichts aus ihm heraus als Verzweiflung und Schmerz.
David kämpfte mit den Wogen seiner Übelkeit, kämpfte mit seiner bodenlosen Angst und ließ Bizhiu bei all dem nicht einen Moment lang aus den Augen. Irgendwann, es kam David wie eine ganze Ewigkeit vor, erhob sich Bizhiu wieder, trat langsam erneut an David heran und blickte in sein Gesicht. Reglos studierte er Davids Gesicht, las die Panik in dessen Augen, aber auch Schmerz, auch Mitleid schwang in diesem angstvoll verharrenden Blick, auch Bedauern, Entsetzen, keine Lüge. Einstmals hatte er diesen Augen vertraut, hatte er diesen Menschen geliebt, eine Perle unter den weißen Männern. Keine Lüge in diesen Augen, nur grausame Angst, nur Verzweiflung ...
„Und was willst du nun tun?" Leise, kaum hörbar hatte Bizhiu diese Frage gestellt.
David riss überrascht die Augen auf. „Das fragst du ... mich?"
„Ja, das frage ich dich! Was würdest du jetzt tun wollen?"
„Am liebsten würde ich diese Uniform loswerden wollen, so schnell wie möglich und ... zurück nach St. Peter, ... ich habe auch

einen Sohn, ... ich habe ihn Silas genannt, weil ich ..." David liefen die Tränen übers Gesicht, während sein Herz aufgeregt zu klopfen begann. Bizhiu hatte sein Skalpmesser gezogen und David war sich durchaus nicht gewiss, was er damit vorhatte. Angst und Hoffnung tanzten in ihm einen wirbelnden Tanz, dann spürte er voller Erleichterung, dass Bizhiu seine Fesseln durchtrennte. David spürte seine Hände schon lange nicht mehr, kalt und steif waren sie, dunkelrot und geschwollen. Mit einem schmerzvollen Stöhnen, nahm er seine Arme nach vorne, auch sie steif und taub. Warm legten sich Bizhius Hände über Davids, vorsichtig und sorgsam begann er, die schmerzenden Finger zu massieren, er sah David nicht an dabei, blickte nicht in dessen erstauntes Gesicht, sondern konzentrierte sich einzig auf diese halb erfrorenen Hände, während in seinem Inneren erneut ein Kampf tobte. Während es in ihm nach Rache und Vergeltung schrie, während Hass und Trauer ihn fast besinnungslos machten, erhob sich auch beharrlich eine so vertraute Stimme in ihm, die an alte Freundschaft gemahnte, die diesem einen Menschen hier so gerne vertrauen wollte, ihm glauben wollte, die einfach die Hoffnung nicht aufgeben wollte, dass dieser Mann hier, obwohl er ein Weißer war, dennoch der Mensch war, für den er ihn immer gehalten hatte. Bizhiu musste sich entscheiden, Vertrauen, alte Freundschaft inmitten von Zerstörung und Leid, oder aber Hass, Vergeltung, ... Tod.

Es fiel Bizhiu nicht leicht, doch im Grunde konnte er gar nicht anders, als Freundschaft über Feindschaft, als Leben über Tod zu stellen und die Liebe über den Hass. Er wollte David eine Chance geben, um der alten Freundschaft willen, um der Liebe Willen, die er sich all die Jahre hinweg in seinem Herzen für diesen Menschen erhalten hatte, all die Jahre ...
Plötzlich meinte Bizhiu Ethketas lachende Stimme zu vernehmen: „Ach, Bizhiu, das liebe ich so an dir. Du verlierst den Glauben an diese Menschen nicht! Egal, was sie auch tun mögen, du gibst die Hoffnung einfach nicht auf, und das finde ich schön."

Mit einem tiefen Seufzer blickte Bizhiu auf, blickte zum ersten Mal in die Augen eines alten Freundes, blickte zum ersten Mal in

Davids Augen mit einer Spur Wärme, einer Spur des Wiedererkennens im Blick.

David saß zitternd in eine warme Decke gehüllt am Feuer. Bizhiu hatte ihm wortlos eine Schale dampfenden Tees gereicht. Doch als er erkannte, dass David mit größter Mühe die Schale überhaupt auch nur zu halten vermochte, geschweige denn aus ihr zu trinken, raunte er seinem Sohn leise etwas zu, woraufhin dieser sich zögerlich erhob, die grünblauen Augen starr und forschend auf David gerichtet. Vorsichtig trat er näher, nahm David behutsam die Schale aus den bebenden Händen und führte sie ihm zum Mund.

Sie blieben beinahe den ganzen Tag über im Schutz des Felsens. David konnte sich kaum mehr auf den Beinen halten und seine Hände waren immer noch nicht zu gebrauchen, sie schmerzten unsäglich, jetzt da wieder etwas Leben in ihnen pulsierte. Schweigend hatte Bizhiu ein Lager zwischen Felsen und Feuer bereitet, hatte mit einer einladenden Geste darauf gedeutet und zu David gesagt: „Du solltest jetzt schlafen. Ich werde mit meinem Sohn deinen Schlaf bewachen."

Gegen Abend weckte ihn Bizhiu, rüttelte sachte an seiner Schulter und bot ihm zu essen und zu trinken. Endlich hielt David eine der köstlichen braunen Kugeln in der Hand, gierig biss er hinein und nahm mit Freuden noch eine zweite Kugel, die ihm Bizhiu wortlos reichte.

„Köstlich, wirklich köstlich dieses Pemmikan!" David kaute mit vollen Backen.

Bizhiu nickte nur, betrachtete ihn und still rollte eine Träne aus seinem Augenwinkel.

Irgendwann erhob sich Bizhiu und begann damit, alles wieder zusammenzupacken. Doch bevor er auch das Feuer löschte, setzte er sich an Davids Seite, blickte ihn lange und nachdenklich an und sagte schließlich leise: „Du willst in den Norden nach St. Peter, wir wollen in den Norden zum Smoky Hill River. Du kannst nun reiten, mein Freund, wohin immer du willst, du kannst aber auch ein Stück des Weges mit uns gemeinsam reiten, wir haben

denselben Weg, ein Stück weit zumindest."
„Silas ..."
Abwehrend hob Bizhiu die Hand und der Ton seiner Stimme war scharf, war entschieden und fest: „Mein Name ist Bizhiu, seit über dreißig Jahren schon, David! Begreife das endlich!"
„In Ordnung, ... schon gut!" Beschwichtigend hob David seine Hand. „Bizhiu, ich möchte sehr gerne mit dir und deinem Sohn reiten, es ... wäre mir eine große Ehre."
Bizhiu nickte nur, doch als er sich erhob, berührte seine Hand Davids Schulter, verharrte einen Augenblick lang auf ihr.

Vier Tage waren sie nun schon gemeinsam unterwegs, vier Tage, in denen sich ganz allmählich zwischen ihnen wieder so etwas wie Vertrautheit einzustellen begann. Vier Tage, in denen sie nach und nach auch ihre gemeinsame Sprache wiederfanden, in denen sie ein Stück dessen im anderen wiederentdeckten, was sie ein Leben lang geliebt hatten.
Am späten Abend war es, Ma'tscheschke schlief bereits, als Bizhiu, zum ersten Mal seitdem sie sich begegnet waren, seine Pfeife entzündete. Er tat einige Züge daraus, inhalierte sie tief und sein Blick glitt dabei in weite Ferne. Bizhiu blies den Rauch zu den Sternen hinauf, doch dann blickte er erneut zu David, reichte ihm die Pfeife und wartete, bis er einige Züge daraus geraucht hatte. Erst dann hob er leise zu sprechen an: „Du hast Winonah gesehen und Elias auch? Sie sind also gut angekommen? Erzähl es mir David, erzähl mir alles, bitte!"
„Du hast eine Schwester Bizhiu, sie war damals so fünf, sechs Jahre alt, ... Beedaubun, ... goldig die Kleine, sieht dir sehr ähnlich. Elias war ..."
„Nein, bitte erzähl mir der Reihe nach. Was war damals, als wir gegangen sind, ... erzähl mir, wie es kam, dass du an die großen Seen geritten bist, ... erzähl mir alles von Anfang an, ...ja?"

Es wurde eine Nacht langer Geschichten, vieler Worte und Tränen auch. Es wurde aber auch eine Nacht, in der sich zwei alte Freunde zum ersten Mal seit dreißig Jahren wieder in die Arme schlossen, in der sie sich festhielten aneinander und Trost fanden.

Es war in jener Nacht, als ein Entschluss in Bizhiu zu reifen begann, diffus und verschwommen zunächst, doch schon mit Anbruch des nächsten Tages klarer werdend, deutlicher, vorstellbarer von Tag zu Tag.

Es war am Abend des siebten Tages ihrer gemeinsamen Reise in den Norden, als Bizhiu, kaum dass Ma'tscheschke eingeschlafen war, zu David zu sprechen begann. „Unsere Wege werden sich morgen wieder trennen, mein Freund, mein Weg wird weiter in westliche Richtung führen, deiner aber in östliche. Ich denke die ganzen Tage schon darüber nach, dass im Westen die Sonne untergeht, im Osten aber geht sie auf. Aber ich werde das Gefühl nicht los, dass mir das etwas zu sagen hat. Ich habe heute Nacht von Charly geträumt, von Mápe'e, ... sie tanzte und sang: ‚Im Osten geht die Sonne auf, im Westen wird sie untergehen', wieder und wieder und plötzlich kam sie zu mir, nahm mich in ihre Arme und flüsterte in mein Ohr: ‚Klein beginnt der Tag, mein Herz und endet doch groß!' Erst da habe ich verstanden, was sie mir sagen wollte. Der Winter ist hart hier in den Plains, mein Freund, doch niemals ist er so hart und grausam wie auf dem Pfad des Krieges. Und kein Krieg wird so hart und erbittert geführt werden, wie dieser Krieg. Wir werden kämpfen, David, bis wir siegen, bis wir die Freiheit wiedergewonnen haben, so zu leben, wie es sich für uns zu leben lohnt, oder wir werden kämpfen bis wir sterben. Ich bin einen Weg gegangen, einen langen, weiten Weg, mein Freund. Es war nicht immer leicht, diesen Weg zu gehen, aber es war ein sehr guter Weg, den ich gegangen bin, mit meiner Wiidjiiwaagan, ein glücklicher Weg. Ich habe ihn keinen Tag bereut und ich werde kämpfen, mit all meiner Kraft. An der Seite meiner verbliebenen Freunde werde ich dafür kämpfen, dass wir Cheyenne diesen guten Weg weitergehen können, eines Tages, dass wir wieder frei atmen können, in den Plains. Ich weiß nicht, ob uns das gelingen wird, aber ich weiß, dass es ungemein hart werden wird, gefährlich, blutig und grausam. Ma'tscheschke wird nicht mit mir in diese blutigen und entbehrungsreichen Tage reiten, er ist erst acht Jahre alt, er hat schon viel zu viel Grauen erlebt, weit mehr als ein Mensch jemals erleben sollte ..."

Bizhius Blick wanderte zärtlich zu seinem schlafenden Jungen und nur mit Mühe gelang es ihm, die Tränen zurückzuhalten. „David, mein Freund, du schuldest mir dein Leben ... und ich schulde dir eine Chance, weil ich dir dieses Leben gelassen habe. Ich habe keine Bitte an dich, ich habe eine Aufgabe für dich. Eine Aufgabe, mit deren Hilfe du dir und mir beweisen könntest, dass ich mich nicht geirrt habe, dass es das Gute gibt in dir ... und somit auch in dieser seltsamen, weißen Welt. Eine Aufgabe aber auch, mit deren Hilfe du etwas sehr Wichtiges entdecken kannst ... für dich, so etwas wie Glück zum Beispiel, Zufriedenheit, vielleicht sogar Liebe und Sinn, wer weiß? Mein Ma'tscheschke ist viel zu klein, um mit mir in den Krieg zu reiten und er hat keine Mutter mehr, keine Schwester, kein Zuhause, wo er bleiben könnte, während sein Vater auf dem Kriegspfad ist. Du wirst ihm Vater und Mutter sein in dieser Zeit, David, du wirst ihn mitnehmen nach St. Peter und du wirst an ihm wieder gutmachen, was du wieder gutzumachen hast und ich glaube, das ist nicht wenig. Es ist vielleicht die letzte Chance, die du überhaupt in deinem Leben noch erhältst und ich schenke sie dir, David, wachse daran, würdige die Ehre dieser Aufgabe jeden Tag und sei dir gewiss, wenn wir uns wiedersehen, und wir werden uns wiedersehen, sei es in St. Peter oder im Land Heammawihios, wenn wir uns wiedersehen, dann wird meine Achtung vor dir, meine Liebe zu dir, unsere Freundschaft von Anbeginn an davon abhängen, wie du diese Aufgabe erfüllst. Sollte ich aber nach St. Peter kommen und sehen, dass mein Sohn nicht glücklich ist, dass er nicht alles hat, was er braucht, um nach all dem Grauen wieder ganz gesund und glücklich zu werden, wenn ich sehe, dass es ihm an irgendetwas fehlt, dann werde ich dich töten, David, schneller, als du auch nur den Mund geöffnet hast, um irgendetwas zu erklären." Bizhiu lächelte ihn an, doch der stechende Ernst seiner Augen ließ David erschauern.

Am kommenden Morgen zog Bizhiu Ma'tscheschke zu sich auf den Schoß. Lange hielt er ihn, küsste sein Haar, atmete seinen Duft, prägte ihn sich ein für alle Zeit, ehe er leise zu seinem Sohn zu sprechen begann. Ruhig und warm klang seine Stimme dabei und obwohl David kein einziges Wort verstand, so hörte er doch die Liebe und Wärme und auch die Stärke seines Freundes aus diesen Worten heraus, lauschte ihrem fremdartigen Klang, und erkannte auf einmal, um wieviel reifer und vor allem auch reicher sein Freund geworden war, sehr viel reicher sogar und das, obwohl er nach außen hin zu den ärmsten, bedauernswertesten Menschen gehörte, die David jemals gesehen hatte.

„Ma'tscheschke, ...", sagte Bizhiu leise, und aufmerksam blickte Ma'tscheschke in das Gesicht seines Vaters und er erkannte sofort die bleischwere Trauer, genauso wie seinen Schmerz und seine Liebe zu ihm. Ma'tscheschkes kleine Tasoom wurde schwer, als er all das erkannte und erste Tränen begannen stumm über seine Wangen zu laufen.

„Ich werde nun den Kriegspfad beschreiten, mein Sohn, und du weißt, dass ein Junge von acht Jahren noch viel zu jung ist, um mit den Kriegern in den Krieg zu ziehen. Du bist noch ein Kind, Ma'tscheschke, und Kinder beschreiten den Kriegspfad nicht, das ist die Aufgabe der Erwachsenen. Ich werde für dich mitkämpfen, ich werde mit Votoneso und den anderen Kriegern kämpfen, damit die Cheyenne und alle anderen Völker eines Tages wieder friedlich und frei in den Plains leben können und den Büffel jagen wie in alter Zeit, und auch dafür, dass niemals wieder so etwas geschieht wie in den Tagen deiner ersten Jagd. Ich weiß nicht, ob wir Erfolg haben werden und ich kann dich nicht mitnehmen, so unendlich gerne ich dich auch bei mir hätte. Doch schau, Ma'tscheschke, diesen weißen Mann hier kenne ich schon seit der Zeit, als ich so alt war, wie du es jetzt bist. David war mir bis zu dem Tag, an dem ich mit deiner Mutter weggegangen bin, ein sehr guter Freund, einer, den ich immer sehr gern hatte, einer, dem ich immer noch vertraue, obwohl seine Haut weiß ist. Ein weißer Mann wie dein Großvater, einer wie William Bent, verstehst du, einer von den ganz wenigen und er wird auch dir ein guter Freund sein. Er wird dein Vater sein, Ma'tscheschke, solange ich nicht bei dir sein kann und solange du einen Vater brauchst und du wirst noch lange Zeit einen Vater brauchen. Doch weißt du, was das Seltsame ist?"

Zögerlich schüttelte Ma'tscheschke seinen Kopf.

„Das Seltsame ist, dass dieser Mann hier ganz dringend einen Sohn braucht, dringend einen so vortrefflichen Sohn, wie du einer bist. Denn du wirst ihm bestimmt helfen müssen dabei, ein guter Vater zu sein, er weiß vieles nicht. Aber er wird lernen, er wird sich bemühen. David wird dorthin zurückgehen, wo nicht nur er, sondern auch deine Mutter und dein Vater Kinder gewesen sind, wo sie ihre Liebe füreinander entdeckt und auch zueinander gefunden haben. Die Wege, die du dort gehen wirst, werden die Wege sein, auf denen auch deine Mutter und ich schon viele Male gegangen sind. Es gibt dort einen uralten Ahornbaum vor einem Haus aus Holz, in dem bin ich mit David herumgeklettert, genauso, wie du es vielleicht einmal tun wirst und in diesem Haus aus Holz habe ich viele Male gesessen mit David und es war sehr schön. Du wirst mir und Mápe'e immer und überall begegnen dort, wir werden beide immer bei dir sein. Manches wird dir seltsam vorkommen in diesem Ort, denn es ist ein Ort der Weißen und du weißt, dass sie oftmals einfach nicht zu begreifen sind. Versuche, dir nichts daraus zu machen, ich habe es damals genauso gehalten. Weißt du, Ma'tscheschke, es kommt gar nicht so sehr darauf an, wo man lebt, wichtig ist allein das Wie. Und es kommt auch nicht so sehr darauf an, wohin einen ein Weg führt, sondern einzig und allein darauf, wie man ihn geht. Geh deinen Weg mit deinem ganzen Herzen, mein Sohn, höre auf seine Stimme, lausche auf die Sprache deiner Tasoom, denn deine Tasoom ist stark, mein Sohn, sie ist weise und gut. In dir fließt mein Blut, Ma'tscheschke, und das Blut der besten Frau, die jemals auf Erden gelebt hat, du bist erfüllt davon, wir werden immer zu dir gehören und immer an deiner Seite sein. Und wenn wir diesen Krieg gewinnen, wenn wir einen Weg für die Cheyenne und alle anderen erkämpfen können, um in Frieden zu leben, dann werde ich nach St. Peter kommen und dich heimholen in die Plains, sobald du das willst, wenn es uns aber nicht gelingen sollte und ich dennoch überlebe, dann werde ich zu dir kommen und mit dir leben, wo immer du auch leben möchtest. Sollte ich jedoch nicht zu dir zurückkommen, mein Sohn, dann bin ich heimgegangen, über den großen Sternenpfad der Seelen, zu Mápe'e und allen

deinen Geschwistern und Lieben und wir werden alle gemeinsam auf dich warten, bis du eines Tages, alt und weise geworden, zu uns kommst und uns erzählst, wie deine lange Geschichte weitergegangen ist. Lass dir Zeit dabei, sie zu erleben, versuche in deinem Herzen festzuhalten und wachsen zu lassen, was in ihm lebt, denn es ist unendlich wertvoll und gut." Bizhiu seufzte leise und wischte zärtlich die Tränen aus dem Gesicht seines Jungen, drückte ihn an sich, ganz fest, ganz warm und fuhr leise zu sprechen fort: „Du weißt, wie mein allererster Name war, wie Nachko'éehe - meine Mutter - mich genannt hat, nicht wahr?" Ma'tscheschke nickte, während unaufhörlich weiter die Tränen über seine rotverweinten Wangen rollten und ganz leise wisperte er: „Mino-nokomis hat sie dich genannt."
„Ja genau, Mino-nokomis, so hat sie mich genannt und sie hatte viele gute Gründe dafür und einen davon möchte ich dir jetzt sagen, den allerwichtigsten. Denn wenn ich nicht zurückkehren kann zu meinem geliebten Ma'tscheschke, wenn ich stattdessen den Pfad der Seelen hinaufgehen muss, über die Straße der Sterne, in das Land Heammawihios, dann werde ich doch eines können. Immer wenn du den Mond am Himmel siehst, wenn du hinaufblickst zu ihm, dann werde auch ich dich sehen können. Ich werde dich durch die Augen des Mondes sehen und werde bei dir sein und du wirst mir alles erzählen können. Ich werde dir zuhören und wenn du dann weit hinauf zu den Sternen lauschst und tief hinein in deine Tasoom, dann wirst du auch meine Antworten verstehen, fühlen, tief in dir und zugleich von weither, verstehst du?"
Noch einmal drückte er Ma'tscheschke fest an sich, ließ sich von ihm mit Küssen bedecken und noch ein letztes Mal vermischten sich ihre Tränen miteinander.
Dann aber stand Bizhiu auf, packte in aller Eile nur das Notwendigste für sich zusammen, überließ das meiste an Decken und Verpflegung seinem Sohn und ehe er aufbrach, drückte er auch David noch einmal an sein Herz, blickte ihm eindringlich in die Augen und sagte: „Ich wünsche dir Glück, David, und ich wünsche mir, dass wir uns in glücklicheren Tagen wiedersehen, nichts mehr als das. Ich habe meinem Sohn gesagt, dass du dir alle Mühe geben wirst, für ihn ein guter Vater zu sein, ich habe ihm gesagt, dass ich

dich lieb habe und dir vertraue, bitte enttäusche mich nicht, ich lege mein Leben, ich lege mein blutendes Herz in deine Hände."
Bizhiu hob seinen weinenden Sohn noch einmal hoch, schmiegte sein Gesicht an seine warme Brust, küsste seine verweinten Wangen und setzte ihn dann langsam wieder ab, ging zu ihm in die Hocke herunter, hielt seine Hände in den seinen und sagte leise: „Weißt du was, Ma'tscheschke? Ich werde mir jetzt eine Strähne von meinem Haar abschneiden und du schneidest dir eine Strähne von deinem ab und diese Strähnen schenken wir einander. So haben wir immer ein bisschen was vom anderen bei uns, für die Zeit, die wir getrennt sein werden. Abgemacht?!"
Ma'tscheschke nickte weinend.
Und nur wenig später stand er allein und verloren neben David, eine dicke, sehr lange Strähne silbergrauen Haares fest in seiner Hand, und blickte seinem Vater hinterher. Einmal noch drehte Bizhiu sich um, winkte mit beiden Händen und die Strähne schwarzen Haares flatterte im Wind. „Néméhotatse, Nae'ha, - Ich liebe dich, mein Sohn, - vergiss das nicht! Wir werden uns wiedersehen, eines Tages, hier oder da! Mino-ta-kijah, Ma'tscheschke! Mino-ta-kijah!"
Und dann drehte er sich um und galoppierte davon, so schnell er nur konnte, bevor es ihm unmöglich werden würde, bevor der Schmerz und die Angst, Ma'tscheschke vielleicht niemals wiederzusehen, ihn zur Umkehr zwingen würden und somit verhindern, das einzig Sinn- und Ehrenvolle zu tun, was einem Krieger der Cheyenne in diesen Tagen noch zu tun übrig blieb, und das war, zu kämpfen, mit aller Kraft, mit allem Mut und aller Entschlossenheit.

67

Die Wellen der Empörung, des Entsetzens aber auch der Trauer, welche das Schicksal der Cheyenne am Sand Creek unter den Indianern in den Plains und Prärien auslöste, war grenzenlos, und der Krieg mit den Weißen wurde von allen Völkern nun mit aller Macht, erbitterter Wut und Verzweiflung geführt. Und die Worte eines Häuptlings, gerichtet an einen befreundeten Trapper, trafen genau das, was beinahe alle Krieger fühlten in dieser Zeit: „Wofür lohnt es sich für uns noch zu leben? Der weiße Mann hat uns unser Land genommen, hat alles Wild erschossen und ist damit nicht zufrieden gewesen, sondern hat unsere Frauen und Kinder ermordet. Jetzt kein Frieden mehr. Wir haben das Kriegsbeil bis zum Tod erhoben."

Ende Dezember schließlich erreichte Bizhiu nach einiger Suche das Kriegslager der Cheyenne am Republican River. Doch nicht nur Cheyenne hatten sich an den verschneiten Ufern des Flusses versammelt, sondern auch die Krieger der Arapahoe und der Lakota. Alles in allem zweitausend Krieger hatten sich eingefunden, um Seite an Seite mit den Kriegern der Cheyenne zu kämpfen, zu trauern und auch um zu rächen, um blutig zu rächen, was am Sand Creek geschehen war.

Auch Mochtavetó befand sich im Lager am Republican River und auch seine Frau, die das Massaker am Sand Creek, schwer verletzt, von neun Gewehrkugeln getroffen, überlebt hatte. Und Bizhiu fragte sich nicht selten, ob wohl allein dieser Umstand, dass sein Häuptling und Freund seine geliebte Wiidjiiwaagan nicht verloren hatte, ihm die Kraft dazu gab, nach all dem, was seine eigenen Augen gesehen und seine eigenen Ohren gehört hatten, immer noch vom Frieden zu sprechen. Mochtavetó gehörte zu den ganz wenigen im Lager, die den mit aller Entschiedenheit und Unerbittlichkeit geführten Krieg gegen die Weißen nicht gutheißen konnten. Bizhiu bewunderte die unumstößliche Friedfertigkeit seines Freundes, er liebte ihn dafür, doch er teilte sie nicht mit ihm, schon lange nicht mehr.

Bizhiu kämpfte, wie er niemals zuvor gekämpft hatte. Kämpfte gnadenlos und unerbittlich, Seite an Seite mit Votoneso, seinem Kriegshäuptling und Freund, der zu einem der erbittertsten Gegner der Weißen geworden war. Einem gefürchteten Feind, der mit all seiner Kraft, all seiner Hingabe und Verzweiflung die Weißen lange Zeit das Fürchten lehrte. Seite an Seite mit ihm griff Bizhiu, griffen alle Krieger Anfang Januar, inmitten von Schnee und Eis eine Abteilung der amerikanischen Kavallerie an und sie töteten

alle Soldaten, bis auf den letzten Mann. Kurz darauf unternahmen sie zwei Angriffe auf die Ortschaft Julesburg, erbeuteten dort Gewehre und Munition, und zwischendrin fällten sie die Telegrafenmasten der Weißen, überfielen jeden Treck, jede Farm, stahlen tausendfünfhundert Rinder und beschädigten die eisernen Bänder auf denen dieses Ungetüm aus Stahl und Eisen ungeheuer laut und stinkend, mehr und mehr Weiße ins Land beförderte.
Sie kämpften so erbittert, so entschlossen wie niemals zuvor. Alle, die Cheyenne wie die Arapahoe, die Kiowa wie die Comanchen, die Lakota, die Apachen, alle kämpften sie für ein einziges Ziel, endlich Ruhe und Frieden, endlich Freiheit und Gerechtigkeit für ihr Volk. Über Monate hinweg versetzten sie die Prärien und Plains in Angst und Schrecken, machten weite Strecken der Trails unpassierbar, weite Strecken nahezu unbewohnbar für den weißen Mann und lösten damit beträchtliche Sorge unter den Regierenden des Landes aus. Veranlassten die hohen Herren auf diesem Wege zu so manch einem klugen und weitsichtigen Satz, wie beispielsweise dem von Senator Morrill, so gesagt in einer Senatssitzung in den ersten Tagen des Jahres 1865.
„Wir haben den Punkt in der Geschichte des Landes erreicht, an dem es keinerlei unbevölkerte Gebiete mehr gibt, in die man den Indianer umsiedeln kann und die Frage, die sich uns nun stellt, lautet: Soll man ihn ausrotten oder ihm eine Heimstatt schaffen?"

Des Volkes Stimme beantwortete diese Frage eindeutig.
„Rottet die ganze Bande von Rothäuten aus!", prangte in riesigen Lettern auf der Titelseite der „Nebraska City Press", während die „Rocky Mountain News" Colonel Chivington vollmundig das „alte Schlachtross" nannte und frohlockend verkündete, dass die Indianer am Sand Creek endlich vollständig vernichtet seien und in Zukunft ganz gewiss niemanden mehr belästigen würden.
Achttausend Soldaten kommandierte die Regierung schließlich andernorts ab, um den Indianern in den Prärien und Plains Herr zu werden, in etwa zu der Zeit, da sich Bizhiu Mitte des Sommers, gemeinsam mit den anderen Kriegern unter Votonesos Führung, dem Kriegstrupp von Mahpiya-Luta - Red Cloud -, Häuptling der Oglala- Lakota, anschloss, um mit ihnen die Schlachten zu schla-

gen, die letztendlich einmal als „Red Cloud's War" in die Geschichte eingehen würden.
Im späten August war es, als Bizhiu ein letztes Mal erwachte, mit einem ganz seltsamen Gefühl, einer eigenartigen Ahnung im Herzen. Er hatte von Charlotte geträumt, so deutlich und klar, sie hatte ihn gerufen, hatte ihm gewunken und gelacht und in ihren Augen hatte es geglitzert, als funkelten in ihnen sämtliche Sterne des Firmaments.
Bizhiu rieb sich müde über die Augen, zog dann ein kleines Lederbeutelchen unter seinem Hemd hervor und holte daraus, wie jeden Morgen seit jenem Tag im Winter, die dicke, rabenschwarze Haarsträhne seines Sohnes hervor. Sanft glitten seine Finger durch das seidige Haar und hoffnungsvoll schnupperte er daran, doch leider roch es auch an diesem Morgen nach nichts anderem, als nach warmem Leder. Bizhius Gedanken flogen davon, flogen zu Ma'tscheschke, wie jeden Morgen, jeden Tag und er fühlte in sich neben aller Sehnsucht auch einen tiefen Frieden. Und beinahe verwundert bemerkte Bizhiu, dass trotz aller Ruhe auf einmal Tränen in ihm aufzusteigen begannen und still und leise, doch unaufhaltsam, ihren Weg in die Freiheit suchten.

Es war seltsam, doch als Bizhiu an diesem Abend eine Kugel traf und kurz darauf noch eine weitere, da spürte er gar nichts, da war er nur unglaublich überrascht, mit welcher Wucht sein Körper herumgerissen und zu Boden geschleudert wurde, wie furchtbar heiß und schnell das Blut aus seinen Wunden strömte.
Bizhiu starb an diesem Abend im späten August, starb im Licht der untergehenden Sonne, die rotgolden ihre Strahlen zwischen den im Gegenlicht beinahe schwarz erscheinenden Felsen hindurchschickte.
Friedlich starb er, inmitten einer tosenden Schlacht, so eigenartig das auch klingen mag. Und seine letzen Gedanken flogen zu Ma'tscheschke, flogen in Windeseile zu ihm und küssten ihn noch einmal voller Liebe und Zärtlichkeit, ehe Bizhiu mit einem tiefen Seufzer die Augen schloss und ein letztes Mal voller Mut und Entschlossenheit und mit ungeahnter Leichtigkeit einen gewaltigen Abgrund übersprang, um dem silbergrauen Luchs zu folgen, der

vor ihm bereits die Berge zu erklimmen begann. Und glockenhell hörte er eine altbekannte Stimme, die lachte und rief: „Nie mehr zurück! Nie mehr zurück!“ Und diesmal klang sie nicht wehmütig dabei.

68

Bizhiu kehrte niemals zurück nach St. Peter, holte niemals seinen Sohn zurück in die Plains, um mit ihm das freie und glückliche Leben eines Cheyenne zu führen und niemals wieder sah Ma'tscheschke seinen Vater, niemals wieder sah David seinen Freund, so sehr sie sich das auch wünschten, so sehr sie auch warteten und hofften, viele, viele Jahre lang.
David aber nutzte seine Chance, oh ja, er nutzte sie sogar weidlich!
In der ersten Zeit saß ihm permanent Bizhius Drohung im Nacken, mehr als alles andere, und er hatte beständig das Gefühl, alles falsch zu machen im Umgang mit diesem Kind, dessen forschende Augen ihn beständig zu beobachten schienen. Er fühlte sich der an ihn gestellten Aufgabe alles andere als gewachsen und sah sich doch gezwungen sie zu übernehmen, sich ihr tapfer zu stellen, wollte er nicht für immer die Achtung seines Freundes, ja vielleicht sogar sein Leben, vor allem aber das letzte bisschen Achtung vor sich selbst verlieren. Und mit jedem Tag, jeder Nacht an der Seite Ma'tscheschkes gewann er ein Stückchen mehr an Sicherheit, entstand ein weiteres Stückchen Nähe zwischen ihnen. Denn nicht nur David, auch Ma'tscheschke klangen noch die Worte Bizhius im Ohr: „Du wirst ihm bestimmt helfen müssen dabei, ein guter Vater zu sein, er weiß vieles nicht. Aber er wird lernen, er wird sich bemühen…“
Ma'tscheschkes brauchte nicht lange, um mit eigenen Augen zu sehen, was Bizhiu ihm schon verraten hatte. Dieser weiße Mann wusste wirklich nicht viel, er musste wirklich noch sehr, sehr viel lernen. Ma'tscheschke adoptierte David als seinen Vater, so wie es sich Bizhiu gewünscht hatte, denn Ma'tscheschke versuchte immer alles so zu machen, dass sein Vater stolz auf ihn sein konnte.

Und deshalb begann er damit, David auf seine leise, geduldige Art an die Hand zu nehmen, ihn auf dieses und jenes aufmerksam zu machen. Manchmal war es nur ein Blick, ein kleiner Fingerzeig. David kannte diesen Blick Ma'tscheschkes alsbald schon nur zu gut, wusste sogleich, dass er wieder einmal etwas nicht richtig machte, etwas Wichtiges vergessen hatte, auf irgendetwas im Leben nicht gekommen wäre. Ganz geduldig wurden diese blaugrünen Augen dann, ganz freundlich und warm und nicht selten lächelte Ma'tscheschke leise, wenn er wieder einmal einen dieser Sätze sagte, die meistens mit immer denselben Worten anfingen: „Ného'éehe würde sich bestimmt sehr freuen, wenn du jetzt …"
David war sehr dankbar für die unermüdliche Hilfe dieses tapferen, dieses unglaublich alt gewordenen Kindes, unglaublich alt in wenigen Stunden nur.
Manchmal beschämte ihn Ma'tscheschke, beschämte ihn mit seiner so weitsichtigen, so umsichtigen Art, die ihm ohne ein Wort beständig vor Augen führte, dass er wahrhaftig noch manch einen Graben zu überspringen hatte. Hin und wieder spürte David aber auch, wie sich ganz tief in ihm drin etwas Seltsames, etwas Warmes, Weiches und Starkes zu regen begann.

Einen guten Monat waren sie unterwegs gewesen, ehe sie die Ufer des gottlob noch immer nicht zugefrorenen Mississippi erreichten. David verkaufte das Pferd und erstand von dem Geld, neben einer Nacht in einem Saloon, auch neue Kleider für sich und Ma'tscheschke, Kleider, die Ma'tscheschke so überhaupt nicht behaglich waren, die zwickten und zwackten und die Schuhe … wie gefesselt fühlten sich seine armen Füße darin und lohnten es ihm mit dicken Blasen. Zudem ergatterte David zwei Fahrkarten für den Schaufelraddampfer, den Mississippi hinauf bis nach St. Peter, und er kaufte keinen Whiskey, nie mehr.
Ma'tscheschke flößte dieses riesige Ungetüm mit seinem gewaltigen Schaufelrad gehörigen Respekt ein, sogar Furcht. Doch tapfer stelzte er an Davids Hand, in diesen Schuhen, die so steif und hart und schwer waren, als wären sie aus Stein, den schmalen Holzsteg hinauf und in dieses Ungetüm hinein. Erst als sie auf dem

Oberdeck wieder freien Himmel über sich hatten, erst als wieder der Wind um Ma'tscheschkes Nase wehte und ihm die fremdartigsten Gerüche zutrug, begann sich sein kleines Herz zu beruhigen. Und nachdem sie einige Zeit schon auf dem breiten Fluss dahineilten, in diesem schaufelnden, dampfenden Ungetüm, da getraute sich Ma'tscheschke sogar sein sorgsam verschnürtes Bündel, in dem sich alles befand, was ihm von seinem Leben in den Plains geblieben war, in Davids Hände zu legen und einen vorsichtig spähenden Blick über die Reling zu werfen, denn er war sich gewiss, dass dieses laute Schiff sämtliche Minio, wirklich alle schlummernden Wasserungeheuer dieses Flusses wecken würde, doch leider, wie immer, konnte er dennoch keines entdecken.

Davids Hände waren schweißnass vor Aufregung, vor lauter Anspannung und Angst, vielleicht gar kein Zuhause mehr zu haben, niemanden mehr vorzufinden oder aber samt Ma'tscheschke zum Teufel gejagt zu werden. Er hatte Angst seinem Sohn, der mittlerweile schon ein erwachsener Mann geworden sein musste, gegenüberzutreten, ihm in die Augen zu sehen und doch, so groß seine Angst auch war, so ging es ihm doch gut dabei, denn zum ersten Mal seit langer Zeit wusste David nicht nur, was er nicht wollte, sondern auch sehr genau, was er wollte.
Nervös wanderte sein Blick prüfend über sein und Ma'tscheschkes tadelloses Äußeres. Es konnte einfach nur tadellos sein, denn sie hatten immerhin bald zwei Stunden darauf in dem kleinen Hotelzimmer verwendet, hatten sich gewaschen und gegenseitig den Rücken geschrubbt. David hatte Ma'tscheschkes frisch gewaschenes Haar auf annehmbare Länge gekürzt, ihm sogar die Fingernägel geschnitten und ihn mit Engelszungen dazu überredet, auch weiterhin diese „Schuhe aus Stein" zu tragen. Und zum krönenden Abschluss hatte David sich, unter Ma'tscheschkes interessierten Augen, dann auch noch gründlich rasiert. Sie sahen wirklich tadellos aus, alle beide, aber sie hatten keinen Cent mehr. David seufzte, blickte zu Ma'tscheschke und da regte es sich wieder in ihm, dieses starke, weiche Etwas und es erwärmte ihn trotz aller Kälte um ihn her.

„Ma'tscheschke?"
„Mmmh?"
„Es dauert nicht mehr lange und wir werden St. Peter erreichen und dann beginnt es, unser großes, geheimes Spiel, in dem Augenblick, in dem wir den Dampfer verlassen. Und jetzt erkläre mir noch ein letztes Mal alle unsere geheimen Spielregeln."
„Wirklich noch einmal?" Ma'tscheschke seufzte leise und blickte David fragend an.
„Ja, dieses eine Mal noch, denn danach muss es klappen wie am Schnürchen!"
„Wie am ... was?"
„Ach, egal! Bitte, Ma'tscheschke, mir zuliebe, damit ich auch nichts vergess', in Ordnung?"
Ma'tscheschke nickte ergeben und begann damit, all das ein weiteres Mal herunterzubeten, was er sich längst schon fest in sein Gedächtnis eingeprägt hatte, wohl wissend, dass dieses „geheime Spiel" alles andere war als das, sondern bitterer Ernst, wie alles, was seine erschütterte Tasoom erlebt hatte, seit dem Tag seiner ersten Jagd, seit dem Tag, da seine Kindheit ein jähes und grausames Ende gefunden hatte.
„Unser Spiel beginnt, sobald wir dieses Schaufelschiff verlassen. Ich heiße Charles Sattler, ich ..."
Gequält verzog David das Gesicht. „Wirklich Charles, muss es wirklich ausgerechnet Charles sein?"
Ernst und bestimmt blickten blaugrüne Augen in blaue. „Ja, David, es muss Charles sein. Ich kann mir sehr gut vorstellen, so zu heißen wie Charles Bent, weil ich Charly sehr lieb hab', weißt du, er ist schon ganz schön groß und stark und er ist so lustig und er spielt immer mit uns und ...", Ma'tscheschkes Stimme erstarb und seine Augen blickten leer über das schäumende Wasser dahin.
Betroffen legte David seinen Arm um die schmalen Schultern. „In Ordnung, ich seh's ein, es kann nur Charles sein, das ist ganz bestimmt genau der richtige Name für dich."
Ma'tscheschke nickte stumm und eine Träne schlich sich aus seinem Augenwinkel, wurde hastig weggewischt von einer zitternden Kinderhand.
„Ja, es muss Charles sein, denn alle nennen ihn Charly und ge-

nauso nennt Ného'éehe manchmal auch Nachko'éehe, weißt du?"
David nickte stumm und drückte Ma'tscheschke noch ein bisschen fester an seine Seite.
„In Ordnung, du heißt also Charles Sattler, und weiter?"
„Und ich werde Charly genannt. Ich bin dein Sohn und nenne dich Daddy. Meine Mummy lebt nicht mehr. Sie war eine wunderschöne Mexikanerin und deshalb bin ich nicht so ein Bleichgesicht wie du. Als meine Mummy gestorben ist, sind wir weggegangen von daheim, bis nach St. Peter." Ma'tscheschke atmete tief durch. „Keiner darf etwas von diesem geheimen Spiel erfahren, nur wenn wir es beide ausdrücklich erlauben. Außerdem darf ich kein Cheyenne sprechen, nur die Sprache des weißen Mannes. Aber ich habe eine Bedingung ..."
„Welche Bedingung?" Überrascht zog David die Augenbrauen in die Höhe.
„Wenn wir ganz alleine sind und niemand uns hören kann, dann werde ich dir beibringen, wie ein Cheyenne zu sprechen, und auch die Sprache der Hände bring' ich dir bei. Ného'éehe sagt immer, dass es sehr wichtig ist, viele Sprachen zu sprechen, dass es sehr wichtig ist, dass alle Völker miteinander sprechen und einander zuhören können und mit der Sprache der Hände wirst du mit einem einzigen Schlag alle Völker der Prärien und Plains verstehen, David, das ist doch wunderbar, nicht wahr?"
Im ersten Augenblick war David verblüfft, doch dann durchzog ein trauriges Lächeln sein Gesicht und am liebsten hätte er Ma'tscheschke in diesem Augenblick in den Arm genommen und wütend verteidigt gegen diese himmelschreiend ungerechte, gnadenlose Welt. Doch stattdessen schluckte er trocken und sagte: „In Ordnung! Also abgemacht, du bringst mir Cheyenne bei und auch die Sprache der Hände, aber du wirst sehr geduldig mit mir sein müssen, ich kann das nicht so einfach wie du oder wie dein Vater."
Ma'tscheschke lächelte sein trauriges, geduldiges Lächeln und sagte: „Ich weiß, Daddy, das macht aber nichts."
Ma'tscheschke schmiegte sich ganz zaghaft an Davids Seite und sein Blick glitt in weite Ferne, als er weitersprach: „Es gibt aber

noch einen Wunsch ..."
„Ja?"
„Ja, wenn wir ganz alleine sind und niemand uns hören kann, dann wirst du mir alles von Ného'éehe und Nachko'éehe erzählen, alles was du weißt, alles, wieder und wieder, ja?"
Ma'tscheschkes Augen füllten sich mit Tränen, seine Lippen begannen zu beben und als sich der erste Schluchzer leise und schmerzerfüllt seiner kleinen Kehle entrang, da tat David etwas sehr Weiches, Warmes und Starkes. Er zog Ma'tscheschke auf seinen Schoß, schloss ihn liebevoll in seine starken Arme, hielt ihn ganz fest, küsste sein rabenschwarzes Haar und flüsterte: „Alles wird gut, Mino-ta-kijah, Ma'tscheschke, Mino-ta-kijah!"

Epilog

„Ich kann sehen, dass noch etwas anderes
dort im blutigen Schlamm starb
und vom Schnee begraben wurde.
Eines Volkes Traum ist dort gestorben.
Es war ein schöner Traum."
Black Elk, Oglala-Lakota, 1890

Mochtavetó, besser bekannt unter dem Namen Black Kettle, schaffte es tatsächlich, in seinem unermüdlichen Streben nach einer friedlichen Lösung, die Cheyenne, trotz erheblicher Widerstände in den eigenen Reihen, drei Jahre nach dem Massaker am Sand Creek zu neuerlichen Friedensverhandlungen mit den Weißen zu bewegen. Er unterzeichnete im Oktober 1867, gemeinsam mit anderen Häuptlingen, unter anderem auch Häuptlingen der Arapahoe, der Lakota, der Kiowa, der Comanchen und der Apachen, den Friedensvertrag von Medicin Lodge Creek, welcher den unterzeichnenden Stämmen bestimmte, wenn auch sehr bescheidene Reservate zuteilte, aber ihnen neben dem Frieden auch das Recht zusicherte, außerhalb der Reservationen zu jagen.
Freilich dachten die Weißen auch diesmal nicht im Traum daran, sich an diese von ihnen selbst verfassten Verträge und vollmundig verkündeten Versprechungen zu halten, und bereits einige Monate nach Abschluss des Vertrages wurde den Indianern die für sie lebensnotwendige Jagd außerhalb der bescheidenen Reservate erneut strikt untersagt. Doch damit nicht genug.
Bereits im darauffolgenden Jahr, am 27. November 1868, musste Mochtavetó dann zudem erkennen, dass es auch mit dem Frieden nicht allzu weit her war, den die Weißen (nicht nur) seinem Volk zum so und so vielten Male zugesichert hatten. Und abermals musste er miterleben, wie „ernst" es der weiße Mann mit seinen eigenen Verträgen, seinem eigenen Ehrenwort nahm. Denn gerade einmal vier Jahre nach dem Massaker am Sand Creek wurde das friedliche Lager der Cheyenne, vertraglich korrekt am oberen Lauf des Washita Rivers errichtet, erneut im ersten Morgengrau-

en, mit erbarmungsloser Gewalt angegriffen und vollkommen zerstört. Unter der Führung von Lieutenant Colonel George Armstrong Custer griff die siebte Kavallerie Mochtavetós im Schlaf befindliches Lager gleichzeitig aus vier verschiedenen Richtungen an. Wieder befanden sich zahlreiche Frauen und Kinder unter den ermordeten Indianern und auch Mochtavetó überlebte dieses neuerliche Massaker nicht.
Mochtavetó starb an diesem grauen Novembermorgen im Kugelhagel von Custers Truppen, Seite an Seite mit seiner Frau, unweit ihres gemeinsamen Tipis.
Am 25. Juni 1876 schließlich schlugen die verbliebenen Cheyenne, in ihrem verzweifelten Kampf gegen die Übermacht der Weißen, gemeinsam mit ihren Freunden, den Arapahoe und den Lakota, unter der Führung des Lakotahäuptlings Tashúnke-Witkó - Sein Pferd ist eigenwillig - ihre letzte erfolgreiche Schlacht.
Abermals waren die Indianer durch Custers Truppe angegriffen worden, doch diesmal waren sie nicht unvorbereitet gewesen. Sie lockten Custer samt seinen Männern in einen Hinterhalt und schlugen zurück. Zahlreiche Indianer und zahlreiche Soldaten fanden in dieser Schlacht den Tod, doch am Ende sollte es den Indianern gelingen, Custers Truppe am Little Bighorn in einer nicht einmal eine Stunde währenden Schlacht zu besiegen.

Bereits seit 1879 erinnert eine Gedenkstätte an die weißen Opfer dieser Schlacht.
Erst im Juni des Jahres 1991 beschloss man schließlich im Repräsentantenhaus der USA, dass man an diesem denkwürdigen Ort nicht mehr nur ausdrücklich der gefallenen Weißen gedenken sollte, sondern fortan aller Menschen, die an diesem Ort ihren Tod gefunden hatten.

Auch heute noch ist die Lage der Indianer alles andere als rosig, was sich nicht nur darin widerspiegelt, dass die Bevölkerungsgruppe der Indianer von Armut, Kriminalisierung (nicht zu verwechseln mit Kriminalität), Arbeitslosigkeit, Alkoholismus und anderen Suchterkrankungen betroffen ist wie kaum eine andere und zudem eine der weltweit höchsten Selbstmord-

raten aufzuweisen hat. Nach wie vor befinden sich die Ureinwohner Amerikas in einem zermürbenden Spannungsfeld zwischen Hoffnungslosigkeit, Ohnmacht und Aufbegehren, zwischen Resignation und dem händeringenden Versuch zu retten, was von ihrer Kultur noch zu retten ist und sehen sich obendrein, wie eh und je, einer brachialen, selbstsüchtigen, einzig auf Profit ausgerichteten weißen Übermacht gegenüber.
Auch heute noch sind die Indianer gezwungen, für das zu kämpfen, was ihnen vertragsmäßig zusteht. Auch heute noch werden Indianer benachteiligt und skrupellos von ihren Territorien vertrieben, wenn es die wirtschaftlichen Interessen der Weißen so gebieten, genauso wie die Indianer es im umgekehrten Fall auch heute noch schwer haben, ihre Interessen und Rechte geltend zu machen. Nur ein Beispiel unter vielen aus jüngerer Zeit sei hier erwähnt:
1868 wurde den Lakota in einem in Fort Laramie geschlossenen Vertrag das Gebiet der Black Hills zur freien Nutzung überlassen. Als sich jedoch gerade in diesem Gebiet zahlreiche Bodenschätze fanden, wurde der Vertrag durch die Weißen gebrochen, die Lakota wurden aus den Black Hills, welche vielen Indianerstämmen heilig waren und sind, vertrieben und fortan wurde die Erde und das Gestein der heiligen Berge von den Weißen munter durchwühlt.

1980 klagten die Lakota bis vor dem Obersten Gerichtshof auf die Einhaltung des Vertrages von 1868. Der Oberste Gerichtshof beschied zwar, dass der Vertrag von 1868 zweifelsfrei Rechtsgültigkeit habe, dass den Lakota das Gebiet der Black Hills tatsächlich rechtswidrig enteignet worden sei, doch der Forderung der Indianer, ihnen das Land wieder zurückzugeben und ihnen eine angemessene Entschädigung für die bis dahin von den Weißen erwiesenermaßen unrechtmäßig gewonnenen Bodenschätze zuzusprechen, wurde dennoch nicht entsprochen. Man bot ihnen stattdessen eine vergleichsweise lächerliche finanzielle Ausgleichszahlung an, die nicht einmal ein Zehntel des geforderten Geldbetrages ausmachte. Die Lakota lehnten diese Ausgleichszahlung ab.

Nicht einmal das Recht auf körperliche Unversehrtheit genießen Menschen der indianischen Bevölkerung unserer Tage ganz selbstverständlich und ohne, dass sie erst erbittert dafür kämpfen und einstehen mussten. Beispielsweise wurden, Schätzungen zufolge, 42 % der indianischen Frauen in den Jahren 1970 bis 1976 in den USA ohne ihr Wissen zwangsterilisiert.

Es ging mir nicht darum, diesem Buch den Anspruch eines ethnologischen Fachbuches zu geben. Dieses Buch, diese Geschichte, Bizhius Geschichte ist ein mit größtmöglicher Sorgfalt recherchierter historischer Roman, nicht mehr aber auch nicht weniger.
Gleichwohl aber ging es mir darum, ein kleines Fenster in die Vergangenheit zu öffnen, jedoch ohne den Anspruch auf vollkommene Authentizität, zumal sich dieser Anspruch heutzutage auch nur mehr schwerlich realisieren ließe. Viele indianische Sprachen und Gebräuche waren über Generationen hinweg verboten und man hatte sich lange Zeit alle nur erdenkliche Mühe gegeben, um die indianischen Kulturen auszurotten, die Indianer umzuerziehen und zu „ordentlichen Christen" zu machen, so dass heutzutage viele indianische Völker um den Erhalt selbst der elementarsten Güter ihrer Kultur ringen, wie beispielsweise dem ihrer Sprache. Außerdem wurden die meisten Dokumente sowie die meisten schriftlichen und bildlichen Überlieferungen aus jenen vergangenen Tagen von Weißen verfasst, deren Blickwinkel eben doch ein „weißer" war und sich von daher von dem Blickwinkel eines Indianers denkbar unterschieden haben dürfte.
Weiße Chronisten haben bestimmt, welches Gesicht, welcher Augenblick ein Foto wert war, weiße Historiker haben entschieden, welche Sätze, welche Begebenheiten es festzuhalten galt.
Viel ist auf diesem Wege verloren gegangen und nicht weniges wurde zudem verfälscht überliefert, sei es nun aus Unwissenheit oder Ignoranz.
Wenngleich ich also keinesfalls den Anspruch auf vollkommene Authentizität dieser Geschichte erheben möchte, so habe ich mich doch um größtmögliche Authentizität bemüht.
Und vieles von dem, was Bizhiu auf seinem Pfad des Luchses erfahren und erlebt hat, ist so oder so ähnlich wirklich geschehen.

Dennoch möchte ich abschließend noch zweierlei anmerken, was mir in diesem Zusammenhang nicht unerheblich scheint.
Die Welt der Cheyenne, der Ojibwe, ihre vielfältigen Mythen, Riten und Gebräuche, ihre jeweilige Religion, die eigentlich jeden Bereich des Lebens durchwob, dies alles war natürlich noch weitaus vielfältiger und differenzierter, als es in dieser Geschichte geschildert wird. Viele wichtige Teilbereiche des Lebens wurden nur berührt, nur überflogen, anderes konnte nicht einmal Erwähnung finden. Es hätte den Rahmen dieses Buches bei Weitem gesprengt, all das zu vertiefen, was in manchem Zusammenhang ebenfalls interessant und bemerkenswert gewesen wäre und hätte dem Leser dieses Buches mit Sicherheit zusätzlich einige hundert Seiten völkerkundliches Wissen beschert. Wissen über die Cheyenne und die Ojibwe, keinesfalls aber über „die Indianer“, womit wir auch schon beim zweiten Teil meiner Anmerkung wären:
„Den Indianer“ gibt es nicht. Oder sagen wir es vielleicht besser so, von „dem Indianer“ zu reden, wäre in etwa gleichzusetzen damit, von „dem Europäer“ zu reden.
Und genauso wenig, wie man nach eingehendem Studium einer bayerischen Dorfgemeinde von sich behaupten kann, nun auch nur annähernd einen Einblick in die Gepflogenheiten beim englischen Hofe gewonnen zu haben, genauso wenig kann man von einem Indianerstamm auf einen anderen schließen. Die kulturellen, sprachlichen und gesellschaftlichen Gegebenheiten, der einstmals sehr zahlreichen, vielfältigen indianischen Völker, unterschieden sich bisweilen ganz enorm voneinander, so dass der obige Vergleich durchaus nicht übertrieben ist, eher das Gegenteil dürfte der Fall sein.

Sollte es mir aber, all diesen zwangsläufigen Einschränkungen zum Trotz, gelungen sein, jenes kleine Fenster in die Vergangenheit aufzustoßen, oder doch zumindest einen Spalt breit zu öffnen, so würde mich dies ganz ungemein freuen.

Tanja Mikschi
Herbst 2014

Danksagung

Mein herzlicher Dank gilt allen, die mich bei der Fertigstellung dieses Romans unterstützt haben, sei es durch Interesse und Ermutigung oder aber mit Rat und Tat.
Allen voran danke ich meiner Tochter Levinia, meinen Eltern, meiner Schwester Vera sowie Silke Wiedekind, Monika Fendt, Ulla Lenz, Martina Lißner, Stefan Kleinhenz, Claus Rieche, Ralf Maxheim, Runa Pal, Tamara Velte-Lenzen (zum Gedenken) und last but not least Robert Götzenberger.

Euch allen tausendmal mehr Dank als Sterne am Himmel stehen!

www.traumfaenger-verlag.de

Die Handlung ist frei erfunden, basiert jedoch auf historisch belegten Ereignissen.

Namen und Begriffe der Ojibwe:

Addik	- Waldkaribu
Amik	- Biber
Anishnabeg	- Menschen
Beedaubun	- Morgendämmerung
Bebon	- Norden
Bizhiu	- Luchs
Dibik-giizis	- Mond
Esiban	- Waschbär
Gebegwan	- Lange Feder
Gitche Gami	- Großes Wasser / Lake Superior
Gitche Manitu	- Großer Geist
Gi-zaagi'in	- Ich liebe dich
Häa	- Ja
Inaendaugwut	- Es ist erlaubt
Kaikaik	- Falke
Kiniu	- Schwarzköpfiger Adler, auch Kriegsadler
Kinnikinnik	- Das was gemischt ist (Tabak)
Mamaandaa	- Wunder
Manomini	- Wildreis
Medawaewae	- Klapperschlange
Midewiwin	- Bund der Medizinmänner und - frauen
Midewiwinini	- Medizinmann
Midewiquae	- Medizinfrau
Mikinak	- Schildkröte
Mino	- Gut
Mino-nokomis	- Gute Himmelsfrau
Mino-ta-kijah	- Alles ist gut
Mooz	- Elch
Nawadjiwon	- In der Mitte des Baches
Niigig	- Otter
Niigig-o-quae	- Otter-Frau
Niikaanis	- Mein Freund / mein Bruder
Nimaamaa	- Meine Mutter
Nimbaabaa	- Mein Vater

Ningoozis	- Mein Sohn
Nimishoomis	- Mein Großvater
Ningobianong	- Westen
Ningozis	- Mein Sohn
Nokomis	- Himmelsfrau, Urmutter aller Anishnabeg
Nookomis	- Meine Großmutter
Ode'imin	- Erdbeere
Ode'imini-Giizis	- Erdbeermond / Juni
Ojiibik	- Wurzel
Ojichaag	- Geist-Seele
Ojiijaak	- Kranich
Oshkawbaewis	- Bewahrer der Pfeife
Ototeman	- Verwandt, dem gleichen Totem zugehörig
Pitchi	- Rotkehlchen
Shawaeghiizig	- Ansteigender Himmel
Tabobandung	- Er, der weit sieht
Waenaesh k' doadem	- Was ist dein Totem
Waenaesh kiin	- Wer bist du
Wawashkaesh	- Hirsch
Waubagone	- Blume
Waubizhaezh	- Marder
Waubun	- Osten
Waubun-anang	- Morgenstern
Weengushk	- Süßgras
Wiidjiiwagan	- Lebensgefährte, Lebensgefährtin
Wigass	- Birkenrinde
Winonah	- Mit der Brust nähren
Zhawano	- Süden

Namen und Begriffe der Cheyenne:

Áahtomoneto - Noch einmal
Ávooné-náchko - Hungernder Bär
Éháistohé'hótame - Er hat viele Hunde
Éhame - Ehepartner
Ehavseva - Schlecht
Epava - Gut
Ethketa - Der zierlich Kleine
Háesto - Viele
Haéméné - Lächeln im Gesicht
Heammawihio - Der Weise Oben
Heovo'ksa - Büffelkind
He'pótanó - Wir wollen rauchen
Hohá'sche - Fern
Hó'hóma - Diesseits
Hoóma - Jenseits
Ho'ne - Wolf
Ho'neheschkeso – Wolfswelpe
Hóovéhe - Freund
Hóvahe - Mein Freund
Hotóa - Büffel
Hotoama'heo'o -Medizinstier
Ihíhs - Ich habe geendigt
Ische'hemeo - Sonnenweg
Ka'véné - trauriges Gesicht
Ksovah - Junger Mann
Mahachkes - Alter Mann
Mápe - Wasser
Mápe'e - Wasserfrau
Maahe - Pfeil
Ma'tscheschke - Bogen
Mochtavetó - Schwarzer Kessel
Mo'eha - Elch
Mo'eha'e - Elchfrau
Mo'éhno'hame - Pferde

Motachke	- Messer
Náchkoheso	- Bärenkind
Náchko	- Bär (Grizzly-)
Nachko'e	- Mutter
Nae'ha	- Mein Sohn
Náéschekahaneotse	- Ich bin müde
Naha'e'ta	- Steht vorne
Néméhotatse	- Ich liebe dich
Né'astanohtse	- Gib mir
Ného'e	- Vater
Ného'éehe	- Mein Vater
Óh-hä	- Fluss
Ókinn	- Einäugiger
Oxheheom	- Welterneuerung
Paveena'e	- Gute Federnfrau
Tahpe'asehe	- Großer Bauch
Tasoom	- Seele
Ve'ho	- Anführer
Voestaso	- Kleiner Kranich
Vo'ka	- Antilope
Vo'ka'e	- Antilopenfrau
Votoneso	- Kleine Federn

WINTERPROJEKT Pine Ridge Reservat, Süddakota USA

Jedes Jahr kehrt der bitterkalte Winter wieder nach Süddakota zurück und jeder sollte ein warmes Zuhause haben!

Der Wintereinbruch in Süddakota bedeutet für viele Familien im Pine Ridge Reservat einen neuen Kampf ums Überleben. Die letzten Winter mit Temperaturen von unter minus 20 Grad waren extrem. Die meisten Familien auf dem Pine Ridge Reservat leben weit unter der Armutsgrenze, deshalb wird es auch in diesem Winter vielen Familien nicht möglich sein, Heizmaterial zu kaufen, wie z. B. Holz oder das am meisten verwendete Propangas. Leider kommt die Gasfirma erst zu einer Familie, wenn diese für mindestens 120 Dollar Gas bestellt. Und das haben viele Familien nicht zur Verfügung. Deshalb sterben jedes Jahr im Winter viele Menschen – unter ihnen sehr oft alte Menschen – an Unterkühlung.
Über die Gesellschaft für bedrohte Völker (GfbV) werden Spenden entgegengenommen. Jede noch so kleine Spende kann sehr hilfreich sein. Die weltweit anerkannte Organisation GfbV leitet die Spenden zu 100 Prozent weiter und das Geld wird nur für Heizmaterial wie Propangas oder Holz verwendet.

Spendenkonto:
Postbank Hamburg, GfbV
Kontonr. 7 400 201, BLZ 200 100 20
Stichwort „Winterprojekt"

Wenn Sie eine Spendenbescheinigung benötigen, vergessen Sie nicht, Ihre Adresse anzugeben. Bis 100 Euro reicht der Überweisungsbeleg. Ansprechpartner: Andrea Cox
www.andreac.de

Lila Pilámaya ye!

Sunka Wakan Na Wakanyeja Awicaglipi Incorporation
Lakota Horsemanship Organisation

>>We are Lakota. We are not Cowboys, we are Horsemen.<<

Die Sioux bzw. Lakota gelten als die besten Reiter sowie Pfeil- und Bogen-Schützen. Beides ist in ihrer Tradition tief verankert. Die Arbeit und das Zusammenleben mit den Pferden sowie das Aufleben alter traditioneller Werte sollen den jungen Indianern zur Wiederfindung ihrer eigenen Identität verhelfen.

Ziel dieser Organisation ist es, Kindern und Jugendlichen durch verschiedene Programme die Rückführung zur eigenen Kultur zu ermöglichen und sie dadurch vor Alkohol- und Drogenmissbrauch zu bewahren.

Jedes Jahr werden verschiedene Workshops mit den Kindern und Jugendlichen durchgeführt sowie mehrtägige Wilderness Camps. Während der Wintermonate werden Workshops gehalten z. B. zum Halfter anfertigen, Bilderrahmen aus Holz basteln u.v.a.

Repräsentantin der SwnWA Inc. in Deutschland:
Andrea Cox, Im Wirbel 65 / 68219 Mannheim /
Tel. 0621 / 80 11 16
E-Mail: info@andreac.de
Weitere Infos unter: www.andreac.de

Spendenkonto in Deutschland: Gesellschaft für bedrohte Völker (GfbV) WICHTIG: Stichwort: Pferde-Projekt:
Postbank Hamburg, BLZ: 200 100 20, Kto: 7 400 201

Lila Pilámaya – Vielen Dank